互文性與當代學術

跨文本詩學論集

張 漢 良　　著

自序

　　二十世紀初「語言學轉向」後，最重要的文學觀念允推「文本」（text），或其更抽象的衍生名詞「文本性」（textuality）。毫不誇張地說，文學之所以能獨立為學科，能安身立命，且與其他學科區隔，正基於其文本性。與文學緣近的學科，如哲學與史學——先哲柏拉圖和亞里斯多德特別挑選出來，與詩並列的兩門學問——固然也由文本建構，有賴文本傳授學科知識，但文本對它們的意義截然不同。哲學與史學典籍雖然也要靠語文編碼，但語文編碼的功能充其極是為了傳達訊息，如指涉外物、報導史實、表達或轉述哲理概念、從事非形式的推理……等作用。對文學研究者而言，文本性除了擔任消極的指涉工具之外，還需要反省、推究、論辯文本自身的其他特質，包括文本的虛構性、喻詞語言的各種功能與限制、文本與人本的因果關係、文本與創作和閱讀的傾軋現象、文本與意識形態的張力等議題。就抽象的意義而言，上述議題構成了本書內容的主體。

　　筆者從 1970 年代初開始，便專注於廣義的文本研究。半個世紀以來的研究成果可以說全部與文本理論的考察以及文本實踐有關。本書的第一個腳註便交代 1980 年代中期，為《文訊》月刊主持並撰寫一系列的當代文學理論詞彙的一個案例。在 1985 年 6 月號的《文訊》18 期

上，筆者曾指出當代詩學史上，「文本」意義的轉變。此處簡單覆述
如下。現代文學批評史所見證到的文本變形進程可粗分為三個階段。
一、最初指具體的「版本」，版本學（textual criticism）處理版本的
探源、考證、校勘。二、形式主義（如美國新批評學派）興起後，文
本不再和作品的物質性掛鉤，而代表「作品意義整體」的抽象概念。
作品自成「本體」，而所謂的「文本解析」（textual analysis）則順
理成章地從事細膩的語意分析。三、結構／後結構主義者則聲稱文本
為符碼結構的系統、某種說話及言談的創造力，或者符號鏡象式的無
窮後退，即藝術批評上所謂 "mis en abyme"（「鏡象無窮後退」）。
1960 年代中期，由朱莉亞・克莉斯特娃等人在巴黎發起的「如是」
（Tel Quel）學派視文本為開放、不穩定、自我解構的創造力，某種
生產力量的演出場域。同樣的，現代批評史也讓我們看到「文本性」
（textuality）與「文本間性」（"intertextuality"），乃至與「跨文本性」
的易位，以及互文概念的全覆蓋性與普及化。

　　本書書名的關鍵詞「跨文本」（法 "transtextualité"，英
transtextuality）術語出自當代法國文論家惹內特 1980 年代的著作。作
者融合了文本論同行如克莉斯特娃等人的理論，以及個人前後的類似
概念及用語，提出一套涵蓋面更廣大的，關於文本生成的分析工具。
這個術語具有明顯的歷史指標性，作者自承其先行者為克莉斯特娃
1966 年提出的 "intertextualité"（互文性）。然而，惹內特在處理文類
的存亡以及文本間的關係時，為了保存文本分析的工具性和文類的穩

定性，相對地保守。他在一系列處理文本各個面向的著作裡，不斷地鑄造新詞，包括廣為人知的「副文本」（le paratexte）（見本書第十七章），最後落實在「元文本」（"l'architexte"）及「跨文本」上。「元文本」為個別文本創作與閱讀時的理論指標及參照座標，有「詩學」的意涵，而跨文本則係泛文本的普遍現象。惹內特在強調跨文本關係時，邏輯上必須先假設有文本存在，和至少兩個以上的文本存在，否則關係無從建立。另外他還需要假設這二部文本在時序上有先後，在先的是「潛文本」或「前文本」（hypotexte），它衍生出「顯文本」或「超文本」（hypertexte），覆蓋在前文本之上。推而廣之，「跨文本」質疑、顛覆、取代了從十九世紀開始，統領跨國文學史接近一百年風騷的實證主義影響研究。

　　本書依主題與研究方向劃分為四輯十八章，都二十五萬字。四輯定為：一、哲學文本的詩學化進程；二、符號與詩學：泛符號詩學芻議；三、詩史、詩辯與詩藝；四、跨文本詩學的實踐。就具體內容而言，筆者聚焦於「現代」（與「前現代」區隔）詩學文本的各個面向與層次。唯一的前現代西方作品是第三章拉丁詩人陸克瑞提烏斯的《物性論》，但筆者參與了後現代諸前賢，如米歇爾・瑟赫（Michel Serres）和哈洛德・布魯姆（Harold Bloom），對這位極重要的羅馬詩哲的重建工程。走出西方，回顧中國上古、中古詩學和近世詩話文獻（見第一章，第十六、十七、十八章），發掘其間蘊藏的跨文本現象為本書的一大特色。

　　筆者深信，文學之為學科範疇廣袤，非僅狹義地限於詩、小說、戲曲之創作，文學理論更非作品之賞析、評論或讀後感，忝附創作之驥尾。從 1970 年初起，文學理論（或較偏鋒的「批判理論」【critical theory】）逐漸獨立成科，參與了文學生產與消費的大業。正由於文本扮演著語言全覆蓋的作用，跨文本不僅跨越了文類的藩籬（如第十章所述德國前浪漫派的元詩論），瓦解了學科的畛域（如第二章的邏輯命題過渡到詩命題，第三章的流體力學與人體和詩體律動的互參）。觀察過去幾十年學術的走向，我們發現文本性研究──尤其關於喻詞和敘述這兩方面，甚至反向滲入史學和哲學的言談領域。精神分析與解構論述允稱顯例。

　　筆者不敢妄自尊大，但各章之表現多係發前人所未發，如第二章維根斯坦的邏輯詩話初探，第四章雅格布森「文學性」名實之辨與知識考古，第六章災難符號研究，第八、九章的兩篇《詩辯》新解，甚至第十四章以「棄詩」論梵樂希創作，無一不為深具獨創性之力作。本書各章論文多為期刊論文結集。除第一章與第六章原以英文寫就，部分發表在《美國符號學研究》（*TAJSS*）及愛沙尼亞塔爾圖大學的《符號系統研究》（*Σημειωτική: Sign System Studies*）上之外，其餘各章皆於近十年發表在詩人集資、辛牧擔綱出版的《創世紀》詩刊上。承總編輯辛牧不棄，囑我在篇幅及稿量皆有限的詩刊──或仿英文稱 "little magazine"──上開闢詩學專欄。每期以發表六千字為原則，因此本書收錄的各章字數頗不一致。短者六、七千字，如第七章、第十一、

十二、十六、十七、十八章；有萬餘字者，如第三、四、五、八章，或長逾二萬字者，如第二、九、十和第十五章，則係二期或三期連載文稿之合併。長短不拘，文本體系則一以貫之。

　　讀詩者寡，讀詩論者尤稀。理論性作品一向被冷落，同仁詩刊發行量低，讀者更為有限。在紙本（即「文本」）市場斷崖式急遽下滑的今天，竟蒙《文訊》雜誌總編輯暨社長封德屏女士賜助，允諾出版艱深冷僻的詩學論文，復承同仁吳穎萍主任、杜秀卿編座諸位鼎力玉成。筆者銘感至深。此外必須附誌一筆的是書末的「代跋」論文，由早年學棣輔仁大學跨文化博士研究所的蘇文伶教授執筆。蘇博士學養深厚，但一向素處以默，不求聞達。由於大部分論文蘇教授事先曾讀過並多有反饋，筆者乃請其整理心得，附於正文之末，作為本書導讀兼代跋。此處一併致謝。

2024 年 5 月 28 日

|目次|

第一輯

哲學文本的詩學化進程

第一章　哲學文本的互文性詩學演化
從《周易》到《二十四詩品》

一、何謂互文性？

　　在過去這近一個世紀以來，「互文性」（l'intertextualité）這個術語被不斷地使用與濫用——並非由於這個字眼的新穎，而是由於它本身的歧義。和所有的概念性用語一樣，此字的來源「文本」（text）[1] 經歷了從具體到抽象的一段漫長過程。拉丁文字源和發展出來的隱喻「紡織」暫且不論，這個概念在現代學術界的變形歷史可以由傳統的版本學家、美國新批評學者，以及法國「如是」（Tel Quel）派成員所使用的情形略見端倪。現代文學批評史所見證到的文本變形進程可粗分為三個階段。一、最初指具體的「版本」，版本學（"textual criticism"）處理版本的探源、考證、校勘。二、形式主義（如美國新批評【New Criticism】）興起後，文本不再和作品的物質性掛鉤，而代表「作品意義整體」的抽象概念。作品自成「本體」（"ontology"），而文本解析（textual analysis）則順理成章地從事細膩的語意分析。三、

1　今天再來談「文本」（text），未免有天寶遺事之感。筆者曾指出當代詩學史上，文本的意義的轉變（見《文訊》18 期，1985 年 6 月）。隨著語用學和本維尼斯特（Emil Benveniste, 1902-1976）所提倡的「話語符號學」的興起，1960-70 年代熱門的術語「文本」，逐漸為「話語」（discourse）一詞所取代。至於由 "text" 這個字所衍生出來的 "context"，原意為「共＋文本」，即俗稱之「上下文」者，大陸學者卻譯作「語境」。事實上，「語境」更適當的回溯式英譯，應為 "discursive situation"，前面這個字 "discursive" 是 "discourse" 的形容詞。關於「話語」，請參見下註 3。

結構／後結構主義者則聲稱文本為符碼結構的系統、某種說話及言談的創造力，或者符號鏡象式的無窮倒影。1960 年代中期，由朱莉亞‧克莉斯特娃（Julia Kristeva）等人發起的「如是」（Tel Quel）學派視文本為開放、不穩定、自我解構的創造力，某種生產力量的演出場域。同樣的，現代批評史也讓我們看到「文本性」（textuality）與「文本間性」（"intertextuality" 的另一種中譯）——乃至本書關注的「跨文本性」（transtextuality）[2]——的易位，以及互文概念的全覆蓋性與普及化。

　　筆者此處無意澄清關於「互文性」的某些通俗化偏見，而企圖聚焦於二種閱讀策略，分別由克莉斯特娃和法裔美籍前哥倫比亞大學教授麥克爾‧李法德（Michael [Michel] Riffaterre, 1924-2006）提出。學界普遍認為克莉斯特娃為 "intertextualité" 一詞的原始創議人[3]。但若干

2　「跨文本性」（transtextualité）這個術語為惹內特（Gérard Genette, 1930-2018）修正克莉斯特娃所創。此術語所傳達的概念為本書推論的基礎。請參見第十二、十五、十七、十八各章。

3　Julia Kristeva, *Σημειωτική: Recherches pour une sémanalyse*《符號學：符意分析文集》, Paris: Seuil, 1969, p. 146. 克莉斯特娃於 1966 年，在論巴赫汀（M. M. Bakhtin, 1895-1975）與小說的論文中，鑄造了「文本間性」或「互文性」（intertextualité）一詞。其實其思想脈絡源出於巴赫汀所宣揚的「話語間性」（interdiscursivity）概念，雖然巴氏未用，也不可能用此英文字。按斯拉夫語系的名詞 "slovo"（言），經克莉斯特娃法譯為 "le mot"（1969, pp. 143-173），英譯竟成了 "word"（Julia Kristeva, *Desire in Language: A Semiotic Approach to Literature and Art*《語言裡的欲望‧文學與藝術的符號學研究法》, ed., Leoon S. Roudiez, trans. Thomas Gora, et. al., 1980, p. 64），讓人產生「單字」的聯想。但它不等於傳統中文的「（文）詞」，更接近「（話）語」，故英譯為 discourse 較妥。在此之前，羅曼‧雅格布森（Roman Jakobson, 1896-1982）提出的整個語言傳遞交流模式，包括六個成分（含 context），可視為「話語」系統（詳見本書第四章）。表面上看來，「文本」不見了，其實它由「語碼」（code）和「訊息」（message）等成分建構，其功能則被整個「話語」系統的動能收納。雅氏早年成立了布拉格語言學派，發行官刊 *Slovo a Slovesnost*，其正確的譯名應為《話語與語言藝術》或《詩與言》。此刊名已透露出他對「話語」（word）和「詩」（verbal art）兩者內在關係的堅持。

年後，為了匡正互文性和影響的混淆，她強調：「互文性是一種符號
系統轉換成另一種或多種符號系統的過程。」⁴ 李法德去世之前的半個
世紀，不斷地重申互文的物質性。因此他把抽象的互文性截肢，變成
一個更為具體的「互文本」。他認為系統和系統轉換時應有一可判定
的「符號路標」（signpost）作觸媒，他稱之為 "intertext"（互文點）⁵。
至於互文是否能透過某些特殊的符號標幟被指明，在此暫不討論。本
文將探討的是三件上古及中古文本之間的符號系統轉換現象。這三部
文本《易經》、《文心雕龍》、《二十四詩品》性質迥異，但是透過
互文得以匯通。

二、三部古典文獻的互文性：從《周易》說起

筆者認為文本是符號啟動「表意作用」【表義作用】
（signification），但同時也是表意作用的產物⁶，有賴語碼和訊
息的互動。然而，符號在符碼結構中的位置與功能如何，必須先
獲得語用社會成員的共識，亦即由表意作用移位到話語交流作用

---

4 Julia Kristeva, *Revolution of Poetic Language*《詩語言的革命》, trans. Margaret Waller (New York: Columbia University Press, 1984), pp. 59-60. 英譯自法文 *La Révolution du langage poétique: l'avant-garde à la fin du XIXe siècle, Lautréamont et Mallarmé*《詩語言的革命：十九世紀末的前衛派勞特列阿蒙與馬拉美》（Paris: Seuil, 1974）。

5 Michael Riffaterre, "Compulsory Reader Response: The Intertextual Drive"〈強迫性的讀者反應：互文的驅動力〉, in *Intertextuality: Theories and Practices*《互文性：理論與實踐》, ed. Michael Worton & Judith Still (Manchester: Manchester University Press, 1990), p. 56【全文 pp. 56-78】。李法德後來修正了互文點為具體路標的看法，回歸克莉斯特娃的系統性和抽象性。請參 "Intertextuality's Sign Systems"〈互文性的符號系統〉, *VERSUS: quaderni di studi semiotici*《逆反：符號研究季刊》77/78 (1997), pp. 23-34。

6 此間語言學者習用「語意」，大陸則多用「語義」。兩種用法各有道理。如硬要挑剔，前者或有趨近「唯心」論之嫌；後者雖看不出「唯物」，卻亦未嘗脫離義理文化傳統，如《周易正義》、《周易本義》中的「義」字用法。筆者選擇隨語用場合而定。

（communication）。即使沒有共識存在，人們仍然不斷、不自覺地在使用符號，因而習焉不察。符號的成分遵循「分布」（distributional）原則，但是也可結合（integrate）成階層系統（hierarchy 或 global structure）。文本可能會由不同的符碼構成，例如語文的（verbal）與非語文的（non-verbal）。在這種情況下，這些符碼必然產生複雜的文本內的互文關係。當同樣的結構原則發生在二個、二個以上，或無限的文本內的時候，我們面對的就是互文性現象。符碼的轉換關係分別存在於「表達層」與「內容層」次上，或者是說，在語法與語意層次上。如本章所用的材料《周易》，就屬於多元文本。筆者將進一步分析從《周易》到《文心雕龍》的符號演化，以及《周易》與《二十四詩品》的符號系統對應關係。這種作法並不代表這三部作品之間有任何歷史的承繼關係。縱然有之，也與本文的立論無關。

　　我的基本假設是《周易》的「卦」並非是由語文符號系統所構成的[7]。這個系統權充了惹內特（見前註 2）的「源文」（architext）、李法德的互文點，或普爾斯（Charles Sanders Peirce, 1839-1914）的「詮釋原則」（interpretant）。由於此系統非語文性但高度抽象與變通的特色，因而它能夠接受無窮的語意挹注（semantic investments）。劉勰對「文」、「體」的起源，以及「變」的討論，就是顯例。這種符號系統的轉變，從最早的《易辭》作者開始，一直到今天持續不斷。一旦非語文的「卦」被語文干擾並取代，新的符號系統便會轉換成其他系統。其原因便是語言的音、義雙重表達作用（double articulation），以

---

7 王弼、韓康伯、孔穎達等注，《周易注疏及補正》，十三經注疏補正，第 1 冊。臺北：世界書局，民 52 年（1963 年）。以下引文皆參考此版，不再交代個別頁碼出處。本章初稿係英文寫就，使用下列英譯本《周易》：Richard John Lynn, *The Classic of Changes: A New Translation of the I Ching as Interpreted by Wang Bi* [Translations from the Asian Classics], New York: Columbia University Press, 1992.

及文學的第二度規模系統（secondary modelling system）作用，包括文類及形式上的制約 [8]。這種第二階段的符號轉換可由司空圖的《詩品》得到明證。

眾所周知，《周易》不是一本書，而是一些注解的歷史累積，在所謂的儒家經典中，《周易》是唯一運用多重符碼來建構的典籍。就構成訊息（message）的書寫符碼（graphemics）而言，《周易》至少包含了二種截然不同的系統：一、非語文符碼的卦，包括本卦及別卦；二、由語文符碼書寫的「辭」及「傳」。辭與傳可以根據語意／義作用的不同，而分為不同的範疇。按照耶姆斯列夫（Louis Hjelmslev, 1899-1965）的古典區分，我們可以說第一種非語文系統屬於表達層（expression-level），是語意空虛的（cenemic），即缺乏語義的。第二個系統屬內容層（content-level），是語意充實的（pleremic）[9]，有意義的。從空虛系統轉化為充實系統，要透過語文化作用。這種語文化作用，根據洛杭‧夏尼（Laurent Jenny）的說法，是一種典型的互文化過程 [10]。

表達與內容的二元對立，或者符徵與符旨的二分，同時顯現在基本單元以及更高的層次上。舉例來說，每一個卦都有一個「名」，和

---

8 按：此為愛沙尼亞塔爾圖學派觀點。舉個例子來說，用中文寫一首詩，中文便是語言的原初（或第一度）規模（編碼）系統。如果我選擇用文言文寫一首杜甫風格的七律，文言文、七言、對仗、平仄、押韻等設計，乃至杜氏獨特的語法，都可以算是一再編碼的二度、三度……規模系統。

9 Louis Hjelmslev, *Essais linguistiques*《語言學論集》[=*Travaux du Cercle linguistique Copenhague 12*], 哥本哈根語言學派輯刊第 12 輯 , Copenhagen: Akademisk Forlag, 1959.

10 Laurent Jenny, "The Strategy of Form"〈形式的策略〉, in *French Literary Theory Today: A Reader*《當代法國文學理論讀本》, ed. Tzvetan Todorov, Cambridge: Cambridge University Press, 1982, p. 51 (of 34-63)。另參見：Jonathan Culler, "Presupposition and Intertextuality"〈預期與互文〉, In his *The Pursuit of Signs: Semiotics, Literature, Deconstruction*《符號探索：符號學、文學、解構》, Ithaca: Cornell University Press, 1981, pp. 100-118.

一個相對的「辭」。卦本身可以進一步細分為「爻」，爻也有相對的辭。
我們可以根據《十翼》中的〈說卦〉摘錄出下表：

表一

符號	名	指涉			
表達	內容				
	表達	內容			
		第一層	第二層	第三層	第四層
☰	乾	天	健	父	馬
☷	坤	地	順	母	牛
☳	震	雷	動	長男	龍
☴	巽	風	入	長女	雞
☵	坎	水	陷	中男	豬
☲	離	火	麗	中女	雉
☶	艮	山	止	少男	狗
☱	兌	澤	說	少女	羊

　　上表可以無窮的推演。這是一個非常散漫的分類，沒有任何邏
輯功能的架構。但是我們可以看出中間的語意成分，能發展出隱喻
（metaphor）與轉喻（metonymy）的關係。舉例來說，在每一個層次
上的各個單元，例如第一層，都屬於同一語意範疇，像是自然界的指
涉，天、地、雷……等指涉原始的自然成分。第二點，每一個卦所統
攝的單元，可以有置換關係，比方說，天、力量、父、馬都是可以置
換的。這裡會引發二個問題：一、剛才我們所說的關係，不是語言或
邏輯的關係；二、我們不知道從卦的深層層次，怎樣發生垂直的變形，
到達表層的指涉，也就是如何從第一個系統的表達，轉變為第二個系
統的內容。也許我們可以姑妄言之，由於其高度的抽象性，因此任何
意義輸入第一個系統，都是可以被接受的。正如牟宗三所謂：「然易

之為書，窮神知化。源於卜筮，本於爻象。其結構特別。具符號系統，非通常文字。本可自不同路數悟入。」[11]

　　就非語文的第一個系統而言，排列組合的規律相當固定及有限。基本上，它們是遵循鄰近的「卦」之間的否定及逆轉的變形律。1. 非語文符號、2. 其名稱，和 3. 辭，構成了所謂的「經」。傳說孔子及其後人所撰寫的《十翼》，便是所謂的「傳」，包括《繫辭》。

　　因此，我們所謂的《易經》，是由三種截然區分，但有重疊的層次，所構成的綜合文本：系統 1，非語文的系統；系統 2，一個語文化了的命名系統，用來取代系統 1；系統 3，一個第二度的語文規模，用來解釋系統 1 和系統 2，但在解碼過程中，其實是在替系統 1 和系統 2 建碼。從下面的表二可以看出，「訟卦」的系統內在關係：

表二

系統 1	符號	卦形
系統 2	名	訟
系統 3	辭	有孚窒，惕， 中吉；終凶。 利見大人， 不利涉大川。
系統 4	序卦	飲食必有訟，故受之以訟。 訟必有眾起，故受之以師。

　　在最基本的層次（即系統 1）中，變形是根據陽爻與陰爻之間的對立。此外，唯一形式上的制約無非是本卦的三劃與別卦的六劃。假如我們把本卦視為符徵，在較高的系統 2 上面，把相對的名稱視為符

---

11 牟宗三，《才性與玄理》，三版，臺北：臺灣學生書局，民 64 年（1975 年），頁 88-
　　89。

旨，會發現符徵與符旨的關係是極端任意的。因此，很難說明系統 1
如何產生系統 2，一旦系統 2 被語文化之後，透過不同的語意挹注所
產生的詮釋，便很自然的產生了。

　　傳說系統 1 是神話人物伏羲（庖羲）發明的，即劉勰所謂：「庖
羲畫其始」。這位神祕的文化英雄設計了一套表意與溝通的系統。此
系統無以名之，我們姑妄稱之為肖像的、數字的符號，是一種非語音
的前書寫。劉勰在〈原道〉篇有一段話：「人文之元，肇自太極，幽
贊神明，易象惟先，庖羲畫其始，仲尼翼其終。」[12] 後來的詮釋者在
六十四卦的符號系統上，加上了他們的後設文本，以為社會及政治之
應用。這種語文化的過程，可能與書寫的發展暗合，見證了一個半神
性的「符號人」（homo signans），變成「談話人」（homo loquens）
的過程。

　　從漢代開始，易經研究發展出了二個傳統。第一個傳統成為術數
系及象數系，主要關注的是系統 1 的運作過程，目的是占卜。這種功
能在《繫辭》上已看出「八卦成列，象在其中矣。因而重之，爻在其
中矣。剛柔相推，變在其中矣。」第二個傳統在劉勰時已發展成熟，
稱為義理系，關注的是易卦所顯示的哲學含義。劉勰對《周易》的解
釋並非獨創，而是被其他人的後設文本所中介，包括王弼與韓康伯。
劉勰稱讚王弼的詮釋為「要約明暢，可為式矣。」這些後設文本與漢
代的注疏不同點，是它們對形上學的興趣。《周易》和老、莊並稱三
玄。劉勰在《周易》中發現了文學觀念的哲學基礎，尤其是根據「道」
所發展出來的文學本體論，以及根據「易」所發展出來的文學演化論。

　　我們可以舉一個例子，來看出從「卦」到「傳」符號系統的轉換。

---

12 劉勰，《文心雕龍注》，鈴木虎雄、黃叔琳、范文瀾校注，臺一版，臺北：明倫出版社，
　　民 60 年（1971 年）。

這種轉換歷史漫長，由孔子發其端緒，王、韓進而繼續推演。從這個例子可以看出劉勰如何重寫《周易》的文本，甚至透過寓言的第二度規模，重寫孔子的身體。《繫辭·上傳》第八章記載孔子解釋卦象，中間有一段：

> 鳴鶴在陰，
> 其子和之；
> 我有好爵，
> 吾有爾靡之。

任何熟悉《詩經》體例的人都會有似曾相識的感覺，第一人稱的抒情由自然現象起「興」。但是，這種詩的閱讀可能是錯誤的。

我們必須回到文本脈絡上，才能發現它原來是以文字解釋「中孚」卦。它的卦象是上巽下兌（☴）。上面這首「詩」替代了九二爻。九二爻是陽爻，它上面是二個陰爻，分別為六三與六四，但是九二爻卻和九五爻的陽爻相對。這些陰陽爻，或者更正確的說，虛線和實線的關係，接受了第一層的語意挹注，以及第二層的詩挹注。這二種作法都是當時約定俗成的言談實踐。因此，九二爻被擬人化，成為第一人稱的說話者，把自己的不幸比擬作一隻鳴鶴，逗留在二個陰爻六三與六四的「陰」之中。這個說話者邀請九五陽性同伴與他共飲。九二爻與所引發出來的「詩」之間的因果關係十分複雜。我們可以說，卦的始原文本產生了詩，而詩就成為它的後設文本。但是我們也可以說，當時詩的體例作為了詮釋依據，使得注疏家能夠給晦澀的「中孚」卦解碼。不管真相如何，有一點是可以確定的：《易》與《詩》這二部經典彼此互為文本。

三、《文心雕龍》對易卦與繫辭的語意再挹注

「中孚」的故事還沒有演完。孔子以道德教訓，使得「中孚」卦的九二爻和相對的詩變得愈發糾纏不清。

> 子曰：君子居其室，出其言善，則千里之外應之，況其邇者手？居其室，出其言不善，則千里之外違之，況其邇者手？言出乎身，加乎民；行發乎邇，見乎遠。言行，君子之樞機：樞機之發，榮辱之主也。言行，君子之所以動天地也，可不慎乎？

非語文的卦被附加了語文，這是孔子及漢儒注釋的特色，也正是劉勰所繼承的文本策略。劉勰在其著作的開始，便透過夢境，點出他與孔子的關係。

> 予生七齡，乃夢彩雲若錦，則攀而採之。歲在逾立，則嘗夜夢執丹漆之禮器，隨仲尼而南行；旦而寤，迺怡然而喜，大哉聖人之難見哉，乃小子之垂夢歟！自生人以來，未有如夫子者也。敷讚聖旨，莫若注經。

《周易》對劉勰來說，無疑是一個始原文本，用來表達並建構他對文學的看法。由於其非語文性，這個始原文本並非像惹內特所謂的文類概念，但是它提供了一個前置的書寫空間，一個文本庫，讓劉勰得以自由運用，並且提供了他解釋文學起源、斷代、演化及分類的策略。我們不妨說，《文心雕龍》以《周易》為假設，而《周易》又提供了《文心雕龍》的可讀性。在劉勰的文本中，統御《周易》符號系統的變易、動物、龍變形為一個藝術象徵。我們仔細觀察，在《文心

雕龍》的五十章中間，只有二章沒有明顯地引用《周易》。

劉勰廣泛運用《周易》的材料，他討論的所有的文學問題都可以追溯到《周易》的形而上基礎。這些問題包括了四個範疇，用今天的話來說，分別屬於本體論的、知識論的、價值論的及形式論的。這四個範疇的問題又可被陳列在笛卡兒式的認知座標上。在這二個座標上，《周易》和《文心雕龍》彼此不斷交鋒。劉勰對這些問題的陳述往往被《周易》所中介，我們可以說他的文本是《周易》這個始原文本的重寫，是《周易》的後設文本，或者可以說，這兩個文本為互文。

劉勰對文學的起源，甚至說對「文」的起源，戲用德希達（Jacques Derrida, 1930-2004）的按語，為「理言中心論」（logocentrism）。劉勰在〈原道〉篇中說，「文」肇始於太極，從太極衍生出陰陽二種力量。這二種力量分別由陰爻和陽爻代表，中介陰陽二爻的是第三元。第三元或陰或陽，象徵著人，這種自然的力量與人的關係可由卦象充分表現出來：「八卦成列，象在其中矣；因而重之，爻在其中矣；剛柔相推，變在其中矣；繫辭焉而命之，動在其中矣。」

卦象的產生，《繫辭》上說是：「聖人設卦觀象，繫辭焉而明凶吉。」這句話可以透過不同的方式理解，筆者想到至少有下面五種詮釋：

1. 聖人設了卦，以觀象，進而為卦繫辭，以判斷凶吉；

2. 聖人設計了一套符號系統，觀察自然現象，在這個符號系統上，加上了語言系統，進而研判凶吉；

3. 聖人設了八卦，展現它們排列組合的情況，在這個系統之上，附加了一個語文的詮釋系統，來表達凶吉；

4. 聖人設計了一套符號系統 1，用來觀察另一個符號系統 2，並把符號系統 2 附加在上面，用來解釋符號系統 3；

5. 聖人設計了符號系統（符表＋符物＋符解 [普爾斯] 或符徵＋

符旨 [索緒爾]，思考符號系統的表意作用，進而使用語文符號解釋這個符號系統。

筆者分別把剛才《繫辭》的這句話做了五種意述，現在發現了一個問題：到底「象」是在符號之外，或在符號之內？是系統特定的，還是系統之間的？根據普爾斯和索緒爾（Ferdinand de Saussure, 1857-1913）二人的說法，符旨的概念以及符表所代表的物，構成了符號，屬於符號的一部分，而不可能在符號之外具有生命。

上面《繫辭》的句子，其符號學的含義不容忽視。首先，非語文的和語文的系統，都是系統特定的。第二，系統的轉換是可能的，但是必須考慮系統的特定性。第三，由於語文的雙重表達，以及語文系統的詮釋性及被詮釋性，系統 1 可以產生並容納所有的詮釋。最後一點，就《文心雕龍》而言，劉勰在聖人設卦觀象及繫辭的行為中，看出一種抽象的特質，作為他文學理論的基礎，也作為文學流變的一個比喻。這種符號活動，劉勰稱之為「文」（紋）。上文引述過他在〈原道〉篇中指出：「人文之元，肇自太極，幽贊神明，易象惟先。庖犧畫其始，仲尼翼其終。而乾坤兩位，獨制文言。言之文也，天地之心哉！」所謂的「人文」，涵蓋了非語文的符號系統，也就是我前面所說的「肖像性的」、「數字性的」符號或前書寫（pre-writing），以及後來轉化的書寫系統。這二種系統都可由「文」這個字的雙重指涉意義來界說。「文」儼然構成了文字／文學的符號標誌，它統攝了劉勰在以下的篇章所處理的所有歷史文類與形式。

> 心生而言立，言立而文明，自然之道也。傍及萬品，動植皆文：
> 龍鳳以藻繪成瑞，虎豹以炳蔚擬姿；雲霞雕色，有踰畫工之妙；
> 草木賁華，無待錦匠之奇；夫豈外飾，蓋自然耳。至於林籟結響，
> 調如竽瑟；泉石激韻，和若球鍠；故形立則章成矣，發聲則文

生矣。

　　這段引文充分地顯示了劉勰是艾柯（Umberto Eco, 1932-2016）所謂的「百科全書式」的符號學實踐者[13]。它創造了一個文本的符號學課題，該文本使用語文為自然現象建碼，也就是他所謂的「文」（紋）。「文」就是符號，包含的範圍很廣，從一個簡單的卦到複雜的文學設計，它們建構了文字／文學清晰可辨的符號座標，並統攝了劉勰在後來的篇章中所討論的所有歷史、文類與形式。劉勰曾定義「文」為紋與文本的交集。

　　劉勰處理文類、文體的方式與占卜者的說卦頗為類似，作者將《文心雕龍》非為象徵性的五十章，遵循著易卦的五十根筮草：「大衍之數五十，其用四十有九。」除了〈原道〉一篇以外，其餘四十九篇都是實用批評。此外，在這四十九篇中，劉勰讓觀念與修辭的策略互相滲出流入。在〈徵聖〉篇中，劉勰挪用了占卜的方法來解釋文體的標誌。這一段晦澀的文字是：「書契決斷以象，文章昭晰以效離。」為了證明他對文體的描述能成立，劉勰後來引用《周易》上所謂：「易稱辨物正言，斷辭則備。」在此我們看到聖人的文體源出於經文中的論斷性批評語言。正如聖人的語言實踐受到占卜符號的啟發，劉勰充分了解易經作為一個豐富的互文寶庫。劉勰討論「用事」，也就是文學典故之時，他特別拈出「大畜」卦：「大畜之象，君子以多識前言往行，亦有包於文也。」這句話是直接引自大畜卦象的解釋。大畜卦是上艮下乾，這個象代表眾山環繞的天，釋象者認為它象徵著聖人心

13 Umberto Eco, "Proposals for a History of Semiotics"〈符號學通史芻議〉, in: Tasso Barbé, ed. *Semiotics Unfolding: Proceedings of the Second Congress of the International Association for Semiotics* I《符號學開展：國際符號學會第二屆年會議程》, Berlin, 1983. pp. 75-89.

中充實的德行。若論者仔細觀察經文的第一度語意化作用──也就是爻卦和象所繫之辭，當能發現占卜符碼的建構。

　　「文」（紋）誠然是一種廣袤的概念，但也是一個模糊的符號概念。一旦離開了自然界，它便需要語文的再塑造。我們不妨探討劉勰如何構思「文」作為第一度規模符號及第二度規模符號：在第一度規模符號內，自然之文及人文（之元）的交互指涉關係；第二度規模處理的是建構特殊文類與文體的語文符碼。事實上，劉勰對於他當時與在他之前的文類的經驗性研究，也就是《文心雕龍》前半部的研究，如〈明詩〉、〈辨騷〉、〈詮賦〉等，都可以視為對文的第二度規模所作的探討。我們不妨列一個簡表，顯示三種「文」的關係：1. 自然之文；2. 文作為初度規模的總稱，包括語言、語法、語意／義三方面；3. 文在第二度規模中所指稱的文類與文體特徵。

　　內容　自然符號（文）　　文類符號（文 2）
　　表達　人文符號（文 1）　語言符號（文 1）

　　在這個圖示裡面，人類語文作為「表達」，可以在不同的格局中表示自然現象與文體語碼。這種說法乍聽怪異，但合乎理則。它無異是對《周易》學術作為語意化歷史的答覆。「文」的雙重表達功能同時中介了兩種內容：自然與文類。此觀念表達得最充分的便是司空圖的《二十四詩品》。

四、簡述司空圖與《周易》的互文性對話

　　筆者在下面要討論九世紀的詩人及批評家司空圖如何在《周易》

的基礎上與其他的文本從事互文性的對話。《二十四詩品》[14] 援用了
傳統四言詩的形式,這是從《詩經》開始的形式,以後不再流行。唯
一的例外是晉朝的陶潛。這個歷史材料對下面的討論將有相當的關連。
《二十四詩品》由二十四首「自然詩」構成,每首詩十二行。傳統上,
它們被解讀為詩藝作品,或者所謂的「以詩論詩」[15]。司空圖把其作品
命名為「詩品」並非偶然。我認為此作品之命名和一個早期的同名作
品——鍾嶸的《詩品》有應答關係。如果比較這二件作品,我們會發
現其中有趣的文本政治考量。至於司空圖是否知道鍾嶸作品的存在,
與此處的論辯沒有太大的關係。從我們的文本政治觀點出發,這二個
作品構成互文關係,而不是從鍾嶸或司空圖的觀點出發。

　　《詩品》中的「品」字,引發了許多爭論。擇要簡述如下。 一、
劉勰用過「品物」和「萬品」等字眼。論者皆謂「品」指品第,有很
強烈的評價意味。這也是鍾嶸的用法,他的《詩品》為五言詩品第,
從五言詩的開始,一直到鍾嶸所處的六世紀初。他挪用了九品中正制
度的官位等第來為詩人做評估,共把詩人分為三品。二、指人品。正
如希臘文的 ethos,亞里斯多德在《詩學》中論詩有六義,其中一義為
「品」。因此所謂的詩品與人品便有等同或對應的關係。三、傳統的
批評辭彙把「品」視為「體」,代表今天「類」的觀念,也是劉勰在《文
心雕龍》中的用法。四、另外一個傳統的用法即「品味」。

　　「品」這個字的複雜性可由英文翻譯的分歧看出。英譯有
作 "mode","order","mood", 或 "property" 者。這些翻譯見仁見
智,但我們不妨把焦點放在品味上面。如果說「味」是事物的特質

---

14 司空圖,《二十四詩品》,收錄於(清)何文煥,《歷代詩話》,臺五版,板橋:藝
　　文印書館,民 80 年(1991 年)。

15 關於西方詩藝與詩辯的表裡關係,請見本書第七、八、九、十一、十二各章。

（property），如食物的特質，那麼這特質一定要從使用者的觀點來理解，換句話說，就是從品味者的觀點。這點指出了司空圖詩論的實用層次。司空圖在〈與李生論詩書〉中指出：「古今之喻多矣，而余以為辨於味而後可以言詩矣。」回應了《舊唐書》的「韓休之文，如太羹之酒，雅有典則，而薄於滋味。」

筆者建議用下面一個簡單的公式來說明這種詩論。詩論家使用一個字眼來歸納某詩人的文體或風格。這個字眼可以稱之為「喻依」（vehicle）或「符徵」（signifiant），用來說明或解碼該詩人的「喻旨」（tenor）或「符旨」（signifié）。其關係可表示如下：

表三

受話者	文本 2	文本 1	發話者
→			←
張說	字眼	文體	韓休
	太羹		
	旨酒		
	喻依	喻旨	
	符徵	符旨	

此表顯示 1.「羹」與「酒」的內涵特質，或者特質符號（援用普爾斯的術語 "qualisign"），諸如「雅有典則」和「薄於滋味」；2. 從食物的範疇轉換到詩的範疇。這種轉換所以可能是由於味覺這種指引符號（index）會影響到接受者，不管是食者或讀者，這種內涵義向外推廣變成外延義，任何含有這種意思的詩，都可被歸納為這一類的詩，不論英文翻譯是 type, mode, kind, style 或 mood。根據這個說法，譯「品」為 property，係指詩的內涵義而非外延義，反而能正確說明了《二十四詩品》「品」字的語用意涵。字眼與羹、酒的表達—內容關係，可導

致另一層次的分析，顯示非語文符號課題如何轉換為語文符號課題，以及第一度語言規模如何轉換為第二度詩文類規模。上面表中的箭號是雙向的。在編年順序上，文本1在文本2之前，但就詩的實用學而言，受話者的後設正文反而創造了發話者的第一個文本。

　　符徵／符旨的互指關係說明了司空圖創作的原則。他無疑在重述「經」、「傳」第二系統與第三系統的關係。描寫某一種詩品的字眼，比方說「沖淡」等於「經」的第二系統，用來說明「沖淡」的這十二行詩，無形中權充了「傳」的第三系統。這十二行詩中間包括下面二句：「猶之惠風，荏苒在衣」。這種沖淡的特質，傳統上被認為是王維與柳宗元認同的特質：正猶如第一品的「雄渾」，被認為是李、杜詩的特色一樣。如果我們檢查一、司空圖作為前輩詩人的讀者；二、司空圖作為詩藝文本的作者；三、以及司空圖文本作為規範性文學批評的讀者群這三者之間的關係，我們會產生一本詮釋學的效應史，顯示出中國詩論創作的法則。這本效應史可由表四表示：

表四

發話者 1	文本 1	受話者 1		
		發話者 2	文本 2	受話者 2
陶潛	陶詩（原文本）	司空圖	二十四詩品（後設文本）	x 氏

　　在這個表格中，受話者 1 與發話者 2 是認同的，受話者 2 閱讀文本 1，產生了文本 2。但有趣的是文本 2 又被讀者群當作閱讀文本 1 的參考座標（如：我們透過沖淡，重讀王、柳時）。在這種情況下，原文本與後設文本，經驗式批評與預示性批評的分野便被打破了。司空圖的前人鍾嶸的《詩品》是一部充滿政治含意的實用批評。作者價值判斷的準則嚴謹，對他討論的詩人在評價階層上，排比位置，反映出

當時的政治文學氣候，比如：獨尊五言，賤古貴今，以及流露出作者
的意識形態認同。後世論者多批評鍾嶸將魏武帝列為下品，陶潛列為
中品，有相當的偏見。鍾嶸誠然有他的歷史考慮，他也說：「曹公古直，
甚有悲涼之句。」但是他明顯地排斥四言詩。陶潛為四言詩的健將，
也代表司空圖所指出的若干品，如：高古、典雅、自然……等。如果
我們仔細做文本對比，會發現陶潛詩分列、散布並置換在司空圖的詩
品中。

　　有趣的是，司空圖並未將《二十四詩品》列入一個價值階層，
讓它們彼此並列，雖然各品之間有重疊勝過衝突的關係。這二十四
品遵循著二種符號學的關係排列：分別屬於同一層次上的對稱關係
（contrastive relation），以及層次之間的並置對等關係（oppositional
correlation）。這種符號學的二元關係，一方面是時間性流動的，二方
面是空間性並置的系統，此處無法詳論，但值得進一步研究。總的說
來，各品互相流入或融入，第一品「雄渾」，選擇了乾卦的雄沛精神，
但是流入第二品的「沖淡」，這二品之間的對稱非常明顯；李杜與陶
潛的對稱，以及他們所代表的文體特色也是十分明顯。二品的沖淡，
顯然反映出道家陰性的特質。

一、雄渾
大用外腓，真體內充。反虛入渾，積健為雄。具備萬物，橫絕
太空。荒荒油雲，寥寥長風。超以象外，得其環中。持之非強，
來之無窮。

二、沖淡
素處以默，妙機其微。飲之太和，獨鶴與飛。猶之惠風，荏苒
在衣。閱音修篁，美曰載歸。遇之匪深，即之愈希。脫有形似，

握手已違。

二十四品的最後一品是「流動」，迴響著《周易》的精神：

為道也屢遷，變動不居，周流六虛。

五、結語

筆者在 1998 年的一篇論文中，探討了先秦典籍中邏輯與修辭的辯
證，可能埋下了符號學的種子，也就是對符號比較有系統的考察。無
論我們考察的符號是文字的或非文字的，它已然是互文的。非文字的
「象」遵循二元對立的邏輯，但很快地便被「辭」的語意與修辭作用
所感染。如果沒有後設語言的再建碼，我們似難把這兩個文本所包含
的符號群，化約為對象語言和後設語言的交互運作關係。在這一點上，
耶姆斯列夫所提供的表達／內容公式，以及對象符號和後設符號的交
互運作，是互文性研究可行的方法。本書的第四輯所收錄的論文允稱
具體的實踐。

第二章　從邏輯命題到詩命題
維根斯坦的七句詩話

一、《邏輯哲學論》簡介

　　在二十世紀的分析哲學傳統中，維根斯坦（Ludwig Wittgenstein, 1889-1951）允稱最重要的哲學家，他上承弗列格（Gottlob Frege, 1848-1925）和羅素（Bertrant Russell, 1872-1970）的數理邏輯，挾其非凡才具，學術的深度更上層樓，直接影響了以劍橋和牛津為中心的分析哲學與日常語言哲學，以及維也納學派的邏輯實證論。1920 年代末開始，維根斯坦在劍橋執教，作育各方英才，其弟子多人後來亦自成大家。透過他們對維氏遺作的整理和出版以及再傳弟子的弘揚，其學術橫渡到大西洋彼岸，移植到世界各地，包括臺大哲學系，繼續演化。毫不保留地說，近百年來西方哲學始終在維氏帶動的「語言學轉向」革命餘震中發展。《大英百科全書》〈維根斯坦〉條目為維根斯坦傳記作者雷·芒克（Ray Monk）所撰，譽其為二十世紀最偉大的哲學家 [1]；專業的《史坦福哲學百科全書》〈維根斯坦〉條目從分析哲學史的視角出發，略謂「維根斯坦被視為二十世紀最偉大的哲學家」[2]，兩句話

1　Monk, Ray, "Ludwig Wittgenstein"〈維根斯坦〉條目, *Encyclopdedia Britannica*《大英百科全書》, July 19, 2018. Retrieved from URL = <https://www.britannica.com/biography/Ludwig-Wittgenstein>

2　Biletzki, Anat & Matar, Anat (2018), "Ludwig Wittgenstein"〈維根斯坦〉條目, *The Stanford Encyclopedia of Philosophy*《史坦福哲學百科全書》, (Summer 2018 Edition), Edward N. Zalta (ed.), URL = <https://plato.stanford.edu/archives/sum2018/entries/wittgenstein/>

都用了「最偉大」的按語,顯非溢美之詞。

維根斯坦出身奧匈帝國時代維也納的顯赫富裕家庭,然為求自我實現,追求真理,選擇苦其心志,空乏其身,半生顛沛,一生曲折,充滿傳奇色彩,非我輩所能想像者也。芒克的傳記鉅作副標題曰《天才的責任》("The Duty of Genius")正說明了「天將降大任於斯人」的旨趣[3]。維根斯坦的第一本著作,也是他在世時出版的唯一的哲學論文——《邏輯哲學論》(*Tractatus Logico-Philosophicus*, London, 1922)[4],學界咸認是一本天書或奇書。從 1923 年其劍橋學友法蘭克·藍姆西(Frank P. Ramsey, 1903-1930)的評介開始[5],此書的各種「導讀」甚多,論者各有懷抱,頗能反映出學界研究典範從分析哲學到解構思潮的演變[6]。在前一典範中,以康乃爾大學麥克斯·布萊克(Max Black, 1909-1988)的注疏較為詳盡,作者本身為當代分析哲學大師、

3 Monk, Ray (1990), *Ludwig Wittgenstein: The Duty of Genius*《維根斯坦:天才的責任》, New York: The Free Press.

4 Wittgenstein, Ludwig, *Tractatus Logico-Philosophicus*《邏輯哲學論》, Ogden, C. K. & Ramsey, F. P. (trans.), London: Routledge & Kegan Paul, 1992 (1922); Wittgenstein, Ludwig, *Tractatus Logico-Philosophicus*, Pears, D. F. & McGuinness, B. F. (trans.), 2nd edition, Introduction by Bertrand Russell, London: Routledge & Kegan Paul, 1971 (1961).

5 Ramsey, Frank P., "Critical Notice"〈書評〉of L. Wittgenstein's *Tractatus Logico-Philosophicus*. *Mind*《心智》, 32.128 (1923), pp. 465-478.

6 Anscombe, G. E. M., *An Introduction to Wittgenstein's Tractatus*《維根斯坦〈邏輯哲學論〉緒論》, 2nd ed., New York: Harper Torchbooks, 1963 (1959); Stenuis, Erik, *Wittgenstein's Tractatus: A Critical Exposition of the Main Lines of Thoughts*《維根斯坦〈邏輯哲學論〉:主要思想內容評介》, Oxford: Basil Blackwell, Ithaca: Cornell University Press, 1960; Black, Max, *A Companion to Wittgenstein's "Tractatus"*《維根斯坦〈邏輯哲學論〉導讀》, Cambridge: Cambridge University Press, Ithaca & New York: Cornell University Press, 1964; McGinn, Marie, *Elucidating the Tractatus: Wittgenstein's Early Philosophy and Language*《闡述〈邏輯哲學論〉:維根斯坦的早期哲學與語言》, Oxford: Oxford University Press, 2006; White, Roger M., *Wittgenstein's Tractatus Logico-Philosophicus: Reader's Guide*《維根斯坦〈邏輯哲學論〉:讀者指南》, London: Continuum, 2006.

弗列格專家，但深知導讀此書非易與之事，劈頭就說：「任何哲學經典都沒有本書難以掌握。」（"No philosophical classic is harder to master."）[7]

　　分析哲學家雖側重語言——尤其是日常語言的分析，包括語法和語義分析兩方面，但追根究柢他們關注的是「現實」本體或「現實論」（"realism"）[8] 的課題，亦即語言和現實的客觀對應關係。在這個前提下才可細分陣營，或強調語言結構與事物結構先驗性的同構同形（"isomorphism"）[9] 與象似關係；或主張推理演算循其本身理則，積小致巨，以微致顯，初與外在世界無關。此所以早年注疏《邏輯哲學論》者，如維氏的弟子安斯孔（G. E. M. Anscombe, 1919-2001）、馮賴特（G. H. von Wright, 1916-2003）和出身倫敦大學的布萊克，無不在邏輯實證論的範圍內運作。由於後期維根斯坦的語言思想有強烈的語用學和相對主義轉向，以1953年出版的遺作《哲學探索》（*Philosophical Investigations*）為代表。分析哲學之外的廣大學界深受這本著作的吸引，特以倫理哲學家、文藝理論和文化研究學者為甚，同時帶動了通俗化的「語言遊戲」（language games）和「家族相似性」（family resemblances）等口號。就在這種新的學術氛圍下，標榜著後現代、後結構，主張論述懸宕、意義匱缺，以個人實踐與治療為旨趣的「新維根斯坦」（"The New Wittgenstein"）詮釋團體崛起，儼然有蔚為主流之勢 [10]。弔詭的是，維氏《邏輯哲學論》以言簡意賅的片斷組成，除

7　Black, 1964, p. 1.

8　McGinn, 2006.

9　Anscombe, 1959, p. 67.

10　Crary, Alice & Read, Rupert, eds., *The New Wittgenstein*《新維根斯坦》, London & New York: Routeledge, 2000; Ware, Ben, *Dialectic of the Ladder: Wittgenstein, the Tractatus and Modernism*《階梯的辯證：維根斯坦〈邏輯哲學論〉與現代主義》, London: Bloomsbury Academic, 2015. 「新維根斯坦」相關的說法可以溯源到《邏輯哲學論》3.263、4.112、

前面的數理邏輯命題推理外，泛論語言、本體、實存、自我、信仰、美感等哲學課題。其思維高妙細膩，語句則晦澀難解，這種警句式的筆體，甚至淪為詩話的風格反倒賦予了詮釋者極大的自由，任憑他們望文生義。筆者決定另起爐灶，探討《邏輯哲學論》的「詩學」含義，必須說明的是，筆者的敷衍表述與分析哲學傳統無關，亦非遊戲文章，而企圖為詩學另闢蹊徑。

　　《邏輯哲學論》確切寫作時間不詳，總體說來這是一個長期構思，陸續寫作片段的過程，從維根斯坦於 1911 年赴劍橋念書開始，到 1918 年一次大戰結束期間，作者由其龐雜的筆記中整理出來的。根據維根斯坦致羅素的書信，最後定稿完成於 1918 年 8 月，在義大利被俘前兩個月 [11]。原稿以德文書寫，為一篇兩萬字的論文，幾經波折，後由羅素為序推薦，1921 年披露在德國的《自然哲學年鑑》裡，英譯德文對照本翌年在倫敦出版（Wittgenstein, 1992 [1922]）。維氏與譯者奧格登的通信，請見 von Wright (ed.), 1973）[12]；1961 年又有新譯本出現。筆者粗略地瀏覽一下臺大圖書館的館藏目錄，發現有張申府（1927【陳啟偉修訂本 1988】）、郭英（1962）、許登源（1963）、牟宗三（1987）、賀紹甲（1996）、王平復（2009 [2007]）等六個中文譯本，進一步檢索可找到韓林合、陳啟偉等其他中譯。值得一提的是許登源出身臺大

　　6.54，羅素在序言裡已經點出。他覆述維根斯坦的哲學方法論如下：「哲學的目標是以邏輯釐清思想。哲學不是某種『理論』（Lehre [doctrine]），而是一種『行動』（Tätigkeit [activity]）；哲學作品的本質便是『釐清』（套句本地政客名言：『說清楚，講明白』）（"elucidations" [Erlauterungen]）」（Russell, 1922, in Wittgenstein, 1971, p. xii，德文為筆者加註），符號邏輯的功能就是「釐清」。維氏所謂的「釐清」活動對後世的啟發則言人人殊，各取所需，McGinn（2006）的書名標題叫 *Elucidating the Tractatus*「釐清《邏輯哲學論》」，顯然係挪用到另一後設層次的文本間關係。

11　Monk, 1990, p. 156.

12　von Wright, G. H. (ed.), "Introduction", *Ludwig Wittgenstein, Letters to C. K. Ogden*《陸德維希‧維根斯坦致歐格登信札集》, Oxford: Blackwell, 1973.

哲學系，後投入保釣運動，從事左翼論述；張、牟譯本叫做《名理論》，直追先秦，古意盎然。

二、哲學詩話探索

　　《邏輯哲學論》未作篇章區分，但以數字標示出七個命題句子，如 1：「世界是總體──就這麼回事。」1.1：「世界是所有事實的總體，而非物件的總體。」1.1.1：「世界由事實決定，亦即全體事實。」……2、2.01、2.011……2.0121……4.4661、5.6331……6.54、7。1.1 由 1 發展而出，為其引申，也在說明 1；依此類推，1.1.1 和 1.1 的關係相似。這七個命題句作為該「節」的題目，分別導出不等的子命題句：（1）6 句；（2）78 句；（3）73 句；（4）108 句；（5）149 句；（6）104 句；（7）0 句。第七節的命題句 7 是自足的，也是整篇結論，無需增補說明。這種寫作體例和編輯方式在今天的科學著作裡，包括符號學和語言學，已很普遍。維氏的體例或參照懷海德（Alfred North Whitehead, 1861-1947）與羅素的《數學原理》（1910-1913），但就哲學論文而言，它畢竟有異於傳統寫法。我們可以確定的是，這絕非作者無心插柳之舉 [13]，但他萬未預料到此數字體例竟然引發了後世詮釋的爭議。近年有學者建議放棄直線循序閱讀，把《邏輯哲學論》依「樹狀」重排，以超文本方式從事二維閱讀 [14]，此說引起傳統循序閱讀學者的反彈自

---

13 Mayer, Verna, "The Numbering System of the *Tractatus*"〈《哲學論》的數字排列系統〉, *Ratio: An International Journal of Analytical Philosophy*《比例：分析哲學國際期刊》, 6.2 (1993), pp. 108-120; Gibson, Kevin, "Is the Numbering System in Wittgenstein's *Tractatus* a Joke?"〈維根斯坦《哲學論》的數序是開玩笑嗎？〉, *Journal of Philosophical Research*《哲學探索期刊》, 21 (1996), pp. 139-148.

14 Hacker, Peter M. S., "How the *Tractatus* Was Meant to Be Read?"〈如何閱讀《哲學論》？〉, *Philosophical Quarterly*《哲學季刊》, 65.261 (2015), pp. 648-668; Kuusela, Oskari, "The Tree and the Net: Reading the *Tractatus* Two-dimensionally"〈樹與網：《哲學論》二維閱

不在話下 [15]。說穿了，文本內的交叉式閱讀本為常態，但未必要導至
具體編輯方式的重組；然而此樁公案非本文關注，就此帶過。如純就
自然基數而言，整本論文僅得七個句子，故本文戲稱「七句詩話」。
筆者根據英譯，試意譯如下。

1　世界【宇宙】是總體——就這麼回「事」【就這件事實】（Fall
　　[case]）。

2　所謂「事實」（Tatsache [fact]）就是「事物狀態」
　　（Sachverhalten [states of affairs]）的存在（Bestehen
　　[existence]）。

3　「邏輯」給「事實」所繪的「圖畫」（Das logische Bild [A
　　logical picture] ＝「邏輯的圖畫」）便是「思想」（Gedanke
　　[thought]）。

4　「思想」是具有「意義」（Sinn [sense]）的「命題」（Satz
　　[proposition]）。

5　「命題」是「基本【原子】命題」（der Elementarsätz）
　　「組構成的函項【真值函項】」（Wahrheitsfunktion [truth-
　　function]）。而「基本【原子】命題」自身即是其函項。

6　「真值函項」的形式（Form [form]）是 $[\overline{p}, \overline{\xi}, N(\overline{\xi})]$。這是
　　命題的一表達式。

7　我們無法說的【用語言表達的】就應該沉默以對。

讀法〉, *Rivista di Storia della Filosofia*《哲學史評論》, 2015 (2), pp. 229-232.

15 Kraft, Tim, "How to Read the *Tractatus* Sequentially"〈如何依序閱讀《哲學論》〉, *Nordic Wittgenstein Review*《北歐維根斯坦評論》, 5.2 (2016), pp. 91-124. Retrieved from https://www.nordicwittgensteinreview.com/article/view/3415

　　這七句直述句命題怎麼看也不像詩話，尤其是第 6 句，如發問卷請讀者票選，勉強入圍的大概是 3 和 7 二句吧！最可能的理由是：從維根斯坦論述脈絡抽離出來的這兩句話蠻像傳統詩論裡的說法。君不聞：「在心為志，發言為詩」、「詩如畫」、「董源山水，出自胸臆」？既然邏輯用語言來釐清思想，那麼說「思如畫」亦不為過。君不聞：「意在言外」、「得意忘言」、「詩有別趣，非關理也」？顯然有些想來應屬於詩的事物，竟能以弔詭的方式超越語言。假如詩人果真無法以語言表達，只好沉默以對。當年筆者為爾雅版年度詩選推薦林群盛的電算機程式語言詩作〈沉默〉，曾引起詩壇雜音，然該詩頗可視為對維根斯坦結論的回應 [16]。進一步觀察，1、7 二句最短，前者僅得六輔句「釐清」（1.1、1.11、1.12、1.13、1.2、1.21），後者則掛零，蓋句 7 為全書結論，無需辭費進一步說明也。

　　其實句 1 和句 7 首尾呼應，彷彿畫了一個圓，此處稍作解說。句 1 的「世界」，原德文為（Das Welt），猶如英文的 "world"，中文的「寰宇」或「天下」，泛指全稱的（universal）「現實」世界總體（Gesamheit [totality]），故筆者在括號內加註「宇宙」，以契合德文原有的含義。重要的是，所謂「現實」並不是指涉所有個別（particular）具體事物或物件（der Dinge [things]）的總和，而是指被語言命題表述過、再現過的事物——亦即維氏稱為「事實」（der Tatsachen [facts]）者——的「全稱」。德文用的是 "alles"，先後兩個英譯本作 "everything" 或 "all"，我把它譯為「總體」，這「共相」向來是哲學關注研究的對象。「共相」或「總體」如何構成的？由所有的「事實」陳述構成，而非未被語言表述過的、「赤裸裸」的「事物」所組成。差別在哪裡？差別就在我

16 林群盛，〈沉默〉，《地平線》詩刊 5 期，1987 年 5 月 15 日，後收入張漢良編《七十六年詩選》，臺北：爾雅出版社，1988 年 3 月 15 日初版，頁 88。

們已知、可知，甚至未知但可推論的萬物，或世界總體，無論正、負，都需要透過語言再現。一旦透過語言，它就被語言的特質、規則、律法所中介，譬如必須受到語法的制約，在句子裡有「主詞」（名）和「謂詞」（「述詞」）以表「名」，如此才能組成命題句表「義」（Sinn [sense]），其形式即如句 6 所示 [17]。假如事物都需要通過命題句表義，在它們之外的一切（即使存在）是未表義的，換言之，是「無意義」（Unsinn [nonsense]）的，也是不可被語言再現的。那怎麼辦？很簡單：我們保持緘默。因此句 7 一句話總結：「我們無法說的【用語言表達的】就應該沉默以對。」

初看之下，維根斯坦所謂的命題句是狹義的指稱現實事物的直述句，具有可驗證的語義值，如（1）「臺北在臺灣的北部」、（2）「李白是唐代的詩人」，甚至被切斷的邏輯和語法還原後的詩句：（3）「晚鐘／是下山的小路」或（4）「我達達的馬蹄／是美麗的錯誤」。「如某基本命題為真【如（1）】，它表達的事物狀態是存在的；如該基本命題為偽，事物狀態便不存在」（4.25），如「鄭愁予是宋代女詞人」為偽，故無其人其詩。維根斯坦把話說得很滿：「如果所有為真的基本命題都能臚列出來，我們就會得到整個世界一份完整的報告。世界全貌的描述透過所有基本命題的表達——包括正負真偽的說明——與彙整獲取」（4.26）。這種論調沒錯，然而直陳其事只代表語言的某個面向。姑且不談虛構問題 [18]，什麼事物無法以語言表達？我們往往

---

17 句 6 的命題形式 [p^-, ξ^-, $N(\xi^-)$] 是個演算法，p^- 代表基本命題（子命題或命題成分）；ξ^- 代表一組命題的集合；$N(\xi^-)$ 代表所有 ξ^- 成員的否定。

18 巧合的是，John Searle 在討論虛構的邏輯地位一文中，指出英文語義廣泛的 "literature"（「文學」）應屬於維根斯坦所謂的「家族相似性」概念（1975, p. 320）。作者舉了一個有趣的虛構例子。某小說作者寫道：「窗外正下著雨」，其實當時屋外並未下雨（p. 321）。作家筆下的陳述不需要靠外在現實驗證為真，她也沒有義務舉證當時實際的天氣如何（p. 323）。當她說：「窗外正下著雨」時，形同在玩一個維根斯坦的「語言遊戲」，

說某種情緒、某種感覺沒法說得出來，無以名狀，或者只能意會，不能言傳云云。這種語言無法充分表現（包括外在世界和內在經驗）的現象可歸為第一類與指涉功能有關的語言侷限，但另外有一種情況屬於第二類的語言侷限，即語言無法反身表達「語言表達」這一事實。第一種侷限是自明的事實，沒有人會天真地認為語言能夠百分之百傳真，十八世紀以降哲學家熱衷建構的「普世語言」（characteristica universalis）——包括羅素在序言中指稱的維根斯坦建構的「理想語言」（見前註 4，Wittgenstein, 1971, p. x），甚至小說家王文興的理想書面語實驗，僅能反映出作家對自然語言限制的自覺，而無法讓人同意和認可其解決方案。維根斯坦並非無自知之明，他說：「語言以偽裝遮蔽了思想，我們無法根據外衣的樣子推論出衣服內思想的樣子，因為衣服的式樣並不是為了顯示體型而設計的，而原有其他的目的」（4.002）。這個訴諸喻詞的句子晦澀難解，它在補充說明 4：「『思想』是具有『意義』的『命題』」；我之所以說它晦澀難解，是因為緊接著 4 的 4.001 說：「命題的總體就是語言」，4.001 和 4.002 似乎有矛盾。單就 4 和 4.001 兩句話看來，維氏顯然認為思維和語言是一體之兩面，而且強調了語言的及物性。也許外衣和身體斷層的喻詞流露出第一類「言有未逮」的困境。

　　關於第二類侷限，我可以舉公孫龍的〈指物論〉以為類比說明。他說：「物莫非指，而指非指」。顯示凡「物」皆可被符號「指」示，但指示這動作或行為則無法被它本身自我指示。譬如說：你可（Me-too）以食指「指」月，或指其他可見的外物，但不能（Me-neither）

但玩得相當認真，所有的表述在遊戲的框架內都是「真」的（pp. 325-6），正如演員演得好像真的（p. 328）。因此，因「迷途」（#Me Too）而覺醒的批評家，不能指責「崇徒」（#They Too）的詩人們說謊。見 John Searle, "The Logical Status of Fictional Discourse"〈虛構言談的邏輯定位〉, *New Literary History*《新文學史》, 6.2 (1975), pp. 319-332。

以食指「指」它自己；你可以舉起外物，如一杯水、一對啞鈴，甚至
一輛大貨車（請發揮女力！）——至於舉得動或舉不動則屬於第一種
及物的侷限；但你不可能反手把自己的身體舉起來，這是第二種反身
式的侷限。因此維根斯坦說：

> 命題句可再現全體現實——顯然命題句與現實有象似之處，然
> 而命題句無法再現【使】象似關係【成立】的邏輯形式。
> 如要再現邏輯形式，我們必須處身在邏輯之外的命題中，換言
> 之，處身在世界之外。（4.12）
> 命題無法再現邏輯形式；然而邏輯形式有若鏡象，反影在命題
> 裡。
> 任何反影在語言裡的物事，語言都無法再現。
> 本身就是語言表述的物事，我們無法再用語言表述。（4.121）

　　順著公孫龍的思路，4.12 比較容易理解，但 4.121 似乎又提出
了與其背反的悖論。這裡面涉及到維根斯坦極其晦澀和引起爭議的
兩種表達方式，一種是「說」（sagt, say），另一種是「顯」（zeigt,
show）或上引文中的「反影」（spiegel, mirror）。在這個複詞中我故
意用「影」而非看起來比較通順的「映」，以彰顯原文的鏡象隱喻
（4.121-4.1212）。在這一小節，維根斯坦下了一個結論：「凡能顯（被
顯，gezeigt, shown）者，無法說（被說，gesagt, said）出來」（4.1212）。
　　無法以語言表達的，我們只能「呈顯」之，這個說法相當費解，
論者或謂需透過維根斯坦著名的圖象（Das Bild, picture）理論理解，
關於這一點，我們將在下文介紹。根據 4.1212，「顯」似乎代表更廣
泛的、全面的認知過程，「說」僅為局部，屬於「顯」的一部分。但
是沒有理由我們不能反過來論辯，謂「顯」也可以被「說」出，語言

有全覆蓋的建模能力並不表示語言是萬能的，但是本維尼斯特說得好，在所有的符號系統中，只有語言兼為詮釋系統和被詮釋系統。命題句能「說出」現實，如：下面的書寫符號群〈金龍禪寺的晚鐘響起〉，在語法、語義結構上，和被說出來的事物狀態"金龍禪寺的晚鐘響起"有對應關係[19]。如何形成這種對應關係？其邏輯形式如何？為什麼不能被「說出來」？我們當然可以用一套後設語言，把這個自然語言中的句子視為對象語言，作細緻的符號和語義分析，再現、說明它。表面上看來，「指非指」的比喻提供了一個可能的答案，即：你必須跳到可被再現的世界之外，才能討論「指亦為指」的可能；然而，在語言世界裡，有一個層次屬於後設語言，它可以處理語言再現的邏輯。維根斯坦的命題句關注的是直述句和現實的對應關係，即「物莫非指」；但是我們也需要考慮對象語言與後設語言的關係，即「指非指」或「指亦指」。從 1930 年代的卡爾納普（Rudolf Carnap, 1891-1970）和塔斯基（Alfred Tarski, 1901-1983）到 1960 年代的雅格布森，後設語言與對象語言的辯證和互動已成學界常識。1950 年代末期，雅格布森把這一對關鍵詞援用到詩學研究上去，指出語言的各種功能，包括指涉功能和後設功能。在本文的語境裡，如詩是對象語言，詩話則是後設語言，以詩語言——而非世界——為對象。「今天天氣很好！」是以命題句指涉（再現）說話者經驗中的外在現實，建構了事物狀態，但我們常聽人說：「今天的天氣哈哈哈！」這時命題的即物性消失了，也可以說語言的後設自省功能取代了即物功能，至於言不及義，故作幽默猶為餘事。我們的願望、情緒、信仰、美感都屬於命題直述句所能表達之外的「事物」，必須以另外的方式「呈顯」。與維根斯坦同時，

19 按：此處的標點符號用法遵照書寫研究慣例：單尖號〈 〉內為書寫符表；雙引號" "內為所表達之符意。

但在牛津執教的奧斯汀（J. L. Austin, 1911-1960）發展出語言行動理論，特別指出描述性（constative）用語之外的踐行性（performative）用語，它能導至行動，但在一般情況之下，無法被證實其真偽。

我們以綜述的方式處理了維根斯坦七句詩話中的五句，遺漏的是最像詩話的第三句和最不像詩話的第六句，它們有待筆者在下面各節作翻案文章。

三、邏輯怎能為思想繪圖？

在本章第一、二節中，筆者臚列出維根斯坦的七個命題句，以綜述的方式透過詩例介紹了 1、2、4、5、7 五句，剩下 3、6 二句在三、四節討論。本節暫時先處理句 3 論圖象，下節則探討句 6 語言邏輯推理所導出的倫理學（如「唯我論」）議題。

如上文所引，句 6 為推理演算程式，而句 3 則是典型的維氏文風筆體，看似平淡無奇，但頗為費解。

3　邏輯給事實所繪的圖象（Das logische Bild【邏輯的畫】der Tatsachen [A logical picture of facts]）便是思想（der Gedanke [a thought]）。

此句之所以費解因為它包括了「邏輯」、「事實」、「圖象」、「思想」四個（如不含「邏輯」，至少三個）看似自明的日常用語卻又語義晦澀的術語，它們到底指涉什麼概念？四者之間的關係又如何建立與釐清？要回答這兩個問題顯然不是簡單的事，必須仔細跟蹤從句 1 開始啟動的嚴密推理。對於一般讀者，我們可以初步假設：這句話包含了一個「邏輯」作為「圖象」的隱喻，加上接下去的兩個輔句補充說明。

3.01　「事物的狀態是可想像的」：因為我們能在腦海中繪出它
　　　來。

3.02　真實思想的總體便是一幅世界的圖象。

　　為何說這些話裡包含了隱喻？到底是輸入（input）性的「邏輯推
理過程」和「繪畫創作過程」為類比，還是「邏輯推論」函項的「輸
出」（output）結果──即維根斯坦所謂的「真值」──是「繪畫成品」
或「圖象」？那「事實」和「世界」（總體事實）該往哪兒擺？它同
時可以作邏輯推論形式的產品和繪畫的產品──即圖象的形式兼內容
嗎？筆者兼用、通用「繪畫」和「圖象」，以呈顯維氏用語的多義性。
此外，難道圖象的形式和內容可以區分嗎？這種古典論調會引起什麼
疑慮？底下稍作申論。

　　依通俗的說法，繪畫是某種「表達」或「再現」的方式，有其媒
介特質，如線條、構圖、色彩。此處的「表達」和「再現」雖係中文，
實則是借用歐化的批評術語，為及物動詞，省略了受詞，如「表達『情
緒』」、「再現『風景』」。在傳統的「再現的」（representational）
或稱為「具象的」（objective）繪畫中，再現的為具象的物件或客體，
如人物、山水、靜物等，不一而足。在非具象的（non-objective）繪畫，
如二十世紀上半葉傑克遜·波洛克（Jackson Pollack, 1912-1956）實驗
的「抽象表現主義」作品裡，畫家表現的為某種結構性的美感經驗，
或勉強稱之為情緒、抽象的概念，甚或反身指涉創作動能，其象似值、
語義值為零或趨近於零。至於邏輯，就不同的程度而言，它是利用自
然語言或人工語言（如數理符號、電算機程式語言或人工智慧）進行
演繹推論──甚至歸納、類比等法則的演算工具[20]，怎麼說也和非推

─────────────
20 本章寫作過程中，筆者曾與學棣專攻邏輯的徐金雲教授討論，承其 2018 年 11 月 18 日

論性的繪畫沾不上邊。唯一的可能就是：形式邏輯透過演算程式再現世界，「猶如」畫家透過繪畫再現世界；然而即使程序接近，這類比關係仍然不能解決邏輯符號怎能等同繪畫的符號——如果真有符號可言。假如此處的質疑成立，那麼以自然語言為載體的文學創作，在「內容層」上固然無法為外在和內在世界「繪圖」，至於文字書符的「表達層」[21]，即便局部「象形」，也只能唬弄文字蒙求的學童和不諳該語文的外國人。進一步推論，傳統所謂的「詩如畫」或「詩畫一律論」等屬於內容層的論調殊難成立。維根斯坦說「邏輯給事實繪圖」時，他首先要解釋邏輯作為表達層的形式問題，其次說明形式的產品——即內容層的「事實」，怎能和「思想」畫上等號。

　　也許維根斯坦不是從藝術分類的觀點來看思想和繪畫的關係。但是有沒有可能邏輯能為世界繪圖呢？在什麼條件下這是可能的呢？首先，根據某種古典的知識論，人腦的思維原本就是先驗形象式的，所

來函謂：「很多時候邏輯所描述的世界，實在跟自然世界本身是沒有什麼太大關係。它純粹就是人類想要以一種方式去理解世界。例如『如果天上下雨了則地上會濕』，這裡的『如果』和『則』其實不是自然的事情，而是人類去歸納出來的世界現象的條件關係，而且人類會因為這個理解進一步去推論：如果現在地沒有濕，那麼天一定沒有下雨！這裡呈現的一種思想，其實是人去建構出來的對世界的一種思維法。」

讓我們再回到洛夫〈金龍禪寺〉的起句：「晚鐘／是遊客下山的小路／羊齒植物／沿着白色的石階／一路嚼了下去」，詩人無疑透過邏輯推理，為晚鐘、遊客、小路、羊齒植物建立了因果關係："晚鐘響了，遊客們下山的時間到了，他們沿着蔓生著羊齒植物的小路走下山。"詩人在第一層自然語言（中文）之上，再從事第二層邏輯編碼，再加上第三層詩語言編碼，切斷了邏輯，晚鐘與小路得以認同互換，「羊齒」植物中的比喻狀詞，還原出字面義「羊的牙齒」，使植物得以行使咀嚼的動作。

這個例子說明了詩的雙重編碼和邏輯推理的關係。這種關係同樣地可以說明，繪畫也具有邏輯推理之外的非邏輯空間和視覺編碼功能。此處第一層與第二層編碼為符號學常識用語，塔爾圖學派用以探討語言初度編碼與文化二度編碼的雙重互動系統，筆者認為這裡面潛藏著尚待學界開拓的維根斯坦邏輯與符號學界面關係，有助於未來詩論的發展。

21 「內容層」和「表達層」為丹麥語言學家耶姆斯列夫所創語言符號分析用語。見第一章。

謂「思想」，猶如柏拉圖和康德所論，無非是「想『象』」，任何演算都由這絕對唯心的先驗形象出發，也回歸到先驗形象，但是這種先驗論維根斯坦在論經驗時（5.634）證明其為非，也與其邏輯建構論不符。其次，就操作程序而言，邏輯演算力大無窮，無遠弗屆，為一切數學的後設語言，它必然涵蓋了現代數學，如微分幾何與拓樸學對空間的臆想與演算。在這種情況之下，外觀可被經驗的形象必須讓位給看不見的深層結構，如通俗文化科幻電影裡的「變形金剛」所示。表面上看來，這和維根斯坦給邏輯所劃的有限疆界衝突，但是他所謂的世界包括基礎二值邏輯的「負」世界（如「沒有下雨」為「下雨」之負）和模態邏輯的可能世界[22]：

5.6　　我語言的界限就是我的世界的界限。

5.61　邏輯覆蓋了世界：但世界的界限也就是邏輯的界限。

必須提醒讀者的是，句 3 不是突如其來的；在它出現之前，維根斯坦已經在句 2 引導出的段落中大幅度地討論過實存和圖畫的關係，不過其初步作用係補充句 2：「所謂事實，就是事物狀態的存在」。我們怎能知道某「物」（Gegenstand [object]）呢？「我們未必能知道其外在特質，但必須知道其內在特質」（2.01231）。此處的外在特質和內在特質為一體之兩面，近似普爾斯筆下的「質符」（qualisign）。

請再以先秦名家公孫龍為例，說明何謂內在、外在特質。現存據信為公孫龍著作六篇中，以〈指物論〉、〈白馬論〉、〈堅白論〉最為著名。〈堅白論〉以客問開場白：「石堅白三，可乎？」（「石頭」、「堅硬」、「白色」，可分開算三件【物事】嗎？）筆者按：「石」、

---

22 見 2.012 以下各輔句，如 2.0121「邏輯處理各種可能性，所有的可能性皆為邏輯事實。」

「堅」、「白」三字代表三個概念，「石」是「物」，「堅」和「白」都是該物先驗的內在特質，邏輯上稱為「內涵義」（intension）。「堅硬」這特質適用於所有的石頭，成為其充要條件（本質【substance 或 essential property】），推而廣之是所謂「外延義（extension）」[23]；至於「白」則為次要條件（偶性【accidental property】），因為石頭可有各種顏色。「撫之」（摸一下）知其「堅」（堅硬），「視之」（看一眼），知其「白」，「視不得其所堅」（看不出硬度），「撫不得其所白」（摸不出白色），兩者「不相盈」（不併存），而「相離」（分開）。人感知石頭堅硬的觸覺經驗和感知其色白的視覺經驗，皆為外在特質；至於這兩種經驗是否能同時並存（「相盈」），或不併存（「相離」），亦即後驗的外在特質是否能同時為人「通感」體驗（「視之」兼「撫之」），則屬另外的問題。我們可以說，無論特質為內在或外在，凡有共享特質者、具有外延義者可歸為一類，即集合概念的「類型」（type）或普爾斯所謂「律則符號」（legisign），如「所有的石頭」，

---

23 維根斯坦講「外延」（extensionality）主要係指句 6（「真值函項的形式是 $p^-, \xi^-, N(\xi^-)$。這是命題的一般表達式。」），所論之真值函項在命題句和原子命題句內的對應關係，可推廣到所有的自然語言上去（M. Morris, *Wittgenstein and the Tractatus*《維根斯坦與〈邏輯哲學論〉》, London: Routledge, 2008, p.254）。由於下文會集中討論，此地僅簡述。「真值函項」（truth-function）由「函項」（function）和「真」（truth）構成，「值」（value）被省略了，如「a 比 b 大」，a 和 b 是發生關係 R 作用「比」的函項，「大」則係「值」。
再以洛夫和鄭愁予的詩例來說明。「晚鐘」與「小路」、「馬蹄」與「錯誤」都是詩作語義世界內的函項；「洛夫」和「鄭愁予」是詩作外、詩史上的函項。詩句的分析及二位詩人的評價皆係由真值函項構成的命題。維根斯坦在 3.1432 以「複合符號」（"the complex sign"）"aRb"（a 與 b 的關係 R）表示。
必要特質與偶然特質的函項演繹曾被二十世紀初的俄國形式主義敘事學者借用，以探討民間故事的結構，筆者於 1970 年代後期寫博士論文時譯作「功能（項）」，與「狀態（項）」相對。稍微扭曲一下，不變的「動態功能」猶如「本質」（essence），可替換的「靜態功能」則如「偶性」（accident）。

說句笑話，「齊白石」是也！單獨而論，它是「個體」（token）或普爾斯所謂「個別符號」（sinsign）[24]，如筆者六歲時在彰化手中撫摸著河邊撿到的那塊白石頭。

　　筆者引述〈堅白論〉和普爾斯的符號論以解釋維根斯坦的內在和外在特質，同時巧合地觸及了視覺經驗——繪畫的充要條件。且看維根斯坦怎麼接著說：

　　2.0131　一個佔有空間的物體必然處於無限的空間裡。（空間的
　　　　　　一點便是推論點。）
　　　　　　在視覺領域的一小塊【點】（der Fleck [a speck]）必然具
　　　　　　有某種顏色，縱然未必是紅色的：包圍它的是顏色空間
　　　　　　（Farbenraum [colour-space]）。每個音符必然有音階，

---

24 關於 "type"（類型）與 "token"（個體）邏輯關係的討論，從 Ramsey 開始一直是維根斯坦研究的核心問題，聚焦在羅素 1903 年《數學原理》所提出的「類別悖論」（the paradox of class of all classes）上。筆者於 1994 年論維多利亞作家德昆西（Thomas De Quincey, 1785-1859）的階級歸屬時，曾初探此課題；最近因為研究維根斯坦決定另起爐灶。

徐金雲指出：「羅素……在做量化邏輯推理時，所討論的是一個集合（如：人『類』）跟另外一個集合（有理性的『類』）之間的邏輯關係。而實際上這個世界是由一個個的個體組成的，並不是由一個個的類組成的，因此這個『類』的世界一定就不是自然世界！因此……集合論悖論會這麼棘手！因為邏輯上我們可以設想存在一個集合，它是由不以自己為自己子集合所構成的集合！但這樣一來，就會產生悖論！而這個世界的圖像怎麼去思維與說呢？這也是維根斯坦要討論邏輯所建構的世界圖像一定要面對的論述困境！」（全註 20 作者來函）參見 F. P. Ramsey, "Review", *Tractatus Logico-Philosophicus* by Ludwig Wittgenstein and Bertrant Russell, *Mind*, New Series, 32.128 (Oct. 1923), pp. 465-478; Han-liang Chang, "Literary London: An Essay"〈文學的倫敦——嘗試文〉, in Francis K. H. So & H-y Sun (eds.), *Modern Literature and Literary Theory Revisited*《現代文學與文學理論回顧》(pp. 145-158), Kaohsiung: Sun Yat-sen University, 1996; U. Sutrop, "Wittgenstein's *Tractatus* 3.333 and Russell's paradox"〈維根斯坦的《邏輯哲學論》3.333 條目與羅素的悖論〉, *Trames*《小徑》, 13 (63/58).2 (2009), pp. 179-197。

觸摸到的物體必然有硬度，依此類推。

空間的一點（Raumpunkt [spatial point]）是為推論點（eine Argumentstelle [an argument-place]）顯係關鍵，暫時擱置，先看後半。此處中文以「塊」代更通順的「點」（小紅點），實不得已也，因為點（point）作為線的交叉，本係虛位存在及模糊概念，它能否佔有空間，構成線和面，頗有爭議，而線和面（公孫龍稱之謂「廣修」【寬＋長】）正如維氏所說，是「無限的」，此所以莊子〈天下篇〉謂「指不至，至不絕」（「你指那個方向，卻指不到哪兒；你以為到了，其實沒止境」）。相對而言，「塊」，無論多小，卻可具現出來，本篇成文後我看到布萊克建議英譯作 "patch"，誠然注家所見略同（前引 Black, 1971 [1964], p. 50）。話回正題，維根斯坦認為凡物必有內在特質（如紅色），能外顯，為人感知。如凡物皆有色相，如 2.0251 所述：「空間、時間、色彩是為物件的形相」，那麼企圖再現物的繪畫甚至語言也應具有相對的特質。但是，色彩固係內涵，卻屬於偶性（偶然特質），「未必是紅色的」，此所以維根斯坦在接下去的 2.0232 說：「可以這麼說，物體是無色的」[25]。

在上引 2.0131 裡，有一句看似不起眼、插入括號內的句子：「……（空間的一點便是推論點。）」我認為這句費解的話語含玄機，是整個邏輯與圖象類比的關鍵。類似的句子有 2.11：「圖畫呈現邏輯空間裡的一個位置，交代事物狀態的存在或不存在。」根據日常經驗，我們看到某物（物件、現象……），這視覺經驗往往是推理的

---

[25] 維根斯坦在 3.34 說：「命題具有充要特質和偶然特質。無充要特質則命題無法表義，命題符號產生的特殊方式造成了偶然特質。」徐金雲謂充要特質與偶然特質皆為邏輯演算成分，不宜作常識解釋。筆者跳脫了分析邏輯傳統，回歸到亞里斯多德《範疇篇》的用法。維氏語多歧義，此為其筆體特色。見下註 28。

起點。舉些古典文獻記載，今天仍然有效的例子：早上出門，看到地上濕了，判斷昨晚下過雨；瞧見某人肚子上的疤痕，推測他受過傷或開過刀。這些視覺符號古希臘醫學術語叫 τεκμήριον（tekmérion [英譯為 evidence 或 proof]）[26]，中文可譯作「證據」或「論據」，後來納入符號學和修辭學領域，即與隱喻相對的「轉喻」辭格，它正是符號演繹（semiosis）或邏輯推論的基礎。進一步考據，英文字 "theory"（理論）源出於古希臘文的 "θεώρημα" [theorema]（「看到的東西」、「觀察」、「推論」），更上溯到與名詞 "θέα" [view]（「觀」、「景」）和動詞 "ὁράω" ["I see"]（「我看」、「我判斷」）的字根[27]；與現代英文裡的 "theatre"（「劇場」）和 "theorem"（「【數學】定理」）同源。如此這般，視覺中呈顯的「象」權充了吾人思維（即邏輯推論）的起點，由此建立了圖象結構與邏輯推理的類比。這雖是筆者的訓詁，但亦可謂維根斯坦追溯到哲學推論的原初狀態，可惜注疏者眾，卻無人著眼於此，錯失了釐清的契機[28]。

或許維根斯坦的圖象說沒有筆者想像的複雜，我們再舉幾個句 3 出現之前的例子，一窺維氏如何建構邏輯與圖象的類比。

2.1　我們為自己製造事實的圖象。

---

26 此類討論甚多，比較系統的請參見：Giovanni Manetti, *Theories of the Sign in Classical Antiquity*《古典時代的符號理論》(Christine Richardson, trans.), Bloomington: Indiana University Press, 1993, p. 41.

27 按"ὁράω"荷馬史詩作"ὁρόω"。見：James Marwood, *Oxford Grammar of Classical Greek*《牛津版古典希臘文文法》, Oxford: Oxford University Press, 2001, p. 104；另參：Liddell & Scott, *Greek-English Lexicon*《希臘文／英文字典》, Oxford: Clarendon Press, 1987 [1940]。

28 筆者未嘗見到任何從歷史語言學入手注疏 2.0131 者，從 Russell 和 Ramsey 開始，近百年的詮釋史都無意於此，想必此係哲學外課題。維氏用字遣詞固有意圖與所指，但哲學用語有其傳承性，此外，他既使用自然語言，便無法穩定意義，防止其流動及擴散。

　　根據編號，此句應係鋪陳前面所介紹的句2「所謂『事實』就是『事物狀態』的存在」；同時也預示了句3「邏輯給事實所繪的圖畫便是思想」。中文沒有字尾變化，但德文（和英文）此處全使用複數的「我們」（"Wir"[we]）為「我們自己」（"uns"[us]）製造出（"machen"[make]）「眾事實的眾圖象」（"Bilder der Tatsachen" [pictures of facts]），除了交代此係普世經驗，屬哲學共相外，更埋下了作者後來在第5節批判「唯我論」的伏筆。2.1明顯地推翻了先驗圖象的看法，而主張圖象如同邏輯思考是建構性的。在這種情況下，不可能有某先前已經存在的事實，然後我們創造出圖象再現它，因為事實是被圖象建構的，正如事實是邏輯建構的。因此2.12說「圖畫是現實的模型」。

　　邏輯推理與構圖同為現實的模型，建立了這兩個模型的類比關係後，維根斯坦進一步探討具體的細節。和分析哲學的簡潔剛性寫作相反，傳統德文哲學論著語多糾纏重複，慣用音樂母題「主導動機」（Leitmotif），在覆沓中徐緩推進。熟悉康德以降，海德格、高達美和尼克拉斯·盧曼（Niklas Luhmann, 1927-1998）等人的拖沓文體者，當能心領神會。維根斯坦以數字帶出的句子率多簡練，毫無贅詞，與分析哲學筆體若合符節；然而拉長了就大段落來看，則迴旋覆沓，令人難免望之生畏，甚至讀之生厭。為饗眾詩讀者，筆者此地謹摘譯與圖象有關的句子十餘則，中有若干刪節，以見其反覆推論之一斑。

　　2.13　　物件的成分在圖象中要相對地呈現。

　　2.131　圖象裡的成分係物件的再現。

　　2.14　　圖象怎麼構成的？其中的成分根據已定法則彼此牽連。

　　2.141　一幅畫即為一件事實。

　　2.15　　圖象裡成分的聯結方式亦即反映事物的聯結方式。

　　　　　　我們可把成分的聯結稱為圖象的結構，該結構稱為圖象

　　　　　的形式。

2.151　圖象的形式彰顯事物組合的可能性一如畫中成分的組合。

2.1511　就這樣圖象和現實聯結，外延及物。

2.1514　圖象的構圖包含其成分與外在事物的對應關係。

2.17　圖象和現實所共享的——為了描繪現實，無論正確與否——即圖象的形式。

2.171　圖畫能描繪一切具有其形式的現實。

　　　　　具有空間維度的圖象能描繪一切具有其空間維度的事物，彩色圖象能再現所有的彩色事物。

2.18　無論其形式如何，任何圖畫必須與現實有相同之處，如此它才能描繪現實——不管描繪得正確與否，這就是它的邏輯形式，亦即現實形式。

2.181　如一幅繪畫其圖象形式是邏輯形式，我們可稱之為邏輯圖象。

2.19　邏輯圖畫能描繪世界。

2.2　一幅畫與其描繪的對象具有同樣的邏輯圖象形式。

2.201　圖畫如何描繪現實？藉由其再現事物狀態的可能存在與否而達成的。

　　這些句子語多重複，如2.13、2.1514、2.18；但逐漸增添成分，如2.13、2.131、2.171；往下推演，如2.13、2.14、2.15，但關鍵性的問題，如視覺符號和語言符號與「事物」的關係，似乎並未釐清，亦未能提供答案。關於圖象「可顯」與命題「可說」的關係，我們不妨以安斯孔女士的解說為例，同時為本節作結。

　　安斯孔為維根斯坦在劍橋的弟子，後為牛津大學哲學教授，即使在牛津執教，她仍然常回劍橋旁聽，親炙業師教誨。在筆者心目中，

她是除了蘇格拉底在《會飲篇》自述的精神導師狄奧提瑪之外，人類歷史上最有睿智的女性。維根斯坦 1951 年去世後，她寫了一本簡短批判性的《邏輯哲學論導讀》，於 1959 年出版，為此類書的開先河之作，半個世紀過去了，不斷出現的各種導讀不下百種，竊以為沒有一本論理之深度和閃現之亮點能望安作之項背者，揮舞性別論述大纛的眾女將何不引以為傲，發揮女力，見賢思齊？安斯孔指出：

> 如果我們接受維根斯坦在 4.022 的論斷：「一個為真的命題顯示（"shows"）事物的樣子；它乃聲言（"says"）事物就是這個樣子」，我們可以這麼說：「這正顯示出命題和圖象的差異」；圖象能顯示事物的狀態，從事正確的再現，但它肯定無法說出事物的狀態。至多我們可以利用圖象進而表述事物的狀態：我們舉起一幅畫說：「這就是事物的樣子！」

安斯孔認為維根斯坦的圖象說就是這麼單純的一回事。這豈非最古老的模擬論？誠如哈姆雷特說戲：「其目標……古今如一，猶如舉鏡面對自然」（"... playing whose end, ... both at the first and now, was and is, to hold, as 'twere' the mirror up to nature"）。安斯孔說，「為了直截了當、毫無滯礙地達到『顯』之目的，圖象的局部成分必須和外物對應。」（Anscombe, 1965 [1959], p. 65）換言之，繪畫首先要具象，其次象和象之間要互動，形成某種關係。

為了舉例說明，安斯孔先畫了一個人形素描（p. 65），再畫了兩個同樣，但一正一反的人形（p. 66），一個叫「柏拉圖」，另一個叫「蘇格拉底」，兩個獨立的人形（"figures"）不表義（"non-significant"），算不上構圖（"picture"），因為彼此無關，一旦如兩人各單手持劍交鋒（p. 66）（見圖 1、圖 2），關係便建立了，意義也就「呈顯」了，

圖1　　　　　　　　圖2

安斯孔引述 4.022 條目：「命題『顯示』（"shows"）其意義。命題若
為真，則『顯示』事態；進而『表述』（"says"）事態果然如此」。根
據她的解釋，兩人鬥劍的圖畫是自明的，眼見為憑，我們用不著驗明
正身，指出他們代表現實世界裡的某人和某人。她進一步把這幅素描
和維根斯坦在 3.24 裡所稱呼的符號邏輯的「原初圖象」（"proto-picture"）
作了聯結與認同。這原初圖象竟然是前註 23 的原子命題 "xRy"，亦即
x 和 y 的關係 R，落實舉例來說，「蘇格拉底」（x）和「柏拉圖」（y）
在「交鋒」（R），或「洛夫」（x）和「鄭愁予」（y）在「比『十大』」
（R）。安斯孔讀作 "(Ex)(Ey)xRy"「存在一些 x，存在一些 y，x 和 y
建立起某種關係 R」[29]，譬如哲學史上的論辯或 1970-80 年代臺灣詩壇
的「比大小」（ϕ 屬性）。

　　如本篇開始所指出的，這種簡易的圖象類比未能解決複雜的藝術
再現和符號學問題。安斯孔說一個人形（"figure"）不表義，因為它沒
能建立命題關係，但是她忘了這人形還可以化約為更細的更基層的視
覺符號（譬如線條、方位），而在書寫系統中，如甲骨文、金文、大
篆、小篆，有數以十計的表義的人形變奏。此外，筆者曾指出，拓樸
學開發的多變的視覺形象，以及腦神經科學的視覺研究，一再證明「眼

29　承徐金雲見告，安斯孔的公式："(Ex)(y)xRy"（「存在一些 x，以及所有的 y，x 和 y 建
　　立起某種關係 xRy）可能在 (y) 前漏了一個 "E" 字母，依其意見修正如文。（2018 年 12
　　月 16 日來函）

見不真」。但是維根斯坦的符號邏輯不能以這種小閃失絲毫撼動，圖象的邏輯意義，尤其作為模型（model, logical scaffolding）值得我們進一步考察。

四、《邏輯哲學論》句 6 ──潛藏的詩話

親愛的讀者，我們終於來到《邏輯哲學論》的命題句 6 了！既然要介紹所有的關鍵命題，筆者自然不能略過不表，請各位擔待片刻。

6　真值函項的形式是 $[\bar{p}, \bar{\xi}, N(\bar{\xi})]$。這是命題的一般表達式。

這段話其實包含二個獨立的句子，因此讀者不妨遵循維根斯坦的推理，以易解的後句「這是命題的一般表達式」來解讀前句「真值函項的形式是 $[\bar{p}, \bar{\xi}, N(\bar{\xi})]$」。對未嘗受過邏輯訓練的讀者而言，前句可能包含二個困難之處：一是術語「真值函項」；二是方括號內的符號和公式 [30]。關於此術語，筆者在本文註 23 已經稍作解釋，這個式子

---

30 「命題」（Satzes）在原德文裡是複數，形容詞「一般的」（allgemeine）指「普遍的」、「總稱的」意思，因此句 6 所謂真值函項的形式，即「眾命題句的普遍表達式」，可視為語法上不變的「深層結構」。習慣文字書寫的讀者難免感覺受挫，排斥這種異質語文。然而，符號邏輯盡量不使用表面繁複多變的自然語言，而使用極簡約抽象的人為語言符號，否則無法進行推論，如以 p 和 q 代表命題或設想的命題位置，以替代無窮的語句。維根斯坦以 N 表否定，以 x 表名詞變項，以 ξ 表命題變項（Anscombe, 1963, p. 56）亦然。讀者不妨藉此機會順便反思，我們今天所使用的書寫和印刷文字，沒有一種不是混雜的，英文術語稱之為 "mixed script"，也因此「確認文字層次」是「書寫研究」學門的初步工作。無論在表達層的形式上，或內容層的語義值上，今天兩岸的中文皆為多語種、多系統，自然語言與人為語言混雜的產物，沒有竄入阿拉伯數字或拉丁字母或漢語拼寫外來語的中文文書已經不存在了；遑論漢字印刷的由上往下，由右往左的走向，早已成為令人懷念的歷史。

說明原子命題（子命題）和複合命題的語法以及語意（義）[31] 值關係。
用傳統文法的說法，就是單字、片語如何組成子句，子句又如何結合
成句子；此過程涉及的包括句構（語法）和語意兩方面。

　　文法和邏輯的界面僅及於此，因為二者各有語用懷抱，合乎文法
的句子可能違反邏輯，因而被判定為無意義。語言學家杭士基（Noam
Chomsky）1957 年的「詩話」式名言 "Colorless green ideas sleep
furiously"（「無色的綠色思維憤怒地睡著」）為顯例。此命題句完全
合乎語法，主詞是複數的 "ideas"（「思維」），動詞是 "sleep"（「睡
著」）；但語意問題重重，主詞的兩個形容詞 "colorless"（「無色的」）
和 "green"（「綠色的」）是矛盾牴觸的；「思維」非人、非生物，怎
會「睡著」？倘若擬人，果真「睡著」了——意識關機了，卻又怎生
憤怒？依其在《邏輯哲學論》所持立場，維根斯坦會認為此句當係無
意義的（4.46）[32]。若讀者主張它別有理趣，則需訴諸其他條件，讓詩
人、精神分析解夢人或環保社運人士去作文章。

　　就基本二值邏輯而論，語句的語意值為真值（truth-value），而命
題邏輯中的連接詞構成複合句，其真值由其組成句或子句的真值決定。
因此，知道個別子句的真值我們也能藉以得知整個複合句的真值。具
有此性質的語句連接詞稱作「真值函項連接詞」。筆者在上文曾指出，

---

31 如第一章所述，傳統用法為「語意」，如徐道鄰《語意學概要》，臺灣賡續此傳統，
　如黃宣範曾執行國科會「認知語意學」研究計畫；我們平常說「你這話什麼意思？」或
　詩話「意在言外」為類似用例。大陸今通用「語義」，是否係某時期政策性地規避有唯
　心論意味的「意」字，筆者不得而知，此非無的放矢，可參見大陸出版物的詞頻統計；
　反諷的是，此用法殆與「周易本義」、「尚書正義」等古典用語一致，並未涉及「義」
　的物質性或「意」的心理因素。

32 維根斯坦舉例的無意義句子如 5.4733："Socrates is identical"（「蘇格拉底也一樣」），
　要加上和「誰」也一樣才有語意值。但純就文法而論，這句話結構沒問題；在語篇上下
　文的脈絡中，如前面已出現過有語意值的前述句，如「高爾及亞善辯」，則此句也能成
　立。這點可看出以句子為單元和目標的命題邏輯和謂詞邏輯的侷限。

如「*a* 比 *b* 大」換成維氏的邏輯說法，*R*（Relation [關係]）「比」這種功能函項的輸入，使 *a* 和 *b* 兩變項建立關係，「大」則係函項「值」，是輸出的產物（3.1432）[33]。維根斯坦接踵弗列格使用「函項」（Funktion [function]）一詞，但實指命題的謂詞（或「述詞」），如「*a* 是哲學家」後面的四個字，前面的名詞或人名可以變項——如「維根斯坦」或「羅素」——置入（Morris, 2008, p. 214），以形成語意值為真或偽的句子。為方便閱讀，筆者把技術性的討論放在腳註裡，供有興趣的讀者參看。

關於第 6 命題句方括號內的數理邏輯符號，亦即第二個難處，讀者可忽視，此處稍作解釋。1922 年奧格登（C. K. Ogden, 1889-1957）的英譯與 1961 年培爾斯（D. F. Pears, 1921-2009）和麥金尼斯（B. F. McGuinness）合作的英譯雷同，僅一冠詞有無之差。在拉丁字母 *p* 和希臘字母 *ζ* 上有一橫線表「全稱」，由於文書處理困難，筆者將橫線移至字母右上方，如上所示。羅素在英譯本序言中指出，維根斯坦未曾詳釋其符號用法，故作為導師和作序者他權充解人，代作者說明句 6 如下 [34]。

p^- 代表所有的原子命題（基本命題或命題成分）；
$ζ^-$ 代表任何一組命題的集合；

33 這是極簡略的說法，根據安斯孔的定義，「真值函項」（truth-function）與「真值」（truth-value）宜作細分：「真值」係指命題的真偽；而「真值函項」係指：函項或函數值（value）及引數（argument）演算；它無法被界說，僅能被顯示。如函數 ( )^2 根據不同的引數得到不同的值，如將引數 3 填進弧內，得到的值是 9，即 (3)^2 = 9。另以冪函數或檢定力函數 ( )$^{( )}$ 為例，若引數為 2，冪函數為 3，則 (2)$^{(3)}$ = 8。在語言邏輯演算裡，真值函項的意義如下：某一函項（如：" — 與 —"）其「引」句（如："*p*" 與 "*q*"）和「值」句（如："*p* 與 *q*"）皆為命題，其值句的真值被引句的真值決定。真值函項的聯結符號，如 "～" 表「否」，" · " 表「與」，為邏輯常項。
34 此言非完全正確，蓋維根斯坦在 5.5-5.521 已作解說。

$N(\bar{\zeta})$ 代表所有 $\bar{\zeta}$ 成員的否定。

　　維氏大致承襲弗列格所創用的邏輯演算符號和羅素的《數學原理》標記，加上自創者 [35]。此處所謂命題的普遍表達形式，實指命題係靠原子命題的不斷否定而產生的。整個象徵 $[\bar{p}, \bar{\zeta}, N(\bar{\zeta})]$ 為一演算式，它使用單一形式操作 $(N(\bar{\zeta}))$ 和單一命題變項 $(\bar{p})$，以顯示維根斯坦接下去所謂的任何命題都是「原子命題透過 $N(\bar{\zeta})$ 的運作，持續應用的產物」（6.001）。根據羅素，其程序如下：1. 選擇出一系列原子命題；2. 全盤予以否定，因為所有的真值函項可由同時否定（即 "not-*p* and not-*q*"）獲取 [36]；3. 藉合取（conjunctions）與析取（disjunctions）

---

35 例見 4.52；5.5351；5.55351。可參見羅素的注疏，Russell, "Introduction", Wittgenstein, 1971 [1961], pp. xiv-xv；White 指出維氏的符號用法和1910 年懷海德與羅素的《數學原理》相似，見 Roger M. White, *Wittgenstein's Tractatus Logico-Philosophicus: Reader's guide*《維根斯坦的〈邏輯哲學論〉導讀》, London: Continuum, 2006, p. 21。

關於句 6，女強人安斯孔曾作驚人之語：「羅素的解釋毫無用處，應予忽略」（Anscombe, 1963 [1959], p. 132）。筆者認為，最清晰的說明仍係安斯孔編撰的語彙（Anscombe, 1963, pp. 21-24）；較詳盡的分析討論可參見 Morris, 2008, pp. 226-229。

按邏輯運算和代數運算近似，由變量或變項（variables）和演算（algorithm）組成，變量由字母代表，猶憶初中代數學過，用 a、b、c 表已知數，x、y、z 表未知數。根據安斯孔，維根斯坦用拉丁字母 a、b、c 代表事物的專名，x、y、z 代表不存在的專名，希臘字母 ξ（xi，音 /ks/ [/ 可斯 /] 或 /sai/ [/ 賽 /]）和 η(eta)，遵循弗列格用法，代表隨機變項或命題變項。

徐金雲來函補充：「x、y、z 代表變項，a、b、c 代表個體（如 Socrates [蘇格拉底]），P、Q、R 代表 predicate [謂詞]【按：安斯孔說維氏用小寫 p、q、r 代表原子命題】」。普通代數變量的取值是任意的，而邏輯代數取值只有兩個，即 0 與 1 二值，代表二元對立的狀態，如 *p* 與 ～ *p*（非 *p*），因而稱為二值邏輯變量。這裡，0 與 1 並不表示數量的大小，而是用來表示完全對立的邏輯狀態。文學語言係多值，其邏輯形式另當別論。「晚鐘」『是』「下山的小路」為隱喻性的「是」，要寫成二元關係式：Mbe（WZ, DR），或 Mbe（B, R），表達二者存在比喻關係。

36 「否定」（negation）是語言的基本變型功能，也是邏輯聯結項；在衍生變型語言學裡，它是語法公式第一條。因為任何原子命題若是系統中的「良構句」（well-formed-

原則，產生新命題；選擇出新命題組中的部分，加入原有的語句；依
此類推。前一命題作為引數或引句（argument），導出一個新的命題，
為其函數值或真值函項（truth-function）。根據邏輯推論導出「函數值」
的有效程序是基要的（essential）特質，在邏輯推論之外形成的句子，
如公理「凡人皆會死」，則屬「偶然的」（accidental）泛論（6.1232）。
無論從邏輯的觀點或語言學的觀點來看，語言（句子及命題）在語法
和語意層次上的衍生是自然而然的，怎麼解釋其運算規則卻可能因學
科、因人而異。末了，語言哲學處理的也可視為「語言學共相」的現象。

　　進一步而言，我們可參酌命題 6 前句原文所用「形式」（Form
[form]）一字所示，它指推理演算法或演算程式（algorithm），為邏
輯「語法」概念。「形式」一詞，維根斯坦有時用「象徵」（Symbol
[symbol]，例 3.24）表示。構成象徵的個別單位，如 p^-，他稱之為
「符號」（Zeichen [sign]，例 3.11；3.322），或反是；「象徵」與「符
號」兩個術語時而區分（3.321；3.323），時而互用（3.203；4.24；
5.4733）[37]。若要硬性區隔，符號學者會認為象徵（作為一個演算「式
子」）屬於語法（syntactical）層次，而單一符號（即 token，如「一
枚代幣」）則屬字詞（lexical）層次，透過語法功能產生表義（意）
模式（Bezeichnungsweise [mode of signification]）。無論如何，它們與

---

　　formula，簡寫 wff，指合乎語法的公式），都可以將其構造成其否定句，然後也會是系
　　統中的 wff，如「羅門是詩人」否定變型為「羅門不是詩人」。

[37] 用語的彈性可見 3.1432 稱 *aRb*（*a* 與 *b* 的關係 R）式子為「複合符號」，指命題；而
　　構成它的分子（如 *a* 與 *b*）為「單純符號」。要點是：不同的象徵式子裡出現相同的符
　　號意謂表義模式不同，表義模式有異則暗示象徵式子不同，某象徵式子必包括某符號及
　　表義模式。參見 Colin Johnson, "Symbols in Wittgenstein's *Tractatus*"〈維根斯坦《邏輯哲
　　學論》的象徵〉, *European Journal of Philosophy*《歐洲哲學期刊》, 15:3 (2007), pp. 367-
　　394。括號內的外文，前者為維氏原用的德文，後者為英文譯名。

符號學的用法，詞同而義殊，兩種方法論的參照座標和功能迥異 [38]。

五、命題與哲學課題

筆者介紹了《邏輯哲學論》的六個主要的命題句，依維根斯坦的理則，全書所討論的哲學課題，無論巨細，皆由這六句推論而出。在維氏導出的眾多議題中，有兩個正好是當代文學研究界，從不同的角度出發，所持續關注者。其一是個體與群體，亦即集合論的悖論關係；其二是「我」這個主體與世界再現的悖論，這兩個課題或許可為他山之石，提供詩家借鏡。

前一個問題係反駁羅素引發的分類悖論。任何分類工程，分到最後都會面臨一個窘境，即該元類無所歸屬；其成員既自成一類，但亦無可屬之類，他作為該類別成員的條件正好是他不屬於該類別的成員。對維根斯坦而言，語言邏輯猶如數學，為純形式，且應化約至最小，此共相使得「類」的概念為多餘。類型的悖論可由單一邏輯公式解決，無需另立律則，條件是該邏輯律則不能施加於自身（6.031；6.123；按3.332；3.333 已預示，可見維氏推理之周延與布局之縝密）。第二個問題與前一個問題相關，為一體之兩面，我們在前文論「再現」時已提

---

38 符號學以「符號」統攝所有的表義（意）單位，包括語法各層次上的，此所以索緒爾排斥「象徵」；而普爾斯吸收了「象徵」，把它納入符號的分支，為第三元符號，趨近語用詮釋層次，可稱二階符號演繹。前年去世的法國符號學者扎鐸洛夫（Tzvetan Todorov, 1939-2017）偏愛文學象徵（symbolism），把它提升到符號表義（signification）之外較難分析的言外之意、弦外之音的層次，以彰顯文學詮釋之特色（見 *Symbolism and Interpretation*《象徵與詮釋》, Catherine Porter (trans.), Ithaca: Cornell University Press, 1982 [French, 1978]）。
維根斯坦的「象徵」與「符號」則無如此複雜，和哲學家的用法一脈相傳，為相對單純的邏輯或數學形式用語。這種形式語言，無論代碼等細部變化如何，一直沿用至今。此外，語言哲學和符號邏輯借用了語言學的術語，如「語法」、「語義」、「語用」等，卻又忽視甚或排斥語言學的定義與論點，豈非學科盜匪行徑？

過。摹擬性的直述命題句再現外在世界，但無法再現自身。以代名詞「我」所指涉的對象，就面臨這個「不在場」或無所適從（a-topos）的歸屬困境。書寫「反自傳」的羅蘭·巴爾特（Roland Barthes, 1915-1980）說得好，在主體世界裡沒有我的「再現」，沒有指涉，有的只是「召喚」（自我稱呼）[39]；寫自傳無異於寫死亡之書或墓誌銘。維根斯坦認為命題不能再現主體和世界的認知關係，無法再現一個再現世界的主體，西班牙學者扎拉巴爾寶稱之為「消逝的主體」[40]，與後結構文學理論諸君所見略同。

　　或曰：在經驗上我建構了我所感知的世界，世界屬於我，我也屬於這世界。維根斯坦認為，這經驗上的「主體」（身體、心靈）容或是心理學關注與考察的對象（5.641；6.423），但是這個主體其實是不存在的，有的只是一個「形而上的主體」。他說：「萬一我要寫一本書，書名叫《我發現的世界》，其中理應有章節報導自己的身體，指出身體哪部分歸意志駕馭，哪部分不歸它管……但我用的方法其實正在孤立主體，而且就更重要的意義而言，無非在彰顯沒有主體，說穿了，主體本身不可能被這本書提到。」（5.631）因此，「主體不屬於世界，位居世界的邊緣。」（5.632）那麼，這個所謂的「形而上的主體」究

39 Roland Barthes, *Roland Barthes*《巴爾特論巴爾特》, Richard Howard (trans.), New York: Hill & Wang, 1977, p. 56.

40 José L. Zalabardo, *Representation and Reality in Wittgenstein's Tractatus*《維根斯坦〈邏輯哲學論〉的再現與現實》, Oxford: Oxford University Press, 2015, pp. 87-88. 此處請容筆者借「唯我論」議題發揮，勾勒當前話語生態：1. 納蕤思顧影自憐，自古皆然，非於今為烈也。然而少有詩人反思寫作為棒喝，寫出來的無非他者的鏡像摹影而不自覺。2. 學界人士退休後寫自傳竟然暢銷。遺憾的是，作者從未意識到記憶與書寫的傾軋背離關係，筆下多記他人瑣事──無論被強迫入鏡者同意與否。此事涉及書寫的社會倫理問題，卻未見文字討論。3. 文藝刊物為甫往生之文人致哀，立意甚美。然而少數應邀執筆者勤於消費死者。藉憑弔他人之名，戮力彰顯自我，甚至僭居我佛，教訓師輩逝者。殊不知此舉反諷地預示了個人死亡紀事。

竟「存在於」世界的什麼位置呢？也許你會說它就像眼睛和視野的關係。可是在視野裡面看不到眼睛；你也無法在視野範圍內找到某物證明它是眼睛看到的（5.633），如圖3維氏所繪的示意圖一樣（5.6331）。

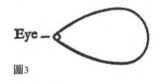

圖3

我眼觀物，語言再現可觀之物，但我眼不能自觀，也無法以語言再現我眼正在自觀。我們的經驗不可能是先驗的，即「先於」經驗的。無論我們看到什麼都是他者；無論我們描述什麼，描述的都是他者（5.634）。

六、命題與詩話

維根斯坦對存在本體和經驗的洞見，包括 6.431-6.4312 所論生死，對筆者頗有啟發。如巴爾特的例子所示，它從哲學立場預見到並補強了當代文學批評的主體論述。比筆者大四百五十歲的鄉前輩，明代的詩論家謝榛（山東臨清人，明弘治八年公元 1495 年生，明萬曆三年公元 1575 年卒），對詩的語言形式特別關注，除了主格調，重聲律外，先生尤其重視詩的「命題」句。在本文結束前，我們不妨排練一場反邏輯的穿越劇，以四溟山人謝榛的詩命題，回應若干世紀後維氏的邏輯命題。

謝榛《四溟詩話》四卷多為針對用字、造句、音韻、格律的文本考察，偶而討論讀者反應的空間，但絕少涉及「性靈」等主體經驗，以及「意境」等主客情景交融，被維根斯坦證明為非的現象。他最為人知的一句詩話或許就是：「詩有可解、不可解、不必解，若水月鏡花，

勿泥其迹可也。」⁴¹ 此句類似嚴滄浪「羚羊掛角」的命題,除了破除
皮相的摹擬論(按:「凡作詩不宜逼真」,卷 3,條 24)外,無疑在
提供讀者某些閱讀策略。如硬要納入後世「境界說」的詩話脈絡自無
不可,但不宜率然以「印象式批評」斥而棄之。本句「詩有 x」,即「可
解」、「不可解」、「不必解」,為輸出的謂詞變項,「不可解」為
「可解」之否定,「不必解」為義務模態變項。決定讀者「語用」行
為的,亦即「析取」三個變項選其一的條件,是之前輸出的隱喻式語
意值「迹」(形)=「水月」、「鏡花」,它們讓讀者決定和選擇「可解」、
「不可解」或「不必解」。「水月」和「鏡花」看似有「形」,卻不
穩定。此句的推論十分嚴謹,能破除者唯「解構」策略也!德希達式
的讀者可能會瓦解三變項,因為任何符號,縱然輸入者已逝世 444 年,
甚或本非人類所輸入者,一旦存在,總是能被人類一再解讀的,如古
代的月亮裡的「玉兔桂樹」或若干年前流行的火星上的「猴面巨石」,
因此一體兩面的「不可解」是累贅的,至於「不必解」則屬於文化和
社會倫理語用條件的課題。

　　透過維根斯坦的疏通,謝榛論命題的邏輯結構已如上例所述,
《四溟詩話》的句子,除卷三、卷四的長篇大論外,雖係脈絡不同,
概念迥異的「命題」,然皆可根據維氏的命題邏輯重組。作者以樸素
的推理泛論命題句的諸面相:「命題雖易,不可率然下筆」(卷 1,
條 37),提醒詩家要事先預設讀者,用今天的話說,就是要意識到讀
者的「詮釋視域」,然後才進行針對性地造句;避免「題外命意」(卷 1,
條 12),否則邏輯斷裂,語意失控,「流於迂遠」;主張「不立意造

41 謝榛,《四溟詩話》,何文煥、丁福保編,《歷代詩話統編》【歷代詩話續編二】,民
　　國鉛印本,1916 年,北京:北京圖書館出版社,景印,2003 年,第三冊,頁 591-696,
　　卷 1,條 4。引詩標點符號根據郭紹虞主編,宛平校點,《四溟詩話》(與《薑齋詩話》
　　合集),北京:人民文學出版社,1998 年。

句」（卷1，條101），否則詩受理教束縛，喪失趣味。最後這一點「不立意造句」特別凸顯出有別於維根斯坦邏輯推論的另類命題法，當能受我輩詩家青睞。以載道為標的，以議論為職志的詩人，多主張先「立意」，再造句，寫出來的東西，「辭不能達，意不能悉」（卷4，條58）。「凡立意措辭，欲其兩工，殊不易得」（卷3，條12）。怎能「不立意造句」呢？謝榛認為「意隨筆生，不假布置」（卷1，條82），「意隨筆生，而興不可遏」（卷4，條58），他建議回到詩的源頭，四格之首「興」。「詩有不立意造句，以興為主，漫然成篇，此詩之化也」（卷1，條101）；「走筆成詩，興也」（卷3，條32）；「凡作詩，悲歡皆由乎興；非興則造語弗工。歡喜之意有限，悲感之意無窮⋯⋯」（卷3，條52）。「詩以一句為主。落於某韻，意隨字生，豈必先立意哉？」（卷2，條9）先立意，再造句，語言輸入前所立之意為「辭前意」；起興為句，走筆成詩，亦即語言輸出後所得之意，或前文所稱「語意值」，屬「辭後意」（卷4，條58）。很顯然的，他重視語言輸出與意義生成的關係，主張音韻的驅動力甚至取代了創作主體的意志力，淪作者為被動，這種形式主義立場與二十世紀的主流詩論頗為契合。

筆者在本章裡多次引用到洛夫〈金龍禪寺〉的起句：「晚鐘／是遊客下山的小路」，並試圖以維根斯坦的命題句重讀。謝榛有一句話最得我心，琢磨三十餘年，仍不得要領，與維根斯坦帶給我的困惑不相上下，他描述詩造句章法：「凡起句當如爆竹，驟響易徹；結句當如撞鐘，清音有餘。」（卷1，條112）除了過年時耳邊的「七個龍咚嗆咚嗆，爆竹震連天！」外，我想不出更高雅的例子，可得者唯愛爾蘭詩人葉慈（William Butler Yeats, 1865-1939）的名件〈麗達與天鵝〉（"Leda and the Swan"）的起句三個字 "A sudden blow"

（1924）[42]。可惜它不是擬聲字以狀爆響，而係維根斯坦的命題句，直陳其事也。此詩余光中和楊牧都譯過，但為語法所拘，選擇緊扣原文的直譯，反倒未若早年陳紹鵬的套語「晴天霹靂」傳神（按：天鵝為天帝宙斯化身，其武器為霹靂雷霆）。容筆者稍微引伸一下，葉慈 1928 年的〈航向拜占庭〉（"Sailing to Byzantium"）違反常理，以蓋棺定論的結句為起句 "That is no country for old men..."（「那不是老人的國度」），卻也有爆炸效果。此詩起句流傳甚廣，怪咖導演柯恩兄弟曾借用為影片名，倍見震撼力。有趣的是，葉慈於 1929-30 年續作〈拜占庭〉（"Byzantium"），以「鑼聲震撼的大海」（"that gong-tormented sea"）作結，洛夫〈金龍禪寺〉則以「晚鐘」起句。我們可以說葉慈的結句與洛夫的起句表面上翻了謝榛的案，但具奪胎換骨之功。謝榛的命題其實不是維根斯坦的直述命題句，它是個指示（祈使）句，涉及蘊含價值與義務的模態邏輯，具有語言行為的「語內力量」（illocutionary force），至於起句與結句的隱喻結構，至少不是《邏輯哲學論》時期的維根斯坦所關注的。

　　雖然如此，筆者認為最後還可附筆一句。正如洛夫與鄭愁予的詩例所揭示的，就微觀視角與邏輯推論而言，比較文學家所樂道的「關係研究」和文學評論家所熱衷的「文學評價」，兩者所面對的歸根究柢是「真值函項」的演算問題。這是維根斯坦給印象派論者的另一層啟發，值得我們深究。

42　W. B. Yeats, *The Variorum Edition of the Poems of W.B. Yeats*《葉慈詩版本對照合集》, (Eds.) Peter Allt & Russell K. Alspach, New York: Macmillan, 1977, p. 441.

第三章　原子運動、偏斜、誤讀

羅馬詩哲陸克瑞提烏斯與現代性

第三章

一、前言：從維根斯坦論死亡說起

維根斯坦在《邏輯哲學論》快結束時說：

死亡並非生命中的事件：我們活著不會經驗死亡。

如果我們認為永恆指「無時間性」，而不是時間的無限延伸，

那麼所謂的「永生」只能屬於「現在」活著的人。

我們的生命是沒有止境的，正如我們的視野無窮盡一樣。

（6.4311）[1]

本章以維根斯坦的句子開頭，筆者的用意並非要續前作[2]。上引的這個條目裡面至少包含了四個與生死和時間概念有關的悖論，我們不作進一步企圖化解它們的哲學或宗教推論；此項作業可留請有興趣的讀者演練。筆者關注的是引文的第一句話，它是則公理，表達了自

1　Ludwig Wittgenstein, *Tractatus Logico-Philosophicus*《邏輯哲學論》. Trans., D. F. Pears & B. F. McGuinness, London: Routledge & Kegan Paul, 1961.

2　依本書的編排順序，第二章論維根斯坦，第三章論陸克瑞提烏斯，吻合這二篇論文的初稿在《創世紀》詩刊發表的先後順序。第二章初稿題名為〈維根斯坦的七句詩話〉，分批首刊於 2018 年《創世紀》197 期、198 期、199 期。本章初稿則刊載於 2019 年《創世紀》200 期與 201 期。因此本章第一節前言以維根斯坦開篇，形同互文用典，非但合乎編年邏輯，並且保持筆者論述的連貫一致。

明的事實。維根斯坦所述既然為真，既然是邏輯真理，即死亡不會發生在我們活著的時候，那我們為何會懼怕死亡？懼怕死亡難道不是因為吾人自知「年壽有時而盡」，即生命是有限而非無止境的？更正確地說，恐懼係非理性，邏輯無法處理的。

　　維根斯坦沒有繼續推論我們應該怎麼辦，如：既然死亡不會發生在我們活著的時候，我們就不應該對它產生恐懼。或如他自己現身說法，化身後來卡繆筆下的荒謬英雄，不寄望來世，僅竭盡此生所有的可能性，做每一件事都全力投入，貫徹到底，無論做航空機械實驗、擔任小學語文教師、在醫院見習打雜或在劍橋大學教書，從事邏輯推理等駁雜不一的工作，無不皆然。

二、羅馬詩哲陸克瑞提烏斯論死亡

　　請容筆者把時空機器啟動，倒帶回到過去，在維根斯坦提出 6.4311 的命題之前的二千年，羅馬詩哲陸克瑞提烏斯（Titus Lucretius Carus, 約公元前 99、98 或 95 年生，55 或 54 年卒）（Bailey, 1947, vol. 1, p. 4; Rouse & Smith, 1975 [1922], p. xi. 請見註 3 所列譯本）提出了類似的疑惑，也嘗試提供答案。這位反迷信和反唯心論的古代作者在《物性論》（*DE RERVM NATVRA*）第三卷論「生命」（vita）與「靈魂」（anima 魂 +animus 靈）的關係時，強調精神隨肉體死亡，無所謂「來世」可言。其論辯彌綸古希臘群言，研精伊匹鳩魯學理；為文則麗句深采並流，引人入勝。下面幾行，經常為後世引用[3]：

---

3 舉一個著名的例子，主題學選集《牛津死亡之書》（*The Oxford Book of Death*, ed., D. J. Enright, New York: Oxford University Press, 1983, p. 28）選錄約翰・德萊登（John Dryden, 1631-1770）翻譯的 Lucretius 就是這一段。此段之外，筆者的討論根據下列三英譯注疏本：1. Cyril Bailey (ed. & trans.), *Lucretius: De Rerum Natura, Prolegomena, Critical Apparatus, Translation and Commentary*《陸克瑞提烏斯：物性論，導言，批評工具，翻譯與評論》，

死亡與我們無關，

因為靈魂與肉體同逝。

正如歷史上的戰亂

不可能讓未出生的人傷痛，

……

一旦我們的生命終止

　　──靠軀殼和靈魂結合的生命，

一旦靈肉分離，

對於已不存在的你我，

不會有任何外力

再激活我們的知覺

縱然天翻海覆──

　　　　　　（《物性論》，第 3 卷，830-832 行，838-842 行）

　　此段承接第一節的論辯，係反駁宗教信仰所主張的靈魂不朽論。精神和肉體結合而有生命，隨肉身而死亡，既無前生，亦無來世。因此，既然死亡把「未來」的「可能性」拿走了，我們沒有理由懼怕（865-869 行），此立場與維根斯坦說法若合符節。關於人們對死亡的恐懼，兩人皆無答案，筆者謹借維根斯坦引進古羅馬詩人的看法，順便談一下陸氏對近代詩學的影響。

---

3 vols., Oxford: Clarendon Press, 1947, Reprint, Special edition for Sandpiper Books, London, and Powells Books, Chicago, 2001; 2. Lucretius, *On the Nature of Things*《物性論》, trans., W. H. D. Rouse, rev. Martin Ferguson Smith, Loeb Classical Library 181, Cambridge, Mass.: Harvard University Press, 1992 [1924]; 3. Lucretius, *On the Nature of the Universe*《物性論》, trans. R. E. Latham, Harmondsworth: Penguin Books, 1951。後二種為散文譯本。

三、《物性論》概述

　　陸氏何許人也？「陸克瑞提烏斯」為拉丁語音譯，此譯名係臺大哲學系徐學庸所用 [4]，筆者借用徐氏譯名。早年北京大學方書春（1916-1957）根據美國詩人學者 William Ellery Leonard（1876-1944）1916 年人人文庫版和 1924 年 W. H. D. Rouse 哈佛婁缽叢書的英譯本，依照英語發音譯作「盧克萊修」[5]。以此間外文系的「西洋文學概論」英文教材為例，筆者 1970 年代在臺大授課時用過沃納克（Robert Warnock）和安德森（George K. Anderson）合編的《世界文學選》（*The World in Literature* [1950 年初版，1967 年再版]），1980 年代用過美國諾頓選集（*The Norton Anthology*），因此習慣照英語發音為「盧克瑞西阿斯」。陸克瑞提烏斯生平不詳，目前所知係根據字裡行間的指涉以及當時學者西塞祿（Marcus Tullius Cicero, 公元前 106-43 年）和後世史家聖傑羅姆（St. Jerome, c. 347-420）等人的片斷記載綜合所得，然其為羅馬共和國板蕩時期的作者殆無疑義。

　　《物性論》為一長達七千餘行的哲理詩，由於各種抄本的殘缺脫落和句讀校勘過程中的刪增竄改，字數行數略有出入，最後編訂為 7415 行，現代各印刷本皆從之。本章註 3 所引牛津古典叢書、哈佛婁缽叢書和註 4、5 所引兩種中文詩譯本行數相同，即使以散文譯文

4　徐學庸譯注，《論萬物的本質》，上下二冊，臺北：臺大出版中心，2018 年 12 月。
5　方書春譯，《物性論》，北京：三聯書店，1958 年初版；後收入：北京：商務印書館，漢譯世界學術名著叢書，1982 年初版，2009 年再版。按方君自殺身亡前在北大哲學系執教，在不惑之年追隨陸克瑞提烏斯走上傳說的（或聖傑羅姆捏造的）自殺之路，是否受到羅馬名哲的啟發，抑或受不了當時環境困頓，學術凋疲的壓力，筆者不得而知。然筆者哀其身世，感其文窮而後工，故援用其白話譯文，復根據德萊登的英譯，略作彈性修正，初無不敬之意，如刪除了 830 行（方譯 828 行）起句的「因此」（"igitur"）及 833-842 行的布匿克戰爭典故及天災意象。徐譯本與拉丁文對照，中文貼近當前學界用語，並附有導論及注疏，比方譯本適合學術研究。

呈現的「標的文本」，如筆者早年閱讀的企鵝叢書版，亦莫不參照此欽定「來源文本」的詩行數。依版本學者的重建，作者原規劃本詩為六卷，分別討論：1. 物質與空間，2. 原子的運動與形狀，3. 生命與心智，4. 感覺與性愛，5. 自然世界與人類社會，6. 天文與地理。就內容看來，幾乎無所不包，回應了亞里斯多德的「百科全書式」知識。作者的自然哲學論可上溯到前蘇格拉底時代的自然學家，如恩培多克勒斯（Empedocles, c. 495-435 BCE）的宇宙論，亦遵循恩氏韻文寫作方式，但最直接的思想師承則是泛希臘時代的伊匹鳩魯（Epicurus, 341-270 BCE）的自然哲學與人生哲學。《物性論》幾可詮釋為伊匹鳩魯的「頌讚詩」（encomium 或 eulogy），尤其以第三、四、五卷的開卷為然，此說明貫穿全詩的繁複修辭策略。從這個觀點切入，我們亦可詮釋本詩為當時論辯修辭術之實踐，與同時代的博學鴻儒西塞祿爭輝，也與古希臘高爾及亞以降的修辭學一脈相傳。進一步而言，作者雖為大宗師伊匹鳩魯的現世快樂哲學辯護，但從召喚愛神維納斯啟靈開篇，以詩立論，喻多曲折，辭頗瑰麗，復脫胎於古典頌讚詩體，故譽之為「詩辯」之自我反射式變奏亦不為過[6]。

　　按「哲理詩」為筆者所擬 "didactic poetry" 之譯名，以取代容易讓人望文生義的「說教詩」。西方有源遠流長的傳統，從公元前八世紀

---

6 按亞里斯多德在《創作論》中三次提到恩培多克勒斯，最重要的是透過媒介和虛構等條件比較荷馬和恩培多克勒斯，兩人固然皆以韻文作詩，但寫詠「史」詩《伊里亞德》和《奧德賽》的荷馬允稱「創作者【詩人】」（"poieten" = maker [poet]），寫《自然論》的恩培多克勒斯只能算是「論自然者」（"physiologon" = nature speaker/writer）（1447b18）。據信《創作論》在羅馬共和時代已失傳，因此陸克瑞提烏斯是否讀過亞氏這件作品，殊難判斷，但他發揮文采，把哲理說教提升到詩的殿堂，無異為五百年前的師尊辯護。荷馬史詩以召喚出掌管史詩「美聲的」繆詠女神卡里奧佩（calliope [Καλλιόπη]）開始，陸氏則易之以孳育萬物的愛神維納斯，透過奪胎換骨的修辭策略，為第四卷的性愛哲學鋪路。本詩雖保留古風時期作品以啟靈開篇的體制，然諸神退場，不再如史詩所述介入人事，愛神還原為生機欲力，拉丁文稱 "voluptas"（第 1 卷，1 行），「歡」之謂也！

希臘古風時期赫希奧德（Hesiod）的開天闢地演義《神譜》和農事詩《勞動與日子》開始，不絕如縷；希伯萊聖經的《傳道書》和《箴言集》同屬此類。由於它和主流的抒情詩（多為短詩）不類，又不屬於長篇故事詩（如史詩）[7]，在歷史上其定位始終搖擺不定。筆者認為應將其納入修辭學範疇，重新體認其語用義涵，以界定其文類與文學史地位。

　　茲舉話語的人稱關係說明《物性論》修辭之一端。本詩的話語場景為外框，第一人稱敘述者面對第二人稱發言，受話的第二人稱是敘事學及結構語意學者格雷馬斯（A. J. Greimas, 1917-1992）所謂的「行動元」（actant），指某種行動功能，而非指人，該功能由若干不現身的「行動者【角色】」（acteurs）執行。先被呼籲祈求的是維納斯（卷1，1-49行），接下去被召喚的是受教的友人梅理烏斯（卷1，50行以下），這位不現身的聽者久不久會讓發話者再招呼一聲，彷彿提醒讀者他始終沒離開現場；第三卷的開場聽者（被頌讚者）為先哲伊匹鳩魯（卷3，1-30行），轉接到梅理烏斯；後三卷的受話者皆為同一內設的聽者梅理烏斯。整首詩的具體內容為伊匹鳩魯哲學的闡釋，敘述者稱之為「教理」或「論說」（"tractata"）（卷4，19行），故稱其為「說教詩」或「勸誡詩」亦無不可。由此推演，本書其餘各章介紹的希萊格爾的《片斷集》、羅蘭·巴爾特的《愛的言談：片斷集》承續的「愛論」，甚至維根斯坦的《哲學邏輯論》（"tractatus"）皆可納入此修辭文類[8]。

---

7 在古風時期，「史」詩和「抒情」詩的區分僅為吟唱韻步之別，荷馬和赫希奧德皆用揚抑抑格六步韻，後世的哲理詩多從之，包括《物性論》。

8 如果挪用到《創世紀》詩社已故同仁的長詩上，大荒的「詩劇」《雷峰塔》屬廣義的敘事詩，但洛夫的「組詩」《石室之死亡》則可歸類為「哲理詩」，後者融抒情與說理為一體。

四、《物性論》的現代性：原子運動與誤讀

　　讀者難免會質疑：一位兩千多年前的羅馬詩人，和現代詩有什麼關係？筆者擬從兩方面來回答這個問題。首先是誤讀的現象，其次是現代主義的「發散」詩體傳統，兩者都與陸克瑞提烏斯宏揚的原子運動論有淵源關係。就近的來說，君不見「誤讀」多年來是個時髦的名詞，但現代詩學史上的「誤讀」怎麼來的？1978 年 5 月筆者在《中外文學》6 卷 12 期上討論比較文學的影響研究，介紹了哈羅德·布魯姆（Harold Bloom, 1930-2019）的《影響的焦慮》[9]。該書是作者一系列「誤讀」（"misreading" 或 "misprision"）理論研究的第一本，布氏挾其古典訓練和猶太教神學背景，透過精神分析，探討詩史上的傳統與繼承問題，後繼者對前人——尤其是大詩人——的影響反彈和抗拒，竟促成了潛意識的「焦慮機制」（anxiety principle），間接激發了修正主義式彰顯自我「獨創性」的策略（Bloom, p. 7）。

> 詩人在前人的陰影下，企圖尋求解脫，發展出六種抗拒的方式，包括：1. Clinamen，故意誤讀前人；2. Tessera，補充前人之不足；3. Kenosis，切斷與前人的連續；4. Daemonization，青出於藍，更勝於藍；5. Askesis，詩人澡雪精神，孤芳自賞，以與前人不同；6. Apophrades，孤芳自賞久之，使人誤解藍出於青。（張漢良，前書，1986，頁 56）

---

9 筆者論文後收入：張漢良，《比較文學理論與實踐》，臺北：東大圖書公司，1986 年，頁 31-60；再版，2004 年，27-52 頁。Harold Bloom, *The Anxiety of Influence: A Theory of Poetry*《影響的焦慮：一種詩論》, New York: Oxford University Press, 1973。與此書相關的密集續作見：*A Map of Misreading*《誤讀地圖》, New York: Oxford University, 1975; *Kabbalah and Criticism*《卡巴拉與文學批評》, New York: The Seabury Press, 1975; *The Breaking of the Vessels*《容器之破碎》, Chicago: The University of Chicago Press, 1982。

　　除非是絕對的「唯我主義者」，每一個不妄自尊大也不妄自菲薄的詩人都懷有相同的悲劇意識，即：天外有天，人外有人，詩外有詩（Bloom, 1973, pp. 26-27），這是影響焦慮的另一面相，沒有詩人能避免。更進一步而言，詩人無論大小，總懷有另類潛在的焦慮——病態的憂患意識（同前書，p. 29）：不止詩人外別有詩人，詩人外還有一種人叫批評家，他們掌握了另類神祕的語言，是自己不熟悉，無法逆料的（同前書，p. 25）。唯有在這幾層影響焦慮的心理機制網絡中，「誤讀」的語用行為才有文學社會學和文學史的意義。

　　當年筆者以彈性解釋方式介紹了布魯姆的六種誤讀策略，但未交代典故，亦未提供中文譯名（如 "tessera" 為古代陶器的「碎片」，有待後代有緣人拾得，拼湊還原成器），今天看來，略嫌美中不足。尤其值得補充的是北宋黃庭堅（1045-1105）提出的「奪胎換骨」、「點鐵成金」閱讀策略，無疑係比布魯姆早了九百年類似的文學史修正主義，謂之「誤讀」，誰曰不宜？筆者四十年前曾撰文論述，文稿已完成一半，因數度遷居，不知去向。最近筆者重寫該文，此遺憾終得彌補，即本書第十八章。

　　布魯姆交代這六種抗拒作用術語的來源，第一種 "Clinamen" 就出自陸克瑞提烏斯的《物性論》：

> 「偏斜」是最典型的詩誤讀；我從陸克瑞提烏斯那兒借取了這個字眼，在陸氏原作中指原子（"atoms"）的偏斜（"swerve"）運動，因而導至自然界事物的改變。詩人從前人偏斜出去，扭轉方向，其策略即閱讀前人詩作時進行「克里納門」作用，在他自己的詩作裡呈現矯正調整的姿勢，意味著前人的詩作開始的方向是正確的，發展到某一點應該偏斜，自己的作品就作了示範。（同前書，p. 16）

圖1　原子的偏斜運動，左起第三與第四原子
　　　軌道原為平行，偏斜後碰撞。

　　布魯姆顯然從陸克瑞提烏斯的作品裡借用了一個隱喻，亦即筆者附上英文的兩個關鍵詞中的一個，「偏斜」（"swerve"），但是我們千萬別忘了另外一個布魯姆沒有著墨的關鍵詞「原子」（"atoms"），因偏離軌道的，逸出軌道的是原子的物理運動。如圖1所示，七粒原子順同一方向運動，左邊第三粒突然偏斜了既行方向，頃刻間與第四粒撞擊，事故發生了，新的自然現象產生了。

　　布魯姆捨棄了原子運動的物理現象，跨越了自然哲學的邊界，作了一個「質的跳躍」，進入文學創作與閱讀的語用世界。正因為如此，他才能下結論：「沒有正確的讀法，只有相對有創意和有趣的『誤讀』，難道不是任何閱讀行為都是『克里納門』嗎？」（同前書，p. 43）陸克瑞提烏斯提出的 "Clinamen" 英譯為 "swerve"，在美國學界從布魯姆開始激起了浪花和漣漪 [10]；但此字的法譯 "écart" 卻非同小可，喜談「斷裂」與「延異」的左翼後結構諸子，如德希達、德勒茲和去世不久的塞赫（Michel Serres, 1930-2019）等人 [11]，無不視陸氏為先知先覺，熱

10 哈佛大學英國文學教授格林布拉特（Stephen Greenblatt）的《偏斜：世界如何進入現代》（*The Swerve: How the World Became Modern*, New York: Norton, 2011），以報導文學的方式重建了十五世紀義大利學者布拉奇奧里尼（Gian Francesco Poggio Bracciolini, c.1380-1459）在德國修道院發現《物性論》抄本的大事，作者認為該文本的出土「改變」了現代世界。作者挾其哈佛講座和莎翁專家地位，寫半學術性著作頗討好，此書獲得普利茲獎，長據非虛構暢銷書榜。

11 2019 年 6 月初去世的法蘭西學院院士塞赫於 1977 年出版《陸克瑞提烏斯文本中物理

烈擁抱。近年在中國大陸走紅的法國漢學家于連（François Jullien）成天把 "écart"（隔）掛在嘴上，唬弄內地學界，其實拾人牙慧，不給出處，不足為訓。隨著歐陸新馬克思主義的抬頭以及當代法國哲學思潮的引進美國，陸克瑞提烏斯的《物性論》受到前所未有的重視，與布魯姆誤讀論的合流只能算是學術大思潮中的巧合。

五、《物性論》的現代性：偏斜運動與詩的脫軌

在本文後半進入《物性論》的原子論自然哲學和詩語言的關聯之前，筆者擬順著布魯姆的誤讀論，就「偏斜」作為閱讀策略稍作發揮。和拉丁字 "clinamen" 及其動詞詞源 "clīnāre" 有關的英文字有 "incline" / "inclination" 和 "decline" / "declination" 等，指某種「傾向」（如 "incline" 為「往前傾」，"recline" 為「往後傾」，其「傾」則一也）。「傾向」往往是負面的，如「偏見」和「拒絕」；也有中性的意義，如名詞或形容詞隨人稱、數目和時態的變化，文法叫做 "declination" 或今天的 "declension"。要之，它指偏出預計的軌道，除非「偏斜」就是其本質，無既定軌道可言。讀者或許知道，「影響」的英文字叫做 "influence"（in-flux），意謂「流入」，如「百川『滙入』大海」。其義自明，「人往高處爬，水往低處流」，勢也！有生物學和物理學的依據。但是這些肉眼可見的自然現象在微觀、極微觀的層次，還有更基本的原子（今天稱為「分子」）運動，這是陸克瑞提烏斯關注的現象。這些純「唯物」的現象與「神」、「造物主」和宗教信仰毫無關係。此所以馬克思特

學的誕生》（*La naissance de la physique dans le texte de Lucrèce*）【英譯 *The Birth of Physics*（Manchester: Clinamen Press, 2000）】，此書為塞赫 1960 年代末期開始的一系列古代科學哲學研究，疏通了古羅馬哲人作品中樸素的流體力學概念，如 "turba" 及 "turbo"，與當代熱力學、量子論、非線型力學等的契合關係。塞赫發揮 clinamen 引伸的 "écart"（歧異、隔）意涵，與德希達樂道的「延異」（différance）頗可相互發明。

別鍾意陸氏，間接地開創了《物性論》的另一支現代學術傳統。此為餘事，讓筆者還是再回到「偏斜」。

　　拉丁文的 "clinamen" 翻譯成法文通常是兩個字，除了 "écart" 外，也有譯為 "déviation" 者。早年我把它中譯為「脫軌」[12]，指出：脫軌指「詩」文類史中體例的辯證關係，即後來作品在語言表現上對既有規範的脫軌。由於文章的性質，筆者暫時中斷了《物性論》和《影響的焦慮》的討論，捨棄了「誤讀」，把脫軌現象視為讀者認知以及凸顯詩功能的觸媒，「激烈的脫軌適足以切斷詩語言的指涉功能，使讀者的焦距從語言的指涉與摹擬性中移位到形式（體例）本身的演出。」（前揭書，頁 133）和布魯姆一樣，筆者無意間逸出了原子運動的軌道，錯失了《物性論》所啟發的發散式、偶性的「原子詩體」。此詩體的現代傳統從法國象徵主義的旗手馬拉美（Stéphane Mallarmé, 1842-1898）的〈骰子一拋〉（"Un coup de dès", 1897）開始，歷經現代主義的阿保里奈爾（Guillaume Apollinaire, 1880-1918），甚至於捷克的哈維爾（Václav Havel, 1936-2011）早年的實驗作品《反語碼》（*Antikódy*, 1964）都可納入。至於原子運動所啟發的「發散詩」背後隱藏的焦慮——對於詩「末世紀」災難性鉅變的隱憂，以及此隱憂所啟發的「核爆詩學」，下文將一併處理。

　　筆者上面兩次提到「發散詩」作「原子詩體」的類比，此地需稍作說明，藉以導向陸克瑞提烏斯在《物性論》所倡議的微觀語言理論。「發散詩」為筆者借用當年翻翻中譯美國詩人查理斯·歐爾森（Charles Olson, 1910-1970）於 1950 年所提出的 "projective verse" 的詩體名稱，

---

12 張漢良，〈詩文類的考察：語言的脫軌現象〉，《創世紀》57 期，1981 年，見《比較文學理論與實踐》，頁 132-3。

但意義完全不同。歐式講究創作主體的「吸氣吐納」語法[13]，雖指機能活動，有身體上的「物質」基礎，然唯心論色彩濃厚。而筆者則循陸克瑞提烏斯的學說，特指原子運動的向量與張量，有線性投射之意。語言由微至巨的運作結構亦服膺此物理現象，故更正確的說法宜為「投射詩」。此中存在著一個陷阱：即詩的語言成分在何種意義上能被視為原子，詩的結構又怎能被視為原子運動。根據陸氏的推理，既然萬物莫非由原子構成，人為的產物理應包括在內。陸克瑞提烏斯擴大了原子覆蓋的領域，視語言文字的基本成分為原子，或為其類比。這是一個奇特需要嚴格檢驗的論點，以下引述《物性論》進而引申討論。

　　陸克瑞提烏斯筆下的原子偏斜運動為迴旋母題，在《物性論》各卷中不斷地出現，底下摘譯第 2 卷 217 到 224 行，以見其梗概。

---

13 Charles Olson, "Projective verse", *Poetry New York*, 3 (1950)【查理斯·歐爾森，〈發散詩〉，《紐約詩訊》第 3 輯】，後單行本 *Projective Verse*（New York: Totem Press, 1959）與日裔美籍版畫家金光松美（Matsume Kanemitsu, 1922-1992）之畫作合集出版。歐爾森的「發散詩」主張開放形式，詩形式解放，以與傳統「封閉性的」格律詩區別；韻步、格律、語法等設計讓位給「自然的」呼吸節奏。歐爾森詩論淵源駁雜，從英國近代諸詩家、美國十九世紀的惠特曼（Walt Whitman, 1819-1892）、二十世紀的龐德（Ezra Pound, 1885-1972）、威廉姆斯（William Carlos Williams, 1883-1963）到法國現代主義各派健將，皆留下身影，阿保里奈爾僅為背景人物之一。

此廣義的自由詩體在歐陸以法國馬拉美的〈骰子一擲〉開先河。然作為經典的〈骰子一擲〉非僅皮相的空間形式開拓；形式成為拋射、撞擊等運動機率的產物，與心理因素無關，尤非主體所能控制，反倒與陸克瑞提烏斯的物性論契合。就純形式而言，阿保里奈爾在 1910 年代歐戰期間創作的圖象文字詩「美文」（"calligrammes"）同時覆蓋了視覺和聽覺感官經驗，比歐爾森早了三十年。1950-60 年代的「紐約詩派」深受法國超現實主義吸引，在時間上幾乎與早年的《創世紀》同步。

鏡頭轉到臺灣，本名張振翱的翱翱其〈心事〉於 1972 年 12 月發表在《創世紀》31 期，作者附註為 "authentic"（真正的）「發散詩」。早年的翱翱，是否覺今是而昨非，改筆名為「張錯」，吾人不得而知。作者身體力行，勤於鍛鍊，其譯名「發散詩」甚是。然而，「發散詩」與以圖象掛帥的「具體詩」如何區分？值得論辯。此外，身體律動的「物質性」基礎尤需考慮。

原初的『物體』（"corpora"）因為其本身的重力在空中垂直下墜，
說不準何時何地它們會突然從既有的軌道輕微地『偏斜』一下
（"depellere paulum" [swerve a little]），我們可以說它們的運動
方向改變了。如果說它們不可能『偏斜』（"declinare" [incline]），
那麼它們只能像雨滴般在廣袤的虛空中下墜，這些『原初物質』
（"creata principiis" [the first-beginnings]）[14] 勢不可能發生『碰撞』

---

14 雖然一般譯本習用「原子」或 "atom"（如 Latham 譯本），但筆者認為需要說明一點：
《物性論》中的拉丁原文並非英文 "atom" 一字的前身，即西塞祿用過的 "atomorum"
（Serres, 1977, pp. 13-14; 2000, pp. 6-7）。表達同一概念的原文有多種用法，例如上面這
段引文中的 "corpora" 與 "creata principiis"（皆為複數）與第一書中出現的 "primordia"
（複數的「原初物」，卷 1，268 行）和 "corpora caeca"（「看不見的物體」，見卷 1，
277、295、302、304、320、328 行）。例句可參見："Therefore nature works by means of
bodies unseen."（"*corporibus caecis* igitur natura gerit res"【「微不可見的實體──大自
然乃藉其運作」】[Rose & Smith, 1975, p. 29]）。

按：希臘文字首 "α-"（a-）表示「否定的」，"τομος"（tomos）指「分」或「切」，"ἄ"
+ "τομος" 意謂「不可再分的（單位）」，此為英文 "atom" 一字的辭源。古典文獻常
見，如伊匹鳩魯《致希羅多特書》用 "ἄτομοι [atomoi]"（參見：Timothy O'Keefe, "Does
Epicurus Need the Swerve as an *archê* of Collisions? ", *Phronesis*, 41 [1996], p. 307）；公元
二世紀歐諾安達的狄奧根尼斯（Diogenes of Oenoanda）論德莫克里托斯（Democritus,
c. 460-370 BCE）殘稿用語 "ἀτόμοις [atomois]"（參見：David Furley, *Cosmic Problems:
Essays on Greek and Roman Philosophy of Nature*, Cambridge: Cambridge University Press,
1989, p. 196）。

塞赫指出，在古希臘阿基米德（Archimedes, c. 287-212 BCE）的著作裡，甚至更早的第
一個提出原子論的德莫克里托斯失傳的著作裡，"tomos" 應係提供空間區分作用的結構
概念，而非「實存」概念（Serres, 1977, pp. 17-36; 2000, pp. 9-25）。然而，亞里斯多德《形
而上學》卻視其為會導至「微分」（διαφορά↘ = differentiation）的「實存體」（τὸ ὄν =
being）。

最後需要補充說明，走出《物性論》的文本，"ἄτομος" 勉強中譯，「原子」是也。此「原
子」中譯名雖欠缺「分割」之意，卻保存了「原初的」和「實體」的義素。英文的 "atom"
和中譯名也可能誤導，讓我們不自覺地輸入現代原子物理學的通俗概念。例如：所謂不
能再細分的原子係由電子（e⁻）、中子（n）與質子（p⁺）構成，這些次原子成分又可再
透過其他微範疇來理解，如粒子、夸克、量子、奈米，甚至跨越到「原子分裂」與「核
爆」。退一步而言，語意的滋生和蔓延本係自然發展，然而學者使用辭彙時，需要確定

（"offensus" [collision]），既無『撞擊』（"plaga" [blow]）發生，自然界也就無從產生出物件。（卷 2，217-224 行）

如雙引號所示，這幾行著名的詩句裡有兩個關鍵詞：「偏斜」（"declinare"）和「碰撞」（"offensus"）——包括引文中其他同義字。兩千年來，它引發的注疏和義理爭論，自然不在話下。我這裡只點出兩個議題：第一，碰撞一定要靠偏斜產生嗎？第二，假如這問題的答案是肯定的，那麼偏斜是運動本有的規律，純物理現象？抑或係生物（包括人）「自由意志」（"voluntas", 卷 2，257、261 行）的顯現？關於前面的疑難：碰撞一定要靠偏斜產生嗎？如果答案為肯定的，那麼碰撞是一次到位，還是會持續不斷？亦即係過去發生了傾斜碰撞，未來就不再發生了嗎？甲原子撞向乙原子，後者難道不會反彈嗎？兩粒原子碰撞，它們會分道揚鑣，還是會結合？這項爭論在前蘇格拉底自然哲學，尤其是德莫克里托斯的語境裡，容或有意義，走出歷史脈絡，它或許只是一個偽議題 [15]。如果偏斜是常態，屬於事物的本質，這些問題也就不必討論了（見圖 1）。

至於原子運動與自由意志的關係，它從亞里斯多德開始就是聚訟的焦點（Furley, 1989, pp. 129-131）。所謂「自由意志」需要限定和修正。因就在前後緊接的詩句裡（卷 2，257、258 行），陸克瑞提烏斯

術語的脈絡，區分「脈絡化」、「去脈絡化」和「再脈絡化」的範圍，釐清它們的關係與界限。望文生義或以辭害義係大眾行為，為「常識」的基礎，但以破除常識與迷信為職志的學者，能不慎乎？

15 關於這個議題，筆者所讀過的晚近較細緻之梳理是 Alexander P. D. Mourelatos, "Intrinsic and Relational Properties of Atoms in the Democritean Ontology"〈德莫克里托斯本體論中的原子內在與外在特質〉, in Ricardo Salles (ed.), *Metaphysics, Soul, and Ethics in Ancient Thought: Themes from the Work of Richard Sorabji*《古典思想中的形而上學、靈魂與倫理學》, Oxford: Clarendon Press, 2005, pp. 39-63。

再度引進全詩的大關鍵詞——愛神主宰的 "voluptas"（「歡」【慾】），
讓它與 "voluntas"（「意」【意志】）押韻，無形中透過「音」的認同，
限制了後者獨立的語「義」。也許有人會辯解：唯有選擇自主性的「自
由意志」，才能導至布魯姆式的「誤讀」詩學。但我們別忘了上文曾
指出，「誤讀」的驅力是潛意識的、不自覺的。除非你是六根清淨的
凌虛上人，君不見：凡人「慾火」（"voluptas"）攻心時，「歡」的驅
力很難被理性的意志力（"voluntas"）壓抑遏止 [16]。陸克瑞提烏斯在接
下去費解的段落裡，舉了一個比喻：賽馬剛開始的那一刹那，馬群出
閘的爆發衝力（卷 2，263-265 行），馬怎能自我控制？固然人異於禽
獸，這比喻或能顯示人的自由意志為推力和引力拉鋸所打造的一把雙
面之刃。在《物性論》反映的宏觀自然哲學雙重世界裡——動盪的羅
馬共和國和自然界，生物與無生物的界限沒那麼明顯，遑論微觀的原

---

16 我們需要通過全詩的上下文來理解，尤其是第 6 卷的最後，作者以大篇幅的雅典瘟疫毀
　城意象結束全詩（卷 6，1090-1286 行）。容筆者以下稍予引申。
　生命和文化的起源與滅亡，難道不就肇因於愛神與戰神的交歡（卷 1，32-40 行）？希
　臘悲劇裡，發揮女力的「海倫」（ἑλένη [Helen]），與「毀船」（ἑλέναυς [Helenaus]）、
　「毀（男）人」（ἑλανδρος [Helandros]）、「毀城」（ἑλέπτολις [Heleptolis]）三字諧
　音，進而會意兼指事，此中有真義，豈僅欲辯已忘言？此典故與一氣呵成的雄偉詩句，
　見伊斯奇拉斯（Aeschylus, c. 525-456 BCE）《阿伽曼農》（*Oresteia: Agamemnon*）第
　690 行。伊莉莎白時代的馬羅（Christopher Marlowe, 1564-1593）或自揣無法企及希臘
　前賢，乃透過劇中人浮士德進行「意述」（paraphrase），殊料竟成絕唱："Was this the
　face that launch'd a thousand ships, / And burnt the topless towers of Ilium? "（「是這張臉
　發動了成千戰艦／焚毀了特洛高聳的城堞嗎？」）。到了二十世紀初，伊斯奇拉斯被
　不世出的巨匠龐德奪胎換骨，傳說中的海倫讓位給中世紀法國南方阿奎丹的愛蓮諾【海
　倫】王后（Eleanor of Aquitaine, c. 1122-1204），得以建構作者穿越古今的《詩章》（*The
　Cantos*）（見《詩章》第 2 卷【1917 年出版】）。葉慈〈麗達與天鵝〉【1923 年作】，
　雖亦為「意述」，寫交歡與死亡的蒙太奇剪輯最為傳神：「股間一陣寒戰，產生了／斷
　瓦、殘垣、焚城／阿伽曼農喪亡」（"A shudder in the loins engenders there / The broken
　wall, the burning room and tower / And Agamemnon dead."）。自陸氏以降，詠史者撫昔
　嘆今，端賴用典，然力圖推陳出新，斯之謂歟！

子運動。文藝復興時代的大、小宇宙（macrocosm and microcosm）一體論繼承了古代的宏觀思想；今天的人們的共識則有如德氏和陸氏的微觀論。筆者曾在臺大科教中心電子報 *CASE* 上讀到一段話，「人類文明的核心概念便是萬物由原子、分子組成，它們遵循著一定的自然律，在極微小的奈米空間裡，呈現出特定的排列與特別的節奏」，此處的「自然律」，在古代言人人殊，勢必包括偏斜和碰撞原理，只不過從德莫克里托斯，歷經亞里斯多德、伊匹鳩魯，到陸克瑞提烏斯，二千多年前還沒有現代物理學的這套說法，充其極，只能算是樸素的前物理學文獻。

六、《物性論》的現代性：水文學與詩

前面曾指出，陸克瑞提烏斯的萬有原子論，廣披天文、地理、水文和人事，與我們關係最密切的誠然是語言活動和表現。下面筆者將舉若干文本中的例子，回顧註 10 及註 11 中提到的美國學者格林布拉特和法國學者塞赫的看法，最後援用塞赫解讀《物性論》抽象出來的流體力學模子，介紹阿保里奈爾 1916 年發表的名詩〈下雨〉（"Il pleut"）。

作為自然哲學的論辯，《物性論》對語言的討論著墨不多。語言的結構和萬物相似，一律為由微漸巨，其最小單位為「元素」或「成分」。陸氏和柏拉圖的用法和觀點接近，書面語和口語不作嚴格的區分，這最小的語言成分可以是語音單位，今天叫音元，也可是書寫單位[17]，或可稱書元。陸克瑞提烏斯分別舉出了幾個口語和書寫的例子，口語如：「聲音的『原初成分』（"primordia vocum"）大量匯聚

---

17 拉丁文為 "elementa"（卷 1，197 行），希臘文為 "στοιχεῖα"。陸克瑞提烏斯也用 "primordia" 或 "principiis" 等字表達元素的「原初」意涵。

後由狹窄的氣管和喉頭擠出」（卷 4，531-532 行）；「穿過耳朵的『原初形體』（"primordia forma"）形狀不盡相似」（卷 4，542 行），後者涉及音元的音位、音階、音調、音量等差異，屬於語言的體質（"corpoream", "corporeis"）面向，要等到現代語音學在十九世紀出現後才為人處理。在《物性論》的上下文裡，氣管和耳蝸等器官非僅點出語言活動（法文的 "langage"）的身體官能基礎。更重要的是聲音和氣體的流動得納入全詩的流體力學架構去理解，這使得同時涵蓋語言與其他物事的泛原子論得以成立。

　　至於書面語（文字），陸氏的看法亦相當樸素，如：「基本的物質（"corpora" [bodies]）為眾多物件所共有，正如『話語』係由『字母』（"verbis elementa" [letters]）組成一樣。」（卷 1，196-198 行）詩文本中的發語者對內設的聽者梅密烏斯說：「拿我的這些詩句作例子吧，你看這許多字詞，它們都是由某些語言元素構成的，但你必須承認，這些元素【字母】（"elementis" [letters]）組合產生的詩行（"versus"）和字詞（"verba"）彼此發音不同，意義也不一樣。因此，元素之為用大焉，只要變動一下它們的順序，作些排列組合，不同的語詞和詩句就產生了。」（卷 1，823-829 行）這句話可以算是陸克瑞提烏斯僅有的詩學意見，它指出語言和詩的編碼工程，但在以語言學為模型的詩學出現之前，我們只能以言簡意賅來論斷它 [18]。也許正因為如此，格林布拉特坦承，不知原子和字母（包括字母的原子）如何編碼。他意

---

18 我們可以換個角度，檢視陸氏如何透過詩創作來實踐其理論。作者在卷 1，901 行反駁阿納扎勾拉斯的元素相剋相生論時，玩了一個逆書符的字謎遊戲："et non *lignis* tamen insitus *ignis*"（"and yet fire is not implanted in the wood"，「但『火』並不住在『木』裡」）。拉丁文的 "lignis"（木 lignum 的受格）跟 "ignis"（火）互為字母置換的字謎，但字母的重組並不表示「風」吹樹枝（「木」），樹枝互撞，磨擦生「火」，就可推論火的元素原本就在「木」中。此地預見到語言的任意性，與事物本無關。

述陸氏的推論如下：

> 基本元素數量無限，但形狀與大小則為數不多。它們像似拼音
> 文字的字母，能組合成無窮的句子。語言的元素和事物的種籽
> 一樣，它們依據某種「密碼」（"code"）組合。並非所有的字母
> 或所有的單字都能有序地結合，同樣地，元素與元素也並非可
> 以任意結合。某些物件的種籽，慣常輕易地和其他元素結合；
> 有些則彼此排斥。陸克瑞提烏斯並未聲稱，他了解隱藏在事物
> 背後的「密碼」（"the hidden *code* of matter"），但是我們必須
> 理解，的確有某種「密碼」（"code"）存在，需要「人類科學」
> （"human science"）去探究。[19]

　　格林布拉特是英國文學史家，尤其專精文藝復興斷代史和莎士比
亞。然觀察其著作，格氏對古典哲學、科學史，以及當代分析哲學與
符號學的方法論，未見深入涉獵。此處一再使用 "code" 一字——甚至
「隱藏的密碼」[20]，復援用後結構流行用語「人類科學」，看似語含玄

---

19 Stephen Greenblatt, *The Swerve: How the World Became Modern*《偏斜：世界如何進入現
　代》, New York: Norton, 2011, p. 187. 見前註 10。在現代「都會話語」裡，"Swerve" 這
　個字使用得越來越普遍。本文寫作期間，筆者見 2019 年 8 月 2 日 BBC 新聞 Dhruti Shah
　的「潮流」專欄文章，標題是 "Are you in your 30s and facing 'the swerve'?"【你現在
　三十多歲了吧？打算「偏斜／轉向」了嗎？】古代男子三十而立，如今女力大釋放，
　三十而轉向，不亦快哉！

20 英文 "code" 一字意義甚廣，可譯為「法典」或「代碼」（含「語碼」、「符碼」、「密
　碼」）。在語言符號學裡，它特指「語碼」，即我們所用的「語言」，如「廣東話」或「閩
　南語」，我們說任何一句話，無形中都與這套「語言」規範有關，即所謂話語「訊息」
　的「編碼」或「建碼」。《物性論》的文字建碼於羅馬初期的文學拉丁文，少數術語係
　由希臘文轉譯，各種詩的語言設計（「次語碼」）則建碼於傳統史詩和論辯術的資料庫。
　因此它的「語碼」任何內行人都明白，格林布拉特不可能不知道。在這種情況下，他所

機，隱藏奧妙深義，筆者頗難苟同。格氏此書為半學術性的報導文學，上面的引文出自第 18 章，為《物性論》內容摘要，故讀者難知其詳。

筆者在註 11 提到塞赫的研究，但點到為止，此處略作發揮。如前所述，塞赫於 1977 年出版的《陸克瑞提烏斯文本中物理學的誕生》，疏通了古羅馬哲人作品中，樸素的流體力學概念與當代物理學的契合關係。筆者留了一個伏筆，未指出本書尚有一重要的副標題，令人遺憾地為英譯本刪除，難免誤導粗心的讀者。此副標題為 "Fleuves et turbulences"（「水流與亂流」）[21]，顯為「物理學」劃定範疇，為「流體力學」之轉喻也。法文中的 "fleuves" 與英文的 "flows" 同源義近，意謂「水流」，亦可指「河流」、「洪流」，甚至「氣流」；而"turbulences"則與英文連拼法都一樣，指「亂流」，包括「水流」與「氣流」，搭

謂的 "code" 顯指某種隱藏著奧義的「密碼」，亟待破解。進而言之，基督教舊約聖經素有「代碼」（法典）傳統，英國詩人布萊克（William Blake, 1757-1827）嘗謂「新、舊約為偉大的藝術代碼("the Great Code of Art")」，學者弗萊（Northrop Frye, 1912-1991）據之以名其書曰 *The Great Code: The Bible and Literature*《偉大的代碼：聖經與文學》, San Diego, Harvest, HBJ, 1982, p. xvi。舊約隱藏「密碼」待解一說，頗為流行，為各種古代宗教典籍常見的挪用現象，例見 Michael Droshin, *The Bible Code*, New York: Touchstone, 1997。2003 年的《達文西密碼》（*The Da Vinci Code*）能暢銷一千萬本，譯為 50 種語言，或係託「密碼」饒人口味之福。格氏謂《物性論》有「密碼」待解，稍微有常識的人都知道詮釋學的「解謎」（deciphering）和符號學的「解碼」（decoding，即「編碼」【encoding】或「再建碼」【recoding】）係南轅北轍，目標和程式皆不相容的語用工程。塞赫認為自然沒有密碼，亦無法編碼（Serres, 2000, p. 148）。

21 Michel Serres, *La naissance de la physique dans le texte de Lucrèce: Fleuves et turbulences*《陸克瑞提烏斯文本中物理學的誕生——水流與亂流》, Paris: Les Éditions de Minuit, 1977. 塞赫此書為《物性論》建模、編碼，並非「解謎」，因為原作者在詩中已提供了答案，且謎底也已為哲學史揭露：萬物皆由原子構成，五行、四素之本源即為原子，還需要讀者解謎嗎？但陸氏如何為思想體系編碼——如經營鋪陳複雜雄渾的自然意象？採用何種後設語言與模型？這些深度問題確實需要探索，筆者認為塞赫的書，無疑建立了模型及解構了代碼。此書出版於格林布拉特的暢銷書三十五年前，格氏竟一字未提，書目亦未引錄，不知何故。

過飛機的人都聽過這個字的播音,多半都會感同身受。上古的自然哲
學多係樸素科學——特指物理學,前蘇格拉底的哲學幾乎清一色為宇
宙本體論,或主張水、火、氣、土四素生剋流變,如前面曾引述過的
恩培多克勒斯(卷 1,716-733 行、734-829 行),或聲稱萬物肇始於
單一或混雜元素的運作,至於內容細節,則說法不一,如《物性論》
批判的赫拉克里托斯(Heraclitus, c. 540-c. 480 BCE)(卷 1,635-704
行)、阿納扎勾拉斯(Anaxagoras, c. 500-c. 428 BCE)(卷 1,830-920
行)和德莫克里托斯(卷 3,371 行、1039-1041 行;卷 5,622 行)。
塞赫從文本中抽象出水與氣的流動,交代了陸克瑞提烏斯長詩的主題,
而潛伏在這兩種動態元素底下的,更基本的分子運作,則隨時呼之欲
出。

　　如允許筆者借箸代籌,答覆格林布拉特對《物性論》編碼的疑問,
筆者願意引述塞赫的說法。作者精研古代科學哲學史,為了處理陸氏
的長詩,他特別請出比陸克瑞提烏斯早一百年的數學家阿基米德,聚
焦在偏斜現象的數理和力學模式上,進而探討古典的流體力學與《物
性論》的關係:

　　因此我要指出:陸克瑞提烏斯的物理學係根據流體力學建構的。
　　吾人皆有生活體驗。液體流入空的容器:雲、豪雨、【水面上的】
　　氣漩、海洋、火山爆發【西西里島的埃特娜火焰上噴,岩漿流動,
　　匯入大海,覆蓋地面……】(卷 6,668 行)、尼羅河及其他河
　　流的氾濫、湖泊、溫泉、經血、泉湧,甚至磁石。所有的物體
　　沉沒了、流動著(卷 4,922 行;卷 6,933 行),無休無止,所
　　有的物體都被淘空了(卷 4,936 行)。雲又出現了——負載著
　　病菌和死亡,毀滅了一切生物(卷 6,1097 行);全境震動(卷 6,
　　1280 行):回復到原初的混亂。唯一的例外,唯一的律則:回

歸混沌初開之際。萬物又開始流動，亂流再起，暫時保有形相，再度毀滅、流散。物理學完全聚焦於水文學領域的流動事件，陸克瑞提烏斯的物理學實為水文學[22]。

這段文字點出了創世紀與末世紀透過分子運作的互動更迭，暫時不表。塞赫在書中提出兩個模型的圖表，為其獨創：一為說明阿基米德偏斜運動的幾何學模式（法文本，頁29；英譯版，頁19）；另一為說明原子運動下墜、偏斜、平衡穩定、動盪失衡的物理學與力學模型（法文本，頁96；英譯版，頁76），其學理深刻，論辯嚴密細緻，筆者無能亦無力再現和轉述。此處插話一句，前述布魯姆的「影響」【注入】（influx → influence）導至偏斜式的「誤讀」【瀆職】（misprision），這難道不正好是水文學的延伸嗎？

容我摘取兩個基本概念，以結束這段漫長的理論引介：1. 偏斜是原子運動的微分工程（"différentielle"）；2. 偏斜指涉原子的流動（"fluxion"）（法文，頁11；英譯，頁7），其實 "fluxion" 一字已包含二義。分子在流動中填滿了空隙，時而為平行有秩序的層流（lamilar flows），若有稍微偏斜，形成了立體角，於是層流撞擊，紊流（turbulent flows）出現了，匯聚成窪，大量的流動形成湍流【瀑布】（"la cataracte"）。舉兩個都會讀者熟悉的例子。其一，在咖啡店點杯拿鐵，咖啡上來了，表面漂浮著奶油圖案，多半為心形或作花朵狀。牛奶和咖啡也許在進行極輕微的平行「層流」運動，暫時穩定，不會交流混合。你拿起小匙，攪和它，再用力攪和，流體質點混摻，咖啡成為極短暫的「紊流」。其二，007 情報員龐德說：「來杯馬丁尼！搖！不要攪！」（"Martini, shaken, not stirred!"）為什麼？免得攪動後杜松

22 Serres，前揭書，法文，頁103-104；英譯，頁82。筆者參照法文，由英文中譯。

子酒走味。最後，這兩種飲料還是要成為幾秒鐘的紊流，進入我們的食道、胃和其他內臟，以及呼吸、循環、泌尿器官。說穿了，生命靠水，沒有水，只有死亡。《物性論》的主導語碼就是水文。塞赫以「下雨」描寫原子的流動：「湍流若大雨，降落（"It pleut" [It rains]）在全世界，任何地點，任何時刻。偏斜是最細微的立體角，因為這個角，運動的軌道改變了，換言之，紊流產生了……。頃而，紊流形成了一個三度空間流動的小水漕，散開、迴流，匯集了更大的能量，再匯流進入軌道」（法文，頁 96-97；英譯，頁 76）。介紹到這兒，筆者適時請出阿保里奈爾的〈下雨〉，將透過陸克瑞提烏斯的偏斜運動和塞赫啟發的水文常識，與讀者一起來欣賞這首詩。

七、阿保里奈爾的〈下雨〉

阿保里奈爾為現代主義健將，超現實主義先驅，據考 "le surréalisme"（「超現實主義」）一詞就是他創造的。超現實主義領軍者布魯東（André Breton, 1896-1966）向來目中無人，但對阿保里奈爾卻推崇備至。至於臺灣，旁的不說，早年的林亨泰、白萩、商禽、葉維廉等人都曾耳濡目染，彼等的空間形式實驗間接地受到他的潛移默化。"Il pleut"（〈下雨〉或〈雨滴〉、〈雨串〉）是首短詩，1916 年 12 月發表在詩刊《聲音、觀念、色彩》第 12 期【*SIC* (*Sons, Idées, Couleurs*)】；後收入合集，命名為 *Calligrammes: Poèmes de la paix et de la guerre (1913-1916)*（《美文：和平與戰爭之詩—— 1913-1916》），詩人逝世後，1918 年 4 月 15 日由巴黎的伽里瑪出版社出版。筆者所用讀本為臺大圖書館法國七星文庫中的阿保里奈爾《詩全集》（*Oeuvres poétiques*, Paris: Gallimard, 1999 [1965], p. 203）。本詩寫作時間未有定論，一說作於 1914 年 7 月 7 日，另說為 1916 年，後說為主流。兩個時間點的定位，難免會導至讀者對詩內容迥異的詮釋，蓋 1914 年

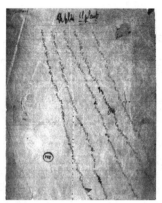

圖2 阿保里奈爾〈下雨〉手稿。
本圖由耶魯大學貝內克（Beinecke）珍
籍與手稿圖書館數位典藏網頁下載。

圖3 阿保里奈爾〈下雨〉印刷本。
本圖由紐約現代美術博物館圖
書館網頁下載。

7月7日第一次大戰尚未爆發；而1916年歐戰方酣，阿保里奈爾參戰，
於3月17日下午4時負傷。1918年出版的詩集副標題既稱《和平與戰
爭之詩──1913-1916》，顯係指戰前（1914年7月28日以前）與戰
爭中的創作。詩無達詁，讀詩未必需以史實為唯一參照座標。此處附
手稿（圖2）及初版印刷本（圖3）。

　　筆者為何要佔用篇幅，附上兩張不清楚的圖片？細心的讀者會發
現手稿是墨水筆寫的，彷彿留下了墨水渲染浸濕的水痕，經過處理的
鉛字排版印刷卻乾淨整齊，因此手稿似乎更能再現雨痕。或曰：雨真
的是這副長相嗎？有一種解釋，這首詩的觀物視角在室內，觀物者／
說話者（即詩人的面具代言者）隔著玻璃窗看雨，雨不直接在空中下
墜，落在地上，而是偏斜地打在玻璃窗上，再流下來。手稿的再現不
更像是窗上流下來，歪歪扭扭的雨珠雨串嗎？或曰：因此這首詩題應
譯為「雨串」或「雨滴」或「雨珠」？本詩根據首行頭兩個字命名："Il
pleut"，意謂「下雨」。

讀者看過了兩份詩稿，容我附上中譯，並稍作解釋。本人無創作經驗，下面的譯文根據七星文庫法文本，參考夏塔克（Roger Shattuck, 1923-2005）[23] 的英譯，勉力為之，請眾詩家指教。另外，由於直排兼呈現偏斜運動困難，只得橫排。

下雨了，女人的聲音落下，宛若已逝——即使在回憶中
雨滴（聲音）啊，你們也在墜落，我生命中美妙的邂逅
那些孕育的密雲開始嘶鳴，生出了整個宇宙，包含無數耳蝸狀的城市
聽！雨中許有悔恨和輕蔑的聲音，伴隨著古老的音樂在哭泣
聽！那鎖鍊——那羈押你在天上和地下的鏈條——斷裂的聲音

筆者的譯文盡量保持彈性自由，作了一些詮釋性的變動。例如第2行主詞有語法與語意的衝突，究竟係「聲音」（"voix"）還是「女人」（"femmes"）筆者存疑；第4、5行「聽」（"écoute"）的主詞不定，應非第二人稱，筆者任意改作祈使句，加上驚嘆號——譯者的這一切舉動都在實踐誤讀。原詩無標點符號，除第一個字母 "I" 大寫外，其餘字母全部小寫，但單字與單字之間循慣例留空，字母間留白。字與字之間留空，猶如水分子之間的空隙，可由《物性論》的"inane"（void）一字涵蓋，從微觀結構上說，流體是有空隙的、不連續的介質。假如我們硬要找出統一自然物事和語言文字共享的「代碼」，「原子」與「空隙」之間的虛實互動關係，類比語言的虛實非連貫性（discreteness）勉強是個答案。原詩有些破格，如「下雨」（il pleut）為不及物動詞，

---

23 Roger Shattuck, *Selected Writings of Guillaume Apollinaire*《阿保里奈爾詩選》, New York: New Directions, 1950, 1971.

作者加上副詞片語，違規夾帶「女人的聲音」落下，彷彿使其及物。
"pleuvoir"（下雨）這個動詞只有第三人稱單數存在，但第 2 行的主詞
在語意上係第二人稱複數。最後，藉著語音、書符的部分雷同，作者
使得兩個不相干的動詞「下雨」和「哭泣」("pleurer")產生了認同關係，
如第 4 行的 "*pleut*" 和 "*pleu*rent" 所示，暗示出亙古的、普世性的悲哀，
無異回應了《物性論》卷 6 的末世紀災難。本詩的聽覺意象甚為突出，
除了曾被譜曲外，有人製作出電子數位版，字母隨著淅瀝的雨聲墜落。
此處不贅，讓我們還是回到水文現象。

　　假如雨真的是落在玻璃窗上，淅瀝聲就失真了，這點我們不追究。
阿保里奈爾的〈下雨〉屬於哪一種流體力學現象？成串的雨珠打在硬
窗玻璃上，復成串流下，撞擊、偏斜，產生了細小的紊流、湍流和漩渦，
分子隨機擴散，產生能量。陸克瑞提烏斯在《物性論》中，描寫雨的
生成因素甚多，雲、風、雷電，甚至太陽皆扮演角色，但基本元素是
「水分子」（"semina aquai"，卷 6，495-523 行）的運動（Serres, 1977,
p. 42; 2000, p. 31）。當塞赫描寫陸克瑞提烏斯的水文世界：「全世界
都在下雨，任何時間、任何地點」（"*Il pleut* universellement, partout et
en tous temps [It rains down universally, everywhere and all the time]"）時，
難道他不是在描寫阿保里奈爾眼前、筆下的 "Il pleut"——下雨和流淚
的世界嗎？這不也正是《創世紀》同仁、詩人汪啟疆筆下，核爆後那
些淋濕、流淌、漂動的街道嗎？雨　直下著，永遠在下，沒有回憶。
啟示錄在此刻 [24]，創世紀在未來。

---

24 Jacques Derrida, "No Apocalypse, Not Now"〈沒有末日 { 啟示錄 }，絕非現在〉, *Diacritics*
　　《區分理論》期刊 , 14.2 (1984), pp. 20-31. 作者德希達玩弄導演柯波拉 1979 年《現代啟
　　示錄》（*Apocalypse Now*）的文字遊戲。按聖經以《創世紀》始，以《啟示錄》（末日紀）
　　終。本章以此作結，回應文章開頭所引述的維根斯坦和陸克瑞提烏斯關於死亡的悖論。
　　如本章末所暗示，汪啟疆詩域的維度頗為可觀。

符號與詩學：
泛符號詩學芻議

第四章　雅格布森的「文學性」與結構詩學
「知識的考掘」

一、「文學性」的爭議

　　本章針對「文學性」這個概念的淵源，做一點知識的考掘和歷史的敘述，順便澄清某些常識性的成見。「文學性」這個現代詩學名詞本非中土固有，它和大多數比較文學的術語一樣，是一個外來語。羅曼‧雅格布森於 1919 年提出 "literaturnost" 一詞（1921 年出版）有其文學研究的特殊歷史背景。這個術語後來在 1950 至 60 年代被西歐和美國學者引進，英譯為"literariness"（或"literality"），法譯為"littérarité"，在內涵上亦多所敷延，脫離了原始的歷史脈絡。在新的語境中，如國內的文學研究與教學環境中，也滋生了許多臆想不到的附加的意義。因此解鈴還需繫鈴人，「回歸文學性」得回到創始者雅格布森的著作，重探這個術語的「名」與「實」。筆者為「文學性」這個術語探源，無異敘述它所代表的概念在雅格布森著作中的前後發展。在歷時性（diachronic）層面上，它與列寧「黨的文學論」的回應關連，並與當時未來主義詩作互動。在共時性（synchronic）的理論層面上，這個概念交代了詩語言透過語碼和訊息的互動，產生表義功能和進行溝通功能。本章進一步指出：當前以神經語言學為基礎的認知科學對「文學性」的新詮釋，亦出自雅格布森的另外一條思路。筆者探索「文學性」的語言形式主義脈絡和生理科學脈絡，企圖透過這項匯通，提出比較詩學研究的新的可能。

二、雅格布森所鑄新詞

　　從事詩學研究的人都知道,「現代詩學」──就嚴格的定義而言,肇始於語言學家雅格布森。雅氏於二次大戰期間來到美國,長期在哈佛大學和麻省理工學院教書,他以語言學為基礎的重要的英文詩論多半發表在 1950 至 60 年代,最膾炙人口的是 1958 年的會議論文〈語言學與詩學〉[1]。如果我們仔細閱讀 1919 年的論文,會發現詩學的觀念在他二十幾歲時已經成熟。雅氏於 1919 年在莫斯科語言學派(Moscow Linguistic Circle)和彼得格勒詩學研究群(Opojaz)發表的《晚近俄國詩:側寫之一:維立密爾‧克勒伯尼可夫》[2],1921 年於布拉格成書出版。這篇長文是極為重要,但較少為人閱讀的理論文獻。雅格布森藉著討論未來主義詩人克勒伯尼可夫(Viktor Khlebnikov, 1885-1922)詩作的機會,提出了他的文學研究作為獨立科學的論點。這門新學科所處理的對象,就是「文學性」。雅格布森這部作品於 1972 年被翻譯為德文,在慕尼黑發行;1973 年被譯為英、法文,幾乎同時在紐約和巴黎出版。英文和法文的譯本都是根據前一年的德、俄雙語對照本而來。1979 年荷蘭海牙出版的雅格布森《文集》(*Selected Writings*)第 5 卷

---

1 Roman Jakobson, "Closing Statement: Linguistics and Poetics"〈結語:語言學與詩學〉, *Style in Language*《語言的風格》, ed. Thomas A. Sebeok, Cambridge, Mass: MIT Press, 1960, pp. 350-377.

2 Roman Jakobson, *Novejšaja russkaja poèzija.Nabrosokpervyj: Viktor K Xlebnikov.* In *Selected Writings*, 8 vols. 1-5, The Hague: Mouton, 6-8, Berlin: Mouton, 1962-1987. 5 of 8 (1979), pp. 299-354. [1921]. 英譯見:Roman Jakobson, "Modern Russian Poetry: Velimir Khlebnikov"〈現代俄國詩:克勒伯尼可夫〉, trans. Edward James Brown, In *Major Soviet Writers: Essays in Criticism*《主要的蘇維埃作家:批評文集》, ed. Edward James Brown, New York: Oxford University Press, 1973, pp. 58-82. 另見:Roman Jakobson, *My Futurist Years*《我的未來主義歲月》, ed. Bengt Jangfeldt and Stephen Rudy, trans. Stephen Rudy, New York: Marsilio Publishers, 1997, pp. 173-208 [Russian 1992].

也是以德國出版的雙語本為藍本。

　　嚴格說來，「文學性」這個術語所傳達的是一個邏輯上的模糊概念，它的範疇和範疇的特質都有待確定。由於言人人殊，這個術語竟然變成一個指涉不確定的、語意變動不居的，但非常意外地影響深遠的概念。它正面和負面的影響可能不下於「比較文學」和「詩學」。要比較準確地判斷它的原始意義，我們必須回到這個術語出現的直接的語境，也就是上下文。可惜的是，這個單字出現的句子，只是更大語境中的一個片段；由於這個片段，很弔詭地看起來在意義上能夠自圓其說，也很容易被記憶，因此它已經成為文學研究者朗朗上口的名言。

　　一般文學辭典引用的只有那麼一句話，它不斷地被複製，甚至於連法文《拉胡斯大辭典》的定義也是它的翻版。這句話是怎麼說的？「文學研究的主體不是文學，而是『文學性』；亦即：某作品成為文學作品的因素。」（"Thus the subject of literary scholarship is not literature but literariness (*literaturnost* [литературность]), that is, that which makes a given work a work of literature."）[3]。我手邊正好有阿勒克斯·普瑞明格（Alex Preminger）編輯，普林斯頓大學出版的《詩與詩學百科全書》（*Princeton Encyclopedia of Poetry and Poetics*，1965年〔1993年再版〕）。其中「俄國形式主義」條目是厄立奇（Victor Erlich）撰寫的。厄立奇指出：「"literariness"（『文學性』）源出於雅格布森。」「用雅格布森的話說，『文學研究的主體不是文學的總體，而是「文學性」，亦即使某件作品成為文學作品的因素。』」（"In Jakobson's words, 'the subject of literary scholarship is not literature in its totality, but *literariness*, i.e., that which makes of a given work a

---

3 Jakobson, 1979, p. 305.

work of literature.'"）[4]（見本章附錄一）手邊的其他文學辭典，甚至一般語言辭典的定義，泰半都是上面這句話的複製。唯一的差別是 "literaturnost" 這個單字的翻譯：法文一律譯作 "littérarité"；英文多半遵照厄立奇，譯作 "literariness"，早期亦偶爾有人譯為 "literarity"，現今已統一用 "literariness"。《拉胡斯大辭典》給 "littérarité" 下的定義是："Caractère littéraire d'un texte; ce qui, dans un texte, fait qu'il appartient à la littérature." [5]（「文本中的文學性的特質；即使某文本成為文學的因素」），可能出自托鐸洛夫的法文譯本。

令人費解的是：為何辭典編者和一般學者懶得進一步查看這句話的上下文，雖然德文譯本在 1972 年，英文和法文譯本在 1973 年已經出現。請容我先擴大摘錄這句話的上下文，重新閱讀它；然後再介紹一下這個俄語名詞的英譯和法譯，以及它在西方意外的流傳命運。

三、青年雅格布森論詩

在〈晚近俄國詩〉這篇論文裡，雅格布森主張，要了解某種新的詩語言，我們應該從三個角度切入：1. 它和現存的詩傳統的關係；2. 它和當時日常語言的關係；3. 它和當時正在發展中的詩風格的關係。這種探討方式其實是以語言為定位的，結構系統性的；是共時性的，而非歷時性的。雅格布森處理當代詩人，如為詩集作序的克勒伯尼可夫，和過去的詩人，如普希金，所援用的方法是一致的。雅格布森以語言

---

4 Victor Erlich, "Russian Formalism"〈俄國形式主義〉, in *Princeton Encyclopedia of Poetry and Poetiics*, ed. Alex Preminger, Princeton, N.J.: Princeton University Press, 1965, p. 726 (726-727). 參見：1969, p. 172 的相同措辭：Victor Erlich, *Russian Formalism: History – Doctrine*《俄國形式主義：歷史與理論》, 3rd ed. The Hague and Paris: Mouton, 1969 [1955, 1965].

5 *Grand Larousse Universel*《拉胡斯世界大辭典》, 15 tomes. Paris: Larousse, 1994 [1984]. Tome 9, p. 6338.

學中的方言研究（dialectology）為例，指出普希金的詩語言無非是同時存在的、構成當時語言系統中的一環，在這個大系統中，有許多種方言，我們無法說哪一種比較好。這種先進的結構語言學觀念，影響到他對詩語言和詩風格的看法，亦即：在描述詩語言風格時，我們先得終止價值判斷。他說：「科學性的詩學要能建立，必須先終止價值判斷。語言學家說，某種地方話的價值和另外一種地方話的價值如何、如何？這不是很荒謬嗎？」（中譯自英譯："...scientific poetics will become possible only when it refuses to offer value judgments. Wouldn't it be absurd for a linguist to assess values to dialects according to their relative merits?"）（1973, pp. 59-60）這種共時性的，反進化論的結構語言學觀念與索緒爾的看法頗為一致。第二，雅格布森把歷史的歷時性詩的潮流，作了一個橫的移植，視它為共時性的一個面向。換言之，詩的潮流被視為一種方言。

雅格布森認為，要建立詩學作為一種獨立的學科，我們首先得彰顯詩或文學的獨特性。造形藝術、音樂、舞蹈都有屬於自己的、自足的物質性，也就是媒體的條件。詩的條件就是語言。但是，它並不是傳達性的語言，甚至涉及語言使用者的感情的表達作用和效應作用，都還屬於次要的──這一個論點是雅格布森特別超越常識俗見的地方。詩的語言有它內在的律法：它反射式地關注本身作為一種表達方式。這正是 1958 年他所提出的詩的後設批評功能（1960, p. 356）的源起，只不過後來雅氏把表意作用進一步發揮為「語碼」（code）和「訊息」（message）的交互運作，訊息主導的是詩功能，而語碼則主導後設功能。這種反射式的後設批評功能是分析性、理性的認知，絕非如一般人所想像者，係傷感、抒情，或者不知所云的「美感的」、「唯美的」或「審美的」。

雅格布森講完了這段開場白，接著說：

詩是美學功能的語言。

因此文學研究的主體不是文學,而是「文學性」(*literaturnost*);
亦即:使某作品成為文學作品的因素。可是到目前為止,文學
研究者往往和員警一樣,為了逮捕一個人,把公寓裡的所有的
人通通抓起來,連路過的行人也不放過。

同樣的,文學史家不放過任何到手的材料:傳記證據、心理學、
政治、哲學。結果他們無法創造出文學的科學,僅僅產生了學
科的綜合體;文學作品只不過淪為這些學科——哲學史、文化
史、心理學等——的不完美的、第二手的佐證材料。如果文學史
希望發展成為一門科學,它必須認定文學的設計是它唯一的主
角。(1973, pp. 62-63)

雅格布森筆下的「設計」固然是俄國形式主義者的共同關懷對象;也
成為馬克思主義學者批判形式主義者的藉口,巴赫汀/梅德韋傑夫
說:「形式主義的設計被意識形態物質吸收後,已經蕩然無存。」
("In fact, there would be nothing left of the formalist devices. They
would be completely absorbed by the ideological material entering into the
construction.")[6] 此為立場問題,無法論辯。對雅格布森而言,「設計」
是詩語言主導的成分的一個代名詞;他在 50 年代末期和 60 年代中期,
根據索緒爾語言結構的兩軸,推演出來的隱喻和轉喻的互動結構,是
詩學的核心問題,但早在 1930 年代已經成形。這個問題此處暫時不論,
且容筆者來談一件有趣的事。

---

6 M. M. Bakhtin & P. N. Medvedev, *The Formal Method in Literary Scholarship: A Critical
Introduction to Sociological Poetics*《文學研究的形式主義方法:簡介社會學詩學》,
trans. Albert J. Wehrle, Cambridge, Mass.: Harvard P, 1985, p. 117. [Rus. *Formal'nyimetod v
literaturovedenii* (*Kriticheskoevvedenie v sotsiologicheskuiupoetiku*), 1928].

四、「文學性」底下的政治文本

後來學者引用「文學性」出處的引文，就引到被員警逮捕之前。他們也許認為後面那句話沒有多大意義，可能是雅格布森在開玩笑，或者他舉例不當。雅格布森的妻子克莉斯丁娜‧波莫思卡曾追憶年輕時，雅格布森因為說德語被路上巡邏的員警逮捕。好事之徒難免強做解人，說這個插入的比方可能反映出他被壓抑在潛意識的事件的反撲。如果僅認定「員警」是字面上的「文學史家」，也未免太輕視了歷史和政治在蘇維埃初期語境中的意義。

我大膽假設雅格布森的「文學性」說法有一個潛在的政治文本。這段文字中最重要的一個字就是 "literaturnost"，這是雅格布森創的新詞。他根據列寧的 "partignost"（黨性）一詞，並針對這個字的上下文語境，也就是列寧的「黨性決定文學」論調鑄造了一個新詞，以為回應。筆者不諳俄語，為了這個單字和關於俄語詞構的原則，曾請教過北京師範大學的李正榮教授。大陸的學者肯定比我更熟悉，列寧在 1905 年發表的重要文獻〈黨的組織和黨的出版物〉，揭示了文學服膺於黨的原則。他說：「社會主義無產階級應當提出黨的出版物的原則，發展這個原則，並且盡可能以完備和完整的形式實現這個原則」[7]。誠如李正榮所指出的，俄文原為「黨的文學」，不知為何被譯為中文「黨的出版物」[8]。我查看了英譯與德譯本，1962 年的英文譯本確實譯作

---

7 列寧，〈黨的組織和黨的出版物〉，《列寧全集》，第二版，第 12 卷，北京人民出版社，1987: 93（全文頁 92-97）。英譯：Vladimir Ilyich Lenin, "Party Organisation and Party Literature."*Collected Works*, Moscow: Progress Publishers, 1962, 45vols. 10, pp. 44-49. [*Novaya Zhizn* 12, November 13, 1905]；德譯：Vladimir Ilyich Lenin, "Parteiorganisation und Parteiliteratur", *Werke*. 43 Bande. Institüt für Marxismus-Leninismus Beimzk der KpdSu. Berlin: Dietz Verlag Berlin, 1920-1985. Band 10 (1982 [1958]), pp. 29-34.

8 李正榮說：「至於把黨的文學翻譯成『黨的出版物』的過程，我是親歷的，說起來可笑。

"*party literature*"（"the socialist proletariat must put forward the principle of *party literature*, must develop this principle and put it into practice as fully and completely as possible." [1962, 10, p. 45]）；德譯本全集也是用的 "Parteiliteratur"（1982, pp. 29-34）。假如我的猜測準確，雅格布森早在 1920 年代托洛茨基（Leon Trotsky, 1879-1940）[9]、巴赫汀（Mikhail Bakhtin, 1895-1975）[10]、日爾蒙斯基（Victor Zhirmunsky, 1891-1971）等人與形式主義者論戰之前，已經預先做出了回應。1925 年雅格布森的形式主義同行艾肯邦姆（Boris Eichenbaum, 1886-1959），在介紹形式主義方法論時（1927），討論了雅格布森的概念，並引述了他 1921 年在布拉格出版的論文，以及最重要的，有關「文學性」的段落。令人臆想不到的是，艾肯邦姆論雅格布森的段落竟然成為被後代歐美學者引用來討論「文學性」的「第二手」「原始」文獻（Eichenbaum, 2001; Matejka & Pomorska, 2002）[11]。

1930 年左聯時期、特別是 1942 年延安文藝座談會以後，這個文章的標題一直是『黨的組織和黨的文學』。但是，1978 年以後，中國文藝學以『形象』、『審美』、『藝術性』等等概念暗暗消解『文學政治標準第一』的『延安文藝座談會講話』原則。但是，列寧的文章寫得很清楚，黨的文學事業是黨的組織一部分。如果馬列大旗不倒，這篇文章就是不可逾越的。結果，文藝學界想出了一個奇妙的高招，說以前的翻譯錯了。我讀碩士時候的蘇聯文學研究所，還就此事，專門討論過。後來老師們明白此中玄機，便不再討論這個詞改變翻譯是否準確。」（2011 年 8 月 15 日來函）

9 Leon Trotsky, *Literature and Revolution*《文學與革命》. The Trotsky Internet Archive [Russian, 1923]

10 見前註 6，Bakhtin & Medvedev, 1928。

11 引進雅格布森到法語世界的最大功臣允稱托鐸洛夫，1965 年他編譯了俄國形式主義文集，請雅格布森作序，他本人的評論文章後來也收入文集《敘述【散文】詩學》 *Poétique de la prose* (Paris: Seuil, 1971 [Eng. 1977])。在 1968 年的介紹結構主義詩學的小冊子《何謂結構主義》之 2：詩學》（*Qu'est-ce que le structuralisme? 2. Poétique*, Paris: Seuil, 1968 [Eng. 1981]）裡，他說：「最後，詩學作為文學的科學出現在雅格布森的著作中」（"Enfin, il apparait, pour designer la science de la literature, dans les écrits de Roman Jakobson." [1968, p. 21]）。他引述了雅格布森 1919 年著名的說法：「文學研

我之所以說雅格布森「預見」到後來的論戰不是無的放矢，而是在回應克莉斯特娃的說法。克莉斯特娃操作一個怪誕的、黑格爾式的超歷史革命邏輯，替雅格布森辯護；但不是辯護他的「文學性」，而是辯護他擁抱未來主義詩人馬雅可夫斯基和克勒伯尼可夫。克莉斯特娃從馬雅可夫斯基的自殺談起，解讀雅格布森論詩語言的被謀殺，是在史達林主義和法西斯主義社會來臨前夕，預言詩語言的被謀殺[12]。這種超越現實歷史的解讀寧非庸人自擾？既然列寧在前，屬於經驗性歷史，那為何不乾脆簡單地假設雅格布森的文學性是在回應列寧的黨性文學論？雅格布森的論文發表後，他到了布拉格，曾於 1950 年追述初到布拉格經驗：如何把克勒伯尼可夫與馬雅可夫斯基的第一手資料，介紹到捷克斯洛伐克[13]。就在 1921 年這篇論「文學性」和詩學的長文

究的主體不是文學，而是『文學性』（*literaturnost*）；亦即：使某作品成為文學作品的因素。」（"L'objet de la science littéraire n'est pas la littérature mais la littérarité, c'est-à-dire ce qui fait d'une oeuvre donnée une oeuvre littéraire."）（Tzvetan Todorov, *Qu'est-ce que le structuralisme? 2. Poétique*, Paris: Seuil, 1968, p. 106）。1981 年英譯本如下："The object of literary science is not literature but literariness, which is to say, what makes a given work a literary work."（Tzvetan Todorov, *Introduction to Poetics*《詩學導論》. Trans. Richard Howard, Minneapolis: University of Minnesota Press, 1981, p. 76）。有趣的是：托鐸洛夫的 1965 年選集並未選這篇文獻，他的解釋是這篇文章不好翻譯（"plus difficilement à la traduction"）（1965, p. 23）。到了 1973 年，托鐸洛夫編輯出版雅格布森詩論集時，總算彌補了這個遺憾。見：Roman Jakobson, "Fragments de 'La nouvelle poèsie russe' Esquisse première: Vélimir Khlebnikov", *Questions de Poétique*《詩學議題》, Dir. TzvetanTodorov, Paris: Seuil, 1973, pp. 11-24。

12 Julia Kristeva, "The Ethics of Linguistics"〈語言學的倫理〉, *Desire in Language: A Semiotic Approach to Literature and Art*《語言裡的欲望：文學與藝術的符號學研究法》, trans. Thomas Gora, Alice Jardine & Leon S. Roudiez, ed. Leon S. Roudiez, New York: Columbia University Press, 1980, p. 31 (of 23-35). [French 1974].

13 Roman Jakobson, "Lettre à Angelo Maria Ripellino"〈致安哲羅・瑞培理諾函〉, *Le cercle de Prague*《布拉格語言學派》, 2e ed., ed. Jean Pierre Faye & Léon Robel, Paris: Seuil, 1969, p. 92. [1950].

出版成書，肇始了後世對「文學性」的無窮爭論。

五、文學性與韋勒克

　　雅格布森於 1958 年發表的論文已經家喻戶曉，用不著我再重複。但是我必須指出他的語言結構功能說對詩學、甚至比較文學具有巨大貢獻的潛能，至今未被學界充分發揮。這個議題將在本章後半略做交代。就從 1930 年代末期開始，雅格布森就十分關注語言結構與人腦的關係。一直到他去世之前，他主要的精力都投入語言認知和詩語言認知，換句話說，「文學性」的腦神經生理學條件。隱喻／轉喻和失語症的研究是早期的一個環節。這個議題是文學性的最前沿發展，本章最後會簡單介紹。此刻我要談一下和雅格布森有瑜亮情結的韋勒克（René Wellek, 1903-1995），作為「文學性」歷史回顧的一個逗號。

　　每當我們談到文學性這個名詞，難免會想到韋勒克，以為他是主要的推手。其實不然，他的某些文學觀點，尤其是評價問題和對語言學模式的認知，可以說是和雅格布森背道而馳的。當我們把韋勒克提倡的文學的「內在研究」（the intrinsic study）看作為「文學性」時，我們不知不覺中混淆了「名」和「實」，犯了思考與知識求真的惰性。至於所謂的「內在研究」和「外在研究」的二分法是否能成立？則是另一個懸而未決的問題。

　　讓我們回到「文學性」這個單字。舉一個想當然爾的例子，韋勒克令人羨慕地通曉多種西歐和中歐語言，當年參與了布拉格學派後期的活動；但是為何他和華倫（Austin Warren）合著的《文學理論》（*Theory of Literature*）完全不提 "literariness" 這個字？為何這個術語遲至 1963 年的《批評的概念》才出現 [14]？道理很簡單，厄立奇的形式

---

14 René Wellek, *Concepts of Criticism*《批評的概念》. Ed. Stephen G. Nichols, Jr. New Haven:

主義歷史 1955 年才出版，1956 年《文學理論》發行第三版時，我們
看到韋勒克的修正，他在附注和書目上加上了這本書 [15]。在 1958 年
國際比較文學學會第二屆北卡州教堂山大會的論文中，韋勒克用了
"literariness" 這個字，但語焉不詳 [16]；1963 年出版的《批評的概念》
中，韋勒克首次引述雅格布森 1921 年的著作（1963, p. 66）；再度使
用了這個單字，其討論如下：「藝術性的作品以及它特殊的『文學性』
肯定位居文學研究的中心；作品的傳記和社會關係被淡化了，甚至被
視為純粹外在的。」（"The work of art and its specific 'literariness' is
resolutely put into the center of literary studies, and all its biographical and
social relationships are minimized or considered as purely external."）（1963,
p. 276）。

　　1922 年韋勒克十九歲時進入布拉格的查理斯大學，主要是念英國
文學。雅格布森的論文 1919 年在莫斯科宣讀；1921 年，也就是韋勒克
進大學的前一年，以俄文在布拉格出版。即令作為大學新鮮人的他能
夠看得到這份出版物，當時的韋勒克未必有能力，閱讀雅格布森複雜
的俄語未來主義詩語言理論。布拉格語言學派成立時，他正由英國轉
往美國，1930 年回到布拉格，後來為雅格布森創辦的布拉格學派的期
刊《語言與語言藝術》（*Slovo a Slovesnost*）撰寫有關英國文學的論文。
因此，我們因為他在《文學論》中的某些近似的主張，就把「文學性」
硬派給韋勒克極不恰當。最後，韋勒克的文學理論源出於羅曼・英迦

　　　Yale University Press, 1963, p. 276.

15　René Wellek & Austin Warren, *Theory of Literature*《文學理論》. 3rd ed., New York: Harcourt,
　　Brace & World, 1956 [1946], pp. 293, 297.

16　René Wellek, "The Crisis of Comparative Literature"〈比較文學的危機〉, *Comparative
　　Literature: Proceedings of the Second Congress of the International Comparative Literature
　　Association*《比較文學：第二屆國際比較文學學會年會議事錄》. Ed. W. P. Friederich.
　　Chapel Hill, N.C.: University of North Carolina Press, 1959. 2 vols. 1, p. 158 (149-159).

頓（Roman Ingarden, 1893-1970），主要是本體論的說法和文學作品的階層觀念，但是這些唯心論調與以結構語言學為基礎的詩學並不相容[17]。此外，韋勒克力圖規避英迦頓的現象學認知美學，更不可能料到「文學性」研究的後續發展，如腦神經認知研究，早已打破了內在、外在二分法的虛構性[18]。以上簡單地介紹了「文學性」的起源和接受史；接下去我要談談雅格布森「文學性」原初概念對跨文本詩學可能提供

---

[17] 我為何要談這些看起來瑣碎的事件？為何要特別指名道姓韋勒克與托鐸洛夫？和托鐸洛夫一齊創辦刊物，如《詩學》（*Poétique*），推動結構詩學的惹內特（Gérard Genette）在 1987 年出版的文集《門檻》（*Seuils*），曾追憶當年為門檻出版社（Editions du Seuil）籌畫詩學叢書的歷史因緣。他們推出的第一本書竟然是韋勒克和華倫合著的《文學論》的法譯本；第二本才是亞里斯多德的《詩學》新譯本。惹內特說當時編輯部「曾經激辯」是否應當收入此書（"Je me souviens de graves débats éditoriaux lors de la traduction française du livre de Wellek et Warren"）。其實，韋勒克與華倫的書無法承擔這份重量，惹內特辯護說：這本書代表某種文學理論（une théorie de la littérature），而非總體的文學理論（*la Théorie littéraire*）；可見法美文學交流史上也不乏人情關係的產物（Gérard Genette, *Seuils*. Paris: Seuil, 1987, p. 84）。

[18] 有學者認為雅格布森思想中有胡塞爾現象學的影子。我們當然可以以現象學吸收符號學的傳遞行為；但另一方面，我們也可以用符號學來吸收現象學。說穿了，這是立場的問題。嚴格說來，這兩門學問是不相容的。雅格布森固然推崇胡塞爾，但他受胡塞爾啟發的是其他課題，如量論的問題，而他的傳遞模式則取材於傳播科學，初與現象學無關（Roman Jakobson, *On Language*《論語言》, ed. Linda R. Waugh & Monique Monville-Burston, Cambridge, Mass.: Harvard University Press, 1990, pp. 489-497）。他在無數場合特別強調語言學和語言哲學的差異，而非趨同關係。見：Elmar Holenstein, *Roman Jakobson's Approach to Language: Phenomenological Structuralism*《雅格布森的語言研究法：現象學的結構主義》. Bloomington, IN: Indiana University Press, 1976。至於 70 年代以後學者根據當時開始流行的語用範式，批判雅格布森忽視讀者的參與和文化社會脈絡，則顯然淡化了雅格布森模式中有「受話者」（addressee）和「脈絡【語境】」（context）和「接觸【渠道】」（contact）等單元在不斷地運作。批判文章類例可參見：Derek Attridge, "Closing Statement: Linguistics and Poetics in Retrospect"〈結語：回顧語言學與詩學〉, *The Linguistics of Writing: Arguments between Language and Literature*《書寫語言學：語言學與文學之爭議》, ed. Nigel Fabb, Derek Attridge, Alan Durant & Colin MacCabe. New York: Methuen, 1987, pp. 15-32。

的啟發。

六、語言結構與詩學

　　1958 年雅格布森在一場重要的語言／風格會議上發表了他著名的、以語言學為架構的詩學模式。他提出語言的六個互動成分，在人際交流時的動態關係。這個架構企圖解釋語言符號的表義及交流現象（Jakobson, 1960, pp. 350-377）。這個圖表一般人都耳熟能詳，筆者此地不再重複。表面上看來，圖表中彷彿缺少了「文本」（text），但構成文本的為訊息（message）以及建構訊息的語碼（code），它們啟動其他四種成分運作。如果僅皮相地挪用雅格布森的訊息傳遞架構，我們很難說明文學傳遞和其他媒體的傳遞有何差異。要解答這個問題，我們得討論語言的結構、功能，以及語言和文學、語言學和詩學的關係。雅氏在揭示圖表後，立刻指出該表無法反映傳遞過程的動態與逆反性，他更進一步提供了另一圖表，說明在語言傳遞過程中，由於對六個元素（【訊息】發送者、接受者、脈絡、接觸管道、訊息、語碼）的側重，因時、因地、因人而異，語言可以發展出六種不同的、但彼此重疊的、不具排他性的功能。大家都知道，雅氏的會議總結演說既命名為〈語言學和詩學〉，顯然暗示兩者有某種關係，以及他為兩者建立關係的企圖。何謂語言學？語言學是一後設的知識系統（或後設語言）。它的對象是什麼？它的對象是自然語言（natural language）。同樣的問題可以再提一遍：何謂詩學（詩學）？答案：「詩學」是一後設知識系統（或後設語言）。它的對象是什麼？它的對象是詩（或文學）作為對象語言（object-language），此處所謂文學非抽象的學科，而是由自然語言發展出來的國語文學（national literature）。

　　我們可以作一簡表說明其關係，箭頭指後設語言與對象語言的關係，或學科研究的對象，由上往下的箭頭指示甲作為乙的模子。

表一

後設語言 meta-language	語言學 linguistics	詩學 poetics
⇕	⇕	⇕
對象語言 object-language	語言 language	文學（詩） literature

這四個單元的類比關係如表二所示：

表二

語言：文學 :: 語言學：詩學
language : literature :: linguistics : poetics

右邊的兩個後設系統似乎問題不大，唯一的困難是某些讀者會把 poetics 當作處理「詩」的「學」問。其實 poetics 泛指研究文學的後設系統。亞里斯多德的《詩學〔創作論〕》論悲劇模擬僅為一顯例。托鐸洛夫為其敘述論文集命名時，不得已幽自己一默，用了雅格布森曾用過的一個看似矛盾的名詞：*Poétique de la prose*，英譯為 *Poetics of Prose*，如果中譯為「散文詩學」，那肯定會誤導。雅格布森於 1958 年為詩學下定義時，便指出詩學處理的是語言藝術（verbal art [Slovenost]），不僅限於詩："Poetics deals primarily with the question, *What makes a verbal message a work of art?* Because the main subject of poetics is the *differentia specifica* of verbal art in relation to other arts and in relation to other kinds of verbal behavior, poetics is entitled to the leading place in literary studies."（1960, p. 350）。這段話幾乎是 1919 年文學性定義的覆述，但它更明白地交代了文學性和詩學的等同關係。因此，表二應修正為三欄：

表三

後設語言 meta-language ⇕ 對象語言 object-language	語言學 linguistics ⇕ 語言 language ⇕ 自然語言 natural language	詩學 poetics ⇕ 文學（詩） literature ⇕ 國別文學 national literature

在這個新圖表裡，我們可以看出，後設系統與被描述系統，後設語言和對象語言的關係是雙向互動的。稍微作一點兒觀念調整，我們便可用以解釋索緒爾的「語言系統」（langue）與實際表現的「個別話語」（parole）的關係，乃至雅格布森的「語碼」與「訊息」的關係。

七、從索緒爾到雅格布森

索緒爾和雅格布森的結構語言學，基於二元對立法則，從最下層的辨音元素上移到句子的語法、語意，衍伸到篇章、語言系統與歷史。索氏雖未完全用 syntagmata（組合段）與 paradigmata（聚合群）這對名詞，用的是「組合關係」（rapports syntagmatiques）和「聯想關係」（rapports associatifs），但他確實提出了這兩個語法和語意互動的概念。雅氏繼續發揮這二元法則，指出單字在句子和整個語言系統中的定位與意義生產機能，亦即上面所引述的轉喻及隱喻關係。以單字為基本因素，往上發展，進入句子、篇章。而語意成分復可遙指最上層的意識形態。更重要的是：在時間軸和線型邏輯軸上發展的轉喻，以及在空間軸和非線型邏輯軸發展的隱喻，隱然指出人類的思維模式。

至於其是否具有周延性和普遍性，則更可引發語言哲學及文化哲學上的正反兩面討論。雅氏對語言兩軸的發揚，實為訊息和語碼的互動關係與表意／義過程（signification），作了進一步的解釋。然而，他並未忽視整個傳播過程（communication），正如上面的圖表所示。

　　利用索緒爾和雅格布森的語言模式，我們或許能發展出在語言這第一層次規模系統（primary modelling-system）之上的，文學語碼的第二層規模系統（secondary modelling-system）。這種由下而上的模式提供了建構文學內在關係的一條途徑。這種內在關係固然存在於國別文學之內，但是同樣的機械會複製在各國別文學時，跨國文學內在關係的建立便是可能的事了，也許這便是比較詩學的出發點。我國學界習慣由上而下的思考模式，以分析見長的符號學始終未能生根。雅氏的傳遞模式後來被以色列特拉維夫大學的伊文左哈（Itamar Even-Zohar）發揚光大，成為其多元系統理論（polysystem theory）的基礎。德國舒密特（Siegfried J. Schmidt）等人更融合了實證科學和生物符號學，發展出另一文學社會學派。

八、隱喻與轉喻：詩學與認知科學

　　雅格布森將主導語言結構的兩軸重新命名為隱喻和轉喻，雖然他借用了傳統修辭學的兩個辭格，其意義已非傳統的用法。他對於隱喻和轉喻的考察，絕非純粹抽象的理論建構，而係透過作品實際的分析來掌握其應用效能。這項工程並非到了美國之後才開始的。舉例來說，早在 1935 年他用德文發表了巴斯特涅克（Boris Pasternak, 1890-1960）風格論的短文 [19]，指出巴氏的抒情風格，無論是詩創作或散文創作，

19　Roman Jakobson, "Marginal Notes on the Prose of the Poet Pasternak"〈淺論詩人巴斯特涅克的散文〉. In his *Language in Literature*《文學中的語言》, ed. Krystyna Pomorska

皆建立在轉喻——也就是語言「組合段」銜接的原則——之上（1987, p. 307）。據雅格布森追憶，巴斯特涅克讀到這篇論文後，十分感動，寫了一封四十頁的長信給雅格布森（Jakobson 1997, p. 63），表示深得我心。

筆者前面指出，雅格布森從 1930 年代末期開始便十分關注語言的認知現象，對於考察這現象的各種後設知識系統，包括語言哲學、心理學和醫學也都盡可能地涉獵。他對這些相關知識的跟蹤都落實在語言結構之上。失語症的研究是一個代表。1956 年發表的文章，〈語言的兩個面向和兩種失語症兆〉可能是雅格布森最為人熟知的文章[20]；被選取轉錄次數之多，也許僅次於 1958 年發表，兩年後出版的〈語言學和詩學〉（Jakobson 1960）。自從發表以來，它先後被收入雅氏多種文集，包括他去世後出版的兩本最重要的選集，1987 年的《文學中的語言》（Jakobson 1987）和 1990 年的《論語言》（Jakobson 1990）這兩種性質不大相同的選集。雅氏的失語症論文不止一篇，1971 年結集的《兒童語言和失語症研究》（Jakobson 1971）收錄了七篇論文，最早的一篇於 1939 年以法文發表。足見這項心理／病理語言學研究和他對詩結構語言學的研究，本係並駕齊驅，而非後來的轉向。

雅格布森發現語言結構的兩軸，隱喻和轉喻，正好吻合失語症的兩種主要類型，某些病人無法在詞語上操作替代作用，即不會使用隱喻，另外的病人卻無法從事語法句構活動，亦即無法操作轉喻。這種種遣詞或造句的困難是原則性的，可以進一步細分成失語症的諸多類型。在文章最後，他欲語還休地暗示了一個最為深刻的邏輯推論：如

& Stephen Rudy. Cambridge, Mass.: Harvard University Press, 1987, pp. 301-317. [German 1935].

20 Roman Jakobson, *Studies on Child Language and Aphasia*《兒童語言與失語症》. The Hague and Paris: Mouton, 1971.

果語言的章法不外隱喻和轉喻的互動，那麼正常語言的運用和異常語言的運用便沒有本質上的差異，有的無非是程度上的差異。作為唯一使用語言的動物的人類，無論正常與否，永遠無法擺脫語言的枷鎖。1980 年，也就是雅格布森去世前兩年，他在紐約大學發表了一系列的講座，整理成文，名為〈人腦與語言：左腦葉和右腦葉與語言結構的相互發明〉，後收入《文集》第 7 卷，並被弟子編入 1990 年《論語言》，作為該巨冊的壓軸論文（Jakobson 1990, pp. 498-513）。此時雅格布森的關注已由隱喻／轉喻的語法和語意問題，跨越到更基本的，也就是更下層的，索緒爾所力圖規避的語音的辨識現象，和語音符號──尤其是象似性符號──的仲介性或直接性的討論，他引用的實驗廣泛，包括較少為人所知的蘇聯的材料。

關於兩片腦葉的語言職司，從十九世紀以來便爭論不休，到了 1980 年初，這個問題甚至已被人擱置。主要的原因就是，固然左、右兩腦葉（甚至皮層）被認為各有所司，如掌管語言或形象，分辨語音或非語音，但人腦這個神奇的機械，有著最複雜的結構與自律功能。臨床上太多反證，可以推翻普遍的觀察結論，這當然是雅格布森清楚自覺的。一個被多數人接受的觀察結論是兩片腦葉，在語言的處理上，是相輔相成的。這種「科學性」的研究和「文學性」有什麼關係呢？雅格布森樂此不疲，是否別有玄機？他青年時熱衷的未來主義與達達主義詩作，包括他自己的作品，如《我的未來主義歲月》（Jakobson 1997, p. 251）中選錄的第四、五首是很難在索緒爾的語言符號──表意的單字──這個層次理解的，它們下降到音位和音元層次，展現失語症的更深層面向。

雅格布森在世時和去世後，有關「文學性」的爭議幾乎從來未曾間斷過，非議者大多從意識形態出發，以本質主義的大帽子來扣他，其實不值一駁。倒是很少有人從認知科學的路徑切入。2007 年春，耶

魯大學的俄國文學教授阿雷山德若夫（Vladimir Alexandrov）根據雅格
布森對人腦和語言的結構研究，頗令人意外地，在相對保守的期刊《比
較文學》59 卷 2 期上發表了一篇論文〈文學、文學性和人腦〉[21]。阿
氏收集了 1990 年代末期到 2000 年初的有關人腦處理語言的實驗報告，
大體上佐證了雅格布森對隱喻和轉喻功能的看法，算是還給了雅格布
森樂道的「文學性」一點實證科學的公道，也順便指出了比較詩學與
其他學科結合的新趨向。

附錄一：「文學性」一詞在西歐與北美的接受簡史

　　熟悉這段術語接受史的國內讀者不多，有介紹的必要。 西方世界
介紹俄國形式主義的第一本著作是已故的耶魯大學教授維克多・厄立
奇（Victor Erlich, 1914-2008）於 1955 年在荷蘭海牙出版的《俄國形式
主義：歷史與教條》（*Russian Formalism: History – Doctrine*, 3rd ed. The
Hague and Paris: Mouton, 1969 [1955, 1965]）。由於俄國和西方世界的
隔閡，上世紀 50、60 年代美國的斯拉夫研究相對地冷門，研究資料也
有限。這本書於 1950 年中葉出版，算是學界一件大事。十年後它再
版，1969 年三版，成為研究俄國形式主義的經典。因此，1965 年普林
斯頓大學出版的《詩與詩學百科全書》〔1993 年再版〕），編者阿勒
克斯・普瑞明格（Alex Preminger）即敦請厄立奇撰寫「俄國形式主義」
條目（1965, pp. 726-727）。厄立奇指出："literariness"（文學性）源出
於雅格布森，即前面正文所引：「用雅格布森的話說，『文學研究的
主體不是文學的總體，而是「文學性」，亦即使某件作品成為文學作

21　Vladimir E. Alexandrov, "Literature, Literariness, and the Brain"〈文學、文學性與人腦〉，
　　Comparative Literature 59.2 (Spring 2007), pp. 97-118.

品的因素。』」（1965, p. 726）。厄立奇在百科全書的條目中並未交代這句話的出處。上面這句一再被引用的話，厄立奇本人在 1955 年初版，1965 年再版，1969 年三版的《俄國形式主義：歷史與教條》，以及其他場合不斷覆述，他交代的出處正是《晚近俄國詩：側寫之一：維立密爾·克勒伯尼可夫》（*Novejšajarusskajapoèzija (Nabrosokpervyj). Viktor Xlebnikov*）（1921 年在布拉格出版）（Erlich 1969, pp. 44, 45, 65, 94, 172, 184, 200, 228, 288; 1975: 12）。厄立奇進一步注疏，認為雅格布森給「文學性」下的定義是「所有詩結構的關鍵成分」（"…what is a crucial element of *any* poetic structure"）（Erlich 1969, p. 276）。厄立奇討論雅格布森 1933 年的捷克語論文〈何謂詩？〉（"Co je poesie?"）時，指出「文學性」是作品的整體性策略，心理學上的「完型特質」（*Gestaltqualität*）（1969, p. 198; 1975, p. 16）。

　　厄立奇是英文世界第一本全面介紹俄國形式主義論著的作者，他的歷史敘述成了學者必然的參考材料。舉例來說，符號詩學健將麥克爾·李法德於 1983 年論及「文學性」的第一個註就是厄立奇，卻略過雅格布森不提。嚴格說來，厄立奇對雅格布森這篇重要文獻的交代並不完全。1973 年雅格布森的長文總算獲得了青睞，被愛德華·詹姆士·布朗（Edward James Brown）摘譯出來，名為〈晚近俄國詩：維立密爾·克勒伯尼可夫〉，收錄在譯者編輯的《主要蘇俄作家評論集》。譯者交代的來源是雅格布森本人：「取材自《晚近俄國詩》（布拉格，1921 年出版），作者授權再版。」（Brown 1973, p. 58）。布朗的英譯後來被收入 Jakobson 1997, pp. 173-208。

　　同年，法文譯本〈新俄國詩〉（"La nouvelle poésie russe"）收入雅格布森的法譯本文集《詩學問題》（*Questions de Poétique*），在巴黎出版。根據托鐸洛夫的說法，原文取材自前一年在德國發行的俄、德雙語版《俄國形式主義文集》（*Texte der russischen Formalisten*, ed.

J. Striedter and W. Kosny, 2 vols (Munich, 1969-72). 參見：Oswald Ducrot & Tzvetan Todorov, *Encyclopedic Dictionary of the Sciences of Language*, trans. Catherine Porter, Baltimore: Johns Hopkins University Press, 1979, pp. 82-83; Oswald Ducrot et Tzvetan Todorov, *Dictionnaire encyclopédique des sciences du langage*《語言科學百科辭典》, 1972, pp. 110, 112）。 1979 年海牙木東（Mouton）出版社發行的雅格布森作品集第 5 卷刊載了俄文原件，НОВЕЙШАЯ РУССКАЯ ПОЭЗИЯ（*Selected Writings* 5 of 8, pp. 299-354），編者交代的來源也是 1972 年在德國慕尼黑出版的選集，加上一個註腳：「1919 年寫就，原為維立密爾‧克勒伯尼可夫詩集的序，但詩集流產未出版；在莫斯科語言學派和形式主義研究群宣讀；1921 年初在布拉格發行。此處再版取材於 1972 年慕尼黑出版的選集《俄國形式主義文集》第 2 卷。」（"Written in 1919 as a preface for an unrealized edition of Velimir Xlebnikov's collected works, and presented at the Moscow Linguistic Circle and the *Opojaz*; printed separately in Prague at the beginning of 1921. Here republished with bibliographic references from the reedition of this study in *Texte der russischen Formalisten*, II, ed. W.-D. Stempel (München, 1972), pp. 20ff." （*SW* 5, p. 354）。

最早討論雅格布森「文學性」用語的可能是雅格布森的形式主義同行艾肯邦姆（Boris Eichenbaum, 1886-1959）。1925 年艾肯邦姆介紹了雅格布森的概念，並引述了 1921 年在布拉格出版的論文。1965年，美國學者雷蒙（Lee T. Lemon）和瑞司（Marion J. Reis）兩人合作編譯的《俄國形式主義批評：四論》（*Russian Formalist Criticism: Four Essays*, Lincoln: University of Nebraska Press, 1965, p. 107），用的英譯術語正是 "literariness"。1971 年麻省理工學院出版英譯本的馬特伊卡（Ladislav Matejka） 和雅格布森的妻子克莉斯丁娜‧波莫斯卡

（Krystyna Pomorska）主編的《俄國詩學選讀：形式主義和結構主義觀點》（*Readings in Russian Poetics: Formalist and Structuralist Views* 【根據 1963 年密歇根大學俄文版課本】）再度選錄了這篇文章，另外還選了艾肯邦姆的〈文學環境〉，【英譯】援用了 "literariness"（2002 [1971], pp. 8, 62）。幾乎在 1965 年同時，托鐸洛夫編譯的《俄國形式主義文選》（*Théorie de la littérature: Textes des Formalistes russes*, Paris: Seuil, 2001 [1965]），由雅格布森作序，在巴黎的門檻出版社出版。作者給 "literaturnost'" 的法譯是一個新詞 "littérarité"。從此以後，"literariness" 和 "littérarité" 這兩個術語就分道揚鑣，除了偶然的或必要的交錯外，大體上是不相往來。偶然的交錯如杜克霍和托鐸洛夫 1972 年《語言百科全書辭典》的 1979 年英譯者，凱塞琳・波特（Catherine Porter）（Ducrot and Todorov, 1979, p. 82）和克莉斯丁・布魯克斯—洛斯（Christine Brooks-Rose, *A Rhetoric of the Unreal: Studies in Narrative and Structure, Especially of the Fantastic*, Cambridge: Cambridge University Press, 1981, p. 23），她們為何用 "literarity" 是一個謎，或者覺得這是一個更古老的字，或者認為它比 "literariness" 更符合造字的邏輯。

必要的交錯則呈現了翻譯史上的奇妙現象。在法文和英文過去一百年的文學理論貿易史上，法文是出超的，英文是入超的。法國學者使用的 "littérarité" 大多被英譯為 "literariness"。幾個著作橫跨雙語的理論大家，如保羅・呂格爾（Paul Ricoeur, 1913-2005）、托鐸洛夫和格雷瑪斯（A. J. Greimas, 1917-1992）都不例外。

有趣的與反諷的是，"littérarité" 這個字原來法文沒有，我查過一些工具書，根據 1994 年出版的《拉胡斯法語詞源與歷史辭典》（*Larousse Dictionnaire étymologique et historique du français*. Dir. Albert Dauzat, Jean Dubois, et Henri Mitterand. Paris: Larousse, 1994）的說法，

這個字在法文出現的正式紀錄是 1968 年。換言之，是托鐸洛夫以 "littérarité" 這個新詞引進俄語 "literaturnost' " 之後的事。在另一方面，英文的命運要長得多。《牛津大辭典》第二版（1989, 8 of 20, p. 1027）記載的第一次用 "literariness" 是 1877 年。無論如何，至少從 1955 年厄立奇的俄國形式主義歷史論述開始，英美文人利用了一個現成的單字，取代俄文的 "literaturnost' "，藉此賦予了它新的意義。請參見附錄二筆者製作的年表。

附錄二：有關「文學性」一詞的編年

張漢良製作

年份	事件	術語	來源	語言
1877	首次出現	literariness 文學性	《新共和國》（《牛津大辭典》轉載）	英
1905	列寧的黨性論	partignost 黨性	〈黨的組織和黨的出版物〉	俄（英語拼音）
1919	雅格布森在 Opojaz 發表論文	literaturnost 文學性	《晚近俄國詩》	俄（英語拼音）
1921	雅格布森論文在布拉格出版		《文集》第 5 卷轉載自德國本	俄
1923	托洛茨基批判形式主義	未用這個詞	《文學與革命》	俄
1925	艾肯邦姆〈形式主義方法論〉	literaturnost 文學性	雷蒙和瑞司英譯本	俄（英語拼音）

1946	韋勒克與華倫的《文學理論》出版	未用這個詞	《文學理論》	英
1955	厄立奇的用法	literariness 文學性	《俄國形式主義》	英
1958	韋勒克的用法	literariness 文學性	國際比較文學學會第二屆大會	英
1963	韋勒克的用法	literariness 文學性	《批評的概念》	英
1965	雷蒙和瑞司兩人的英譯；托鐸洛夫的法譯	literariness； littérarité	《俄國形式主義批評四論》； 《文學理論》	英 法
1968	拉胡斯辭典收錄	littérarité	《拉胡斯詞源及歷史辭典》	法
1972	雅格布森 1921 年論文德譯	literarizität	《俄國形式主義者》第 2 卷	德
1973	雅格布森 1921 年論文英譯和法譯	literariness littérarité	布朗 1973； 托鐸洛夫 1973	英 法

第五章　象似符號與認知詩學

一、前言：象似詩學的符號學背景

在《創世紀》165 期紀念商禽的論文裡，筆者曾提到唐詩的「象似性」問題（頁 34-35），接下去的一系列論文則討論西方古典時期的「模擬論」。在論模擬時，筆者再度指出象似符號的心理動機和動能和晚近模擬論復興的趨勢。其實模擬論復興的一個重要指標就是「象似詩學」的崛起。「象似」為此詩學理論的認知標靶，但它吸收了認知科學的養分。筆者利用本章的篇幅介紹語言學和文學中的「象似性」以及「象似詩學」。下面再提到這兩個術語時，不再加引號。本文將討論象似性作為學術研究的背景和應用範疇，追溯象似性的歷史淵源——從普爾斯倒推到柏拉圖，以及考察象似性和空間認知對當前詩創作和漢魏古體詩研究可能提供的貢獻。

從 1980 年代初開始，語言學界和文學界逐漸興起「象似性」或「肖像論」（iconicity）研究的熱潮。學者從經驗主義出發，對語言符號系統的封閉自主論挑戰。1997 年以荷蘭和瑞士為基地的研究群《語言與文學中的象似性》開始運作，每兩年舉行國際會議，並和阿姆斯特丹著名的約翰·本雅明出版社合作，發行論文集。幾乎在同時或稍晚幾年，以認知科學為基礎的詩學研究者也揮起大旗，鳴鼓響應。2009年 6 月，「語言和文學中的象似性研究群」與「認知詩學研究群」在加拿大多倫多大學召開聯席會議，可視為這種學術前沿發展的指標。

筆者前後參與了兩次他們的活動，主要的動因是個人和研究此課題的元老多倫多大學的符號學者保羅・布易薩克（Paul Bouissac）的友誼，會議發表的論文業已出版 [1]。

二、索緒爾如何看語言的「象似性」

要討論語言符號的象似性，我們必須回到二十世紀初結構語言學之父瑞士語言學家索緒爾，因為近年來象似性的主張可以說是後世學者對索緒爾關於語言符號任意性論調的反彈。索緒爾指出語言符號的任意性，它由表音的「符徵」（signifiant）和表意的「符旨」（signifié）構成，兩者之間本無必然的、先驗的（a priori）關係。符號的表意功能取決於約定俗成作用，這種作用涵蓋了所謂的擬聲和擬形字。因此，索緒爾影響下的符號研究偏向後驗的（a posteriori）約定符號（conventional sign）傾斜。然而在歷史上語言符號的非任意性論調極為普遍，可簡稱為自然語型（natural morphology）。索緒爾之後，從1920 年代末起，雅格布森發現音位、音元、音素等辨音元素在許多語言中，都具有語意作用，進而在 1950、1960 年代發展出語言系統層次間的對應關係理論，並付諸詩語言研究（或詩學研究）的實踐。約在同時，索緒爾再傳弟子本維尼斯特從後驗的觀點出發，認為約定俗成現象反倒悖論式地說明了符徵與符旨之間的關係是非任意性的。

請參見圖 1，明示索緒爾語言符號的「二元性本質」（"l'essence

1　Han-liang Chang, "Mental Space Mapping in Classical Chinese Poetry: A Cognitive Approach"〈中國古典詩的心理空間圖繪〉, In *Semblance and Signification*《象似與表意》. Eds. Pascal Michelucci, Olga Fischer & Christina Ljungberg. Amsterdam & Philadelphia: John Benjamins, 2011, pp. 251-268. Han-liang Chang, "Plato and Peirce on Likeness and Semblance"〈柏拉圖與普爾斯論象似〉, *Biosemiotics*《生物符號學》5. 3 (December 2012), pp. 301-312.

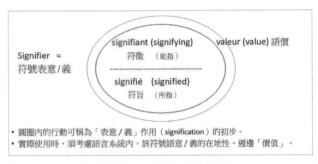

圖1 「還原」索緒爾的二元性符號。

double" = dual essence）。

最左邊的法語 "signifier"（表意）不是名詞，而屬第一組動詞，表示符號為動能，而非靜態的物件。中間內圈裡的二個單字 "signifiant" 與 "signifié"，分別為動詞 "signifier" 的現在分詞與過去分詞，等於英文動詞 "signify" 衍生出來的現在分詞 "signifying" 與過去分詞 "signified"，表示進行中或完成了的動作。索緒爾提出動詞的兩個非限定的主動的與被動的語態，實源自他強調言語的動能，如說話者或說話的主體叫做"le sujet parlant"，說話的群體叫"une masse parlante"一樣。後來本維尼斯特援用此動能鑄詞原則，把語言的詮釋與被詮釋作用稱為 "interpretant" 和 "interpreté"，與索緒爾一脈相傳。

任何一個符號都包括一體（符號）之兩面（符徵＋符旨）。索緒爾認為語言符號內的這兩塊，初無必然關係，其關係或關聯性是人為武斷的，或任意性的 [2]。即使語言中有所謂的擬聲字和象形字，它們僅佔極少數，而且這極少數的例外也已經是約定俗成的，受到整個語言

---

[2] 此處所謂「任意性」應該釐清。我們需要區分：1. 符徵與符旨之間的關係是任意的、武斷的、偶然的、非必然的；2. 符號與外物的關係是任意的、偶然的、非必然的。/ 星 / 這個聲音（符徵）和 "星" 這個概念（符旨）的任意關係，不等於「星」這個符號（包含符徵與符旨二面向）和天上閃爍的實體的關係，雖然兩種關係都可能是任意的。

關係系統的制約。我們使用時，不再會考慮它們的原始形象和自然實物的因果關係或象似性質。此地必須要說明的是：固然索緒爾指出符徵和符旨為不可須臾分離的一體之兩面，兩者是 A ≡ B 的關係，但這並不意味 A 和 B 是相等或相似的隱喻關係。更正確的說法應該是 A ⇔ B，亦即它們在符號內相互指涉，而且不指涉外物，如圖 1 的封閉圓圈所示。這種相互指涉性（relation de renvoi 或 reciprocality）才是符號的必然條件。

　　無論就語法或語用而言，作為符號學基礎的語言，對索緒爾而言，不具有象似作用。

三、普爾斯的象似符號

　　在另一方面，根據現代符號學的另一位開山祖，從哲學和邏輯出發的普爾斯的說法，符號三元系統包含了肖像（象似）符號、指示（推理）符號和象徵符號。他認為構成符號的不是符表與符意的二元關係，而是符表、符物與符解的三元互動關係。構成三元關係系統的單位不是孤立的、獨立自主的，彼此相互牽制。舉例來說，沒有比攝影更單純的肖像符號了，但這種符號的產生卻需要人為動力加諸於物質條件，使它被趨向第二元的指示符號。而影像可以分類，納入更大的視覺系

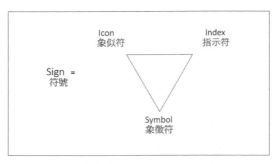

圖2　第二組三元符號。

統，則是受到詮釋成規的制約，進而成為第三元的象徵。

　　以下再以二圖說明普爾斯符號三元關係的兩種類型。圖 3 顯示符號和外在世界的關係，亦即符表和符物透過符解所建立的關係。

　　圖 4 則說明任何一個符號的內在結構，包括內涵（質符）和外延（律符）。當然普爾斯還有論及個別符號其符意內涵與外延的三元關係圖示，和符號語言化之後的邏輯推論三元關係圖示，我們不再細說。

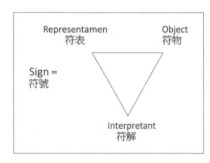

圖3 符號的基本三元架構。

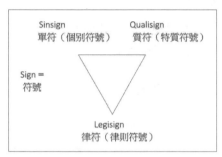

圖4 普爾斯的符號分類：第一組三元符號。

　　讀者難免要問：「何謂象似性？」根據《牛津大辭典》（*OED*）的說法，"Iconicity" 這個字遲至 1946 年才出現，首先使用的是美國符號學家查理斯‧莫里斯（Charles W. Morris,1901-1979）。但眾所周知，莫里斯的觀念卻師承於普爾斯。"Iconicity" 的字根上溯到拉丁文和希臘文的 εἰκών [eikon]，是各種「肖像」、「塑像」的泛稱。嚴格說來，"icon" 不應當被翻譯為「象似」，因為「象似性」只不過是「肖像」的一種特質。有趣的是，《牛津大辭典》所引述的兩個 和 "icon" 有關的例句，都出自普爾斯，第三個例句，亦與普爾斯有關。1934 年，英國哲學家布瑞斯衛特（R. B. Braithwaite, 1900-1990）在《心智》（*Mind*）期刊發表了針對普爾斯 1931 年《文集》的書評。他引述：「肖像（*icon*）是一種符號，它之所以能代表某事物，是由於兩者的共有特質：彩色

圖片上的紅顏色代表某物體的紅色，便是肖像；地圖狀繪空間關係也是肖像。」

根據上述《牛津大辭典》的字源，我們可以得到與定義有關的幾點結論：從普通名詞的、具體的、實物性的個體符號（即：肖像）到抽象名詞，指涉某種特質性的、比較具有共象的肖像性或象似性（iconicity），即普爾斯所謂的「質符」和「律符」。象似性指涉事物的形式和它所代表的事物之間的摹擬、相似關係。它特指語言和外在世界的對應關係，進而引申納入以語言為媒介的文學類型，比如說詩文類的各種形式設計，如押韻，和所指涉的對象之間的近似或對應關係，以及形式和形式之間的對應關係。這種對應關係反映出人腦的認知過程，比如對時間和空間的認知。回到基礎層面，亦即索緒爾的符徵和符旨的對應，雅格布森所強調的聲音和意義的對應，邏輯學者討論的名和實的對應等等⋯⋯。表面上看來，這種老掉牙的論調和模擬論若合符節，然而其學科性建立在普爾斯符號學和認知心理學和語言學的基礎上，因此它有比較嚴格的學科制約。就學科範疇而言，象似性屬於索緒爾語言學和普爾斯符號學的「意外的」延續和認知科學的「意外的」產兒。

四、學界對象似性的反彈

象似性的說法淪於常識性，作為符號系統，它的理論有欠周延，因此難免引起反對論者的批判。反對者的論調大致如下：根據人類學的考察，語言的起源殊難認定，語言的形式和意義的必然關係（或稱有動機關係）在理論上無法成立；縱然有象似性，它也是約定俗成的、文化社會特定的，而非普遍周延的。象似符號容或是符號的一種，但就符號演繹作用而言，象似性屬於一種較「低」層次的表意方式。象似的暗喻式、替換式結構泰半運作於「字」、「詞」層次，應用性與

功能性有限，它無法充分解釋人類語言在演化史上最特殊的現象——語法。以認知語言學為基礎的象似性所樂道的語意範疇無疑在開倒車回到先驗範疇論。此外，根據邏輯法則考察，象似性的經驗基礎很難成立，更不具推理作用；象似性的普遍人性論恰好與生物學對人類的觀察背道而馳；無論在物種群體演化史上或者個體發展史上，「眼見為真」都不正確。象似性誇稱它建立在經驗基礎上，但是這種「看起來相似」的經驗基礎頗為脆弱，經不起認知科學，如視覺神經科學的檢驗。

主張象似論的學者只得退而求其次，把象似性的「自然性」剔除，而視為約定的文化符號。另有一些學者探討象似性作為知識論工具的積極意義，透過基因科學和神經科學尋找其他可能性，比如探討象似性對認知科學與認知詩學的可能貢獻，探討各種視覺符號系統——如繪畫、影像，甚至於鏡象——尚未被開發與建設的領域，因為現代和後現代媒體複製和視覺文化的氾濫使人必須正視訴諸視覺經驗的象似性，縱然其理論基礎可能是脆弱的。

五、再評估臺灣現代詩的象似性

筆者在《創世紀》165 期紀念商禽的論文中曾向某些華美學者請教過中國「近體詩」的象似性問題[3]，文中提及象似性研究與認知詩學的關係。筆者的原始構想是接下去列舉漢魏「古體詩」的實例，以闡釋象似詩學和認知詩學的某些概念。在進入前沿學術思潮的應用性討論之前，筆者願意邀請讀者回顧一篇五十年前的習作〈論臺灣的具體

---

3 張漢良，〈緬懷商禽，臆想詩學，回顧共同詩學，評估北美中國詩論〉，《創世紀》165 期，2010 年 12 月，冬季號，頁 29-35。

詩〉[4]。該文主要討論 1960、1970 年代的詩人藉書寫和印刷排版方式，使得詩句和段落呈現幾何圖形，以「再現」或「逼近」所欲表達的事物或概念，文中列舉的當時詩作包括下列諸家的作品：依出現的順序排列為洛夫、白萩、王裕之、碧果、丁雄泉、林亨泰、葉維廉、蘇武雄、王潤華、蘇紹連、林梵、管管、阮囊、翱翱、羅青。可見關於廣義的象似性的實驗，臺灣詩壇曾經一度流行過。但這是否意味著象似符號的概念，早在五十年前的臺灣已經「古已有之」呢？這些作品反映出詩人何種樣式的、樸素性的模擬論思考？圖象詩和象似符號的關係如何？詩論的後設語言和作為對象語言的詩作之間的關係究竟如何？它們到底是同質性的，還是異質性的？是否前沿理論不能或不該處理古老的作品？這一切疑問都值得我們論辯，需要詩論者越俎代庖，為詩創作者澄清的。

　　當初我用「具體詩」一詞，其實隨手借自英文的 "concrete poetry"，但用法不夠精確，與「圖象詩」幾乎同義，但也包括了本書第三章提到的「發散詩」和「投射詩」。筆者說：「我所謂的具體詩是廣義的，任何訴諸詩行幾何安排，發揮文字象形作用，甚至空間觀念的詩，我都稱之為具體詩。」（張漢良，1977，頁 106-107）。當時我把它分成四類：1. 藉文字之印刷安排達到象形作用，如白萩的〈流浪者〉；2. 藉文字之外的視覺符號，以達到具體效果，如碧果的〈鼓聲〉；3. 藉詩行或意象語之重複或平行排列，造成無限的空間疊景，如林亨泰之〈風景，No.2〉，或藉單字之重複，透過視覺與聽覺效果，造成無限的空間疊景，如葉維廉之〈絡繹〉；4. 一種特殊的具象詩，王潤華的〈象外象〉，把中國文字的象形、象意，和形聲作用，重新具體

4 張漢良，〈論臺灣的具體詩〉，《創世紀》37 期，1974 年 6 月，夏季號。收入《現代詩論衡》，幼獅期刊叢書 220，民 66 年（1977 年），頁 103-126。

地發揮出來（張漢良，1977，頁 107）。後來我在其他場合繼續發展這個議題，討論過羅門的〈咖啡廳〉（1979）、方旗的〈雪人〉（1979）、許悔之的〈天大寒〉（1988），以及張啟疆的〈紀念堂〉（1988）。

　　回顧個人寫作的歷史，1974 年屬於博士生開始接觸結構主義詩學的階段，未能系統性地投身符號學研究。縱然結構主義詩學和符號詩學在理論基礎上本係同根生，皆源自索緒爾的結構語言學，但當時我正逐漸進入學術方法論的轉型期，兼之與詩壇互動密切，學術研究和為詩刊寫作盡量配合，也就無法追求兩全其美了。然而，在兩個詩論的基本前提之下：「一切書寫都是透過語言文字的符碼所建構的」，和「一切詩論都是使用後設語言來建碼的」，難道世上真有所謂的「非符號學」的詩論嗎？有的恐怕只是作者不自覺的，有待被專家重建與告知的符號學詩論吧！我重提這篇文章的意圖除了說明「當時已惘然」，讓它再度見證一個陳腐的事實外，即：「一切書寫都是自傳性的」，更可能是由於我對該文在符號詩學中的定位不明。作者一方面存疑，另一方面打算為它保留一些可進一步討論的空間。請讓我用下面的篇幅來做這件補遺的工作。

　　在上引的定義中，滿足具體詩條件的有三點，也就是作為詩類型的三個區分特質：「訴諸詩行幾何安排，發揮文字象形作用，甚至空間觀念的詩」。前面兩點比較容易處理。詩行的書寫方式與印刷方式是語言之外的、次要的、輔助性的因素，初與語義無關。即使某些作品或某些類作品遵循陳規，如五言絕句、七言排律、詞牌、小令、抑揚格五步韻、英雄雙行體、佩脫拉克式十四行……，它們僅能權充部分意義的指標，最多算是第二度、甚至第三度規模系統，與作為初度規模系統的自然語言無關，而屬於附加在自然語言之上的文類設計，甚或屬於雜糅的音樂範疇。退一萬步來說，書寫方式、印刷排版和後起的電子像素（圖元）書寫的物質性符號系統迄今姜身未明，它與語

言系統的關係迄今未定，無法被直接地、立即地翻譯為語義系統，除非它被後設語言規模，而變得和對象語言具有同質性。如果它具有符號學含義，它首先應當屬於視覺神經和肌肉運動神經資訊處理的範疇。圖像詩所呈現的「詩中有畫、畫中有詩」或藝術的「出位之思」作為學術討論的出發點無妨，但是如果作為結論，則是一種不負責任的說法。1974 年的前文和 2024 年的本章所論的象似性，要皆屬於語言符號的象似作用的正反兩面論辯關係，不包括非語言符號。畫個圈兒代表圓，畫個三角形代表三角形，豈非荒唐？

其次我要檢討所謂的「發揮文字象形作用」的特色。如上文所引索緒爾符號之「任意性」的主張，文字作為後設的關係系統，並無所謂的象似性，縱然某些單字或單詞在被鑄造時可能有現實依據，這容或是六書中的「造字」原則，象形、指事、會意、形聲所傳達的理念，然而一旦當轉注和假借等「用字」原則出現時──其實「造字」與「用字」是同步的、共時性的，例如漢語形聲字最多無非是假借的後果──語言文字與自然世界的關係就切斷了。在這種情況之下，詩不可能倚靠文字的外形奢談「發揮象形作用」。詩人堅持使用各種第二規模系統的設計，如押韻或凸顯字形，充其極無非是在反映形而上的鄉愁，追索潛意識裡的、可能存在過的初民記憶吧。

我現在要再度請出兩首著名的組詩中的短詩，證明我的說法。第一首是王潤華的〈象外象〉中的〈早〉和〈暮〉[5]，第二首是商禽的〈五官素描〉中的〈眉〉[6]。

---

5 王潤華，〈象外象〉，《創世紀》32-33 期，1973 年 3 月、6 月，後收入張漢良、蕭蕭合編，《現代詩導讀 · 導讀篇二》，臺北：故鄉出版社，民 68 年（1979 年），頁 153-157。
6 仝上書《現代詩導讀 · 導讀篇一》，頁 171-174。

太陽站在白茅上
飲著風
吃著露
將黑夜的影子
　　吐在落葉底下
＊＊＊＊＊＊
寺院
金黃色的鐘聲
將夕陽擊落
野草叢中

（1973 年 6 月，《創世紀》33 期）

　　王潤華第一首詩命名為「早」，大篆寫作「日」在「草」上，表示太陽升起來了；和它相對的是第二首的「暮」，落在草叢中的日。《說文》：「莫，日且冥也，從日在草中。」作者寫了一個會意的篆字——在四株草中的日，宣告太陽每日旅程的結束。《說文》的解釋權充了一個先驗的指涉（reference）或指涉對象（referent），啟發了詩人的想像力。王潤華在後記中說：「我恨不得把每個漢字所包涵的詩情畫意都寫成一首詩。」（《現代詩導讀・導讀篇二》，頁 155）因此王潤華的創作，一首極美的「俳句」（第二首正好十七字），和詩語言文字的象形作用是沒有什麼關係的；有的可能是詩語言符號所建構與傳達的語義，引領讀者心理空間的運動。這也是我在下節要介紹的。

　　王潤華的作品其實暗合民間詩歌的一種普遍類型，稱為 "rebus" 或 "riddle"「詩謎」或「字謎」，有如元宵節的「燈謎」，謎面是詩文，謎底是詩題。當然其趣味遠非猜謎遊戲可比，後者對上號、中了獎便

完事。何況作者先把謎底宣布了。難處是如何創作謎面，否則寫詩與
讀詩可是太簡單了！此類「詩遊戲」的趣味無疑地也是商禽的〈五官
素描〉的趣味所在。

> 祇有翅翼
> 而無身軀的鳥
>
> 在哭和笑之間
> 不斷飛翔

（《現代詩導讀・導讀篇一》，頁 171-174）

我們之所以會欣賞這組詩，並非為了猜謎。雖然你可拿幼稚園的乖孫
兒作實驗，唸詩給他聽，問他謎底是什麼，然後誇讚他，賞他塊糖吃。
可惜的是，孫兒無法理解第三行，因為那是大人的世界！如果我們堅
持象似性僅限於構成隱喻的兩端：喻依和喻旨、符號和實物，甚至符
號和符號之間的對應關係，那讀詩也許不是一件難事，當然也不再是
有趣的事了。

　　最後我覺得應當檢視定義中模糊的「空間」概念。稍微熟悉現代
文學評論的人都知道「空間」是一個極其普遍的概念，從現象學、社
會學、意識形態理論、性別研究、符號學出發的各家各派，無不熱衷
於空間研究。最近的熱點則是語言學和人腦和物理學合流的研究，論
著可說得上是汗牛充棟，此處不再引經據典，以免遭惹「學院派」之
譏。我打算先炒冷飯，談談約瑟夫・法蘭克（Joseph Frank）論現代主
義前衛風格的名作〈現代文學的空間形式〉（"Spatial Form in Modern

Literature"）。原文發表於 1945 年，1963 年修正，選入作者文集 [7]。
1977 年作者在期刊上為文回應，1991 年再版時，以補遺的方式加入了
俄國形式主義和法國結構主義的材料，也提到索緒爾和雅格布森的貢
獻（按：作者本為斯拉夫文學教授）[8]。這篇論文較早的版本，顏元叔
和葉維廉都曾用作教材，作我們這些 1960 年代末、1970 年代初的研究
生的必讀之物。遺憾的是當時我們未能見到，法蘭克後來加入的材料
竟然無意間擴大了當代英美評論的視域和語境，但也造成了作者未可
預料的反諷。在檢討法蘭克的空間概念之前，請容筆者再回到顏元叔
和葉維廉身上。

　　和「空間觀念」有關的術語不少。舉例來說，我在具體詩的定義
中用了「空間疊景」一詞。這個累贅但不清晰的術語非我創用，而係
借自顏元叔描述葉維廉風格的用語「定向疊景」[9]。換成符號學用語，
則可謂在探索詩語言結構中縱軸與橫軸、隱喻與轉喻的互動關係如何
生成意義。正如後來我分析羅門的〈咖啡廳〉和以較鬆散的方式討論
商禽的〈遙遠的催眠〉所彰顯的隱喻的「空間」觀念 [10]。嚴格說來，「定
向疊景」這個術語指涉空間（「疊景」）和運動概念（「定向」），
不是語言概念。或者更正確地說，它們應該是語言編碼與解碼之後

---

7 Joseph Frank, *The Widening Gyre: Crisis and Mastery in Modern Literature*《擴張的弧角：
現代文學中的危機與掌控》. Bloomington: Indiana University Press, 1968 (1963).

8 Joseph Frank, *The Idea of Spatial Form*《空間形式的概念》. New Brunswick: Rutgers
University Press, 1991, pp. 111-115.

9 顏元叔，〈葉維廉的定向疊景〉，《中外文學》1 卷 7 期，民 61 年（1972 年）12 月，
頁 72-87。

10 張漢良，〈分析羅門的一首都市詩〉，《中外文學》7 卷 12 期，1979 年 5 月，頁 126-
134。收入周英雄、鄭樹森合編，《結構主義的理論與實踐》，臺北：黎明文化公司，
民 69 年（1980 年），頁 177-186；收入《現代詩導讀‧導讀篇一》，臺北：故鄉出版社，
民 68 年（1979 年），頁 119-121。張漢良，〈分析商禽〈遙遠的催眠〉〉，《現代詩導讀‧
導讀篇一》，頁 165-167。

的指涉對象，以及這種指涉性在讀者意識上所形成的幻覺與錯覺。說穿了，任何一個術語必定先是語言，然後指概念，或語言再規模的概念。因此普爾斯認為一切符號都是合乎語法、具有語義的「命題符」（decisign）。如果我們純就概念而論，在美學和藝術史上，經常被利用的一個近似「定向疊景」的觀念便是透視法或視野（perspective），實指創作者與觀者觀物的角度，與這角度所形成的空間結構。嚴格說來，它屬於語用（pragmatics）範疇，也不屬於語義範疇。

那麼，顏元叔所謂的「定向疊景」究竟是什麼概念呢？他說：「『定向疊景』是我自己發明的一個批評術語，用以識別晦澀詩與艱深詩。……晦澀詩的情感思想，四方亂射，令讀者無所適從，結果感到迷失與迷惘。艱深詩的情感思想，則有一定的發展或投射方向，讀者可以按照這個方向領略探討，越是往前走，越見情思的風景層出不窮，這樣的詩便有『定向疊景』。」（仝上，頁71）怎樣才能產生「定向疊景」呢？顏元叔認為作品應該具備兩個條件：「第一要用語精確，第二要結構謹嚴。」（頁71）「葉維廉自己既不使用雜亂意象，更不讓他的詩篇結構鬆散！……葉維廉常用的一個技巧，是重複類似的句子，形成屢現的題意（motif），這些句子乃變成全篇的綱領，維繫著全篇的結構，亦使主題結構顯出重心，有所指向，也就是說，有『定向疊景』。」（頁82）顏元叔的文章發表後沒有引起迴響。被評的詩人當然高興，也不會在意這套個人印象式的批評言談究竟傳達了什麼樣的語義，掌握了幾分真理。

嚴格說來，詩無所謂「晦澀」和「艱深」的區別。詩的「可解」與「不可解」端賴讀者詮釋策略的輸入，和他對語言知識的掌握，包括初度規模系統的自然語言和再度規模系統的詩體制，如今天已不再被人接受的「意象語」和語法結構等。顏文所提出的兩個條件，即字詞和語法在時間序列中的展開，是一切詩文的條件。換言之，天底下

沒有一首詩沒有「定向疊景」；也就是說，沒有任何一首詩有「定向疊景」。因此它作為發現工具是無效的。退一步說，真正嚴肅的問題在於：到底語義和語法能駕馭讀者的閱讀行為，還是閱讀行為規範了語義和語法？看起來像似空間隱喻的「定向疊景」虛晃了一招，與空間詩學擦身而過，寧可歎乎？

如果顏元叔的「定向疊景」指的是閱讀的詩間過程產生的結果，那正好和法蘭克借自雕塑藝術的空間概念反其道而行，雖然兩人——還加上葉維廉，都受到修睦（T. E. Hulme）意象主義詩學的洗禮[11]。現代主義寫作，尤其是敘述作品，執意打破時間的連續性，藉著對神話的訴求與使用，力圖掙脫歷史的束縛，使得過去與現在呈現空間的並列。意象主義的詩作透過剎那間的意象並列，彷彿凝聚了時間，使它停止流動。這一切都是自說自話的隱喻，產生自我滿足的假相，無法通過語言的檢驗。試問：你如何回答索緒爾的小問題：「我們說話時不可能同時發好幾個音，語音必須一個接一個地在時間中展開」。雅格布森指出詩語言呈現語義縱軸往語法橫軸的**投射**，並不證明詩是靜止的；剛好相反，它只證明了語言還是在時間軸上展開的。法蘭克早年以英美現代主義詩學（包括小說理論）起家，終究未能走出現代主義的各種迷思。他晚年以曲解的方式引述了結構語言學理論，希望附會自己的空間形式論，結果適得其反。每個系統都有它的系統特定性（system-specificity），不是一個文學和造型藝術的類比便可解決象似性的。

六、關於「認知詩學」

近三十年流行的「認知詩學」受到廣泛的認知科學領域的影響，

---

11 關於修睦，請參見本書第十二章。

主要是結合了語言學和心理學的前沿理論與實驗方法，經驗性地探索在特定社會的某個「語用」團體中，包括教室內，讀者如何認識、解讀與判斷詩作，如何產生所謂「審美」意識，較深入的研究者則從神經科學入手，考察詩語言結構及認知和人腦結構的關係。論者暫時摒棄了二十世紀前半葉結構語言學對語音、語法和語義等結構所從事的微觀的、細膩的分析與描述，而從一般「概念」和「範疇」出發，檢視人腦語言概念和詩作語言概念的對應性。論者針對「概念」和「形式」之間對應關係的強調，無論屬於「量值」、「近似值」或「順序值」，皆可納入象似詩學的研究範圍。

對認知語言學者而言，傳統語言學家所描述的現象，如音位、義素、句構，說穿了也無非是概念或概念性的，語言資訊的儲存和提取和其他知識並無不同，語言技術的使用和非語言技術的使用皆須相似的認知能力。認知語言學家的研究落實在後驗的實用層次，無形中規避了概念與語言孰先孰後的無窮循環的抽象論辯，他們不再關注概念與概念之間聯結和融合的命題真偽如何，甚至忽視了前一典範的研究，如雅格布森有關語言兩軸隱喻／轉喻的互動說法，可能已經充分地解釋過了並解決了這些問題。

表面上看來，認知詩學所提倡的認知議題並非新創，因此有人把它追溯到早期以「讀者反應」為定位的「語用研究」，其理論和方法論基礎包括人類學、心理學和現象哲學等。今天的學者把認知詩學分成三大塊：隱喻研究、風格學（文體學）研究和敘述學研究，其實它們原本就屬於文學理論（或「詩學」）的範疇。認知詩學提倡者儼然以詩學新典範的代言人自居，但是在方法論實際應用上的建樹卻多半是雷聲大雨點小。我拜讀過也聆聽過當今認知詩學界名人，如以色列的楚爾（Reuven Tsur）和匈牙利的科維切斯（Zoltán Kövecses）的英詩分析，其實缺乏新意。至於紅極一時的拉克夫（George Lakoff）的

日常用語隱喻研究，在雅格布森的結構分析之後出現，只能算是開倒車。在這種不樂觀的情況之下，我選擇了挪用「非」文學學者的語言學家的心理空間認知研究，來閱讀幾行漢魏古體詩和樂府歌辭，勉強算是一種方法論的嘗試與練習。

認知語言學處理各種言談的常識共相，研究者的興趣主要是日常生活語境的認知現象，但是認知語言學對「範疇」和「原型」的新理解，可能會對特定時空下詩的語義和語用層次有所發現，對傳統的象似概念也可以提供理論上的支援。我們不妨根據認知的常識共相，重新閱讀古體詩的時空原型，並進而反思某些學者所指出的中國古詩缺乏意象和喻詞的複雜性是否能夠成立。一個具體的例子是探討古體詩的心理空間如何地被繪圖。舉例來說，方向、距離、運動力量的動力和意象形態如何被融合，進而建構一個被仲介的詩空間[12]。作為一個熱點學術，學者對空間認知和語言再現的研究，可能會讓我們重新思考詩空間的象似性。

「範疇」容或是認知研究最重要，但也最困難的課題[13]。康德的時間和空間先驗範疇再度受到認知語言學者的重視。藍嘎克（Ronald Langacker）稱它們為「基礎領域」[14]。這些基礎領域透過融合作用，能夠塑造出更複雜的概念。學者採取折衷主義立場，協調先驗與後驗命題。舉例來說，指示詞可以被視為語言共相，但同時受到文化、社會的制約。時間與空間仍然屬於基本範疇，但學者關注的不再是花、

12 Gilles Fauconnier, *Mappings in Thought and Language*《思想與語言的圖繪》. Cambridge: Cambridge University Press, 1997.

13 John R. Taylor, *Linguistic Categorization: Prototypes in Linguistic Theory*《語言學的範疇：語言學理論裡的原型》. Oxford: Clarendon Press, 1989.

14 Ronald Langacker, *Foundations of Cognitive Grammar*《認知文法的基礎》, 2 vols. vol. 1. Theoretical prerequisites. Stanford: Stanford University Press,1987.

鳥、山、河，而是更特殊的空間構成，如向量語法、方向的再現、心理空間的融合等等。

七、古詩中的時／空運動認知

從上古開始，中國詩人就關注時空現象，而且建構了時空形象的「網絡」系統作為詩的表述工具。太史公引述的古謠：

(1)　登彼西山兮
　　　采其薇矣

僅為一則顯例。在這個例子裡至少有兩個時／空設計：一、「西山」作為空間變數，指示客體座標；二、「登」指示「【向】客體運動」變數。這兩種變數在古體詩中屢見不鮮。陶潛的名句是眾所周知的例子：

(2)　采菊東籬下
　　　悠然見南山

例 1 和例 2 兩組詩句都包含了「地形志」（topology），但是它們分別召喚出兩種存在狀態：動態（kinesis）和靜態（stasis），例 1 指涉方位參照座標、向度和運動；例 2 僅指涉說話者／行動者的視覺觀點所交代的方位參照座標。1990 年代的認知語言學者提出了幾套近似的術語來解釋這些現象，此地不作詳述，筆者分析詩作時，綜合使用語言學家蘭嘎克與佛共尼葉（Gilles Fauconnier）等人的術語，加上引號，但不再交代出處。

根據這些學者的說法，例 1 中的「西山」是「地標」（landmark），

說話者／行動者為「位移者」（trajector）；或謂「西山」是「標的1」（target 1），「薇」是「標的2」。這兩個「標的」啟動了說話者／行動者的運動，亦即身體由說話的此時、此地向彼時、彼地的西山移動，唯一不能確定的就是：彼時究竟是過去？還是未來？例2則比較複雜。首先，我們要問：「采菊東籬下／悠然見南山」兩行詩究竟在交代哪一種方位？到底視線屬於「地標」的，還是屬於「位移者」的？到底誰是「標的」？誰是「位移者」？什麼是「標的」？什麼是「位移者」？古代漢語省略了第一行的主詞，亦即動詞「采」的主詞，它是第一個「位移者1」（T1），「菊」是「地標1」（L1）。一旦到了「東籬」下，「菊」變成了「位移者2」（T2），「東籬」成了「地標2」（L2）。走出語義世界，第一行成為「位移者」，其「地標」是下一詩句（第二行）。在閱讀過程中，「采菊東籬下」的動作扮演著第三個「位移者」（T3），它的新「地標」（L3）是第二行的「悠然見南山」。就在此刻，語義和語用終於結合在一起了。

　　「地標」與「位移者」的系列分別屬於不同種類的心理空間，各有說法，此處不贅。例1和例2的概念領域可參見勒文生（Stephen C. Levinson）等人的圖（圖5）[15]。這兩個例子中的空間領域都是有角度的，而非在平面「地形」上移動；「地標」和「位移者」之間有相對的參照座標，如「東籬」、「南山」、「西山」等，而掌握視角的「位移者」皆有身體運動。因此我們不妨把一個比較籠統的空間概念進一步細分，以便探討各種細分空間範疇的轉換和融合。

　　問題是：怎樣融合空間領域？雅格布森可能會建議語言的「選

---

15 Stephen C. Levinson & David P. Wilkins, "The Background to the Study of the Language of Space"〈空間語言研究的背景〉, In Levinson & Wilkins, eds. *Grammars of Space: Explorations in Cognitive Diversity*《空間語法：認知多樣性的探索》. Cambridge: Cambridge University Press, 2006. pp. 1-23.

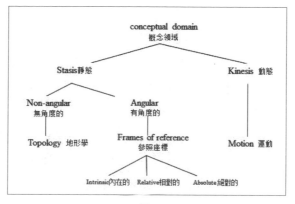

圖5

擇軸」往「連續軸」，亦即「語意軸」往「語法軸」的投射。就我所看過的有限資料來判斷，提出心理空間融合論的佛共尼葉沒有交代清楚。試比較例 1 和例 2，初看之下，例 1 較為動態，因為它未交代說話者身體的初始位置，但卻具有「登」和「采」兩個「空間建構因數」（space-builders）。相反地，例 2 既未顯示說話者／行動者的位置，也沒有顯示身體的移動，有的無非是相對靜態的「采」和「見」。然而，仔細分析後，我們會發現由於視覺上的「地標」和「位移者」、「標的」和「驅動者」（trigger）的連鎖作用，例 2 反倒比例 1 更具動態。這種運動向量分析無疑給傳統的解釋（如：順著陶淵明的詩句，說這兩行交代出「悠然」、「恬靜」的心境云云），增加了變數，說話者（或詩人）視角的移動難道不能洩露強烈的、壓抑的佔有欲望嗎？

扮演「地標」或扮演「位移者」功能的事物概念可能屬不同類型的「心理空間」（mental spaces）範疇。請看例 3：

（3） 但使龍城飛將在
不教胡馬渡陰山

這兩行再現的心理空間屬於史托克維爾（Peter Stockwell）[16] 所謂的
「『時間的』空間」（"time spaces"），這個看來矛盾的術語或許點
出了認知語言學的困境。文學史告訴我們：說話者（或詩人王昌齡的
面具）身處唐代，臆想漢代的飛將軍李廣，說話的時刻（moment of
enunciation）和被說的——被召喚出的時刻（moment of enunciated）所
建構的空間分別屬於不同的歷史時刻，無論是真實的，還是虛擬的。
其實「出塞二」首行「秦時明月漢時關」已經清楚地顯示了歷史時空
已然經過蒙太奇的壓縮。例 1 及例 2 中的方向「西」、「東」和「南」
則是較單純直白的「空間的空間」（"space spaces"）；「登」和「采」
以及「見」則屬於「（行動）領域空間」（"domain spaces"）；例 3 藉「但
使」的假設語氣交代出說話者所召喚出的是「虛擬空間」（"hypothetical
spaces"）（Stockwell 2002）。勒文生和維金斯的圖 5 可以說明例 1 及
例 2 中的「概念領域」（conceptual domains）關係。如果真的像前人
所謂古詩只呈現共相，那麼詩所表現的空間領域僅可能是平面的地形
志，如：

(4)　大漠孤煙直
　　　長河落日圓

其所呈現的幾乎是二度空間的幾何圖形，然而，一旦「大」、「長」、
「直」、「圓」這些「始原性」意象彼此建立了語法關係，進一步與
觀物的和言談的主體發生語用關係，整個空間就變成有角度的、動態
的了。這首詩正好反駁了在美國宣揚中國文化的漢學家所謂的，王維

---

16 Peter Stockwell, *Cognitive Poetics: An Introduction*《認知詩學入門》. London: Routledge, 2002.

詩所表現的靜觀自得與反分析性。

在例 1 及例 2 中，地標和位移者的互動，也就是說各種心理空間的互動，是文化特定的，受到某些形式主義條件（如文類）的制約。熟讀古詩的人一眼就看出「采」這個「行動領域空間」是一個套語，而在陶潛之後，「采菊」幾乎成了一個文學體制。換言之，在這個特定的文學傳統和文化場域中，有一個「時間的空間」是超越「時間」的「行動領域空間」，它是一個「假設的空間」屬於另類「詩」的「現實空間」。這一連串的繞口令式的「空間」都需要被融合，難道被認知學者所遺棄的索緒爾／雅格布森的「兩軸互動」不正是一個有效的「空間建構因數」嗎？

另外一個文化特定的制約便是方位，它屬於「向量文法」（vector grammar）的主要領域。例 1 及例 2 都交代方位，屬於「『空間的』空間」（"space spaces"）──另一個怪誕累贅的說法，歐科非（John O'Keefe）界定為「平行的、無限長的向量」[17]，可真如莊子所謂「指不至，至不絕」。可是方位與向量是理解漢魏古詩的重要指標（關於高低升降的形上學含義，請參見：van Noppen 1996）[18]。

八、空間概念或語言符號？──試說〈江南〉

幾千年來，北方中國人居住大致維持一個方位原則：座北朝南屬

---

17 John O'Keefe, "Vector Grammar, Places, and the Functional Role of the Spatial Prepositions in English"〈向量語法、地點與英文空間介系詞的功能角色〉, In *Representing Direction in Language and Space*《語言與空間中方向的再現問題》, ed., Emile van der Zee & Jon Slack. Oxford: Oxford University Press, 2003, p. 70 (pp. 69-85).

18 Jean-Pierre van Noppen, "Language, Space and Theography: The Case of *height* vs. *depth*"〈語言、空間與神諭輿地誌〉, In Martin Pütz & René Dirven, eds., *The Construal of Space in Language and Thought*《語言與思想中的空間解釋》 = Cognitive Linguistics Research 8. Berlin: Mouton de Gruyter, 1996, pp. 679-689.

於必然條件，園圃在東，樓臺面西則為附加條件。這個常識使我們了解例 2。這種方位的認知，一旦進入語言，便不斷地再現於詩作中；或者，我們可以反過來說，一旦語言創造了方位，彼此便無窮地複製，請參看圖 6 所反映的模擬思維 [19]。

圖6

我們不妨假設，東晉時代的人承襲了至少從漢代流傳下來的時空方位的共識，這種共識不斷地反映在樂府民歌之中。詩語言的各種表述技巧和現實生活裡的認知是相互影響的；舉例來說，「采」這個模式詞跨越了並融合了日常生活領域和創作領域。由於從《詩經》它開始不斷地出現，它竟然喪失了現實指涉義，而成為詩空間的建築師（space builder），或傳統所謂的「興」，得以融合詩傳統與創作的心理空間。

根據這個推理，我打算利用最後的篇幅來閱讀「相和曲」〈江南〉。照理說，相和歌謠〈江南〉應當收錄於郭茂倩的《樂府詩集》相和歌辭十八卷中，但我有一個印象，這首詩沒有被收入。由於此詩淺白，難得注疏家理會，彷彿唯一值得注解的便是「蓮葉何田田」裡

19 Emile van der Zee & Jon Slack, eds., *Representing Direction in Language and Space*《如何表現語言與空間中的方向》, Oxford: Oxford University Press, 2003; Ray Jackendoff, "The Architecture of the Linguistic-Spatial Interface"〈語言／空間介面的建築學〉, In Paul Bloom, Mary A Petersen, Lynn Nadel & Merrill F. Garrett, eds., *Language and Space*《語言與空間》. Cambridge, Mass.: MIT Press, 1996, pp. 1-30.

的「田田」指涉「茂盛狀」。最後無聊的四句當然是相和的覆沓。《宋書·樂志》記載:「自郊廟以下,凡諸樂章,非淫哇之辭,並皆詳載」,又曰:「相和,漢舊曲也,絲竹更相和,執節者歌。本一部,魏明帝分為二,更遞夜宿。本十七曲,硃生、宋識、列和等複合之為十三曲。」此詩的民間來源與不可稽考,反倒賦予了我更大的詮釋自由。原詩抄錄如下:

江南可採蓮　1

蓮葉何田田　2

魚戲蓮葉間　3

魚戲蓮葉東　4

魚戲蓮葉西　5

魚戲蓮葉南　6

魚戲蓮葉北　7

和前引例 1、例 2 類似,我們首先注意到的就是方向。覆沓句召喚出四個方位:東、西、南、北。 長久以來,中國人都是根據這個順序,由東開始,最後到北;另外的一種順序是東、南、西、北。 這種空間方位概念可能上溯到初民農業社會,豐饒神話和週期性時間概念;現在傳遞給魚兒了,它們依照這個順序嬉戲。此地的「空間融合因數」顯然是口語的詞彙順序,不是靠語法連綴的,而是承襲文化習慣。我們不妨戲稱之為潛意識的「擧因」(meme):在這四方位中,北方是相對不受偏愛的。

這種先入之見讓我們關注到題目〈江南〉。在中國文學史上,「江南」已成為約定的象徵。我們可以假設,隱藏的說話者代表著集體意識的自我,立足在現實空間的「江北」,「江南」屬於一個想像的、

他者的空間。這兩種心理空間靠一個表示條件性的模態單詞「可」融合，暗示一種或然性，而非實然性。請參見圖7。

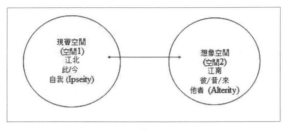

圖7

這個圖由兩個圓圈構成，分別代表兩塊概念領域。左邊的圈劃出說話者或歌唱者所處的現實空間1，即「江北」、「此刻」、「我」或「我們」，和它對應相反的是「江南」、「彼時」（可為回憶中的「過去」，亦可為嚮往的「未來」）、「他者」。在簡單的歌詞中，說話者的現實空間隱而不現，需要讀者由字面上被歌詠的「想像空間」江南推理出來。需要注意的是：傳統讀詩者僅關注詩文再現的「他者」現實，如「在江南的蓮池裡採蓮，見到魚兒樂」，屬於被召喚出的世界。然而，被召喚出的世界僅為再現的局部，另外更重要的是發話者語言的召喚作用，由時、空、人稱等指示詞（deictics）交代出來。

在人享受採蓮樂的行1和魚嬉戲蓮葉中的行3之間，第2行出現了全詩唯一的狀詞或喻詞：「蓮葉何田田」。由於「田」字的歧義，我們可以擴大傳統注疏所謂的「茂盛狀」，解讀為：「蓮葉似田！」（按：俗話說「江北種地；江南種田」。）因此圖7的空間2被轉換為圖8的荷葉（即：蓮葉），透過喻詞，荷葉轉為「田」。「田」原來是個象形字，從口、從十，其實喻象田中的阡陌，兩條田埂上的小路，把田二分為四：東、西、南、北四塊。這四個方位可供人「採蓮」（「收成行動空間」），也可供魚在3-7行文字空間所劃分的地理空

間嬉戲（「魚戲行動空間」），見圖 9。這一切隱藏在字面之下的文
化意義，都是各種心理空間轉化與融合的結果，讀者詳細追蹤圖 6-9
的過渡，當能心領神會。末了，以素描繪出的荷葉象似「田」這個象
形和指示字，如圖 10 所示。試問：我們面對的是什麼樣的心理空間？
我們回到書寫符號系統的領域了！它不僅是索緒爾所指的語言符號，

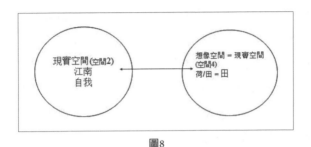

圖8

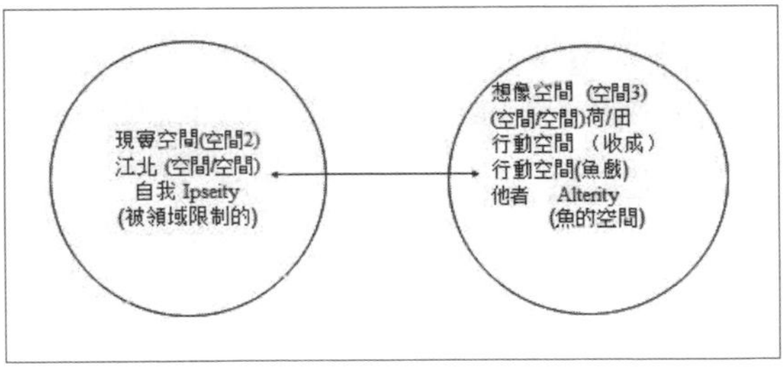

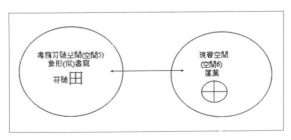

圖9

圖10

由符徵（音）和符旨構成，而屬於一種更廣闊的，具有兩對「雙重表達」（double articulation）結構的形（符表）、音（符徵）、義（符旨）書寫系統。

九、結論

透過認知語言學所提倡的心理空間圖繪閱讀策略，我希望對一首通俗的樂府歌辭以及古體詩提出新的解釋。無可諱言的，這種詮釋方法也適用於現代詩的分析。回顧上面的討論，我可以得到兩個初步的結論。第一，認知詩學汲取了在它之前的形式主義典範，包括各階段的結構語言學的營養，尤其是關於語意分析和話語分析的理論與方法論。指示詞的廣泛應用便屬一個顯例。認知詩學再度推出「概念」、「範疇」等用語，殊不知它們仍然屬於語意／義學範疇，概念的轉換和融合需要透過語意／義分析，最後落實在語用世界。第二，象似關係是文化特定的，不僅限於語言文字，主導古詩的方位概念便可以說明這個道理，至於「人魚共樂」這個跨物種的生態現象更是中國典籍中的恆常主題，不獨古詩為然。

第六章　生態災難與符號詩學

一、前言：何謂生態？

　　生物學與文學研究，長久以來便有密切的關係，學術界流行的許多文化理論，泰半具有生物學基礎，卻很少被人提到。舉例來說，透過正文化作用，物群生物學發展出殖民論述，而環境生物學則發展出生態詩學。人跟環境的互動，就像文學與環境的互動。我們可以從社會生物學的觀點出發，來探討這些問題。

　　我曾經把文學研究的生物論述分成兩類，第一類屬於生態政治學的文學研究，它和大多數以意識形態與身分政治學為基礎的文學批評近似，發展出教條和閱讀策略，以政治姿態和倫理介入的方式，探討文學或文化文本──無論是當代的或古代的。第二類屬於生態科學的文學研究，以生態系統為基礎，具有相對的科學實證性和系統性[1]。什麼是「生態系統」（ecosystem）？《牛津大辭典》提供的第一個例句是：「生物與其他生物和非生物的互動所建構的關係系統」（1935 年）。1963 年的一個例句表達得更為清楚：「生態系統是生態學的基本單元，由動、植物和它們所影響的環境構成」[2]。這些說法一直沿用到今天。我手邊使用的生物學課本中有一句話：「海洋是地球上最大，最少被

---

1 張漢良，〈再論比較文學史上的「恆常危機」〉，陳惇、王向遠主編，《比較文學教研論叢》，第一輯，銀川：寧夏人民出版社，2008 年 10 月，頁 37。

2 *Oxford English Dictionary*《牛津大辭典》，1989 年網路 2 版。

探索的生態系統」³。這本流行的教科書給生態系統所下的兩個定義和
《牛津大辭典》大體相同：（1）「某地區所有的生物總體和非生物的
互動」；（2）「某生物社群以及其物理環境」。這些例子無非都在說
明一個事實：我們必須以「系統互動」的概念來思考生態現象。舉例
來說，自然災難研究屬於環境生物學或生態科學很重要的課題，其中
與人互動的是非生物的自然因素，由此出發，推廣到其他層次。

　　近二十年來我做了三個個案研究，它們處理生態系統，而不是皮
相的生態批評。第一個個案是生物學和文學中的寄生現象；第二個是
自然災難；第三個探討先秦諸子文獻中的生物符號學概念，都已經為
國際核心刊物驗收⁴。本章是根據第二項個案研究發展出來的。在進入
正題之前，讓我從曾經在兩岸走紅的英國學者蘇珊·巴斯奈特（Susan
Basnett）開始談。巴斯奈特於 2006 年發表了一篇文章，〈二十一世紀
比較文學反思〉⁵，被翻譯為中文後，也陸續引起許多討論。文中舉了
一個新的比較文學實例。2005 年 11 月學者聚集在里斯本，討論 1755
年萬聖節的里斯本大地震這個自然災難對歐洲思想和文化的影響。她

3　Neil A. Campbell, et al. eds., *Biology: Concepts and Connections*《生物學：概念與連接》，
　　4th ed. San Francisco: Pearson, Benjamin Cummings, 2003, p. 678.

4　Han-liang Chang 張漢良，"Notes towards a Semiotics of Parasitism"〈寄生符號學芻議〉，
　　Sign Systems Studies《符號系統研究》31. 2 [2003]: 421-439; Han-liang Chang, "Disaster
　　Semiotics: An Alternative 'Global Semiotics'?"〈災難符號學──另類全球（化）符號學？〉，
　　Sign Systems Studies《符號系統研究》, 34.1 [2006]: 215-223; Han-liang Chang, "Between
　　Nature and Culture: A Glimpse of the Biosemiotic World in Fourth Century BCE Chinese
　　Philosophy."〈自然與文化之間：公元前四世紀中國哲學的生物符號世界〉，*The American
　　Journal of Semiotics* [Special Issue on Biosemiotics]《美國符號學期刊：生物符號學專號》，
　　24.1-3 [2008], pp. 159-170.

5　原刊於英國比較文學學會期刊《比較批評研究》3 卷 1-2 期（*Comparative Critical Studies*
　　[2006] 3.1-2, pp. 3-11），中文譯本刊載於《中國比較文學》2008 年第 4 期，頁 1-9。大陸
　　學界的迴響，請參見《中國比較文學》2009 年第 1、2 期樂黛雲等學者的筆談。

認為這一類研究是當前比較文學家可以關注的課題。說來也是巧合，2004 年 12 月 26 日東南亞和南亞遭逢到前所未有的，由蘇門答臘地震引起的海嘯襲擊，死亡人數達到 25 萬人。2005 年 6 月，也就是里斯本會議之前，我在芬蘭的符號學會議發表了一篇論文：〈災難符號學——另類「全球符號學」？〉，文中也談到里斯本地震的文化含義。這篇文章的命題是：從地球科學和社會科學出發的災難研究已經成為顯學，然而符號學尚未就此著力。我根據符號學的開山祖美國哲學家普爾斯和十八世紀蘇格蘭經驗哲學家湯瑪斯・瑞德（Thomas Reid, 1710-1796）的符號理論，並參考目前從事災難研究的社會學家的論點，演繹出一套人以及其他生物和自然災難互動的模式。這個實例研究和巴斯奈特所舉的里斯本地震論述，同樣見證到一項事實：全球性的災難現象對於作家和文學研究者可能有的啟發；以及比較文學家，作為一門全球化學科的代言人，如何因應外在世界的變動，而調整研究方向。這種生態科學的文學研究誠然是全球化的產物，也反映出人類地球性的關懷。

二、何謂全球符號學？

2005 年 6 月 11-19 日，芬蘭符號學夏令營依往例在義馬特拉舉行，第二組研討會主題為「全球性符號學」（Global Semiotics）。「全球性符號學」這個名詞出自 1994 年湯瑪斯・西比奧克（Thomas A. Sebeok, 1920-2001）在國際符號學柏克萊大會所發表的主題演講。2001 年西比奧克的文章結集出版，書名就叫《全球性符號學》[6]。這個時髦的術語引起了一些弟子和從眾的回響，包括當年與西比奧克合作，

6 Thomas A. Sebeok, *Global Semiotics*《全球性符號學》, Bloomington: Indiana University Press, 2001.

如今貴為《符號學》雜誌主編，權大位尊的馬賽爾・達奈西（Marcel Danesi）[7]。

讓我們回到 1994 年的場景，西比奧克提出「全球性符號學」的時候，點出了兩條文學史和現實政治的線索，文學史的例子源出於莎士比亞的兩齣劇本，分別是《暴風雨》的大法師普洛斯佩羅和《哈姆雷特》的主人公哈姆雷特。普洛斯佩羅引導出一個雙關語的遊戲，「全球」同時指涉我們的「地球」以及泰晤士河南岸的《地球》劇場；哈姆雷特則指著自己的頭顱，說它是一個失序的地球。因此莎翁藉這兩位遊戲人物之口，再一次地宣示了伊麗莎白時代戲劇的主題，也就是小宇宙和大宇宙的認同關係，以及生與死的幻覺與現實的辯證過程。這些文學典故引發了西比奧克一連串的全球性同義詞，包括："all-encompassing"（全部包容的）、"comprehensive"（包容性的）、"international"（國際性的）、"limitless"（無限制的）、"pandemic"（蔓延全球的）、"unbounded"（無邊際的）、"universal"（普世性的）、"cosmic"（宇宙性的）。此外他列舉了一些國名的清單，從 A 到 Y，也就是從阿根廷（Argentina）到南斯拉夫（Yugoslavia）。美中不足的是，他漏掉了字母 Z 開頭的津巴布韋（Zimbabwe）；更不幸的是，他無法預見到南斯拉夫的解體。因此以國家命名的「全球性符號學」恐怕要把南斯拉夫剔除，現實政治無異開了他一個玩笑！這位「泛符號學」推動大師——人們戲稱他為 "Sebiotics"（西比奧符學）——習慣性地遊走於各學術領域之間；再從各學術領域超越到跨學科方法論的後設層次；最後提到他所鍾愛的、剛剛誕生的「生物符號學」。如此

---

7 Marcel Danesi, "Global Semiotics: Thomas A. Sebeok Fashions an Interconnected View of Semiosis", In Marcel Danesi, ed., *The Invention of Global Semiotics*《全球性符號學發皇記》, Toronto: Legas, 2001, pp. 27-50.

這般，他玩弄了一個大的喻詞遊戲：「地球／生物／符號圈」，使得他的「全球性符號學」巡航畫了一個完美的圓圈。

西比奧克提出的「全球性符號學」顯然和上帝一樣，是無所不包、無所不在、無所不能的。但是這難道不正和符號學的講求分析性，與「由下往上的」邏輯系統性背道而馳嗎？說來也是湊巧，「全球性符號學」提出來的時候，正是「全球化現象」成為文化研究熱門課題的時候。如果符號學只不過能跟著「全球化」的屁股後面跑，那麼「全球化符號學」好像沒有什麼可以談的了——充其極它僅能在這個失序的世界地圖上，從 A 到 Z，增加一、兩個國家。今天 "global"（地球、全球）這個術語，語義已經超載與氾濫到一個驚人的程度，而失掉了共識，甚至根本就失掉了意義。如果我們把西比奧克上面所列出的同義詞和左派社會學家，如安東尼·紀登斯（Anthony Giddens）對這個字眼的批判[8]，我們就會了解「全球化」的解釋真是言人人殊，甚至根本是南轅北轍的。雖然如此，由於這個字眼兒被使用得過分氾濫，我們每天被 "global warming"（全球性暖化）轟炸，好像全球戰爭（global warring）爆發了似的；我們每天在一個全球性的「e 化地球村」（e-global village）漫遊，彷彿它是一個虛擬的迪士尼樂園；今天我們甚至已經習慣一個陌生、莫名其妙的字眼，叫做「全球在地化」（glocalization）[9]。

談到蔓延全球的 "pandemic"（全球性傳染病）這個字，倒使我想

---

8 Anthony Giddens, *The Third Way: The Renewal of Social Democracy*《第三條路：社會民主政治的更新》, Cambridge: Polity, 1998.

9 E. A. Swyngedouw, "Neither Global Nor Local: 'Glocalization' and the Politics of Scale"〈既非全球，亦非在地：全球在地化與幅度政治〉, In Kevin R. Cox, ed., *Spaces of Globalization: Reasserting the Power of the Local*《全球化的空間：重申在地的權力》, New York: Guilford, 1997, pp. 137-166.

起 2003 年發表的〈寄生現象的符號學〉（參看前註 4）。當時我還沒
有讀到西比奧克的全球符號學論著，寫作的動機是由於在那之前港、
臺、大陸爆發了一場流行疾病叫做 SARS（大陸稱「非典」）。這篇
文章在塔爾吐大學的《符號系統研究》31 卷 2 期發表之後（見前註 4），
我才看到西比奧克的書。令我感到興趣的是，這本書的封面是一個奇
怪的圖像：電腦合成的造物主伸出祂的手，顯然是在諧擬米開朗基羅
壁畫《創世紀》中的造物主，但祂伸手接觸到的不是亞當，而是一個
素描的寄生蟲。這個封面插圖隱含玄機：創世紀時上帝創造生命，當
然也可以包括要命的寄生蟲。

三、自然災難的符號詩學芻議

如前文所述，本章原以〈從全球符號學到災難符號學〉發表在芬
蘭易馬塔的符號學會議上，討論一個全球性事件的符號學涵義。這個
全球性事件其實是一場災難，它不僅影響到災難發生的地點，也影響
到沒有發生的地點。什麼是「災難」？災難如何被文字語言建碼？如
何被解碼？為什麼符號學家，包括喜歡高談闊論「全球符號學」的學
者，都不太關懷這個現象？[10] 但是在另外一方面，地球科學和社會科
學家卻對災難研究著力甚深？我認為符號學家，作為比較文學家，確
實應該關注這個問題。符號學者艾科曾經指出：「任何一個自然事件

---

10 一個例外是法國數學哲學家河內・棟姆（René Thom, 1923-2002），請參見其：
Structural Stability and Morphogenesis: An Outline of a General Theory of Models《結構穩
定性與形態發生學：模式理論綱要》, Fowler, D. H. trans., Redwood City: Addison-Wesley,
1972; *Mathematical Models of Morphogenesis*《形態發生學的數理模式》, W. M. Brookes
& D. Rand, trans., Chichester: Ellis Horwood, 1983. 河內・棟姆從機率和拓樸學立論。
另外就是本章後面會提到的布朗修，從詮釋哲學和修辭的角度探索。參見：Maurice
Blanchot, *The Writing of the Disaster*《災難書寫》, Ann Smock, (trans.) Lincoln: University
of Nebraska Press, 1986.

都是一個符號」[11]。既然如此，為什麼沒有討論自然災難的符號學的出現？大家那麼投入研究全球化現象，為什麼到今天為止，還沒有出現過全球災難的符號學？我們難道應該（或者不應該）歸咎於西比奧克的「全球性符號學」嗎？

2004 年耶誕節後的天災，迫使我們思考自然和文化系統網絡中的符號功能。大地震以及其所引發的海嘯所構成的多元系統，是如此地錯綜複雜，需要我們做深入的符號學分析。這個網絡系統的正文化包含了多重的科學和民俗解釋，各種符號形式的轉換，以及動物和人類對符號行為的反應。此地所謂的人類又可以分為：國別的、種族的和社會階層的；其中有一些群體，比如安達曼群島的少數民族，一直到海嘯發生之前還與世隔絕。關於這場自然災難的書寫報導，也可以劃分為科學的宏大敘述，精確的地球物理分析，和無數的小故事，如身歷其境者透過不同敘述觀點所做的陳述，中間有許多穿鑿了宗教和迷信的附會，形成語意層次的過度建碼，比方說動物如何拯救了人命云云。觀光事業、媒體、慈善機構、救援機構、斷瓦殘垣屍體──這一切交織成一個失序的、「全球性」規模的破碎拼圖。

根據艾科對符號學史芻議的劃分，這些有關災難的文本都可以劃分為百科全書式的符號學實踐，但是我們也可以從其中發展出嚴格定義的災難符號學和寬鬆定義的符號學[12]。普爾斯曾經描述人在半睡

---

11 Umberto Eco, *Semiotics and the Philosophy of Language*《符號學與語言哲學》, London: Macmillan, 1984, p. 15. 艾科說：「自然事件的認知過程之所以會引發符號命題，正是由於推論作用。知覺總是質疑性的、條件性的，具有下注意味──只是我們不自覺而已。如果訊息充足，認知條件完備，我們便可作推論，比方說：『可能會起煙。』普爾斯就曾指出，知覺往往是一種假設性的證據，具有符號演繹的潛能。」（p. 35）

12 Umberto Eco, "Proposals for a History of Semiotics"〈符號學史芻議〉, In Tasso Barbé, ed., *Semiotics Unfolding. Proceedings of the Second Congress of the International Association for Semiotics*《符號學開展：國際符號學會第二屆大會議程》, 3 vols. Berlin: Mouton, 1983,

眠狀態中遭受外在猛烈力量的打擊，譬如一道響亮拖長的汽笛聲[13]，這一種外在力量（所謂「第二元」）對身體的撞擊迫使得人要解釋這個現象，比方說地震發生了。作這樣的解釋需要透過一個普爾斯所謂的解釋機制，即第三元的「符解」（interpretant），譬如像住在臺灣的人會看看有沒有其他的指示符號出現，如天花板上的吊燈是否在搖晃？桌上杯子裡的水或廁所抽水馬桶的水面是不是在劇烈波動？地震學家會告訴我們：蘇門答臘西邊的九級地震是一個指示符號（indexical sign），回溯指示兩個板塊的擠壓；震後的海嘯是另外一個指示符號，指示先前的地震。地震與海嘯都可以透過電腦顯像，因此這兩個自然現象也成為了肖像符號（iconic sign）。類似的說法屬於地震學家的敘述，被我們用普爾斯符號學術語重新解釋過。可是實際上的自然災難，吞噬了 25 萬條人命的結果，卻未必是地球物理科學家關注的要務。對符號學家來說，自然和文化的符號研究包括動物對地震的認知和行為，以及洲際觀光人口的流動。舉例來說，南亞海嘯的死者有許多來自北歐和西歐的觀光客，他們為了尋找南方的陽光和沙灘，甚至其他樂趣，而命喪異域。關於跨國旅遊現象的論述，難道不也同樣地需要符號學家的解碼與再編碼嗎？

　　熟悉西比奧克著作的人都知道，他的符號演義歷史從地球的史前史開始，但是這一部分「全球」歷史只是狹義的地球物理意義的歷史，是一個還沒有被人類文化干擾的地球歷史。雖然如此，即使這一個人類出現之前的世界，它的歷史也是後來由人類的地球物理知識所建構的。這個地球物理意義的全球性和人文地理學者所理解的全球性是迥

---

vol. 1, pp. 75-89.

13 Charles Sanders Peirce, *The Essential Peirce: Selected Philosophical Writings*《哲學主要論著選集》. Nathan Houser, *et al*. eds., 2 vols. Bloomington: Indiana University Press, 1998. vol. 2, p. 4.

然不同的。任何一位符號學家都會同意:「全球性符號學」是人類活動的符號學。如果不是如此,西比奧克的「全球性符號學」怎麼可能根據國家做劃分呢?難道「國家」不是人文地理學和地理政治學的產物嗎?

四、災難與災害的區分與文本的再現

要處理「災難符號學」這門特殊的學問,我們首先需要界說「災難」。「災難」的英文 "disaster" 以兩個詞素拼湊而成:"dis" 這個字首和 "aster" 這個源出於希臘字的「星球」即英文 "star" 的字源。前面的字首 dis 含有「負面的」、「分離的」意思,因此 "disaster" 是指一個偏離軌道的星球,或稱晦星、霉星、噩星,皆無不可。晦星原來是指涉一種天象,引申出來泛指自然異象與災難。當代法國哲學家莫希思‧布朗修(Maurice Blanchot, 1907-2003)說,如果 désastre 意味著離開(dés-)星球(astre),如果它指的是從吉星高照的命運下墜,它意味著災難必然性籠罩下的一個墮落(1986)。但是自然現象是否是屬於災難性的?它的規模大小如何?這一切必須透過它對人類和其他的生物的衝擊來評估。一旦災難這個概念產生,自然和文化的古老二分法就無法成立了,因為自然災難永遠涉及人本的價值觀點。2003 年出版的一本討論自然災難的論文集,編者馬克‧裴凌(Mark Pelling)為自然災難下了一個很扼要的定義,他說自然災難是:「自然事件導致的人類災害的縮寫。」他進一步指出:「物理現象是自然事件產生的必然因素」[14]。但是自然事件如何能被翻譯為危險和潛在性的災害,卻需要取決於人類對自然事件所面臨的衝擊,以及人類無法承擔這種自

---

14 Mark Pelling, ed., *Natural Disasters and Development in a Globalizing World*《自然災難與全球化世界的發展》, London: Routledge, 2003, p. 4.

然現象的衝擊時的困境，這樣才稱為自然災害。因此在沒有生物之前，
地球上的火山爆發、海嘯不能稱為自然災害。從更自私的觀點來說，
在沒有人類之前，譬如說在侏儸紀，巨大的自然變動導致了恐龍的大
滅絕，我們也很難把它劃分到自然災害的範圍，因為它對不存在的人
類不可能有影響。

　　我們不妨把自然災難簡略的勾畫出一些範疇。「災害學者」（risk
researchers）把自然災難根據傳統地球科學的分類分成四大領域（圈
sphere），包括：1. 大氣層（atmosphere），或更正確地說「氣圈」；
2. 水域（hydrosphere），或稱「水圈」；3. 岩層（lithosphere），或稱
「岩圈」；4. 生物圈（biosphere）。這四個範疇都包含源出於希臘文
的英文名詞 "sphere"，可以看出來它是以地球中心的概念出發的。覆
蓋在地球上的有水和岩石；籠罩在地球上的是大氣；居住在地球上的
是生物，包括動物和植物。因為地球是圓的，是一個 "globe"，因此這
四個範疇也是四個「圈」。二十世紀初年，俄國的地質學家維納斯基
（Vladimir I. Vernadsky, 1863-1945）在提出他有名的「生物圈」理論時，
做了這四種劃分 [15]。他的劃分影響到塔爾吐學派的符號學家尤理·洛
特曼（Yuri M. Lotman, 1922-1993），啟發了後者的符號圈概念 [16]。假
如地球可以劃分為上面的四個自然層次，那麼自然災難應該包括大氣
層的（氣圈的），比如說空氣污染；水域的（水圈的），譬如說海洋、
河川污染；岩層的（岩圈的），如土壤沙化或地震；生物圈，如森林
大火。往往這些災難是跨領域而來的，以海嘯為例，它結合了地質現

15　Vladimir I. Vernadsky, *The Biosphere*《生物圈》, trans. David B. Langmuir. New York:
　　Springer Copernicus, 1997.

16　Yuri M. Lotman, *Universe of the Mind: A Semiotic Theory of Culture*《心智宇宙：符號學的
　　文化理論》, trans., Ann Shukman, London: I. B. Tauris, 2001.

象（就起源而論）和水文現象（就後果而論）[17]。既然洛特曼比照「生物圈」鑄造了一個新詞 "semiosphere"（符號圈），那為什麼我不能鑄造一個新名詞：「災難符號學」呢？熱浪、寒流、颱風、洪水、水災、旱災、地震、火山爆發、豬流感、禽流感、寄生蟲、冠狀病毒——這些自然災難都和我們居住的地球畫上同心圓，環環相扣。所幸的是，到今天為止還沒有出現太大的符號圈災難，也就是符號學災難——雖然無論中外，隨便搬弄符號學名詞、不明究理、言之無物的人越來越多。難免讓人感覺「符號學災難」好像不久就會發生。在發生之前還是讓我們談談「災難符號學」吧！

法國哲學家德希達曾經玩弄文字遊戲，諧仿當年好萊塢導演柯波拉拍的電影片名《現代啟示錄》（*Apocalypse Now*）。這裡面隱含了一個悖論，因為基督教啟示錄是未來發生的，而且是地球末日才會發生的。因此 "Apocalypse Now" 不應該翻譯作「現代啟示錄」而應該翻譯為「現在就是末日」。德希達寫了一篇文章，被英譯為 "No Apocalypse，Not Now"〈沒有末日，絕非現在〉（1984）[18]，因此德希達的論證和前面所提到布朗修，有異曲同工之妙。末日是一種發生的可能性，我們一直希望它被推遲到永遠，至少不是現在。但是可怕的《彗星撞地球》和《明日過後》這類現代神話，透過通俗影視文化所傳達的恐懼，有相當強烈的現實即臨感。生活在東亞島弧地震帶上的臺灣居民，至少有一部分人，包括在下，經常在擔心：何時會發生一場超級大地震？假使八級以上的地震來的時候，臺灣有什麼建築不會

---

17 Kirill Ya Kondratyev; Alexei A. Grigoryev; Costas A.Varostos (eds.), *Environmental Disasters: Anthropogenic and Natural*《環境災難：人為的及自然的》, Berlin: Springer. 2002, p. 22.

18 Jacques Derrida, "No Apocalypse, Not Now [Full Speed Ahead, Seven Missiles, Seven Missives]"〈沒有末日 { 啟示錄 }，絕非現在：全速前進！飛彈七發七不中〉, *Diacritics*《區分理論》期刊 14.2 (1984), pp. 20-31. 見第三章，註 24。

倒塌？

　　從符號學的觀點而言，關於地震和其他天災的種種描述，皆可
上溯到古代符號思想中，自然符號的討論。古希臘哲學典籍——尤其
是斯多噶學派和伊匹鳩魯學派的著作——區分了替代性的「符號」
（*semeion*）和推論性的「朕兆（證據）」（*tekmerion*），說明了一個
道理：人們觀察到的自然事件的顯像，如地殼的滑動，可以被推論為
一個未來可能會發生的事件，如海嘯[19]；或者代表神的訊息[20]。古希臘
有一種占卜方式，稱為「大人之術」（*mantike technike*），指涉分析、
判斷外在世界可感知的符號，如閃電或日蝕，與更宏觀秩序的關係[21]。
古希臘文 "mantike" 這個字導源於有超凡能力的人（mantis）：卜者[22]，
類似《詩經》〈小雅〉〈鴻雁之什：斯干〉中占夢的「大人」，因此
我們不妨也戲稱他為「大人」。

　　2004 年海嘯災難後的許多敘述都摻雜著這一類的民間傳說性質。
舉其大者有：海神震怒的泛靈論信仰；災後普吉島鬼魂出沒；動物的
第六感救了牠們的性命等等[23]。如何面對並處理這些民間智慧，是國

---

19 D. S. Clarke, Jr. *Principles of Semiotic*《符號學原理》, London: Routledge & Kegan Paul,
　　1987, p. 12.

20 Giovanni Manetti, *Theories of the Sign in Classical Antiquity*《古典時期的符號理論》,
　　trans., Christine Richardson, Bloomington: Indiana University Press, 1993, p. 15.

21 同上書，頁 19-20。

22 同上書，頁 14。

23 2005 年元月報刊有密集的報導與專論，參見：Abby Goodnough, "Animists Listened to
　　Sea, and Lived."〈泛靈論部族傾聽海的聲音，因此逃過了一劫〉, *New York Times* and
　　International Herald Tribune《紐約時報》及《國際前鋒論壇報》, January 24, 2005; John
　　Burnett, "The Ghosts of Phuket"〈普吉島上的鬼魂〉, *International Herald Tribune*《國際
　　前鋒論壇報》, January 14, 2005; H. D. S. Greenway, "Please Don't Rescue Us. Just Leave Us
　　Alone"〈請不要救我們，請勿打擾！〉, *International Herald Tribune*《國際前鋒論壇報》,
　　January 19, 2005。

際救援單位感到日漸棘手的問題。這些多半是第一人稱敘述的小故事，誠然屬於艾科所謂的百科全書式的符號文本實踐，它們與同時出現的某些宏大敘述，如災難滅絕論（catastrophism）並駕齊驅，各擅勝場 [24]。一位今天走紅的通俗災難滅絕論論者，安東尼‧密爾內（Antony Milne）對事件的發生和事態的發展顯然非常興奮，預估「印度洋上的災難會使得學界再度注意到災難滅絕論，而成為國際學術會議的焦點」[25]。事件發生後，我試圖透過網路購買一本暢銷書《末日：災難事件科學》（2000），竟然沒有任何一本優惠價，現存書都標價在 100 美元左右，洛陽紙貴，可見一斑。沒想到此公一語中的，年底的里斯本會議竟然驗證了他的看法；巴斯奈特以及在下也難逃其神機妙算，寧不可歎！話說回來，災難理論和災難滅絕論是兩碼事兒，不可混為一談。災難滅絕論者趁火打劫，也是人之常情。比較嚴肅的是，這種論調無形之中進入人心，反映在許多小敘述和媒體的聳人聽聞中，如安達曼群島上的某些少數民族是否可能已被大海嘯滅族云云。讓我們回到符號學正題。

---

24 路迪克（Martin Rudwick）討論十九世紀兩大地質學派論爭，統合論以達爾文（1809-1882）為代表；災難滅絕論以他的師尊地質學家萊偶（Charles Lyell, 1797-1875）為代表。 路迪克認為災難滅絕論很難成立，只不過是一種「論述方式」罷了。參見 Martin Rudwick, 1992."Darwin and Catastrophism"〈達爾文與災難滅絕〉, In: Janine Bourriau (ed.), *Understanding Catastrophe*《了解災難滅絕》, Cambridge: Cambridge University Press, 1992, pp. 57-82。有關這個課題在二十世紀地質學的後續發展，請參看：Derek Ager, *The New Catastrophism: The Importance of the Rare Event in Geological History*《新災難滅絕論：地質學史上重要的罕見事件》, Cambridge: Cambridge University Press, 1993. 有關災難和演化論的關係，請參見前引 Bourriau《了解災難滅絕》書中論文 Christopher Zeeman, "Evolution and Catastrophe Theory"〈演化論與災難滅絕論〉(Bourriau [ed.], 1992, pp. 83-101)。

25 Antony Milne, "The Catastrophists Saw It Coming"〈災難滅絕論者早就料到了！〉, *International Herald Tribune*《國際前鋒論壇報》, January 20, 2005。

　　1903年4月16日，普爾斯在哈佛大學的第四場講座（手稿309號）談到「第三元」在自然中所扮演的角色。他從一塊石頭的墜落談起，「我知道，如果我放手，這塊石頭就會下墜，因為經驗告訴我這類物質總會如此。」普爾斯把自然現象和經驗法則結合，而法則即構成了「符解」。前面提到的著名例子，人在睡眠中被驚醒，的確包含了一個三元結構，具有時間順序和因果關係，但是我們難免懷疑在事件發生之初，那短暫的瞬間，符解是否存在？或即使存在，是否能發生作用？布朗修就曾經質疑災難的「法則」性（見前引書）。符號學家大衛・克拉克（D. S. Clarke, Jr.）認為法則作為符解有其限制，他特別請出了十八世紀的經驗哲學家湯瑪斯・瑞德來支持自己的論點[26]。有趣的是，他正是普爾斯的經驗哲學思想來源之一。

　　二十世紀初的語言學轉向，導致了知識論的斷裂。如今再召喚出一位十八世紀的經驗主義哲學家，未免令人有時代倒錯之感。由於自然已經是被符號所建構的，根植在社會歷史脈絡裡，自然／文化的二分法勢必不能成立，符號命題與推理似乎也難以容納一個透明的第一元。雖然如此，普爾斯以指示符號規模朕兆（證據）推論過程，可以被解釋為以符號學中和了自然事件，彷彿自然事件可以不受語言的干擾。2004年底的海嘯災難傳出一則令人稱奇的報導。安達曼海島的土著老人眼見浪來了，呼喚族人快跑，往高處避難。老人的呼喚誠然是「語言的」，由於情況的急迫，還可能包括手勢等輔助語言的行為。此地的「符解」顯然屬於普爾斯指稱的「習慣」；然而，習慣總是受到語言中介的，至少在傳達訊息過程中，自然符號會被翻譯為語言符

---

26 Thomas Reid, *An Inquiry into the Human Mind, on the Principles of Common Sense*《人類心智探索：論常識原理》, London: T. Cadell,1785. Reprint. Bristol: Thoemmes Antiquarian Books, Ltd., 1990; *The Works of Thomas Reid*《湯瑪斯・瑞德作品集》. 2 vols. Edinburgh: Maclachlan and Steward, 1863. Reprint. Bristol: Thoemmes Press, 1994.

號。

　　克拉克主張，在經驗被傳達之前，人們對自然異象的立即感知，可以是未受到語言干擾的，換言之，是先於語言的。克拉克不同意普爾斯的論斷，他提出比自然符號與在邏輯上更原始的「原符」（natsign）。原符或「生符」是一種「短暫的」符號，它的產生並非為了傳達作用，也不需要經過推理而被解釋[27]。「原符」先於「傳符」（comsign）和「語符」（lansign），在邏輯和演化上屬於更原始的符號。克拉克引述湯瑪斯・瑞德對自然符號的分類，並指出：「吾人通常所謂的自然『原因』應該被更正確地稱為自然『符號』；所謂『後果』應該稱為『符指』」[28]。此地所提到的符號應屬於第一類自然符號，被符號指涉的事物是「靠自然建立的，但是要靠經驗去發現。」[29] 瑞德所舉的例子有力學、天文學和光學方面的，它們「要靠自然建立關係，靠經驗或觀察發現，其後果則需要透過推理」[30]。我們不妨再加上地震學的例子，以求挪用的完備。

　　瑞德的定義可以權充自然災難作為符號研究的出發點，本文前面所引述的普爾斯和艾科的說法，和他一脈相傳。無論是地震，或是海嘯，自然災難包括至少三個階段：（1）自然事件的發生；（2）人對事件的解釋；（3）事件的後果與影響。我們必須同意：「自然」一詞是條件性與權宜性的用法，而不必強作德希達式的語言追究。在古典朕兆作為推論符號或普爾斯的指示符號中，因與果的關係可能相距很遠；但是根據克拉克的說法，「一個原符的指涉場合，作為解釋的內涵，

27 Clarke, Jr., *Principles of Semiotic*《符號學原理》, pp. 50, 58.
28 *The Works of Thomas Reid*《湯瑪斯・瑞德作品集》, vol. 1, p. 122.
29 *The Works of Thomas Reid*, vol. 1, p. 121.
30 *The Works of Thomas Reid*, vol. 1, p. 121.

在時間和空間上，都是和符號緊密銜接的」[31]。有一類原符「指自然環境中的一個突發事件，是『指涉場合』中可被辨識的『表意爆發』」[32]。克拉克是哲學教授，竟然也不能免俗，塑造了兩個新詞：「表意爆發」（significate occurrence）和「指涉場合」（referent occasion）。下面簡單解釋一下：「表意爆發」指「某一現成的表意符號所表示的發生中事件」；該符號的「指涉場合（對象）」則意謂「某時空狀況下，吾人對某爆發的事件是否具有意義的立時判斷」[33]。因為「原符」缺乏語言上的主詞＋述詞結構，缺乏傳播意圖和詮釋規則，這種符號普遍存在於低等動物界，甚至所有的生物界中。

但是我們憑什麼判斷某「原符」指示的是「表意爆發」而非「無意義爆發」，甚至其他種類的「表意爆發」？2004 年底地震發生之後，《紐約時報》有一篇有趣的科學專論[34]，略謂：因為核爆和地震在電腦的震波顯影非常近似，可能會被誤判。媒體常報導，某地震等同多少顆廣島原子彈爆炸，是有幾分道理的。對於這種疑惑，克拉克說：「如果我們預期某一類的事件 Y 會發生，而屬於這類的 y 發生了，我們便會判斷它是一個『表意爆發』……。如果一連串的『無意義爆發』出現，便會改變我們的預期，而從事另外一種符號類型 X 的猜測」[35]。克拉克舉的例子是閃電後，沒有出現打雷，這現象違反了常識性的邏輯推理，亦即：閃電後會打雷。2004 年 12 月 26 日大地震後，專家預言會出現後續強震和海嘯。事實上，有一些餘震和新的強震，但沒能

---

31 Clarke, Jr., *Principles of Semiotic*《符號學原理》, p. 67.

32 Clarke, Jr., *Principles of Semiotic*《符號學原理》, p. 64.

33 Clarke, Jr., *Principles of Semiotic*《符號學原理》, p. 61.

34 William J. Broad, "Looking for Nuclear Tests, Finding Earthquakes"〈尋找核爆，卻找到地震！〉, *New York Times* and *International Herald Tribune*《紐約時報》及《國際前鋒論壇報》. January 19, 2005.

35 Clarke, Jr., *Principles of Semiotic*《符號學原理》, p. 61.

引發海嘯。

　　「表意爆發」與「無意義爆發」的區分，非同小可；因為如果「爆發」的是災難，它可以涉及到生死問題。海嘯過後出現下面這個報導。在泰國南邊海灘上的人看到下面的景象：1. 先前高漲的海潮退卻了，露出了地面；2. 地面上留下擱淺的魚。姑且不論到底這景象是自然符號還是「原符」，這兩個「爆發」的現象在時間、空間，和因果關係上，都是緊接著的。這兩個「原符」固然缺乏傳播「意圖」，卻發出了訊息。但是人怎麼解釋它？利用哪一種符解去解釋它？怎麼解釋它？卻會造成天壤之別。實際上，根據目睹者（倖存者）事後的追述，當時顯然存在著兩種相反的解釋，導致了解釋者截然不同的後果。解釋之一：裸露在沙灘上的魚，是大自然饋贈的禮物。解釋者的後續動作便是去撿魚，當然就因此送了命；他們臨死之前沒有想到，接著上面所述的景象 1 和景象 2 的爆發後，還會有一個景象 3 大海嘯災難，也就是第三個「表意爆發」接踵而來。另外一批人，經驗更豐富，也就是擁有了更健全的符解，對景象 1 和景象 2 作了正確的判斷，跑到高處，保住了性命。這兩種解釋有什麼差異？我們絕對不能說它們和無關痛癢的文學詮釋的差異一樣，因為這是要命的事兒！至少我們可以看出差異之一：第二群符號解釋者，也就是存活者，未曾把前面兩次事件的爆發，就其表面價值解釋，而把它們當作另外一個，尚未發生的「表意爆發」的「指涉場合」，或用普爾斯的話來說，指向另一意符的指示符號。

　　上述這個撿魚或逃跑的例子告訴我們，災難爆發絕非孤立事件，而係因果連鎖反應。更重要的訊息是：自然災難固然是正牌的自然符號，但是我們必須就其對人類的影響而評估。災難學者莫罕默德·多爾（Mohammed H. I. Dore）和大衛·埃特肯（David Etkin）重新界說這個現象：「自然災難的發生與否？應當綜合以下的因素決定：地震

或風暴等事件洩露了社會的弱點，對社會釀成的災害超出了該社會不靠救援就沒有復原的能力。」[36]「社會的弱點」和「復原的能力」無疑重申了裴凌前面所說的，自然事件如何能被翻譯為危險和潛在性的災害，需要取決於人類如何面對自然事件的衝擊，以及無法承擔這種自然現象衝擊時的無力感。因此，災難論述不可避免的包含了符號解碼後的行動方案。從符號學的觀點看來，其過程包括了符號系統的轉換，如從自然系統轉變為社會系統，並且——也許是更重要的——激發社會實踐。根據埃特肯的規劃，災難的行動實踐具有以下各步驟：1. 對災難的應變及復原，2. 災害的救濟，以及 3. 未雨綢繆式的預防。「這一些行動會改善社會的弱點，並改變未來災難的結構，以減低災難可能造成的損害」[37]。這三個步驟相互重疊，構成一個「災難適應循環」，原圖轉錄如圖 1 [38]。

自然災難會引發一連串的應變及復原、救濟，及預防。圖正中央的是災難，它引發了人的行動，如往下的箭頭所示。這些因應措施復作為面對未來災難的儲備，以期減少災害，其動線以由下往上的箭頭表示。

如圖所示，自然災難和人的互動關係為系統性的，這正是作為系統科學的符號學所應關注之處。災難符號學應當釐清，並盡可能地充分說明，自然與社會符號系統之間的關係如何被編碼與解碼。此

---

36 Mohammed H. I. Dore and David Etkin, "Natural Disasters, Adaptive Capacity and Development in the Twenty-First Century"〈自然災難：二十一世紀的適應能力與發展〉, In: Pelling (ed.), 2003, p. 75.（見前註 14）。

37 David Etkin, "Risk Transference and Related Trends: Driving Forces towards More Mega-disasters"〈災害轉移與相關趨勢：如何因應更多的超級災難〉, *Environmental Hazards*《環境災難》, 1 (1999), pp. 69-75. 引文見 p. 69。

38 見上書，p. 70。

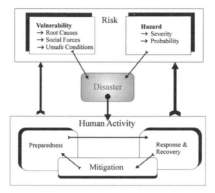

圖1 災難適應循環。

處隨手舉幾個例子。如：1. 災難（disaster）如何變成災害（risk）；
2. 克拉克及普爾斯的符解正確與否，可改變受災社會的「受傷害性」
（vulnerability）及災難的結構；3. 區分災難（catastrophe）的科學論述
與災難滅絕論（catastrophism）、泛靈論等民間智慧思想，或「天人合
一」等泛哲學思想的文本化過程；指出這些深入人心的文本與現代救
援哲學文本的扞格難入，以及潛在但真實的陷阱；4. 上述的第 3 點其
實便是符解正確與否的問題；正確的符解可改變受災社會日後的「受
傷害性」以及未來災難的結構。回到十八世紀里斯本地震的偉大故事：
盧梭與伏爾泰對地震的反應，引起的豈僅止是兩人茶壺裡的筆戰？

　　2004 年南亞海嘯、2008 年汶川地震、2011 年福島核能事件、近二
年的新冠肺炎——這些例子在在顯示，今天沒有一個災難不是全球性
的。這讓我們回到全球符號學的疑問：為什麼全球社會越來越重視災
難？除了人溺己溺的人道精神外，答案存在於上圖所顯示的動態流程
中。社會的弱點（受傷害性）和災難的救援，不再屬於地區局部的，
而牽涉到全球動員的救援、捐助、危險分擔；沒有人能預料，未來的

災難會大到何等規模，而可以僥倖地置身事外 [39]。預測的機率和實際損害的分擔，其中有太大的落差。布朗修曾經戲言：災難是不可能的。此中有真意：真正的大災難來臨時，書寫已經不存在了，符號演繹也戛然而止。

（英文原刊於 *Σημειωτική: Sign Systems Studies*,
34. 1, 2006, pp. 215-230）

39 Kenneth Hewitt, *Regions of Risk: A Geographical Introduction to Disasters*《災害地區：一本天災的地理導讀》, Harlow: Longman, 1997. 本文原稿發表於 2005 年，未能預見到 2019-2022 年席捲全球的新冠肺炎。

第三輯

詩史、詩辯與詩藝

第七章　「詩的敵人」
綜論讀詩的邏輯謬誤

一、前言：誰是詩的敵人？

　　「詩的敵人」？多麼聳動的標題？背後有什麼陰謀論？套句兩岸的政治話語：你是在進行自我的思想鬥爭？還是在搞社會的分化、對立？雖然今天沒有一個政權或政黨膽敢公然與詩人為敵，但由於意識形態運作的全覆蓋性及隱密性，詩人多半被迫採取守勢，以免其詩作淪為政治的工具，或媒體的附庸。因此，上面這些泛政治化的問題終究沒有答案，目前筆者能做的最多是釐清本章這篇論文的題目。

　　讀者可能會根據標題中的引號猜想，這是一個典故。的確，本文的題目出自一本書名的中譯。*Enemies of Poetry*（《詩的敵人》）是一本正文只有 162 頁的小書，1980 年在倫敦出版[1]。作者威廉姆·斯坦福（W. B. Stanford, 1910-1984）是愛爾蘭古典學者，頗富盛名的古希臘文學教授，尤其以荷馬史詩《奧德賽》的研究著稱。1980 年他從都柏林的三一學院退休，同年出版了這本算是退休封筆的著作，出版後短期

---

1 W. B. Stanford, *Enemies of Poetry*【詩的敵人】, London: Routledge & Kegan Paul, 1980。據筆者所知，此書未再版。相形之下，作者早年的學術著作《尤里西斯主題：一個傳統英雄的多樣性【改編】研究》（*The Ulysses Theme: A Study in the Adaptability of a Traditional Hero*, Oxford: Basil Blackwell, 1963; Ann Arbor: The University of Michigan Press, 1968 [2nd ed.]）為主題學歷史性研究的典範，穿越古今，旁徵博引，頗有文獻價值，先在英國初版，後於英、美再版，多次印刷，其學術際遇就比半隨筆性質的《詩的敵人》好得多。

內有一些書評出現，多半披露在古典學期刊上。兩年後他去世，學術雖未「論定」，無奈肉身已「蓋棺」。更無奈的是，江山代有才人出，之後就不大有人提到他了，這本書也被人遺忘了。筆者決定把這本冷僻的舊書挖掘出來，作為本章以及第三輯推論的引言。

二、再論西方詩辯傳統

話說從頭，筆者曾在《創世紀》172 期論詩辯時指出，西方批判詩或詩人的話語──姑且稱為「詩『貶』」（abuse [κατάκρῖσις, convicium]）[2] 吧！──至少從柏拉圖開始就不絕如縷，相應的「詩『辯』」（apology [ἀπολογία, defensio]）[3] 傳統也從柏拉圖的弟子亞里斯多德發其端緒。但針對此課題發揮的專書並不多見，以 *Enemies of Poetry* 命名者恐怕僅此一本。作者斯坦福先馳得點，先佔者為王，後人即使不服，也不得不禮讓。

在本章這篇短論裡，筆者將檢討 *Enemies of Poetry* 這本書的立論，排除作者某些推理的障礙，進一步釐清「詩辯」的面貌，並探討「詩貶」與「詩辯」修辭策略背後的意識形態角力。筆者依照此課題的歷史脈絡，再度聚焦於詩辯的始祖──公元前四世紀亞里斯多德的《創作論》，進而考察闡發此課題的兩部近世英國詩學名著，其一為 1595

---

2 此詞為筆者試擬──包括附加的外文關鍵字。如硬要為此語溯源，或可謂取材自史蒂芬·葛森（Stephen Gosson, 1554-1624）1597 年出版，抨擊當時劇場的論文《敗德學校》（*Schoole of Abuse*）。該文副標題註明「詩人」也包括在受貶責的對象之列，作者在手稿中題辭獻給友人席德尼爵士，後者的回應即著名的《詩辯》。個中緣由和經過，請參見本書第八章。

3 希臘文為 "ἀπολογία"（英文的 "apology"），拉丁文為 defensio（英文的 "defence"），席德尼爵士的作品《詩辯》於其身後出版，1595 年印行兩次，書名不一，分別是 *An Apology for Poetry* 和 *The Defence of Poesy*（按：已改為現代拼法），無疑指向兩種詞源以及詞源背後的希臘、羅馬修辭傳統。見下註 4。

年出版的席德尼爵士（Sir Philip Sidney, 1554-1586）的《詩辯》（*An Apology for Poetry* [Or, *The Defence of Poesy*]）[4]，其二為雪萊（Percy Bysshe Shelley, 1792-1822）於 1821 年創作，1840 年身後出版的〈詩辯〉（"A defence of poetry"）[5]。除了某些歷史事件的巧合外，這兩件作品間隔了二百多年，分別代表文藝復興時代英國伊莉莎白王朝，環繞著亞里斯多德《創作論》的人文主義傳統，以及英國浪漫主義的柏拉圖主義餘緒。相關的討論，可參見本書第十章筆者對早期德國浪漫主義詩論的評估。筆者擬針對這三部作品中，廣義的「詩」話語與「非詩」話語的傾軋關係，作為筆者對「詩的敵人」這個標籤以及整個詩辯論述傳統的回應。

三、何謂詩的謬誤？

　　筆者的學術研究隨興，卻往往無意間維持了研究成果之間細微的

---

4 關於席德尼和雪萊作品的出版歷史和文本細節，筆者在第八章及第九章中說明。關於席德尼的《詩辯》，筆者引用的版本為 Sir Philip Sidney, *An Apology for Poetry* (or *The Defence of Poetry*), (ed.) Geoffrey Shepherd, 1965, 3rd ed. (ed.) R. W. Maslen. Manchester: Manchester University Press, 2002。該書的初版── 1595 年倫敦 William Ponsonby 發行的 *The Defence of Poesie* ──已有網絡電子版，係根據大英博物館收藏的初版掃描，可參見 *Renascence Editions* 網頁（Ed. Risa S. Bear, University of Oregon, 1992, 1995）。

5 接下去的第九章將介紹雪萊的〈詩辯〉，筆者引用以下三個版本：（1）H. F. Brett-Smith (ed.), *Peacock's Four Ages of Poetry, Shelley's Defence of Poetry, Browning's Essay on Shelley*【皮考克的《詩的四個世代》、雪萊的〈詩辯〉、布朗寧的〈雪萊論〉】. The Percy Reprints, No. 3. Oxford: Blackwell, 1967 [c.1923], pp. 21-59；（2）Percy Bysshe Shelley, *The Complete Works of Percy Bysshe Shelley*【雪萊全集（十卷）】, Roger Ingpen & Walter E. Peck (eds.), 10 vols. London: The Julian Editions, Ernest Benn, Ltd; New York: Charles Scribner's, 1926-1930, vol. 7 (1930), pp. 105-140；（3）Percy Bysshe Shelley, "A Defence of Poetry"; or, Remarks suggested by an essay entitled "The four ages of poetry". In *Shelley's Poetry and Prose*【雪萊的詩與散文】, Norton Critical Edition. 2nd ed. Donald H. Reiman & Neil Fraistat (eds.), New York: Norton, 2002, pp. 510-535. Editors' note, pp. 509-510。

連貫性。請再容筆者順勢從第三章的主角陸克瑞提烏斯開場。斯坦福眼中的《物性論》作者是「企圖作科學家的真詩人」（見註 1 引書，頁 36），他的哲理詩是「真正的詩」（頁 72），雖然陸氏坦承「自己的詩語言，無非是給哲理添加的甜味，猶如苦藥加點蜂蜜」（頁 97；引文出自《物性論》，卷 1，936-942 行）。這些片段點出斯坦福書中的一個主要命題：「詩與哲學（以及科學）是對立的」，以及附帶的子命題：「詩語言的功用無非在裝飾哲理」，亦即作者所謂的「化妝謬誤」（"The cosmetic fallacy"）（頁 10、97），為古代文學批評的二十六種謬誤之一。怎麼詩的敵人可能犯這麼多種「謬誤」？縱然是「謬誤」，對方擁有這二十六種武器，那豈非敵軍強大？詩人除了發揮阿 Q 的「精神勝利法」，猛批「謬誤」外，怎能打得贏？除非──套句眼前政論名嘴用語──詩人「撿到原子彈」！其實這兩個一正一副的命題是牴觸的，需要釐清。此外，26 這個神祕數字怎麼來的？經過邏輯梳理，也許有的謬誤無法成立，因此謬誤的種類沒那麼多。按：一般論者指出十種、十五種或十八種，當然哲學史上也有反邏輯謬誤論者。如果後說為是，那我們可否推論：詩根本就沒有敵人？由此可見，這本不起眼的小書，可以引發的詩辯不少。

　　既然斯坦福認為敵營人多勢壯，武力強大，我們何妨模仿荷馬《伊里亞德》筆法，列下陣來，逐一點將。斯坦福從古希臘文學的接受史出發，延伸到近代英國文學，其論述方式係個人經驗主義式的實用批評，而非抽象性的理論建構。在這種閱讀經驗與論述基礎之上，他歸納出文學史上六種主要的敵人，包括：1. 史實主義者、2. 科學家、3. 心理學家、4. 數學家、5. 政客或政治家、6. 道德家。這些名詞原為英文中譯，雖然分類紊亂，多係籠統指稱，有些甚至於接近「模糊概念」──如「科學家」和「道德家」，但在作者的原文脈絡裡，它們有特定的指涉對象，皆可指名道姓，驗明正身，因此讀者不得根據中文的

通俗意義作自由聯想。唯其如此，作者的語用具有強烈的主觀性，有欠周延，以下稍作討論。

四、敵軍點將錄

　　首先介紹第一類敵人：1.「史實主義者」（"historicists"）。這個名詞不是中文習慣的說法，它並非以職業定位，指「歷史學者」（historians），而係指某種詮釋立場，更接近以史實為尊，排斥虛構的「事實粉絲」（"factualists"），包括被作者點名的兩位荷馬學者里福（Walter Leaf, 1852-1927）與墨瑞（Gilbert Murray, 1866-1957）。因此，上舉的 2、3、4、5、6 職人族群皆可能為「實事求是」的 1.「史實主義者」。更深一層而言，現代哲學詮釋學對兩種歷史論述立場，作了比較細緻的區分。第一種看法深受十九世紀實證主義影響，堅持歷史學者的科學客觀性與事實的透明性為真相的基礎，史家能毫無窒礙地（或盡可能地）穿越歷史回到過去，發現客觀事實，筆者嘗戲稱其為「偽歷史主義者」。第二種看法受到詮釋哲學的啟發，把焦點移注到史家當下的視域中，認為解釋者有其無法超越的「歷史性」（原係德文 "Historicität"，英譯為 "historicity"，更適當的中譯是「歷史條件」），以及作為其詮釋背景的、不可避免的「偏見」[6]。因此，所謂的「史實」已經被歷史條件和偏見中介過；透明的、客觀的「史實」不可能存在。兩種立場始終在角力，透過商議與妥協，也並非絕對涇渭分明，但後面這種立場是今天多數人認可的「歷史性」。斯坦福也認為作品的意義不可能固定，而係變動不居的（見下文），其實這種歷史哲學的認

---

6 即拉丁文所謂「事前判斷」（"praeiudicium"），按此字與英文的「偏見」（"prejudice"）一字同源義近，但無後者的負面含義。吾人在面對任何一篇文本時，腦子不是一片空白，假設已念過其他文本，形成我們「事前的」（"prae-"）知識框架，權充了「判斷」（"iudicatio"）眼前文本的依據，所謂「先入之見」是也，但沒有中文裡的負面意味。

知絕對必要，否則我們無法評估亞里斯多德和席德尼對於哲學、歷史
與詩的真實性的辯論。

　　英文 "historicity" 一字遲至 1880 年才出現，但一般人不會意識到
它是詮釋哲學術語。斯坦福從俗，使用此字指「真實的歷史」或「史
實性」，如學者解釋荷馬筆下的神話人物或為真人真事，或披上寓言
外衣（Stanford, 1980, p. 10）。此立場斯坦福稱之為 "historicistic"（仝
書，p. 90），吾人不妨戲譯為「唯實宗的」，早期的自然主義神話研
究多採此立場。為方便不熟悉西方典故的讀者，茲舉中國的例子說明。
「有巢氏」、「燧人氏」固然反映人類社會進程，或有考古學事實根據；
根據此理，屈賦《離騷》裡的日御羲和、月御望舒，《九歌》裡的雲
中君、湘夫人等，如非「真實的」歷史人物[7]，至少可視為自然現象的
寓言。筆者試問：李商隱筆下的「望帝春心託杜鵑」（〈錦瑟〉，《玉
谿生詩箋註》，卷四，《四部備要》），「望帝」為傳說中的古蜀國君，
或有口傳歷史依據，然而「常娥應悔偷靈藥」（〈常娥〉，仝前書，
卷六）裡的「嫦娥」怎可能是歷史人物？依照作者的看法，此類「唯實」
論者全然排斥虛構，認為虛構僅係表象，背後皆有事實依據。作者顯
然支持真實／虛構的素樸二分法，而強調詩的想象、虛構性質。自從
1950 年代末雅格布森提出語言功能系統方法論之後，學界不再以虛構
／非虛構來討論文學了，所謂的「指涉性」僅為語言交流的六種功能
之一，而「虛構」主要在彰顯語言的「詩意功能」或「後設【語法反射】

---

7 本文初稿草成後，筆者見 2019 年 12 月 22 日報載，國際天文聯合會發布訊息：由中國大
　陸天文學家發現的首顆太陽系外行星被命名為「望舒」，原編號 HD173416b，而它圍繞
　的恆星 HD173416 也有了新名字「羲和」。「望舒」（月）、「羲和」（日）為神話傳說，
　見於《淮南子》、《楚辭》等古籍，為義山、長吉等人用典入詩，發展出多層次詩義，
　與西方「詩的四義論」爭輝。在古代神話已被祛魅的今天，專有名詞受到挪用，指示新
　物，此中涉及到名詞「外延義」由虛到實，「指涉物」（referent）從無到有的「再度語
　意化」（re-semanticization）過程，愛好符號學的人和天文學者同樣有福了。

功能」，前者如李賀的幻設語意值「羲和敲日玻璨聲」（〈秦王飲酒〉，《李長吉歌詩》，卷一，《四部備要》），後者如杜甫的倒裝句「碧梧棲老鳳凰枝」（〈秋興八首〉，《杜詩鏡銓》，卷十三）皆是。這些功能不具排他性，而係互動互補；無論履行何種功能，文本成分都已被編碼，被納入動態的多元系統，俾便展開結構性的運作。

其次，我們來檢討一下作者所述「企圖作科學家的真詩人」陸克瑞提烏斯。其實陸氏客串的 2.「科學家」在《物性論》的思想脈絡裡是「自然哲學家」。雖然英文 "science" 一字源出於古典拉丁文，但在其多重意義中，特別指涉「自然科學」卻是近代用法。至於 "scientist" 更是一個遲至十九世紀中葉才出現的字，不宜用來回溯指稱古典時代的「自然哲學家」，更也不能泛指兩千多年來的各種「知識」（按："science" 原指「知識」，猶如希臘文的 "episteme"）專業族群。打個比方，職業無貴賤，但我們不宜統稱「物理學教授」、「水工實驗室技正」、「軟體設計師」和「水電師傅」等「族群」為「科學家」一樣。試翻閱《牛津大辭典》查看 "science" 和 "scientist" 條目，便知道作者用語之鬆散。今天英文口語說的 "man of science" 指相信科學，不信怪力亂神的人，這種捨棄「專業」考量，以「信仰」定位，反倒接近作者的用法。末了，今天所謂的「確鑿科學」（"exact sciences"）基本上係指以數學為模型和演算工具的自然科學，幾乎涵蓋所有的「硬科學」與「軟科學」，換而言之，「確鑿科學」是「數理科學」。因此作者把 2.「科學家」與 4.「數學家」分開會引發嚴肅的學科理論和方法論爭議。作者本身的立場遊離不定，如他批判的 3.「心理學家」（"psychologists"）僅係若干以簡陋版的弗洛伊德精神分析閱讀古希臘神話的文學讀者（pp. 49-50）。但他在反駁「道德家」，主張詩人透過摹擬古人的手法從事創作，係基於潛意識補償性的心理機制時（pp. 85-88），其實無意間挪用了樸素的精神分析概念。不論職業，二者同

為文學讀者；但今天的心理學者則屬貼近生命科學的認知科學家。

五、讀詩的邏輯謬誤或對詩的偏見？

我們討論過「敵人」的分類後，現在要面對他們所犯的二十六種謬誤了。如前所述，這些謬誤並非全然的邏輯的語法或語意缺失，而係作者斯坦福歸納個人閱讀經驗的批判心得。西方哲學對謬誤的討論從亞里斯多德的工具論開始，首見於其《詭辯式推論》（*De Sophisticis Elenchis*，貝克本頁碼 540-608）。據考這件作品完成於西元前 350 年，不到三十歲的哲學家臚列出十三種語言內、外的演繹推理謬誤（即書名所謂「詭辯」是也），作為《命題篇》補遺。斯坦福由此出發，以荷馬史詩為語料，加上個人的觀察與現代文學批評提出的「意圖謬誤」和「效應謬誤」，擴充合計為二十六種。最值得我們關注和探討的是：亞里斯多德是第一位從邏輯推論謬誤的立場出發，閱讀詩人荷馬的哲學家，但他卻也是第一位最嚴密、最有系統性的為詩辯護的「詩辯」家。亞里斯多德舉出的第一種詭辯推論就是斯坦福指出的第一種謬誤「不連貫推論」或「副推論」（paralogismós），斯坦福以亞哲為師，點到為止，見證了「風簷展書讀，古道照顏色」。

斯坦福臚列的「謬誤」性質駁雜，他對每種謬誤的著墨程度不一，有兩、三則花了五、六頁的篇幅細論，有的只用一段點到為止，與他在前五章處理六種敵人的筆法一致，因此我稱之為半隨筆。由於篇幅的限制，筆者亦無法逐一討論，茲中譯列陣如下：1. 錯誤推論，2. 不得體（不合宜）謬誤，3. 化妝謬誤，4.「詩如畫」謬誤，5. 混淆【作品中的】角色為作者的謬誤，6. 辭源謬誤，7. 時間謬誤之一：主張敘述或戲劇作品中再現（即虛構）的時間與現實時間應相符的謬誤，8. 時間謬誤之二：指正編年史錯誤的謬誤，9. 作品意義不變謬誤，10.「作者意圖的意義絕對明朗無疑」謬誤，11. 初民思想幼稚（質樸）謬誤，

12. 理想的創作環境謬誤，13. 夸飾謬誤，14. 數量謬誤，15. 格律謬誤，16.「孤證不可能」謬誤，17.「一葉知秋」謬誤，18.「刻板印象」謬誤，19. 親身體驗謬誤，20. 形式束縛謬誤，21. 意圖謬誤，22. 效應謬誤，23. 史料謬誤，24. 視覺至上論謬誤，25. 聽覺至上論謬誤，26. 默讀謬誤。

　　嚴格檢驗之下，只有 1 符合邏輯推論謬誤，其他多係認知偏見，包括社會道德性的認知偏差，如 2、11、12、18，虛構與真實不分，如 5、7、8、19、23，詮釋權威的爭議，如 9、10、21、22，文藝媒介的混淆，如 4、24、25，詩特殊體制的認識不清，如 13、15、20、24、25、26。某些「謬誤」屬於雙面刃，如 15 與 20；主張詩的格律平仄必須嚴格遵守者，犯了 15 條，然而，認為詩的形式完全沒有必要的，則犯了 20 條。犯這兩種規的想必是詩人，不大可能是哲學家或政客。因此，詩的敵人應包括不同陣營的詩人。16 與 17 也係版本學判斷的悖論，孤證的說服力誠然薄弱，但你不能排除某詩人有可能僅提供「孤證」，即某個意象語或象徵在他畢生幾萬首詩中僅用過一次。一葉知秋固然係以偏蓋全，但一片黃葉也可能預示秋天。

　　作者指出的某些「謬誤」，確實屢見不鮮，犯這些錯的人包括創作者和學者。「親身體驗謬誤」最為常見，正因為它訴諸常識。記得《創世紀》某老友生前經常掛在嘴邊的是：寫詩必須基於生活經驗。這話沒錯，但創作者未必要親身經歷過所有的事，才有資格寫它。球評懂球，但未必會打球；許多傑出教練當年球技不過爾爾。當年我推薦某位英國學者來臺大客座，他是密爾頓專家及舊約聖經權威，美國諾頓出版社特邀他編撰《諾頓評論版舊約》，可見其學術份量。某次聚餐，在座某君向來迷信反智，在學界廝混，但以得道者自許，以我佛自居。問這位教授是否信徒，得知他不信教，脫口而出：你不是教徒，怎能編舊約聖經？對方大驚失色，瞠目以對，皺眉曰："Why?" 嗟乎！詩人唯生活經驗是問，文學教授愚昧蒙蔽，豈非詩的敵人？

第八章　伊莉莎白時代朝臣席德尼爵士的《詩辯》

一、前言：《詩辯》的歷史脈絡

筆者在本書多次提到英國文藝復興時代詩人菲利普‧席德尼爵士（Sir Philip Sidney, 1554-1586）（圖1）的《詩辯》論文。第七章且以「詩的敵人」及其「謬誤」引言，導入「詩貶」和「詩辯」課題。本章將詳細討論這部作品，首先介紹一下本文所面對的方法論問題，並簡述作者席德尼爵士的身世及論述場域，最後將探討《詩辯》與古典時期柏拉圖、亞里斯多德詩論的傳承關係。

在處理《詩辯》這類歷史文獻時，學者通常需要重建其「論述脈絡」，用大陸學界的說法，就是「語境」，以便展示它在詩學史上的意義。就字面上看來，「語境」（context）偏重「環繞著」「文本」（text）當下的氛圍，是共時性的（synchronic）；而中文的「論述脈絡」則似乎強調較長期的歷史發展，是歷時性的（diachronic）。筆者根據情況，交叉使用「語境」與「論述脈絡」。進一步而言，語境不是自然物件，也非客觀事實，而係史家根據各種因素和條件，所重建的某時空場域文本。由於史家對語境產生的因素認定有異、取捨不同，因此言人人殊，論述脈絡必然是多元的。這些脈絡互聯，交織成網，彼此牽扯，釐清其間複雜的互動關係，絕非易與。此所以文學史家除了交代基本訊息外，多半需作取捨。以本文的主角為例，作者席德尼的貴族家世、教育背景和政治生涯等訊息誠然建構了「語境」，但筆者認為十六世

圖1　《詩辯》作者席德尼1576年畫
　　　像，現藏倫敦英國國家畫像美
　　　術館，由官網下載。

紀後半葉，尤其 1550-80 年間的文藝理論，應屬於「語境」中更重要
的成分。某些文學史或參考書一再重複的「史實」，與席德尼的詩學
論述的關係不大；即便有之，也是間接、迂迴的。以下擇要交代席德
尼身世。

二、席德尼爵士的生平及「語境」

席德尼出身廣義的貴族家庭，自小到大，接受完整的人文教育，
熟悉古典語言，廣涉經典文獻，旁及當代歐陸（義、法）文學，復習
馬術、武術（見其十四行詩第 41、49、53 首），可謂允文允武，猶如
先秦「士」所受的六藝訓練，除禮、樂、書、數諸藝外，尚包括射、
御之術。青年參政，十八歲即為國會議員，被畀以皇室重任，以使臣
身分周遊列國，往來者除各國政要外，多係知識菁英與文人雅士。
1583 年封爵，1585 年受女王欽命，出任西蘭邦（今荷蘭西南方）福利
星根（法拉盛）港總督，翌年與入侵之西班牙軍作戰負傷，輾轉痛苦
辭世，得年三十二歲。其遺體運送回英倫，於聖保羅大教堂隆重國葬，

圖2　1587年2月16日席德尼的國葬，藍特（Thomas Lant,1554-
1601）繪圖，德‧布瑞（Theodor de Bry, 1528-1598）蝕刻，
現藏牛津大學基督教會大教堂學院。本圖由維基圖庫下載。

執拂者政要與詩人參半，儀仗隊伍行列七百人，為當時歐洲文壇和政
界大事（圖2）。這些經歷誠然可歌可泣，流傳之廣，竟為兒童文學
素材[1]。作者在朝廷服侍女王，難免被捲入各種人事糾紛和權力鬥爭，
胸中積有塊壘。幸虧文學創作與詩論的建構，相對而言，屬於「私領
域」活動，容或隱藏了某些作者不願公開的思想和情緒[2]。作為公眾人

---

1 筆者幼年閱讀的《泰西五十軼事》（原著 1896 年，漢譯 1925 年出版），收錄了席德尼
　愛護袍澤，捨身救人的故事。
2 此處插註一句，「辯」係 "defence" 之中譯，保留了修辭術的義涵，但喪失了英文原有
　的「防禦」的字面義。此字一體兩面，兼指論辯術（文）及擊劍術（武）的攻「防」。
　英文有 "verbal fencing" 一詞，為劇場體製，指舞臺上正反兩面劇中人快速的辯駁，有如
　中文所謂「唇槍舌劍」，其實源出於前現代的修辭訓練。在文藝復興時代，"defence"（「辯
　護文」）為獨立的「非文學」文類，席德尼的前輩阿斯坎作品經常論擊劍，葛森《敗德
　學校》將結束時特別論羅馬共和時期劍術，以及擊劍和邏輯論辯的類比關係。席德尼善
　劍，與弟書亦講習劍道，兩度向朝臣挑戰決鬥，為女王阻止。僅就這點而論，龐森彼版
　本（圖3）用此字為書名，或可爭得一、二點數。席德尼前後作了三篇辯護文，兩篇與
　政治有關，包括為乃父在愛爾蘭的政務辯護，但其《詩辯》則祕而不宣，最多一、二親
　屬看過。當時出版審查甚嚴，本文第三節介紹的洛吉《詩辯》，出版後立即被禁。

物的席德尼，身前吝於發表其創作，《詩辯》手稿更是「加密」珍藏，正所謂意圖「藏諸名山，傳諸後世」也。此舉豈非東海西海，心理攸同？

　　言歸正傳，筆者特別關注席氏的古典語文教育背景，對其作為文藝復興文人的「塑身」（"fashioning"）作用[3]。伊莉莎白女王陛下擅長拉丁文，博覽古籍[4]，通曉數國語言，亦勤於詩作，風偃草動，朝臣多為詩壇俊傑。此朝廷文風，論者已多，無庸辭費。筆者建議另一條線索：比席德尼稍早，有一位重要的前輩學者，為伊莉莎白公主（即女王年輕時代）的希臘文教師、劍橋大學古典語文講座羅傑·阿斯坎（Roger Ascham, 1515-1568）。阿斯坎與席德尼的傳承關係，雖係類比，但值得深究。阿氏在代表作《教師》（*The Schoolmaster*）一書中所宣揚的拉丁文教學方法與愛心教育哲學，實為古典人文教育，尤其是修辭學的內化，對席德尼的詩品人品論或有啟發作用。兩人皆撰寫「辯護文」；就文本細節而言，阿氏的對話錄《論射術》（*Toxophilus*）與《詩辯》開篇幽默的「馬經」插曲，射、御互補，可謂異曲同工。

　　就其創作而論，席德尼為極其優秀的抒情詩人，但他的十四行詩集《阿斯托斐爾與史特拉》（*Astrophil and Stella*[5], 1580s）與《詩辯》

3　根據席德尼家世和教育背景，若謂《詩辯》等作品，屬於左翼文人所批判的「貴遊文學」，自無不可。按貴遊文學為古代文學主流，中外皆然，本無可厚非。鍾嶸《詩品》以為官之「九品中正」論詩，為中土顯例。貴遊文學與民間文學的優劣，彼此的傾軋，人品詩品論是否反映階級社會和權貴思想，非筆者此處所關注，本文僅聚焦在詩辯話語形成的課題上。

4　伊莉莎白一世才學出眾，素享盛名，2019 年 11 月 29 日牛津大學發表的一項手稿研究，證實藍柏斯宮（Lambeth Palace）圖書館的羅馬史學著作，塔西圖斯的《編年紀》英譯手稿（編號 MS683）為十六世紀末期女王所作與親筆繕寫（John-Mark Philo, "Elizabeth I's Translation of Tacitus: Lambeth Palace Library MS683", *The Review of English Studies* 71. 298 [Feb. 2020], pp. 44-73）。

5　此為詩集中男女主角名，字面義為「愛星人與星」，「愛星人」為希臘文 "ἀστήρ +

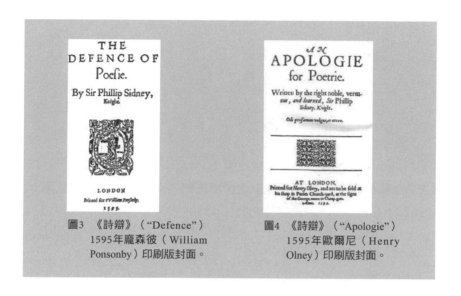

圖3　《詩辯》（ "Defence" ）
1595年龐森彼（William Ponsonby）印刷版封面。

圖4　《詩辯》（ "Apologie" ）
1595年歐爾尼（Henry Olney）印刷版封面。

論文，除非化約為修辭策略，很難相互發明；其新、舊二部的仿希臘牧歌傳奇《阿卡迪亞》（*Arcadia*，約完成於 1580 年；翌年 1581 著手修訂，未完），雖然具現了烏托邦式的詩國理想，但與論辯文體章法不同。排除了其詩作，筆者選擇的語境是兩個詩辯論述或「話語」脈絡，一個是直接語境，環繞著作者當時的詩貶／詩辯氛圍，時間點大約在 1570 年代末到 1580 年代初，不涉及往後數十年詩劇論爭的發展；另外一個間接語境即是自柏拉圖、亞里斯多德以降的詩辯傳統。更進一步考察，所謂的直接語境，固然反映出同時代文人之間的語用互動，

φίλος"，係男性抒情者；「星」為拉丁文 "stella"，係女性被抒情的對象。即便命名的取捨，也可看出作為「文藝復興人」的席德尼對古典文化的偏愛。據說《詩辯》原稿並無篇名，1595 年兩家出版社得到兩份不同的手稿，分別以拉丁詞源的 "defence"（圖 3）及希臘詞源的 "apology"（圖 4）命名出版，或屬出版家無心插柳，但亦為得體之巧合。此處附誌：內子周樹華為十六世紀專家，據她表示，席德尼以希臘、拉丁命名男、女主角，係表達與戀人分屬不同語境，而無法結合的傷痛，與商籟體情詩傳統中的訴怨主題，若合符節。

但他們所關注的，仍然脫離不開從間接語境流傳下來的古典議題，如
真實與虛構的對立、詩（含戲劇）與哲學、歷史的傾軋關係，以及論
者賦予三者的相對價值。最值得吾人關注的是：佇立在文藝復興的制
高點，以宏觀角度回顧歷史，席德尼得以融會後希臘，尤其是羅馬時
期的文獻和詩觀，把詩人抬舉到超越社會階層與世俗價值的最高位階。
這點恐怕是《詩辯》最主要的，但作為朝臣不宜公開的論點。

三、文藝復興時代的詩學與十六世紀後期英國的詩貶／詩辯氛圍

在近世詩學史上，義大利文藝復興的一項重大發現便是亞里斯多
德《創作論》兩個抄本的出現。十六世紀兩位古典學者斯卡利格（Julius
Caesar Scaliger, 1484-1558）和嘎斯特維托（Lodovico Castelvetro, 1505-
1571）對《創作論》的注疏，啟發了當代義、英、法詩人和劇作家，
包括席德尼的詩觀與詩論。義大利詩人塔索（Torquato Tasso, 1544-
1595）和法國詩人杜倍雷（Joachim du Bellay, c. 1522-1560）皆受到當
時《創作論》學術的薰陶，寫出詩辯論文 [6]。根據史料，席德尼的作品
係回應葛森的《敗德學校》。在當時（都鐸王朝伊莉莎白一世時代）
以及接續的斯圖亞特王朝詹姆士一世時代，詩劇的褒貶蔚為風尚，
一本針對性的文選《莎士比亞的劇場——資料彙編》（Tanya Pollard,
Shakespeare's Theater: A Sourcebook [Oxford: Blackwell, 2004]）收錄了
1577 年到 1641 年重要的「劇貶」文獻，包括節錄的葛森《敗德學校》
和席德尼《詩辯》。

既然文學史記載席德尼的作品是回應葛森的《敗德學校》，我們

---

6 見 Margaret Ferguson, *Trials of Desire: Renaissance Defences of Poetry*《慾望的考驗：文藝
復興的詩辯》, New Haven: Yale University Press, 1983.

不妨就從這部作品開始[7]。配合早期的出版體例，葛森的論文在扉頁有一個相當長的副標題，說明文章的性質、批判的對象，以及預設的讀者：「《敗德【貶責】學校》[8]內容係一篇娛人的『貶責文』（invective），抨擊的對象包括詩人、樂手（【吹笛手】）、演員、弄人（【插科打諢的丑角】），以及國內類似的『毛蟲』（"Caterpillers"【流氓】）……；本論文能讓喜愛『知識』的仕紳們『愉悅』（"pleasant"），讓所有追求『德行』的人『獲益』（"profitable"）。」這句話有一點值得我們注意，詩（和文學批評）的目的有二：「娛」與「教」，類似孔子所謂的，詩可以發揮興、觀、群、怨的功用。葛森此處用語源出於羅馬詩人兼批評家霍雷斯（Horace [Quintus Horatius Flaccus], 65-8 BCE）的 "dulce et utile"，通常英譯為 "sweet and useful"（「甜美的和有用的」）或如葛森用的 "pleasant" 與 "profitable"，具有「教和娛」（"prodesse et delectare" [to teach and to delight]）的功用。因此「學校」看似隱喻，實有指涉義。以作者的開場白為例：「歡迎閣下進門逛個把小時，得到點樂趣（"pleasure"），瞧瞧我這所學校在教（"teach"）些什麼東西。」

---

7 Pollard 選集之節錄失真，故筆者引用 1579 年《敗德學校》原著的網路電子版。Stephen Gosson, *The Schoole of Abuse* (London: Thomas Woodcocke, 1579); Reprint (London: Edward Arber, 1895); Online edition, Ed. R. S. Bear, University of Oregon, 2000 [http://darkwing.uoregon.edu/%7Erbear/gosson1.html].

8 如書名所示，"abuse" 為一再出現的關鍵詞，十六世紀當時意謂「誤用」、「濫用」，即拉丁修辭學所謂之 "abusio"【希臘文 catachresis】，「隱喻之誤用」也。就內文觀察，筆者認為葛森使用此字一語雙關：1.「敗德」，從古到今，詩歌多敗德，當代劇場宣揚種種「敗德」思想和行為，亦無異於一所社會「敗德學校」；2.「貶責」，「我揮起貶責大旗（"setting vp the Flagge of Defiance"）」，「創辦了一所小學校」（"The Schoole which I builde, is narrowe"）；最後葛森關閉了學校，說道：「我現在不再呈現我所目睹的敗校的失德【批判】了」（"to shew you no more abuses in my Schoole, then my selfe haue seene"）。故筆者譯此論文為《敗德【貶責】學校》。這個攻防兩面的矛盾語，實為法庭修辭術慣例，後來席德尼的《詩辯》也發揮了「貶責」兼「辯護」的雙重意義，見註 2。

具體說明「教化」功能的則是詩所追求的「知識」（"learning"）與「德行」（"virtue"）。這種「道德家」（見本書第七章〈詩的敵人〉）論調差不多是文藝復興時代詩論的金科玉律，僅就此教化意義而論，席德尼的詩教論與其並無二致。但葛森的詩教觀卻決定了他對詩和戲劇取材與風格的看法，這點與席德尼卻大相逕庭。

追溯歷史，霍雷斯的教育名言實出自「詩貶」始祖柏拉圖在《城邦治術》（《理想國》）末了，第 10 卷（607E）一段關於放逐詩人的對話。葛森的 "pleasant" 與 "profitable"，柏拉圖原作 "φανή"（"delightful" [← bright]）與 "ωφέλιμή"（"useful"）（607E）[9]。誠如葛森所述，「柏拉圖發現這些詩人老師，既無『用處』（"profite"），又不能提供他指望的『樂趣』（"pleasure"），把他們鳴鼓掃地出門，再也不讓他們在改革後的國家現身。」關於這樁公案，我們將在下面論席德尼與柏拉圖的師承關係時會詳述。葛森本身為劇作家，然排除怪力亂神，尤其反「異教」神話[10]，他寫歷史劇，講究直陳其事，即「實話實說」才

---

9 Plato, *Republic*《城邦治術【理想國】》, 2 vols. Trans. Paul Shorey, Loeb Classical Library, Cambridge, Mass.: Harvard University Press, 1930-1935.

10 由於教會的介入，文藝復興時代英國的詩貶／詩辯議題遠比柏拉圖的雅典複雜。以本章所涉及的葛森、阿斯坎為例，兩人皆為廣義的人文主義者，尊崇古典文化。但作為基督教徒，葛森基本上排斥所謂「異教的」希臘、羅馬神話，並且痛恨當代劇場受到義大利文藝猥褻成分的敗德影響（見《敗德學校》近結語論聖經的部分，以及 1579 年補文〈為《敗德學校》辯護〉，Pollard, pp. 34-36）。至於維護英國國教的阿斯坎則堅決反對羅馬天主教會，乃至當代義大利文風。關於反異教立場，最極端的護教解釋允推史塔伯斯（Philip Stubbs, c. 1555-c.1610）1583 年發表的〈「誤用」剖析〉（"Anatomy of Abuses"）一文（Pollard, pp. 115-123）。他指出：「〈約翰福音〉開篇即謂『道』【聖言】（word → λογος）即『神』，『神』就是『道』。因此任何人在舞臺上『誤用』（"abuseth"）了【神的】話語，即無異於『褻瀆』（"abuseth"）了至上的神，……給自己換得了永恆的譴責」（p. 118）。此例說明 "abuse" 一字從中性的修辭意義轉化為武斷的道德、神學意義，莫非「誤讀詩學」的完結篇！作為朝臣，席德尼自然捍衛英國國教，甚至因此反對女王與法國聯姻而得咎，但他個人交往不乏天主教朋友，甚至包括教會異議人士，

能傳達真理。此「理性主義」哲學取向，亦與蘇格拉底、柏拉圖一脈相傳。

　　《敗德學校》發表後，可想而知的，文壇會有各種反應。就在當年（1579 年），詩人學者湯瑪斯・洛吉（Thomas Lodge, c. 1558-1625）匿名撰文回應葛森。該文原無標題，後世稱之為：「回應史蒂芬・葛森的《敗德學校》，為詩、音樂和舞臺劇辯護」（"A Reply to Stephen Gosson's School of Abuse, in Defence of Poetry, Music, and Stage Plays"）或直接稱為《詩辯》（*Defence of Poetry*）[11]，與 1595 年威廉・龐森彼出版席德尼著作的名稱（見圖 3）近似。洛吉為當代文壇重鎮，詩歌、戲曲、傳奇、論文無一不精，對莎翁長詩《維納斯與阿東尼斯》（*Venus and Adonis*）及喜劇《如願【皆大歡喜】》（*As You Like It*）的取材影響已成文學史定論。與當前新冠肺炎疫情有關，因而值得一提的是，他先後在法國和牛津習醫，十六至十七世紀之交於歐陸和英國行醫為業，曾撰寫十七世紀初的瘟疫醫論，1625（或 26）年因抗疫，染疫去世。此文旁徵博引，夾雜大量拉丁文，英文用字偏澀，甚為難讀，但頗有新意，故筆者特別摘要作者一、二論點，作為席德尼在本文後半登場的暖身。

　　洛吉以醫生看診方式，逐一反駁「小學老師」（"schoolmaster"）葛森的詩貶論點，甚至勸他棄文學醫。首先得處理詩的道德缺失，洛吉認為所謂「敗德」，其實出自讀者（如葛森）的詮釋（「效應謬誤」），而非作者事先設定的（「意圖謬誤」），僅就此點而論，作者亟富現代意識。他譴責葛森書讀得不夠，閱讀古籍有誤，犯了以偏蓋全的謬

　　如哲學家布魯諾（Giordano Bruno, 1548-1600）；此外，他偏愛義大利文化，包括馬術和詩歌。這點再度提醒我們需要因事制宜，區分作為政治家和作為文人的席德尼。

11 Pollard, 2004, pp. 36-61.

誤，此謬誤復與道德謬誤結合（見本書第七章）。舉例來說，葛森認定奧古斯都皇帝之所以放逐奧維德（Ovid [Publius Ovidius Naso], 43-18 BCE）是由於其情詩誨淫。但洛吉考察史料，進而診斷係帝王心病作祟，君側容不下盛名的詩人，此說後世從者頗眾。他指出，羅馬批評家，如葛森誤讀的西塞祿等人，非但不貶責詩人，反而極力維護詩人，主張詩能傳達更高的真理，亦有移風易俗與教化之功。回到詩貶的始祖，主張放逐詩人的柏拉圖，葛森據以學舌呱噪：詩人應被共和英國（"Commonwealth"）放逐。洛吉認為此乃皮相教化論，不值一哂。更重要的是，他引介出另一面向的柏拉圖，開啟了西方與道德論抗衡的主流詩論：亦即《伊昂篇》的靈感（"inspiration"）說，以及《斐德諾篇》的激情（瘋狂）說（"Furor Poeticus"）。十五世紀的義大利學者費契諾（Marsilio Ficino, 1433-1499）以拉丁文翻譯、注疏了柏拉圖這兩部早期與中期的作品，開創了文藝復興的新柏拉圖主義，直接影響到席德尼的創作和詩論。這支柏拉圖所引發的詩創作論與亞里斯多德的摹擬詩論，在席德尼的作品中完美地結合。筆者將於下節繼續探討《詩辯》的古典傳承因緣。

四、從「詩人的身分」到「詩的定位」

筆者在上兩節對席德尼爵士的歷史氛圍作了一個簡略的介紹，以下將針對《詩辯》的內容略為發揮。《詩辯》所涉及的議題甚廣，筆者選擇性地處理以下兩項：第一，席德尼論詩人的身分與地位，含古希臘、古羅馬、其他傳統與當代英國等區塊；第二，席德尼的詩觀，其要點為「詩的定位」，涉及「詩與其他知識的關係」或「詩作為泛知識的基礎」。此要點在批評史上往往以其他典故性命題呈現，如：1. 詩、哲學、歷史的關係，2. 詩的真實與虛構，亦即俗謂的「詩人說謊與否？」，3. 詩命題與推論的實然性、或然性與必然性，以及 4. 詩

的教化功能。上述議論大致肇始於希臘先哲柏拉圖的「詩貶」與亞里斯多德的「詩辯」，因此席德尼的詩觀與他對二人著作的詮釋，互為表裡。「詩人的身分」與「詩的定位」這兩項課題構成本章主體。因篇幅所限，僅能簡述，1-4 等子命題只能點到為止。除了解釋性的底註外，正文盡量不再引申詳論。

　　下面的第五節為一段引言，素描十六世紀後半葉伊莉莎白一世時代，英國人文主義者的特殊面貌，算是歷史氛圍與語境的補遺。本章最後的結語點出少數時代性論述場域所形成的謬誤，並指陳晚近流行的一種歷史詮釋哲學的偏失。熱中於「知識考掘」的傅科（Michel Foucault, 1926-1984）在上世紀 60 年代提出「人的科學」概念，由十九世紀之後出現的三門學科構成。但筆者認為「人的科學」並無編年史的先驗性，而係後結構思想家往「歷史」（作為「對象語言」）投射，所得到的詮釋結果。根據這個推論，早在十六世紀——甚至更早，席德尼透過《詩辯》的語用行為，已然參與了「話語」作為「人的科學」的「前現代」的建構。

五、伊莉莎白時代人文主義者的面貌

　　席德尼《詩辯》與大多數文藝復興時代論著一致，繼承了豐富的文化遺產。主要的來源有二：首先是希臘、羅馬古典文史傳統，即俗稱的「人文主義」，其次是基督教信仰與聖經材料 。這是一種極端簡化的描述，因為每一支來源所包含的內容都相當複雜。以柏拉圖的遺產為例，古典時期柏拉圖對話錄所記載的哲學家的諸多論點，歷經後古典泛希臘時代新柏拉圖主義的敷衍演義，以及十五世紀費契諾的梳理，自然發展出另一種面貌 [12]。古典哲學和文藝思想，經過羅馬後期、

---

12 十六世紀古典學者兼出版家斯蒂法諾（Henri Estienne [Henricus Stephanus], 1528-1598）

中世紀與宗教改革的洗禮，難免受到基督教思想的浸潤與轉化。席德尼的宗教信仰為英國國教，屬於「新教」（北方各派抗議教會）的一支，生長在此環境中，他所繼承的「異教」（非基督教）神啟論——如柏拉圖《伊昂篇》與《蒂邁歐篇》所示，已然與基督教的神啟論結合。作為十四行詩人，他遵循並挪用了義大利人文主義學者兼詩人佩脫拉克（Francesco Petrarca, 1304-1374）所開啟的女性膜拜體例，但在伊莉莎白時代，此體例多少摻雜了朝臣對「未婚女王」（"The Virgin Queen"）近乎神格化的尊崇，與少許不便彰顯的「舊教」（羅馬天主教會）聖母崇拜成分 [13]。隨著宗教改革，聖經翻譯與版本研究興起，席德尼本人翻譯了舊約《詩篇》（或稱《聖詠》），《詩辯》復宏揚《舊

為席德尼友人。其所編輯印行的希臘文柏拉圖全集，附有尚・德・瑟赫（Jean de Serres [Ioannes Serranus], 1540-1598）的拉丁譯文對照及注疏，據此認為席德尼的直接資料來源。見 S. K. Heninger, Jr., "Sidney and Serranus' Plato"〈席德尼與斯蒂法諾瑟拉努斯的柏拉圖〉, *English Literary Renaissance*《英國文學的再生【文藝復興】》13.2 (1983), pp. 146-161; 本文後收入 Arthur F. Kinney et al. eds., *Sidney in Retrospect: Selections from English Literary Renaissance*《回顧席德尼》(Amherst: The Universiy of Massachusetts Press, 1988), pp. 27-44。斯蒂法諾雖繼承家傳出版業，卻係一流古典學者。席德尼於 1572 年 9 月在海德堡與其結識，翌年 5 月在史特拉斯堡重逢，6 月席德尼於維也納觀見神聖羅馬帝國皇帝麥克斯米安二世期間，再遇斯蒂法諾。1576 年斯氏於維也納出版的希臘文《新約聖經》題辭獻給席德尼；1578 年發行三冊《柏拉圖全集》，為現代首發的印刷版全集，其引述體例為學界援用至今。編者曾於 1577 年 10 月在第一冊扉頁題詞，獻給伊莉莎白女王，出版後饋贈席德尼一套。席德尼雖係「遊學」，但奉女王欽命訪歐，職高位尊，除拜會各國君王皇族外，歐陸文人藝術家多相與交結，充分反映出當時王侯所象徵的「金主贊助」（patronage）制度。斯蒂法諾嘗謂席德尼希臘文甚佳，不需對照拉丁文譯本云云，傳記作家 Katherine Duncan-Jones 揣測或有阿諛之嫌，見其以性別論述為核心的傳記，*Sir Philip Sidney: Courtier Poet*《席德尼爵士：朝臣詩人》(New Haven: Yale University Press, 1991), p. 78。本文編年，主要參考 Michael G. Brennan & Noel J. Kinnamon, *A Sidney Chronology 1554-1654*《席德尼編年紀》(Basingstoke: Palgrave Macmillan, 2003)。

13 見 D. H. Craig, "A Hybrid Growth: Sidney's Theory of Poetry in *An Apology for Poetry*"〈雜糅的生長：席德尼《詩辯》裡的詩論〉, in Kinney et al, eds., p. 80.

約》中的抒情傳統，在在都顯示其創作的上古養分為多元的。至於席德尼對亞里斯多德的接受，如前文所述，深受當代義大利學者注疏的啟發；但作者所吸收並轉化的《創作論》（《詩學》）養分[14]，亦反饋在他對當代英國悲劇的評估上（Sidney, 2002, p. 110）[15]。

六、席德尼論詩人的身分與地位

作者論詩人的身分地位，涵蓋古今，但是其出發點不可避免地落實於其身處的當代。喟歎「今不如古」，固係人之常情，但看似陳套的「以古喻今」論調，其實道出了文學創作及詮釋哲學的真諦。當時貴遊文學戲曲創作無所謂「寫實主義」可言，作家博采古典素材，藉神話作為隱喻寓言。固然十七世紀初「對號入座」（"roman à clef"【字面義：鑰匙小說】）的讀法盛行，嚴格說來涉及王室的政治影射為當時禁忌，只能留待後世詩家，如 1980-90 年代英美的新歷史主義學者，遊走文本內外，強作解人。

言歸正傳，《詩辯》以一樁個人遊歷的小插曲開場，由於話題乍看似與詩無關，頗令注疏詩家費解，一般詩論選集也多刪除此段（如Pollard, 2004）；因為涉及「辯護」語境的「主體性」，筆者此處稍作解說。在席德尼歐遊經歷中，1573 年 6 月他往訪維也納，觀見神聖羅馬帝國皇帝麥克斯米安二世。其間由英國大使館祕書愛德華・沃騰陪同，參訪皇家騎術學校，聽到來自義大利的「司馬爺」（"an esquire

---

14 席德尼熟讀斯卡利格注疏，觀《詩辯》內文可知，但由於《創作論》離奇的失傳與再現命運，席氏對希臘文原籍的接受情況，以往眾說紛紜，今天略有共識。最近較確鑿的研究可參見：Micha Lazarus, "Sidney's Greek *Poetics*"〈席德尼的希臘文《詩學》〉, *Studies in Philology*《語文學研究》112.3 (2015), pp. 504-536。

15 《詩辯》引文皆根據 Geoffrey Shepherd 1965 年初版及 R. W. Maslen 2002 年三版注疏本，見本書第七章，註 4。文中引述簡稱 Sidney, 2002 或僅交代頁碼。

in his stable"）布易阿諾一番宏論。此君愛馬成癖，越說越離譜，竟
誇讚馬是唯一不會阿諛的朝臣（"the only serviceable courtier without
flattery"），讓身為朝臣的席德尼喟歎生不為馬：「若非我受過邏輯訓
練[16]，倒真以為他希望我是隻馬呢！」（Sidney, 2002, p. 81）

　　司馬爺接待外賓，謂「馬不會拍馬屁」，當然不至於指桑罵槐，
但這句頑笑話雖非「微言大義」，剖析起來，卻也頗饒趣味。首先，
席德尼善騎，精於馬術，其教名 "Philip"（音：菲利普），希臘字源本
指「愛馬者」（φίλος + ἵππος [philos + hippos]）。如下文所示，馬的頌
讚權充了作者對自己朝臣兼詩人身分的自嘲與反諷。俗話說：「愛屋
及烏」，在誇耀馬之前，司馬爺讚譽的對象卻是「騎士」（"horseman"），
誠然係「愛馬及御」也。設若人各有品，社會眾生可列等第，司馬爺

---

16 席德尼的直接說法是：「若非我見他之前算是個邏輯家（"a piece of a logician"）……」
　此言除自嘲，亦或有所指。按席德尼心儀的法國人文主義學者邏輯學家哈梅（拉丁名：
　拉姆斯）（Pierre de la Ramée [Petrus Ramus], 1515-1572），在前一年，即 1572 年 8 月
　26 日於法國巴薩羅繆日新教徒大屠殺慘案中遇害。席德尼當時正在巴黎，於英國大使
　館避難，得以身免。
　席德尼的修辭學養成教育固然可上溯至亞里斯多德和西塞祿，以及弱冠時在格雷法律學
　校（Gray's Inn）與牛津大學所受論辯實務訓練，但後來也受到當時拉姆斯邏輯為教育
　方法的啟發。《詩辯》的開卷與十四行集的序詩皆挪用的拉丁修辭規則，如論 "inventio"
　（「選題」、「取材」），再如《詩辯》的「開場白」（exordium），此處無法詳論。
　值得順便一提的是：《詩辯》的第一篇評論，為他去世前，在荷蘭擔任其祕書的劍橋大
　學出身的邏輯學者威廉‧譚普（William Temple, 1555-1627）所著，據考作於 1584-6 年
　間。譚普針對席德尼的《詩辯》原稿，作了一個拉姆斯邏輯的結構分析。此拉丁文手
　稿於 1984 年英譯，由美國紐約州立大學賓翰頓分校出版。關於此文背景，可參見 J. P.
　Thorne, "A Ramistical Commentary on Sidney's *An Apology for Poetry*"〈席德尼的《詩辯》：
　一個拉姆斯邏輯的解讀〉, *Modern Philology*《現代語文學》54.3 (Feb. 1957), pp. 158-164;
　另見 Brennan & Kinnamon 的年譜, pp. xiii, 79。
　撇開個人經驗，「馬」的比喻為常用辭格。中世紀邏輯三段推論中，命題句的主語非
　「人」（homo）即「馬」（equus）（Sidney, 2002, p. 121），人馬緣近，顯有文化人類
　學意涵，有賴結構分析釐清。

認為戰士位階第一，軍人中又以騎兵為上品。席德尼善騎善戰，在朝廷慶典中經常參與騎戰表演，文獻記載他「攻」（"challenge"）、「防」（"defence"）皆擅長。細心的讀者容或注意到，1595 年兩個版本的《詩辯》封面，作者姓名前、後附有「爵士」（"Sir" 與 "Knight"）頭銜[17]。

　　根據修辭推理，司馬爺對馬的溢美，無異間接地對英國貴賓騎士的奉承。此外，另有一層更深的個人化的修辭學含意，亦即「辯護」（字面上與 "apology" 近，與 "defence" 稍遠）：司馬爺對客人的恭維，契合「為君辯護」（"apologia pro vita sua"【字面義：「為其生涯辯護」，"sua" 為第三人稱所有格「他的」】）敘述文體[18]；但實際上一語雙關，亦為司馬爺自況，為修辭術與自述文體常見的「自我辯護」（"apologia pro vita mea"【字面義：「為吾生涯辯護」，"mea" 為第一人稱所有格「我的」】）手法。「自我」與「他者」互易，現代文論所樂道的主體性儼然成形。就此點而論，主導「人的科學」的話語符號學雖未誕生，但其語料可往前推。這段看似詼諧的緣起，屬於拉丁修辭學（演講術）的第一部分，例見註 16 所述「開場白」，或十四行集第一首的「取材」（"invention"【拉丁文 "inventio" 的英譯】）。我們可以這麼解讀：翻譯過亞里斯多德《修辭學》三卷中前二卷的作者席德尼，循古典修辭的起承轉合章法，以「詩辯」為題，作了一場「自我辯護」

---

17 據考席德尼於 1583 年 1 月 13 日獲女王封爵，故 1573 年初訪維也納時並無「爵士」（武士）頭銜，見 Duncan-Jones, p. 249; Brennan & Kinnamon, p. 89。

18 此處「敘述」一詞為必要，因為希臘字源的 "ἀπόλογος"（"apology"【辯護】）在語意上為拉丁文的 "defensio"（"defence"）取代，而由 "ἀπόλογος"（apologos）希臘拼字下傳到拉丁文的 "apologus" 一字，卻轉義為「敘述」或「故事」，即法文與英文的 "apologue"，《牛津大辭典》記載 1552 年在英文首現。因此，嚴格說來，十九世紀紐曼（John Henry Newman, 1801-1890）大主教的自傳 *Apologia Pro Vita Sua* 中的 "apologia" 一語雙關，應中譯為「為其生涯辯護立傳」。順便說明：英文 "autobiography"（「自傳」）一詞於十九世紀初出現，其後流通，取代了早年的 "life"（他者的「生涯」）與 "confession"（自我的「懺悔錄」）等文體稱謂。

的展演。

　　席德尼借花獻佛，順勢就「騎士」的位階發揮，解釋他何以要為詩人辯護。他說：「如果讀者覺得司馬爺的激情和說理不能讓您滿意，我不妨舉個近似的例子，以自己來現身說法。不知道造化怎麼捉弄的，讓我早年不幸淪為詩人，因此借這個機會，來為我那『非選派的』[19] 職業（"that my unelected vocation"）作點兒辯護。如果我處理的方式情勝於理，請多多包涵，因為錯不在徒弟，而得怪罪師傅司馬爺。」（p. 81）據席德尼觀察，詩在上古地位崇高，如今竟淪為兒童取笑的對象；以哲學家為首的學者詆毀詩，卻忘了詩為一切知識的起源。希臘最早的作品就是詩，在三位古風時期詩人穆撒厄斯、荷馬、赫息奧德之前，更無其他作家存在（p. 82）[20]。席德尼雖未指名道姓，但《伊昂篇》裡貶抑荷馬史詩「偽知識論」的蘇格拉底呼之欲出。跳脫《詩辯》的脈絡來看，吾人皆知詩本非以傳遞知識為目的，但作為古風時期僅有的文本——即便源自口傳，後世如何應用，端賴讀者需求。打個中土的比方，詩誠然「可以觀」，但「多識鳥獸草木之名」，係孔子後見之明，豈為采詩者初衷？關於詩與知識的關係，下文會續談，現在還是回到詩人的身分地位。

　　席德尼由當代出發，往歷史倒推。英格蘭周邊的愛爾蘭和威爾斯，

19　「非選派的」上下引號為筆者所加，此單詞需稍作說明。注疏家訓為「非我自選的」（Sidney, 2002, p. 121），但我們不能排除神學意義的「神遣【選】的」（"elected"）「天職」（"vocation"），與世俗層次上「遴選的」職業之含意。此言可引發嚴肅的討論，「詩人」固非世俗行業，亦無一官半職，但新教喀爾文教派的神遣天職論，可以補充席德尼在接下去所引述的，希臘「詩人為神啟」及羅馬「詩人為先知」等論調。按 "vocation" 一字原始意義即為「神所召喚的工作」，十六世紀才有「世俗行業」的引申義。筆者幾乎可以斷定文中這兩層意義都存在。

20　三人中荷馬與赫息奧德屬公元前八世紀之前的「古風時期」，穆撒厄斯（Musaeus）不可考，伊莉莎白時代學者認為他是傳說中的詩人之祖奧菲斯（Orpheus）的傳人，更在荷馬之前。

自古至今，都對詩人崇敬有加（p. 83），唯獨今天的英格蘭（按：女王在位的前二十年，承平年代）冷落了詩人。文章後半，作者又回到這論點，指出英國「苛待詩人，有如繼母」。歷史上英國不乏傑出詩人，甚至戰時亦然，如今「詩人之宅沉寂了，土壤不對了，月桂樹也少了」，勇於發聲的詩人竟被視為「威尼斯街頭伶牙俐齒的小販」（p. 109）。作者有感而發，或亦有所指，然而如此大膽的批評，顯然非僅針對葛森等貶詩的「小咖」而發，葛森《敗德學校》題辭獻給席德尼，席氏並無書信回應，《詩辯》通篇亦未提及葛森。顯然文學史家的因果化約性解釋需要檢討，容筆者下面插播兩句。

翻開一部英國詩史，席德尼之前的一百多年間，果真沒有特別傑出的詩人，自視甚高的席德尼唯一推崇的，是後來被譽為英詩之父的喬叟（Geoffrey Chaucer, 1342?-1400），特指其取材自義大利薄伽丘（Giovanni Boccaccio, 1313-1375）的長篇情詩《特洛勒斯與克莉色德》（*Troilus and Criseyde*）。他略帶保留地誇讚了同代二、三子，如翻譯過維吉爾與佩脫拉克的十四行的詩人薩爾里伯爵（Henry Howard, Earl of Surrey, 1517-1547），以及寫《牧羊人歲時曆》（*The Shepheardes Calendar*, 1579 年 ）的斯賓塞（Edmund Spenser, 1552?-1599）（p. 110）。席德尼英年早逝（1554-1586），1570 年代末與 80 年代初撰寫《詩辯》時，喟歎前無古人，殊不知後有來者，包括多活十幾年的斯賓塞，晚生十年的莎士比亞（1564-1616），晚生十八年，相對長壽的本・姜生（Ben Jonson, 1572-1637），以及下個世紀出生的彌爾頓（John Milton, 1608-1674），此處所點諸子，無一不可稱巨擘。布魯姆嘗謂，在莎翁身上，甚至在彌爾頓的意識裡，在詩的「失樂園之前」（"prelapsarian"）的純真歲月裡，構成家族羅曼史之「影響的焦慮」

還未萌芽[21]。此中果有真意？值得吾人（及席德尼）深思。

　　席德尼說，既然我們承襲了羅馬、希臘文化，自然應溯源，考察他們如何看待詩人。由近至遠，故先論羅馬。作者眼中「優秀的羅馬民族」稱呼詩人為 "vates"（「先知」），視他們的行業為 "vaticinium"（「預言」），實乃「動人心魄的知識」（"this heart-ravishing knowledge"）也（p. 83）。他舉出羅馬人讀維吉爾（70-19 BCE）史詩《伊尼亞斯之歌》（AENEIDOS [The Aeneid]）[22] 的經驗，頗令今天的讀者神往，卻也難免困惑。打開作品，隨便翻到某卷，瞄到某句詩，抓出某個字，都能把它和當下的情景聯結互訓，噫吁嚱！字有魂魄，彷彿「互文性」的絕對唯心主義版本！從寬容的角度考察，詩文能占卜，反映出古代經典——尤其是宗教經典——訓讀的常態，除了象徵和道德寓義外，有強烈的神祕主義色彩。此類訓讀無疑埋下了中世紀到文藝復興過渡時期，但丁（c. 1265-1321）所提出的「詩的四義」語文詮釋學（philological hermeneutics）的種籽。席德尼接著舉大衛王的聖詠為例（p. 84），點出詩歌的顯靈現象與精神超越作用（即但丁筆下的第四義），正說明「預言」之理，此例亦如但丁在《神曲》所為，見證了異教和基督教兩個詩歌傳統的匯流。

---

21 Harold Bloom, *The Anxiety of Influence: Theory of Poetry*《影響的焦慮：詩論》, London-Oxford-New York: Oxford University Press, 1973, p. 32. 然而，哪兒有純真年代？彌爾頓豈前無古人？他坦承斯賓塞為「偉大的原典」（"Great Original"）（仝前書，p. 34）。斯賓塞的鉅著《仙后》（*The Faerie Queene*）1590 年初版時，席德尼已去世，或未及見。文學史上夭折的天才與耆宿拔河，永遠是輸家。

22 *Aeneis* 為拉丁原名（"Aeneidos" 為其所有格，現代英譯書名 *Aeneid* 據此而來）。1513 年的中古蘇格蘭語譯本名為 *Eneados*，1553 年在倫敦出版；薩爾里的部分英譯 *AenÆis* 先後於 1554 年（第四書）及 1557 年（第二書）出版；1697 年德萊登（John Dryden, 1631-1700）英譯，用拉丁原名 *AENEIS* 或 *The Æneis*。席德尼在《詩辯》中，僅稱「維吉爾的伊尼亞斯」（"Virgil's Aeneas"），可指詩中主人公，亦或指書名。此處筆者意譯為《伊尼亞斯之歌》。

　　席德尼逆歷史之流上溯，指出希臘文的「詩人」為 "poet"[23]，他根據字源「創作者」開始推理，說明詩人之「作」至高至大，無遠弗屆，超越一切知識，直追「造」物主，用今天的話說，「詩」可謂「元知識」或「後設（meta-）知識」。他認為英文順著希臘字源，視「詩人」為「製造者」，或許係無心插柳，亦或屬睿智的表現，但此「高貴無比的頭銜」（p. 84）必須加以辯解。席德尼建議由知識的分類入手，檢視各門學科的性質，決定詩屬於何種知識，最後再給詩人定位。行文至此，我們正好可以暫時擱置「製造者」或「創作者」的討論，進入席氏詩觀的第一個論點：「詩與知識」。

七、席德尼的詩觀：詩與知識

　　席德尼先談知識與自然的關係，一切知識都以自然為研究對象，各學科執行人猶如演員，演出自然（p. 84），唯有詩例外，它不隸屬於自然，並非以再現既有的自然為標的，而係創造出另一個自然。作者臚列的行業包括十三項類別，涵括了古典到中世紀的「七藝」，即與語文有關，源出於亞里斯多德工具論的「三門」（trivium）（第 1-3 門）和與數量有關，由柏拉圖《城邦治術》（I、II 卷）播下種籽，古典末期敷演，中世紀成形的「四科」（quadrivium）（第 4-7 門），增添了七藝之上的哲學（第 8 門），再加上後來中世紀增加的醫學（第

---

23 此句有語病，因為席德尼用的是英文，古希臘人未及見，見亦不識。筆者按，希臘字 "ποιητής" 原意為「製作者」（maker），為泛稱，源出第一組動詞「作」（ποιέω [poiéō, to make, to do]）。傳說為希臘半島中部德爾斐方言，古典時代雅典的柏拉圖及亞里斯多德用以指稱「詩人」。希臘文 "ποιητής" 以拉丁字母轉寫，則為 "poietes"，此字後為古典拉丁文、中世紀希伯來文，以及各現代語言借用。拉丁文的 "poēta"，西塞祿、賀雷斯等人都用過，後為法文 "poète" 吸收，轉入中古英文，二者的拼法、讀音皆與拉丁文相近。至於上段指出的 "vates"，原意為「先知」，維吉爾用以指稱「詩人」。可以說，席德尼細心經營，追溯了兩組不相隸屬的「詩人」字源學和「詩人身分」傳統。

9 門）和法律（第 10 門）[24]。這些學科面對的，無論是外在世界或內在世界，物質實體或結構關係，都隸屬於廣義的「自然」。席氏對自然的解釋當然在今天很難讓人理解與接受，就《詩辯》的語境觀察，他主要的目的是給詩劃出一塊獨立的、「不及物的」天地。讀者若以註 24 的清單核對第七章斯坦福所列「詩的敵人」名單，也許更能理解「詩辯」的論述脈絡。

　　從古典遺產傳承的角度回溯，席德尼知識分類的最初源頭在亞里斯多德。筆者曾介紹過亞哲在《形上學》中所提出來的知識分類，在 1.「自然知識」和 2.「實踐知識」之外，另有 3.「創作知識」，由「修辭學」及「創作學」（即俗稱的「詩學」）構成。未納入分類的包括亞氏的六部文法邏輯著作，中世紀學者把它們彙整，稱為「工具論」，算是第四種知識，或更正確地說，為前三種知識（1、2、3）提供了「形而下的」理則運作工具[25]。如果我們透過亞哲的知識論，來考察席德尼的知識論及詩在其中的位置，我們容或會得到新的發現。

　　「詩人」既為「創製者」，其創作特色安在？亞里斯多德《創作論》處理的對象是悲劇，其表現模式為「摹擬」，筆者曾指出，「摹

24　這十三種行業基於學科分類，包括：1. 天文學家、2. 幾何學家、3. 算學家、4. 音樂學家、5. 自然哲學家、6. 道德哲學家、7. 法律學家、8. 歷史學家、9. 文法學家、10. 修辭學家、11. 邏輯學家、12. 醫學家、13. 形而上學家。此處所列 5、6、13 隸屬哲學。在西方教育發展史上，「七藝」中的「三門」為文法、修辭、邏輯，「四科」為天文、幾何、算術、音樂（或「和聲」"Harmony"）。學習過七藝，才能進入哲學之門。後來復增列務實的法律和醫學兩門。這些學科構成十一世紀開始的西方「古老」大學的基本科系與課程。關於三門、四科的符號學涵義，可參見筆者論文："The Rise of Semiotics and the Liberal Arts: Reading Martianus Capella's *The Marriage of Philology and Mercury*", *MNEMOSYNE: A Journal of Classical Studies*, Series IV, Vol. LI, Fasc. 5 (October 1998), pp. 538-553。該文修訂中文版收入：張漢良，《符號與修辭：古典詩學文獻的現代詮釋學意義》，臺北：書林出版公司，2018 年，頁 303-320。

25　張漢良，《符號與修辭》，頁 15-16。

擬」與「創作」為一體之兩面。但亞氏眼中的悲劇摹擬與歷史摹擬不
同，後者再現經驗主義式的「實然」或「已然」，即「記錄發生過的
事」，悲劇摹擬卻遵循情節理則之「必然」，呈顯「或然」。古典時
代（按柏拉圖與亞里斯多德的雅典）主要文類為戲劇，尤其是悲劇，
流傳下來的抒情詩文獻不多，或可謂抒情詩被戲劇吸收，如主角及合
唱隊之詠歎詩。席德尼為抒情詩人，在他的排序裡，抒情詩（頌讚詩）
地位最高，哲理詩其次，教諭詩殿後（pp. 86-87）。然而，在雅典悲
劇發皇之前，除了傳說中不可考的里訥斯（Linus）、奧菲斯、安菲翁
（Amphion）及前七世紀的荷馬風頌讚詩（Homeric Hymns）之外，古
風時期的愛琴海諸島與小亞細亞的抒情詩，如莎弗（Sappho, c. 630-c.
570 BCE）、阿爾凱厄斯（Alcaeus, c. 625-c. 580 BCE）、安納克里昂
（Anacreon, c. 582-c. 485 BCE）等人的作品，並不在席德尼的視域和
論述語境之內。為了擴大範圍，並見證其信仰，作者轉向舊約尋求奧
援，於是所羅門王的《雅歌》和《傳道書》、大衛王的《聖詠》等皆
納入其論述語境（p. 86）。就取材而論，席德尼再度展現了他統合異
教希羅文學與原始基督教希伯來文學的雄心。

　　前文指出，開場白之後，席德尼批評哲學家忘恩負義，忘了詩為
一切知識的起源。作者話鋒稍轉，由詩作為原初文獻，提供知識——
亦即語意層次的指涉性功用，推論到詩語言的特殊文化藝術價值。從
古代的希臘、羅馬到中世紀的義大利（如但丁）和英國（如喬叟），
無論口傳或書寫，各種語言最崇高、最完美的成分，無不在詩歌中展
現（p. 82）。此言非虛，即使是不愛詩的人，恐怕也難以反駁。從現
代詩學的觀點來評估，席德尼已走出語言的「指涉功能」樊牢，而觸
及到「詩意功能」，甚至具形式反省作用的「後設語言功能」了。在此，
席德尼的形式主義火苗初次閃現。捨棄「指涉功能」可能是席德尼對
詩語言最為獨創的看法；由於詩的表述不及物，詩人不像歷史家必須

作事實陳述，因此詩人不可能說謊。

　　古風時期固然無其他著作下傳，前六世紀之後，以雅典為代表的古典時代，所興起的其他學科著作，如自然哲學、史學，無一不以詩歌為載體。席德尼特別挑出哲學和歷史為例，正因為這兩門學科與詩歌的畛域是柏拉圖和亞里斯多德討論的重點。希羅多塔斯的史書九卷，皆以籲求繆斯啟靈開篇，實承襲荷馬和赫息奧德的詩法，再現歷史人物的對話互動，豈非臆想虛構？主張放逐詩人的哲學家柏拉圖，本身即為詩人（"since of all philosophers he is the most poetical", p. 106），其神話創作、戲劇對話設計、場面調度等技巧，如席德尼引述的《會飲篇》筵席及《斐德諾篇》漫遊所示（p. 83; p. 106），無一不屬文學創作。關於為人詬病的「放逐詩人」說，席德尼提出新的解釋，為柏拉圖辯護。柏拉圖主張保留頌讚詩類，但排除那些對諸神從事論斷性陳述的詩人，這些詩人的作為，席德尼用了一個葛森的字眼 "abuse"（「貶責」【敗德】）。柏拉圖放逐的不是「詩」，放逐的是「貶責」【的言語】，因此他是詩人的恩主，不是敵人（"So as Plato, banishing the abuse, not the thing – not banishing it, but giving due honour unto it – shall be our patron and not our adversary."）（p. 107）。

八、結語：「人文主義」或「人的科學」？

　　《詩辯》內容豐富，足以充實一本厚重的博士論文，故筆者僅聚焦在詩人的身分和詩的定位議題上發揮。末了，筆者有不能已於言者。傅科化繁為簡，略謂「人的科學」由反省生存的生物學、經濟學、話語（語言）學三門「新」學科構成，然而建構主體性的語用「修辭術」古已有之。就學科的發展反映歷史進程而言，我們可以說傅科提出的「人的科學」是對前現代「人文科學」以及文藝復興時代人文主義的回應。觀察近代學科史，我們也必須承認構成「人的科學」的三門：

生物學、經濟學、語言學，確實是十九世紀之後，甚至二十世紀的產
物。但是俗話說，始祖是後世「發明」的，歷史也無非是透過新學術
的認知框架和方法論不斷重新建構的。筆者二十五年前曾以符號學重
建作為博雅教育基礎的「七藝」（見前註 24），難道今天不能透過「話
語符號學」重建「詩辯」，使得「人的科學」作為「既成事實」的斷
代論崩塌？

第九章 英國浪漫主義詩人雪萊的〈詩辯〉

一、前言：藏詩與揭隱

在本書的原始寫作計畫裡，席德尼的〈詩辯〉接下去就是雪萊（Percy Bysshe Shelley, 1792-1822）（圖 1）的〈詩辯〉。由於筆者交代詩壇的恆常現象——詩與人的雙重「化妝術」，寫作的歷史連續性竟然被後列為第十三章的〈藏詩〉切斷了。所幸《朝臣之書》為十六世紀以降貴族社會的藝文寶典，〈藏詩〉或可權充第八章〈席德尼《詩辯》〉的補遺，以及導向反體制堅持真誠本色的雪萊之過渡。

承接「藏詩」（見第十三章）與「揭隱」論點，容筆者先為本章破題，以為接下來針對〈詩辯〉的詮釋鋪路。按「面紗」（德文："Schleier"，英文："veil"）係詮釋哲學著作中重要的隱喻，由尼采（Friedrich Wilhelm Nietzsche, 1844-1900）發揚光大，一說其源出於叔本華（Arthur Schopenhauer, 1788-1860）的印度哲學思想中人間世「幻境的面紗」（"Schleier von Maya" [veil of maya]）。雪萊去逝後二十年尼采才出生，英國詩人於 1810-20 年代發展出貫穿作品的意象／象徵系統，不可能與晚一代的德國哲人有關。叔本華的名著《作為意志與表象的世界》雖於 1819 年初問世，但雪萊未必讀到，況且雪萊之前的創作已常用「面紗」意象，故當另有出處。據考雪萊透過語言學家威廉・瓊斯爵士（Sir William Jones, 1746-1794）等人的中介，閱讀印度材料，作為詩的素材，1813 年之《梅白女王》（*Queen Mab*）第 7 詩

圖1　雪萊畫像，阿弗列德‧克林特（Alfred Clint, 1807-1883）仿前人1819年作品重繪於1829年，現藏倫敦英國國家畫像美術館，編號NPG1271，由官網下載。

章為顯例。但早年詩作中，偶而出現的印度意象未必屬「實證」，尤與符號系統無涉。至於德國浪漫主義思潮對雪萊可能的啟發，為一猶待查證之選項；並須配合「面具」意象，納入作者的戲劇觀，作全盤考量。最後，奧古斯特‧希萊格爾及尼采曾戲言，詮釋哲學開山祖舒萊爾馬赫之姓氏 "Schleiermacher" 原意為「面紗製造者」，僅有茶餘飯後談助價值，讀者不得認真（參見本書第十章德國前浪漫主義的詩論）。

　　在西方文化史上，從古典時代的普魯塔克（Plutarch, 46-119 CE）開始，「艾西絲的面紗」（英文："The Veil of Isis"，法文："voile d'Isis"【見註9】）即為揭示生命奧祕的重要象徵。但筆者願藉此話題，順便說明一下第十三章第五節所附《藏蓺》插圖。該圖截自十七世紀義大利藝術家戈拉迪尼（Antonio Corradini, 1688-1752）的雕刻《遮掩的真相》（*La Pudicizia* [*The Veiled Truth*]），屬於那不勒斯「聖母哀子教堂」（Cappella Sansevero）雕像群組。該件具有當時委託創作的歷史背景，雕像亦有所擬再現之本尊。但除此之外，或謂此雕像典故遙指埃及創世紀神話女神艾西絲；更關鍵的是，它提供了一副深廣的、普

世性的象徵解釋模式。此作寓意甚豐，筆者可臆測一、二。其一：設若有俗人斗膽，試圖揭開若隱若現的面紗，仍然無法見少女真相。蓋彼女目盲，觀者不能與其四目交投，無法對觀，互為詮釋主體的夢想終歸幻滅。其二：雕像本非真人，其蓋頭不可能被掀起。彷彿女神在訓誡：「無凡人能掀起我的面紗！」一語道盡「藝術為虛構」的無情現實。套句詮釋哲學著名的悖論：「掀開【面紗】亦即遮蓋【面目】」（"Veiling as / when unveiling"）。「相看兩不厭」的境界固然令吾輩文藝老年嚮往，但神人永隔，互為神學所謂「絕對他者」。況且藝術作品係被觀看對象，若強謂其能反觀，實為一廂情願之隱喻，充其極只能迫使觀者反思，此乃詮釋學真諦也。這段插話看似離題，但為索隱派解讀雪萊或任何創作者時，所引發的「藝術與真實」、「詮釋與真相」等糾結難題，指引了一條出路。

　　言歸正傳，雪萊的〈詩辯〉原名為 *A Defence of Poetry*，與席德尼的作品僅一字之別，席氏所用的 "poesie"（poesy），雪萊以 "poetry" 取代；二字為詞源拼字差異，意義出入不大 [1]。就標題而言，兩篇作品語意及命題類似；但二人對「詩」的看法容或有異，「辯護」的方式更是大異其趣。席德尼的《詩辯》已成經典，論者固眾；討論雪萊這

---

[1] 按 "poesie" 一字來自法文的 "poésie"，十六、十七世紀應用頗為普遍，今天已成廢字；"poetry" 為其同義字，沿用至今。雪萊詩中偶用 "poesy"，或為典雅用法，如 "Alastor"，160 行；或為第一字母 P 大寫以擬人。1816 年 7 月底創作，翌年出版的〈白朗峰〉（"Mont Blanc"）第 2 節末有句曰：「在詩歌女巫寂靜的洞穴裡」（"In the still cave of the witch Poesy"）；1819 年創作，1932 年出版的〈混亂魔王安那其的面具〉（"Mask of Anarchy"）第四行使用「懷著詩神的靈視前進」（"To walk in the visions of Poesy"）一詞，雖然取材背景為 1819 年曼徹斯特聖彼得廣場慘案（The Peterloo Massacre），就全詩寓言筆法及用典觀之，"Poesy" 一字非但有古風，更擬人為神巫之屬。上引詩例皆錄自 *Shelley's Poetry and Prose*, eds. Donald H. Reiman & Neil Fraistat, Norton Critical Edition, 2nd ed. New York: Norton, 2002《雪萊詩文集諾頓批評版》【以下簡稱 *Norton 2*】，第二版，pp. 98, 316。

件作品的論著，雖不及席德尼豐富，但也不在少數。從 1840 年遺孀瑪麗‧雪萊（Mary W. Shelley, 1797-1851）編輯的文集出版開始，近兩百年來雪萊研究潮流起伏，如欲勾勒其流變，無異撰述一部雪萊甚至英國浪漫主義批評史 [2]，亦難免覆述前人意見。筆者決定另闢蹊徑，以示區隔；本文將點出若干命題，但聚焦在第 3 點上：1. 詩的起源、斷代與分期；2. 詩的反體制（含宗教、法律、社會制度）功能；3. 何為詩的面具／面紗？如何為雪萊筆下的面具揭隱？最後這個議題涉及雪萊對文學分類的看法，詩人的生命和藝術哲學，以及他在英國浪漫主義詩人群中獨特的戲劇觀。第 2 點雖為文學史常識，但仍然有向讀者覆述的必要。這個通俗命題可由下面的一句晚近的引文代表：「其詩學為詩打造另類司法系統，與所有的法律體制和檢察長抗衡。」（"... [H]is poetics set up poetry as an alternative juridical system opposed to all legal establishments and their Attorney Generals." Paul Hamilton, "Poetics", in *Oxford Handbook*, p. 177），此句可謂〈詩辯〉結語名言的腳註：「詩人是世間未認可的立法者」（"Poets are the unacknowledged legislators of the World"）。顯然雪萊的詩論具有現實政治的針對性。

---

2 雪萊早逝，然作品豐碩，小說、長詩、詩劇、政論皆有之。甫入牛津大學，由於發表無神論論文，被大學開除，甚至遭乃父逐出家門，世人多避之。後自我流放海外，1818 年偕妻移居義大利，四年後遭海難客死他鄉。雪萊生前並非特以抒情詩聞世，時人多關注其引起爭議的宗教與政治論文，毀譽參半，若干海外寄回英國之著作多匿名出版。1820 年出版的詩劇《普羅米修斯釋放記》（*Prometheus Unbound*）為受矚目之作。
關於十九世紀後的雪萊批評，除專書外，新千禧年後劍橋、牛津皆有研究工具書出版，較新的為 Michael O'Neill & Anthony Howe, eds., *The Oxford Handbook of Percy Bysshe Shelley*《牛津雪萊指南》, Oxford: Oxford University Press, 2013，第 5 輯，38-42 章，可補充《諾頓批評二版》附錄 1860-1960 年雪萊批評簡述之不足（*Norton 2*, pp. 539-549）。《牛津指南》分為 5 輯 42 章，處理「雪萊學」的各個面向，由當今專家執筆，足以反映晚近研究趨向，較七年前 2006 年出版含 3 輯 10 章之《劍橋導讀》詳實完備。本文所引〈詩辯〉的分段數字係根據《諾頓批評二版》（*Norton 2*, p. 510）編輯所列。

二、〈詩辯〉的緣起與歷史背景

在進入上述課題的討論之前，有必要先簡介〈詩辯〉寫作緣起及出版歷史。筆者主要參考文獻為1859年雪萊兒媳珍恩・雪萊夫人（Lady Jane Shelley, 1820-1899）編撰之《錄憶雪萊》[3]、雪萊友人詩人小說家皮考克（Thomas Love Peacock, 1785-1866）1858-62年間發表的〈憶雪萊〉[4]，以及雪萊、皮考克專家布列特—史密斯（H. F. B. Brett-Smith, 1884-1951）編輯、注疏，1921年出版之論文集[5]。與本文有關的是，《錄

---

3 Lady Jane Shelley, ed., *Shelley Memorials: From Authentic Sources*《錄憶雪萊：原始文獻》，以下簡稱《錄憶》，Boston: Ticknor & Fields, 1859, Reprint, St. Clair Shores: Scholarly Press, 1970。按珍恩為雪萊媳婦，雪萊文獻家族管理人，守護資料甚嚴，故學界早期信札研究多仰賴其所編回憶錄（見 Daisy Hay, "Shelley's Letters", in *Oxford Handbook*, pp. 209-210）。上世紀末，散落在英美各地圖書館的手稿紛紛公開，尤以牛津大學博德雷安圖書館和紐約市公共圖書館所藏雪萊手稿及遺孀瑪麗・雪萊謄稿得以影印出版，大幅度地解決了文獻考證問題。

4 "Memoirs of Percy Bysshe Shelley"〈憶雪萊〉後收入 Thomas Love Peacock, *Essays, Memoirs, Letters & Unfinished Novels*, H. F. B. Brett-Smith & Clifford Ernest Jones, eds., *The Works of Thomas Love Peacock*, 10 vols. (1924-1934), 8 of 10《皮考克全集》全10冊之第8冊，London: Constable & Co. Ltd.; New York: Gabriel Wells, 1933, pp. 39-131。按：Brett-Smith, 1921 的序文使用了皮考克〈憶雪萊〉的資料，補充《錄憶》；後來 Brett-Smith 編輯《皮考克全集》時，復挪用了 1921 年的材料。

5 H. F. B. Brett-Smith, ed., *Peacock's Four Ages of Poetry, Shelley's Defence of Poetry, Browning's Essay on Shelley*《皮考克〈詩的四個時代〉、雪萊〈詩辯〉、勃朗寧〈雪萊論〉》, The Percy Reprints, No. 3. Oxford: Basil Blackwell, 1967（原刊 1921 年）。 亦見前註 Peacock, 1933, pp. 3-25。Brett-Smith 所用版本係出版家約翰・杭特（John Hunt 1775-1848）刪改過的謄稿，但編者在註釋中還原了雪萊手稿和瑪麗・雪萊謄稿的面貌，此本小冊子收錄了皮考克〈詩的四個時代〉，並附有編者序文，清晰地交代了歷史脈絡，有助於讀者了解雪萊回應的緣起。本書為處理皮考克／雪萊「詩辯」課題重要材料，但上世紀初時版本材料尚不全，且注疏、編輯方式陳舊，使用頗為不便。今學界通用 *Norton 2*, pp. 510-535 所收錄的版本，源出於雪萊夫婦手稿 MS. Shelley, e. 6。〈詩辯〉各抄本、版本對照，請參 Michael O'Neill, ed., *The Bodleian Shelley Manuscripts*, vol. 20《牛津雪萊影本》第 20 卷，1994。

憶》收錄了旅居義大利比薩的雪萊 1820-21 年間與倫敦出版商歐伊耶
（Charles Ollier, 1788-1859）的通信。歐伊耶出版社專業文學書刊，規
模不大，但由於發行了雪萊和藍姆（Charles Lamb, 1775-1834）等人的
作品，以及短命詩人濟慈（John Keats, 1795-1821）的第一本詩集，在
文學史上有一定的地位。1820 年歐氏出版社也推出了僅一期壽命的《文
學雜誌》（[*Ollier's*] *Literary Miscellany*），刊載了匿名作者的論文〈詩
的四個時代〉（"The Four Ages of Poetry"）。《錄憶雪萊》裡有一封
信與此有關，值得一記。1820 年 1 月 20 日雪萊致函歐伊耶，除了洽商
稿件出版業務外，特別提到雜誌上的某篇論文：「……承寄贈刊物，
無任感荷。《文學雜誌》令人激賞，唯獨刊末論文，僕不以為然。初
讀感其慧黠，然論多謬誤，僕亟與爭辯。俟眼疾痊癒，當作回應，奉
君清覽。」云云（*Shelley Memorials*, pp. 148-149）[6]。作者未署名，實
為雪萊好友皮考克所著。雪萊早知悉皮氏在寫一篇批評詩的論文，但
皮氏最初或有意隱瞞，在出版前雪萊並未讀到其手稿。遲至 1820 年 11
月，雪萊尚去函皮考克，問及此稿，殊不知彼時自己已經讀過這篇「激
發個人鬥志」的匿名論文。雪萊與皮考克私交甚篤，雪萊旅義期間，
雙方通信多達五十封，熟知彼此的寫作計畫，故雪萊猜測到作者為何
人（Brett-Smith, 1967, p. 110），也曾致函皮考克問及此事，終於得到
皮氏肯定的答覆，承認自己係作者[7]（Brett-Smith, 1967, pp. xiii, xv）。

---

6 此處補充說明兩句：1.《錄憶》的編者珍恩‧雪萊腳註該文係皮考克所作詩論，另見
雪萊 1821 年 2 月 22 日致歐伊耶函（*Shelley Memorials*, pp. 168-170）；2. 筆者意譯「僕
亟與爭辯」未若雪萊原文語氣強烈，頗能顯示詩辯的論爭特質："[It] has excited my
polemical faculties so violently ..."（「強烈地激起我的鬥志」），按 "polemical" 希臘文
詞源為「戰爭」，後為修辭論辯術關鍵詞也。佔據歷史後見之明優勢的版本學家 Brett-
Smith, 1967 [1921] 附錄了此信另外兩份未公開的草稿和補遺（Brett-Smith, 1967, pp. 107-
110），措辭略有出入。

7 下面摘要數封信函內容：皮考克於 1820 年 12 月 4 日郵寄該論文給雪萊，雪萊於 1821 年

從「後真相」的歷史角度看來，甲方皮考克有意地匿名出版，乙方雪萊則不幸受造化捉弄，並受制於出版業狀況，其回應的原始面貌終究未能在其辭世前公開。時過境遷後——亦即四分之一個世紀後，皮考克 1858-1862 年間在倫敦的《弗列哲城鄉雜誌》（*Fraser's Magazine*）上陸續登載了〈憶雪萊〉，對此事的經過略作補充（Brett-Smith, 1967, pp. xiv, xvii）。但不可否認的，在雪萊去世前，甲乙雙方的交鋒未能以論辯形式公開披露，而雪萊的早逝扼殺了此項詩辯發展的可能。此事多虧布列特—史密斯翻案，但筆者觀察，今天「雪萊學」似乎不再關注這段公案。筆者一向認為，文學理論的發展會發現新問題，重估舊問題。雪萊學者亟須反思：以語用學著眼，採非形式邏輯為工具的論辯修辭研究，對皮考克／雪萊的詩辯特例可能的啟發。否則雪萊〈詩辯〉只能淪為皮相的雪萊詩論，在浪漫主義文學批評中聊備一格，與西方源遠流長的詩辯文類脫節，也辜負了雪萊傾心的柏拉圖對話錄所引發的詩辯傳統。

1821 年 3 月 20 日雪萊從比薩寄給歐伊耶〈詩辯〉（圖 2）的第一部分，同年 9 月 25 日再函歐氏，詢問第二部分截稿日期（*Shelley Memorials*, pp. 171, 174）。遺憾的是，《文學雜誌》僅出版了一期，雪萊之回應文未能刊出。數月之後，1822 年 7 月 8 日，海上風暴驟起，雪萊覆舟遇難，與匿名摯友之詩辯竟成了對方蒙在鼓裡的憾事。雪萊逝世後，未亡人瑪麗整理其遺稿，彙整散文、海外書信、 翻譯及斷簡

---

2 月 15 日回函，謂收到刊出的版本和手稿（Peacock, 1933, pp. 490-491）。1821 年 3 月 21 日雪萊再函皮考克：「隨函奉上拙論的第一部分，這篇論文擬分三部分，作為大作《詩的四個時代》的解藥。你會發現，我對詩的看法比你要寬廣，或許你會同意我的某些觀點，但不影響你自己的看法」（Peacock, 1933, p. 500）。皮氏於 1822 年 2 月 28 日致雪萊函曰：「……你離開英國後，我只出版了兩件作品：《夢魘修道院》和《詩的四個時代》。」（Peacock, 1933, p. 228）。

圖2 雪萊〈詩辯〉原始手稿，現藏於牛津大學博德雷安圖書館（編號MS. Shelley d. I），本圖翻攝自 Brett-Smith, 1967 (1921), p. 43（見註5），讀者可管窺雪萊潦草書法之一斑及其修稿習慣。〈詩辯〉全稿已有照相影印出版，收錄於 *The Bodleian Shelley Manuscripts* (*BSM*), vol. 4, ed. E. B. Murray, New York: Garland Publishing, 1988（見註3及註5）。

殘篇為二冊，於 1840 年出版（Brett-Smith, 1967, pp. xii, xxvii），後收入《雪萊全集》第 7 卷[8]。

　　此段文學史插曲錯綜離奇，其中許多因素交織作祟。其一，英國和義大利之間的通訊今非昔比，包裹郵件往還耗時甚久；其二，詩人昔日嘗隨皮考克漫遊，探索泰晤士河源頭，遷居義大利後復執迷於航海，卻不善泅，逆天候而強行舟，終成憾事。姑且不論前後相隔二百多年的詩人之世俗動機或形而上的玄思真相如何[9]，席德尼奉欽命督

8　Percy Bysshe Shelley, "A Defence of Poetry", In *The Complete Works*, The Julian Edition, 10 vols., eds. Roger Ingpen & Walter E. Peck, London: Ernest Benn; New York: Charles Scribner's Sons, 1930, vol. 7 of 10, pp. 105-140.

9　雪萊在世時，夙為鬼魅所困。就其「超凡出聖」遊蕩母題而言，吾人何妨借用德希達論性別和評尼采風格的雙關語 "des voiles"，擱置陰陽詞性，或任其懸浮，得以同時指涉「面紗」（la voile = veil）與「船帆」（le voile = sail），以為雪萊祛除其心魔。見 Jacques Derrida, *Spurs: Nietzsche's Styles / Éperons: Les Styles de Nietzsche*《刺戳：尼采的文體【英法文雙語版】》, Trans. Barbara Harlow, Chicago: The University of Chicago Press, 1979, pp. 39, 147。筆者補註：拉丁文 "vclum" 單詞雙義，兼指「船帆」與「面紗」；其詞源 "vellus" 原義「羊毛皮」，轉喻為「雲」、「雪」。君不見雪萊名詩〈雲〉（"The Cloud" [1819-1820 年]），說話者為第一人稱的雲，擬人自詠曰：「火紅旭日……／／躍上我揚帆飛

軍，捐軀沙場，隆重國葬，而雪萊選擇自我流放，載舟覆舟，尋獲之遺體遵照當地法律規定，在岸邊就地焚化。兩人際遇，誠然不可以道里計也。對筆者而言，世俗價值終非雪萊與我輩懷抱，然而詩辯的時空場景以及參與者的缺席，造就了一場無交集的斷層對話，此與席德尼《詩辯》之氛圍截然不同也。

三、歷史的斷代與詩的分期

文學史斷代屬於文學研究的主要課題，其範圍不僅限於國別或族群文學，也廣被跨國文學關係史。在理論上與它掛鉤並構成系統的議題包括文體、風格等。斷代的依據不一，有文學內在的標準，如具體可見的形式，也有文學外在的，如朝代、政體、編年，甚至社會運動等因素。然而，有一種特殊的非經驗主義的斷代方式，通常用來描述上古史前史時期，我稱之為「傳說式斷代」。隨舉數例，如筆者幼年受教的從有巢氏、燧人氏到神農氏的文明進程，再如孔子臆想的古代的大同世和小康世，以及與本章論證有關，西方典出於公元前八世紀希臘古風時期詩人赫息奧德（Hesiod）筆下的黃金族時代、白銀族時代、青銅族時代與黑鐵族時代 [10]。

「黃金族」、「白銀族」、「青銅族」、「黑鐵族」等標籤出自

馳的脊樑」（"The sanguine Sunrise ... // Leaps on the back of my sailing rack", 31-33 行）。筆者大學時曾背誦此詩，當時懵懵懂懂，但特愛其音韻。後智齒漸長，於語言學略識之無，聞意符可隨浪漫神思散播，驚覺雪萊的語言思想果然非同小可也，唯艾略特以降之新批評諸君不察耳。猶憶 1970 年初，顏元叔教授在堂上嘗以 "hysterical"（歇斯底里）一詞蔽之，或係承現代主義反浪漫潮流之餘緒。雪萊詮釋學須俟 1970 年代後期，保羅·德曼（Paul de Man, 1919-1983）等人另闢解構新境。

10 引自 Hesiod, *Works and Days*《農作與日子》, in *Hesiod, the Homeric Hymns and Homerica* 收入《赫息奧德、荷馬風頌讚詩、荷馬風抒情詩合集》希臘文英文對照本 , Trans. H. G. Evelyn-White, Cambridge, Mass.: Harvard University Press, 1914, reprint 1982。

赫息奧德最早的作品——西方教諭詩或農事詩的原型《農作與日子》
（᾽ΕΡΓΑ ΚΑΙ ῾ΗΜΕ´ΡΑΙ [*Works and Days*]），110-201 行。此處「黃」、
「白」、「青」三色為筆者所加，以牽就中文使用複詞的習慣，如依
原典曰「金族」、「銀族」、「銅族」自無不可；至於「黑鐵」（"μέλας
… σίδηρος" ["black … iron"]）族，其色「黑」，則為作者赫息奧德原
用（151 行）。赫息奧德根據天帝宙斯所創造的人種，將人類歷史區
分為五個時代，其中四代以金、銀、銅、鐵的金屬價值遞減，為文明
演化的參照座標 [11]，在銅、鐵兩代之間，穿插了半神性的英雄族群及
居住在天涯海角，無憂無慮的「葛天氏之民」。寫到他處身的黑鐵時
代時，赫息奧德喟歎，吾民生不逢時，操勞於憂患，復得承受生老病
死的煎熬。此創世紀造人神話誠然驚心動魄，但權充知識之有效性本

---

11 此處簡述個人管窺歷史，掛一漏萬，在所難免。「黃金時代」意象群為西方修辭學辭格，
後轉化為文學術語，見證了古代修辭學與文學的交流現象。此辭格希臘文稱作 "τόπος"
[topos]，複數為 "topoi"，「地點」之謂，包括文本中某「處」，後引伸為「題旨」之意，
拉丁文叫 "locus"。希臘文後為近世歐洲各語言援用，中文可勉強譯作「修辭母題」或「老
生常談」。承續赫息奧德的拉丁文學詩人中，以公元前一世紀的維吉爾《牧歌》第四首
以及公元前、後一世紀之交的奧維德《變形記》最為著稱。透過新生命的預告，維吉爾
啟示黃金族繼黑鐵族再臨，間接回應了柏拉圖的循環論。　此組金屬族群意象語為皮考
克和雪萊共用。隨手舉二例：1. 在〈憶雪萊〉文中，皮考克追憶兩人某舊識，隱其名為
J. F. N.，此君與雪萊同樣吃素，嘗發宏論曰：「若人皆素食，世界將回歸普世康泰、純
真、和平之黃金時代。」（He held "that the universal adoption of a diet of roots, fruits, and
distilled water, would restore the golden age of universal health, purity, and peace." [Peacock,
1934, p. 71]）此語中黃金時代誠然係俗稱之「樂園寶地」（*locus amoenus*）也！2. 雪萊
1811 年完成，1813 年出版的長詩《梅白女王》有言：「世人在宗教的黑鐵時代裡呻吟」
（"Earth groans beneath religion's *iron age*", *Queen Mab*, VII, 43 [*Norton 2*, p. 55]，似遙相
呼應陸克瑞提烏斯控訴宗教對世人的壓迫（見《物性論》，卷 1，63-64 行）。如上所述，
以黃金喻青春為「陳年老喻」（「老生常談」），筆者所閱現代英詩作品中，浩司曼（A.
E. Housman, 1859-1936）的《蕭普郡的小夥子》（*A Shropshire Lad*）組詩最為著名。筆
者在第二章最後介紹過葉慈的拜占庭組詩，作者將此黃金／生命陳喻變奏為更複雜的文
化象徵。

屬見仁見智。雖然如此，這組「退化論」隱喻往往為後世借用，作為公元初羅馬帝國文學以及後文藝復興時代英國詩歌的標籤。甚至推而廣之，貴重金屬成為詩選編輯命名之依據，如十九世紀中葉的《金庫詩選》（*The Golden Treasury*），編者顧盼自雄，儼然有封頂意味，再如《十六世紀的白銀詩人》（*Silver Poets of the Sixteenth Century*），流露出編者與入選詩人「晚生」的謙遜立場等等。

　　「白銀詩人」其實為伊莉莎白一世時代的主要詩人，包括第八章介紹過的席德尼爵士。在其《詩辯》中，席德尼喟歎喬叟之後英國更無大詩人。依此推理，席德尼當代諸子僅能稱得上白銀詩人。但問題來了，喬叟果真擔得起黃金詩人的稱譽嗎？抑或吾人須擴大視野，把英詩納入席德尼之前，三百年來義大利黃金詩群組但丁、佩脫拉克、薄伽丘等人開拓的歐洲詩歌傳統，在此傳統中，席德尼等白銀詩人具承先啟後之功？更往前推，設若但丁為白銀詩人，維吉爾當屬黃金族。然而，《神曲》裡，但丁經維吉爾指引，瞥見幽冥之境荷馬位居眾詩人之首，豈非猶在黃金之上，而維吉爾顯屬較次之白銀族？再往後編年推演這金屬隱喻，莎士比亞、密爾頓等大詩人豈非貶值的銅、鐵[12]？由此可見，赫息奧德的創世紀人類再生與演化故事另有神話寓意，不得輕易皮相地挪用以論史[13]。

---

12 皮考克心目中的密爾頓，是「英國最偉大的詩人，可謂獨居金、銀兩代之間、兼具二者之長」（"The greatest of English poets, Milton, may be said to stand alone between the ages of gold and silver, combining the excellence of both ..." [Peacock, 1934, p. 16; Brett-Smith, 1967, p. 13]）。顯然此處所指金、銀兩代屬於近世英詩史週期，而不涉及古代。詳見下文。稍早的文藝復興時代可稱英詩的黃金時代，但皮考克對莎士比亞等人並無特別褒辭（Peacock, 1934, p. 15; Brett-Smith, 1967, p. 12）。

13 黃金時代母題為比較文學主題研究顯學，關於文學和藝術方面的研究，材料頗多，本文旨不在此，故從略。僅舉代表作三例，以見一斑。1. 開山祖允為德國學者庫爾提烏斯（Ernst Robert Curtius, 1886-1956）1948 年的鉅著 *Europäische Literatur und Lateinisches Mittelalter*《歐洲文學與拉丁中世紀》。然庫氏臚列的修辭母題（topoi）眾多，「黃

　　赫息奧德以降的金屬斷代隱喻，反映出今不如昔的回溯式線型歷史觀。和它匹配的則係更普遍的循環論，生老病死屬於生命的週期，為自然現象，具有生物學的基礎。其中重要的成分為時序概念，春夏秋冬週而復始，歷史的更迭亦循此規律，此即所謂「循環論」。自然週期的隱喻為傳統文學史家斷代常用，如劃分唐詩為四季：初唐、盛唐、中唐、晚唐，猶如春夏秋冬四季，見證了詩歌由萌芽、生長到衰亡的過程；「夕陽無限好，只是近黃昏」（李商隱，〈樂遊原〉）為此輩史家縮影晚唐詩的口頭禪。近代文人撰寫文學史多因襲此類論調，但對這個喻詞的邏輯架構與應用的有效性則殊少反思，吳經熊（John C. H. Wu）1972 年出版的英文論著 *The Four Seasons of T'ang Poetry*《唐詩四季》為一顯例。

　　如果我們暫時擱置進化論或退化論，一個可能的文學史涵義是英國學者道格拉斯・布魯克斯─戴維斯（Douglas Brooks-Davies）提出的「再生」（"reincarnate"）概念 [14]。後人師法前人，例如十六世紀英國

金時代」僅為一格，並未特別著墨。2. 繼起的專論當推 1960 年瓦爾特・崴特（Walter Veit）德國科隆大學博士論文 "Studien zur Geschichte des Topos der Goldenen Zeit von der Antike bis zum 18. Jahrhundert"《古代到十八世紀的黃金時代母題研究》。3. 與跨國思潮背景有關，最近一本探討德國浪漫主義黃金時代史觀的著作，係芬蘭學者阿斯克・尼瓦拉（Asko Nivala）的 *The Romantic Idea of the Golden Age in Friedrich Schlegel's Philosophy of History*《弗列德里希・希萊格爾歷史哲學中黃金時代母題的浪漫主義觀點》，London: Routledge, 2017。雪萊多次提到希萊格爾兄弟，尤其是奧古斯特的劇場理論，但兩人對雪萊的「影響」，如本文上篇所示，筆者存疑。

14 *Douglas Brooks-Davies, Silver Poets of the Sixteenth Century*《十六世紀的白銀詩人》新版，New Edition, London: J. M. Dent, Everyman Library, 1994。布魯克斯─戴維斯所謂文學史的記憶與再生，係布魯姆「詩的修正主義」（"poetic revisionism"）論調之引伸。見編者序，Brooks-Davies, ed., pp. xliv, vlvi。關於翻譯作品為某前身的轉世再生，當代最著名的說法允推班雅明 1923 年發表的名文〈譯者的任務〉（"Die Aufgabe des Übersetzers"）（英譯 "The Task of the Translator"，收入 Walter Benjamin, *Illuminations*, ed. Hannah Arendt, Trans. Harry Zohn, New York: Schocken Books, 1969, pp. 69-82。轉世「再生」一語見 p.

的「白銀族」詩人，比席德尼稍早的薩爾里伯爵（Henry Howard, Earl of Surrey, 1514-1547），透過「翻譯」或「文體師法」（stylization）等再製手段，企圖再現公元前一世紀的羅馬「黃金族」維吉爾。此舉猶如布魯姆筆下的「後生小輩」（"ephebe"）自許為某「強勢前輩」（"strong precursor"）的再投胎，其潛意識的心理機制亦即作者所謂之「影響焦慮」[15]。據筆者所見，布魯克斯—戴維斯並未明指赫息奧德。如吾人欲排除斷代分期意義，援用此金屬類比解釋傳承，視雪萊為白銀詩人，則其推崇的陸克瑞提烏斯或可稱黃金詩人，猶在維吉爾之上。君不見〈詩辯〉有言："Lucretius is in the highest, and Virgil in a very high sense, a creator."（Shelley, 1930, vol. 7, p. 125; Brett-Smith, 1967, p. 41; *Norton 2*, p. 523）。雪萊雖甫進牛津大學院便被開除[16]，但從小好學，在伊頓公學打下古典語文與通識基礎，閱讀興趣廣泛，通曉多種語言與駁雜之

73）。布氏行文未提及班雅明和布魯姆，或隱藏另一層次的影響焦慮。布氏的新版係賡續 1947 年的初版，Gerald Bullett, ed., *Silver Poets of the Sixteenth Century*, London: J. M. Dent, 1947，故成書過程中，編者亦難免承擔著前輩成就的壓力，以及懷抱著創造再生的喜悅。布氏在銘謝中，首先提到的，就是前人的初版作品（Brooks-Davies, 1994, p. liv），或有「例行公事」之外的含義。末了，布魯克斯—戴維斯為內子周樹華就讀英國曼徹斯特大學時的博士導師，承贈其編註之 1994 年新版白銀詩選。筆者借閱，誠然開卷有益，附誌存念。

15 Harold Bloom, *Anxiety of Influence: A Theory of Poetry*《影響的焦慮：一種詩論》, London: Oxford University Press, 1973。按："ephebe" 與 "precursor" 為普通名詞，經布魯姆挪用擴充，竟發展為文學術語，見 Bloom, 1973, pp. 5, 10。

16 根據編年，雪萊於 1810 年 10 月入牛津大學大學院，1811 年 3 月 25 日被迫離校，同時被驅逐出校的是《無神論之必要》的共同作者霍格（Thomas Jefferson Hogg, 1792-1862）（*Norton 2*, pp. 770-771）。雪萊離英赴義前，往來的朋友不多，主要的就是霍格和皮考克。雪萊逝後，二人相隔數十年先後寫回憶錄。霍格受雪萊家人委託為雪萊作傳，1822 年的作品為第一本雪萊傳記；皮考克的三篇回憶文〈憶雪萊〉，如前文所述，於 1858、1860、1862 年發表在期刊上。據皮氏追憶，三人聚會時，除了健行漫遊外，多半時間在閱讀和討論古希臘文學。自古「撒旦學派」多寂寞，雪萊自我流放義大利期間，往來友人亦僅三數位。

學，陸克瑞提烏斯為其心儀之詩祖之一。若發揮上面那句引言，深入探究，陸氏的物質不滅、萬物流轉唯物思想赫然在焉。馬克思曾推崇陸克瑞提烏斯及雪萊，顯非無的放矢。雪萊思想究屬唯心或唯物，學者各說各話，其實僅反映出論者所持哲理之投射，以及投射行為與雪萊文本之間的詮釋循環。真相固然難明，論爭的意義也不大。

四、皮考克論詩的四個時代

上節指出斷代的古典淵源作為皮考克論詩史的依據，他把赫息奧德所創神話的「人類學」分期挪用到詩的斷代上。然而，其斷代方式卻揉和了循環論與反進化的線型史觀。〈詩的四個時代〉開宗明義，把赫息奧德的分期作了一個修正，摒除了與金屬分期無關的英雄時代，保留了四種金屬標籤，但在順序上稍作調整：詩的第一個時代是鐵代，其次為金代，再次為銀代，最後為銅代。皮考克學問淵博，但與雪萊迥異，為務實入世的文人，他借用了神話的金屬喻詞，把它們投射落實到人類社會發展的歷史進程上。這種作法看似有實證主義和經驗主義的基礎，但卻未料到演化論與循環論的框架跟實證歷史是不相容的。

依照皮考克的排列，詩在上古時代的演化由鐵開始，金、銀、銅接踵，這種逆反的原因何在？仔細考察，正是上述兩種歷史觀交織而成。首先是實證主義歷史觀，說明了文明進程和詩歌的源起。鐵是初民社會武器的轉喻，權充該階段文明的象徵，初與神話無關。彼時人與天爭、人與獸爭、人與人爭，凡人皆為壯丁、戰士。統治者率眾攻伐掠奪，開疆闢土，端賴武力，套用皮考克的比喻：「唯一的口號就是出鞘的劍」（"the naked motto of the naked sword" [Peacock, 1934, p. 3; Brett-Smith, 1967, p. 3]）。而英雄的事功則需要詩人（"bards"）歌頌，如《尚書・泰誓》曰「我武維揚」，或維吉爾史詩開卷語："Arma virumque cano"（"Of arms and the man I sing"【我謳歌那漢子

及其武功】）。這種實證歷史也無形中解釋了鐵器時代詩歌的源起與
功用。頌讚為目的，在那沒有書寫文字的時代，口傳詩歌的韻律、音
步為記憶的輔助，擬神化則為表彰領袖的手法（仝上，p. 4）。根據
皮考克的說辭，黑鐵時代的詩人是唯一掌握知識的族群[17]，「由於他
們熟知諸神和精靈的神祕歷史，很容易讓人覺得詩人為神啟。因此，
詩人族群不但是僅有的歷史學家，也是神學家、道學家，以及立法者
（"legislators"），享有十足宣示神諭的權威，甚至本身賦有神性，如
奧爾菲烏斯（Orpheus）、安斐昂（Amphion）等人……。」[18]（Peacock,
1934, p. 6; Brett-Smith, 1967, p. 5）。

　　讀者容或記得，雪萊〈詩辯〉的最後一句話是：「詩人是世間
未認可的立法者」（"Poets are the unacknowledged legislators of the
World"）（Brett-Smith, 1967, p. 59; *Norton 2*, p. 535）。「立法者」這則
〈詩辯〉首要的關鍵詞，顯然可權充雪萊和皮考克二人言談的論點或
「詩眼」。雖然兩位作者筆下的詩人同為立法者，彼此的詩歌社會史
觀卻南轅北轍。皮考克的立法者屬於歷史的過去，得意於民智未開的
初民社會，所謂「黑鐵時代」也。在語法上，他用的是「史書的現在式」
（the historic present），以陳述過去的「客觀」事實。相對的，雪萊的
語言模態則是論斷式的、主觀的命題句。他心目中理想的立法者或屬
於某類黃金族，但不落實在任何歷史場景中，勉強說，他們生不逢時，

---

17 筆者按，殷商曰「卜人」、「貞人」，《詩經・小雅・斯干》稱之為「大人」，荷
　馬管他叫 "προφήτης" [prophétês]，為英文 "prophet"（先知）的詞源。英譯多作 "soothsayer"
　[truth-sayer]，即「占卜者」或「說『真』話者」，故係「先知」也！甲骨文為貞人所作，
　顯然屬少數識字族群。詩人與有榮焉！從符號學的立場來看，此輩為符號演繹的「仲
　介」（semiotic agency），此處無法申論。

18 席德尼在《詩辯》中說，奧爾菲烏斯與安斐昂這兩位傳說中的希臘詩祖，具有神奇的
　魔力，其詩歌能撼動山石，吸引野獸。布列特─史密斯根據這點（以及其他旁證），推
　論皮考克和雪萊讀過席德尼《詩辯》。見 Brett-Smith, 1967, p. 85。

甚或違反歷史規律，存在於靜止的時空中。反諷的是，透過皮考克史觀的調侃，當代（十九世紀初）非但稱不上黃金或白銀，更淪落為詩歌無用的第二度「黃銅時代」（"the age of brass"）[19] 末期。

皮考克的詩世代劃分，根據文字的有無，粗分為史前期和歷史時期——此處的「歷史」指人類學者認可的「有書寫記錄」的過去，鐵、金、銀、銅皆屬詩「史」階段的隱喻。在這四種金屬中，僅只鐵具有實證主義涵義，其他三種缺乏反映時代的實證指標，但它們的物質價值位階成為後設歷史「宏大敘述」的參照系統。這點讓我們看出來，皮考克根據兩套邏輯，把四種金屬一分為二，卻又合而為一，以便扮演兩種不同的斷代功能。猶有進者，皮氏在他的雙重標準之上，再加上一個困擾的因素，把西方詩史二分為「古代詩」（"classical poetry"）和「現（近）代詩（"modern poetry"）[20] 兩大塊（Peacock,

---

19 「銅」中譯自英文的 "bronze" 或 "brass"，根據《牛津大辭典》，"brass" 的詞源不可考，"bronze" 為源自義大利文的外來語。至於赫息奧德筆下的「銅」（"χάλκεα", "χάλκεοι"，144、150 行），英譯分用 "brazen" 或 "bronze" 取代。回到中文語境，本文依人類學與藝術史用法稱 "bronze" 為「青銅」，而皮考克描述「銅代」的 "brass" 一字，中文多稱「黃銅」，如管絃樂隊的「銅管樂器」（"brasses"），而不稱 "bronzes" 甚或 "coppers"。此無他，除合金成分不同外，約定俗成耳。

20 西方文藝史學上，"modern"（現代）是一個長期聚訟的議題，因時、因地、因學科而制宜，至今沒有定論。目前一種模糊作法為：視文藝復興（含）以後為「現代」（"Modern"），之前的時間稱為「前現代」（"Early Modern"）。皮考克把詩史一分為二，固然沒錯，但間題是他對 "Early Modern" 的回溯幾近無限上綱，涵括了 "classical"（古代【古典】）。開句頑笑，這個定義當然不適用於紀弦以降的臺灣「現代詩」。

此外，皮考克論文所引發的爭議，從今天文學史研究的觀點看來，還包括一些概念近似，言人人殊，但在中文裡不大區分的術語，如 "age"（時代？）、"epoch"（世紀？）、"period"（時【週】期？）、"stage"（時段？）、"phase"（階段？）。如果金、銀、銅、鐵為「時代」，"classical [poetry]" 和 "modern [poetry]" 名詞裡特定的「古代的」和「現代的」豈非比不特定的「時代」（"age"）更大，那應怎麼稱呼？「古典時代的黃金時代」豈非有語病？難道「古典時期的黃金時代」就解除了語病？「期」比「代」更長、更大嗎？這些問題到了二十世紀中葉，成為比較文學家聚訟的焦點。

1934, p. 13; Brett-Smith, 1967, p. 11）。古代和現代各包含鐵、金、銀、銅四個階段，這四階段構成一個週期，現代的週期猶如古代週期的輪迴對照。在編年上，作者依照西方通俗說法，古代從史前到五世紀後半葉（按：西羅馬帝國滅亡於 476 年）；近代的劃分不十分明確，從羅馬滅亡後，所謂的「黑暗時代」，到他成文的當下，即十九世紀初的英國。

　　鑒於篇幅的限制，筆者決定省略前後兩週期和四階段詩史細節的轉述，此地僅指出循環論的一個關鍵性缺失。作為斷代的後設系統（大陸稱「元語言」），這組金屬比喻框架反倒成為一副枷鎖，繁複多變的文學事實被化約為四個金屬喻詞，以牽就鐵、金、銀、銅的週期。舉例來說，固然皆有戰爭，無書寫文字的遠古初民社會，怎能還魂為基督教主導的歐洲中世紀，而同稱「黑鐵時代」？在結束本節之前，容筆者反其道而行，挑選出古代（第一週期）的黃金時代，以及現代（第二週期）的黃銅時代，勉強撮合演繹。皮考克特別指出這兩階段中，詩與其他學科的關係，顯示出詩從發皇到敗亡的過程。詩與其他學科的關係，尤其是哲學和歷史，從柏拉圖開始，兩千多年來爭論不休。席德尼《詩辯》引伸亞里斯多德的詩辯，把詩抬到哲學、歷史之上的位階。這項論爭在皮考克文中發展到另一層次。他認為，古典黃金時代的社會趨近穩定，出現了方便的書寫系統，典章制度得以建立，文學的形式成熟完備。這是荷馬史詩、品達的頌詩、愛琴海抒情詩，以及雅典悲劇詩的時代。在這時段裡（其實從西元前八世紀到前五世紀長達數百年）詩歌獨大，「其餘文學類別無法匹配，甚至藝術，繪畫和雕塑不用說，恐怕連音樂也在內，都是相對地粗糙欠工。整個智識世界都屬於詩，歷史、哲學、科學，都不能與之抗衡。」（Peacock, 1934, pp. 8-9; Brett-Smith, 1967, p. 7.）

　　讓我們搭乘時光機，從公元前五世紀瞬間抵達第二週期的黃銅時

代，也就是皮考克和雪萊的當下。皮考克觀察到：人類社會發展到現在，有許多重大、永續性的事物需要人類智慧的投入，那些感情用事，裝飾性的東西應該退場。讀詩的人會越來越少，正如之前戲劇的衰敗一樣。詩人和詩評家卻無視於此，依然在舞文弄墨，搞些押韻和神諭的把戲，以為現在還是荷馬的時代，殊不知其他領域越爬越高，詩人卻日趨低下。「今天的數學家、天文學家、化學家、道德哲學家、形而上哲學家、史學家、政治學家、經濟學家在智慧的雲端建築了一座金字塔，低頭睥睨下界的現代帕納索斯（"modern Parnassus"）詩神之山，詩人與詩評家應當自慚形穢」（Peacock, 1934, p. 24; Brett-Smith, 1967, p. 19）。上面的評語出自〈詩的四個時代〉全文最後一句，長達54 行，由 490 字構成，語法迂迴猶如迷宮，卻一氣呵成，允稱古典修辭學雄辯文的極致 [21]。皮考克直接的箭靶是後世所謂的浪漫主義詩人，嘻笑怒罵，橫掃千軍，自然詩人華滋華斯淪為「首惡」，其餘重要的詩人悉皆陣亡——唯一倖免的是雪萊！除了私誼，個中是否有更深一層的文學和形而上學的因素，值得玩味。

　　筆者花費了較長的篇幅處理皮考克的論文所引發的詩史斷代課題，除刪除細節外，暫時擱置了雪萊的回應以及與修辭論辯有關的語用學問題。在最後幾節會作一個交代。

五、從論辯文體的語用面向檢視〈詩辯〉的文本

　　上文曾概括性地提到雪萊〈詩辯〉的緣起與版本問題，除了雪萊的改稿習慣所導致的手稿出入不論，後世出版的兩種主要印刷本之差

---

21 本身是詩人兼小說家的皮考克博學多聞，文采斐然，〈憶雪萊〉結尾對摯友雪萊簡短的總結極為深刻感人。但如前文所述，皮氏為事業成功的入世文人，擅長法律文書及理財。對皮氏而言，文章者，經世濟民之大事也！其「詩貶」預示了二十世紀中葉著名的「兩種文化」（"The Two Cultures"）之爭。

異，主要肇因於雪萊跟皮考克「詩貶」的爭議。既然前面已介紹過皮氏〈詩的四個時代〉，現在正好可進一步說明雪萊〈詩辯〉兩個版本的差異。作為皮考克論文的答辯，雪萊把〈詩辯〉成文的第一部分寄給出版家歐伊耶，意欲投稿《文學雜誌》第二期，並詢問第三期截稿日期。未料《文學雜誌》僅發行了創刊號便夭折，根據布列特—史密斯的說法，此稿後移轉給有意接手的約翰·杭特——雪萊摯友詩人李·杭特（Leigh Hunt, 1784-1859）之子。約翰·杭特修訂了雪萊手稿與瑪麗謄稿，刪除了文中與皮考克論辯的文句，包括部分標題 22，使得整篇論文的語用變質：從兩造言談的「詩辯」變成個人獨白式的「詩論」23，至於雪萊信中所提將撰寫的「第二部分」，由於作者數月後遇

22 《諾頓批評二版》還原雪萊〈詩辯〉全名為 "A Defence of Poetry; or, Remarks Suggested by an Essay Entitled 'The Four Ages of Poetry' "（為詩辯護，或：一篇名為〈詩的四個時代〉的論文所引發的感言）。據筆者觀察，《諾頓版》標題摘自 1821 年 3 月雪萊致出版家歐伊耶之投稿函：「編輯先生：下面的言論，我僭稱為〈詩辯〉，係受到閣下高貴的雜誌所刊載的一篇才氣縱橫的論文〈詩的四個時代〉的啟發（"The following remarks, which I have presumed to call a Defence of Poetry, were suggested by the Essay ... entitled the 'Four Ages of Poetry' ..."）。該文似在昭告世人，詩……『這個危險的東西，應該被逐出所有的大城小鎮』。編輯先生，請先垂閱，再作取捨。您忠實的讀者 S.」（書信編號 512a）。見 *The Complete Works of Percy Bysshe Shelley*, The Julian Edition, 10 vols., eds. Roger Ingpen & Walter E. Peck, London: Ernest Benn; New York: Charles Scribner's Sons, 1930, vol. 7, p. 310（《雪萊全集》第 7 冊，頁 310）。
坊間若干選集編者不查，以為錄用 1840 年初版為存真，卻誤導了讀者。舉例來說，二十世紀初，美國「經典」（"Great Books"）教育概念突興，哈佛大學校長艾理奧（Charles W. Eliot, 1834-1926）掛名主編哈佛經典大全（The Harvard Classics）。第 27 卷為英國論文集《英國散文：從席德尼到馬戛里》（*English Essays: Sidney to Macaulay*, New York: P. F. Collier & Son, 1910），本書第八、九兩章介紹的「詩辯」皆入選。雪萊的〈詩辯〉（pp. 345-357）即為「清洗」過的詩論。關於約翰·杭特的「刪除」（"excisions"）細節，請參 Brett-Smith, 1967, p. 92 等處；進一步的討論，請參下註。

23 1839 年遺孀瑪麗為雪萊所撰的散文序（"Preface"）謂〈詩辯〉表達了雪萊對「其詩藝的看法」（"Shelley's regard to his art"），未交代此文寫作的緣起與皮考克論文的論辯性質，亦未提及雪萊 1921 年投稿信。見 *The Complete Works*, 1928, vol. 5, p. vii（《雪萊

難去世，則始終未曾出現。論者咸謂刪除皮考克緣起為了凸顯雪萊的「獨創性」，然筆者揣測，皮考克雖有文采，然詩名不彰，其半遊戲的「詩貶」無異與整個詩壇為敵，時人亟欲與其畫清陣線。這份命運坎坷的手稿最後由未亡人瑪麗‧雪萊出版。巧合的是，瑪麗為了彰顯夫君的獨創性，不願披露此文原係受皮考克啟發的回應之作，遂將「約翰‧杭特的刪改本」（或瑪麗本人的修訂）納入 1840 年出版的文集《海外散文及書信、翻譯作品與殘稿集》[24]。以今本的代表——《諾頓批評二版》為例，全文 48 節中，16、31、32、36（指作者原註 6，未包括雪萊手稿初本的句子，詳下文）、46 等 5 節提到皮考克作品的段落，在 1840 年初版中皆被刪除。

　　根據這段歷史插曲，雪萊〈詩辯〉至少應有兩個文本——就內容而言，它們的面目大同小異。然而，如果我們堅持文本內在的語意世界，係為外在的語用框架所建構及支撐的，那麼它們的差別，即使極其細微，仍然令人無法忽視。語用層次與語意層次之間的張力，使得雪萊面臨修辭方式衝突的兩難式；一方面為「詩辯」，另一方面則為「詩論」，作者是否須作取捨？不然應如何調和這兩種論述？舉一例以明之。布列特—史密斯指出，雪萊的原初手稿（《牛津博德雷安圖書館雪萊手稿》，編號 d. 1, f. 46）顯示作者在 36 節中，原擬增加下面一句：「〈詩的四個時代〉的作者在結語時，展示了人類各學科分支，它們皆應用了詩的動能所提供的原初知識和力量。如今他竟反對詩繼續發

全集》第 5 冊，頁 vii）。就雪萊未完之手稿而論，瑪麗的描述確實不錯。
24 原書名為 *Essays, Letters from Abroad, Translations and Fragments*，收入 *The Complete Works*, 1930, vol. 7（《雪萊全集》第 7 冊）。這段抄寫和出版的歷史真相難明，約翰‧杭特刪改之說存疑。諾頓二版的編輯語焉不詳，未提及布列特—史密斯的考證，似暗示改稿的就是瑪麗‧雪萊。筆者粗識雪萊，未受手稿判讀及校勘學訓練，無法判斷究係何人刪改，姑且擱置此議。諾頓版兩位主編為版本學專家，曾參酌各種手稿，彙整成篇，為目前最完整的〈詩辯〉版本，故為筆者所採用。

揮那產生新成分的作用，卻同時又鼓勵我們開拓新知識。」（Brett-Smith, 1967, p. 100.）這段未收入任何版本的文句，佶屈聱牙，頗為費解，筆者此處勉強意譯。就諾頓二版 36 節現存的上下文內容判斷，雪萊此處顯然以辯證邏輯，指出皮考克的矛盾，順便回應了皮氏論文末的詩貶 [25]。

這個被雪萊本人捨棄的句子，可視為反映作者心理的糾結，以及調和這兩種論述矛盾的企圖。在論文快結束的時候（第 46 節），雪萊坦承：

為了傳達真理，我順著思路，針對詩這個主題的本身（"the subject itself"）──而不是針對那篇激發我回應的論文（"the treatise that excited me"），把意見寫下來。因此，即便本文沒有遵循論辯答覆的規範（"the formality of a polemical reply"）寫作，假如我的論點能成立，它們已經涵蓋了對〈詩的四個時代〉義理的反駁（"a refutation of the doctrines of the Four Ages of Poetry"）──至少就主題的第一部分（筆者譯按：即詩的本質和原理）而言。我可以理解，那位博學聰慧的論文作者，為何怒從膽生（"what should have moved the gall of the learned and intelligent author of that paper"）。我承認，和他一樣，我對當前【不入流的】詩人，頗不認同，他們有如羅馬後期的韻匠（譯按：拉丁詩人

---

25 請參見前文，皮氏先指出上古時代「……詩歌獨大，『其餘文學類別無法匹配，甚至藝術，繪畫和雕塑不用說，恐怕連音樂也在內，都是相對地粗糙欠工。整個智識世界都屬於詩，歷史、哲學、科學，都不能與之抗衡。』」接著環顧今日，「……人類社會發展到現在，有許多重大、永續性的事物需要人類智慧的投入，那些感情用事，裝飾性的東西應該退場。……詩人與詩評家應當自慚形穢。」「詩的動能」或指雪萊〈詩辯〉開宗明義所謂的綜合能力或浪漫詩人樂道的「想像力」。

名此處從略），令人難以忍受。但具有哲學睿智的批評家職在
明辨良窳，而非混淆真偽（"But it belongs to a philosophical critic
to distinguish rather than confound."）。（*Norton 2*, p. 534.）

　　雪萊的這段告白，係筆者根據「還原」了的諾頓版中譯。在 1840
年初版中，它被修改得最明顯，至於修改者究係約翰‧杭特或瑪麗‧
雪萊，則屬次要。激發回應的篇名「詩的四個時代」不見了；原作者
皮考克非但未能以「匿名」現身（「那位博學聰慧的論文作者」被刪
除），甚至轉換成複數的，一群「貶詩者」（"arguers against poetry"）
與「與某些韻匠爭論的作家們」（"writers who quarrel with certain
versifiers"）[26]。僅就此證為例，我們已經能觀察到編者瑪麗‧雪萊護
夫心切，把議論啟發者兼言談對象消音滅跡，最後導致論述文體變型。
也許有人會主張，這些局部的文字潤飾小手術，無關雪萊詩論本身宏
旨。然而，見微知著，若吾人視文學史為對話結構和辯證邏輯的產物，
即便言談模式的微調，也能使得詩辯史發生關鍵性的質變。多數西方
文學批評史都會納入席德尼與雪萊的〈詩辯〉，但皆從「語義」觀點
入手作取捨，即：文章的大義要旨為何，鮮少關注甚或意識到，文章
的內容莫非文人交流的「語用」產物，而論爭實乃推動歷史進化的話
語機制。說穿了，若無兩造之間的「論爭」，即無文學批評史，其他
領域無不皆然[27]。就這個意義而言，雪萊不白覺地透過〈詩辯〉文體，

26　刪改本的文字引自 *English Essays: Sidney to Macaulay*, p. 356，見註 22。

27　筆者於 1999 年參加以色列哲學家達斯卡（Marcelo Dascal, 1940-2019）發起，以特拉維
　　夫大學為基地的國際論爭學會（International Association for the Study of Controversy），
　　後於 2005 年 7 月在臺北假臺灣大學召開研討會，探討各文化史、學科史上的論爭傳
　　統。論文集 2007 年於荷蘭出版，見 Marcelo Dascal & Han-liang Chang, eds., *Traditions of
　　Controversy*《論爭傳統》, Amsterdam: John Benjamins, 2007。

這種推動文學史的對話式渠道，回應了皮考克由反演化論及循環論兩種宏大敘述結合的文學史。

六、關於〈詩辯〉內容的釋疑

雪萊在被刪除的 5 節回應文字裡，簡單地處理了下列議題：戲劇的功用（16 節）、詩的時代意義（31 節）、皮考克對"utility"（「功用」）一詞的狹隘用法（32 節）、詩對知識的啟發作用（36 節），以及上文所述，個人對回應文體選擇的考慮（46 節）。大體上，他針對詩的社會功用主義發難。在緊接下來的 47 和 48 節裡，亦即全文的最後兩節裡，雪萊對〈詩辯〉的內容作了一個摘要：

> 本文第一部分探討詩的成分和原理；它指出所謂詩，嚴格說來，和一切有秩序的形式、一切美的形式同源，透過這些形式，人生的素材才能被整理。這正是普世意義的詩（ "Poetry in an universal sense"）。（47 節）
>
> 本文第二部分將探討，我們如何應用上述的詩原理，來墾拓當前的詩創作，並提出「辯護」（"a defence"）：如何把現代的風尚和思想發展為理型，交付給想像力和創造力去處理（"to idealize the modern forms of manners and opinion, and compel them into a subordination to the imaginative and creative faculty"）……。（48 節）（*Norton 2*, p. 535.）

這段詩人自道流於空疏，有反高潮之嫌，難免令讀者失望。唯一可得而言者，為文中流露出來的柏拉圖主義詩觀（「普世意義的詩」、

「理型」），遙相呼應希萊格爾的「總匯詩」[28]。如果套用希萊格爾的觀點，浪漫詩是一個發展中、尚未完成的普世性總體、終極文類，雪萊的〈詩辯〉之未能完成也說得過去了。

　　很明顯的，48 節交代出雪萊的詩辯主體尚未呈現。學者公認〈詩辯〉係雪萊身前唯一完成的散文著作。筆者認為此說未必周延，理由如下：1. 如今本僅為第一部分，顯然〈詩辯〉亦屬未完成之作；2. 就46-48 節觀之，作者或有倉促結束之嫌；3. 至於尚未動筆的第二部分，如 48 節所預告者，是否能完成「詩辯」任務，則永為懸案；4. 更重要的一點──把話題扯開，保羅‧梵樂希（Paul Valéry, 1871-1945）嘗自述其長詩《海濱墓園》（1920 年）之緣起緣滅，說得真切：天底下，沒有一件「完成了的作品」……，有的只是「放棄了的」作品，換句白話說，「算了吧！到此為止！」梵樂希之言固有所本，或源出其推崇之文藝復興巨擘達文西，但「未完成的藝術作品」（"Une œuvre d'art inachevée"）本屬創作與藝術史常態，何患之有？

　　如依梵樂希卓見，「作品永遠不會完成，……只可能放棄」（"un ouvrage n'est jamais achevé, ... mais abandonné"）[29]，世間豈非無完成之詩。退一步來說，萬一詩真可「完成」，如已故某君所謂[30]，那麼詩人勢必得先「作」詩。殊料雪萊〈詩辯〉39 節有言：「無人能誇口『我要作詩』，即使最偉大的詩人都不敢說這句話」（"A man cannot say, 'I

---

28 請參見本書第十章〈《西方詩學》的死亡與德國浪漫主義詩論〉。希萊格爾兄弟對雪萊可能的啟發，為一猶待討論的課題。

29 Paul Valéry, "Au sujet du 'Cimetière marin'", *La Nouvelle Revue Française*, No. 234 (Mar 1933), pp. 399-411 保羅‧梵樂希〈關於《海濱墓園》的主題〉，《新法蘭西評論》。梵樂希的名言點出重要的創作美學觀念，影響深遠。請參見本書第十四章。

30 當年某君學問淺薄，卻善於包裝。嘗夫子自道「一首詩的完成」云云，夙為文青所仰望。同島一命，捧之為大師。設若如雪萊所言，世間本無「作」詩一事，再如梵樂希所言，亦無「成」詩可能，非殘即缺，棄我去者不可留，斯之謂歟。

will compose poetry.' The greatest poet even cannot say it ...")（*Norton 2*, p. 531）。雪萊之言，乍看費解，為什麼人不能發願「作詩」？這句話立即的上下文語境，以及雪萊詩論的認知基礎，需要說明。

與通篇的反覆陳述一致，39 節為詩的頌讚，作者把詩抬到最高的地位，幾近「神」性 ("something divine")，詩是一切知識的泉源與核心，所有思想系統的「根」和「花」。如果沒有詩從永恆之境採來的光與火，世上就不可能有一切美的事物，包括「德行」、「愛」、「愛國情操」、「友情」。那只有詩能企及的永恆之境，是「拍打著梟翼的數理計算能力，永遠不可能翱翔抵達的」（Shelley / Reiman & Fraistat, 2002, p. 531）。在「無人能誇口『我要作詩』……」那句話之前，雪萊指出：「詩不是推理——那種憑意志所推動的力量。」誠然是：詩有別趣，非關理也！何以故？因為「創造的心智猶如快熄滅的炭火，然而，某種看不見的力量，如偶現的陣風，讓它復燃了：那股力量來自內裡，宛如凋謝的花，顏色仍然在改變。至於吾人的意識（理智）部分，無論來去，皆無神論先知色彩……。當創作啟動時，靈感已經消退了；詩人傳達給世人的作品，無論多麼偉大，很可能是原初概念微弱的影子」（Shelley / Reiman & Fraistat, 2002, p. 531）。

如此這般，瑰麗的詞藻接二連三。這些喻詞，聽來或許動人，但說服力實在不夠，無法作為論辯的依據。很明顯的，作者推理的主軸是把人類的思維作了簡單的化約，一分為二，即「靈感【神啟力】」("inspiration")（參見雪萊英譯柏拉圖《伊昂篇》的用法，Shelley / Ingpen & Peck, vol. 7, 1930, p. 238）和「推理力」的對立，呼應了〈詩辯〉篇首，雪萊區分人類的思維方式為「推理力」與「想像力」，前者是邏輯分析性的，後者則是凝聚綜合性的（Shelley / Reiman & Fraistat, 2002, p. 510）。設若啟發創作的是靈感，實際開始「作」詩時，它就消逝了，那麼剩來執行「創作」的，豈非就是推理力？我們難道不能

說，詩作也是推理力的產物？再倒過來推，既然雪萊主張，人類各學科分支皆應用了詩的動能所提供的原初知識和力量，那麼這些學科不也運用了想像力？如此一來，他對皮考克的回應豈非矛盾？至於詩人為神啟，皮考克說得明白：屬於黑鐵時代的詩人是唯一掌握知識的族群，他們熟知諸神和精靈的神祕歷史，很容易讓人覺得詩人為神啟。雪萊捨棄了社會演化史，或者可以說，他凍結了歷史，以柏拉圖式先驗的啟靈說和浪漫主義的表現說取代了社會詩觀。

七、結語：解碼與揭隱

　　雪萊〈詩辯〉為英國文學批評史上名文，視為詩話（即如「讀詩史劄記」），頗見作者機心，其文采尤其煥然。但如置於浪漫主義詩論的脈絡裡，其理論的獨創性、學術的廣度與深度誠然不足。如吾人視〈詩辯〉為「對話式想像力」的殘稿，那麼一個合理的推論，以及接續因應的詮釋策略或可如下：從歷史的後見之明看來，1821 年的〈詩辯〉與 1822 年遇難去世前，未完成的最後一篇長詩〈生命的凱旋〉，為生死「互文」。雪萊〈詩辯〉39 節有一源自十七世紀末，但罕用之詞 "intertexture"（「交錯編織的互文」），或可稱「間質文本」（Shelley / Reiman & Fraistat, 2002, p. 532），遙遙領先解構旗手克莉斯特娃 1966 年著名的 "intertextualité"（「互文性」）一詞。雪萊文曰：「通過習俗表達方式的互文」（"by the intertexture of conventional expressions"）。筆者認為，此間質文本章法，足可提供「詩辯」、「詩藝」、「生命的凱旋」、「死亡的凱旋」等題旨的交叉閱讀工具，構成糾纏的意義網絡。上列符號群組（見其散文殘稿《論生命》，Shelley / Ingpen & Peck, vol. 6, 1929, pp. 193-197），在宇宙的動態舞台上交替輪回，如〈詩辯〉29 節所描述，「一副一副的面紗被揭開」（"Veil after veil may be undrawn" [Shelley / Reiman & Fraistat, 2002, p. 482]）。此處對雪萊的描

寫,誠然反映俗見。但如筆者在文章開頭所謂,若深入考察,吾人則
會發現雪萊詩文中經常出現的服裝意象,如「面紗」("veil")、「面具」
("mask"),乃至「罩袍」("mantle"或"robes")、「屍衣」("shroud"),
皆權充詩人／劇作家人生舞台「隱術」的轉喻,背後隱藏著複雜的涵
義,指向整體詩作主題,有待說詩人揭隱。更重要的是,這些意象也
出現在〈詩辯〉文本中,但是被關注詩學微言大義的文學批評家忽略
了。如此解讀,固係筆者管見,然雪萊酷愛詩劇,人物戴著面具,披
著斗篷,進場、出場,上下走位或列陣遊行,猶如風花、霰雪。符徵、
符旨若即若離,隨機碰撞,而經緯交錯,或隱或顯,圖象隱然成形。
解碼揭隱,有志者,盍興乎來[31]?

---

31 筆者按:「死亡的凱旋」("Triumphus Mortis")語出義大利黃金詩人佩脫拉克寫作於
   1351-1374 年之間的《凱旋》(*Triofi [Triumphs]*)組詩(見 *Norton 2*, p. 482)。因此,
   雪萊至少可承擔白銀詩人美名,猶在皮考克貶責的現代黃銅族之上。關於雪萊具體、確
   鑿的符號思想,尤其詞與物的分野,請參見其散文殘稿〈論生命〉("On Life")(*The
   Complete Works*, 1929, vol. 6, pp. 193-197,《全集》,第 6 冊,頁 193-197)。

第十章 《西方詩學》的死亡與德國浪漫主義詩論

一、前言：憶舊

　　筆者推崇的杜勒謝（Lubomír Doležel, 1922-2017）去世了，他可以算是兩個影響我個人早年時期學術思想發展趨向成熟的舊識之一，另一位是托鐸洛夫（Tzvetan Todorov, 1939-2017），也於年初（2017）逝世。我和杜勒謝結識於 1980 年 12 月在夏威夷舉行的一個學術會議上，我比他小二十多歲，但由於我們都作結構主義詩學和符號學，算是同行，相見甚歡。布拉格之春後，他挾著布拉格語言學派嫡傳人的身分在北美學術重鎮執教，當時的他已是一方盟主，備受內行人尊崇。我們在會上和會後討論敘述學和模態語意學問題，他習用細筆，仔細地點評了我論蘇曼殊〈碎簪記〉的論文。自此成為好友，繼續往來了約有十年，1990 年後由於我疏於通信，遂斷了聯繫。1983 年我邀請他來臺開會；1985 年國際比較文學學會巴黎大會成立了文學理論委員會，會長佛克馬（Douwe Fokkema, 1931-2011）藉著推動結構詩學，以加強比較文學的理論化，由杜勒謝擔任召集人，邀請我出任亞洲地區委員。1988 年他從多倫多大學斯拉夫語文學系和比較文學中心退休，由於家庭生活和事業的變動，加上對主流學術的走向失望，當時情緒低落。翌年我們在葡萄牙里斯本大學重逢，論學、敘舊、暢飲稻郡（DAOU）美酒，份外高興。再過一年，他退休後的第一本「重量級」作品《西

方詩學：傳統與進展》[1] 出版了。他題辭簽名後郵寄給我，我一直放在
臥室案頭邊的書架上，便於翻閱。我在臺灣和上海的博士導生也因緣
際會，成了這本被人冷落的書的再傳讀者。

二、詩學範疇的界定與反詩學潮流

　　杜勒謝的這本「小」書扣掉尾註和書目不到二百頁，那我憑什麼
說它是「重量級」作品？以下略說原由。此書分二部分，共七章；第
一部分四章交代西方詩學傳統成形的四塊，第二部分三章介紹當代結
構詩學三大流派，如何賡續發展第一部分的傳統。作者去蕪存菁，僅
保留結構詩學和邏輯語意詩學，可見其詩學定義及範疇劃分之嚴格。
可以推測的，第一章是亞里斯多德。但作者發前人所未發，首先釐清
作為經驗主義的批評家與作為理論建構者的亞里斯多德，然後排除了
前者不論，專注於後者。他從哲學的量論入手，分析亞氏如何由總體
到局部推演其系統，進而論辯部分之總和能否等於總體。杜勒謝出身
為數學語言學家，思路清晰，推理嚴密，用語準確，學界鮮有人能出
其右者。筆者前此討論亞里斯多德的元類和次類關係，曾受到他的啟
發，具慧眼者應能看出我們類似的治學路數[2]。

　　杜氏擇「善」固執，嫉「惡」如仇，此處所謂「惡」係指學術作
偽者或玩票者。猶憶 1983 年來臺開會的有哈佛大學東亞系某漢學家，
此人學術華而不實，復狂妄自大，但在臺北會上被杜勒謝訓斥為江湖
賣藝把式（"charlatan"），震驚全場。會後聖地牙哥加州大學的唐諾．
威斯靈（Donald Wesling）教授悄悄問我：杜勒謝何許人也？至於「擇

---

1 Lubomír Doležel, *Occidental Poetics: Tradition and Progress*《西方詩學：傳統與進展》，
　　Lincoln: University of Nebraska Press, 1990.

2 張漢良，〈亞里斯多德的分類學和近代生物分類學〉，收入《符號與修辭》，頁 243-
　　278。

善固執」的「善」就比較複雜了，它可引導我們進入詩學的正題。此處所謂「善」原非道德字眼，與上面所論的哈佛學者沽名釣譽之「惡」不類，而係指對學術規範與原則的近乎本質主義的執著，然而正因為對學術概念和方法論的執著，使其視和稀泥者，惡如仇寇。

以「詩學」一詞為例，由於中文名詞字面解釋的彈性和開放性，兩岸的用法率皆鬆散，言人人殊，莫衷一是。但反諷的是，這種開放性反倒意外地產生了共識：任何討論詩的論文，只要合乎學術規範的皮毛，如給註腳，引用文獻，交代出處，就算是「詩學」論文。從 1979 年《現代詩導讀》的序文開始，筆者三十多年來一再提醒文壇和學界：「詩學」（"poetics"）在二十世紀的文學研究領域中有嚴格的定義，它特指以「結構語言學」為參考座標和模子的系統性文學研究。詩學和語言學的唇齒依附關係，最清晰的表述為筆者經常提到的雅格布森（請參見本書第四章），傳承雅氏學術的杜勒謝和托鐸洛夫殆持相同立場，讀者隨手翻閱他們的著作可為證。這種嚴格定義的詩學初不關注個別作品的詮釋或賞析，亦非作家論，至於作品生產與消費所涉及的意識形態、社會、心理等泛文化因素，則更與詩學的關係頗遠。這些活動在文學研究的領域中各居其所，也有公認的名目，如以「彰顯」（按：實為「輸入」）作品意義為定位的「評論」（"commentary"），以各種生理、心理、哲學、宗教探源為目的之「詮釋」（"interpretation"），以歷史為依歸的「作家傳記（作家論）」、「文學史研究」和「文化史研究」，它們不宜與「詩學」混淆。我在上面這段話裡順手舉出了文學研究的四塊——當然不止這些，它們都是合法的文學研究，但分工清晰，各有職司，發展到了某一個地步，在某些條件之下，它們可能會越界交叉。

結構語言學之父索緒爾在日內瓦大學作「普通語言學」講座的第一點要求就是：語言的範圍廣袤無形，有若星雲，吾人可選擇任何一

個角度切入，一旦作了選擇，劃定了範圍，你就得在這方圓之內堅持
下去，推論到底，最後所有的問題也都會逐一浮現，會被你的論點照
顧到。他謹慎地劃定了一小塊，作為考察對象，這就是語言的結構和
系統。選擇一小塊絕非意謂索緒爾無知或忽視語言的其他面向，如：
說話是一種社會實踐行為，有說話者的生理、心理基礎；自然語言是
歷史的積累和沉澱；它和其他的自然語言會接觸等等。這些問題他暫
時存而不論，打個比方：弱水三千，我只取一瓢飲。這是知識探索的
真相，可惜多數從事文史的人不了解這點，以為不囿於一家之言，能
博採眾議，容納百川，飲盡三千弱水，才能掌握真理。大多數研究生
都是如此受教的，結果學院培養出一批批人云已云，缺乏創意的學匠。

　　回到「詩學」的純粹性，詩學系統建構者並不完全排除經驗性研
究，但作品的引述和討論主要的目的是在說明或彰顯理論架構。此外，
詩作誠然與外在世界和人生經驗有關，但這些「外在」因素已被語言
編碼，納入詩語言系統，無法再被利用為樸素的參照系，或還原為未
被編碼之前的經驗。雖然如此，吾人耳際仍然不斷出現許多乍聞之下
彷彿言之成理，其實似是而非，但卻能積非成是、眾口鑠金的論調，如：
「我們到底是為『理論』而『理論』，還是為『作品』而『理論』？」「難
道『理論』的目的不是幫助我們閱讀、欣賞『作品』的嗎？」以上的
話荒腔走板，犯了多重謬誤：要麼忽視文學事業的分工，以作品的賞
析為世上唯一的文學活動，要麼誤認「作品」是自明的，是獨立於文
學論述之外的，簡而言之，是可與「理論」分離的……。上面的論調
不是筆者憑空杜撰的，說這些話的人在大學執教，誤導求知若渴，尋
求啟蒙的文藝青年，雖非殺人以梃與刃，其惑人心智者，亦非小「惡」
焉。

　　從 1970 年開始，「反理論」的思潮席捲學院，尤其是各種名目的
意識形態論述和身分認同主張蔚為主流，系統性的詩學研究被邊緣化

了，各種形式的文化研究滲透到人文學科各領域，使得比較文學有了「文化研究轉向」、「後殖民轉向」、「性別轉向」……，流風所被，反智易感的年輕學生趨之若鶩。杜勒謝憂心忡忡，但老耄書生，何能力挽狂瀾，更無法化身為動漫超級英雄，穿越到異次元，揮寶石光刀，盡斬群妖。他選擇繼續未竟之路，踽踽獨行，1998 年約翰霍普金斯大學出版社推出了他退休後的第二本書，醞釀了三十年的模態邏輯詩學代表作，真正「重量級」的《異宇宙：虛構與可能世界》（*Heterocosmica: Fiction and Possible Worlds*），學界算是還給了他一個公道。我們暫時擱置此書，回到《西方詩學：傳統與進展》，考察杜勒謝如何以「後衛」的姿勢改寫浪漫主義詩學。

三、浪漫主義「詩學」的再翻案

　　如其副標題「傳統與進展」所示，《西方詩學》抽樣地建構了杜勒謝個人色彩濃厚的結構詩學「小傳統」，與一般鳥瞰式批評史作者有共識的「大傳統」頗有出入。其實此處借用的「大」和「小」傳統的區分有欠周延；更準確地說，應該是持所謂「大」傳統的懵懂眾生對詩學的定義寬鬆不當。如果我們堅持嚴格的結構詩學定義，符合其條件的文論相對的就少了許多，一部西方詩學史就變單薄了。眾人皆醉，唯我獨醒的杜勒謝寧缺勿濫，例如作為西方文藝主流的摹擬論，到了第二章才出現，現身的竟然是已成強弩之末的新古典主義的僵化形式，亟待被新典範推翻。杜勒謝以這種寫法引進了萊布尼茲（Gottfried Wilhelm Leibniz, 1646-1716）的「可能世界」哲學，並爬梳它與方興未艾的美學的合流。以歷史的後見之明看來，這一章也權充了上面提到的《異宇宙：虛構與可能世界》的基礎。

　　個人認為《西方詩學：傳統與進展》最大的特色之一，便是作者對浪漫主義詩學的看法，違背了 1970 年代之後的主流論調。我們

常聽說浪漫主義運動理論由諸多悖論（矛盾論）所構成，如：浪漫抒情主體性的反諷、盧梭式「前無古人，後無來者」的現代性弔詭，乃至由文學形式出發，以哲學知識論為訴求的「反文類」的矛盾。初期浪漫主義詩論的領軍人物弗列德利西・希萊格爾（Friedrich Schlegel, 1772-1829）現身說法，表演了各種悖論[3]，最為著名的允推其「片斷」（Fragment）作為「元類」（原初與終結）的文類概念。由於本章前三節聚焦於杜勒謝詩學的討論，接下去的幾節將討論德國浪漫詩論和古典文論，尤其是它與柏拉圖對話錄《會飲》篇的關係。

希萊格爾兄弟（兄名奧古斯特【August Wilhelm Schlegel, 1767-1845，為古典學者和著名的莎士比亞翻譯家】）和以筆名諾法理斯（Novalis, 1772-1801）聞名的詩人、詩人、劇作家兼學者席勒（Johann Christoph Friedrich Schiller, 1759-1805）、哲學家費希特（Johan Gottlieb Fichte, 1762-1814）和謝林（Friedrich Wilhelm Joseph Schelling, 1775-1854）等人於 1790 年代交往，1790 年代後期聚集在耶拿，發展與康德分野的唯心主義哲學、美學、詩論和推動文藝創作，史稱「耶拿浪漫主義」或「初期浪漫主義」，是為歐洲浪漫主義的開始。1797 年 5 月席勒因希萊格爾兄弟批評其刊物《季節女神》（*Die Horen*）所持古典學立場，而和他們反目絕交。弗列德利西於 7 月遷居柏林，與神學家後來的詮釋哲學先驅舒萊爾馬赫（Friedrich Schleiermacher, 1768-1834）等人往還，開闢了德國浪漫主義的另一階段[4]。2015 年夏天我到耶拿大學開

---

3 Maurice Blanchot, "L'Athenaeum"〈雅典娜學苑〉, *L'entretien infini*《無限的面談》, Paris: Gallimard, 1969, p. 516 (of pp. 515-527); Maurice Blanchot, *The Athenaeum*〈雅典娜學苑〉【英譯】, Trans. Deborah Esch & Ian Balfour, *Studies in Romanticism*《浪漫主義研究》22 (1983, Summer), p. 164 (of pp. 163-172).

4 最詳盡的歷史敘述，請參：Ernst Behler, *German Romantic Literary Theory*《德國浪漫主義理論》, Cambridge: Cambridge University Press, 1993.

會,校名早已改稱「席勒大學」,走在校園內,撫今惜古,不勝感動,
但彼時胸中別有懷抱(按七、八十年後分析哲學先驅弗列格在此執
教),亦難免悵然若失。1798 年,希萊格爾兄弟推出了文藝刊物《雅
典學苑》(*Athenaeum*),發行了三年六期,於 1800 年停刊,是為耶
拿浪漫主義的機關報。弗列德利西在刊物上實踐他的超越一切文體的
「絕對書寫」——片斷,宣揚「詩有別趣,非關理也」、「詩即哲學」、
「詩即批評」的理念 [5],期間他發表了另外的創作,包括未完成,但引
起巨大爭議的小說《露馨德》(*Lucinde*, 1799)[6]。

　　吉光片羽的片斷作為文體(或反文體)在二十世紀上半葉受到德
國文學評論家法蘭克福學派的班雅明(Walter Benjamin, 1892-1940)
的鍾愛與仿傚 [7],以及後半葉到世紀末的後結構批評家,如法國的布
朗修、歐陸移民美國的保羅・德曼和羅道夫・嘎謝(Rodolphe Gasché,
1938-)等人的推崇和宣揚,竟然成為顯學 [8](Blanchot 1983 [1969]; de

---

5 Friedrich Schlegel, *Dialogue on Poetry and Literary Aphorisms*《詩的對話與文學斷片》,
　trans., E. Behler & R. Struc, University Park: Pennsylvania State University, 1968; Friedrich
　Schlegel, *Philosophical Fragments*《哲學斷片》, trans., Peter Firchow, Foreword by Rodolphe
　Gasché, Minneapolis: University of Minnesota Press,1991.

6 Friedrich Schlegel, *Friedrich Schlegel's Lucinde and the Fragments*《弗列德利西・希萊格爾
　的〈露馨德〉與斷片文體》, trans., Peter Firchow, P. Minneapolis: University of Minnesota
　Press, 1971.

7 Walter Benjamin, "Der Begriff der Kunstkritik in der deutschen Romantik"〈德國浪漫主義的
　批評概念〉, *Gesammelte Schriften*《全集》. Frankfurt: Suhrkamp, 1974 [1920], Band I-IV.
　Band I, pp. 7-122; Walter Benjamin, "The Concept of Criticism in German Romanticism",
　Selected Writings, vol. 1: 1913-1926, ed., M. Bullock & M. W. Jennings, Cambridge, Mass.:
　The Belknap Press of Harvard University Press, 1996 [1920]), pp. 116-200; Beatrice Hanssen &
　Andrew Benjamin, eds., *Walter Benjamin and Romanticism*《瓦爾特・班雅明與浪漫主義》,
　London & New York: Continuum, 2002.

8 Paul de Man, "The Concept of Irony"〈反諷概念〉, in his: *Aesthetic Ideology*《美學的意識
　形態》, ed., Andrzei Warminski, Minneapolis: University of Minnesota Press, 1996 [1977]. pp.
　163-184; J. M. Bernstein, "Poesy and the Arbitrariness of the Sign: Notes for a Critique of Jena

Man 1999 [1977]; Schlegel 1991; Bernstein 2006）。最引人矚目的當屬法國哲學家拉顧—拉巴赫特（Philippe Lacoue-Labarthe, 1940-2007）與囊西（Jean-Luc Nancy, 1940-）二人合著的《文學的絕對》[9]，1978 年出版，1988 年推出英譯本 [10]，2015 年中譯本在中國大陸問世 [11]。1979 年 7 月，德法邊境的史特拉斯堡大學召開了由《文學的絕對》所引發，以「片斷」為主題的文類會議，一時學界俊彥群集，為當代後結構文論的另一里程碑，翌年論文英譯輯刊於約翰霍普金斯大學出版的《刻文》（*Glyph*）第 7 期 [12]（Weber 1980）。此處順便提一句，國內較少介紹的，班雅明 1919 年完成的博士論文《德國浪漫主義的文藝批評概念》（*Der Begriff der Kunstkritik in der deutschen Romantik*）係由《文學的絕對》的兩位作者之一拉顧—拉巴赫特翻譯為法文（Benjamin 1986）[13]。值得我們注意的是：熱烈擁抱德國浪漫主義片斷書寫的都是認同解構哲學的學者，他們反系統論，反嚴格的文類區分，在某一個意義上，認同希萊格爾的各種反邏輯悖論。

Romanticism"〈詩與符號的任意性：耶拿浪漫主義的批判〉, In: Nicholas Kompridis, ed., *Philosophical Romanticism*《哲學浪漫主義》. London: Routledge, 2006, pp. 143-172.

9　Philippe Lacoue-Labarthe, Jean-Luc Nancy, *L'absolue littéraire: Théorie de la littérature du romantisme allemand*《文學的絕對：德國浪漫主義的文學理論》, Paris: Seuil, 1978.

10　Philippe Lacoue-Labarthe & Jean-Luc Nancy, *The Literary Absolute: The Theory of Literature in German Romanticism*, trans., Philip Barnard & Cheryl Lester, Albany: The State University of New York Press, 1988.

11　菲利普・拉庫—拉巴爾特／讓—呂克・南西著，張小魯／李伯杰／李雙志譯，《文學的絕對——德國浪漫派文學理論》，南京：譯林出版社，2012 年。

12　Samuel Weber, ed., *Glyph: Textual Studies* 7《銘刻：文本論集，卷 7》, The Strasburg Colloquium: Genre, A Selection of Papers. Baltimore: Johns Hopkins University Press, 1980.

13　Walter Benjamin, "Le concept de critique esthétique dans le romantisme allemande"〈德國浪漫主義的批評概念〉, Traduit de l'allemand par Philippe Lacoue-Labarthe et Anne-Marie Lang, Paris: Flammarion, 1986 [1920]。見前註 7。

從 1920 年初的班雅明開始（Benjamin 1974 [1919]; 1986 法譯；
1996 英譯），學者咸認弗列德利西・希萊格爾為德國初期浪漫主義思
潮的代表（Behler 1993; Hanssen & Benjamin 2002），然而，令人意外
的是，杜勒謝的浪漫主義詩學非但略過耶拿學派，在正文中竟然無隻
字片語提到希萊格爾的名字。《西方詩學》第三章誠然以引述班雅明
的博士論文作策略性地開篇，但杜氏不指名道姓，僅謂班雅明筆下那
種強調「神思」（"imagination"）而非理智（"reason"）為認知工具的
「詩性批評」（"poetic criticism"，按：詩即批評，批評即詩）開啟了
後世的「主觀主義式的、反理性主義的批評」，實則無異於「宣告了
西方詩學的死亡」（Doležel 1990, p. 53）。這種批判點明了杜氏與後
結構主義路數的乖離。那麼，杜勒謝如何反其道而行，介紹德國浪漫
主義（第三章）和英國浪漫主義詩論（第四章）呢？為了主題的貫通，
容筆者先插隊，簡述第四章的一點細節，再回到德國的浪漫詩學。

杜勒謝在《西方詩學》第四章，出人意表地介紹了眾人熟知的英
國詩人華滋華斯（William Wordsworth, 1770-1850）和柯列律治（Samuel
Taylor Coleridge, 1772-1834）的詩論。兩人是英國浪漫主義運動的發起
人，他們的詩論和耶拿學派幾乎同時出現，他們同赴德國取經，尤其
是後者，深受康德哲學的啟發，回國後也翻譯了席勒的作品出版。華
氏的《抒情歌謠》序（Preface to the *Lyrical Ballads*, 1801, 1802）和柯
氏的《文學傳記》（*Biographia Literaria*, 1817）為英文系學生必讀。
這麼通俗的作品，還有什麼冷飯可炒？杜勒謝出奇制勝，僅討論詩語
言的問題，用了一個簡單的圖表指出了華滋華斯日常語言觀的盲點，
說明了它失敗的原因，再稍微修正了一下圖表，讓我們看出柯列律治
如何藉著增加一個詩語言的維度，使得語言系統複雜化，也解答了詩
語言與非詩語言區別的難題（Doležel 1990, pp. 82-89）。推論至此，
杜勒謝突然中斷了英國浪漫主義的討論，穿越到十九世紀末和二十世

紀初，請出了他心儀的分析哲學家弗列格，考察弗氏的語義邏輯。這第四章跨越了十八世紀的新古典主義修辭規範、十九世紀初的浪漫主義語言革命，到二十世紀的分析語言哲學，打通了副標題的「傳統」（"tradition"）與「進展」（"progress"）兩塊。也許是有意的，耶拿學派的詩論在他眼中毫無可取之處，因此不值一提；但也許是無意的，他請出了希萊格爾離開耶拿，去世數十年後，耶拿大學的分析哲學大師弗列格，如此設計，也算是一個費盡心思的回應吧。

回到第三章德國浪漫主義詩論，杜勒謝決定捨棄耶拿，轉赴威瑪神遊，尋訪哥德（Johann Wolfgang von Goethe, 1749-1832）。和其他章節的作法一致，他駁斥了一般論者的成見，謂浪漫主義詩學純屬美學唯心論，而否定了其他的可能性，例如哥德倡議的文學有機體「結構論」（"morphology"）（Doležel 1990, pp. 53-55）。在這章的討論裡，他仔細分析了哥德挪用的生物學模子，其結構論的五項假設命題和三塊內涵：結構、原型和變形，謂其與兩千年前亞里斯多德的生物學架構遙相呼應。令人喟歎的是，哥德系統性的生物學架構，未能發展出相當規模的詩學體系，而後人卻又錯失了良機，誤讀「有機體美學」（"organic aesthetics"）為「詩的創作論」（"poetic creation"），使得有機體詩學胎死腹中。至此，杜勒謝話鋒一轉，突然切到十九世紀初的語言學家威廉·洪堡（Wilhelm von Humboldt, 1767-1835）。洪堡於 1794 年到 1797 年之間住在耶拿，與哥德、席勒為好友，組織了一個研究群，也算是二人在哲學和語言學上的顧問，他和希萊格爾兄弟也有往來。1797 年洪堡移居巴黎，為了研究巴斯克語言兩度到西班牙，再後來因為外交工作，1803-1808 年居住在羅馬。按理說，他和德國浪漫主義的關係頗為密切，但學者不大考慮他扮演的角色。恩斯特·貝勒（Ernst Behler, 1928-1997）是世所公認的研究弗列德利西·希萊格爾的權威學者，他的《德國浪漫主義文學理論》已成經典

（Behler 1993），但他完全沒有交代洪堡，僅提過一次他在柏林的社交。班雅明在 1925 年寫的一篇短評裡，把洪堡評得一文不值，認為洪堡「完全無法參透語言的詩層面，因為他無法進入其魔術世界」（Benjamin 1996 [1925], p. 424）。走筆至此，聰明的讀者應該猜想得到，杜勒謝又要作翻案文章了。他聚焦在巴黎時期的洪堡，如何透過閱讀哥德的《赫爾曼與多羅蒂亞》發展出機體結構論，實現了哥德的構想，如何挾其古典學及語言學知識，演化出與文類有關的個別詩學（"particularistic poetics"）（Doležel 1990, pp. 68-72）和總體詩學（"universalistic poetics"）（Doležel 1990, pp. 72-74），這一切都建立在語言學和詩學系統的互動上。

本章上文藉著一個友人去世的歷史事件，透過重讀與引介他身前的一本被冷落的重要論著。筆者借題發揮，重新檢視德國浪漫主義所引發的文學史效應。杜勒謝逆世俗之見而立言，發人所未發，值得青年學者師法。耶拿浪漫主義所涉及的其他議題，尤其是片斷書寫和文類的傾軋，它與古希臘柏拉圖對話的傳承關係，將在下文繼續發揮。

四、在雅典娜神殿的陰影下

本章從杜勒謝的《西方詩學》談到以耶拿為中心的「初期德國浪漫主義」（德文 die Frühromantik；英文 Pre-Romanticism）詩論，下文將聚焦在主導者弗列德利西・希萊格爾的論點。《文學的絕對》的共同作者拉顧—拉巴赫特和囊西兩人既然以「絕對」指稱耶拿浪漫主義文學的特色，筆者理應專注於這個字眼所代表的概念。但此名詞指涉的概念頗為抽象難解，鑒於希萊格爾用法不一，語義分歧，兩位作者又以黑格爾主體意識的辯證論和「絕對」精神概念，以及海德格現象哲學，回溯解釋希萊格爾極不精確的用語和其詩的「演化論」（按：詩無法定於某種形相，永遠在演化中）。此舉原無可厚非，因為詮釋

所產生的意義本係輸入的；但這麼做有一層反諷需要考慮：這無異
於以矛盾的推理，疏通了希萊格爾的詩定義：「浪漫詩是『漸進的』
總匯詩」[14] 和杜勒謝的詩學「進展論」。按杜氏的書名副標題為《傳
統與進展》〔*Tradition and Progress*〕，而〈片斷 116〉第一句話裡以
"progressive"（漸進的）修飾 "Poesie"（詩），英文和德文分別有關鍵
字"progress"和"progressive"。其要旨變成：1. 無論是「詩」或「詩論」，
兩者都是服膺於演化律的，至於它們有無「目的論」（即：在人類歷
史終結時會變成什麼樣子），則無關宏旨；2.「詩」和「詩論」沒有
區分的必要，因為如希萊格爾所謂，浪漫詩就是【文學】批評。後面
這種論調是杜勒謝難以接受的。

　　因此筆者決定另闢谿徑，選擇易與之道，細讀希萊格爾的兩篇代
表作〈片斷 116〉和《詩的對話》（*Gespräch über die Poesie*），進而
爬梳其中錯綜的概念。這兩篇代表作都披露在希萊格爾兄弟編輯發行
的刊物《雅典娜學苑》上 [15]。前者雖稱片斷，其實為一篇完整的詩宣

<hr />

14 語出自《雅典娜神殿片斷》116，以下簡稱〈片斷 116〉，中文翻譯見張小魯、李伯杰、
　　李雙志譯，《文學的絕對——德國浪漫派文學理論》，南京：譯林出版社，2012 年，
　　頁 74。按「總匯」謂「聚集匯合」，是臺灣相對少見的用法，除了弗列德利西的用意
　　（詳下文），筆者認為 "Universalpoesie" 有「詩」作為「元類」的意義。德文原文係 "Die
　　romantische Poesie ist eine progressive Universalpoesie"，引自 *Kritische Friedrich-Schlegel-*
　　Ausgabe. Erste Abteilung: Kritische Neuausgabe, Band 2, München, Paderborn, Wien, Zürich
　　1967, S. 165-256. Erstdruck in: Athenäum (Berlin), 1. Bd., 2. Stück, 1798。http://www.zeno.
　　org/nid/20005618908。法譯為 "La poésie romantique est une poésie universelle progressive."
　　（Lacoue-Labarthe et Nancy 1978, p. 112）；先後兩種英譯本間隔了二十多年，皆作
　　"Romantic poetry is a progressive, universal poetry"，唯標點有異耳（Schlegel 1991, p. 31;
　　另見 Schlegel 1968, p. 140）。

15 《文學的絕對》的共同作者說：耶拿浪漫主義可以一個字眼代表，那就是：「雅典娜
　　學苑」（"l'*Athenaeum*"）（Lacoue-Labarthe et Nancy 1978: 15）；而從一開始，大約在
　　1794 年，耶拿學派成員主要關注的就是「古代」（l'Antiquité）（同上書，頁 19）。按
　　"Athenaeum"（「雅典的」、「雅典人」）為拉丁文轉拼寫希臘文 "Ἀθηναίων [Athenaion]"，

言短論，刊登在 1798 年 1 卷 2 期，我們將刊出中譯本全文；後者為一長篇論文，夾議夾敘，包括論戲曲、詩史、神話、唯心哲學、小說和哥德的創作，在第三人稱全知觀點的議論和敘述外框中插入眾人的論文、書信宣讀和彼此的對話交流，其封套式語用結構有若柏拉圖《會飲》篇的逆反投影，這篇作品分二次連載於 1800 年 3 卷 1 期和 3 卷 2 期，由於文章過長，筆者無法節譯，只能摘要轉述。本節以介紹〈片斷 116〉的詩觀為主旨，順便討論文學理論翻譯時可能產生的接受問題。

五、〈片斷 116〉的背景

1797 年希萊格爾在《美【的藝】術學苑》（*Lyceum der schöne Künste*）雜誌上發表了由 127 首片斷組成的〈批評片斷集〉（"Kritische Fragmente"）（Behler 1993, p. 132；《文學的絕對》選譯了 127 則〔Lacoue-Labarthe et Nancy 1978, pp. 81-97〕），奠定了片斷文體在浪漫主義筆體的地位。其中許多句子或段落已蘊含了作者主要的文學批評概念，和《雅典娜神殿》片斷集構成交叉的互文。《雅典娜學苑》共 451 條，為耶拿學派同仁的集體創作，但大多數為弗列德利西‧希

為後雅典時代衛城雅典娜神殿的一個內殿，作為專有名詞，它特指羅馬皇帝哈德良在公元二世紀所建學苑，是此宇為學術團體命名的開始。希萊格爾兄弟以此命名他們的雜誌，可以看出他們重寫古典學術的抱負以及與哥德、席勒等古典學先行者爭輝的用心。《詩的對話》有兩個版本，1822-1825 年第一次出版全集時，希萊格爾作了許多觀念上的修訂，本文討論的是 1800 年發表的初版。此文的「對話」德文為 "Gespräch"，接近英文的 "conversation"，收錄在《文學的絕對》裡的法譯本作 "entretien"（1978, pp. 289-340），近似英文的 "interview"；中譯本作《談詩》，看不出「對話結構」的含義；Behler & Struc（Schlegel 1968, pp. 51-117）把它譯作 "dialogue" 較可取，因為在整個耶拿學派的思想脈絡和互文語境中更趨近於柏拉圖的對話錄，尤其是「闇各言爾志」、「闇各言爾詩」和「闇各言爾愛」的《會飲》篇。

萊格爾所作。1800 年《雅典娜學苑》最後一卷又發表了弗列德利西
的第三輯宗教哲學片斷集《觀念》，《文學的絕對》選譯了 155 則
（Lacoue-Labarthe et Nancy 1978, pp. 206-222）。除此之外，諾法理斯
和其他耶拿成員皆有片斷創作，以弗列德利西和諾法理斯為大宗，二
人身前尚未發表的片斷，據貝勒考證，更數以千計（Behler 1993, p.
153）。這些片章斷簡的內容幾乎無所不包，《雅典娜學苑》第 116 條
交代了他比較完整的詩觀。以下所錄為大陸張小魯等三位譯者的作品，
筆者不敢掠美，但為了便於以後的討論，在關鍵字後面附上德文原文
和法、英文翻譯，中譯有待斟酌的部分劃底線呈現，就教方家。

六、〈片斷 116〉的中譯

浪漫詩是漸進的總匯詩。它的使命不僅是要把詩的所有被割裂
開的<u>體裁</u>（Gattungen [genres; genres]）重新統一起來，使詩同哲
學和修辭學產生接觸。它想要，並且也應當把詩和散文、天賦
（Genialität [génialité; genius]）和批評、藝術詩和自然詩時而混
合（mischen [mêler; mingle]）在一起，時而融合起來，使詩變得
生氣盎然、<u>熱愛交際</u>，賦予生活和社會以詩意，把機智變成詩，
用一切種類的純正的教育材料來充實和滿足藝術的形式，通過
幽默的震盪來賦予藝術的形式以活力。它包括了凡是有詩意的
一切，最大的大到把許多其他體系囊括於自身中的那個藝術體
系（Systeme der Kunst [système de l'art; system of art]），小到吟
唱著歌謠的孩童哼進質樸的歌曲裡的嘆息和親吻。它可以消失在
被描述的對象中，這樣一來便使得人們相信，自己正在刻劃形形
色色詩意的個體（poetische Individuen jeder Art [des individualités
poétiques de toutes sortes; poetic individuals of every type]），這行
為乃是他們的全部作為。但是現在還沒有一個形式（Form [Forme;

Form]）是用來完整地表達作者的精神（Geist [l'esprit; mind]）的，所以有些藝術家本來只想寫一部小說（Roman [roman; novel]），而寫出來的或許正是他自己。只有浪漫詩能夠替史詩充當一面映照周圍整個世界的鏡子，一幅時代的畫卷。也只有它最能夠在被表現者和表現者之間，不受任何現實的和理想的興趣的約束，乘著詩意反思（poetischen Reflexion [réflexion poétique; poetic reflection]）的翅膀翱翔在二者之間，並且持續不斷地使這個反思成倍增長，就像在一排無窮無盡的鏡子裡那樣對這個反思進行複製。浪漫詩有能力達到最高和最全面的文化教養，並且不只是由內向外，而且也是由外向內。它所採用的方法，是替每一個在浪漫詩的作品中都應成為一個整體的人（ein Ganzes [chaque totalité; a whole]）把其各個部分以類似的方式組織起來；這樣一來，浪漫詩便有望獲得一個無限增長著的典範性（eine grenzenlos wachsende Klassizität [d'une classicité appelée à croître sans limites; an endlessly developing classicism]）。浪漫詩在各種藝術中的地位，與如同哲學的機智、社交、匯聚、友誼和愛在生活中的地位並無二致。其他的文學體裁都已衰亡，現在可以徹底地肢解開來。浪漫詩風（Die romantische Dichtart [le genre poétique {*Dichtart*} romantique; the Romantic type of poetry]）則正處於生成之中；的確，永遠只在變化生成，永遠不會完結，這正是浪漫詩的真正本質。浪漫詩不會為任何一種理論所窮盡，只有預言式的批評才敢於刻劃浪漫詩的理想。只有浪漫詩才是無限的，一如只有浪漫詩才是自由的，才承認詩人的隨心所欲容不得任何限制自己的法則一樣。浪漫詩體裁（Die romantische Dichtart [le genre poétique {*Dichtart*} romantique; the Romantic genre of poetry]）是唯一大於體裁（Art [un genre; genre]）的文學樣式，可以說就是詩本身

（Dichtkunst selbst [poetry itself; l'art même de la poésie]）：因為在某種意義上，一切詩都是，或都應是浪漫的。

——《文學的絕對》，頁 74；Lacoue-Labarthe et Nancy 1978, p. 112; Schlegel 1964, pp. 181-182

七、〈片斷 116〉釋義及譯評

7.1 譯本的問題

　　中文譯本的第一譯者張小魯為法文背景，二、三位譯者李伯杰和李雙志為德文背景，李伯杰專攻德國浪漫主義文學。但原書《文學的絕對》是法文寫的，討論德國耶拿浪漫主義，其中的文選則全係德文作品的法譯。令人遺憾的是中譯本李伯杰的序言未交代三位譯者的分工和操作方式，譬如到底文選是由德文直接中譯？還是德文被譯成法文後，再從法譯轉譯成中文？本書的編碼呈現特殊的三個語種之間的翻譯現象，應該稍為介紹，可惜李伯杰只寫了一篇沒有文獻的，未針對此書內容和體例的德國浪漫派概論。另外必須一提的，法文原書的「譯」與「論」結合為一體，英譯者和紐約州大出版社容或為了省錢省事，以坊間可找到現成的翻譯為藉口（其實並不好找，找到了也沒有多大意義，因為其他譯者不是《文學的絕對》的作者），刪除了文選，割裂了原書的整體性，使得讀者無法同時參照作品，很難跟上原作者複雜細膩的申論，殊屬不當。

7.2 詩的社會性

　　大體說來，中譯本還算準確，除了三、五處可再斟酌外，只有二處較明顯的錯誤，一為第 20 行「整體的人」應為「整體」（Ganzes [totalité; whole]，作品為整體，並未擬人；二為第 22 行「典範性」不知所云。按 Klassizität [classicité; classicism] 指「古典性」、「古典特

質」、「古典範式」甚或「古典主義」。此名詞頗為關鍵，因其顯示了希萊格爾的史觀，交代浪漫主義恆常地在賡續未完成的古典主義，猶如回應柏拉圖以「生成」取代「存有」，或套用一句法蘭克福學派的口號：「現代主義──一個未完成的方案」，「古典主義也是一個未完成的方案」。另外欠妥之處有「使詩變得生氣盎然、熱愛交際」，顯然是譯者生活的文化圈習用「套語」，以致「以辭害義」。就字面上而言，詩不是人，怎能「熱愛交際」？按「生氣盎然」（"lebendig"）係「有生氣」之謂，「熱愛交際」（"gesellig"）指「社會化」、「易親近」或「合群」。因此比較好的譯法是：「使詩變得活潑近人」。雖然說穿了，詩與人不可分，而且此處有說教的嫌疑，但希萊格爾並非指皮相的詩的現實性，甚至於淪詩為社會服務的工具云云，而係表示愛詩者有志一同，以詩會友之意，預示到下文的「社交、匯聚、友誼和愛在生活中的地位」。這就是他在《詩的對話》裡強調的人際交流意義，只有在「詩人是社會性的存在」（"Er ist ein geselliges Wesen." [Le poète est un être sociable; He {the poet} is a sociable being]（Lacoue-Labarthe et Nancy 1978, p. 291; Schlegel 1968, p. 55）的前提下，才能從事腦力激盪，共謀總體詩理想的大業（詳見下文第 3 小節），有如 1950 年代創世紀詩社成立之初三劍客的豪情雄心。因此我們可以引申，個人的「天賦」（"Genialität"）社會化之後，成為「親和力」（"Kongenialität"），與「批評（判斷力）」結合。這種「以文會友」的泛歐洲的沙龍文化，為啟蒙運動發展出的普世性的「文人共和國」（Republic of letters [*Respublica literaria*]）理想的一個環節和十八世紀末在德國耶拿的餘緒，第一行以「普世性的」（德文 "universal" [法文 universelle]）和「進步中的」（德文 "progressive" [法文 progressive]）兩個關鍵形容詞來修飾和限定「詩」可為明證。這個社會性意識其實點出了弗列德利西・希萊格爾無法祛除的新古典主義「遺毒」。

7.3 詩的總體與個體

筆者的解說無疑對「總匯」這個中譯形容詞提出了保留。按「總
匯」在上下文中看似合理，因為它具有哲學性目的論（teleology）和
歷史性任務：「要把詩的所有被割裂開的體裁重新統一起來」，套句
書名說笑話，「藝文類聚」是也！其著眼點是未來。但德文的"universal"
除了是"universum"（「宇宙」）的形容詞「普世性的」之外，原意為「唯
一的」，亦有始源論（archaeology）的涵意，著眼點是過去，否則緬
懷雅典娜神殿的精神便無法成立。也許「元詩」或「總體詩」可以補充。

根據桑迪（Peter Szondi, 1929-1971）轉述，1795 年希萊格爾發表
論文〈論希臘詩〉（"Über das Studium der Griechischen Poesie"），以
個人化的歷史哲學區分古代和現代，前者反映的人與世界關係屬於「自
然教養」（"natürliche Bildung"），後者屬於「技藝（人為）教養」
（"künstliche Bildung"）[16]。他認為古代的本質是凝聚力，現代的本質
是分解力（Szondi 1986, p. 58）；處於整體性喪失，分裂為主、客體的
當代，分裂的自我，所具有的優勢反倒是可以不斷地自我省視，同時
懷抱著對未來烏托邦式整體性的憧憬（Szondi 1986, p. 60）。在這種意
義上，浪漫詩「能夠在被表現者和表現者之間，……乘著詩意反思的
翅膀翱翔在二者之間，並且持續不斷地使這個反思成倍增長，就像在
一排無窮無盡的鏡子裡那樣對這個反思進行複製。」我故意刪除了的
一個子句：「不受任何現實的和理想的興趣的約束」，顯示詩人唯有
澡雪精神，從現實振拔而出，利慾兩無，才能對詩的本體從事形而上
的反思，因此作者標榜的詩人的社會性可以被視為一個悖論，指向另
一層次的浪漫反諷。

---

16 Peter Szondi, *On Textual Understanding and Other Essays*, trans., Harvey Mendelsohn, Minneapolis: University of Minnesota Press, 1986.

7.4 主體與客體的鏡像關係

　　跨越了一百六、七十年，在後結構主義文論的脈絡中，上面引錄的這句話具有特別深刻的意義，此處略加引申。首先釋名。「表現者」（"Darstellenden"）即「作者」，「被表現者」（"Dargestellten"）指他的作品【所狀寫、再現的「客體」或「對象」】，誠如貝勒 1968 年的英譯 "artist"（「藝術家」）和 "work"（「作品」）所示（Schlegel 1968, p. 141）。但貝勒英譯時容或未意識到後結構諸君所特別關注的「再現」（Darstellung）議題，或者即便意識到了，但不認為這層語境具有多大意義。相形之下，拉顧─拉巴赫特和囊西兩人的結構／後結構式法譯採用了一對主動和被動的分詞作動名詞 "le présentant" 和 "le présenté"，凸顯反差，與當代法國文論的用法一脈相傳，如索緒爾的 "le signifiant"（符徵）和 "le signifié"（符旨）和本維尼斯特的 "l'interpétant"（符解【詮釋行為】）和 "l'interprété"（被詮釋體）。表面上看來，希萊格爾作了主、客體的區分，但不斷反思的翅膀使得詩無法落實在任何一方，換言之，非但主、客體無法區分，主體的實存也受到懷疑和挑戰。如果我們援用攬鏡照映外在世界的隱喻，〈片斷116〉所述「由內（主體）向外（客體）」，「由外（客體）向內（主體）」不斷倍增的反思，就成為無數面相對的鏡子的相互無窮地投影，此所謂視覺認知上的 "mis en abîme" 現象是也，鏡象反影無窮後退，令人暈眩，在隱喻層次上有若墜入無底深淵。巴爾特在《愛的言談:斷片集》以引述哥德筆下的維特「墜入深淵」（"je m'abîme"）開篇，他誠然知道失戀的維特並非真的從山上墜落 [17]。"L'abîme" 固指「深淵」，但 "en abîme" 和 "mis en abîme" 則不得純就字面解讀，喻依和喻旨互相牽扯，

17　Roland Barthes, R., *Fragments d'un discours amoureux*《愛的言談：斷片集》. Collection Tel Quel. Paris: Seuil, 1977, p. 15.

文本的「置於深淵」實則謂文本的「鏡象無窮倒退」。

　　「鏡象無窮倒退」據考係 1891 年安德烈·紀德（André Gide, 1869-1951）研究歐洲貴族家族的紋章得到的靈感，因為盾牌形狀紋章上的圖案往往框上加框，層層複製，彼此映照[18]。此類設計在文學和視覺藝術史上源遠流長，荷馬史詩中阿契力士之盾為原型之一；希萊格爾推崇的《唐吉訶德》為近代說部顯例；他一再評述的哥德至少在《少年維特的煩惱》（1774）和《維廉·邁斯特》（1796）中都用了這個文本設計和隱喻。質疑文本指涉性的當代解構學者，如傅柯、拉康、德希達和巴爾特等人，無不樂於此道，此所以它已成為當代文論的一個普通術語，而此概念在《文學的絕對》中扮演著解釋希萊格爾詩觀的重要角色。

　　令人遺憾的是，中文譯者未能通達此理，竟然把結論一章中的表述就字面硬譯為「深淵」：「由於深不可測的自主構擬和自主生產，唯心主義之中經常會產生十分輕微的震撼」（《文學的絕對》，頁 362），「深不可測的」像似由英譯本的 "abyssal" 的轉譯（Lacoue-Labarthe & Nancy 1988, p. 122），字面上沒錯。但請問讀者懂這句話嗎？原法文 "le très mince ébranlement qui finit par se produire, dans l'idéalisme, à force d'auto-construction et d'auto-production *en abyme*" 中明白地用了 "*en abyme*" 一詞（Lacoue-Labarthe et Nancy 1978, p. 420）。筆者試作解釋，順便粗譯如下：「唯心主義論者堅持自我主體的純粹性，但是在無窮複製的『自我建構』和『自我生產』的過程中，這無數的自我彼此之間總難免有些誤差，導至末了的「自我」所聲稱的獨一無二的完整性和純粹性，發生了輕微的震撼而無法穩定」。道理是很明顯的，

18　Lucien Dällenbach, *The Mirror in the Text*《文本中的鏡子》, trans. Jeremy Whiteley & E. Hughes. Chicago: The University of Chicago Press, 1989 [1977]), pp. 8-9.

舉生活實例來說明。君不見：你坐在妝鏡前，周圍沒人，面前是鏡子，正背後是另一面鏡子，也許有特殊設計，使兩扇前、後鏡子中還嵌入了層疊的鏡子，或四周皆是鏡子，終至產生了無數的你，試問那些「屬於」你的你「絕對」相等嗎？鏡象的物質性難道不會令你不安嗎？在追蹤來龍去脈時，你不會眩暈嗎？或如夢中人，墜入無底深淵嗎？這豈不是老年夏綠蒂的煩惱？結論1：透過符號的語用分析，沒有兩個肖像是百分之百的同質和同位的；結論2：化約是危險的語意遊戲。

7.5 詩的分類——從元類到元類

既然詩是總體性的，是不可分割的一元，文類（譯者所謂「體裁」）的區分就不需要了，亦即元類沒有必要分為次類。根據這個基本立場，首先詩是一個抽象的總體，所謂「詩本身」，即德文的 "Dichtkunst"（詩藝），它必須和個別「詩類」（"Dichtart"）區分。譯者的表述：「浪漫詩體裁（"Dichtart"）是唯一大於體裁（"Art"）的文學樣式」，顯然有邏輯問題和語病。「體裁」怎可能大於「體裁」？無論是德文的 "Gattung" 或法文、英文的 "genre" 都隱含著原初整體與區分的概念。套句俗話，有若「道生一，一生二，二生三，三生萬物」。德文原文本身有語病："Dichtkunst"（詩作為藝術）容或大於 "Dichtart"（詩類），但「詩類」怎能大於「類」？要解決這個悖論，我們不妨視 "Dichtkunst" 為「元類」，即文中所謂「把許多其他體系囊括於自身中的那個藝術體系」，而 "Dichtart"（詩類，如史詩、抒情詩等）為「次類」，或「形形色色詩意的個體」。在中國傳統文學批評裡，「文體」或「體裁」大致等同西方的「文類」，但中文強調「體」，而西方凸顯「類」，認知出發點迥異。討論西方文論時，不妨捨棄原有之「文體」一詞，易之以「文類」，否則很難繼續討論〈片斷116〉的整合與分類概念。至於和浪漫詩（"Dichtart"）相對的「其

他的文學體裁都已衰亡，現在可以徹底地肢解開來」，也係濫用夸飾，以辭害義。原意是「其他的文學體裁都已完成（"fertig"），現在可以被徹底地分析」，但浪漫詩尚在發展生成之中，因此沒有辦法（沒有成品）可被分析。

根據上面的討論，浪漫詩含攝了兩層文類概念，一個是不可分的「詩藝」（"Dichtkunst"）元類，它永遠在發展中，另一個表面上看來是可分的「詩體」（"Dichtart"）次類，其實二者為一物。這兩個字使用的混雜，使得希萊格爾的論點不易釐清。也許典出柏拉圖的愛朵斯「理型」是個較好的替代。如以〈片斷 116〉中的「形式」（Form）一詞來作區分，在法文和英文裡可以大寫字母 "F" 的 "Form" 表示 "Dichtkunst"（詩藝），以小寫字母 "f" 的 "form" 來表示歷史上既有的 "Dichtart"（詩體）。兩位法文作者佔到了語言的便宜，因為在德文裡所有的名詞都得大寫，就反倒看不出來大、小寫的區分了。筆者未查證《文學的絕對》原書 *L'absolu littéraire* 有無德文譯本，不敢臆測德文譯者會怎麼解決這個難題。

為了說明這個語用的困惑，在結束本節討論前，容我再舉一個例子，出自《文學的絕對》第四章論「批評」。先請看一句中文譯文：「賦予形式以形式的必要性實際上表明所有形式中那個大寫的形式的缺乏，並且要求這種大寫的形式按照所有既定的形式得到修復、完善或補充」。我考問了兩個學界內人士這句話是什麼意思，兩人一中、一臺，都說看不懂。我揣測看不懂有兩種可能：第一是字面義的障礙，造成障礙的主要因素應該是前後出現六次的「形式」；第二是不了解背後的思想脈絡——亦即大陸習用的「語境」——的障礙。其實這兩層困難互為因果，也埋伏了詮釋學的玄機。這也讓我們懷疑，硬譯的中文譯者是否根本就沒有克服障礙，便率爾操觚。

我們先處理第一層字面的障礙。在法文原文裡，作者用了兩個

「形式」，第一個字母 "F/f" 是大寫的 "la Forme" 或小寫的 "la forme"（*L'absolu littéraire*, p. 376）；英譯者的困擾不大，照樣寫大寫的 "Form" 和小寫的 "form"（*The Literary Absolute*, p. 105），但中文沒有大小寫，如硬把 "la Forme" 和 "Form" 譯作「大寫的形式」，豈非等於僅描述了第一個字母的字形，把現成的中文片語「形式」置入，而沒有盡到解釋的責任？這種語義上幾乎繳了白卷的作法在中譯本裡不少，前面指出的 "Dichtkunst" 和 "Dichtart" 可為證。試問：中文的「形式」一詞有大、小寫之分嗎？中文有大、小寫嗎？什麼時候有了這樁文字改革？

　　希萊格爾在〈片斷116〉中說：「……現在還沒有一個形式（Form）是用來完整地表達作者的精神的」。此地的「形式」是指一種尚未存在的、超越的、抽象的形式。不僅在德文裡，即使在法文和英文裡都以大寫的 "F" 出現，它就是作者心目中的生成中的、漸進的總體詩，或筆者所謂的「元類」。至於歷史上存在的「詩類別」，文中所稱「~~所有被割裂開的體裁~~ 所有的文類」（"Gattungen"）、「~~形形色色詩意的個體~~ 個別詩類」（"poetische Individuen jeder Art"）、「~~體裁~~ 類」（"Art"）、「其他的~~文學體裁~~ 詩類」（"andre Dichtarten"），由三個不同德文術語所表述的類別概念，只能勉強算是衍生出來、落入紅塵深淵的「次類」。這裡面有兩層語義和形而上學的歧義需要釐清。此地的「元類」和「次類」不再是亞里斯多德的邏輯分類概念，而是柏拉圖式的~~由~~觀念界的「愛朵斯」（εῖδος）「元類」下墜（或投胎）到現象界的「次類」。屬於本體論的概念，其範疇的跨越不再是程度上的，漸進的，而是本質上的，絕對的。根據這種柏拉圖式的理想主義（即唯心論），世上（現象界）所有的詩形式（法 forme [英 form]）皆為不完美的，未能呈現那觀念界中的「理型」（Forme [Form]）——理想中的形式。那麼浪漫主義詩人（即理想主義者、觀念論者、唯心論者）一方面得懷抱著理想，努力不懈，繼續追求那大寫 "F" 的 "Forme

[Form] ”。同時他只能不斷地修正、完善既有的形式（“forme [form] ”），
庶幾乎能趨近那不可得的理型。這無疑是文學創作的真諦。換成普通
話來說明：小學生畫圓，老畫不好，但老師不准他放棄，就只得繼續
朝那個模版或腦海中的圓畫下去，直到下課。我沒寫過詩，但相信大
多數詩人朋友都有反覆修改的經驗，總希望寫得更接近理想。至於有
詩人覺得自己的每個字都一次到位，每首詩都已臻至善，那他其實寫
一首詩就夠了，世上也只要他這首詩就夠了。詩店可關門，文學獎停
辦，或繼續辦，年年都頒給同一首詩，直到地球末日。

　　根據上面的討論，我們再來讀引起我們困惑的那句話：「賦予形
式以形式的必要性實際上表明所有形式中那個大寫的形式的缺乏，並
且要求這種大寫的形式按照所有既定的形式得到修復、完善或補充」
（“ ... la nécessité de donner forme à la forme indique en effet l'absence de
la Forme en toute forme, et exige que soit restituée, complétée ou supplée,
en toute forme donnée, la Forme.”）（Lacoue-Labarthe et Nancy 1978, p.
376）。我解釋並修正如下：「詩人為什麼要為萬物『賦形』？為什麼
要不停地鍛鍊形式？顯然既有的文學形式都無法表現『理型』，因此
要不斷『賦形』，以重建『理型』。」

　　如果說〈片斷 116〉代表希萊格爾的詩觀，它顯然和結構主義者
理解的詩論不同，充其極，它算是某種擴大了的詩哲學。堅持文學「理
論」正確性的杜勒謝，怎不嗤之以鼻？正因為它屬於唯心主義詩哲學，
後唯心哲學解構主義者才對它發生了濃厚的興趣（見前文）。但他們
對雜糅文類的過度擁抱，難免使得他們有些忘我、失焦。筆者將在下
面的篇幅利用《詩的對話》進一步討論文類問題。

八、《詩的對話》——閣各言爾詩？

　　本章前文介紹過弗列德利西‧希萊格爾〈片斷 116〉所宣揚的浪

漫主義詩觀，與柏拉圖所發韌的唯心哲學的歷史淵源關係。除了著名
的各卷片斷集外，弗列德利西從 1799 年初在柏林開始寫《詩的對話》。
大致在年底或翌年初完工，1800 年分兩期刊載在《雅典娜學苑》上，
據說他要寫一部與柏拉圖媲美的對話錄（Schlegel/Behler & Struc 1968,
p. 9; Lacoue-Labarthe & Nancy 1988, p. 87）。本節將討論耶拿學派前浪
漫詩論的這部代表作。

　　從事歷史考據的人喜歡對號入座，柏拉圖的作品已經提供了最好
的材料，但由於素材虛實相間，重建歷史場景的企圖頗難實現。作為
希萊格爾楷模的《會飲》篇足為反面例證，《詩的對話》亦不例外。
貝勒說耶拿諸君 1799 年秋開始，在成員卡洛琳娜（奧古斯特·希萊
格爾之妻）的宅邸聚會。該處可能權充了劇中女主人阿瑪利亞公館的
現實基礎，劇中人亦係可能影射現實世界裡的某些人物。殊不知對號
入座只是文史研究末節。對上了號也沒有多大意義，因為它解決不了
文本的生產與消費所涉及的許多問題，包括意義的輸入性建構。如我
們要堅持文學反映現實，不妨把歷史脈絡擴大來看。在名媛府上的沙
龍談文說藝，是後文藝復興時代流傳下來的風氣，以十八世紀的法國
為盛，這現象不足以說明它是浪漫主義詩的特色，更與古希臘男士會
飲風氣的社會因素無關。在德意志各邦之外，從啟蒙時代瑞士的盧梭
（Jean-Jacques Rousseau, 1712-1778）作為浪漫先行者開始，法國的夏
多部里昂（François-René de Chateaubriand, 1768-1848），英國的華滋
華斯皆喜謳歌孤獨遊蕩之樂。因此，文學批評的第一原則是：作者的
話不能盡信。希萊格爾在〈片斷 116〉裡謂浪漫詩是社會性的，永續
發展中的浪漫詩更是團體聚會、語言交流的產物，我們可以舉反證，
主張離群索居和反社會體制也是浪漫主義的特質。進一步推論，所謂
浪漫主義樣式不一，殊難定義等聚訟百年的老問題又回來了。筆者認
為，《詩的對話》的作者選擇對話錄的語用形式，除了明白昭示的理

念外，它更有文學結構與文類史的涵義。

如前文所述，〈片斷116〉主張浪漫詩「平易近人」，更深一層的意義則是各種次類詩體皆為片面的，是發展中的元詩的一個環節。因此我們在前文曾引申，〈片斷116〉中所論個人的「天賦」社會化之後，成為「親和力」，由文字結構可看出來。德文的"Genialität"（「天賦」）一字加上字首"Kon-"「共」成就了"Kongenialität"（「共天賦」，中文轉義為「親和力」）（Schlegel 1991, p. 31; 另見 Schlegel 1968, p. 140）。就此點而言，耶拿諸君論詩亦如雅典悲劇詩人阿尬頌府上眾人論愛。詩愛同源，「闔各言爾詩」與「闔各言爾愛」異曲同工。這種「以文會友」的泛歐洲的沙龍文化，為啟蒙運動發展出的普世性的「文人共和國」（Republic of letters [*Respublica literaria*]）理想的一個環節和十八世紀末在薩克遜邦耶拿大學城的餘緒。如要扯上它和公元前五世紀雅典的實證關係，難免牽強，只能視之為歷史現象的平行類似。充其極，算是崇拜雅典精神文明的希萊格爾兄弟，認祖歸宗的心態，無可厚非。

為希萊格爾和柏拉圖連線的主要人物，是上文介紹過的《文學的絕對》的作者拉顧—拉巴赫特和囊西兩人。他們聲稱弗列德利西・希萊格爾有意地師法柏拉圖：

《詩的對話》有意師法柏拉圖對話錄文體，至少兩次提到「會飲」一詞。它並非規模一般的對話錄，而是特別針對辯證性強烈，凸顯社會性的《會飲》篇，雖然《詩的對話》沒有依樣畫葫蘆，設計宴飲場景。……希萊格爾師法的是其範本的結構——一部長篇對話錄，由與會眾人針對主題發表演說或提出論述。更正確地說，他被「會飲座談」文類的複雜結構所吸引，重要的不是對話，重要的是敘述（récit）召喚出、包孕著對話，

並穿插著論述。

（Lacoue-Labarthe & Nancy 1978, pp. 270-271; 1988, p. 87

筆者譯）

關於《詩的對話》引用「會飲」一詞，據筆者考察，兩位與談者安東尼歐和羅塔里奧用了德文的 "Gastmahl"（「會飲」）這個字（Schlegel 1967, pp. 327, 349）。按：德文的柏拉圖譯本多作"Das Gastmahl"；此外，匿名的敘述者提到阿瑪利亞擇日設「宴」（"Fest"）（Schlegel 1967, p. 286）。至於劇中人羅塔里奧讚美柏拉圖為哲學與詩融合的典範，安東尼歐的以「愛」論「詩」，皆顯示希萊格爾與柏拉圖掛鉤的意圖。

　　《文學的絕對》的兩位作者認為，這種敘述模式與摹擬模式的雜糅語用現象，正是蘇格拉底對話錄的特色。對這種以蘇格拉底為主體，以反諷和不斷辯證為基調的文類，亞里斯多德無以名之，視其為「次」文類。但拉顧—拉巴赫特和囊西兩人卻認為其以「片斷」為筆體單元，足以為文學的元類（Lacoue-Labarthe & Nancy 1988, p. 87），而希萊格爾對「詩」元類的反思，是西方論「文學性」（按：文學之所以為文學）的開始。筆者對拉、囊二氏的溢美略有保留，也不同意他們對「文學性」的「形而上學」式的處理，以下會略作說明——關於文學性的語言詩學探討，請見本書第四章。但此地需要提醒讀者的是《詩的對話》和柏拉圖《會飲》篇的　個聯結點：記憶與敘述的關係。

九、再談記憶與敘述

　　既然提到柏拉圖的《會飲》篇，我們避免不了要再談記憶與敘述的錯綜關係。嚴格說來，《詩的對話》和柏拉圖的對話形式大異其趣，在第一人稱觀點的議論和敘述外框中，插入眾人的論文和書信宣讀；夾議夾敘，包括論戲曲、詩史、神話和象徵、唯心哲學、小說和哥德

的創作，以及彼此的對話交流。和《會飲》篇皮相類似處為兩件作品
都有「前言」作外框，其封套式語用結構有若柏拉圖《會飲》篇的逆
反投影。參與座談的有七位，兩位女士和五位男士。發表演說的有四
位男士，每位發表完畢後，全體即席討論。這個由人物構成的言談場
景是「被再現的」，換言之，背後還有一位隱身的、全知的敘述者，
在觀察、記錄眾人，並以「回憶」敘述的方式報導。因此我們可以概
括性地說，作品具備了小說言談的架構。

　　關於「前言」或「引言」，讀者定然不會陌生。柏拉圖對話錄《會
飲》的「前言」（172a-174a）想當然的為對話體，由阿坡羅多柔斯和
路人甲的對話構成[19]。而《詩的對話》為一段「浪漫主義詩的形而上
學」的論述（Schlegel/Behler & Struc 1968, pp. 53-55），談不上任何敘
述人稱和聲音。只有在這段開場白快結束時，第一人稱的「我」才出
現：「……基於我對詩的多樣性的興趣，我決定公開當年從一群朋友
之間的對話所聽到的言論——這些原來我以為屬於他們的事，轉告給
心中有『愛』（"Liebe im Busen"），生命飽滿，願意接受洗禮，親炙
自然與詩的奧祕的讀者。」（筆者譯）筆者特意挑出「愛」這個字眼，
凸顯「詩」與「愛」、《詩的對話》和《會飲》在主題上的傳承關係。
這段作為開場白的詩論結束後，說話者才隱身，轉換為從事報導的敘
述者，回到過去的時空場景，描述阿瑪利亞和卡蜜莉亞正在討論一齣
新戲，瑪爾庫斯和安東尼歐到來，與室內的朋友們會合云云（Schlegel
1967, p. 286; Schlegel/Behler & Struc 1968, p. 55）。

　　我們引伸惹內特的說法，認為前言中的詩論應屬所謂的「外敘述」
或「後設敘述」，後面的「故事」才算是「敘述」（diegesis）。「外

敘述」與「後設敘述」固然係敘述（講故事）過程中敘述者打斷敘述，
插入的議論或按語，然而從理論的角度來審視，看似無我的「敘述」
（l'histoire）永遠無法自外於有你我的「言談」（le discours）場景。
因此我們也把「言談」稱為「後設敘述」或「元敘述」，亦即尚未被
回應或無法被文本外的讀者回應的語言表達。舉例來說，劇中劇開始
如下：「阿瑪利亞和卡蜜莉亞正在益發熱烈地討論一齣新戲，這時兩
個預期出現的朋友大笑著走進來了，我們姑且稱呼他們為瑪爾庫斯和
安東尼歐（"die *wir* Marcus und Antonio *nennen wollen*"）」（Schlegel
1967, p. 286; Schlegel/Behler & Struc 1968, pp. 55-56）。筆者凸顯的斜
體字指示「言談」的現在；至於「二位女士在論辯戲劇的優劣，兩
位男士走進屋內」這段文字則以敘述方式再現過去的事實。這句引文
包含了「現在」和「過去」兩個時間點，我們稍作彈性的處理，也許
可視「我們姑且稱呼他們」為「後設敘述」。敘述者對兩位男士的命
名方式至少可以有兩種解釋：1. 交代說話的現在；2. 洩露出人物的虛
構性。當然我們也可說敘述者忘了他們的名字，但是根據貝勒重建的
歷史，聚會的「史實」發生在 1799 年，創作也在同年，出版在 1800
年。如真係事實，作者託付的敘述者不可能忘了這兩人的名字，因此
虛構眾人姓名的可能最大。君不見，劇中人的七個名字更像拉丁語系
的義大利名，與後文藝復興的哲學對話文類體例若合符節。請讀接下
來的敘述：「眾人的對話這時被兩位朋友的到來打斷了……。他們加
入了在場的人，*正如前面說過的*（"wie gesagt" [as said above]），談笑
風生地走了進來……」（Schlegel 1967, p. 288; Schlegel/Behler & Struc
1968, p. 57）。此處的斜體字「正如前面說過的」屬於「外敘述」的範
圍，其功用是附加在敘述之上，以為說明前因後果，間接地洩露了說
話者言談的場景和被敘述的事件的隔離。即便我們不作細膩的區分，
《詩的對話》前言的獨聲「論詩」和「報導」聚會緣起（statement-

making + diegesis）和《會飲》172a-174a 的雙聲對話作為「摹擬再現」（mimesis），是絕對無法相提並論的。拉顧—拉巴赫特和囊西為了泯滅文類的畛域，模糊了【作者託付的、偽裝無人稱的】議論和全知的故事敘述（"récit"）。至於「前言」和後面的「代言」，「戲外戲」和「戲中戲」的互動，到底能導至「鏡象無窮後退」現象嗎？頗令人懷疑。

如前所述，這篇作品由詩論開始，如不看到最後幾行，我們不會想到它是一篇前言，引導出後面的座談會報導，更不會想到詩論的發言人——傳統上的作者——竟虛擬了一個不現身的旁觀敘述者，雖然有時他免不了露出馬腳，如上一段的「後設敘述」所示。序言之後，人物上場，分配任務，接連宣讀了四篇論文。打頭陣的是安德烈亞，論文是〈詩的分期〉斷代史（Schlegel/Behler and Struc 1968, pp. 70-75），宣讀完了後是眾人的討論（75-80）；接下去是盧多維科〈論神話〉（80-88），眾人評論（88-93）；安東尼歐宣讀一篇信札體論文，以回應昨日與阿瑪利亞的對話，並切入他的〈論小說理論〉（94-104）；緊接著的短暫討論女性身分的議題（104-105）是敘述者轉述的，沒有以對話呈現；最後瑪爾庫斯宣讀〈論哥德早期與近期的風格〉，劃分出三個創作階段，匯通了古典與浪漫風格（106-113）；全體與會者輪流發表回應意見（113-117）。故事戛然而止，敘述者未作結論，亦未再現身。

無論四篇演說的內容如何，它們共同的特點都是書面語，即書寫出來的文稿被朗讀再現，為在場的六人聆聽，對方再透過語言交流立即反饋。口述所涉及的記憶因素顯然不存在了，每位宣讀者藉書面語消除了可能遺忘的障礙。如果走出文本內的語意和語用世界來考察歷史，我們從貝勒處得知，最後一位講者瑪爾庫斯所宣讀的論哥德的文稿，是希萊格爾稍早（1799 年）的作品（Behler 1993, p. 165）。這種以書面語穩定記憶的設計，可以算是希萊格爾對《會飲》篇有關記憶

與敘述糾葛難題的回應和嘗試性的解答。貝勒記載：「1823 年，弗列德利西‧希萊格爾在第二版的序言裡指出，當年他和友人們的作為經常被認為是在建立『新學派』，對他說來，這本《詩的對話》保存了群策群力的回憶」（Behler 1993, p. 30）。其實非僅再版是回憶的產物，如真係記載，初版又何嘗不是？差別唯回憶時間之長短耳。

　　雖然如此，話又說回來了，我們注意到在場未發言的還有一位敘述者。他的報導是事後追憶的，他在「前言」裡說：「同詩人和有詩意的人談詩，對於我一向有著極大的誘惑力。很多這樣的談話我至死不會忘記。至於除此以外的其他談話，我已經記不清楚哪些純屬想像（Fantasie），哪些才是*記憶*（Erinnerung）。其中有許多東西確有其事，其他的則是想當然耳，下面這次談話就屬想當然之列。」（Schlegel 1967, p. 285；張小魯等譯《文學的絕對》，頁 242，斜體與德文為筆者所加）。這位第一人稱的敘述者以訴諸記憶和想象雜糅的策略，推卸了「再現」能否逼真的言責。他這麼做反倒給了我們一個口實：《詩的對話》有可能是虛構的。作者塑造了時空場景和人物，包括「前言」的第一人稱說話者和「劇中劇」裡的旁觀者兼敘述者，讓七位劇中人作為其分身代言，戴上面具，間接地表達了「作者」的詩觀。這種傳統的解讀策略自然也適用於《會飲》篇。

十、「浪漫主義詩的形而上學」

　　根據上面的推論，「前言」和「劇中劇」應該呈顯某種張力，肇因於說話聲音的轉換，更由於題材和筆體的改變。筆者指出宣讀演講稿的有四位，加上未發表論文但參與討論的三位，總共七人，其實遺漏了隱身幕後的敘述者——或在「語言學轉向」前，傳統文學批評所謂的「作者」。這位在劇中劇裡未現身，不知其名，但在「前言」裡是唯一的發言者的人物，今天已經不能被人貿然地和作者「弗列德利

西·希萊格爾」畫上等號,因為在文本的語意世界裡,他不是「真」人,只不過執行了文本的敘述「功能」。筆者花了一些筆墨討論「敘述」,主要的原因在於:在形式上,「敘述」聯結了《詩的對話》和《會飲》篇,同時希萊格爾把近代小說提高到和蘇格拉底對話一樣的地位。如果有人詬病筆者冷落了詩,本小節將稍作補充,但讀者必須了解,正如本篇論文(中)所介紹的〈片斷116〉所示,希萊格爾心目中的「詩」是超越形式的普世精神,甚至是超越語言的「元類」。發言人在「前言」裡宣揚的「詩」論,其實和〈片斷116〉的主張一致,即便某些論點和後面劇中劇裡四篇講稿有矛盾牴觸之處。本小節的標題加上了引號,交代出處係貝勒1968年序文中的用語 "The Metaphysics of Romantic Poetry" 的中譯(Schlegel/Behler & Struc 1968, p. 15),筆者不敢掠美。

　　「前言」的說話者開門見山地說:「詩和所有的愛詩人為友,把他們的心聯結在一起,無法解開。……每一個繆斯都在追求一個他者("die andre"),同時詩的百川匯入一片大海」(筆者譯)。這兩句話除了點出「詩」與「愛」的認同外,熟讀《會飲》篇的人當能心領神會,這個追求另一半愛人的神話由喜劇作家亞里斯多芬尼斯報告給聽眾。如果敘述者果係用典,他顯然在回應柏拉圖借悲劇詩人宅邸,讓會飲者各論爾愛,打頭陣的正是愛詩人斐德諾。提出詩愛同源論後,敘述者注意到人各有體,詩亦有百態,但人不得滿足於個人詩風的現狀,因為真正的繆斯繁富多變,取之不盡,用之不竭。

　　　　養育著萬物的大自然生生不息,各種植物、動物和任何種類的構造、形態和顏色無所不有。詩的世界也是一樣,其豐富性是無法測量、不可窮究的。那些由人創造出來的作品或自然的造物具有詩歌的形式,背著詩歌的名分,但是就連最有概括性的思想也難以把它們全部包括。有一種無形無影無知覺的詩,它

現身於植物中，在陽光中閃耀，在孩童臉上微笑，在青年人的韶華中泛著微光，在女性散發著愛的乳房上燃燒。與這種詩相比，那些徒具詩的形式、號稱是詩的東西又算是什麼？——這種詩才是原初的、真正的詩。若沒有這種詩，肯定也就不會有言詞組成的詩。

（張小魯等譯，2012 年，頁 241）

這一段充滿了唯心論和自然神祕主義色彩的言論，很難被今天的學者，如杜勒謝等人所接受，但是我們得了解構成希萊格爾的語境的兩大因素：1. 反新古典主義摹擬論的「詩藝」（*ars poetica*）作法；2. 康德、費希特和謝林的超越唯心哲學。在這個以形而上學為基礎的詩學脈絡下，上面的抒情論調也就無足為奇了。論者嘗謂希萊格爾罷黜亞里斯多德，獨尊柏拉圖（及新柏拉圖學派）（Behler 1993, p. 3），無寧是正確的。

十一、總結：片斷與整體——唯心論與詮釋學的理想

筆者在前文分析過〈片斷 116〉揭出的鏡象反思論，也許希萊格爾的鏡子意象提供了我們詮釋《會飲》篇的可能，超越了外框與框內的表面界限，柏拉圖複雜的敘述結構，「表現者」與「被表現者」、敘述和對話的經常易位，「聽」與「說」行為在時空軸中的無窮演繹和衍生，不斷地在質詢著這變易世界的穩定性。在這賡續著柏拉圖唯心論，追求理型的傳統下——無論是「元詩」還是「真愛」，才有「闔各言爾詩」的必要，一如二千二百年前眾人會聚阿尬頌府邸，醫生埃呂克希馬庫斯提議「闔各言爾愛」。《詩的對話》最後宣讀論文的瑪爾庫斯對浪漫主義者的追求總體的雄心，說了一句具有代表性的話：「【追求真知識】的企圖僅為嘗試，因為文學史中的每片材料必須透

過其他的材料來理解。部分本身無法被理解,孤立地看待它是愚昧的。
然而,整體尚未出現,因此一切知識都是片斷的,唯盡量趨近整體耳」
(Schlegel/Behler & Struc 1968, pp. 106-107)。這段看似出自舒萊爾馬
赫的話,隱約地透露了耶拿學派所擁抱的唯心主義與詮釋學的關係,
兩種哲學思想都可回溯到柏拉圖。

十二、後記:傷逝

　　這篇論文以筆者追憶去世的友人杜勒謝開始,進而斗膽為他的
《西方詩學》寫出了一章他未寫(或不屑於寫)的〈希萊格爾論〉。
文章即將告一段落,此地我必須追悼另一位舊識,就是文中經常引用
的厄爾斯特·貝勒(Ernst Behler, 1928-1997)。他是學界公認的德國浪
漫主義權威,弗列德利西·希萊格爾專家,及「欽定本」全集的總編輯。
早年在西德波昂大學執教,後被美國西雅圖華盛頓大學延攬禮聘,擔
任比較文學系教授和系主任。1981年他和夫人戴安娜應邀來臺大演講,
由我和內子周樹華接待,包括客串「地陪」,帶他們遊花蓮。訪華期
間我們作了較深入的交流,主要是關於結構主義方向的學術,至於詮
釋學課題,僅限於我接觸的一鱗半爪。可惜除了一點翻譯的舒萊爾馬
赫外,我所知不多,未能就希萊格爾和耶拿學派其餘諸子,尤其是諾
法里斯和賀德林等請益,對他一再提到的「百科全書派、浪漫主義和
詮釋學三頭馬車」,聽得茫然。如今貝勒已作古,讀他1968年《詩的
對話》的翻譯,復驚見其1993年劍橋版的《德國浪漫主義文學理論》
最後一章題名為〈語言、詮釋學和百科全書派〉,心中自是另有一翻
激動。2000年到2003年間,我和華大法文和義大利語文學系的尤金·
萬斯(Eugene Vance, 1934-2011)教授安排了短期的交換教學,含授課
和公開演講。某日我講課完畢,經過戴安娜·貝勒辦公室,心中一動,
猶豫了一下,終究未敲門寒暄。如今與我相知相惜的中世紀學術大家,

喜愛駕機遨遊藍天與破浪航海的萬斯，也壯烈墜機棄世，其絕學隨之斷裂，能不傷逝？

第十一章　象徵主義詩人保羅・魏爾倫的〈詩藝〉

一、前言：重訪詩辯與詩藝的關係

筆者在《創世紀》172 期為文討論詩藝與詩辯的關係，從西方詩學的開山祖亞里斯多德一直寫到二十世紀 [1]。由於各種客觀因素，許多論點未能發揮，亟待補充。該篇論文論及兩首詩名同為〈詩藝〉的近代作品，分別出自十九世紀法國的魏爾倫（Paul Verlaine, 1844-1896）和二十世紀美國的麥克雷希（Archibald MacLeish, 1892-1982），在論文中僅各別抽樣中譯了四行，討論也只能點到為止。筆者藉此彙整舊稿的契機，決定把這二首詩翻譯出來。並仿照第十四章處理《海濱墓園》的方式，提供導論和譯註，略作點評，算是對筆者與讀者作一個遲來的交代。

如《創世紀》172 期拙文所述，詩辯與詩藝為一體之兩面，呈顯辯證或互補的關係。亞里斯多德通過《創作論》在同時進行兩件工程：一方面勾勒、鋪陳他的「詩藝」（τέχνης ποιητική = "ars poetica" 或 "art of composition"）（Lucas, 1968, p. 53）[2]；另一方面則針對柏拉圖的「詩貶」，為自己的悲劇摹擬創作論進行「詩辯」（ἀπολογία ποιητική = art

---

1 張漢良，〈《詩學》、「詩藝」與「詩辯」〉，《創世紀》172 期，2012 年 9 月，秋季號，頁 6-10。後收入《符號與修辭》，頁 39-46。

2 Lucas, D. W. (ed.) *Aristotle Poetics: Introduction, Commentary and Appendixes*《亞里斯多德〈詩學〉希臘文版：緒論、評註與附錄》. Oxford: Clarendon Press, 1968.

of apology）。從語用學的觀點看來，「詩藝」是「詩辯」的結果；前者的「立」論基於後者的「破」論。「破」的對象則是柏拉圖排斥的模仿論。因此我們要討論「詩藝」這種特殊的以詩論詩的「後設詩體」，包括魏爾倫的〈詩藝〉，似乎無法不從詩辯的角度出發，把作品納入更廣大的「語用」範疇來理解（前揭文，頁6）。

二、魏爾倫的〈詩藝〉作為詩辯

　　魏爾倫的〈詩藝〉為西方詩史上的名著，象徵主義詩論的經典。雖然篇幅不長──全詩僅得 36 行，用語看似淺白，韻律亦中規中矩，但傳達的某些概念抽象，頗為晦澀難解。本詩創作於 1874 年；1882 年 11 月 10 日發表在雜誌《現代巴黎》（*Paris-Moderne*）上；後收入 1884 年 11 月 30 日出版的詩集《從前》（*Jadis et Naguère*）中。詩名下題辭獻給查理‧莫希斯（Charles Morice）。此君乍見〈詩藝〉，不知其所以然，竟於 12 月 8 日發行之《新河左岸》化名「卡爾‧莫耳」（Karl Mohr）為文批判，主要批評詩中的「奧祕主義」（hermétisme）及反韻立場（Verlaine, 1962, p. 1148）。魏爾倫旋即在同一刊物反饋，略謂反韻有其前提。「我倆基本看法相同，因此我總結此論辯（le débat）如下：韻律須完美（"rimes irréprochables"）、法文要正確（"français correct"），尤其不管調料如何，首先必須是好詩（"surtout de bons vers"）」[3]。這幾點回應，其實係針對本詩第 5、6、7 節的辯護。後來莫希斯轉為魏爾倫知音。文人自古相輕，或相互標榜，中外皆然。

　　關於本詩標題 "Art poétique"（詩藝），源出於拉丁文 "ARS

---

3 Paul Verlaine, *Œuvres poétiques complètes*《詩全集》, Texte établi et annoté par Y.-G. Le Dantec, édition révisée complétée et présentée par Jacques Borel. Bibliothèque de la Pléiade. Paris: Gallimard, 1962, p. 1148.

POETICA"，此處需稍作解說。在魏爾倫之前，法國文學史上影響力最大的同名作品允推布瓦婁（Nicolas Boileau-Despréaux, 1636-1711）於 1674 年出版的《詩藝》（*L'Art poétique*），為長逾千行（共 1100 行，分為 4 曲章）的教誨詩。既稱教誨，復規模拉丁詩人霍雷斯的《與比叟父子書》，後世稱《詩藝》（ARS POETICA）（前揭文，頁 7），布氏的長詩宏揚原道（如「美即真」），宗經（古典文類與教條），以諷刺（美刺）為話語主軸。魏爾倫回覆卡爾·莫耳文中的「正確法文」和「好詩」，雖然與〈詩藝〉揭示的主旨不合，也可以說附會了古典美學的「真」（le vrai）、「美」（le beau）、「善」（le bon sens）一體論。就美刺觀點而論，魏爾倫〈詩藝〉面對的是布瓦婁的雄偉詩辯；第 5 節的反諷刺（「要避免揶揄、諷刺、／挖苦和嘲笑人的用語」）具有明顯的針對性。美國學者翻譯名家諾爾曼·夏匹諾（Norman R. Shapiro, 1930-2020）英譯此詩為拉丁文 "ARS POETICA"，顯然有意回歸此古典互文傳統 [4]。

　　〈詩藝〉既然指導人如何寫詩，並提出若干誡律，應屬廣義的西方教誨詩文類。其話語結構如下：第一人稱發話者對第二人稱（某位虛擬或潛在的詩作者）發話，語用模態為指示性的或祈願式的。這種模態最通俗的例子大概就是常見的家訓「黎明即起，灑掃庭除」，不過省略了第二人稱主語，亦即受話者（allocutor, addressee）「爾等」。指示性的句子如第 2、5、6、17、21 行；祈願式的句子則出現在第 8、9 節，第 30、33 行，以法語 "Que" 或英語 "Let" 發語的兩句（請參見本章附錄的原法文詩及英譯）。

---

4 Norman R. Shapiro, *One Hundred and One Poems by Paul Verlaine*《魏爾倫詩選 101 首：法英對照本》. A Bilingual Edition. Chicago: University of Chicago Press, 1999, pp. 126-129. 見本文附錄 2。

　　我們不妨權宜性地把詩中的話語分成兩類：1. 消極的誡律，例如：
「放棄對偶」、「遣詞用字不必刻意」、「要避免揶揄、諷刺……」；2.積
極的芻議，例如：「作詩首先得考慮音韻」、「選擇奇數音節」、「留
點破綻和……誤讀的空間」、「追求……細膩的色調」、「最好穩住
韻腳」、「讓你的詩歌吟詠、飛翔」。表面上看來，發話者擁有威權，
佔據話語的優勢；但從語言交流的角度觀察，甲方的勸誡總有被乙方
忽視，甚至抗拒的可能。試問：既然被獻詩的查理‧莫希斯都不識貨，
難道26行的「耳聾的孩兒」和「黑傻子」會接受魏爾倫詩藝的教誨嗎？
因此任何標榜「詩藝」的作品，都暗含著預期答辯的心理語言學機制，
以及發話者潛意識的焦慮。

　　無論消極的誡律或積極的詩法，它們都是說教式的。由於說教，
上面所引的誡律和芻議雖然交代了語意，但未必具有「詩意」。在這
種情況之下，在教條之上或背後的隱喻反倒更值得我們重視。第 3 節
由呈顯自然意象的 4 行詩句組成，它們無疑是「灰色歌曲」的例證，
在精確與不確定之間遊梭。

　　　那是面紗下美麗的眼睛，

　　　那是正午陽光輝煌的閃動，

　　　那是──溫和的秋日天空中，

　　　明亮的繁星匯聚的藍光！

同樣的手法也在最末二段出現，得句令人吟詠低迴，餘味無窮。筆者
在前引論文中指出「以詩論詩」的詩作可視為「後設詩」。因為它具
有一個特色，即使用詩藝的後設語言（metalanguage）來規模、框架，
甚至取代詩作的對象語言（object-language）。套用雅格布森的說法，
後設語言為語碼（code），對象語言為訊息（message），二者的關係

是 c/m，語碼覆蓋了訊息。這種說法不能算錯，但失諸簡化，因為訊息也須編碼，語碼亦可傳達訊息。透過隱喻，魏爾倫作了一個逆轉，以訊息為語碼，其關係成了 m/c，進而化解了對象語言與後設語言的二分。我認為這是魏爾倫對詩藝實踐比較為人忽略的一塊。

三、〈詩藝〉中譯

〈詩藝〉[1]

作詩首先得考慮音韻[2]，
但寧可放棄對偶，而選擇奇數音節[3]；
它在空中較模糊，易溶解，
輕盈，無法衡量和安放[4]。

遣詞用字不必刻意，最好無心地
留點破綻和讓人誤讀的空間[5]。
沒有比灰色歌曲[6]更可貴的——
精確和不確定[7]在那兒交會。

那是面紗下美麗的眼睛，
那是正午陽光輝煌的閃動，
那是——溫和的秋日天空中[8]，
明亮的繁星匯聚的藍光！

我們追求的是細膩的色調[9]，不渴望
絕對的色彩，只探索其繁富的層次！
唯有微妙的譜系細分才能讓

夢與夢結合，號角和長笛和韻！

要避免揶揄、諷刺、
挖苦和嘲笑人的用語 [10] ——
刻薄得讓藍眼的天空都落淚。
要遠離蒜味撲鼻的快餐食譜 [11]！

雄辯 [12] 為大忌，快扭斷牠的脖子。
在發揮創作能量時，你最好
稍微穩住韻腳，不讓它亂跑。
如果不看緊它，誰知道會跑到哪去？

啊！押韻怎麼錯了？誰說的？ [13]
哪個耳聾的孩兒，哪個黑傻子
給咱們做造了這廉價的首飾，
在銼刀下發出空洞虛偽的聲音？

一切都以音韻為先，永遠如此！
讓你的詩歌吟詠、飛翔，
從靈魂中解放，自由地
飛向異次元的天空，追求異質的愛 [14]！

願你的詩是支好籤 [15]！
迸散在清晨的強風裡，
散發出薄荷、百里香……的芬芳。
至於文學，猶為餘事！ [16]

四、譯註與導讀

1. 根據伽里瑪出版社「七星詩社文庫」魏爾倫《詩全集》中譯，見：
   Paul Verlaine, *Œuvres poétiques complètes*, Texte établi et annoté par
   Y.-G. Le Dantec, édition révisée complétée et présentée par Jacques
   Borel. Bibliothèque de la Pléiade. Paris: Gallimard, 1962, pp. 326-327。
   本文附錄的法文原詩為同一出處。這首詩是我第三次翻譯，前兩次
   未完工，只譯了數行。1973 年翻譯過 2 行，第 3-4 行譯作「愈模糊、
   愈稀薄在空中／無物可稱量或安放」（見：Charles Chadwick 著，
   張漢良譯，《象徵主義》，臺北：黎明文化事業股份有限公司，民
   國 62 年〔1973 年〕，頁 25）。2012 年《創世紀》172 期因討論隱喻，
   僅刊出 4 行中譯（見本章正文註 1），此處補遺。

2. 此句直譯「音樂為眾相之先」，為詩史上的名句。但其誤導與影響，
   難分軒輊。最大的啟示大概就是「詩的音樂性」或「象徵主義者主
   張音樂性」云云。至於「何謂音樂性？」則言人人殊。言者或嚅嚅
   以對，或不知所云。試問：意象主義巨擘龐德亦講求詩的音樂性，
   那他為何反象徵主義？"la musique" 固然指「音樂」，但「語音」
   與「樂音」分屬不同的範疇，不得混同。筆者透過詩的脈絡理解，
   故此處譯作「音韻」。

3. 即不堅持音步平仄的工整對偶，如輕＋重、短＋長、平＋仄，而
   用奇數音步。本詩每行 9 音節（ennéasyllabique），3 音步；也
   參雜了 8 音節詩行，如第 1、2、8 行，和 10 音節詩行，如第 32
   行，兩者皆為詩歌與曲式常見的「略律」（catalectic）及「過律」
   （hypermeter）現象。魏爾倫有意地恢復了中世紀歌謠的格律。雖
   然本詩的形式與藍波實踐的「自由詩」（vers libre）有一段距離，
   但音步的彈性流露出魏爾倫的「破格」企圖心，不愧為史家指稱的

「自由詩象徵主義者」（"vers-libristes symbolistes"）之健將。見：
Albert Thibaudet, *Histoire de la littérature française*《法國文學史》，
1936, p. 550。引自 2022 年法國 CNRTL 詞庫。

4. 唯其輕盈、虛無、飄渺，此【語】音符沒有仄音、重音或執意的加
   重音。

5. 愛把話說實說滿，把讀者當作傻子，為寫詩者戒律，可供詩友卓參。
   「刻意【經營】」為延伸式意譯，即不必刻意用傳「真」的、指涉
   性用語。法語 "quelque méprise" 指「有些誤解」，可謂魏氏在一百
   年前已為布魯姆的「誤讀」（misprision [即法文 méprise]）理論的
   先聲。此處附筆一句：本詩翻譯時，適值小說家王文興辭世。猶憶
   他畢生一再強調用語的精準，並堅信此普世性的精準語言必能充
   分、甚至完全傳達給讀者。筆者曾為文評論，謂此說有違語用學常
   理。1986 年，承其在輔仁大學第一屆文學與宗教會議會場當面嚴
   肅質問，本人坦然稱是。王先生表情看似頗為意外與失望。所幸雙
   方皆不喜（亦不善）爭論，爾後筆者與小說家漸行漸遠，此事終不
   得要領。

6. 「灰色歌曲」（"la chanson grise"），如字面所示，頗為「晦澀」。
   魏爾倫的詞語開創了後來法國詩樂的灰色歌曲傳統，從為其譜曲的
   德布西以降，不絕如縷，屬重要的研究領域。筆者檢索法國國家文
   本詞語庫（CNRTL），得知「灰色歌曲」原始出處即為魏爾倫〈詩
   藝〉。語庫曰："grise" 意謂 "flou"、"vague"（模糊、朦朧），但不
   含貶義。十九世紀後半葉法國文學批評與樂評經常以「灰色」描寫
   文體和樂曲，特指「柔弱」、「暗淡」的風格。魏爾倫顯然在宏揚
   詩作中此消極、柔性的風格。

7. 「不確定性」（l'Indécis）與「精確用法」（Précis）的結合是魏氏
   詩論的要點。此句抽象，向無達詁。但至少它與布瓦婁的新古典主

義準確性語言要求分道揚鑣。

8. 此處的秋景與早年（1862 年創作，1866 年出版）的〈秋之歌〉之
   肅殺氛圍和憂傷語氣大異其趣。若〈秋之歌〉與〈詩藝〉第 3 節合
   併觀之，或可以司空圖《詩品》之語點評，第六品「典雅」：「落
   花無言，人淡如菊」；第十一品「含蓄」：「淺深聚散，萬取一收」。

9. "la Nuance" 為本詩另一關鍵字，意謂極細微的「區分」特質，涵蓋
   光亮、色彩、聲音、氣味……，如光譜、波譜、音譜、頻譜、色譜、
   味譜（見第 20 行的「蒜味」和第 35 行的「薄荷」等香草味）……。
   上面的複詞多係外來技術用語，日常中文少見。順便提一下，英文
   裡有一個常用的單字 "spectrum"，指涉一系列同質物理單元的排序，
   如光譜的 9 種主要色彩區分。此字來自古典拉丁文，原為視覺意象
   語，指極細微的一個點、某種顯現（apparition），如若有若無的鬼
   魅（即英文 "spectre / specter" 的詞源）。這種區分原則與蘊含的相
   對價值足以瓦解，並取代具象的、絕對的、排他性的單一「色彩」
   （"la Couleur"）──比方黑、白分明，非黑即白。猶如第 7 行悅人
   的「灰色」歌曲，詩人欲窮千里目，當須更上層樓，追求此超越經
   驗的 "la Nuance" 特質。按 "la Nuance" 為抽象名詞，它雖然抽象，
   但更具象徵性與普世性。此處譯作「色調」，比較能被一般人所接
   受。但 "la Nuance" 不僅限於顏色，各種譜系彼此通感、共生，相
   互呼應。此即波特萊爾的名作十四行詩〈應和〉（"Correspondances"）
   的啟示。

10. 如註 1 所示，作為詩辯，魏爾倫作品針對的是新古典主義的諷刺文
    風，直接的互文標靶則是布瓦婁的諷刺長詩《詩藝》。作者在第 3、
    4、8 節現身說法，以實例展示了象徵主義的詩風和創作理念──
    以詩追求自然，但詩的象徵世界超越了自然。

11. 這些句子傳達的品味和價值觀念，從今天「覺醒」主義（wokeism）

的再脈絡化立場看來，未免過時，或有「政治不正確」之譏。如吾人還原歷史脈絡，魏爾倫詩辯的對象是新古典主義僵化的文風，包括社會批判性的諷刺文和教條式的「舊修辭」（l'ancienne rhétorique）術。第 7 節的排他主義、族群意識（"quel nègre fou"【哪個黑傻子】）和精英思想，也應納入作者當時的歷史語境去理解。

12. 「雄辯」特指古典拉丁（和新古典）修辭術，為「說理」之轉喻；亦即全詩最末行，不屬於「詩」的「文學」（"littérature"）。此處法語的「文學」一字，源自拉丁文的原始用法，即「凡文字書寫出來的東西」。詩不屬於文學，或文學不屬於詩，誠然近似嚴滄浪之語：「夫詩有別材，非關書也；詩有別趣，非關理也！」但多數反學院派的創作者往往忽略了嚴羽接下去的兩句：「然非多讀書，多窮理，則不能極其至。」二十世紀中葉，受到語用學和話語理論的影響，修辭學異軍突起，「新修辭學」走出辭格與章法的框架，成為文論主流，改變了文學研究生態。

13. 莫希斯以為魏爾倫反押韻，顯係誤讀。「啊！押韻怎麼錯了？誰說的？」（Ô qui dira les torts de la Rime?）像一個修辭反問句，答案不說自明。亦即押韻（特指尾韻）本身沒錯，問題出在押韻的人，或功力不夠，如耳朵不好的孩童，沒受過教育的「黑鬼」。他們沒能「穩住韻腳」，或胡亂押韻，或急就章，如小吃攤熱炒的食譜，口味重，猛加料（「蒜味撲鼻」），讓韻亂跑，一發不可收拾。其成品猶如「廉價的首飾」，粗製濫造，談不上音韻。筆者向來喜愛的句子「羲和敲日玻璃聲」，顯非廉價工匠所鑄。自由詩捨棄了皮相工整的韻腳，但從未（也不可能）放棄語言的韻律。

14. "Vers d'autres cieux à d'autres amours" 字面義為「朝向另外的天空，尋找另外的愛」。筆者此地稍微放縱一下，譯為「異次元」和「異質」，以凸顯象徵主義者樂道的超越精神。

15. 魏爾倫的神祕主義終於現身了。本節第 1 行末出現的片語 "la bonne aventure" 指「好預兆」、「好運道」，近似跟人分手時說的 "bonne chance!"（英語的 Good luck!）。筆者贊同作者的奧義論，願視「詩」為「籤」，故譯作「好籤」。

16. 「其餘的無非是文學」（"Et tout le reste est littérature"）可能是全詩中最費解的句子，甚至於在西方現代詩史上，也是懸案。上面註 12 嘗試了一種解釋：「文學」為「一切書寫」，包括「詩」。但這種解釋跟此句的字面義和上下文義衝突。我們還可以有另外一種意述：「剩下的不過是書寫」，意謂「詩」與「書寫」為兩碼事；超驗的詩，當然超越書寫。無論如何，這句「後設詩」反射式地驗證了第 6 行對詩人的期許：「留點破綻和讓人誤讀的空間」。

附錄一：**"art poétique"** 原詩

ART POÉTIQUE

À Charles Morice

De la musique avant toute chose,
Et pour cela préfère l'Impair
Plus vague et plus soluble dans l'air,
Sans rien en lui qui pèse ou qui pose.

Il faut aussi que tu n'ailles point
Choisir tes mots sans quelque méprise :
Rien de plus cher que la chanson grise
Où l'Indécis au Précis se joint.

C'est des beaux yeux derrière des voiles,

C'est le grand jour tremblant de midi,

C'est, par un ciel d'automne attiédi,

Le bleu fouillis des claires étoiles!

Car nous voulons la Nuance encor,

Pas la Couleur, rien que la nuance!

Oh! la nuance seule fiance

Le rêve au rêve et la flûte au cor!

Fuis du plus loin la Pointe assassine,

L'Esprit cruel et le Rire impur,

Qui font pleurer les yeux de l'Azur,

Et tout cet ail de basse cuisine!

Prends l'éloquence et tords-lui son cou!

Tu feras bien, en train d'énergie,

De rendre un peu la Rime assagie.

Si l'on n'y veille, elle ira jusqu'où?

Ô qui dira les torts de la Rime?

Quel enfant sourd ou quel nègre fou

Nous a forgé ce bijou d'un sou

Qui sonne creux et faux sous la lime?

De la musique encore et toujours!

Que ton vers soit la chose envolée

Qu'on sent qui fuit d'une âme en allée

Vers d'autres cieux à d'autres amours.

Que ton vers soit la bonne aventure

Éparse au vent crispé du matin

Qui va fleurant la menthe et le thym...

Et tout le reste est littérature.

附錄二：諾爾曼‧夏匹諾英譯 "ARS POETICA" *

ARS POETICA

For Charles Morice

Music first and foremost! In your verse,

Choose those meters odd of syllable,

Supple in the air, vague, flexible,

Free of pounding beat, heavy or terse.

Choose the words you use--now right, now wrong--

With abandon: when the poet's vision

Couples the Precise with Imprecision,

Best the giddy shadows of his song:

Eyes veiled, hidden, dark with mystery,

Sunshine trembling in the noonday glare,

Starlight, in the tepid autumn air,

Shimmering in night-blue filigree!

For Nuance, not Color absolute,

Is your goal; subtle and shaded hue!

Nuance! It alone is what lets you

Marry dream to dream, and horn to flute!

Shun all cruel and ruthless Railleries;

Hurtful Quip, lewd Laughter, that appall

Heaven, Azure-eyed, to tears; and all

Garlic-stench scullery recipes!

Take vain Eloquence and wring its neck!

Best you keep your Rhyme sober and sound,

Lest it wander, reinless and unbound--

How far? Who can say?-- if not in check!

Rhyme! Who will its infamies revile?

What deaf child, what Black of little wit

Forged this worthless bauble, fashioned it

False and hollow-sounding to the file?

Music first and foremost, and forever!

Let your verse be what goes soaring, sighing,

Set free, fleeing from the soul gone flying

Off to other skies and loves, wherever.

Let your verse be aimless chance, delighting

In good-omened fortune, sprinkled over

Dawn's wind, bristling scents of mint, thyme, clover...

All the rest is nothing more than writing.

* Norman R. Shapiro 譯，出處見本章正文底註 4。

第十二章　麥克雷希的意象主義〈詩藝〉

一、前言：詩作歷史脈絡的還原

　　筆者在《創世紀》172 期論文中提到美國詩人麥克雷希 1926 年的名作〈詩藝〉，描述其風格為「意象主義冷冽片斷」[1]。筆者此語並非無的放矢，除了有文學史的依據外，更係某種排他性選擇的結果。簡要說明如下。

　　麥氏在耶魯念文學，在哈佛讀法律，先後數度在東岸主要大學教書，講授法律和文學課程；復長期為政府工作，深受法蘭克林‧羅斯福總統倚重，擔任多項要職，包括國會圖書館長職位，聯合國教科文組織憲章起草人，在行政與國際政治方面頗多建樹。他的創作涵蓋詩和戲曲，曾獲得三次普立茲詩獎、戲劇獎和各種詩壇祭酒等級的榮譽。由於其政治色彩和介入性的職位，他在當代文學史上的評價無形中受到影響，始終具有爭議。多數論者以人廢言，根據政治立場判斷或完全否定其詩作。清洗共產黨文人的麥卡錫參議員列名他為左翼作家；另一方面，因為他極力奔走，呼籲釋放龐德[2]，則被詬病為同情法西斯

---

1 張漢良，〈《詩學》、「詩藝」與「詩辯」〉，《創世紀》172 期，2012 年 9 月，秋季號，頁 10。本文收入筆者前揭書《符號與修辭》，頁 29-37。

2 出力營救龐德者不少，包括艾略特，但龐德 1958 年的釋放，對政府有影響力的麥克雷希當居首功。見：Hugh Kenner, *The Pound Era*《龐德紀元》, Berkeley: University of California Press, 1971, p. 535. 詳細的文獻討論，請參：Jean Stefancic & Richard Delgado, "Panthers and Pinstripes: The Case of Ezra Pound and Archibald Macleish"〈花豹與細紋：

主義。

　　像麥克雷希這樣一位多面向的文人，殊難讓人作單純的價值判斷。龐德如此，保羅・德曼亦然。追根究柢，一旦被「政治化」，芸芸眾生，無名之輩如你我，難道例外？筆者對此類爭議向來沒有興趣，但願說詩人先界定個人立場，選擇前提，劃下論述脈絡。換而言之，吾人需要脈絡化文學性事件和作品，同時攬鏡自照，不斷地透過去脈絡化和再脈絡化的辯證機制，重新檢視史實。言歸正傳，麥克雷希比較沒有爭議的反倒是他這首比較單純的命名為〈詩藝〉的短詩。爭議性雖不大，但原因卻可能多端。首先，詩藝作品有其「以詩論詩」的歷史性文類脈絡。這個脈絡扮演著詮釋制約（interpretive constraints）的角色，它設定了詮釋規範，讀者得以暫時擱置不相干的議題，排除異質論述的侵入。

二、麥克雷希〈詩藝〉的幾個脈絡：意象主義與《詩雜誌》

　　上節提到龐德被判刑後軟禁在伊莉莎白醫院精神病房的際遇。麥克雷希感念 1920 年代旅法時龐德對其創作的啟迪之恩，甘冒政界之大不韙，奔走營救。麥氏原來從事法律業務，但其最愛係文學創作。後來毅然辭去工作，率妻孥舉家離美赴法，從 1923 年到 1928 年住在巴黎，與作家和藝術家往還，包括自我放逐的重要美國作家，如葛楚德・斯坦因和海明威。這些作家擔任了麥克雷希與龐德的中介，兩人透過通信交換詩創作問題，龐德一向直言不諱，對麥氏詩作貶多於褒（Stefancic & Delgado, 2012, footnotes 93, 138, 139, 205）。麥克雷希在

龐德與麥克雷希〉, *Southern California Law Review*《南加州法律評論》907 (May 1990). Revised and reissued by Faculty Scholarship at Alabama Law Scholarly Commons《阿拉巴馬大學法律學報》, Working Papers in 2012. https://scholarship.law.ua.edu/fac_working_papers/54

  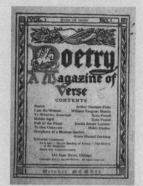

從左至右：
圖1 〈詩藝〉發表在《詩：韻文雜誌》28卷3期（1926年6月）上。
圖2 〈詩藝〉在《詩：韻文雜誌》28卷3期第126頁的原始形象。
圖3 《詩：韻文雜誌》1卷1期（1912年10月發行）封面。要目上有龐德詩作二首。
末行為版權訊息，版權歸屬發行人兼主編哈麗葉·蒙羅女士。龐德為詩刊創刊
作家兼駐歐通訊員。本圖取自《詩》誌現今發行機構Poetry Foundation 2023年官
網。

巴黎的作家夢並不圓滿，主要的原因是他創作章法和語言太陳舊，缺
乏新意，始終打不進前衛圈內。也許旅法期間的作品〈詩藝〉是個例
外吧！

〈詩藝〉發表在1926年6月號28卷3期的《詩：韻文雜誌》（*Poetry:
A Magazine of Verse*）【以下簡稱《詩》誌】上（見圖1、圖2）。這
份創刊於1912年10月（見圖3），今天仍然發行，允稱當代歷史上最
老的詩刊。網絡版《維基百科》記載，2007年每期發行量三萬份，當
年收到投稿十萬件，被接受刊出的三百篇，錄取率不及百分之一。詩
刊對二十世紀初的各種現代主義詩運動，如意象主義，確實有推波助
瀾之功。主編哈麗葉·蒙羅本身為《芝加哥論壇報》藝評家，不是詩人，
但頗有壯志雄心。她雖無門戶之見，廣納百家，但由於她和龐德的私

誼，弗林特的意象主義（"*Imagisme*"）宣言和龐德的〈意象主義者的
幾條戒律〉（"A Few Don'ts by an Imagiste"）都在 1913 年 3 月號發表[3]。
就創作而言，當代重要的英美詩人幾乎沒有漏網之魚；許多具創世紀
意義的名件，如龐德的〈地鐵站印象〉（1913 年 4 月 2 卷 1 期）以及（經
過龐德的推薦）艾略特的〈普魯夫洛克的戀歌〉（1915 年 6 月 6 卷 3
期），都透過這份詩刊得以與世人見面。

　　根據先師休‧肯訥（Hugh Kenner, 1923-2003）的考證，龐德在
1912 年中初次用「意象主義者」（"Imagiste"）這個字眼，描寫其鍾情
的女詩人杜麗妥（H. D., 1886-1961），持續使用到 1914 年左右（Kenner,
The Pound Era, 1971, pp. 173-191）[4]。爾後多變的龐德另起「漩渦主義」
（Vorticism）等新爐灶，一再鑄新詞，不再提意象主義了。1917 年
後，他與哈麗葉‧蒙羅的詩刊漸行漸遠。可惜麥克雷希「後知後覺」，
1926 年他在《詩》誌發表具意象主義風格的〈詩藝〉時，該運動已成
過往雲煙。

三、意象主義風格的〈詩藝〉與魏爾倫〈詩藝〉的餘緒

　　在歷史的長河中，文學運動雖然短暫，但其宣揚的風格可能會持

---

3 F. S. Flint, "Imagisme"〈意象主義〉, *Poetry: A Magazine of Verse*, vol. 1, No. 6 (March
　1913), pp. 198-200; Ezra Pound, "A Few Don'ts about Imagiste"〈意象主義者的幾條戒律〉,
　Poetry: A Magazine of Verse, vol. 1, No. 6 (March 1913), pp. 200-205.

4 據肯訥敘述，龐德於 1912 年 10 月把 H. D. 的詩作〈信使神的三叉路〉（"Hermes of the
　Ways"）寄給哈麗葉‧蒙羅，並於詩末代作者署名為 "H. D. Imagiste"（Kenner, 1971, p.
　174）。該詩於《詩：韻文雜誌》1913 年 1 月號刊出。1913 年是該刊與意象主義合作最
　豐盛的一年，包括二份宣言。然而文獻證實，1912 年龐德在他第一本詩集，當年 2 月交
　稿、10 月出版的《反擊》（*Ripostes*）的附錄上，首先使用 "Les Imagistes" 一詞，作為
　英國意象主義運動先驅修姆（T. E. Hulme）的標籤。龐德說：「至於未來，這些意象主
　義者（被遺忘的 1909 年學派傳人）會保存那種【法式押韻】。」（Ezra Pound, *Ripostes*,
　London: Stephen Swift, 1912, p. 59.）

續一段時期，甚至長存。尤有進者，運動發起者（或後世史家）往往截取宣言內的主張，往歷史回溯，尋找類例，以擴大學派或運動的影響。在這種情況下，吾人需要區分「意象主義」運動與「意象主義」風格。前者由人與事構成；後者則有賴前、後文本的互動，換言之，構成文學史的互文或跨文本關係。

1913 年的《詩》誌與意象主義在美國發展的關係固然密切，但意象主義運動的發源地卻是英國。領銜的是旅居英倫的龐德，主要的參與者有其親密戰友——同係美籍旅英的女詩人 H. D.，和英國詩人批評家 T. E. 修睦（T. E. Hulme, 1883-1917【按：俗譯「休姆」或「休謨」，易與十八世紀哲學家 David Hume 混淆）。修睦歐戰後期陣亡早逝，但極為龐德等人推崇，被後世尊稱為意象主義之父。修睦為哲學出身，擅長文論，詩作不多，但極精簡。H. D. 喜歡用典炫學，與龐德氣味相投，然而其短詩文字洗練，筆觸清晰，卻接近修睦風格。筆者認為除了龐德的經典〈地鐵站印象〉外，二子足堪代表該派早期風格。因此我們得暫時離開美國芝加哥《詩》誌的出版場域，觀察英國意象主義運動對浪漫主義抒情詩風及維多利亞文風的反彈，但眾詩人同時卻又矛盾地吸收了法國世紀末象徵主義，尤其是魏爾倫的養分。

四、四首詩互文關係所建構的現代性

為了避免覆述文學史材料，筆者此地嘗試性地創造　塊跨文本場域，由三位詩人的四首詩構成互文關係：文本 1：魏爾倫的〈月光〉（"Clair de lune", 1867 年）[5]；文本 2：修睦的〈秋〉（"Autumn", 1912

---

5 〈月光〉於 1867 年以 "Fêtes galantes"（〈貴遊節慶〉）詩名發表在《韻誌》（*La Gazette rimée*）上，屬於魏爾倫「前」〈詩藝〉（1874）時期的作品。此詩收入 Paul Verlaine, *Œuvres poétiques complètes*《詩全集》, Texte établi et annoté par Y.-G. Le Dantec, édition révisée complétée et présentée par Jacques Borel. Bibliothèque de la Pléiade. Paris: Gallimard,

年）[6]；文本 3：修睦的〈碼頭上方〉（"On the Dock", 1912 年）[7]；以及最後的文本，即 4：麥克雷希的〈詩藝〉（1926 年）。旁的暫且不論，這四份文本共享一個關鍵性的意象——月亮。肯訥曾指出：「意象主義運動肇始於詩人對魏爾倫詩歌〈月光〉的推崇」（Kenner, 1971, p. 183）。肯師此言固有所本，但徵諸筆者所建之互文語境，亦可謂此言非虛。簡述如下。

魏爾倫的〈月光〉向來膾炙人口，上承義大利面具（第 2 行："masques et bergamasques"）通俗劇小丑（Harlequin）歌謠，下啟音樂家德布西的《柏格曼面具組曲》（*Suite bergamasque*, 1890），乃至卓別林的默片與高達的新潮電影《傻瓜皮耶羅》（*Pierrot le fou*, 1965）。此詩的創作取名於人人上口的童謠〈在月光下〉（"Au clair de la lune"），賦予古典內涵。這首 12 行的短詩分為 3 節，每節 4 行，押 abab 韻；形式工整，意象質樸，但結構玲瓏剔透，意深而遠。

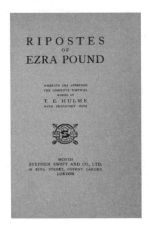

圖4　龐德1912年詩集《反擊》扉頁，小號字的
　　　副標題註明此書為合集，包括T. E. 修睦
　　　的「詩全集」（僅5首）。

1962, p. 107.

6 Pound, *Ripostes*《反擊》, 1912, p. 60. 龐德收錄了修睦的五首詩，包括〈秋〉和〈碼頭上方〉，並作短序，納入個人詩集。見圖 4。

7 仝上書，p. 62。

文本 1

CLAIR DE LUNE

Et leur chanson se mêle au clair de lune.

Au calme clair de lune triste et beau,
Qui fait rêver les oiseaux dans les arbres
Et sangloter d'extase les jets d'eau,
Les grands jets d'eau sveltes parmi les marbres.

〈月光〉　**魏爾倫 作**
它們【靈魂】的歌曲與月光融合。　　8

與靜謐的月光──憂鬱而美麗，
讓鳥兒在樹林間入夢
讓泉水激動、噴湧而低泣，
大理石中纖細強勁的噴泉啊！[8]　　12

　　反浪漫主義朦朧詩，主張乾澀、剛性古典現代的修睦，規模魏爾倫的意象，特別即物和直白，少用喻詞和贅語。本該月朦朧、鳥朦朧的〈秋〉和〈碼頭上方〉僅各有一簡樸的明喻。謹試譯二詩如下，附原文徵信，以為接下去的文本 4 麥克雷希〈詩藝〉暖身。

8　最後的一個字有異文。據考證，"marbres"（大理石）為 "arbres"（樹木）之誤，手民誤植 "m" 於 "arbres" 之前。見：Verlaine, *Œuvres*, 1962, p. 1087。全詩 3 節 12 行，月光於第 8 行出現，故節譯 8-12 行。

文本 2

AUTUMN

A TOUCH of cold in the Autumn

　　　night —

I walked abroad,

And saw the ruddy moon lean over a

　　　hedge

Like a red-faced farmer.

I did not stop to speak, but nodded,

And round about were the wistful stars

With white faces like town children.

〈秋〉　T. E. 修睦 作

一點寒意，在秋

　　夜—[9]

我在異國漫步，

瞥見紅色的月亮倚靠著

　　樹籬

像個紅臉的農夫。

我沒停下來打招呼，只點了個頭，

周圍滿是憂愁的星星

臉色蒼白像都市裡的兒童。

---

9 此字由第 1 行逸出，單獨成行。同樣的情況見諸第 5 行的複詞「樹籬」（在英文裡為單字 hedge）。文本 3〈秋〉的第 4 行與第 6 行亦重複此策，脫軌逃逸，自成一行，還能押韻。

文本 3

ABOVE THE DOCK

ABOVE the quiet dock in mid night,

Tangled in the tall mast's corded height,

Hangs the moon. What seemed so far

   away

Is but a child's balloon, forgotten after

   play.

〈碼頭上方〉　　T. E. 修睦 作

夜半，寧靜的碼頭上方

纜繩牽扯的桅桿上

懸掛著月亮。看來蠻

   遠的

無非是孩子的氣球，玩過就

   忘了。

　　〈秋〉詩裡，人與月互動，都市小孩（星）和農夫（月）對照。〈碼頭上方〉懸掛的月亮，如孩童遺忘的氣球，尤有小傻瓜皮耶羅（Pierrot le Fou）式的童趣。雖不著隱喻和象徵，卻也盡得風流。就更嚴肅的批評史意義而言，修睦這二首詩見證了肇始於二十世紀初年的，象徵（symbol）與寓言（allegory）位階的互換。中世紀之後被壓抑了近千年的寓言（淺碟式、制式的、一對一的喻依／喻旨關係，如「圭璋」以明「德」、「紅玫瑰」表「熱情」、「白百合」表「純潔」、「紅臉月亮」為「農夫」、「蒼白星子」為「都市宅童」）再度抬頭，取代了複雜的，十九世紀主流詩人鍾愛的系統性深度象徵。修睦二詩在

語法上及韻律上，皆有破格，已屬相當解放的自由詩。破格的例子很多，如：1. 二首皆以單字成行：〈秋〉的"night"（夜）和"hedge"（樹籬）；〈碼頭上方〉的"away"（遠）和"play"（玩）。2.〈秋〉整首詩全無腳韻；〈碼頭上方〉脫軌逃逸的"away"和"play"竟然押韻。3. 你說〈碼頭上方〉屬四行詩（quatrain）或六行詩（sestet）都不能算錯，卻也都不正確。4. 同樣的矛盾也出現在尾韻上，受到詩行段不確定的限制：或押 aabb 韻；或押 aaXbXb 韻，X 表不押韻。除了月亮意象外，修睦這些自由詩的設計都在麥克雷希的〈詩藝〉中轉化再現。

文本 4

〈詩藝〉[10] 麥克雷希 作

詩應可感知，但啞然[11]
如一枚圓熟的果實，[12]

安靜
如拇指觸摸舊勳章，[13]

沉默如被衣袖打磨的窗櫺邊

---

10 英文原詩請參見圖 2。

11 「可感知的」（palpable）與「啞然」（mute）為矛盾語。詩以語言為媒介，為語言的產物。怎能「啞然」？此謂盡量不用解說性、論述性的語言；不要大聲喧嘩、喋喋不休；要「安靜」（第 3 行 dumb, 第 5 行 silent, 第 7 行 wordless）。第 1 行的「啞然」召喚最後一行的「詩不應指意」。引伸更普遍的詩學原理，即為筆者所論「藏詩」。

12 「渾圓的果實」（"a globed fruit"）同時為視覺、嗅覺、味覺意象。

13 詩應能召喚出觸覺意象，如「勳章」，「舊」字為語意再挹注增值（re-semanticization）。

的石簷 [14]，如今長滿了青苔——

詩應當無言
像是鳥群的飛翔。

詩應在時間中靜止
有如月亮升起 [15]，
離去 [16]，當月亮逐枝逐葉地
釋放出被黑夜糾纏的樹木，

遺落（宛如冬天樹葉後的月亮）[17]
心坎裡一片片的回憶——

---

14 此意象群適足說明自然與人的互動。法國典型的窗戶多為兩扇往外推式，英文稱作
casement window，法文稱 la croisée = la fenêtre。窗下有窗檻，老房子的窗檻或木造，
或係石板。人推窗望月，雙手倚在窗檻上，久而久之，把它磨蹭得光滑。水滴石穿，耗
時百十載。如今人去樓空，石簷上長滿了青苔，不知其間又歷經多少歲月。此節呼應上
節「舊勳章」意象；預示第 14 行的「片片的回憶」與第 19 行的「悲哀的歷史」。無論
自然或人事，都抵不住時間的摧殘，唯有詩可與之抗衡，此即第 9 行與第 15 行「詩應
在時間中靜止」所期許者。

15 本詩的主導意象（或行動的主角）為月亮，固然為詩人最愛，卻不足以啟發媒體的興趣。
但文學創作總難免受到歷史偶性的干擾。1969 年 7 月 20 日阿坡羅 11 號太空船載人登
月成功。《紐約時報》總編輯羅森塔爾（A. M. Rosenthal）邀請麥克雷希作頌詩，歌詠
此壯舉。詩成後題名為〈月之航〉（"Voyage to the Moon"），立即刊在翌日（7 月 21 日）
的頭版，亦為《紐約時報》的風雅創舉。羅總編委請詩人作詩無可厚非，除為太空科技
壯舉錦上添花外，且能賡續古希臘品達頌詩傳統，尤為美事一樁。可惜該詩倉促成稿，
應景有餘，內容則配合航程敘述，拖泥帶水，廢話太多，詩意蕩然。為本文所勾陳的現
代詩史上的月亮神話，劃上不完美的句點。

16 第 11 行的「離去」與第 13 行的「遺落」都是英文的 "leaving"。此字一語雙關，中文
必須作雙重表達。

17 月光與林木的互動為本節互文場域的基調。

詩在時間中應該靜止
宛如月亮的上升。

詩應等同於
非真[18]。

寫悲哀的歷史
一道空的門廊，一片楓葉。

寫愛
一片壓倒的草，海上的兩盞燈——

詩不應指意[19]
但存在。

---

18 「非真」原文為 "Not true"，指詩的真實別有理趣，無法換算為真、偽命題。見下註 19。

19 末二行原文中「指意」為 "mean"，「存在」為 "be"。筆者選擇「指意」，而非更通俗的「表意」（表義），為了避免再度捲入語言哲學一百多年的爭論。嚴格說來，語言本有語意／義層，詩不可能不表義。「指意」在眾多與意義有關的定義中，作了窄化的限制，可能指稱「指涉」（reference）「意旨」（intended meaning）、「意圖」（intention）和「意向」（intentionality）。「意旨」即平日英文口語所謂 "What do you mean?" 和 "You know what I mean!"。至於末行的 "be" 則有現象哲學所論的「存在」、「事件」等意義，可引發詩本體論的探索。席德尼在《詩辯》中的弔詭式名言：「詩人從不證實，因此不可能說謊。」（"Now, for the poet, he nothing affirmeth, and therefore never lieth."）亦不妨作如是觀。席德尼的表述也可以透過現代批評的概念來理解，如：詩語言的表演性（performative）與非紀實性（constative）用法，以及詩語言作為「偽陳述」（pseudo-statement）等等。見本書第八章。

　　關於麥克雷希〈詩藝〉文本的細節，讀者可參酌筆者的腳註。回到魏爾倫〈月光〉所開啟與導出的月亮意象群組。一如魏爾倫〈詩藝〉中的四句灰色歌曲所示，自然轉化為象徵，係詩藝可行之道。

　　那是面紗下美麗的眼睛，
　　那是正午陽光輝煌的閃動，
　　那是──溫和的秋日天空中，
　　明亮的繁星匯聚的藍光！

　　魏爾倫暗示以隱喻主導詩藝，用喻詞提供答案，亦即筆者所謂，語碼取代訊息。此策略被麥氏發揚光大。麥氏成功地使用了一系列的喻詞意象指涉外物，包括自然的與人為的，前者如「圓熟的果實」、「鳥群的飛翔」、「月亮的上升」、「楓葉」、「草」；後者如「舊勛章」、「門廊」、「燈」；覆蓋在眾物之上的則是語言。雖然〈詩藝〉的自由形式趨近修睦，就辭格的使用精簡程度而言，麥克雷希與修睦無法並論。修睦反對辭格入詩，尤其是隱喻，因為語言本身已經是隱喻性的，不必疊床架屋。麥克雷希使用了十則以上的喻詞意象代換詩，其理則為水平式的套套邏輯，有辭費之嫌。

　　既然語言具有全覆蓋功能，詩人不妨由此則常識之見切入，暫時中止喻詞的「再現」作用，進而檢討「詩藝」的自我反射性與其作為後設語言的侷限，以及它和對象語言關係的其他可能。麥克雷希的結語：「詩不應指意，／但存在」（A poem should not mean / But be.）算是稍微觸及到語言本體和功能的現代性反思，但談不上詩人的自省，註 15 的〈月之航〉反而開倒車。修睦的〈秋〉略為流露自覺性的詼諧。走出這塊互文，我能想到的自省式詩藝例子是博爾赫斯（Jorge Luis

Borges, 1899-1986）的同名作品〈詩藝〉（ "Arte poética" ）[20]。

> 有時夜間有一張臉
> 從鏡子深處凝視我們
> 藝術必然像那面鏡子
> 顯現我們自己的面孔
>
> （17-20 行）

　　哈姆雷特說，詩人對自然舉鏡。這是典型的藝術反映（「再現」）論。雖然「詩人攬鏡自照」為流行的套語，但自照目的為何？顯像的結果如何？值得詩藝作者深入探索。

---

20 Jorges Luis Borges, "Arte poética"〈詩藝〉, trans. W. S. Merwin, 1999, as "Ars poetica", in *Selected Poems*《【西英雙語對照本】詩選集》, ed. Alexander Coleman. New York: Viking Penguin, 2000, pp. 136-137.

第四輯

跨文本詩學的實踐

第十三章　藏詩
文藝復興《朝臣之書》的啟示

> 「堅、白、石不相外，藏之可乎？」
>
> 「有自藏也，非藏而藏也。」
>
> ……
>
> 「故知與不知相與離，見與不見相與藏。藏故，孰謂之不離？」
>
> ——公孫龍子，〈堅白論〉

一、「藏詩」或「隱人」？

　　「藏詩」？隱藏的詩？閣下是指李商隱式的無題詩嗎？還是洛夫當年忙過一陣的隱題詩？究竟怎麼「藏」詩？係自藏，抑或係她藏？隱詩還是隱人？後者如本名與筆名之辨：隱本名，用筆名；筆名復留待說詩人揭隱。某君身前隱名埋姓，換過兩次筆名，於「一首詩的完成」後，或各於發表，冀望藏諸名山 [1]。筆者當年觀其舉止，有故作矜持狀之感，去本文所論之自然優雅風格，神髓甚遠。再者如筆者臆測的某反革命分子，不著一字，全紙留白，也盡得風流。猶如詩話所謂

1　筆者論維根斯坦的詩話時，舉過公孫龍〈堅白論〉為例（見本書第二章）；介紹席德尼《詩辯》時，點出作者「藏諸名山」的用心（見本書第八章）。本章正文前所引〈堅白論〉句子，至少涉及下列課題：1. 哲學上本體論與認識論之間的矛盾；2. 心理學上各種感官經驗的異質性／同質性、歷時性／共時性；以及 3. 引伸而出的文學批評課題，「自藏」或「藏而藏」跟創作與詮釋的關係。此處稍作文義解釋：視覺與觸覺分屬兩種感官經驗，彼此分離（「相與藏」、「相與離」）。如兩者的殊異為天生自然的，屬「自藏」【套句時髦語：「天然獨」也！】；如殊異為人為後設的，屬「藏而藏」。如感覺雖異，但能同時存在，故「不離」。藏藝、藏詩皆屬「藏而藏」，唯巧、拙之別耳。

的不落言詮，卻美其名曰「藏詩」，甚至為無字天書。然而，閣下怎麼知道無字天書是「藏詩」？難道沒寫出來的不是訃文，或者其他任何可能？

固然歷史人物可接受公評，但詩人夙懷多重面具，如川劇之變臉，殊難判斷真相。頑笑到此，言歸正傳。西方文藝史上，有一句拉丁文名言："ars est celare artem"，來源已不可考 [2]，英文直譯為 "Art is to conceal art"，或意譯為 "True art is concealed art"，或 "The best art is hidden art"，翻譯成中文大致是：「藝術即隱藏藝術」，「藝，藏藝也！」即「真正的藝術，隱而不顯，是內斂的，而非外露的」。這豈非「藝術表現說」（"Art as expression"）的悖論？按 "celare"（「藏」）為非限定動詞，"artem" 則係 "ars" 的受格變化，幾近反身受詞（"artem celare"），意謂「藝自藏」，顯與公孫龍子的用語「自藏」有別。因此我們可暫時不論「她藏」——雖然自藏與她藏足以引發糾葛的意圖

---

2 關於這句話的起源，說法很多，一說它源出於羅馬的修辭學家昆體良（Marcus Fabius Quintilianus [英文名 Quintilian], c. 35-c. 100 CE），另說出自詩人奧維德（Publius Ovidius Naso [英文名 Ovid], 13 BCE-17/18 CE）。但是在兩人傳世的作品中，並無此語，僅有類似的說法。或曰此語為後世所造，好事之徒倒推給先哲也。昆體良指出：「看得到的藝術就不是藝術」（"... cum desinat ars esse, si apparet" [... if art is seen, it ceases to be art]《演講論》，4 卷 2 節；奧維德在詩集《愛的藝術》第 3 卷謂：「藝術師法偶然」（"ars casus similis" [art simulates chance] 及「藝術始終隱匿」（"ars faciem dissimulate invat" [art remains concealed]）（此三句皆轉引自 D'Angelo, 2018, pp. 19, 31）。關於羅馬時代的低調演說術與隱匿修辭法，以及奧、昆二氏與西塞祿的相關說法，請參見：Paolo D'Angelo, *Sprezzatura: Concealing the Effort of Art from Aristotle to Duchamp*《藏藝：從亞里斯多德到杜象》, trans., Sarin Marchetti, Columbia Themes in Philosophy, Social Criticism, and the Arts, New York: Columbia University Press, 2018，第二、三章。按原義大利書名中的關鍵詞拉丁文成語 *Ars est celare artem*（「藏藝」），在英譯本中為更時髦的 "sprezzatura" 一字取代。義大利文原書筆者未及見，此處僅交代網路檢索之出版訊息如下：Paolo D'Angelo, *Ars est celare artem da Aristotele a Duchamp*, Macerata: Quodlibet Studio, 2005。巧合得很，該書 2014 年版的封面圖片（圖 1），竟似與下面第五節所討論的劉曉頤作品〈肉體薄紗〉形成互文。

謬誤與效應謬誤論辯。「藏藝」泛指各種藝術類別，涵蓋話語（修辭）藝術的應用，當然也包括「詩藝」，推論至「藏詩」。

二、「若無其事」或「若有其事」？

> 若有其事穿梭，我的無心之處
> ……
> 我若無其事愛你
> 我若有其事
>
> ──波戈拉，〈若有其事〉，《創世紀》192 期，頁 64

　　說來也並非巧合，西方文藝史上，另有一個奇字 "sprezzatura" [3]，流行了將近五百年，或許受到潮流的影響，近十幾年在文藝和時尚界突然再度大放異彩，此處暫譯為「若無其事」，詳見註 3 及下文。這個字為文藝復興時代義大利文人朝臣卡斯提伊奧尼伯爵（Baldassare Castiglione, 1478-1529）所鑄新詞，出自其 1528 年出版之名著《朝臣

---

3 與「若無其事」（"sprezzatura" [nonchalance]）相反的是「若有其事」（"la affettazione" [affectation]）；前者看似「漫不經心」，後者其實「裝模作樣」。兩者雖各具匠心，然前者不露痕跡，後者斧鑿太深。

"Sprezzatura" 此字翻譯夙有爭議。最早的 1561 年霍比爵士（Sir Thomas Hoby, 1530-1566）英譯本作 "recklessness"，其他英譯有 "[studied] carelessness"、"[diligent] negligence"、"casualness"，法譯作 "nonchalence"，據說最接近原文（D'Angelo, 2018, p. 10），1901 年的 L. E. Opdycke 英譯即從法譯。目前學界普遍的作法，是使用原字 "sprezzatura"，不再翻譯，視其為英文的外來語，例見 Charles S. Singleton 的用法：義大利原文，後附法文的 "nonchalence"，見下註 4，Castiglione, 1959, p. 43。

對《朝臣之書》裡三個關鍵詞的釐清，見：Eduardo Saccone, *Grazia, Sprezzatura, Affettazione in the Courtier*〈《朝臣之書》裡的「恩寵」、「若無其事」、「若有其事」〉, in Robert W. Hanning & David Rosand (eds.), *Castiglione: The Ideal and the Real in Renaissance Culture*《卡斯提伊奧尼：文藝復興的理想與現實》, New Haven: Yale University Press, 1983, pp. 45-67。

之書》。此書出版後,立即有各歐語及拉丁文譯本,為各國朝臣奉為塑身指南,影響既廣且深,早已成經典[4]。其形式採哲學對話錄文體,記錄烏爾比諾城邦公爵宮廷中貴族朝臣的對話,領軍者係公爵夫人,話題係理想朝臣的形象。敘述者托詞謂當時他羈旅英國,未能身歷其境,參與其事,回國後聞友人轉述,憑記憶筆之於書。讀者對此體例[5]當不至於陌生,筆者曾介紹過前五世紀柏拉圖的《會飲》篇,多年後敘述者間接轉述眾人論「愛」,以及十九世紀初希萊格爾的《詩的對話》,未現身的敘述者回憶眾人論「詩」[6]。這篇十六世紀前期論「人」

---

4 *Il Libro del cortegiano* 簡稱 *Il Cortegiano*,英譯為 *The Book of the Courtier*,簡稱 *The Courtier*。此書泛論語言文學藝術宮廷政體人情百態。《朝臣之書》為字面義,比較正確的說法應為《為臣之道》,對本書第八章所介紹的英國理想朝臣席德尼爵士的塑身塑形過程有一定的影響(見 Burke, 1995, p. 97)。

如前註 3 所示,本文引用 Singleton 譯本,根據 1955 年 Bruno Meier 校勘過的 1894 年 Vittorio Cian 版本再譯,較諸上世紀初的 Opdycke 譯本完整。2002 年諾頓出版社根據 Singleton 譯本發行「諾頓評論版」。本文所引書訊息如下:1. Baldesar Castiglione, *The Book of the Courtier*. Trans. Charles S. Singleton, Illustrative material edited by Edgar de N. Mayhew, New York: Doubleday Anchor Books, 1959;2. 原文電子版 Baldesar Castiglione, *Il libro del Cortegiano*, a cura di Giulio Preti, Giulio Einaudi Editore, Torino 1965, http://www.liberliber.it/sostieni。引錄方式遵循 1884 年肇始的慣例,如 I, 29 代表第 1 書第 29 章。

關於此書在歐陸的影響,請參見:Peter Burke, *The Fortunes of the* Courtier: *The European Reception of Castiglione's* Cortegiano, Cambridge: Polity, 1995。

5 此為普世性的說部體例,韋恩‧布斯(Wayne C. Booth, 1921-2005)稱之為「不可靠的敘述者」("the unreliable narrator")(*The Rhetoric of Fiction* [《小說的修辭》], Chicago: The University of Chicago Press, 1961, pp. 158-159)。表面看來,這位「道聽塗說」的敘述者,藉此把文責推卸給原初敘述者,以為「徵信」,表示其言之有據。但說穿了,此地無銀三百兩,徵信無寧是個幌子。

傳統文史研究者咸以書中所記為史實、史料,選擇盡信書,殊少懷疑敘述的真偽問題。從古典修辭學的角度及本文的語境考察,我們可以說這種敘述者身分的設置,亦無異於參與了「欲蓋彌蓋」的藏藝風格的建構。據考《朝臣之書》的作者當時在朝廷,旅英係其托詞,或許自覺作為外在敘述者,不宜擔任被再現的內在與談者,故本書外在敘述者與內在敘述者的關係可透過布斯的敘述觀點來理解。

6 請見本書第十章以及筆者古典論集前揭書《符號與修辭》第十章。

的對話錄，藍本係羅馬西塞祿的修辭學著作，間接傳承了柏拉圖遺產，而朝臣楷模則提供了歐洲貴族，包括席德尼爵士塑身教育的重要資源。其他細節且略過不表，眾人討論的重點是朝臣必備的一種人格特質 "grazia"（"grace"），暫譯為「優雅」吧[7]，此特質來源駁雜，含基督教義的「恩賜」（慈愛）成分。如優雅為君子淑女特質，為其追求的目標，那麼究竟它係天生的，或係後天鍛鍊習得的？如係得之後天，學習的方法手段為何？答案就是 "sprezzatura"。

　　此處僅摘錄 "sprezzatura" 出現的那段話。如日常慣例，晚餐後宮廷諸君進行休閒餘興節目，包括談文說藝及哲學論辯。參與討論遊戲的盧德維科伯爵，應眾人之請，說明優雅之道：「……如這種優雅特質係後天養成的，我認為當事人應遵循一普世性的原則：務必避免『矯揉造作』（la affettazione [affectation]，字面義『假裝』）。用個新詞來說吧，做任何事都得採取一種『若無其事』（sprezzatura [nonchalance]，

<hr/>

7 按後世興起的美學家把這種美稱作「秀美」，和另外一種「壯美」（"sublime"）對立【按：或譯為「崇高」，或借用司空圖《詩品》的類別，稱為「雄渾」】。受《朝臣之書》影響的十六世紀義大利人文主義學者鐸勒切（Lodovico Dolce, 1508-1568）以拉斐爾（Raffaello Sanzio da Urbino [Raphael], 1483-1520）代表秀美風格，米開朗基羅（Michelangelo, 1475-1564）則代表壯美風格（D'Angelo, 2018, p. 44）。這兩位文藝復興藝術巨匠與卡斯提伊奧尼同時，彼此頗多往還，尤以烏爾比諾出生的拉斐爾與卡氏關係最為親密。
秀美與壯美的概念皆可上溯至古典傳統，"grace" 源出於拉丁文的 "gratia"，更往前推到希臘文的 "χάρις"（charis），誠如三位優美女神 Χάριτες（Charites）[Gratiae, Graces] 之名所示。觀藝術史上彼等造像，如波底切里（Sandro Botticelli, 1445-1510）、拉斐爾等人畫作，果然「名」副其實，即「秀美」也！「悅目」也！「富創造力」也！
今天義大利文的 "grazie"（「謝謝」）出自拉丁文的 "gratia"，為「感謝恩賜」之意；至於英文的 "charity"（慈善【事業】）詞源，《牛津大辭典》說來自法文和拉丁文的另字，筆者卻認為此字跨過歷史上拼字與語意的移轉，遙指希臘文的 "χάρις"（charis 單數）和 "χάριτες"（charites 複數）。關於此字在後古典思想史上的地位，論述頗豐，參見 Saccone, 1983。

字面義『輕視』）的方式，不露痕跡 [8]，讓人覺得他說的話、做的事毫不費勁兒，甚至未經思慮。……因此我們可以說，看起來不像藝術的藝術，才是真正的藝術（"quella essere vera arte, che non pare essere arte" ["{call} that art true art which does not seem to be art"]）；對從事藝術的人而言，隱藏比什麼都重要……」（Castiglione, trans., Singleton, I, 26, 1959, p. 43）。

　　上面的引文言簡意賅。可見「若無其事」並非「不作為」，或此間流行的卸責推諉藉口「平常心」，而係深具匠心，但隱藏作為的最高藝術。「若無其事」的風格出現後，立即被廣泛地應用在文學、藝術評論上，最著名的實用例子允推論者分析拉斐爾署名最早的畫作《聖母婚禮》（1504 年），新郎約瑟身體和衣袍的律動造型。此風格論往前回溯到古典文藝與修辭（演講術）典籍，往後發展便是一個世紀之後的曲式和聲樂唱法，晚近則普及到服裝設計（如男士的 "smart casual" 穿著）和體育等領域。《朝臣之書》觸及到古典時期至文藝復興文化的各個面向。因限於篇幅，筆者不再申論。下面隨意地拈出中文通俗語境中，類似的文體風格說法。

三、「欲彰彌蓋」或「欲彰彌彰」？

　　「欲彰彌蓋」或「欲彰彌彰」？怎麼這句成語閣下兩次都用錯了？成語有「欲蓋彌彰」一詞，但無「欲彰彌蓋」，更無「欲彰彌彰」。在修辭上，「若無其事」與「若有其事」以傳統辭格比對，前者是「言簡意賅」，說得少，內涵豐富，後者是「言過其實」，說得過多，內

---

8 「不露痕跡」係筆者意譯，原文係 "nasconda l'arte"（「隱藏藝術」），Opdycke 譯作 "conceal design"，意思到了，但美中不足的是，"art" 這個關鍵字不見了，Singleton 譯作 "conceal all art" 較佳，因為讀者不至於把此處中文的「規劃設計」誤以為「藝術創作」，雖然其為藝技則一。

容空洞。英文辭格有 "overstatement" 與 "understatement" 一對單字,約於十八世紀末或十九世紀初出現,造詞結構看似對稱,前者誇張,後者含蓄──但意在言外。或有論者透過亞里斯多德《修辭學》來理解,謂優雅風格介於多說(ἀλαζών [alazón],音:阿拉縱)與少說(反諷)(εἰρωνεία [irony],音:艾朗尼亞)兩極之間(按:"alazón" 和 "eíron" 亦指這兩種相反語言風格的使用者)(Saccone, 1983, p. 58)。此說未必周延,因為「阿拉縱」自鳴得意,誠然患了大頭症;但過猶不及,「艾朗」偽裝無知而慎言,有違修辭立其誠的倫理。蘇格拉底式的反諷推理與憤世嫉俗的犬儒有時很難區分,而真正的優雅為誠意正心和寬宏大度的表現。筆者認為跟「若無其事」("sprezzatura")和「若有其事」("la affettazione")匹配的,允推「欲彰彌蓋」和「欲彰彌彰」。它們可視為 "understatement"(要言不繁)與 "overstatement"(言過其實)的變奏。需要修正的是,「若有其事」者往往不能理解隱藏(「蓋」)的優點,竟然「欲彰彌彰」。筆者鑄造了此荒唐語,以說明夸飾法覆沓編碼(彰+彰)的累贅多餘。但與現成的「欲蓋彌彰」交叉對位的「欲彰彌蓋」反倒指出了 "sprezzatura" 的真相。

四、「無法表述」或「辭不達意」?

卡斯提伊奧尼的藝術觀,顯然受到封建政體結構的影響,優雅代表理想的行為規範和最高的倫理價值,「若無其事」則為達到此理想的技巧,要做到「若無其事」,隱藏為其手段。然而,從人格塑形的優雅舉止,跳躍範疇到秀美的文藝風格,從古典的「藏藝」("ars celare artem")切換到文藝復興的「若無其事」("sprezzatura"),中間的演繹過程誠然曲折,免不了產生質變。此外,如註 7 所示,秀美僅為兩種主要風格之一端。如細說風格,司空表聖二十四品中的沖淡、沉著、典雅、高古、洗練、自然、含蓄、委曲、形容、飄逸、流動或

可納入秀美，但雄渾、勁健、豪放、悲慨則趨向另一端的壯美。試問：「浪淘盡千古風流人物」豈能稱秀美？眼見「高堂明鏡悲白髮／朝如青絲暮成雪」，復驚覺自己「白髮三千丈」，猶能「若無其事」？這說明寫情有時必須仰賴「若有其事」和「欲彰彌彰」，亦即中國傳統辭格所謂的「夸飾」（《文心雕龍》下篇三十七），及西方辭格的 "ὑπερβολή [hyperbole]"，方能為功。我們何妨退一步，考慮一下如果「欲彰彌彰」也無能為力，詩人是否面對了另類言談窘境：「無法表述」與「辭不達意」。

「無法表述」（ineffability）指涉一個語言哲學概念，類似的成語很多，如「不可道」、「無以名狀」、「辭不達意」等等。就語法而言，在表達「說」、「寫」動作的動詞之前，加上兩種模態（modality）邏輯助動詞的否定限制，一為「能力」，如英文的 "cannot"，另一為「義務」，如英文的 "should not" 或 "must not"。前者意味語言無能表達某事、某物、某種感覺或某種存在狀態，如複雜的情緒和心境、對信仰的堅持，或神祕的宗教經驗。後者表示某些事物屬於禁忌，如亂倫或褻瀆，不道德，不合宜，所以不應當說出來、寫出來。這兩種模態的負面運作，隱藏了該表白、應洩露的內容。我認為這種「藏」屬於「自藏」。

以第五節討論的肉體與靈魂為例，無以名狀，ineffable，說不出來，寫不出來。有兩種可能：1）我的語言無法表述肉體與靈魂；2）沒有語言可表述肉體與靈魂；3）悖論：我認為肉體與靈魂無法用語言表述，但我這麼說，不也作了某種表述？如「真理」係「隱藏」的，應因之道有二。第一，持平常心，處之泰然，選擇消極負面的 "sprezzatura"，即不予理會，藉以實踐維根斯坦的最後一句命題：「我們無法說的就應該沉默以對」（參見本書第二章）。第二，如吾人欲尋真象，無論其為「羚羊掛角」或「香象渡河」，必須揭隱解謎，因

為自藏最終的副產品便是揭隱（hermeneutical unveiling），此西方宗教詮釋學產生的背景。此時「自藏」需「她解」，詩評家雖非責無旁貸，但任重道遠，不可不慎。

五、附錄兼結語：與詩人劉曉頤論學

　　2020 年初《創世紀》詩友劉曉頤出版了《靈魂藍》詩集，承其饋贈，得以仔細拜讀。從接續的書信往還得知，她正在處理靈魂與肉體互動的主題，免不了要嘗試這兩個母題（motifs）關係的各種變奏，套用作者 2020 年 7 月 14 日來函的話：「希望以肉體翻譯，和靈魂藍做靈肉辯證」。劉曉頤詩風多樣，造語設境曲折，靈光突閃，成績出眾，已為共識。此處恕筆者借題發揮，談一下風格的隱顯問題，初與作品評價無關，盼望眾詩友不必疑懼。

　　首先，我們需要區分「詞」（le mot）與「物」（la chose）（此處借索緒爾以降的法文用法，如傅柯 1966 年的名作 *Les mots et les choses*，複數的《詞與物》），以及兩者作為符號系統彼此之間的可能關係。這份功課非僅學者論述時要作，創作者也不能忽略。簡單地說，「靈魂」和「肉體」這兩個名詞其實指涉傳統哲學、神學或心理學的「概念」。前者甚至不具指涉對象，即沒有「指涉物」（referent），是隱藏的，無法像後者一樣被「實體化」（reified and embodied）。換而言之，無法由「隱」入「顯」；說句「褻瀆」的話：無法「顯靈」。從這個角度看來，這個題目不好入詩，除非詩人放棄寫詩這份艱苦的符號演繹工程，去從事「終極論式的」（"finalist"）[9]、直截了當的教義宣示，

9　此處借故友托鐸洛夫語，「終極論式」的詮釋學，其出發點和回歸點皆為某「絕對價值」命題，傳統的宗教詮釋學為代表，現代的極端變奏則為馬克思主義與弗洛伊德精神分析批評（Tzvetan Todorov, *Symbolism and Interpretation*, trans. Catherine Porter, Ithaca: Cornell University Press, 1982, pp. 165-167；法文版 *Symbolisme et interprétation*, Collection

圖1 達安傑洛（D'Angelo）《藏藝》2014年版封面
書影，下載自義大利Quodlibet出版社官網。筆
者建議此圖權充2020年9月《創世紀》204期劉
曉頤詩作〈肉體薄紗〉的互文，至於兩位天
使Angelo與Angela的性別差異，乃至使徒保羅
（Paolo）的中介，則純屬巧合。

如中世紀言談語境裡，靈魂與肉體只要被化約為辯證對立的二元便了。
即便如此，英國十七世紀的「玄學派」詩人多為神職，但選擇了一條
反映分析性思考、迂迴的難行之路。否則，力不及此的詩人可能被迫
得作「若有其事」狀，不斷地重複這兩個詞語。然而，「欲彰彌彰」，
重複得越多，語意越稀薄，用符號學的術語解釋，便是艾柯所謂的「過
度編碼」（overcoding）。理論上可能有讀者會這麼解讀：過度編碼現
象不僅覆蓋了文本內的語義世界，也旁及文本外的藍色封面設計，甚
至文字的藍色印刷。

　　過度編碼並非貶詞，此處它反映出某種創作上的困難，非僅限於
抽象的「靈魂」，甚至也浸潤、外溢到與其對位的「肉體」上。對位
久之，肉體竟然也喪失了具體性，而流於抽象。有一句老掉牙的詩話，
但用者往往不知所云：「詩是形象的語言」。筆者姑且把它解釋為「具
象化」，並暫時捨棄靈魂，來談談肉體。或問：肉體本已為實體，何
需具象？說它是實體，已經是極度化約的說法，屬於累贅的套套邏輯；

Poétique, Paris: Seuil, 1978, p. 161）。與終極論相對的作法，則為排除絕對價值，擱置意
識形態，從事操作性的符號演繹工程。謹供詩友卓參。

猶如等號的左邊是「肉體」，右邊也是「肉體」，那還有什麼好說的？實質的肉體是一個複雜的多元系統，額前的一縷白髮、右邊嘴角的一顆黑痣、左心室、萎縮的右腎、濃濁的血液、指數過高的肌酸酐、約瑟的耳垂與拇趾尖、聖女德蘭微張的嘴和下垂的食指──在在皆可權充肉體的轉喻或提喻；器官組織內神經系統、細胞分子系統的物理化學運作──這些肉眼不可見的微觀生物現象皆不例外。在詩言詩，我們可以說，肉體隱藏在無窮的喻詞符號背後，偶然從文字肌理的破綻中閃現。商禽的名作組詩〈五官素描〉，無一不是在寫肉體，但沒有一首在明白地宣講肉體。當年筆者選用陳克華的〈其實，眼球並不是你想像的那個樣子〉、〈鋨實驗〉，亦可作如是觀 [10]。如何把具實質但抽象的肉體具象化？本文第二節所介紹的「若無其事」（sprezzatura）可供眾詩家參考。

　　曉頤的來函曾提到「創作應避免概念先行」，她指出這是博納富瓦的說法。這位作者（筆者揣測或係詩人 Yves Bonnefoy, 1923-2016）把「概念」與「涵義」分開，認為「詩有涵義，但不能被概念簡化」。針對此點，我們書信交換過意見，發現彼此的看法也許差異不大，唯用語有別耳。容筆者藉此課題發揮，順便指陳文壇和學界的某普遍現象。文學系的學生一入門，就被灌輸一種似是而非的二分法，爾後口口轉述，代代相傳：「意義有兩種，『指涉義』和『涵義』；一般語用者關注指涉義，文學家則講求涵義。」但是懵懂學子怎生知曉：指涉義和涵義都屬於概念，並回溯式地參與了概念的建構？也許教文學概論或詩學的老師，口才便給，至情感人，但對這類思想方法的基礎問題多半不甚了了，故語焉不詳，得以矇混過關。受害的是有志於文學的少數民族幼苗。

---

10 張漢良主編，《七十六年詩選》，臺北：爾雅出版社，1988 年，頁 183-188。

容筆者扮演「阿拉縱」，再嘮叨一次：語言符號包括形式與內容兩面，內容面為符旨，指涉某概念，亦即符號的意義面向。但概念不能貿然和實物畫上等號，「幸福」、「靈魂」等概念即無「指涉物」可言。若「概念」指涉的對象含有「指涉物」，如「肉體」，其意義包括「外延義」與「內涵義」。外延義復可分為「類」（集合）與「個體」兩個層次，內涵義則由指涉對象所具有的種種「義素」成分聚合成體。內涵義由義素出發，往外延伸，隨著語篇的發展擴張。因此所謂「涵義」其實屬於「概念」的一部分。我們最多只能說某類詩的命題和推理方式，有別於語言的其他用法，而不能說詩不講求概念，沒有命題，亦不從事推理。

筆者在論維根斯坦的七句命題時（見本書第二章），曾詳細分辨過邏輯命題與詩命題。如果有人堅持概念和涵義是對立的，甚至於說詩只講涵義，非但窄化了詩，說穿了，是貶詩為無意義。因為語言不是僅靠單字構成的，不透過語法的支撐和語篇的鋪陳，單字的語義功能無法施展。回到靈魂和肉體的涵義，「靈魂」固無指涉物，如謂其色「藍」，純屬劉曉頤的個人象徵（涵義之一），無可厚非。但詩人得小心謹慎，勿誤蹈 "affettazione"（「若有其事」）陷阱。《靈魂藍》的藍色封面、藍色字體是否有過度編碼？屬見仁見智的品味議題，需要通過論辯和嚴格的檢驗。至於「肉體」，其外延義多元，分歧不一，內涵更是千絲萬縷，有待詩人系統性地深入探索。即便如此，如本文第四節所述，劉曉頤對肉體的迷惘，對無指涉對象之靈魂的渴望，極可能是難以或無法表述的（ineffable）。她面臨的困境和五世紀、六世紀活躍的偽狄奧尼西烏斯（Pseudo-Dionysius the Areopagite）相似 [11]。

---

11 關於神學家偽狄奧尼西烏斯所謂的「神不可道」語言符號思想，請見筆者論文 "The Theorist as Visionary: Logocentrism in 'Medieval' Chinese and European Critical Discourse"

一方面，在邏輯上，她需要處理比較可行的「肉體翻譯」與「靈魂藍」的辯證關係，但另一方面，作者必須事先克服更大的障礙：如何使用語言來再現極度複雜的、難以定位的肉體，以及隱藏的，甚至筆者認為不存在的靈魂。

〈神思理論家──「中世紀」中土與歐西的批評言談〉, *The Force of Vision 3: Literary Theory*《神思之力‧第三輯：文學理論》, University of Tokyo Press, 1995《第 13 屆國際比較文學學會東京大會議事錄》。本文後收入筆者英文論集 *Sign and Discourse: Dimension of Comparative Poetics*《符號與話語：比較詩學的維度》, Shanghai: Fudan University Press, 2013, pp. 177-186。

第十四章　**棄詩**
梵樂希《海濱墓園》導讀

一、前言：一首詩的完成或捨棄？

　　本書多次提到保羅・梵樂希（Paul Valéry, 1871-1945）的名言「棄詩」。梵氏為學界公認的法國最後一位象徵主義詩人、現代主義先驅，跨越了兩個世代與兩大文學潮流。他對歐美現代主義的影響既深且鉅，詩壇巨擘德國的里爾克（Rainer Maria Rilke, 1875-1926）、由美移英的艾略特（T. S. Eliot, 1888-1965）、美國的瓦萊斯・史蒂芬斯（Wallace Stevens, 1879-1955）都受到他的薰陶，對其推崇備至。1920 年代中期，梁宗岱與梵氏的往來，更是詩國膾炙人口的佳話。快轉到臺灣，覃子豪、胡品清、李魁賢、莫渝、王娉等都曾對梵樂希的引介作出貢獻。筆者 1970 年代初在臺大隨王維賢教授讀梵樂希，修課者不多，同窗有來自越南的何金蘭。當時很少交談，不知其寫詩，若干年後在詩壇重逢，才知道其筆名為尹玲。由於本章不處理跨國文學關係，對於影響與接受課題必然引發的爭議，筆者姑且存而不論。

　　「棄詩」一詞出自梵樂希的一篇隨筆式論文，但代表詩人創作的核心概念。個中有一歷史因緣，需要說明。梵樂希應巴黎大學中世紀學者葛昂【柯恩】（Gustave Cohen, 1879-1958）之邀，為其擬出書之講稿《〈海濱墓園〉解析》作序。按葛昂為來自比利時的中世紀學者，先後在比利時、荷蘭、法國各校執教，1922 年轉進到索邦（巴黎大學），1932 年升任中世紀法國語言文學講座教授。葛昂在文中指出，1928 年

2 月 24 日他上該學期最後一堂課，課程係傳統文學教學的「法語文本解析方法」（Cohen,1958, p. 38）[1]。這堂壓軸課作為分析對象的語料並非某中世紀文本，而係一首著名的現代詩，即梵樂希 1920 年在《新法蘭西評論》發表的〈海濱墓園〉[2]。葛昂以古典悲劇「四幕」啟、承、轉、合章法分析本詩 24 詩段（strophe）的律動（Cohen, 1958, p. 47），及其所呈顯的哲理象徵意義。文壇地位崇高的當事人梵樂希，貴為法蘭西學院院士，在學生群中聽講，難免自覺尷尬，「我把自己變成個怪咖」（"... Figure bizzare que je me fais."）（*Oeuvres*, I, p. 52），是個「已死亡的作者」（"un auteur mort" / "a dead author"）與「個人的影子」（"mon *Ombre*" / "my own shadow"）（Valéry, 1933, p. 401; *Oeuvres*, I, p. 1498; Valéry / Folliot, 1958, p. 142）。課講完了，葛昂請梵樂希說幾句話回應。梵樂希當場的回應如何，吾人不得而知。他的私人劄記語焉不詳，唯提到他最後唸了《海濱墓園》的一行詩：「我在此吸入我未來的煙」（"Je hume ici ma future fumée"）（*Oeuvres*, I, pp. 52），此句韻味十足，但語意晦澀自不待言，卻倒吻合今生與來世、生與死的辯

---

1 Gustave Cohen, *Essai d'explication du* Cimetière marin*, précédé d'un avant-propos de Paul Valéry au sujet du* Cimetière marin《〈海濱墓園〉解析》，前附梵樂希的序〈關於《海濱墓園》的主題〉，Paris: Gallimard, 1958（初版 1933）。本文引用臺大收藏的 1958 年版。梵氏序文見下註 3。葛昂為猶太裔，1940 年親德反猶的維琪政府成立，葛氏被迫流亡美國，在北美東岸開闢出新的學術天地，戰後回到巴黎大學復職。本書於 1946 年再版，同年葛昂的論梵樂希專書出版（Gustave Cohen, *L'Obscure Clarté de Valéry*《梵樂希的幽暗之光》，Montréal: Édition de l'Arbre, 1946），可惜彼時梵樂希已辭世。梵、葛的交流提供了筆者所關注的詩辯課題與方法論有關的素材。

2 "Le cimetière marin"〈海濱墓園〉，*La Nouvelle Revue Française*《新法蘭西評論》, No. 81 (juin 1920), pp. 781-787。此詩歷經多次修改，本文引用之今本收入 Paul Valéry, *Oeuvres*《作品集》, Édition établi et annotée par Jean Hytier. Bibliothèque de la Pléiade, Paris: Gallimard, 1957, tome I, pp. 147-151。關於本詩異文及出版史，見 *Oeuvres*《作品集》, I, pp. 1683-1688。

證。事後葛昂把講稿交由伽里瑪（Gallimard）出版社發行，委請梵樂希作序，1933 年 2 月出版。幾乎同時，梵氏的序文也在當年 3 月 1 日的《新法蘭西評論》披露。此序涉及的話題不少，包括創作之緣起緣滅。有一句話說得最為關鍵和到位：對真詩人而言，「一件作品永遠不可能完成，⋯⋯只會【被】捨棄」（"un ouvrage n'est jamais achevé, ... mais abandonné"）[3]。果真如此，世間豈非無完成之詩？那麼以「一首詩的完成」昭告天下文青，豈非裝腔作勢？

二、何棄之有？

什麼叫「棄詩」？梵樂希經常提到類似的說法，此處舉一個早期的例子。1926 年梵樂希出版的《早年詩錄》（*Album de vers anciens*）中，收錄了一首 1899 年寫的「未完成的」詩，稱為〈夜之滿盈【黃昏的豐盈】〉（"Profusion du soir"），頗有與象徵主義先驅波特萊爾（Charles Baudelaire, 1821-1867）的名件〈夜之和諧〉（"Harmonie du soir", 1857）唱和之意，雖然梵詩欠缺了前人關鍵詞 "soir"（/swaʁ/）複

3　Paul Valéry, "Au sujet du 'Cimetière marin' "〈關於《海濱墓園》的主題〉, *La Nouvelle Revue Française*《新法蘭西評論》, No. 234 (mars 1933), p. 399 [pp. 399-411]（以下簡稱〈關於《墓園》〉）。本文後收入 *Oeuvres*《作品集》, I, p. 1497 [pp. 1496-1507]。英譯見 Paul Valéry, "Concerning the 'Cimetière marin' ", trans. Florence Codman & Hansell Baugh, *The Southern Review*《南方評論》, 4.2 (Summer 1938), p. 157 [pp. 156-165]; 復見 Paul Valéry, *The Art of Poetry*《詩藝》, trans. Denise Folliot, Princeton: Princeton University Press, 1958, p. 140 [pp. 140-152]（以下作：Valéry / Folliot, 1958）。

中譯見〈關於《海濱墓園》的創作〉, 收入葛雷、梁棟譯《瓦雷里詩歌全集》, 北京：中國文學出版社, 1996 年, 頁 282-294。中譯本的問題, 筆者將在註 10 討論。大陸的譯名不一, 從梁宗岱開始, 「哇萊荔」、「梵樂希」、「瓦萊里」、「瓦雷里」皆有。共和國建國前後的年代, 被視為形式主義者的梵樂希退場了, 三十年後, 即 1970 年末, 隨著改革開放而再生。「不知有漢, 無論魏晉」, 今日大陸讀者十之八九不知梵樂希何許人也。臺灣倒是一直援用梁譯「梵樂希」, 未隨河洛語更新, 形式上維持了文學史的連續性。

沓、交纏之尾韻 " /-waʁ/ "。〈夜之滿盈〉有一副標題,赫然就叫「棄詩」
(*Poème abandonné ...*)[4],英譯為 "Unfinished Poem"(「未完成的詩」)。
英文 "Unfinished"(「未完成的」)一字難免誤導,因為 "achevé"(完
成的)一字的反義詞,根據對立原則,應為 "inachevé"(未完成的),
涵蓋了「棄」("abandonné")這個次級單位。嚴格說來,"abandonné"
(棄)與 "achevé"(完成)不具有二元對立關係(如:「白」對「非
白」),而 "abandonné"(棄)與 "inachevé"(未完成)屬於多元的區
分及隸屬關係(如:「非白」對「黑」或其他顏色),或兩者互為因
果(因為未完成,故棄之;丟棄了,所以未完成)。在現實世界裡,
有可能作品已完成了,但作者「藏」私,或其他原因,不願出版;或
雖然作者主觀地認定尚未完成,如〈海濱墓園〉,卻被編輯友人「掠奪」
後發表(Valéry, 1933, p. 403; *Oeuvres*, I, p. 1500; Valéry / Folliot, 1958, p.
144)。這兩種情況都屬於「跨文本」分支的「副文本」或「周邊文本」
現象,可以解釋作品的語用情況,乃至推而廣之,重建梵樂希的創作
論。

　　回到〈夜之滿盈〉的例子。《作品集》的編輯尚·伊提耶指出,
1926-1942 年間,這首作品的異文不少(*Oeuvres*, I, pp. 1570-1571),
可見作者一直在修正[5]。梵樂希永無止境的修改習慣在文學史上罕見。

---

4 前揭書 Valéry, *Oeuvres*《作品集》, I, pp. 86-89。英譯 "Abundance of Evening -- *Unfinished
　Poem ...* ", Paul Valéry, *Collected Works of Paul Valéry*《梵樂希全集》, Vol. 1, *Poems*《詩》,
　trans. David Paul, Princeton: Princeton University Press, 1971, pp. 42-49(以下作:Valéry /
　Paul, 1971)。中譯〈黃昏的豐盈(組詩)〉,《瓦雷里詩歌全集》,頁 26-31;「棄詩」
　搖身一變為「組詩」,不知何故?嚴格說來,"soir" 是「晚」,不是「夜」,與拉丁詞
　源一致,故「黃昏」比「夜」正確。「向晚」或「傍晚」最為貼切;詩名意譯可作〈黃
　昏滿溢〉或〈富饒黃昏〉。筆者棄「晚」就「夜」,以配合當年所譯「夜之和諧」,為
　藝術而拋棄真實,難免汗顏。

5 普林斯頓版英譯本主編馬修斯(Jackson Mathews, 1907-1978)補實編年如下。此詩初作
　於 1899 年,隨後「捨棄」(未發表),1922 年再拾起修改,隨 1926 年 4 月發行的《幾

1917 年出版的 512 行長詩〈年輕的命運女神〉（"La jeune Parque"），在今本伽里瑪七星文庫《作品集》中（按：比 36 開略小的「口袋書」【11x18 公分】）僅佔 15 頁篇幅（*Oeuvres*, I, pp. 96-110）。但此詩創作歷時四年，據說修訂的手稿彙整竟長達 800 頁（Valéry / Paul, 1971, p. 449; *Oeuvres*, I, pp. 1611-1652）。永未完成的心態、毫無歇止的修正，發展出梵樂希的「形式倫理學」（"Éthique de la forme" / "Ethic of Form"）（Valéry, 1933, p. 399; *Oeuvres*, I, p. 1497; Valéry / Folliot, 1958, p. 140）。就此點而論，以工作倫理為基礎的「棄詩」與以「目的論」掛帥的「一首詩的完成」互為悖論，值得文青反思。棄詩的世俗性矛盾在於：此詩最終既已出版，豈非顛覆了「棄」詩？「未完成……」的行為隨著作品的問世，戛然而止。既然作品已披露問世，可謂失而復得，復何棄之有？雖然棄我去者，昨日之日不可留，但被尋回、還魂、再生的詩，卻免不了持續亂我今日之心。顯然「棄詩」這個悖論頗有真意，層次複雜，亟待吾人明辨。

三、棄詩如棄子

　　「棄」也者，其來也有自。在中文裡為多元的符號系統，雙手持箕倒子，棄嬰也！為合體象形（肖像符），自甲骨文、金文到大篆，此字指事兼會意（指示符 + 象徵符）。從書寫符號學的觀點考察，語形、語法、語意【義】、語用四個層次都照顧到了。《詩·大雅·生民》記載，棄為周之始祖，母姜嫄祭祀時踏到神的拇趾印（「履帝武敏歆」）

首舊詩》（*Quelques vers anciens*）（*Oeuvres*, I, pp. 1531, 1570）以及 5 月發行的《早年詩錄》出版。根據馬氏的敘述，1942 年詩人保羅·克勞代爾（Paul Claudel, 1868-1955）曾寫信詩讚此詩，梵樂希感動之餘，於 1945 年（？）出版的《詩集》（*Poésies*）中，註明此詩獻給克勞代爾（Valéry / Paul, 1971, p. 446）。這首詩四十年的寫作、修改、出版、獻詩歷史可謂「棄詩」演義的雙面刃教材。

而受孕。〈生民〉未交代嬰兒何以見棄，直接切到「誕寘之隘巷，……誕寘之平林，……誕寘之寒冰」，承牛、羊、樵夫、大鳥庇護撫育云云。「誕」字晦澀，如為「虛」字作發語詞，則具語音與複沓、漸重等韻律功能；如為「實」字，則由語音跨越覆蓋到語意層次，訓為「放」、「大」，或「育」，在上下文都說得通。「寘」同「置」，棄也！族祖係天神後裔傳說，東海西海攸同，誠然係美事也。

　　〈生民〉以詩敘述「棄子」。如吾人諧仿傳統類書之樸素分類理則，稱其為「棄詩」，孰曰不宜？棄子為「他棄」，被讀者背離拋棄僅其一。舊體詩人周學藩（1912-1984）取筆名為「周棄子」，是否自覺當時舊詩已為文青棄如敝履，有若三千年前之先祖母姜嫄？梵樂希畢生堅持援用傳統韻律，不改其志。在自由詩盛行的二十世紀前期，是否隱約感覺到「他棄」的訊息？1925 年 5 月 22 日梵樂希在《費加洛日報》的訪談中論及「當代詩」，透露出詩壇的雜音：有人批評他過分講究詩的傳統形式，包括規律的詩行段及韻律。他在最後的一句話裡臆測：也許有朝一日自己會改變，放棄押韻和音步等設計，「完全委身於耳朵之欲願」[6]（"Contemporary Poetry" [La Poésie contemporaine], Valéry / Folliot, 1958, p. 195）。依照梵樂希對詩音樂性的執迷，這句話應係強烈懷疑改變的可能性。1937 年梵樂希在〈關於一首詩的回憶片斷〉[7]一文中提到曾棄筆輟詩，遠離文學長達二十年。未料約在 1912 年時，紀德和伽里瑪突然要求出版其舊作。梵樂希猶豫

6　英譯 "to abandon myself completely to the desires of my ear"，筆者查不到原法文，但譯文使用的是未來式的假設語氣。普林斯頓英譯版總編輯馬修斯說，此篇訪問稿為漏網之魚，原文未曾收入任何選集（Valéry / Folliot, 1958, p. 336）。筆者核對過，七星文庫版《作品集》果然無此文。

7　這首詩就是上文提到的長詩〈年輕的命運女神〉。1917 年出版時，詩前加上獻辭給安德烈·紀德，說明出版緣起（*Oeuvres*, I, p. 97; Valery / Paul, 1971, p. 67）。

了一陣，自覺「時代的品味（ "le goût" ）和當年不一樣了，時尚（ "la mode" ）改變了」（ "Fragments des mémoires d'un poème", *Oeuvres*, I, p. 1464 [pp. 1464-1491]; Valéry / Folliot, 1958, p. 100 [pp. 100-132] ）。詩人有自知之明，但不隨波逐流，擇其善固執，堅持鍛鍊形式到底。然而，今天看來，詩語言的音樂性未必侷限於格律等形式；更重要的是：音樂的「樂音」與語言的「語音」實屬不同範疇，不能混為一談。此公案論爭持續了一個世紀，如今暫時被擱置。

梵樂希放棄寫詩為棄詩，也是「自棄」。自覺格律詩為讀者捨棄，應屬「他棄」。梵樂希的例子見證了他棄與自棄實為一體之兩面。本文第一小節「前言」曾提到，梵樂希在講堂中聽到別人分析自己的詩，彷彿作者已死，坐在那兒像是作者的影子。〈作者的死亡〉（ "La mort de l'auteur" ）是下一代的文豪羅蘭·巴爾特（Roland Barthes, 1915-1980）1968 年的名文。巴爾特的篇名與梵樂希的自況「一名死亡的作者」（ "un auteur mort" ）如此接近，很難說他未受到梵氏的啟發。猶有進者，巴爾特文中特別提到梵樂希對語言本質的關注，使得【唯心主義式的】作者內在主體性淪為迷思[8]。從他棄到自棄——放棄自我，割捨給讀者，從棄人到棄詩，顯然論述路徑是迂迴曲折的，有待吾人圖繪。且讓我們回到棄詩的出處，聽聽作者怎麼說的，筆者於下節再進一步發揮梵樂希的棄詩悖論。

四、梵樂希之棄

請容筆者引錄梵樂希論述的原文。下面這段摘自七星文庫《作品

---

8 Roland Barthes, "La mort de l'auteur"〈作者之死〉, *Oeuvres complètes*《全集》, tome 3, 1968-1971, ed., Eric Marty, Nouvelle édition, Paris: Seuil, 2002, p. 41 (pp. 40-45)；英譯 "The Death of the Author", *Image - Music - Text*《意象 · 音樂 · 文本》, trans. Stephen Heath, New York: Hill and Wang, 1977, pp. 143-144 (pp. 142-148)。

集》冊1，筆者對照德尼茲‧佛衣奧（Denise Folliot）的英譯（見註3），
勉力操瓠，得譯文如下。

　　因此，有些作家逐漸脫離了文學創作的單純（所謂「自然的」）
情況。久而久之，心智產物（作為「成品」[chose *finie*]）與心智
本身（作為永無歇止的變形力量）竟然無法分離了。後來這類作
家【不求成果】純粹為了工作而工作（au travail pour travail）。
對他們來說——對這些不安的完美主義者來說——沒有一件作
品能「完成」（*achevé* [complete]）——「完成」這個字眼沒有
意義；作品只可能（被）「捨棄」（*abandonné* [abandoned]）[9]。
捨棄的方式不一，或丟到火裡，付之一炬；或割捨給讀者，任
其解讀（"cet abandon, qui le livre ... au public"）。
捨棄的原因也不同：或者累了，不想寫下去了；再不就是截稿
的日子到了。對此類作者而言，「捨棄」像是某種「意外」突發：
思維被打斷了——被疲倦打斷，被惱人的不速之客打斷，甚或
被自己的情緒打斷。[10]

9　比〈關於《墓園》〉一文早幾年，1927年梵樂希提到文藝復興時代詩人馬樂伯（François
de Malherbe, 1555-1628）的說法：「作家在一首好的十四行詩完成（"un sonnet achevé"）後，
有權利休息十年，……我倒認為『一首好十四行詩』應該改作【譯為】『放棄了的十四
行詩』（"sonnet abandonné"）」（ "Propos sur la poésie", *Oeuvres*, I, p. 1375）。

10　前揭文 "Au sujet du 'Cimetière marin'" 〈關於《墓園》〉, *RNF*, pp. 399-400; *Oeuvres*, I, p.
1497; *Art of Poetry*, p. 140. 請參見葛雷、梁棟譯文：「因此全心全意遠離開了文學的自
然或敏銳的條件，而不知不覺地走向了將一部作為確定的精神產品的創作同精神生活本
身（精神往往是轉化為行為的一種強力）加以混淆，因而人們會走向為工作而工作的道
路。在那些半是憂慮半是喜愛的愛好者眼中，一部作品永遠沒有完成，詞語對他們沒有
任何意義，而是一種陶醉。這種陶醉使之赴湯蹈火、並面對公眾（成為厭倦和獻身的使
命的後果），這對於他們不啻一種偶然，不啻一種思索的中斷，而疲倦、憤怒或某種感
覺都變得赤裸而顯明起來。」（《瓦雷里詩歌全集》，頁282-283）按：葛雷、梁棟譯

稍微誇張地說，即使在中譯裡，讀者也可以約略地看出梵樂希的曲折
文體：語法句構複雜，絕不平鋪直述；句子不斷被打斷，插入修飾語，
再拾起重組，重新表述，如此這般。這種切斷式、糾纏性的語法，無
異於「捨棄」與「拾起」的辯證。

　　類似的說法在梵樂希論詩散記中屢見不鮮，顯係梵樂希的畢生事
業。我在這裡要舉出早期的一篇散文〈回憶〉，寫作於第一次世界大
戰（1914-1918）期間，但遲至1939年才結集出版。文中有這麼一段：

> 我塑造一種不抱指望的詩，不具任何目的，除了為自己樹立某
> 種每日的生活方式外，幾乎不遵循任何其他律則。我不知道該
> 怎麼稱呼它，給自己設定某些物質條件，俾便能供應無止境的
> 工作（"un travail illimité"）。這種自我「約定的無限性」（"infini
> consenti"）讓我領悟了好幾件事。我知道一件作品永遠不會完成
> （"une oeuvre n'est jamais achevée"），除非意外的狀況發生，如：
> 累了、滿足了、該繳稿了，或者死了；因為，對作者而言，作
> 品僅代表個人內在變形的某階段……。

（ "Souvenir", *Oeuvres*, I, p. 305 [pp. 304-306]; "Recollection",
Valéry / Paul, 1971, pp. xvi-xvii [pp. xv-xvii]）

文錯誤甚多，如："ingénues"「單純的」、「質樸的」，譯作「敏銳的」，導致文句費
解；最後的 "rendre nulle"，意謂「作廢」、「打消」，譯文「變得赤裸而顯明起來」，
完全不知所云。與本文有關的關鍵詞 "abandonné"（「捨棄」、「放棄」）竟誤譯為「陶
醉」，與譯者把 "Poème abandonné ..."（「棄詩」、「未完成的詩」）譯作「組詩」，
同樣地荒誕。至於作品被「付之一炬」變成作家「赴湯蹈火」，顯然肇因於譯者語法理
解偏差，沒搞清楚主詞，誤以主詞「一部作品」（"un ouvrage"）為「這些愛好者」（人）
（"ces amateurs"）。如此順勢推理，作家才會「陶醉」，才能「面對公眾」。退一步說，
法文唯有反身受詞 "s'abandonner"（自棄）可勉強與「陶醉」沾邊，如梵樂希《早年詩
錄》最後所附散文斷章〈愛詩者〉（"L'Amateur de Poèmes"）有言："Je m'abandonne à
l'adorable allure"（「我沉溺於【語言】那迷人的姿態」）（*Oeuvres*, I, p. 95）。

由此可見，梵樂希的棄詩論反倒矛盾地指向竭盡此生的工作倫理哲學。結集版本的〈海濱墓園〉，開始的前言係摘錄古希臘詩人品達（Pindar, c. 518-438 BCE）的兩句頌詩「不要——親愛的靈魂！——渴望永生／但求竭盡可能的今世！」本詩初刊在 1920 年 6 月 1 日《新法蘭西評論》81 期時，並沒有這兩句詩，出版單行本時，突然在標題後現身（*Oeuvres*, I, p. 1684）。此中有何真意？難道梵樂希拋給讀者一個互文詮釋的引子？他整篇回應文〈關於《海濱墓園》的主題〉與葛昂的哲學性詮釋有無詩辯玄機？請容筆者在下節交代。

五、關於〈海濱墓園〉事件

上文摘錄了梵樂希拈出的各種棄詩情況：「捨棄的方式不一，或丟到火裡，付之一炬；或割捨給讀者，任其解讀。捨棄的原因也不同：或者累了，不想寫下去了；再不就是截稿的日子到了。對此類作者而言，『捨棄』像是某種『意外』突發：思維被打斷了——被疲倦打斷，被惱人的不速之客打斷，甚或被自己的情緒打斷。」（*Œuvres*, I, p. 1497.）這些狀況大致可歸為主動的「自棄」及被動的「他棄」。筆者將關注於兩種他棄情況：1. 意外發生，迫使作者中斷了繼續創作；2. 讀者的詮釋「暴力」喧賓奪主，間接宣告了作者的死亡。兩種情況都牽涉到文學生產與消費的各種因素，如心理動機、出版機制和商業行為；面對這些因素，大多數作者被迫選擇退讓。此課題文化研究論者已眾，筆者無意續貂。故以下的論述聚焦在「意外」與「詮釋行為」兩種現象的討論上。請容我先論「意外」。

「意外」者，「事件」也！事件有大有小，戰爭爆發是大事，一首未完成的詩被友人搶走發表了，是相對的小事——即使它後來成了曠世巨作。「棄」與「留」果真繫於作家一念之間，後世文學史家當捏把冷汗。文學史上的類例不勝枚舉，如果受託付的友人嚴格遵守作

者捨棄的意圖與付之一炬的遺言，維吉爾的史詩、卡夫卡的小說……今天都不存在了[11]。然而，事件大小本無定論，也無法量化，但未必皆能抽象出「事件性」。重要與否要看它對當事人與後人的意義。有意義的事件，我稱之為具有「事件性」。至於與此課題有關的當代學術思潮，下節僅能浮光掠影，點到為止（見註 12-17）。對尋常人而言，事件的抽象特質端賴人與人的連結，以及當事人建構出來的附加價值。此為探討事件性象徵意義的出發點。筆者擬將〈海濱墓園〉的發表、出版，葛昂在巴黎大學課堂上的詮釋，以及梵樂希應邀臨場聆聽、當場回應、事後撰寫回應論文——這些現在、過去與未來，點點滴滴構成的整個情節發展，總稱之為「海濱墓園棄詩事件」，簡稱「墓園事件」。以下的論述針對此事件的諸多面向而發，最後以文學批評典範的遞嬗作結。

六、何謂事件？

「事件」為普通中文名詞，自不待言。此處為哲學術語（見註13、14），法文稱為 "événement"，即英文 "event"，或因時、因地、因事制宜，作 "occurrence" 或 "happening"，為行動哲學與現象學重要概念。「事件」與客觀「事實」（"facts"）【如：〈海濱墓園〉的作者是梵樂希、彰化在臺中的南方】或「物件」（"objects"）【如：石頭、桌子】不同，端在於「發生」（"occur" 或 "happen"）動作。詮釋哲學家高達美（Hans-Georg Gadamer, 1990-2002）稱之為 "etwas geschieht"

---

11 讀者容或記得，當年（1912 年 1 月 15 日）《新法蘭西評論》的創辦人出版家噶斯東‧伽里瑪（Gaston Gallimard, 1881-1975）應紀德（André Gide, 1869-1951）要求，約訪梵樂希，希望出版其早年詩作。此舉無異於讓「棄詩」起死回生（*Œuvres* I, p. 35）。

["something occurs"｛某件事發生了｝] [12]，特指「具有詮釋學意義的事件」（"hermeneutical occurrence"）。以眼前的例子來說，一首詩的完成（例〈海濱墓園〉）為發生在歷史上的語言創作事件。再如〈海濱墓園〉末段不起眼的名句 "Le vent se lève!"（「起風了！」，139 行）原為文本內再現的「非史實」或「虛構」的小事件，卻化為詩行動情節急遽結場的轉捩點。此句一再被後人覆誦，成為繼起藝術創作者「起興」的泉源。筆者所謂梵樂希「墓園事件」，遊走於文本內外、虛構與真實之間，當作如是觀。

分析哲學的研究成果姑且不論 [13]，後結構哲學家德勒茲（Gilles Deleuze, 1925-1995）以事件論意義邏輯，進而親身實踐自殺，以證明死亡係「哲學姿勢」與「非感官性的」（"incorporeal"）經驗 [14]（Colombat,

---

12　*Truth and Method*《真理與方法》英譯修訂版, Rev. ed., trans. Joel Weinsheimer & Donald G. Marshall, New York: Continuum, 1994, p. 461.

13　戛沙提（Roberto Casati）與瓦爾齊（Achille C. Varzi）二人為權威的網路版《斯坦福哲學百科全書》撰寫，2002 年發表，2020 年更新的 "Events"（「事件」）條目，完全未提及德勒茲、巴迪烏等人。此中另有真意，不宜以「門戶之見」一言以蔽之。Casati, Roberto and Achille Varzi, "Events", *The Stanford Encyclopedia of Philosophy* (Summer 2020 Edition), Edward N. Zalta (ed.), URL = https://plato.stanford.edu/archives/sum2020/entries/events/。

14　Gilles Deleuze / Raymond Bellour & François Ewald, "Signes et événements, un entretien avec Gilles Deleuze"〈符號與事件：與德勒茲訪談〉, *Magazine Littéraire*《文學雜誌》, 257 (septembre 1988), pp. 16–25; 後易名為 "Sur la philosophie"〈論哲學〉, 收錄在 Gilles Deleuze, *Pourparlers, 1972-1990*《磋商‧1972-1990》, Paris: Minuit, 1990, pp. 185-212; 英譯 "On Philosophy", 收錄在 *Negotiations·1972-1990*, trans. Martin Joughin, New York: Columbia University Press, 1995, pp. 135-155。
德勒茲認為「事件」是「唯一能瓦解『存在【是】』（être [to be]）這個動詞的哲學概念」（1990, p. 194; 1995, p. 141），與巴迪烏同年的書名 *L'être et l'événement*《存在與事件》用語巧合，見註 16。關於布朗修與德勒茲論死亡的雙重性，見 André Pierre Colombat, "November 4, 1995: Deleuze's Death as an Event"〈1995 年 11 月 4 日：德勒茲死亡事件〉, *Man and World*《人與世界》, 29 (1996), pp. 235-249。

1996, pp. 242, 243）。當事人此舉震驚學界，後人之說則令人傷感，但哲學家此舉、評論者此說未嘗不能據之以為〈海濱墓園〉「文本」之內，以及「周邊文本」的詮釋法則。至於傅科、德希達等人稱德勒茲為「事件哲學家」，真相如何，此處無法探討。根據傳統的說法，就當事人而論，事件（最典型的即「死亡」）屬存在哲學上的絕對「殊相」，無法重複，更不可能藉重複行為而具有「共相」[15]。當代法國後結構諸子多反本體論，喜論「事件」與「存在」的糾葛關係。舉大纛者為高等師範學院的巴迪烏（Alain Badiou）教授，渠以數學集合論為模型，推演出哲學體系，強調概念的事件性──事件內設於概念的建構，二者不可分離，自稱為「後設本體論」（metaontology）[16]。德勒茲／嘉塔希二人對巴氏頗為推崇（Deleuze & Guattari, 1994 [Fr. 1991], pp. 151-153），自承受其啟發 [17]。梵樂希在時空座標劃下的象限裡，不斷修改

德勒茲前後著作始終關注哲學概念的事件性，即新概念如何「發生」？發生後的效應如何？例見：Gilles Deleuze, *Différence et répétition*《區分與重複》, Paris: PUF, 1968; 英譯 *Difference and Repetition*, trans. Paul Patton, New York: Columbia University Press, 1994, pp. 188-189; *Logique du sens*《意義【感】的邏輯》, Paris: Minuit, 1969, pp. 115ff, 174-179; 英譯 *The Logic of Sense*, ed. Constantin V. Boundas, trans. Mark Lester with Charles Stivale, New York: Columbia University Press, 1990, pp. 94, 148-153。德勒茲以文學入哲學，然而，概念生成的動態過程如何作為事件？概念如何成為行動？解答此類問題前，吾人無法規避隱喻（概念 ≅ 行動）所引發的邏輯問題。

15 說穿了，仟何一樁「行動」（éventualité, occurrence），作為啟動（而非「再現」）符號，都已被「編碼」，都有其內設的重複性，換言之，具有結構上的共相。自殺也不例外，但這並不意謂德勒茲可【完成】自殺（即「死」）許多次。參見 Jacques Derrida, "signature événement contexte"〈署名・事件・脈絡〉, *Marges de la philosophie*《哲學的邊際》, Paris: Minuit, 1972, p. 388; 英譯 *Margins of Philosophy*, trans. Alan Bass, Chicago: University of Chicago Press, 1982, p. 324。

16 Alan Badiou, *Being and Event*《存在與事件》, trans. Oliver Feltham, London: Continuum, 2006 (French *L'être et l'événement*, Paris: Seuil, 1998), p. xviii. 詳下註 17。

17 二位共同作者坦承「事件論」受到巴迪烏的啟發，見 Gilles Deleuze & Félix Guattari, *Qu'est-ce que la philosophie*《何謂哲學？》, Paris: Minuit, 1991, pp. 143-145; 英譯 *What*

詩作，有若無數樁看似重複，但實則獨立事件的發生，或可視為強迫性的「持續行動」（process action）也。我們從周邊文本的事件開始，逐漸逼近〈海濱墓園〉文本。

七、「墓園事件」人的連結──「讀者回憶」與「作者回憶」

首先，從參與事件的兩位主角：葛昂教授和詩人梵樂希的經驗出發。葛昂的論文有一段開場白，說明緣起，順便表白他的文學立場。法國過去的文學教育，從中學到大學，向來貴古賤今。如今氣候改變了，「塞納河左岸巴黎大學聖佘妮薇耶芙山上吹著四面八方而來的詩魂之風」（Cohen, 1958, p. 38），意謂學院的品味兼容並蓄，不再囿於古典一隅。就課程教材而言，若干年前，筆名叫阿藍（Alain）的哲學家埃密爾・夏爾提耶（Émile-Auguste Chartier, 1868-1951）在亨利四世中學首先發難，講授梵樂希詩作，後來葛昂在巴黎大學響應。葛昂此舉可謂「墓園事件」起點（或眾起點之一）。接下去畫面切到葛昂回憶當天（1928 年 2 月 24 日）上課的具體景象：詩人作者應邀在場聆聽，學生渴望學習，教師急於發表他的詮釋──這三個因素交織成那無法

Is Philosophy, trans. Graham Burchell & Hugh Tomlinson, London: Verso, 1994, pp. 151-153, 229，引用 Alain Badiou, *L'être et l'événement* 及 *Manifeste pour la philosophie*《哲學宣言》, Paris: Seuil, 1989 二書，但未註明出處和頁碼。巴迪烏為重量級的事件哲學家，其續作事件哲學第二、三冊為 *Logiques des mondes: L'être et l'événement, 2*《世界的邏輯》(2006); *L'immanence des vérités: L'être et l'événement, 3*《真理的內在性》(2018)。介紹巴迪烏事件哲學的專書很多，手邊有巴氏現身說法答客問，見與塔爾比（Fabien Tarby）訪談：Alan Badiou, avec Fabian Tarby, *La philosophie et l'événement: Entretiens*《哲學與事件：訪談》, Mayenne: Germina, 2010。塔爾比為巴迪烏研究專家，在訪談錄後附一言簡意賅的短文〈阿藍・巴迪烏哲學簡介〉（"Courte introduction à la philosophie d'Alain Badiou", pp. 151-174），特別指出：就數學上的「無限大」（或「無窮」）（l'infini [infinity]）概念而言，巴迪烏的「集合論」哲學與德勒茲的「【乘法】積數」哲學大相徑庭（p. 159）。

在文中再現的特殊場景片段。

容筆者「暫停」葛昂的故事，「快轉」到 1933 年梵樂希在回應的論文中，所提到的與〈墓園〉出版有關的「意外」，一椿「偶發事件」：「對我個人而言，它（這首詩）是『內在勞動』（"un travail intérieur"）與一椿『偶發事件』（"un événement fortuit"）交岔的產物」。筆者揣測，所謂「內在勞動」，想必係指創作之「勞心」也，但「偶發事件」卻需要解釋。梵樂希回憶：1920 年某日下午【考證為 4 月】，《新法蘭西評論》的編輯夏克·里維埃爾（Jacques Rivière, 1886-1925）來訪，適值詩人「正在進行到〈海濱墓園〉創作的某一『階段』（"état"），正思索著如何修改、刪略、更換，這兒該補補、那兒該貼貼……」（*Œuvres* I, p. 1500; Valèry / Folliot, p. 144）。

里維埃爾見獵心喜，「坐立不安，直到我讓他讀詩稿為止；讀完了還不算，非得把稿子拿走才行。」梵樂希把鏡頭拉回到論文寫作的現在，對〈關於《海濱墓園》的主題〉的讀者說：「沒有人能拗得過雜誌的編輯！」（仝上）作者被迫「捨棄」其未完成的詩作給這位「惱人的不速之客」（"le fâcheux" ["an importunate person"], *Œuvres* I, p. 1497; Valèry / Folliot, p. 141）。筆者按："le fâcheux" 指「喜歡折騰事、煩人的男子」。梵樂希以此字指里維埃爾並無惡意，或為幽默反諷，或純粹就事論事。按里維埃爾本身為作家，寫小說和評論，與伽里瑪共同創辦了當代最重要的藝文刊物《新法蘭西評論》，同時擔任主編，發掘、捧紅了不少人材，包括普魯斯特（Marcel Proust, 1871-1922），可惜此君英年早逝。梵樂希在文中稱他為「我們特別惋惜的朋友」（"notre ami très regretté" ["our much regretted friend"], *Œuvres* I, p. 1500; Valèry / Folliot, p. 144）。顯然里維埃爾在「墓園事件」中也扮演了穿針引線的角色。

根據作者的改稿習慣以及上述「搶稿」插曲，雖說〈墓園〉已

接近「完」稿階段——梵樂希字典中不可能有「完」字，1920 年 6 月 1 日《新法蘭西評論》（下簡稱 *NRF*）81 期 781-787 頁所刊出的詩作，與兩個多月後，8 月 31 日艾密爾・保羅兄弟出版社（Émile Paul frères）發行的單行「定」（"[l'ordre] définitif"）本（另一個梵樂希不會有的字），肯定有出入。核對之下，果然如此。除了筆者已交代過的，今本詩前所引希臘詩句未出現在「掠奪」版上之外，前後異文多達 22 處。比較大的變動是詩段的「搬家」：*NRF* 第 6 節為今本第 4 節，*NRF* 第 8 節修訂為新第 6 節，*NRF* 第 9 節換成第 8 節，*NRF* 第 4 節為今本第 9 節（*Œuvres* I, p. 1683）。這些文本的異動是版本學者和細緻的文體學者無法忽略的。

八、學院批評「文本分析」的範本

梵樂希這段意外事件的告白，其實婉轉地回應了葛昂的作品起源論。作為課堂內的方法論示範，葛昂對這首詩的分析允稱面面俱到，用梵樂希的話來說，就是 "*ex cathedra*"（「有十足的權威」）（*Œuvres* I, p. 1500）。在對這首詩逐段解讀（Cohen, 1958, pp. 51-81）之前，葛昂作了背景簡介，包括下列各點：1. 巴黎大學的文學教育學風與此堂課的宗旨；2. 文學史的脈絡，如馬拉美的神祕主義；3. 梵樂希創作及封筆棄詩簡史。葛氏接著介紹本詩的音步（平仄）和韻律的形式，強調梵樂希有意地恢復了中世紀英雄事蹟敘事詩（"chansons de geste"）及十六世紀文藝復興詩人所習用，但被近代詩人捨棄了的 10 音節 5 步韻（"décasyllabe"）。這種韻律在梵樂希的意識（或潛意識）裡反覆出現，魂牽夢繞，文字、意象和概念都被它導引，接踵而來。眾多意象中最為突出的當屬詩人的出生地舍特、父親在碼頭邊上的故宅，以及詩人迄今夢遊的山頂家族墳塋（"ses tombes familiales"）——即今天被稱作「海濱墓園」（*le cimetière marin*）者。葛昂作了這些歷史傳記鋪墊後，

最終鉤勒出本詩所呈現的靈視哲思和基本律動，以及反映出現象界與本體界辯證之深層戲劇結構。

　　這位「學院派」評論者把全詩 24 段分為 4 部分，吻合希臘悲劇，由三個角色擔綱演出（Cohen, 1958, p. 48）。主角為「非存有」（"Non-Être"）或「虛無」（"Néant"），其「靜止狀態」（"l'immobilité"）由「不偏不倚的正午」("Midi le juste")為象徵。第二角（次角）則為「意識」（"la conscience"）──詩人的意識、全人類的意識，象徵它的就是大海（"la Mer"）；詩人傾向與靜止的永恆認同，但身為人，他既可閃爍寧靜如海，亦可像海一般激盪、洶湧、富創造力。讀者想必好奇第三角為何物或何許人？葛昂說：「就是作者自己，他身兼這齣戲的作者及觀眾，滿懷著熱情在沉思冥想，直到結局時解除了困惑自己的糾結。」（Cohen, 1958, p. 49.）葛昂提出了他的詮釋命題，進而將全詩 24 段劃分為四部曲：1. 永恆的、無意識的非存有（或虛無）的靜止（1-4 段）；2. 短暫、有意識的存在（"Être"）的動態（"mobilité"）（5-8 段）；3. 死亡或不朽（9-18 段）；4. 瞬間和持續、變化與詩創造的勝利（19-24 段）。

　　這種以主題掛帥的哲學性詮釋（或曰「文以載道」）屬於傳統文學批評的主流，但在形式主義抬頭的 1920 年代如已成強弩之末。據之以論強調形式美學、堅持詩藝至上，甚至主張「純詩」的梵樂希，筆者認為係荒腔走板，不倫不類。前面述及，葛昂曾指出五音步、第 4 音節後「行中停頓」（le césure）出現等設計所構成的韻律，在梵樂希的意識（或潛意識）裡反覆出現，文字、意象和概念都被它導引。如據此推理，接下來的或為詩的音樂性所引發的「純詩」理論。但深受「大學批評」（[critique] *universitaire*）【按：此字為巴爾特的貶稱】[18]

18 Roland Barthes, "Les deux critiques"〈兩種批評家〉, *Modern Language Notes*《現代語文

圖1 葛昂原書扉頁所附舍特市「海濱墓園」照片。此處複印以存真，然原圖不清晰，故另於網路截圖對照。請參見圖2。按梵氏故鄉Sète市屬Hérault郡，歐詩丹（Occitanie）區，在法國東南，濱地中海。墓園柏樹上方海平線隱約可見。圖2略可一窺第1及24詩段所述屋頂般平靜的海面。

圖2 舍特市聖查爾斯墓園，1945年8月7日改名為「海濱墓園」，以紀念7月20日去世，數日前安葬於此的梵樂希。1970年11月揭幕的梵樂希紀念館在附近，收藏了〈海濱墓園〉最初手稿。本圖截自法文維基百科 "Le Cimetière marin"（海濱墓園）詞條。

內「文本分析」（explication de texte）訓練的葛昂，卻切到梵樂希的家庭背景及故鄉實際的墓園（圖1），再導出一場戲曲。筆者認為最嚴重的問題，恐怕是葛昂挪用了中世紀的寓言式義理（allegoresis）手法，把「自然現象」和「抽象觀念」配對，如「正午」喻「虛無」、淪「大海」為「意識」，甚至作者一人飾二角，參與了一齣形而上學

筆記》, vol. 78, No. 5 (Dec. 1963), p. 447（pp. 447-452）。本文在美國約翰霍普金斯大學的《現代語文筆記》發表，後收入翌年在法國出版的《批評文集》（*Essais critique*, Paris: Seuil, 1964）。巴爾特當時在高等社會科學院（École pratique des Hautes Études）任教，特地點出「大學批評」，暗指保守的「巴黎大學」。和它抗衡的是「詮釋批評」（"critique d'interprétation"），即廣義的「新批評」，包括法語國家各陣營的存在現象學（如嘎斯東‧巴希拉爾、沙特）、馬克思主義（如呂西安‧葛爾德曼）、人類學（如荷內‧希拉爾）與心理「意識」批評家（喬治‧布雷等日內瓦學派諸子）。這些人不能歸為一類，但大體上他們都走出文學批評「作者論」掛帥的窠臼，而關注於實證傳記材料之外的結構性動因。因此，巴爾特筆下的「『新』批評」係針對朗松領軍的「『舊』批評」（"ancien critique"）而言，與英美新批評傳統毫無關係。

演出的戲劇。

　　筆者無法想像梵樂希聽講時作何感想，但他顯然很有風度。葛昂 1928 年的講稿四年後付梓出書，他竟然也接受作者寫序的邀請。我仔細閱讀梵氏的序文，發現他頗為婉轉地，十分巧妙地回應、回絕了葛昂的詮釋。他的第一個句子如下：「我不知道今天是否還流行從前【四十年前】的作法：詩人長期經營詩作，字斟句酌，讓作品在『存在』（"l'être"）與『非存在』（"le non-être"）之間擺盪，讓它懸置於欲望之前許多年，孕育了疑惑、審慎和懊悔，以至於一件不斷地被拾起重寫、再造的作品，竟然在自我修正的事業中，一點一點地產生了的神祕的重要性。」（*Œuvres* I, pp. 1496-1497）。梵樂希半遊戲式地挪用了葛昂詮釋的關鍵詞 "Être"（「存在」）與 "Non-Être"（「非存有」），是否有貶意？如果把這對字擺在他宣告自己是個「死亡的作者」（"un auteur mort"）與「個人的影子」（"mon *Ombre*"）的上下文格局裡，事態顯然嚴重了。

　　此處插播閒話一句：筆者 1970 年代初在臺大隨王維賢教授學習的第一門訓練就是 "explication de texte"，那時我早已經過碩士班美國新批評的洗禮，總覺得此「文本分析」非彼「文本分析」[19]。開始寫博士論文時，閉門造車，摸索著苦讀結構主義和符號學，才發現法國學院

19　請參見本書第一章註 1。文本的三階段如下：1. 具體的版本，版本學（"textual criticism"）處理版本的探源、考證、校勘。2. 作品意義整體的抽象概念，作品自成「本體」，而文本解析（textual analysis）則順理成章地從事細膩的語意分析。3. 文本為開放、不穩定、自我解構的創造力，某種生產力量的演出場域。朗松胸懷第一種文本，輔之以歷史傳記及主題式評論。梵樂希擁護第二類文本，但其作者死亡論有遞往「尚未誕生的」第三類移動的傾向。1963 年巴爾特與巴黎大學教授黑蒙‧皮卡爾（Raymond Picard,1917-1975）捲入關於拉辛（Jean Racine, 1639-1699）詮釋的論戰「事件」，此時的巴爾特勉強可歸為持第二階段的文本觀。巴爾特指導過毛派的克莉斯特娃，並加盟「如是」派後，轉向為第三階段。吾人可透過文本概念的演化，建構葛昂、梵樂希與巴爾特的互動「事件」。

的文本分析看似照顧全局，形式、內容、修辭類例無一不包，但基本上為「作家論」，以主題掛帥，輔之以歷史考據，是巴爾特所謂的「舊批評」（"ancien critique"）。無巧不成書，根據巴爾特，舊批評的代表人物是藉實證主義統領風騷半個世紀的古斯塔夫‧朗松（Gustave Lanson, 1857-1934）（Barthes, 1963, p. 447），而葛昂正是朗松的傳人。葛昂的《〈海濱墓園〉解析》，作為課堂講稿，可謂「大學批評」中「文本分析」的範本。

九、結語：棄詩與棄世

梵樂希的形式主義美學與葛昂的文本解析，代表兩種扞格難入的文學批評與詩學典範。如果要下結語，我覺得在巴爾特之前，宣告作者已死的梵樂希，決定放棄自我，把話語權辭讓給詩評家。這是棄詩的一端。另一端則是棄世。梵樂希在 1939 年曾舉寫詩為例：「在我一生由事情構成的某些階段（"états de choses"）中，寫詩（"le travail de poèsie"）這樁事讓我得以和『世界』分離。」[20] 碌碌人生中，事有萬端百態，泰半無益於心智的啟明，但顯然「寫詩」卻具有巨大的「事件性」力量，最值得詩人回憶。一個可能的原因——如果允許筆者鋪陳——在於：語言創作內在的秩序超越了擾人的俗事。

君不見，梵樂希筆下的 "états de choses"（「事物的階段」）奪胎換骨了（非「源出於」）結構語言學之父索緒爾的核心觀點："états de langue"（「語言的階段」）[21]。此基進觀念推翻了歷史演化語言學，啟動了二十世紀人文學科的「語言學轉向」。如果語言覆蓋萬有，「詞」

---

20 Paul Valéry, "Souvenir"〈回憶〉, *Œuvres* I, p. 304.

21 F. de Saussure, *Cours de linguistique générale*《普通語言學課程》, édition critique préparée par Tullio de Mauro, Paris: Payot, 1982, p. 142.

與「物」無法分離,難道我們不能反問梵樂希:「真有『事物的階段』存在嗎?」對方可以回答:「有的」,因為唯有透過「語言的階段」的共時性認知,我們才能區分語言為「事物的階段」編碼的多元性;在這多元系統的運作過程中,詩語言的實踐獨樹一格,有強烈的事件性量能。

十、〈海濱墓園〉中譯導讀

10.1. 前言

筆者在上面介紹了梵樂希創作的「棄詩」悖論,並傍及當代流行的「事件」哲學,作為解讀〈海濱墓園〉內外文本的依據。為了配合下面披露的〈海濱墓園〉中譯,謹借用篇幅,簡單介紹一下這首二十世紀的名詩。此詩分 24 段 144 行,結構嚴謹,語意/義層次複雜。限於篇幅,這篇短文除了交代背景外,不可能對詩正文本身作詳細的說解;僅在下文第三節介紹首段場景時,略為分析意象結構,以見作者章法之一斑。中譯本後所附的註釋為筆者自撰,難免掛一漏萬,但多少有助於同好閱讀。

10.2. 詩的創作與出版

如本章第一節所述,〈海濱墓園〉1920 年 6 月發表在《新法蘭西評論》81 期上,兩個月之後以單行本發行。1922 年本詩收入梵樂希《詩魅集,或梵樂希詩鈔》(*Charmes ou Poèmes par Paul Valèry*)初版,列為《新法蘭西評論》叢書;1926 年收入《詩魅集:回顧再版》,列為伽里瑪文庫。此詩陸續收入梵樂希各種選集,包括 1933 年的《作品集》(參見:Valèry, *Œuvres* I, 1957, p. 1654),以及 1957 年伽里瑪出版社的七星文庫版《作品集》,後者即筆者譯文所本。七星文庫版以超薄聖經紙印刷,分二卷,3500 餘頁,包括截至出版之前詳盡的版本

校勘、目錄、史料，以及梵樂希女兒阿戞特（Agathe Rouart-Valèry）
製作的編年史傳記，部分材料於 1977 年、1983 年修訂增補（參見：
Valèry, *Œuvres* II, 1960, p. 1613）。伽里瑪出版社編輯為對主張「未完
成」論的梵樂希致敬，尊重其立場，故向無策劃作品「全」集（"œuvres
complètes"）之議。除無法避免的漏網之魚外，如作者故意割捨或遺
忘了的早年作品，以及後續出土的私人筆記，《作品集》加上 1973、
1974 年伽里瑪七星文庫出版，梵樂希長媳澳洲學者 Judith 主編之二冊
《筆記》[22]。實質上接近俗稱的「全集」。近四十年來，新的研究材料
增加不少，但〈海濱墓園〉的詩正文隨 1920 年 8 月 31 日單行本的出
版已定，未嘗改變。

　　〈海濱墓園〉既收入《詩魅集》，吾人勢必對此集稍作解說。按
"charmes"（「魅」）為梵樂希詩學概念，此字在梵氏用語中，與「詩」
同義。《作品集》所收詩作依編年順序排列：《早年詩錄》第一，《年
輕的命運女神》其次，《詩魅集》第三。1922 年 6 月問世的《詩魅集》
收錄二十一首詩，包括〈海濱墓園〉。梵樂希在世時，此詩集除 1922
年和 1926 年外，1931、1938、1942 年皆曾再版。1942 年版為梵樂希逝
世前《詩魅集》最後一版，作者在標題 *Charmes* 後加了個說明，作為
副標題：（c'est-à-dire: *Poèmes*），意謂：「魅」即「詩」也！（Valèry,
Œuvres I, p. 1654.）此語非指詩以鬼魅為素材，如李賀、濟慈等人愛聽
秋墳鬼唱歌，而係指詩創作過程中的語言魅力，特以構成詩「音樂」
性的韻律、節奏為然。雖然如此，〈海濱墓園〉9-20 節的墓地冥思與
陰間氛圍營造，豈無超自然魅力？

　　論者咸謂，《詩魅集》講求形式實驗與鍛鍊，與梵樂希年少青

22　Paul Valèry, *Cahiers I, II*《筆記・一、二輯》, éd., Judith Robinson-Valèry, Paris: Gallimard, 1973, 1974.

衫薄時的詩作，漸行漸遠。此說屬質樸的歷時性風格論，涉及個體語言創作連續性／不連續性的辯證，係盲點明顯之悖論，卻為中外史家一再挪用。按梵樂希年輕時代，即棄詩之前，或寫作〈海濱墓園〉的三十到二十年前，曾創作、發表過多首題旨類似的作品，有些並未收入《作品集》，如 1889 年 10 月 10 日的〈海〉（"La mer"），1889 年的〈正午的海港〉（"Port du midi"），未註明日期，但可能係 1889 年或 1890 年創作的十四行詩〈墓園〉（"Cimetière"），以及 1896 年收入《早年詩錄》與《作品集》的〈夏〉（"Été"）。前三首皆為《作品集》的漏網之魚。以〈墓園〉為例，這首梵樂希不到二十歲寫的十四行詩，非僅題材與〈海濱墓園〉類似，韻律亦相同，如 "tombes"（「墓」）與 "colombes"（「鴿」）押韻，使用 10 音節 5 音步，而非十六世紀以降為主流的亞歷山大體（l'Alexandrin）12 音節 6 步韻。值得注意也令人欣慰的是，此詩雖未收入《作品集》，但編者在《早年詩錄》的附註裡，引錄了這首詩 [23]。此例足為早期、晚期「切斷論」之反證。對關心梵氏風格演化的學者而言，這些早年作品可視為〈海濱墓園〉的前身與互文，必須納入研究範圍。筆者估計一般愛詩者亦會感到興趣。

10.3. 詩的背景與場景

1894 年後，梵樂希畢生大部分時間都住在巴黎。〈海濱墓園〉一詩於巴黎創作，詩中墓園的景象，屬於憶象與虛構的結合。1926 年梵樂希接受勒費弗（Frédéric Lefèvre, 1889-1949）訪談，指出「這座墓園確實存在。那兒君臨俯瞰大海，可眺望點點白鴿──實際是漁船，船頭點浪，猶如白鴿啄食……。看過那景象的人都會了解，這意象是個比喻（"L'image est analogue"）」（Valèry, *Œuvres* I, pp. 1576, 1599）。

---

23 Valèry, *Œuvres* I, pp. 1576, 1599.

如根據史實解讀此詩,這段回憶可能是僅有的材料,因此我們勢必另尋線索。1922 年 8 月梵樂希致函紀德,提到對自己剛出版的《詩魅集》作品感到失望,唯一滿意的是〈海濱墓園〉。他說:「〈海濱墓園〉代表我那一類真正的『詩』」("le type de ma 'poésie' vraie"),尤其是那些最抽象的部分。這首詩展現我所理解的純粹、抽象的『抒情風格』("lyrisme")——某種動態的抽象性("une abstraction motrice"),至於詩中哲理,猶為餘事。」[24] 作者此言足以推翻「實事求是」派學者的解讀策略,即某年某月某日某地發生某件事,讀詩的目的便是扯下、撕破語言迷障的面具,找到並還原所謂的歷史「真相」。

為了說明「實物」如何轉化為象徵,讓我們回到首節的「屋頂」和「白鴿」意象(I: 1)。實物為「海面」和「漁船」,在高處遠眺下望,「海面」成了「屋頂」,「白帆漁船」成了「白鴿」。這比喻並不出奇,固然古代陰陽家謂「天圓地方」,但在海邊駐足過的人都能理解海面是圓的,立足觀測點越高、越遠,此視象越明顯。換個說法,從絕對理性的觀點而論,用喻顯係認知錯誤,觀物者恍神了,故視海面為屋頂、帆船為白鴿。但這認知錯覺頗可能是作者有意的策略,交代出人對現象界的認知,非僅是局部、片斷的,更可能是錯誤的。第 20 段的斯多噶學派飛矢不動悖論(XXI: 3)正說明此理。此外,觀物敘述者與被觀之物之間的距離,也使得認知錯誤可以合理化。根據同理,海面的微波狀若「屋頂」上的「瓦片萬千」(III: 6);再拉開距離,隨敘述者用「心眼」試圖從事無限宏觀,從海面到烈日,眼前寰宇赫然是一座隱喻中的「金色高樓」(III: 6),再轉喻為象徵主義式的「靈

---

24 參見:Robert Mallet, éd., *André Gide, Paul Valèry: Correspondance 1890-1942*《安德烈・紀德與保羅・梵樂希 1890-1942 年書信集》, Paris: Gallimard, 1955, p. 489,轉引自 Valèry, *Œuvres* I, p. 1687。

魂的大廈」（III: 5）。至此，現實與想像世界的場景都完備了：海、烈日，以及「夏至」（VII: 1）「正午」（I; 3; II: 4）的時間點。

　　在這寫實與抽象難分的場景氛圍裡，詩人引進了另一層次的象徵場景——由多重神話、宗教、哲學、文學典故和自然科學知識交織而成的繁複、細緻意義網絡。筆者嘗謂，梵樂希喜歡用典故，這點為二十世紀初現代主義的特色之一，看似與前衛精神矛盾，實則不然。讀者比較熟悉的英美作家龐德、艾略特、喬艾斯皆善用古希臘材料，推陳出新，史家稱之為「希臘風」（Alexandrianism）。然而，和艾略特主動給《荒原》提供尾註的作法不同，梵樂希很少交代典故出處。其用典或「隱」（參見：譯註 4、8、12）或「顯」（譯註 7、17），有些則特別晦澀（譯註 14）。典故無論隱顯，或是否師法前人文體，作者通常徵而不引，透過格律熔爐，重新冶煉鍛造。此創作原則反倒令學者難以著手注疏，筆者勉力為之，試圖在譯註欄略作填補。此歷史文化（含詩歌）的象徵框架和肌理，構成了〈海濱墓園〉的獨特場景。

　　末了，和任何詩作一樣，本詩自然有必要的「話語場景」（discursive situation），由發話者、內在和外在受話者的互動所建構的話語關係。內在受話者為文本明顯的設計，為第一人稱「我」傾訴的對象，一律以第二人稱受話的「你」呈現。如以修辭的頓呼法（或稱「轉呼法」）召喚出來的「海」（I: 4）及「我的沉默」（III: 5），或直接稱呼的「天空」（VI: 1）、「正義之神」（VII: 2）、「海【虛幻俘虜】」（IX: 1）、「雌犬」（XI: 1）和「太陽」（XIII: 6, XIV: 1, 3）、「深埋的先祖」（XIX: 1）、「芝諾」（XXI: 1）、「書頁」、「巨浪」（XXIV: 4, 5），當然還包括從自我分裂出去的另一個、宛如「他者」的「我」：「靈魂」（VII: 1）、「偉大的詩魂」（XVII: 1）、「我的身體」（XXII: 2）、「我的胸膛」（XXII: 3）和前引「我的沉默」。唯有在釐清話語關係的前提之下，我們才能嘗試討論詩的戲劇結構。

就這點而論，葛昂所謂的戲劇分析流於概念的陳述，正好欠缺了梵樂希強調的「抒情」或戲劇動能。不可諱言的，屬於二十世紀初形式主義詩論典範，並矛盾地強調「創作主體」的梵樂希，在本詩裡無意也無法顯示出「後現代」的自覺——亦即繼起的現象學所關注的「讀者意識」，但這並不妨礙我們從這個角度切入。就比較寬鬆的定義來說，梵樂希在中間幾段對自我意識的反思，已經觸及到今天意識研究最關鍵的面向：主體在思考和感覺時——換句時髦語，「在處理資訊」時，到底是什麼樣子？真相到底如何？本詩第 8、9、14、17、20 段提供了詩的答案。

10.4. 詩的可譯與不可譯

本文既然權充對〈海濱墓園〉（的中譯）導讀，勢必要對譯詩這件事作個交代。嚴格說來，詩是不可譯的。1959 年，雅格布森在評估語言符號的兩層面向時，曾指出：「符表（*signans*）必須能讓人感知（"perceptible"），而符意（*signatum*）則需要能被翻譯出來（"translatable"）。」[25] 這句話埋伏了詩可譯與不可譯雙面刃悖論的玄機。簡單地說，語言符號的形和音可讓人看到、聽到。說母語的人聽到或讀到某個字會了解其意義，符號的功能才完成；對不諳此語的人，看到不識，聽到不懂，它就不算語言符號或稱「零符號」。雅氏的說法對華人來說，如你不識某語言，如法文，法文的音、形（可感部分）自然無意義（可譯部分）；但透過翻譯工作，暫時擱置法文的音、形部分，你仍然可以了解法文轉換為中文後的近似意義，可轉化的部分即可譯的部分。雅格布森的命題有理論上的盲點和漏洞——比方說「符

---

25 參見：Roman Jakobson, "Sign and System of Language: A Reassessment of Saussure's Doctrine"
〈語言符號系統〉，*Poetics Today*《今日詩學》2.1a 1980 [1959], p. 35。

徵」和「符旨」真能分離嗎？——我們姑且不論。容筆者根據這句話
來談一下〈海濱墓園〉的翻譯。

　　如果符徵包括所有的形式，筆者確實翻譯了每段 6 行，24 段，
144 行的輪廓，但是僅此而已。梵樂希堅持的形式當然不在此外形，
形式由韻律構成。他捨棄了十六世紀以來法詩主流的亞歷山大體 6 步
12 音節格式，而恢復了更早的、歐陸其他傳統的 5 步 10 音節格式，
在第 4 音節後作一個行中停頓。如 1 段 6 行："qu'un long regard // sur
le calme des dieux!"（I: 6），筆者變化為 1 段 5 行：「長久凝視／／諸
神的靜謐／／與」，最後的「與」字破了原作的格，跨越到第 6 行的
「沉思後……」，當然 5、6 行的順序也顛倒了。至於梵詩所用六行體
（sexain）的複雜押韻，中譯裡完全捨棄了。此詩每段六行，1、2、3、4、
5、6 行，押 a a b c c b 韻，即 1、2 及 4、5 銜接對偶，分押 a 和 c 韻，3、
6 行則跨二行押 b 韻。配合此設計，陰性韻與陽性韻參差 F F M F' F' M
（參見：Cohen, 1958, p. 97），即 1、2 行為陰性韻（F F），4、5 行為
半陰性韻（F' F'），3、6 行為陽性韻（M M）。這種陰陽韻的交替與
詩的語意結構（海天、陰陽、生死、今生來世）密切吻合。因此，形
式的可譯性只是局部的，而形式設計與意義部分不可分，符意和符表
皆不可翻譯。

　　筆者讀過此詩多種譯本，印象最深刻的是里爾克的譯本，我透過
「再英譯」對照，仍感震撼。里爾克 1921 年 2 月「驚識」〈海濱墓園〉，
大致在 1922 年進行德譯，1924 年 2 月 7 日把〈詩魅集〉手稿連同獻辭
寄給梵樂希，1925 年 11 月德譯本出版，梵樂希於 1926 年 4 月收到德
譯本，年底里爾克去世 [26]。梵樂希一向反對譯詩，顯然了解個中癥結。

---

26 參見：Renée B. Lang, "The Valèry-Rilke Friendship Revisited"〈重訪梵樂希和里爾克的友
　誼〉. *Books Abroad*《域外之書》, 45.4 (Autumn 1971), pp. 602-612。

筆者中譯讀來不像臺灣的現代詩，倒近似早期的白話詩，或臺灣 1950-60 年代的朗誦詩。此項翻譯實驗最終竟成「棄詩」工程，令筆者汗顏，也讓讀者失望了！

十一、《海濱墓園》中譯

> 親愛的靈魂！不要渴望永生
> 但求竭盡今世！
>
> ——品達，《匹提亞頌詩》之三 [1]

I (1)
這片寧靜白鴿倘佯的屋頂 [2]
在松柏後和墳塋間悸動 [3]。
公正無私的正午四處點火，[4]
海呀！海！永遠周而復始！
長久凝視諸神的靜謐與 [5]
沉思後——何等的報償！

II (2)
閃電何等純粹的工作方能吸收 [6]
那無數看不到的鑽石泡沫？
何等的寧靜才能創造出寧靜？
此刻太陽佇留在深淵之上
它永恆的原則創造出純粹的作品
時間在閃爍，夢想就是知識。

III (3)

靜止的寶藏，雅典娜簡樸的神殿 [7]
廣袤的寧靜，可見的底蘊
守望著的水域，監視著你的日眼 [8]
在火焰的帷幕下如許睡眠
我的沉默啊！……靈魂裡的大廈
而瓦片萬千的金色高樓——屋頂啊！

IV (4)

時間的聖殿，凝結在呼吸的一剎那，
登頂了——純粹的頂點，我已習慣了
凝視與環顧海；
彷彿我對諸神至高的奉獻
大海寧靜的閃爍往高處
散播統治者的輕蔑。

V (5)

宛若一粒水果溶解為喜悅
它的存在置換為美味
它的生命在嘴裡終結，
我在此吸入我未來【死亡】的煙
天空高唱著靈魂的消逝
海岸低迴著地形的改變。

VI (6)

美麗的天空！真實的天空！看我
變形吧！如此驕縱之後，如此陌生的
怠惰之後，但仍然雄渾勁健的
我，此刻自棄於這璀燦的空間，[9]
被馴服為一片羸弱的行者，
影子在死者的居所間穿梭。

VII (7)

靈魂曝露在夏至的火炬下
我服從你，可敬的正義之神
挾著無情武器的光明之神！
我溯源到你的原初的地位
瞧瞧你自己！……但反映陽光的
卻是半片哀悼的陰影。[10]

VIII (8)

哦，作為物體的我，有感知和欲望的
我，在內心深處，在詩的泉眼裡，[11]
介於太虛與純粹事件之間【的我】，
靜待著迴音——回應我龐大的內心
苦澀、幽黯但宏亮的水漕，
在我恆常空洞的靈魂窪底鳴響。

IX (9)

樹葉的虛幻俘虜，吞噬這些
單薄欄柵的海灣，你可知道
（我閉上眼，懷著炫目的祕密）
是哪副皮囊把我拽到它沉睡的結局？
是哪張面容吸引我到此骸骨之鄉？
或係腦中磷光一閃聯結到逝者。

X (10)

禁閉著、神靈般，旺燒著沒有燃料的火
土地的碎片奉獻給光芒
許多火炬在上方燃燒，此地最讓我心儀
黃金、石頭和肅穆的樹木結合為一
如許大理石在如許幽影中晃動；
忠實的海在我的墓園沉睡！

XI (11)

忠實的雌犬，得提防膜拜者！ [12]
孤獨的我像牧人一樣微笑，
長時間放牧著神祕的羊群
我安靜的白色墓碑羊群，
別讓那些審慎的白鴿靠近，
也防著幻夢，和好奇的天使！

XII (12)

一旦到此，只剩下呆滯的未來。
赤裸的昆蟲抓刮著乾枯的環境；
全都燒焦、粉碎了，化為不知名的
精純成分，被空氣吸收……。
這兒生命龐沛無比，沉醉於死亡，
苦澀格外甜美，精神澈底清明。

XIII (13)

隱藏的死者在地下住得安穩
地底保暖，且烘乾他們的神祕。
而高處的正午，靜止的正午
只想到自己，順自己的意……
完整的頭顱與圓滿的冠冕，
但我的祕密卻隨著你變化。

XIV (14)

除了我，你沒有任何恐懼需要壓抑！
我的悔恨，我的疑慮，我的束縛
都得歸咎於你那粒超大的鑽石……
但沉重的大理石下的黑暗中
一夥纏糾在樹根裡空洞的族群
已經徐緩地加入了你的陣營。

XV (15)

他們融入一幅稠密的空缺，
紅土吸乾了淺白的空間，
生前的饋贈讓位給身後的鮮花！
死者那機巧的語言、個性化的
舉止、獨特的靈魂如今安在？
當年流淚的眼框蛆蟲列隊進出。

XVI (16)

女孩被輕觸時的尖叫，
明眸、皓齒、濕潤的睫毛，
隨慾念起伏的動人胸脯
因讓步而發亮微啟的嘴唇，
最後的天賦──牽就的十指，
全都入土了，全部都遊戲歸零！[13]

XVII (17)

而你，偉大的詩魂，你依然懷著
舊夢嗎？──那海浪與陽光用藍、金
色彩的謊言迷惑肉眼的夢？
當你化為煙霧，你還會繼續歌唱嗎？
走吧！一切都不在了！我的存在充滿了
罅隙，縱然宣揚耐心，聖徒難免一死！[14]

XVIII (18)

黝黑、鍍金、嶙峋骸骨的不朽,

戴著桂冠可怕的慰安女神,

把死亡裝扮為母親的乳房,

——美麗的謊言,虔誠的詭計!

但無人看清真相,也無法抗拒,

這顆空洞的頭顱,這永恆咧嘴的傻笑!

XIX (19)

深埋的先祖啊,空洞的頭顱啊, [15]

在沉重的一鏟鏟的土方之下,

你們已與泥土結合,讓我們的步履錯亂 [16]

啃囓的鼠輩、不可抗拒的蛆蟲

跟沉睡在石板下的你們無關,

它們咀嚼的是活人,附在我身上不走!

XX (20)

這是「愛」嗎?還是「自憎」?

它隱藏的牙齒跟我如此親密

隨便怎麼稱呼它都行!

算了吧!它觀望、欲求、夢想、撫摸!

它喜歡我的肌膚,甚至上了我的床

我的生命被這不死的東西纏住了!

XXI (21)

芝諾！無情的芝諾！艾里亞的芝諾！ [17]

你那支帶羽毛的箭矢真射中我了

那支振動、飛馳卻又靜止不動的箭矢！

聲音生育了我，箭矢射殺了我！

太陽啊！……靈魂猶如烏龜的影子，

善跑的阿契力士大跨步卻紋風不動！

XXII (22)

不，不行！快起來！得踏進新紀元！

我的身體，快脫離這種沉思的枷鎖！

我的胸膛，用力吸入啟動的微風！

瞧，海在吐氣了！一陣冷冽

喚醒了我的靈魂！……啊，海的鹹味！

咱們向浪衝去，快活掀起的浪頭！

XXIII (23)

是啊！大海在施展它狂野的本能，

宛如豹皮和充滿空隙的罩袍 [18]

太陽光下千萬尊偶像，

絕對極至的巨蛇，吸吮本身藍色的 [19]

體液而沉醉，永遠咬著自己的閃亮的

尾巴，在騷動中，唯有寂靜可以匹配。

XXIV (24)

起風了！……試著活下去吧！

大風掀開了我的詩集，又闔上它，

浪花勇敢地衝撞岩礁！

飛走吧！炫目的書頁碎片！ [20]

粉碎吧，巨浪！粉碎吧，狂喜的浪！

這片寧靜船帆啄食的屋頂！

（*Œuvres* I, pp. 147-151）

張漢良譯註

1. 開始的前言係摘錄古希臘詩人品達（Pindar, c. 518-438 BCE）《匹提亞頌詩》第三首（*Pythiques, III*）的兩句希臘原文。此處省略，代之以中譯：「親愛的靈魂！不要渴望永生／但求竭盡今世！」本詩初刊在 1920 年 6 月 1 日《新法蘭西評論》81 期上時，並沒有這兩句引詩，各結集版本的〈海濱墓園〉，在標題後皆予引用（*Oeuvres*, I, p. 1684）。品達此詩抒情兼敘事，其用典及言談結構顯示說話者的抒情對象係病患，說話者既期望對方痊癒，更懷著海神之子「人馬神」凱隆能死而復生的痴念。梵樂希以此詩為〈海濱墓園〉楔子，意味深長。筆者印象中，比梵樂希晚一代的卡繆（Albert Camus, 1913-1960）在哲學論文《薛西弗斯神話》某處引了同樣的詩句。按法文 "Pythiques" 或英文 "Pythians" 出自 "Pythia" 與 "Pytho"，一詞多義，含「蟒蛇」之謂，主要指阿波羅神殿所在地德爾斐的騎術賽會，故為阿波羅轉喻。阿波羅身兼數職，為太陽、瘟疫、醫藥……之神。此詩用典亦涉及阿波羅之子醫神阿斯勒匹厄斯，以及特洛戰爭英雄阿契力士（見 XXI: 6）。梵樂希 1919 年 2 月發表的〈匹提亞〉（"La Pythie"）極寫女祭師的精神狀態，可為互文。

2. I: 1，"toit"（「屋頂」）為海的隱喻，見 III: 6、IV: 2、XXIV: 6，但亦為建築的轉喻或提喻（III: 5-6、IV: 1），溝通了自然與藝術兩個範疇；或更正確地說，自然被轉化為藝術，按：梵樂希曾修習建築。「白鴿」為白帆小漁船的隱喻。在訪談時，梵樂希曾回憶，在舍特的聖克萊爾山頂，遙望漁船鼓浪起伏「點首」（*"picorer"*），有若白鴿啄食（*Œuvres* I, p. 1687）。

3. I: 2，「在松柏後」原文為 "Entre les pins"（在松樹之間），謂「松樹間隱現的海」，故 IX (9) 喻海為「樹葉的虛幻俘虜」。筆者譯作「在松柏後和墳塋間」以求變化，並袪除「海介於『松林』與『墳塋』之間」的誤讀歧義。

4. I: 3，「公正無私的正午」（ "Midi le juste"），參見 VII: 2，"justice"（「正義之神」）及 XIII: 3，「高處的正午，靜止的正午」（"Midi là-haut, Midi sans mouvement"）。此處「正午」擬人；葛昂認為影射希臘神話裡的永恆正義女神 "Δίκη, la justice"（Cohen, 1958, p. 52），此說可取。然喻夏至正午地中海的烈日，非但寫實，更符合全詩的自然神教義。

5. 「諸神」（"des dieux"）見 IV: 4，或暗示「創作者」（指詩中的「主人公」角色，並非歷史上的梵樂希本人）所服膺的古典神話及自然神學傳統。見 II: 1, VII: 2, XIII: 3, XXIII: 4-6。

6. II: 1「純粹的工作」（"pur travail"），II: 5「純粹的作品」（"Quvrages purs"），以及 VIII: 3「純粹事件」（"l'évenément pur"）指向梵樂希一再堅持的永不懈怠的創作哲學。按「純粹」一詞費解，言人人殊。有一解特指康德美學的「利慾兩無」、「無功利色彩」的精神特質。研究象徵主義及現代主義有成的葉維廉，當年借用梵樂希友人文學史家布赫蒙神父（Abbé Henri Bremond, 1865-1933）1926 年的神祕主義「純粹詩」（La Poésie pure）一詞，以狀寫詩創作時的

「純粹經驗」，推而廣之，覆蓋到王維等人的詩風，為某些「純」
寫實論者詬病。舉凡論「純」，皆有排他性，此係文學立場問題，
終無定論。

7. 梵樂希原用智慧女神的羅馬神話名 "Minerve"（米娜娃），筆者改
為讀者較熟知的希臘名「雅典娜」。

8. "Œil"（眼睛），太陽係「天空之眼」為傳統象徵，以埃及天神賀如
斯（Horus）神話最為著稱。莎翁十四行詩第 18 稱太陽為 "the eye
of heaven"。

9. VI: 4，「自棄」（"Je m'abandonne"）為「棄」的一端，係梵樂希
的核心概念，與 II: 1& 5 的「純粹工作」（註 5），VIII: 3 的「純
粹事件」（"l'évenément pur"）為一體兩面互訓。見註 17。XXIV: 4
曰詩集被大風巨浪擊為碎片，顯示詩可「棄」的另一面向。

10. VII: 5-6，「但反映陽光的／卻是半片哀悼的陰影」（"d'ombre une
morne moitié"）句中，隱喻的自然物理基礎是夏至正午時分的烈日
預設著隱藏的半個月亮，月光反射日光，但不同時出現。此意象導
出以下數節的墓地素描。

11. VIII: 1, "Ô pour moi seul, à moi seul, en moi-même" 字面義近似「為
了我自己、屬於我自己、出自我本身的」。譯文跨句到第二行，筆
者援用現象哲學概念，勉強意譯為「作為物體的我，有感知和欲望
的我」。此處稍作解釋："en-soi" 與 "pour-soi" 為尋常法文用語，接
近英文 "in itself"（自己本身）與 "for itself"（為自己）。後來哲學
家沙特（Jean-Paul Sartre, 1905-1980）用這對詞語翻譯海德格（Martin
Heidegger, 1889-1976）和胡賽爾（Edmund Husserl, 1859-1938）先驗
的外在客體及後驗的感知主體。《海濱墓園》出版在海德格 1926
年的《時間與存有》之前；沙特比梵樂希晚一輩，其《存在與虛無》
於 1943 年問世，故梵樂希不可能受到二人啟發。葛昂以 "Étre"（存

在）和 "Néant"（不存在）這對母題詮釋梵詩，純屬巧合，與現象學無關。但文學詮釋為「再脈絡化」，與編年先後不相干。

12. "Chienne splendide" 的字面義為「明亮、熾熱的母狗」。此詞一語雙關：1. 海守護著墓園如忠犬，有如埃及神話的守墓神犬（或豺狼）阿努比。見前段 X: 6, "La mer fidèle"（「忠實的海」）；2. 天狼星，大犬座最明亮的主星，盛夏酷熱（**canicule**）時分，7 月 22 日至 8 月 22 日間出現，與本詩的夏日背景（VII: 1,「夏至的火炬下」）接近。"**canicule**"（「酷熱」）出自義大利語 "**canicula**"「小犬」（為梵樂希母親法妮【Fanny】的母語）和梵樂希故鄉普羅旺斯地區中世紀古語 "**canha**"（原意 "**chienne**"「母犬」），引伸為「神龕」。以上各語種的「犬」字皆出自拉丁文 "CANIS"，如獵戶座腳後跟的大犬座為 "CANIS MAJOR"，小犬座稱 "CANIS MINOR"。

13. XVI: 6，原文 "rentre dans le jeu"（「回歸遊戲」）。

14. XVII: 6，「縱然宣揚耐心，聖徒難免一死！」（"La sainte impatience meurt aussi"），原文直譯應為「那位綽號叫『無耐心』的聖徒也死了」。此句的典故或出自三世紀北非迦太基的主教塞普瑞安（Thaschus Caeciliu Cyprianus, c. 210-258）。傳說此公極乏耐心，但當時基督徒多受迫害，塞普瑞安主教撰文規勸徒眾忍耐，塞主教終以身殉教，死後封聖。梵樂希嗜用典故，通常不給出處。有些可考，有些隱晦，終不可解。

15. XIX: 1，「先祖」原文為 "Pères"（父輩），泛指祖先。梵樂希的母親家族墳塋在此，1859 年外祖母葬於此處，1927 年母親法妮亦葬於此，即後來 1945 年梵樂希的墓址。1884 年 10 月梵樂希到三十公里外的蒙貝里葉上中學，11 月舉家遷居到蒙城（*Œuvres* I, p. 15）。母親 1927 年 5 月 18 日在蒙城逝世，5 月 20 日安葬於舍特（Cette，1928 年易名為 Sète）港查理斯墓園（*Œuvres* I, p. 51）。

　　梵樂希在雜記中留言：「我要寫篇關於媽媽的小回憶文，只給自己讀。為了作這件事，我還探索了一下十八世紀的威尼斯語言」（同上）。1894 年後，梵樂希畢生大部分時間（四十三年）都住在巴黎。〈海濱墓園〉一詩於巴黎創作，詩中墓園的景象，屬於憶象與虛構的結合。

16. XIX: 3，"confondez nos pas"（「讓我們的步履錯亂」）。因為死者已化為土壤，路人走過，不知道踩在土地上，還是他們身上。

17. XXI: 1，「艾里亞的芝諾！」（Zénon d'Élée），英文名為 "Zeno"，係前期斯多噶哲學家，該學派宗師。本節的兩個典故為其著名的悖論（paradox）：1. 飛矢不動，故永遠射不到箭靶，與墨家所云相通；2. 荷馬筆下的希臘英雄阿契力士善走，但如與烏龜賽跑，由於區分邏輯，他不可能超越先起跑的烏龜。梵樂希向來鍾愛悖論，除生死與共、福禍相倚的通俗論調外，棄詩論與創作不懈倫理學的認同矛盾為其悖論之核心。

18. XXIII: 2，「罩袍」（"chlamyde"）：古希臘男人穿的長衫。

19. XXIII: 4，「巨蛇」（"Hydre"），英文 "Hydra"。希臘神話的多首巨蛇，為英仙海格力士鏟除。星象指長蛇座。在梵樂希筆下，此蛇變奏為口啣自尾的「烏若波洛斯」，象徵自體繁殖，生生不息。文義互訓可參見 I: 4「永遠周而復始！」（"toujours recommencé"）。見圖 4 壓棺石上的黃色雕刻，狀似花圈，實則指「食尾」蛇。

20. 詩可毀，豈非「棄詩」？

附圖

圖3 梵樂希畫像，賈克─埃米爾‧布朗歇（Jacques-Émile Blanche, 1861-1942）油畫，1923年作。原件現藏於法國盧昂美術館（Muséedes Beaux-Arts, Rouen）。截圖自《維基藝術網站》（WikiArt）公眾領域。

圖4 梵樂希之墓，本圖截自維基百科。十字架下方墓碑（龜裂處）刻有FAMILLE GRASSI（葛拉西家族）字樣，為梵樂希母親法妮‧葛拉西（Fanny Grassi）姓氏，源出於15世紀威尼斯貴族世家，其下為家族紋章。前方石棺刻有保羅‧梵樂希姓名（上行）及生卒日（下行），兩行中間是梵樂希鍾愛的個人象徵：鑰匙上纏著一條蛇，指向「啟蒙」、「療癒」等概念。棺面上的花圈狀雕刻一物兩用，實為首尾啣接的蛇「烏若波洛斯」（Uroboros【原義為「食尾」】），象徵自體創造，生生不息。見〈海濱墓園〉筆者中譯23節4-6行。

第十五章　**病詩**
從跨文本的觀點重讀雪萊的〈印度少女之歌〉

一、前言：英國浪漫詩的代罪羔羊：〈印度少女之歌〉

筆者在本書第九章〈雪萊的《詩辯》〉裡介紹了雪萊的基本詩觀，論述過程中亦不時例舉雪萊的詩作佐證。然而，《詩辯》作為對友人皮考克貶詩之作〈詩的四個時代〉的回應文，有其特定的語用脈絡和詩人關注的議題。我從詩史與詩辯命題切入，原本即無意於個別詩作之賞析與評價；亦非循詩學路徑，透過閱讀具體的作品，推演出詩文類相對普世性的結論。為彌補宏觀視野可能有「見林不見樹」之失，並澄清世俗所謂「就詩論詩」的迷思，我在本章特意挑出雪萊的抒情短詩〈印度少女之歌〉（"The Indian Girl's Song"）[1]，援用前此曾介紹過的「跨文本」概念與閱讀策略，為這首被二十世紀上半葉形式主義批評家所詬病的詩作重新定位，順便回應彼等所標榜的文本自主論。

---

1 本文所引詩名及文本係參照諾頓二版收錄之 1962 年瑞士葛羅尼鎮（Cologny）波德默（Foundation Martin Bodmer）圖書館出土的雪萊本人原始手稿。見 *The Manuscripts of the Young Romantics,* vol. 8. *Shelley*《青年浪漫詩人手稿，第8卷，雪萊》, *Fair-Copy Manuscripts of Shelley's Poems in European and American Libraries*《歐美圖書館所蒐藏的雪萊清稿》, ed. Donald H. Reiman and Michael O'Neill, New York: Garland, 1997, pp. 329-335。筆者大學一年級時讀陳紹鵬的譯本〈印度夜歌〉（《詩的創造》，文星叢刊34，臺北：文星書店，民國53年，頁131-133）和日本 Kenkyusha English Classics（研究社英文學叢書）的 *Select Poems of Percy Bysshe Shelley*（《雪萊詩選》）, eds. Takeshi Saito & Kôich Doi（齋藤勇、土居光知編注並序）, Tokyo: Kenkyusha, 1922（東京：研究社，初版，大正十一年）, pp. 44-45，都是根據瑪麗·雪萊的修訂本。

　　〈印度少女之歌〉創作年分不詳，舊的說法為 1819 年，最近的判斷可能作於 1821 年底或 1822 年初。年代之別係取決於「副文本」語境——亦即詩話語抒情的對象究係指涉（或「本於」）何人而定 [2]。因此，看似不起眼的傳記資料，作為「周邊文本」或「副文本」，反倒具有對詩文本「本身」解讀的輔佐作用。根據史家記載，本詩 1823 年發表在雪萊與李·杭特（Leigh Hunt, 1784-1859）、拜倫（Lord Byron, 1788-1824）等羈旅義大利諸詩友所籌辦的《自由派》（*The Liberal*）詩雜誌第 2 期上，名為〈詩歌——調寄印度音樂〉（"Song, Written for an Indian Air"）。雪萊 1822 年 7 月 8 日溺亡，後雪萊的遺孀瑪麗整理遺稿，出版全集。瑪麗根據自己謄抄雪萊的手稿略作修訂，先後命詩名為〈印度曲調填詞〉（"Lines to an Indian Air", 1824）與〈印度小夜曲〉（"The Indian Serenade"）。後者即中譯名〈印度小夜曲〉或〈印度夜歌〉

2　史家對雪萊和異性友人的關係說法不一，但有一點可以確定：雪萊泛愛眾生，見一個愛一雙；無論對方已婚或未婚，她們都是詩人抒情的對象。與本詩背景有關者至少三人：1. 瑪麗·雪萊的繼妹，亦即拜倫短暫的妻子克萊爾（Clara Mary Jane ("Claire") Clairmont, 1798-1879；2. 蘇菲亞·史特西（Sophia Stacey, 1791-1874）；3. 珍恩·威廉斯（Jane Williams, 1798-1884），都是他獻詩抒情的對象。以下三點係筆者閱讀心得，1. 雪萊 1817-1818 年寫給克萊爾的情詩〈致康絲坦蒂雅〉（"To Constantia"）與〈印度少女之歌〉詩中所營造的戲劇情景吻合；鏈接二首詩的「符號路標」則係希臘古風時期女詩人莎弗的抒情詩鼻祖之作（詳見本文第七節）。2. 如果〈印〉詩寫作於 1819 年【11 月 17 日】，抒情對象則應為最近邂逅的蘇菲亞；但此詩完成後未發表，雪萊兩年後翻出來針對新對象珍恩再加工。蘇菲亞有音樂才華，為豎琴手，亦善唱，來義大利旅遊，約見雪萊。詩人一見傾心，同年聖誕節曾獻詩〈蘇菲亞頌〉（"Ode to Sophia"），該詩風格與〈印〉詩極其相似。3. 晚近的說法是：雪萊 1821 年 12 月 22 日結識了珍恩及其夫婿，與渠等同住，昕夕往還之間，情愛自生。珍恩擅樂，包括 "harp"（豎琴），雪萊曾送給她一把吉他，並多次以此樂器入詩（弦樂與抒情詩的自古關係，詳下文）。因此，珍恩·威廉斯亦可能為〈印〉詩抒情的對象。但如此說為真，本詩便不可能如以往史家所謂，創作於 1919 年。參見近期的一本傳記 James Bieri, *Percy Bysshe Shelley: A Biography*. Baltimore: The Johns Hopkins University Press, 2008。上述 2、3 點皆與本詩召喚出的風／樂互文性結合，此為浪漫主義詩創作重要題旨。見本詩標題及第 9 行 "airs"（「風」或「曲調」）的歧義。

之源起（見附錄的二種譯本）。此詩有不同抄本，大同小異。嚴格說來，遲至 1962 年始出土之雪萊清稿（"fair copy"【按：手稿整理後重抄的定本】）與瑪麗・雪萊的謄稿分屬二個版本。雖然兩件文本之間僅有二處異文，但筆者認為此文本差異極具關鍵性，必然影響詩的解讀。因此筆者捨棄了俗用的瑪麗修正稿，採用雪萊本人的清稿，主要的兩處異文，第 4 行的 "burning"（「焚焚」【「燃燒」】），瑪麗修正本作 "shining"「閃爍」）與第 7 行的 "borne"（「背負」，瑪麗修正本作 "led"「引導」）則以斜體字注明，中譯以底線標示，並試譯全詩如下。另外二種中譯，分別出自於1962年陳紹鵬譯本和1958年查良錚（即九葉派詩人穆旦）譯本，披露於文末附錄，以供讀者比對賞翫。

二、〈印度少女之歌〉的文本與現代主義評價

I	一
I arise from dreams of thee	我夢到妳，從夢中醒來
In the first sweet sleep of night —	那是夜裡的第一覺——
The winds are breathing low	微風正輕吹
And the stars are *burning* bright.	群星<u>焚焚</u>煌燦。
I arise from dreams of thee —	我夢到妳，從夢中醒來——
And a spirit in my feet	腳下的精靈
Hath *borne* me — Who knows how?	<u>背負</u>著我——誰知道怎麼回事？
To thy chamber window, sweet! —	到了妳臥房窗外，親愛的！——

II	二
The wandering airs they faint	漫遊的風：它的旋律歇止
On the dark, the silent stream —	在黑暗、靜謐的溪流上——
The Champak odours fail	黃玉蘭的香氣消散

Like sweet thoughts in a dream;	宛如夢中甜美的思緒；
The Nightingale's complaint —	夜鶯的哀啼──
It dies upon her heart —	消逝在她的心上──
As I must die on thine,	如我必然死在妳的心上，
Oh, beloved as thou art!	啊，即使我深愛妳如許！
III	三
Oh lift me from the grass!	啊！把我從草地上扶起來吧！
I die! I faint! I fail!	我【要】死了！暈厥了！沒勁了！
Let thy love in kisses rain	讓妳的親吻如雨墜落
On my lips and eyelids pale.	在我的嘴唇和失血的眼瞼上
My cheek is cold and white, alas!	我的臉頰冰冷蒼白，哀也！
My heart beats loud and fast.	我的心，它跳得又急又響。
Oh press it to thine own again	快把它再壓在妳的心上
Where it will break at last.	讓它澈底破碎。

　　熟悉浪漫主義抒情詩和現代主義詩論的人都知道，雪萊的聲譽在二十世紀初期，以艾略特（T. S. Eliot, 1988-1965）為先驅的新批評家心目中甚低，大致要到 1970 年代中期才獲得平反。〈印度少女之歌〉咸被視為詩人「主觀」濫情的代表，尤其是直白但違反理則的 18 行："I die, I faint, I fail"（我死了！我暈厥了！我沒勁了！），則淪為笑柄，按：依推理應先「沒勁」，再「暈厥」，最後「死亡」。縱然某些說詩人以 18 行的 "fail"（沒勁了【撐不住了】）與 20 行的 "pale"（失血【蒼白】）押韻並意近，為邏輯破格的託詞，也難自圓其說。

　　詩壇不論，臺灣光復後，學院裡較早為文討論這首詩的，包括前

師大英語系陳紹鵬教授的論文〈主觀的詩和客觀的詩〉[3]。陳文以王國維的「有我之境」/「無我之境」的區分開篇，引進主觀詩/客觀詩的對照，已觸及到比較詩學的領域。該文至今已逾一甲子，作者樸素的主觀/客觀二分法，今天當然不再為主流論者所接受。解構此對立的策略很多，其一為包含主體性討論的話語分析，並以主體的瓦解作結。上引 18 行中的 "die" 和 "fail" 皆具多義，陳譯為「我死！我昏厥！我不能自持！」（頁 132）不能算錯，但再現的「客體」物象與「主體」發話者的心境，透過歧義的應和作用則喪失了。具體的文本例子如：（1）18 行的 "I *fail*"（「我沒勁了」）呼應 11 行的 "The Champak odours *fail*"（「黃玉蘭的香氣消散」）；（2）13-14 行「夜鶯的哀啼——／消逝【死】……【It [complaint] *dies* upon her heart】」回應 18 行的「我死」；（3）中間的過渡則為 14 行「消逝【死】在她【牠？】的心上」與 15 行的「死在妳的心上【"I must *die* on thine"】」。藉文字的多義性功能，傳達客體「物」與主體「我」交融的訊息，不是「淚眼問花花不語」之類化約性的「主觀詩」可一言以蔽之者。筆者借前人之論點出發，以之為工具反駁其推論，此為學術論辯常態，初與人情世故無關。走筆至此，我們不妨暫時擱置本詩，討論一下揮動「反主觀詩」大纛的艾略特。

---

3 本文收入前引書《詩的創造》，頁 125-142。文末作者附注曰「五一、五、一五、鳳山」，顯係其執教於陸軍官校時，轉進師大前之作品。民國 53 年（1964 年），筆者初入臺大，因課餘閱讀而受惠於陳氏，對其頗為心儀。數年後，蒙志文出版社張清吉先生在美而廉餐廳邀宴，得與陳教授同席，我提到他的譯詩頗有古風，算是有一面之緣。據悉陳教授出身於北師大英文系，在內地文壇相當活躍，1937 年曾擔綱北師大同仁編輯的《詩與文》副刊，1946 年來臺前已享文名。來臺後服務於警界，後轉入教界，執教於臺中一中，為李敖高二的英文老師，後轉進陸軍官校與師大，課餘勤於譯作及英詩論述。一如典型的前輩學者，舊詩詞修養甚佳，惜乎其為人低調寡言，與臺灣現代詩壇互動不多。

三、艾略特與詩的客觀性

艾略特在短論〈哈姆雷特的毛病〉中貶責莎翁的名劇，略謂主人公哈姆雷特主觀感情氾濫，與外在世界脫節，缺乏「客體對應」（"objective correlative"），故此劇為「藝術上的失敗」。艾氏反浪漫主義詩歌已為文學史常識，他批評雪萊之處頗多（例見下文註 4），原因不一，泰半基於宗教和意識形態，但筆者揣測艾氏對丹麥王子無病呻吟的批評也適用於〈印度少女之歌〉。何謂「客體對應」？艾略特說：

在藝術形式中，唯一表達情緒的方法就是找出「客體對應」；換言之，它係一組物件、某種情景、一系列的事件，能作為營造那特殊情緒的配方。當外在事實呈顯，訴諸吾人感官經驗時，情緒立即被激發……。藝術的必然性基於外在世界能充分激發情緒，《哈姆雷特》缺的正是這一點……。哈姆雷特王子被無法表達的感情控制，因為它超出了外在現實的呈顯。就此而論，劇作家莎翁的情況和劇中人的狀況完全一致：哈姆雷特自覺其情緒缺乏外在世界的對應，其實是劇作家面臨藝術創作困境的延伸（Eliot, 1921, p. 92）[4]。

---

4 T. S. Eliot, "Hamlet and His Problem"〈哈姆雷特的毛病〉, *The Sacred Wood: Essays on Poetry and Criticism*《聖林：詩論與批評論集》, New York: Alfred A. Knopf, 1921 [London: Methuen, 1920], pp. 87-94。1933 年艾略特應邀，擔任哈佛大學諾頓詩學講座教授，發表「詩的功用與批評的功用」系列演講，後結集成書，見 T. S. Eliot, *The Use of Poetry and the Use of Criticism: Studies in the Relation of Criticism to Poetry in England*《詩與批評的功用：英國文學批評與詩的關係研究》, Cambridge: Harvard Univ. Press, 1933。1933 年 2 月 17 日的第 5 講題目為「雪萊與濟慈的實踐」，他從宗教與社會文化的立場出發，批判浪漫主義詩作，認為雪萊「少不更事」（"adolescent"）！但從 1970 年的布魯姆開始，後來的研究卻有翻案趨向，企圖建立艾略特與雪萊的親和或認同關係。例見 George

艾略特語帶晦澀,但其批評有諸多盲點,且與劇本內容不合。十餘年後,1935 年倫敦大學教授斯珀金(Caroline Spurgeon, 1869-1942)對劇本疾病意象的分析,足為反證,此處不贅。說穿了,艾略特論點的基礎,仍然在覆述古老但粗糙的主體和客體二元世界哲學命題,其形式主義僅為皮相與假象耳。陳紹鵬的主觀詩與客觀詩以及其論據來源「伊莉莎白‧朱」[5],可謂與艾氏異曲同工,反映出二十世紀初講求客觀性的現代主義品味。下面藉著對術語用法的釐清,進一步深入討論艾略特的觀念。

筆者印象中,早年學界把 "objective correlative" 譯作「客觀影射」。當時年少、識淺、春衫薄,無從判斷,亦援用此譯;如今看法誠然不同。嚴格說來,「主觀」/「客觀」雖係中文習慣用法,未若現象哲學與精神分析術語的「主體」(subject)/「客體」(object)所呈顯的辯證式關係有效。換言之,艾氏謂「主體」的情緒要由外在世界,即「客體世界」的現象與事件對應。所謂 "correlative" 在邏輯上指對應、匹配的「析取」(選擇性的)單元,但它們必須納入語法命題。在符號學上,兩者屬於語言符號「或此或彼」的選擇替換關係,覆蓋到語法及語意層次的對應上[6]。如吾人姑且接受主體與客體的二

Franklin, "Instances of Meeting: Shelley and Eliot: A Study in Affinity"〈雪萊與艾略特的交會點:一個親和性研究〉, *English Literary History*《英國文學史》61.4 (Winter 1994), pp. 955-990。

5 按陳紹鵬文中未附此人原名,陳氏著作向無交代文獻出處的習慣,此早年我國學者與文人通病,為後來研究者增加了考證的困難。筆者揣測「伊莉莎白‧朱」或係美國詩人、小說家兼評論家 Elizabeth Drew Stoddard(1823-1902),她曾被譽為現代主義先驅,但不在筆者涉獵範圍。

6 雅格布森稱其為詩語言置換性的「對應(等)原則」(principle of equivalence)。詳細推論對應原則的為耶姆斯列夫(Louis Hjelmslev, 1899-1965),他修正並深化了索緒爾的結構語言學。具體的討論可見:Louis Hjelmslev, *Prolegomena to a Theory of Language*《語

分，就宏觀角度而言，客體世界和主體世界都屬對象符號系統，需要
語言的後設符號系統編碼與詮釋。但從微觀角度分析，根據丹麥語言
學家耶姆斯列夫對索緒爾符號結構（符徵＋符旨）的深化，任何符
號皆有「表達」（expression）層與「內容」（content）層，表達層
與內容層又各自包含「形式」（form）與「實質」（substance）二維
度；四者交叉的語法「聯結關係」（relation）和語意「對應關係」
（correlation）必須釐清。再追根究柢，唯心論者所樂道的主、客體，
化約到最小的單位，莫非生物分子的物理、化學運作現象。換一套比
較通俗的說法，無論主體（我＋你）或客體（他／它），外在世界和
劇中人哈姆雷特的情緒，必須透過符號編碼為文本，才能再現。再現
的仍然是文本，而文本作用則消除了主觀／客觀的對立。因此所謂的
「客體對應」實為一累贅的概念。

　　正因為世界總已被文本編碼，所謂的「客體對應」，不再指狹
隘的外在世界，而係涵蓋廣義但層次複雜的「跨文本」。如我們仍採
舊說，視雪萊某首詩為「文本」（姑妄稱作「自我」吧），會發現
它已然被無數的其他文本（或者可算「他者」吧）中介與再書寫。
這些文本忽焉在「前」（archi-），忽焉在「後」（meta-），忽焉在
「下」（hypo-），忽焉在「上」（hyper-），忽焉在「內」（inter-;
intra-），忽焉「側」立（para-），忽焉「環繞」（peri-）[7]；或有明顯
的「符號路標」（signpost），大多數隱而未顯，它們交織成一互文空

言理論芻議》, trans. Francis J. Whitfield, Madison: The University of Wisconsin Press, 1961
【丹麥原版 1943】和 "Structure générale des corrélations linguistiques"〈語言對應體的普
遍結構〉(1933), 收入 *Nouveaux essais*《晚近論文集》, Recuillis et présentés par François
Rastier, Paris: Presses Universitaires de France, 1985, pp. 25-66。

7 與引號內的中文對應的希臘、拉丁文字首，皆為惹內特鑄造新術語的依據，可見他深化
克莉斯特娃「互文性」（文本間性）的企圖。請參見《創世紀》213 期、214 期拙文。

間網絡，遠非拘泥於編年史的影響論者以及（身處另一極端的）文本自主論者所能想像與理解。本文接下去的各節將仔細檢視〈印度少女之歌〉的互文空間，切入點正是雪萊本人清稿與瑪麗謄稿之間的二處異文，它們作為文本交會的「符號路標」，召喚出由近至遠、從古到今、媒介各異、層次不同的無數文本。

四、再論文本的內外與指涉義

前文指出，二十世紀上半葉，以形式主義為代表的作品自主論，採取一刀切的閱讀策略，認定詩作的各種語言設計，如音律、喻詞（意象語）、幻設等，構成作品的「內在」面向，為文學研究的基本對象。更激進者甚至摒棄一切被判定歸屬於「外在」脈絡的指涉性（referential）材料，如史實。關於這樁文學批評史中的爭論，下文會略為補充。從今天後形式主義的立場看來，此類次要的歷史材料，作為指涉物（referent），其指涉義（reference）[8] 總已被語言文字編碼，並非赤裸的事實，故可納入廣義的文本範疇。套用惹內特後期的術語，我們可稱其為副文本或周邊文本。然而，對堅持內／外之別的形式主義者而言，副文本不是文學研究的主要對象；充其極，它只能歸屬到文化史研究的領域，換言之，它位居文本之外。

內外之別最著名的例子允推出身於歐陸的比較文學家瑞內・韋勒克（René Wellek, 1903-1995）和美國新批評家奧斯丁・華倫（Austin Warren, 1899-1986）1940 年代中期合著，1948 年初版、1956 年再版、1962 年三版，被翻譯為數十種外文，包括中文的《文學論》（*Theory*

---

8 此處所用三個與指涉有關的單字為語言哲學（語意【義】學）術語。一般用法散漫，未作區分。

of Literature）[9]。作者缺乏反思地借用了二千年來，倫理學史上爭論不休的內外價值（intrinsic value vs. extrinsic value）之分，硬性地把文學研究劃分為「內涵研究」（intrinsic study）與「外緣研究」（extrinsic study）二大塊。除了由內涵特質（如韻律、意象等設計）所編碼的「文本」外，歷史、傳記、社會、文化等周邊因素皆劃歸「外緣」，不屬於文學研究的主體。此類「求詩於詩內」（前引郭紹虞之語）的「純粹主義」式閱讀策略，原本係基於認知錯誤的一隅之見。但透過學院內文學教學方法論的反覆實踐，益發鞏固了作品自主詮釋循環論證的盲點，使其成為顛撲不破的真理。這是臺灣外文研究在 1970 年代初期顏元叔引進「新批評」後的學院生態。時過境遷，今天受過解構哲學洗禮的人都知道，內在與外在的二分無法成立。被勉強區隔的內、外，彼此干擾、相互置換，終至顛覆、瓦解它們賴以存活的邏輯。

　　作為比較文學「美國學派」的代言人，韋勒克在學界地位崇高，1952 年以比較文學學科獲聘為耶魯大學最高榮銜的斯特靈講座（Sterling Professorship）。過了四分之一個世紀之後，1979 年，才有第二位比較文學學者獲獎，也是由歐陸移民美國的保羅・德曼（Paul de Man, 1919-1983）。雖然同為斯特靈講座，但筆者認為，德曼為上世紀首屈一指的文學批評家，領銜以文本解構掛帥的耶魯學派群倫，其論理深度遠非韋勒克可及。他對現代文學批評史上的內外論爭，有一段精闢的分析，值得與讀者分享。

　　根據德曼的回顧，在形式主義興起之前，作品的「內容」（"content"）被視為主體，「形式」（"form"）則為外在、附加的裝飾，

9　René Wellek & Austin Warren, *Theory of Literature*, New York: Harcourt Brace & Company, 1948。此書有多種中譯，最早的是韋勒克、華倫著，王夢鷗、許國衡譯，《文學論：文學研究方法論》，新潮大學叢書 3，臺北：志文出版社，1976 年。

可以拋棄。德曼進而描述這段現代文學批評史上內外之分的弔詭，無
形中也指出了韋勒克的盲點：

> 『內在的』（"intrinsic"）形式主義批評在二十世紀興起，改變
> 了傳統思考模式：形式搖身一變，成為某種自省的唯我範疇，
> 指涉性的意義被視為『外在的』（"extrinsic"）。內在（inside）
> 與外在（outside）的兩極位置（polarities）看來被翻轉了，但是
> 兩極仍然存在，繼續運作：內在的意義（internal meaning）變成
> 外在的指涉（outside reference），外在的形式（the outer form）
> 變成內在的結構（the intrinsic structure）[10]。

這段引文中，"intrinsic"（「內在的」）與 "extrinsic"（「外在的」）
二字的雙引號為德曼原用，顯然有所本，作者雖未指明出處，但當事
人可謂呼之欲出。在這場長久持續的內／外爭論中，文學作品變成了
一個方盒子，內外分明，批評家和讀者紛紛從外往裡頭窺探，企圖發
現其中的奧祕、奧義——也就是意義，把它帶出來，昭告讀者。有趣
的是，德曼巧妙地挪用了普魯斯特筆下主角馬塞爾的神祕經驗，來說
明這種內外的弔詭。少年郎馬塞爾足不出戶，成日在帷簾封閉的臥室
裡閱讀，老奶奶要他走出去，曬曬太陽，讓意義猶如新鮮空氣被釋放。
這則美麗的閱讀寓言，其中果然有真意焉，奈何作者欲辨已忘言。

　　顯然，德曼擴大了 "reference"（指涉義）的範疇，除了具體的指
涉物，如史實，更延伸到作品的意旨或意義（meaning）。他認為唯有

10　見：Paul de Man, "Semiology and Rhetoric"〈符號學與修辭學〉, *Allegories of Reading:
　　Figural Language in Rousseau, Nietzsche, Rilke, and Proust*《閱讀寓言：盧梭、尼采、里
　　爾克與普魯斯特的喻詞語言》(New Haven: Yale University Press, 1979), p. 4。

在擺脫意義糾纏，放棄追求作品主旨的情況之下，文學才能從區分內、外的方盒子裡解脫。他提供的處方是符號學與修辭【學】的結合，正因為兩者共同關注的是語言的編碼程序，而非勉強從文本孤立出來的意義──無論其為心理動機、道德倫理、意識形態，甚或形上哲思！德曼這種消極、趨近負面的論調，對傳統學者而言，豈僅離經叛道？一般作者和讀者更難以接受。因此，序、跋、評文化得以延續其命脈，文學的生產與消費一再循環。諸君以為然否？

　　以下的篇幅將環繞著德曼關於內外的論述，加以發揮、鋪陳，並挪用在雪萊作品的解讀上。筆者認為首先需要補充的是，澄清文本與作品的分歧。所謂「作品」的內外，實為一陳舊的觀念，亦即1960年代文本興起之前的論調。60年代發皇的「文本」，為全覆蓋的書寫概念，原無內外之別，更無指涉物可權充「外文本」，正如德希達的名言所示："Il n'y a pas de hors-texte"（不存在「外文本」）[11]。無獨有偶的，與「作品」和「作者」等過時的指涉性概念相輔相成的，是形式主義之前的批評典範，包括浪漫主義的唯我論及歷史實證主義。兩種典範都可回溯性地用以解讀雪萊的作品。筆者前此曾介紹過維根斯

---

11 Jacques Derrida 德希達, *De la grammatologie*《書符學芻議》, Paris: Minuit, 1967, p. 227；英譯 Jacques Derrida, *Of Grammatology*, trans. Gayatri Chakravorty Spivak, Baltimore: The Johns Hopkins University Press,1976, p. 158。英譯者斯匹瓦克提供了：1. 直譯 "there is no outside-text" 和 2. 意譯 "There is nothing outside the text"，其實直譯反倒正確。關於斯匹瓦克解釋性意譯的誤導，學界討論甚多，稍近的例子可參 Max Deutscher, " '*Il n'y a pas de hors-texte*'-- Once More", *Symposium: Australasian Continental Philosophy* 18.2 (Fall 2014), pp. 98-124。筆者按，「外文本」（le hors-texte）為名詞，「文本外」（hors du texte）為副詞。雖然兩種說法意義接近，差別不在於詞性，而肇因於背後的認識論基礎不同。前者意謂一切皆文本，故無分內外或正副，有齊頭平等之嫌；後者先假設有內、外之別，故存在「文本外」的「文本」，正、副文本同質而殊途，反倒實踐了真相的「延異性」（la différance）。透過如此詮釋，我們得以臆測並預演一齣德希達與惹內特交鋒的文本論辯。

坦語言邏輯對「唯我論」（Solipsismus）的批判 [12]，此地不再重複。與唯我論者分處兩極端的實證主義學者，相信任何作品皆反映現實，詩為歷史事實的投射。因此讀者應關注詩背後的客觀事實；讀詩、解詩的工作就是從事反投射，以還原事實，如此才算得上「就詩論詩」。余英時等史家跨界論詩，多採此法。

五、〈印度少女之歌〉的內外與指涉義

上面的論述，雖係當代文學批評常識，對某些讀者而言，容或仍然抽象費解。因此筆者以雪萊的〈印度少女之歌〉為例，說明作品的內外概念。先請實證主義登場。面對雪萊的創作背景，吾人首先必須回歸歷史傳記，研判、確認引發詩人抒情的佳人為何許人也，如筆者在前文所試圖指認的三位女士克萊爾、蘇菲亞或珍恩。其次，就詩作的語義世界而論，讀者至少應該進行下面的反投射工作：1. 追蹤本詩所反映出來雪萊的印度背景知識；具體的例子如：2. 既然詩名涉及印度音樂，當然需要為該印度曲調探源——無論其可考或不可考；3. 考證 11 行的 "Champak"（黃玉蘭）究竟指哪種植物？花的顏色、香味如何？如何透過花開、花落（11 行）、風吹（3、9 行）、星爍（4 行）等現象揣測詩中的季節、時序、地理環境；4. 考證 13 行的 "Nightingale"（夜鶯）的物種。1、2、3、4 的謎底即所謂的「指涉【物】」，其語義為「指涉義」。第 4 項的「夜鶯考」工程，猶如我國《詩經》學著名的「黃鳥考」。上述瑣碎問題的答案所提供的訊息，各有指涉，它們權充了本詩詮釋的索引。換而言之，對實證學者而言，指涉性意義

---

12 見本書第二章。維氏唯我論未區分「我」（Ich）與「主體」（Subjekt），見 Ludwig Wittgenstein, *Tractatus Logico-Philosophicus*《邏輯哲學論》, trans. D. F. Pears & B. F. McGuinness, 2nd ed. (London: Routledge & Kegan Paul, 1971), pp. 116-119。

（referential meaning）屬於詩的「內」容部分，為其核心；其餘的詩形式設計，如韻律、喻詞，僅屬「外」形與皮相，若筌之於魚，既得魚，固可忘筌也。

對於這種實事求是的文學詮釋態度，筆者想到的負面反應至少有兩種。第一種比較通俗的看法認為，詩的內容言人人殊，實證與實證經驗容或存在，但它能否在詩中再現卻是另一個懸而未決的問題。這種通俗的論調未嘗不可引發較高層次、更深刻的推論，例如德曼從文學奧祕、曖昧的本體論立場出發，針砭新批評先驅里查茲（I. A. Richards, 1893-1979）的實證經驗論，以及其對語言充分溝通的理想主義 [13]。回到爭論的焦點，實證主義者眼中的「內」（內容），一言以蔽之，卻是形式主義者眼中的「外」（素材）。形式論者認為，所謂的「客觀事實」與「詩作事實」分屬二碼事；指涉義屬詩「外」義，至於詩「內」義則別有天地，無法化約為指涉義。那麼，究竟何謂「詩作事實」？

請容筆者再炒一次冷飯：根據雅格布森的梳理，在語言學轉向後的詩學框架下，詩有六義，亦即六種「功能」。指涉性功能（referential function）僅為其一，在詩的多元系統內，位居「脈絡」邊陲，遠不如詩構功能（poetic function）和語言後設功能（metalingual function）重要 [14]。需要補充的是，詩的脈絡廣袤，層次複雜，反投射工程相對地繁複，人物的驗明正身僅為末節。回到〈印〉詩，歷史上的雪萊固然

---

13 Paul de Man, "The Dead-End of Formalist Criticism"〈形式主義批評的死路〉, *Blindness and Insight: Essays in the Rhetoric of Contemporary Criticism*, 2nd ed.,《盲點與洞見：當代文學批評中的修辭》, London: Methuen, 1983, p. 232 [pp. 229-245]。按本文係英譯，法文原著 "Impasse de la critique formaliste", *Critique* 109 (June 1956): 483-500。

14 Roman Jakobson, "Closing Statement: Linguistics and Poetics"〈總結：語言學與詩學〉, Thomas A. Sebeok, ed., *Style in Language*《語言的風格》, Cambridge, Mass. : The MIT Press, 1960, p. 357。

係詩作者，但經過語言編碼，他已不復存在於詩內，不可能仍然是詩言談的發語者。同樣地，現實人生裡的珍恩容或係雪萊所欲求的對象，但在詩文本內，她僅淪為詩話語結構裡的受話者，與發話者同為文本設計。這種「文非其人」的疏離現象雖係文學常識，但坊間慣常為人作序寫評者仍然一再把詩人和詩作劃上等號，或簡化其因果關係，不敢輕易造次，以免作者不悅，斷送了自己寫序職人的生路。試問詩友蕭郎，當知冷暖。

　　雅格布森特別指出詩體各有所長，史詩以脈絡背景的指涉功能主導，抒情詩則凸顯發語者的感情功能（emotive function）。後面這種說法可以〈印〉詩作驗證，但也不幸地窄化了詩的詮釋。我們不妨從聚焦說話者的「第一義」感情功能出發，進而探索〈印〉詩與其他五義的關係。下面舉的這個例子見證了文本的生成現象，可稱「文本化過程」（textualization）或遵循符號學用語「符號演繹」（semiosis）。本詩以人稱代名詞開場：「我夢到妳，從夢中醒來」（I arise from dreams of thee）；在話語結構上，第一人稱發話者 "I"（我）對第二人稱受話者 "thee"（妳）抒情，言談時間點（moment of enunciation）為話語（本維尼斯特的 *discours*）恆常的現在式（1、3、4、5、9、11、18、21、22 行），充分地呈顯了夢境或劇場的演出（mimesis）時態，顛覆了事件性，以及推翻了事件敘事（diegesis / *histoire*）的可能（按：西方傳統的敘事體由過去時態顯示）。這種基型的話語結構是抽象、全稱的，使得「我」和「妳」是何許人、代表哪個專有人名（如「雪萊」和「珍恩」）淪為次要，甚至可以完全退場。倘若實證主義讀者仍然堅持，此詩以現實人生中雪萊和珍恩的關係為藍本，那麼為何詩中殘留的痕跡僅止於我（I）和妳（thou）代名詞在詩話語（poetic discourse）世界中的互動？原因係作者故意隱匿，以免引起雙方家庭婚姻糾紛？抑或詩人懷抱著形而上的雄心，追求抒情元詩的普世性？

如果正文化過程僅止於人稱代名詞的挪用與互動，那實在也乏善可陳。謹邀讀者重溫 12-16 行：

> 夜鶯 (He) 的哀啼 (It)
> 消逝在她 (her) 的心上
> 如我 (I) 必然死在妳的心 (thine) 上，
> 啊，即使我深愛妳 (thou) 如許！【妳如此被鍾愛】

我／妳的關係藉隱喻引進的他／她關係，亦即夜鶯與訴怨的對象的類比，提升到更廣泛的抒情詩文類傳統。說句笑話，如實證學者硬要對號入座，難道能說夜鶯是珍恩的夫婿嗎？那他死在她的心上，她又是誰？眾所周知，夜鶯母題在西方詩歌源遠流長，可上溯到希臘古風時期抒情詩的先驅莎弗（Sappho, 7th-6th century, BCE）[15]；文藝復興時代蔚為大國。近世英詩中最出名者允推濟慈（John Keats, 1795-1821）的〈夜鶯頌〉（1819 年）。夜鶯訴怨喻失戀的男性詩人為英國浪漫詩的公式，據信亦有生物學之實證基礎。按：僅求偶季節【夏季】之雄鳥

---

15 莎弗在〈殘詩 30〉（Lobel & Page 30. 2-9）裡，呼籲少女們守夜求偶，徹夜不眠，「有如整夜尖啼的夜鶯」（"Come, wake up. Go summon the bachelors [/ your own age so that [/ we may see less sleep than the piercing-voiced [/ nightlong nightingale."）（Sappho, *The Poetry of Sappho*《莎弗詩集》, trans. Jim Powell [Oxtord: Oxford University Press, 2007], p. 10）。譯者配合莎弗的語法和格律，但譯文自由，所據希臘文則出自現代標準版本：Edgar Lobel & Denys Page, eds. POETARUM LESBIORUM FRAGMENTA《樂思博島詩歌殘稿》. Oxford: Clarendon Press, 1955，單方括號 [表示闕文。莎弗在第 8 行用 ὄρνις 一字，指「鳥」，未必是夜鶯，且此處的描述與雄鳥求偶之說不符。筆者注疏，夜鶯係 ὄρνις ἀηδών。作者給 "ὄρνις"（鳥）加了一個形容詞 "λιγύφφ[νος"（嘹亮的、悅耳的）, 成為 "λιγύφφ[νος ὄρνις"（長鳴的鳥）, 一個「荷馬式的綽號」（Homeric epithet）；筆者進一步揣測，如確指夜鶯，或係女性主義玄祖母莎弗爭取性平，執意地化雌為雄，鼓勵女弟子集體覺醒。語云：有為者，亦若是！

會夜啼（13行），而印度本土的黃玉蘭（*Magnolia Champaca*）（11行）適值六月到九月開放 。既然鶯啼無力而玉蘭花殘，是否可大膽假設夏季將逝？那又該如何小心求證？筆者稍微嘗試了一下實證探源，為了說明〈印〉詩「內」的夜鶯，總已被作品「外」的夜鶯中介和干擾，鳥的意義網絡可說是外來的，但在文本內則有賴與其他成分語碼互動。

夜鶯的例子無疑提出了對實證主義的第二種反駁。在堅持實證精神，為草木鳥獸蟲魚驗明正身的過程中，論者不自覺地已離開了文本的指涉義，而進入互文和跨文本語義世界，正因為文本指涉義來自整個語言系統，是「外」在的，而非個別文本之「內」的。以夜鶯考為例，除了鳥身分的鑑定外，論者難免還得超越物種分類，涉及非科學性的神話、文藝層面，包括印度傳說、希臘羅馬神話，乃至英詩、浪漫詩，乃至雪萊其他作品，如〈詩辯〉裡作為詩人隱喻的夜鶯。此時字詞層次中一對一的指涉義已延伸到篇章和論述層次，進入更廣表的象徵系統。

末了，關於指涉，還有一種特殊的情況需要討論："reference" 這個名詞在語言哲學上意謂「指涉義」，然而，近年來在新聞及社交媒體上用得很多，意義不一，主要的是「引述」網紅（influencer），一如學術論文的「參考資料」（按：引述資料）。互文與跨文本由文本交織成網絡，我們也可稱它為文本間的 "cross-reference"，包括可考的與不可考的。本文上篇曾提到雪萊手稿和瑪麗謄稿之間的兩處異文，作為〈印〉詩互文空間的切入點，或文本交會的符號路標。除了標點符號和大小寫的異動外，瑪麗將第 4 行的 "burning bright"（焚燎明亮）改作"shining bright"（閃爍明亮）；第 7 行的"borne"（背負）改作"led"（引導）。前者為可考的符號路標：威廉・布雷克（William Blake, 1757-1827）的〈猛虎〉（1794）當時家喻戶曉，"burning bright" 為其上場

辭 [16]；後者不可考，但它融入了風和窗邊風弦琴為抒情詩起興的亙古象徵網絡。後面這個命題將在下文申論。

六、從一則意象語談「互文」與「影響」的區別

　　前文指出雪萊〈印度少女之歌〉第 4 行寫夜半群星「燃燒燦爛」（"burning bright"）的天象與布雷克〈猛虎〉第一行斑斕之虎夜間出場的「燃燒燦爛」（"burning bright"）形象，透過相同的意象語措詞得以建立關係。談到文學關係，傳統上有二種說法：一為作者之間具有某種可實證的影響和繼承因緣；二為兩件作品之間，呈顯出訴諸讀者感官經驗的文本平行類似。前者雖曰實證，其實屬於唯心論範疇，故無法完全避免論者的認知錯覺和誤判；後者相對而言擁有語言的物質性依據（如 "burning bright" 這個字眼），但仍然屬於眼見為憑的經驗論。然而，"burning bright" 為尋常雙聲頭韻，顯非布雷克所獨創，無智慧財產權可言，更不至於引發雪萊是否剽竊布雷克之類的爭議。因此，我們不能僅因一詞之巧合，而作任何有效的推論。能夠討論的無非此頭韻與詩作「內在」系統的互動。

　　茲舉例說明。請讀者再看〈印度少女之歌〉3、4 行："The winds are breathing low / And the stars are burning bright"（微風正輕吹／群星何燦爛），除發現二句對偶工整外，更可感知 "*b*reathing" 與 "*b*urning" 係跨行押頭韻。這個跨行頭韻持續到第 6-7 行："... / And a spirit in my feet / Hath *b*orne me ..."。此內在形式的制約與互文的交錯，增加了詩

---

16 如以〈猛虎〉為網紅互文，主導〈印〉詩的「指涉義」則為創作的奧祕與恐懼。瑪麗‧雪萊為了凸顯丈夫的獨創性，把布雷克用過的 "burning bright" 改作 "shining bright"，完全剝奪了詩藝術象徵的崇高維度，更錯失了一個重要的契機：雪萊此詩足以見證創作實為歷史「詮釋回應」（hermeneutic answerability）現象。雖曰愛夫，實則害之，愚不可及！因此前人根據瑪麗謄本的中譯絕對應予退件。

意義的維度與密度。如依照雪萊遺孀瑪麗的改稿，"burning bright" 易為 "shining bright"、"borne me" 改作 "led me"，非但作品外的布雷克失蹤了，作品內的押韻也不見了。能不令人扼腕？此外，經過瑪麗的改稿，若非雪萊手稿出土，吾人永遠無法得知〈印〉詩與〈猛虎〉竟然共享 "burning bright" 這個符號路標。也正好由於雪萊手稿的出土，一個尋常用語被升格為關鍵性的文本交錯點。由於〈猛虎〉1794 年的出版比〈印度少女之歌〉1821 年（？）的創作早了二十六、七年，兩者之間用語的雷同難免讓學者回到實證主義實事求是的老路，強調兩首詩作之間的影響與承襲關係，所有的懸而未決的理論問題又繼續糾纏不清。因此筆者利用這個機會略為釐清為何互文與影響分屬不同的研究方向。

我們不妨權宜性地區分「互文」與「影響」為兩個課題。早期主張影響的實證主義學者大致接受編年時序和因果決定論，但他們無法解答創作的奧祕和自主性。後起的、質疑因果論的學者則比較關注「負」影響，亦即後人如何對前人的作品提出反動。 另一方面，論者多半捨棄了時序及因果關係，而代之以開放的文本符號空間，以為潛意識的創作動能。提出互文理論以取代影響論的解構健將克莉斯特娃曾說：「互文性是一種符號系統轉換成另一種或多種符號系統的過程」[17]，顯示文學研究者不再關注於個別作品的賞析與詮釋，甚至不再探討作品間皮相的類似是否屬於文學影響，而聚焦於文學作為符號系統的生成和變化。這也是臺灣詩壇和華語學界猶待加強的一塊。作為對克莉斯特娃的補充，由法國移民美國執教於哥倫比亞大學的麥克

---

17 Julia Kristeva, *Revolution of Poetic Language*《詩語言的革命》, trans. Margaret Waller (New York: Columbia University Press, 1984), pp. 59-60. 英譯自法文 *La Révolution du langage poétique: l'avant-garde à la fin du XIXe siècle, Lautréamont et Mallarmé*《詩語言的革命：十九世紀末的前衛派勞特列阿蒙與馬拉美》(Paris: Seuil, 1974)。

爾‧李法德（Michael [Michel] Riffaterre, 1924-2006）提出了一個比較可以實踐的閱讀策略。他認為系統和系統轉換時應有一具體的「符號路標」（signpost）作觸媒，他稱之為"intertext"（互文點）[18]，似可以彌補克氏 "intertextuality"（互文性）的抽象不定。李法德的說法雖然有折衷主義之嫌，但就文本分析而言，確實可行有效。前面所舉的例子，雪萊〈印〉詩的 "burning bright" 與布雷克〈猛虎〉首句的 "burning bright"，詞同異用，權充了二首詩兩組文本系統交叉、互訓的互文點。雪萊有一首二十一行的短詩，版本學者以首句命名〈今天微笑的花朵〉（"The Flower That Smiles Today"）[19]。熟悉英詩的讀者立刻會看出，此句「奪胎換骨」了十七世紀騎士派詩人羅勃‧赫里克（Robert Herrick, 1591-1674）〈致黃花閨女，勸及時行樂〉（"To the Virgins, to Make Much of Time"）的「而那朵今天微笑的花」（"And this same flower that smiles today"）。表面上看來，兩句僅二字之差，但雪萊才高八斗，何苦模仿赫氏的這句看來缺乏詩意的口語。因此僅憑文句的雷同，為影響立論沒有多大意義。讀者得從其他角度切入，譬如考察：1. 這二首詩如何同屬感嘆「晝短苦夜長」，何不「把握白晝」（carpe diem）的普世性母題；2. 作為多元符號系統，彼此的差異如何更大過雷同。例如：主導赫里克詩作的詼諧語氣，如何轉換為雪萊末了的弔

---

18 Michael Riffaterre, "Compulsory Reader Response: The Intertextual Drive"〈強迫性的讀者反應：互文的驅動力〉, in *Intertextuality: Theories and Practices*《互文性：理論與實踐》, ed. Michael Worton & Judith Still (Manchester: Manchester University Press), p. 56【全文 pp. 56-78】。李法德後來修正了互文點為具體路標的看法，回歸克莉斯特娃的系統性和抽象性。請參 "Intertextuality's Sign Systems"〈互文性的符號系統〉, *VERSUS: quaderni di studi semiotici*《逆反：符號研究季刊》77 / 78 (1997), pp. 23-34。

19 *Shelley's Poetry and Prose*. A Norton Critical Edition《雪萊詩文集：諾頓批評二版》, eds. Donald H. Reiman & Neil Fraistat, Norton Critical Edition, 2nd ed. (New York: Norton, 2002), pp. 468-469。下文簡稱 *Norton 2*《諾頓二版》。

詭式悲情，此項工作則涉及到符號系統的演變。

七、互文或傳承：一個古典的例子

本節要介紹一個特殊的互文案例，它由跨語文系統的符號路標引導，召喚出兩個演化兼交會的詩符號系統。讓我們從為人詬病的〈印〉詩 18 行 "I die! I faint! I fail!"（我死了！我暈了！我倒了！）說起。請讀者先看兩個雪萊之前的句子：1. "I sigh, I tremble, and I dye"（我悲嘆，我顫抖，我死了）；2. "I fainted, sunk, and dy'd away"（我昏厥，倒下，死了），是否有似曾相識之感（déjà vu）？這兩句分別出自十七世紀劍橋國王學院詩人威廉·鮑爾茲（William Bowles，生卒年不詳）和十八世紀初劍橋聖約翰學院詩人安布若斯·菲利浦斯（Ambrose Philips, 1674-1749），但不是來自他們的創作，而係二人英譯的莎弗〈殘詩 31 首〉最末一行 [20]。莎弗為西方抒情詩的老祖母，被柏拉圖美譽為「第十位繆司女神」。其〈殘詩 31 首〉被公元前一世紀羅馬共和時代詩人卡圖拉斯（Gaius Valerius Catullus, c. 84-c. 54 BCE）翻譯為拉丁文，加上自身介入的讀後感（Reynolds, 2000, pp. 75-76）。復經古

---

20 威廉·鮑爾的抑揚格四步雙行韻譯本，被選入 Nahum Tate, ed. *Poems By Several Hands, and on Several Occasions* (London: J. Hindmarsh, 1685)。但網路將譯者誤植為約翰·霍爾。見：N. Tate, ed., pp. 85-86, http://name.umdl.umich.edu/A04486.0001.001。關於譯者身分，另參見：Stuart Gillespie, "A Checklist of Restoration English Translations and Adaptations of Classical Greek and Latin Poetry, 1660-1700"〈復辟時代古典希臘、拉丁詩歌的英文翻譯與改編〉, *Translation and Literature*《翻譯與文學》, vol. 1 (1992), pp. 52-67。鮑爾譯詩末行為 "I sigh, I tremble, and I dye"（我悲嘆，我顫抖，我死了），與雪萊的句子吻合，可謂「互文點」。安布若斯·菲利浦斯的譯本見：Ambrose Philips, "A Fragment of Sappho"〈莎弗一斷片〉(1711), in Margaret Reynolds, *The Sappho Companion*《莎弗導讀》(New York: Palgrave for St. Martin's Press, 2000), p. 40。我們可以假設，這兩句不同版本的英譯權充了雪萊與莎弗互文的介面。

典後期希臘文學批評家，俗稱「郎介納斯」（Longinus, c. 1st century AD）的佚名學者，在其殘稿《論崇高【風格】》第 10 章第 2 節中極力推崇，對十八世紀的新古典學者和十九世紀浪漫詩人的啟發無與倫比。《論崇高》的手稿於十世紀出土，十六世紀（1554 年）印行，約翰・霍爾（John Hall, 1627-1656）於 1652 年翻譯為英文 *Peri hypsous: or Dionysius Longinus of the height of eloquence*（《朗介納斯論演說修辭術的崇高風格》）[21]。此書在後文藝復興歐洲學界成為重要經典；而莎弗〈殘詩 31 首〉之廣為流傳，部分得歸功於這部古典文學批評文獻的引錄及保存 [22]。

　　莎弗〈殘詩 31 首〉英譯亦有回溯命名為 "Ode to Anactoria"

---

21 John Hall, *Περί ύψους Or Dionysius Longinus of the HEIGHT OF ELOQUENCE*《朗介納斯論演說修辭術的崇高風格》(London: Roger Daneil, 1652), pp. XXI-XXII。美國密西根大學推出的網路電子版請參見：Early English Books Online Text Creation Partnership（eebo）早期英文印書線上文本生產夥伴計畫 https://quod.lib.umich.edu/e/eebo/A88516.0001.001/1: 4.1?rgn=div2;view=fulltext。

22 根據學者瑪格麗特・雷諾茲的彙整，此詩最早的英譯本出現於席德尼爵士的牧歌集《阿爾卡底亞》前書（*Arcadia*, c. 1570-1580），顯然遠在霍爾英譯朗介納斯（1652 年）之前，見：*The Sappho Companion*, pp. 39, 85。至於席德尼的希臘文獻資料來源，是否為瑞士巴塞爾 1554 年印本，甚或係卡圖拉斯的拉丁文改寫，筆者無法考據。近四百年來，〈殘詩 31 首〉英譯本甚多，尤以近數十年為盛，殆與性別研究之流行有關，此處僅提供二種可為研究工具的譯本。1. 哈佛大學婁缽古典叢書譯本 David A. Campbell, *Greek Lyric, Vol. I: Suppho and Alcaeus*《希臘抒情詩，第一卷：莎弗與阿爾開厄斯》, Loeb Classical Library (Cambridge: Harvard University Press, 1982)；2. 晚近最著名的新譯本 Diane J. Rayor & André Lardinois, eds. *Sappho: A New Translation of the Complete Works*《莎弗：全集新譯》(Cambridge: Cambridge University Press, 2014)。筆者參考之校勘原希臘文本為 D. L. Page, ed., *LYRICA GRAECA SELECTA*《希臘抒情詩選》, Oxford Classical Texts (Oxford: Clarendon, 1968), p. 104；英譯本為 Diane J. Raynor, trans. *Sappho's Lyre: Archaic Lyric and Women Poets of Ancient Greece*《莎弗的七絃琴：古風抒情詩與古希臘的女詩人》(Berkeley, CA.: University of California Press, 1991), p. 57；以及網路版 The *Poetry of Sappho*《莎弗的詩》, trans. Jim Powell (New York: Oxford University Press, 2007), p. 11。

（〈安娜托莉雅頌歌〉）者。此詩費解，說法很多。眾說之一係作於詩人莎弗的女弟子安娜托莉雅即將出嫁遠離時，發話者見新人親暱眼神，妒火中燒，絕望而不能自持。後世大致可以確定的是性別（同性或異性）之間的三角關係，英文稱「永恆的三角」（The eternal triangle），法文叫作「三人行」（ménage à trois）。希伯萊《所羅門之歌》有言：嫉妒強如死亡，雪萊為性開放論者與實踐者，曾為小三的瑪麗應熟知嫉妒的個中三昧，然而此才女似乎敏感度不足。筆者現在根據婁缽古典叢書朗介納斯譯本（Longinus / Fyfe, 1953）[23]、前引瑞諾爾譯本（Raynor, 1991），並參酌佩吉（Page, 1968）校勘希臘文版本，試著把此詩中譯出來，以為下文的申論鋪路。莎詩原由四行段組成，三長（11 音節）一短（5 音節 2 音步）的韻步。第 4 行為第 3 行分出跨行，如 ... φωνεί- （【說】第 3 行末字切斷）／ σας ὑπακούει（【聽……說】第 4 行），起首的 σας 為前字斷尾，係承接上行末字 "φωνείσας"，留下抒情詩的詠唱痕跡。現存全詩為三段 16 + 1 行，第 17 行以後殘缺[24]。中譯本無法再現

23　接下去的討論將引用霍爾 1652 年譯本（Hall, 1652）電子版，並參酌婁缽古典叢書朗介納斯譯本 "Longinus", *On the Sublime*《論崇高》, trans. W. Hamilton Fyfe (Cambridge, Mass.: Harvard University Press, 1953), pp. 155-157【全文 pp. 119-254】。按此書為三部希臘古典文獻合集，另二部為亞里斯多德《創作論》與德梅特瑞烏《論風格》。順便提一句，婁缽古典叢書譯者費弗（William Hamilton Fyfe, 1878-1965）選擇以散文英譯莎弗，因為「沒找到能令我接受的韻文譯本，自己也無詩藝可以率爾操觚」（p. 157, n. *a*）。此言或屬實，但遺憾的是譯者未及見到後人的譯本。

24　Page, *Lyrica Graeca Selecta*, p. 104。關於此處的希臘文句訓詁和釋義，筆者參考了電子版莎弗〈殘詩 31 首〉, https://digitalsappho.org/fragments/fr31/；以及下列論文的語法分析 Xavier Buxton, "Sappho and Shelley: Lyric in the Dative"〈莎弗與雪萊：間接受格的抒情詩〉, *The Cambridge Quarterly*《劍橋季刊》40. 4 (Dec. 2011), pp. 342-361。

原始格律，勉強成詩如下：

莎弗〈殘詩 31 首〉

我覺得，妳身畔的男子	1
真好命——像天神一樣。	
他坐在妳身邊，挨著妳	
傾聽妳悅耳的低語	
和誘人的笑聲。	5
這景象讓我內心悸動。	
任何時刻，我只要看妳一眼，	
一句話都說不出來了——舌頭斷了，	
極細微的火燄在皮膚下灼燒，	
瞎了，聾了——不！耳內還轟隆作響，	10
冷汗直瀉而下，	
混身顫抖，	
我竟比碧草還要潮濕【蒼白】。	
這感覺——對我說來	
就跟死一樣！	15

但這一切都得忍住，因……

八、透過莎弗的殘詩看詩的「高度」或「深度」

朗介納斯論崇高風格，從界定議題開始。他建議，我們先要確認在語言使用上，有沒有藝術（τέχνη [art]）的高度（ΰψους [height]）

或深度（βάθους [depth]）這回事（I. 1）[25]。令筆者困惑的是，後世僅討論高度——美學界習慣把它譯作「崇高」，似乎忘了還有深度這概念。或許受到「廣義的」深度心理學（包括精神分析）的感染，深度在二十世紀中葉歐陸文學批評界異軍突起，取代了浪漫主義者，包括雪萊，所樂道的超驗主義的高度[26]。其實「高度」一詞雖比「崇高」更通俗，也可以反過來說更抽象，卻可限制讀者道德式的自由聯想，因此筆者選擇論高度，而捨棄了崇高，也藉此擺脫了美學鬼魅的糾纏。朗介納斯似乎視高度與深度為同義詞，至少他對後者未加著墨。然而他所舉荷馬史詩的例子（VIII. 2; IX. 5-11）誠然係有大用外腓，雄渾之氣的修辭，後世所謂「崇高文體」（"grand style"）是也，而莎弗〈殘詩 31 首〉的深沉低迴與對被壓抑的激情之刻劃，筆者認為更適合深度一詞（X. 2-3）。

朗介納斯舉出產生風格高度的兩個條件：自然天賦（φύσις [nature]）與人為藝術（τέχνη [art]）（II. 3）；前者為高度的泉源，後者則提供鍛鍊的方法，二者缺一不可。他具體地臚列出來的五種文體因素（VII. 8），分屬天賦的與後天鍛鍊的兩方面。思想和感情屬於先天的；遣詞、用字和造句則為後天的養成藝術。各種因素的成功組合，產生的總體效果便是文體的高度。這些觀點，今天看來，可說卑之無甚高論。讓我們回到莎弗的〈殘詩 31 首〉。

朗介納斯高度讚揚莎弗寫情，譽為風格高度之一端。我們聽聽朗氏怎麼說的：「我們再來看看另類的文體高度。既然萬物皆有本質，構成其本質的係某些成分，如果作者能夠完美地選擇、調合語言的成

---

25 筆者從霍爾的原初翻譯（Hall, 1652, p. III），Fyfe 譯為 sublimity 及 profundity，顯係受過近世 sublime 課題的洗禮。

26 例如尚－皮耶爾・里查（Jean-Pierre Richard, 1922-2019）1955 年論象徵主義詩風的著作稱為 *Poésie et profondeur*《詩與深度》。

分，使其構成一有機的整體，這也就打造了有高度的文體。」（IX.
10）……「舉例來說，莎弗能把現實人生中激情的各種癥狀，充分地
表現在詩的語言裡。她怎麼顯示其超凡風格的？ 就在於她能選擇、
融合最凸出、最強烈的癥狀」（X. 1）。朗介納斯進一步分析了莎弗
對情感和語言關係的駕馭：「她同時召喚出靈魂、肉體、聽覺、舌頭
（γλῶσσαν [話語]）、視覺、色彩，彷彿它們都已從她身上游離出去了，
被叫回來。她意識到某些牴觸的感官印象：冰冷、燃燒、夢囈、清醒，
猶如神智喪失、即將死亡的人。莎弗要表達的不是單一的情緒，而是
各種情緒的糅合。戀愛中人都會表現出這些癥狀，但少有人能如莎弗
賦予其藝術至高的優質，正如我前面所說的：她能選擇、融合最凸出、
最強烈的癥狀。」（X. 3）筆者附帶一句，個人特別讚賞莎弗選擇「斷
舌＝失語」導出的創作悖論，同時呈顯在語意和語用層之「能發聲／
不能發聲、說得出／說不出」的矛盾現象上。在語意世界裡，作為詩
人面具的說話者感覺舌頭斷了，她失語了；但在語用世界裡，詩人仍
能寫出（唱出）她無法抒情達意的殘詩。與此有關的，晚近有學者
指出，在語法上，〈殘詩31首〉第1行「【他讓】我覺得」（"φαίνεταί
μοι" [To me it seems]）和第16行「對我說來，這感覺」（"φαίνομαι" [To
myself I seem]）（英譯見 Raynor, 1991, p. 57）的反身感覺動詞，正好
建構出抒情者內心的一個幻象封套，各種感官意象在這封套內演出，
間接地呈顯了說話者分裂、游離的主體（Buxton, 2011）。這種筆體，
與其說它屬於翱翔超越的「高度」，無寧說更吻合潛意識的「深度」。
表面上看來，朗介納斯主張自然（情感作為對象符號系統）與藝術（詩
語言作為後設符號系統）的融合；更深一層的考察會發現朗氏已經觸
及到詩符號結構的深度。作者點出了自然和藝術兩個互為表裡的面向，
均各自由其表達層和內容層構成，進而演繹為複雜的系統。莎弗的〈殘
詩31首〉作了朗介納斯最好的見證。

九、〈印度少女之歌〉及其姊妹篇的高度及深度文體

如果說莎弗的〈殘詩 31 首〉在理論上能如北辰星，佔據抒情詩體「元文本」（architext）的位置，在詩史上它自然可權充雪萊〈印度少女之歌〉的「來源文本」或「基礎文本」（hypotext）。縱然如此，仍然有兩個懸而未決的問題，我們必須考慮。第一，承接著朗介納斯的評價推論，〈印度少女之歌〉的深度／高度風格如何？第二，這兩句詩 "I die! I faint! I fail!"（〈印詩〉）和 "I sigh, I tremble, and I dye"（〈殘詩〉英譯），相隔了近二百年，除了「實證」外，它們彼此的皮相近似怎能扮演莎弗與雪萊的介面？莎弗與雪萊相距了二千五百年，兩人作品之間的互文點的重量，豈是一行譯詩所能承擔的？我們先試著回答這第二個問題；同時引介莎弗和雪萊之間的另一互文符號路標；最後再解答第一個關於雪萊詩作的風格問題。

雪萊夫婦遷居義大利之前，住在泰晤士河畔的馬洛鎮，1817 年中到 1818 年初之間，雪萊為小姨子克萊爾寫了一首頌詩〈獻給康絲坦蒂亞〉（"To Constantia"）。這首四十四行的詩首節中穿插了雪萊翻譯的七行莎弗〈殘詩 31 首〉，亦即被朗介納斯誇讚為有高度風格的那幾行。「康絲坦蒂亞」為虛構名，實指瑪麗・雪萊同父異母的繼妹克拉拉・瑪麗珍・克萊爾蒙（Clara Mary Jane ["Claire"] Clairmont）。此妹幼名珍恩，後自稱克萊爾；因為經濟壓力，長年與姊姊、姊夫同住。克萊爾有音樂素養，善琴能唱，為浪漫派奇女子也。她曾委身於拜倫，還為他生了個女兒，卻未能成婚，女兒亦夭折。雪萊死後，瑪麗返英，克萊爾則在歐洲，包括俄國，遊蕩多年，最後回到英國。早年克萊爾在英國和歐陸（瑞士、義大利）長住在雪萊府上，她與雪萊的關係更是說法不一，包括曾否為雪萊生女。兩人之間或有不為瑪麗所悉的親密關係。雪萊獻此詩給她，頌讚其音樂才華，但虛構筆名為

"Pleyel" 投稿到《牛津大學與市前鋒報》（*Oxford University and City Herald*）。此事瑪麗蒙在鼓裡，編遺作全集時，此詩漏網（按：瑪麗編輯了另一首〈獻給康絲坦蒂亞〉的短詩）。事實上，此詩作者的真正身分，亦即雪萊，遲至 1969 年才被學者考證出來（*Norton 2*, 2002, p. 107; Bieri, 2008, p. 387）。

　　雪萊酷愛音樂，尤其鍾情於作為抒情詩（lyric）起源的「絃琴伴唱旋律」（ΜΕ´ΛΟΣ [μέλος λῦρίκός]）[27]；〈印度少女之歌〉可能獻詩的三位對象——克萊爾、蘇菲亞和珍恩都善長器樂。〈康詩〉以女主角的豎琴彈唱開場（1-4 行），第 5-11 行為莎弗〈殘詩 31 首〉的意譯，但極寫激情。雪萊沒交代引詩來源，卻把莎弗的句子譜上英詩新韻，融入自己的後設文本中。茲引錄〈康詩〉的 1-12 行，莎弗詩句則以楷體排印如下：

"To Constantia"

Thy voice, slow rising like a Spirit, lingers

O'ershadowing me with soft and lulling wings;

The blood and life within the snowy fingers

Teach witchcraft to the instrumental strings.

My brain is wild, my breath comes quick,

The blood is listening in my frame,

And thronging shadows fast and thick

Fall on my overflowing eyes,

---

27 按：希臘文「音樂」為 "melos"，即英文 "melody" 的詞源；但它是 "melos lyricos"（絃琴音樂）的省稱。今天英文的 "music" 源出於 "moysa"（繆司女神）；"lyric" 則為「抒情詩」或「歌詞」。

My heart is quivering like a flame.

As morning dew, that in the sunbeam dies,

I am dissolved in these consuming extacies.

I have no life, Constantia, but in thee ... (1-12) [28]

〈獻給康絲坦蒂亞〉

妳的歌聲,像精靈般緩慢升起,纏繞

籠罩著我——以柔軟、催眠的翅膀;

妳那雪白的手指裡的鮮血和生命

傳授了琴絃魔法巫術

   我的腦子狂亂了,呼吸急促

   體內的血在凝神傾聽

   擁擠的黑影急速沉重地

   墜落在我滿盈淚水的眼眶上

   我的心悸動如一把火焰

猶如朝露,陽光一出它便死亡

這折磨人的激情把我澈底溶解了

康絲坦蒂亞啊!我生命中唯有妳……

    雪萊把莎弗筆下的狂亂的激情作了一個正面的翻轉,樂師的琴音,竟烈如妒火,使聆聽者發狂,正所謂五音令人耳聵,甚至令人心

---

28 Shelley, "To Constantia"〈獻給康絲坦蒂亞〉, *Norton 2*《諾頓二版》, 2002, pp. 107-109。

發狂是也。莎弗的「深度」被轉化為雪萊〈康〉詩所宏揚的「高度」，契合了雪萊的個人著名的象徵系統：風為遣使，身體為樂器，音樂與詩為靈魂提升的工具及超越的媒介，一如〈印度少女之歌〉所暗示者。不出意料的，雪萊在〈康〉詩第 30 行用了 "sublime"（崇高）一詞，狀寫音樂的上揚：「它也讓我肩膀上長出了翅膀／隨著妳的音樂的高度飛升」（And o'er my shoulders wings are woven / To follow its [thy strain's] sublime career）（28-30）。若朗介納斯地下有知，當視雪萊為崇高群組成員。

正如第 1 行就現身的音樂精靈（"Spirit"）所示，〈獻給康絲坦蒂亞〉詩中明顯的音樂母題把莎弗〈殘詩 31 首〉和雪萊〈印度少女之歌〉潛隱的樂音發揮召喚出來。〈印〉詩以隱約曲折的手法，再現了音樂母題，進而融入音樂、風和生命（生命氣息）的認同象徵。第 9-10 行「漫遊的風：它的旋律歇止／在黑暗、靜謐的溪流上」（"The wandering airs they faint / On the dark, the silent stream"），這裡的 "airs" 一語雙關，兼指「風」和「音樂」，二者在雪萊的象徵世界中向來可以互換。請再讀〈印〉詩的第 3 行和第 6-8 行句子：「微風正輕吹／……／腳下的精靈／背負著我──誰知道怎麼回事？／到了妳臥房窗外，親愛的！」（"The winds are breathing low / ... / And a spirit in my feet / Hath borne me - Who knows how? / To thy chamber window, sweet! "）暗含不在場、虛位，但呼之欲出的「伊奧里安風動琴」（the Aeolian harp）音樂意象 [29]。無論就虛構語意世界的再現而言，或頌讚詩的語用功能

---

[29] 「風動琴」或「風絃琴」係十八世紀發明的樂器，但為德國、英國浪漫主義詩歌普遍的象徵。琴置於窗口，窗戶虛掩，風吹時，絃動、樂響，尤其夜間引人入眠（或擾人清眠）。英詩最有名的就是柯勒律治（Samuel Taylor Coleridge, 1772-1834）的〈伊奧里安風琴〉（"The Eolian Harp ", 1795）和〈沮喪之歌〉（"Dejection, an Ode", 1798），為當時公認的傑作，今天已成經典。兩件作品皆係雪萊再處理的素材。雪萊或為示與柯前輩區隔，

與雪萊超驗主義詩觀的結合而言，〈獻給康絲坦蒂亞〉為典型的具高度風格的詩體，但是筆者總覺得此詩的正面思緒流於單維度。在另一方面，〈印度少女之歌〉反倒更接近莎弗〈殘詩 31 首〉的內省與神祕主義多重向度。朗介納斯讚美莎弗能喚起、融合多重感覺，筆者竊認雪萊亦步亦趨，差可比擬。抒情者夢寐醒來，風樂聲中，受精靈引導，不知怎地，夜訪佳人，在窗外徘徊，內心與體外的懸宕復與得失的懸念交織，三人行的敘述體隱然成形。而 4 行的視覺意象（繁星燦爛）、11 行的嗅覺意象（玉蘭花香）、13 行的聽覺意象（夜鶯哀啼）、19-20 行和 21 行的觸覺意象（親吻如雨落在眼瞼上、臉頰冰冷），甚至先前 6-7 行和 17 行的運動感覺意象（腳下的精靈／背負著我、把我從草地上扶起來）——所有認知的「共生感覺」（synaesthesia）被全體總動員，但悲哀地被死亡全覆蓋。雪萊的莎弗果然魂牽夢繞！走筆至此，我可以為雪萊的「病詩」下一個簡單的結論：莎弗和雪萊的這三首殘詩不僅為互文，更扮演著抒情元詩的重要角色。如此說來，現代主義者對雪萊〈印度少女之歌〉的主觀性之詬病與對作品自主論之堅持，豈非皮相之論？

或為追溯到莎弗的希臘古風時代，在《詩辯》第 2 段稱之謂 "Æolian lyre"（伊奧里安七絃琴）。他說：「人體是一副樂器，諸般外在和內在的感覺受到驅動，猶如不斷變換的風在驅動一把伊奧里安七絃琴，風的律動使它發出不斷變換的旋律。」（*Norton 2*, p. 511 [pp. 510-535].）。雪萊 1816 年發表的名詩〈變〉（"Mutability"）有詩句曰：「猶如被遺忘的多絃琴，不同的絃／對每陣風發出不同的回應／每次振動對它那副羸弱的身軀／所喚起的情緒或調律都不一樣」（ll. 5-8, *Norton 2*, p. 92 [pp. 91-92].）。1819 年的〈西風頌〉更有名句：「把我當作你的多絃琴吧！宛如森林，／我身上的樹葉難道亦如森林的落葉飄零！你強勁聲律的激蕩／讓我和森林發出深沉的秋聲，／憂傷但悅耳動聽。」（V. 57-60, *Norton 2*, p. 300 [pp. 297-301].）〈印度少女之歌〉當納入此歷史脈絡解讀。

十、附錄：雪萊詩的兩種舊譯

陳紹鵬〈印度夜歌〉（1962）

在夜間舒適的第一覺中
我夢見你，又忽然醒來，
那正是風輕吹，星燦爛的辰光；
我夢見你，又忽然醒來，
於是，腳下一種不可言喻的力量
帶著我，不知不覺
就來到你的窗前　呵，親愛的！

那飄忽的微風
在暗中——在那靜靜的溪上稍歇，
金香木的芬芳漸變淡薄，
猶如夢中的綺思；
夜鶯的悲啼
在他的心上逝去
猶如我必須死在你的心上
呵，雖然你是我摯愛的！

查良錚〈印度小夜曲〉（1958）[30]

午夜初眠夢見了你，
我從這美夢裡醒來，
風兒正悄悄地呼吸，
星星放射着光彩；
午夜初眠夢見了你，
呵，我起來，任憑腳步
（是什麼精靈在作祟？）
把我帶到你的門戶。

飄游的樂曲昏迷在
幽暗而寂靜的水上
金香木的芬芳溶化了，
像夢中甜蜜的想像；
那夜鶯已不再怨訴，
怨聲死在她的心懷；
讓我死在你的懷中吧，
因為你是這麼可愛！

---

30 雪萊，〈印度小夜曲〉，摘自：查良錚譯，《雪萊抒情詩選》，北京：人民文學出版社，
1958 年，頁 77-78。原書為簡體字印行，筆者轉錄為正體。此份資料承蒙雪萊專家上海
師範大學張靜博士提供。
另本文原為 2022 年 4 月 18 日筆者於上海師範大學人文大講堂講座「『浪漫詩是漸進的
總匯詩』——雪萊抒情詩的互文空間」的第一部分，事後根據簡報大綱擴充增補成文。

呵，把我從草地上扶起！
我死，我昏厥，我不能支持！
讓你的愛像雨點似的
灑在我的唇，和蒼白的眼簾上！
哎，我的臉又冷又白，
我的心跳聲又高又快！
呵，把我的心緊貼在你的心上，
她終久會在那裡碎成萬段

哦，把我從草上舉起！
我完了！我昏迷，倒下！
讓你的愛情化為吻
朝我的眼和嘴唇傾酒。
我的臉蒼白而冰冷，
我的心跳得多急切；
哦，快把它壓在你心上，
它終將在那兒碎裂。

1819 年

第十六章　病詩與詩病
讀歷代詩話剳記之一

一、前言：讀他人〈自序〉有感

　　有宋一代，詩話蔚為文體之大國，其表現方式泰半係詩話夾雜筆記小說，無法視為「純」詩學論著。上百詩家中，無論歷來評價何如，為筆者心儀者有二：一是葛立方（生年不詳— 1164 年卒）[1]，二是胡仔（字元任，1110 年生— 1170 年卒）[2]。在內容駁雜、卷帙長短不拘的詩話中，葛立方的《韻語陽秋》二十卷係相對而言純論詩者，包括為詩作的「用事」提供線索與答案，如十七、十九、二十卷[3]。按：「韻語」詩也！「陽秋」即「春秋」。除為編年史隱喻外，亦有史筆論斷之意。葛立方在自序中解釋：「昔晉人褚裒為『皮裡陽秋』，言口絕臧否，而心存涇渭，余之為是也。」[4]《韻語陽秋》被清乾隆年間何文煥收入其編纂的《歷代詩話》，為全輯篇幅最長者。寫詩評要求「口絕臧否」，「心存涇渭」是不可能的。教詩評家把意見放在心裡，不說出來，那怎麼寫評？詩壇充滿應酬文章就這麼回事，當然更無「詩病」可言。

---

1 葛立方卒年見郭紹虞，《宋詩話考》，上海：復旦大學出版社，2015 年，頁 57。
2 胡仔之編年，據維基百科引述，出自胡培翬《胡少師年譜》錄自《金紫胡氏家譜》。
3 葛立方，《韻語陽秋》，收入何文煥編訂，《歷代詩話》第十冊，板橋：藝文印書館，民國 80（1991）年第 5 版，頁 291-424。
4 同上，頁 290。

胡仔的《苕溪漁隱叢話》[5]前集六十卷,後集四十卷,則為第一部
大規模的前人詩話彙總。胡仔拾掇、編輯他人詩話,隱身幕後,不加
議論;如果實在隱忍不住了,偶而亦會縱身前臺作評,轉換話語模態,
但不說「余」、「我」或「筆者」,而以虛擬的第三人稱「苕溪漁隱
曰」起句發語評述[6]。相隔近二十年的《苕溪漁隱叢話》前、後集皆有
短簡自序。宋高宗紹興十八年(西元 1148 年)[7]的前序自況:「今老
矣,日以廢亡,此集之作,聊自備觀覽而已,匪敢傳之當世君子,故
不愧」[8]。後集的短序撰寫於丁亥中秋日,最得我心,筆者懷著戒慎恐
懼的心情,刪節後恭錄這段寫作於宋孝宗乾道三年(西元 1167 年)[9],
即作者去世前二年的自敘,以為自我辯護(*apologia pro vita mea*)。「然
詩道邇來幾熄,時所罕尚;余獨拳拳於此者,惜其將墜,欲以扶持其
萬一也。嗟余老矣,命益蹇,身益閑,故得以編次……;蓋窮人事業,
止於如斯,雖有覆瓿之譏,亦何恤焉。」[10]

顧名思義,《苕溪漁隱叢話》是一套編著,套用今天的說法,胡
仔是名「老編」,擅長收集資料,嘉惠學者。此外,前後集成書時,
皆有老之喟歎;前集自序竟自覺「日以廢亡」,殊料十九年後猶能完
成下集。回到眼前,詩壇的頭號老編就是張默。民國七十年代初,在
張默領導下,五位詩友加上張默本人組成團隊,輪流執編爾雅版年度
詩選。我不寫詩,忝附驥尾,排第一輪最後,輪值擔任《七十六年詩選》

---

5 胡仔纂集,廖德明點校,《〈苕溪漁隱叢話〉前後集》,臺北:長安出版社,民國 67(1978)
  年。按臺版前身為 1962 年北京人民文學出版社版。
6 類例如:《前集》,卷第四十七,〈山谷上〉,頁 325;又如《前集》,卷第五十九,〈長
  短句〉,頁 408-411;《後集》,卷第二十五,〈半山老人〉,頁 180-184。
7 年代參考郭紹虞,《宋詩話考》,頁 60。
8 〈序漁隱詩評叢話前集〉,《〈苕溪漁隱叢話〉前後集》,《前集》,頁 1。
9 《宋詩話考》,頁 60。
10 〈序漁隱詩評叢話後集〉,《〈苕溪漁隱叢話〉前後集》,《後集》,頁 1。

的主編。編詩選當然會得罪人，過了三十年還有某落選者，違反基本教育倫理，在課堂上罵我，經旁聽其課的博士導生傳話到我耳邊。這段開場白或許有人覺得開門見凶，不宜出行，幸虧我畢生不信邪。言歸正傳，《七十六年詩選》壓卷的作品是林翠華的〈精神官能症者Ａ〉。作者我不認識，但筆者選詩向來認詩不認人，也許無意間發掘了幾個新人，但也因此得罪了某些猶似落花的墜樓人。顧名思義，林詩是首「病詩」，八釐米鏡頭下，婚禮的主角是一對「黃泉鴛鴦」，「心臟在跑堂／許多觀眾喝著鮮紅的液體」[11]，如此這般嚇人。

把 V-8 鏡頭拉開到林翠華的四百六十年前，明嘉靖年間的陸時雍（1497-？）為農田水利專家，也是詩評家。他的《詩鏡總論》被清代丁福保（仲祜）收入《歷代詩話續篇》末卷[12]，和林翠華的〈精神官能症者Ａ〉一樣，係壓軸之作。這許是陸、林二人唯一的巧合吧？史書記載他因罹患心疾退隱，筆者揣測，殆與其撰寫詩話無關。《詩鏡總論》泛論魏晉、六朝詩與唐詩，語多中肯，但作者的個性隨其品味也同時出籠。

二、病詩／詩病

陸時雍喜論「詩病」，為全書重點之一。令人詫異的是，作為前導的竟是一首「病詩」：「孔融，魯國一男子，讀臨終詩，其意氣憊憊欲盡。」（《續歷代詩話》，下冊，頁 1683・）遺憾的是，就這麼一句。「臨終詩」的作者本尊和文本並未現身，無法如〈精神官能症

---

11 林翠華，〈精神官能症者Ａ〉，張漢良編，《七十六年詩選》，臺北：爾雅出版社，1988年，頁 205。

12 陸時雍，《詩鏡總論》，丁仲祜編訂，《續歷代詩話》，板橋：藝文印書館，1983 年，下冊，頁 1681-1709。現代標點符號本請參：丁福保，《歷代詩話續篇》，北京：中華書局，1983 年，下冊，頁 1402-1423。

者 A〉一般感染甚至轉化筆者。至於孔融究竟是誰？是傳說中十歲讓
梨的孔融，被錄入幼兒讀物者，還是貴為「建安七子」之首的孔融？
陸時雍僅稱其為「魯國一男子」，讓讀者蒙在鼓裡。魯國早在魯頃公
二十四年（公元前 256 年）被楚國滅了，東漢末年並無魯國。陸時雍
要嘛暗諷孔門，要嘛犯了感染性的「政治不正確」症，江南水鄉才子
恥笑山東老鄉，亦未可知。要點是，陸時雍正經八百，即便在說笑或
咬人，也絕不露齒，不落齒痕。讀者得像「命益蹇，身益閑」的胡仔
和在下，與視力拔河，專心、細心、耐心閱讀。陸時雍快速掃描過先
秦與前漢古風後，突如其來地聚焦於漢末「綺麗不足珍」的鄴下詩人，
包括俗稱的「建安七子」。但他偏偏漏列了孔融，也不招呼一聲。如
此這般，「建安七子」少了一人，竟然還是團隊領導。六子中，除子
桓、王粲因有「風、雅餘波」，勉強及格外，其餘或「清而未遠」（徐
幹），或「險而不安」（陳琳），或「有過中之**病**」（子建），或「卑
卑其無足道」（應瑒）。結論是：「鄴下之材，大略如此矣。」（《續
歷代詩話》，下冊，頁 1685。）

緊接著「臨終詩」（今天或稱「病危通知詩」）登場者為「詩病」。
沒料到打頭陣的卻是焦仲卿。焦仲卿何許人也？眾所周知，古詩謠〈孔
雀東南飛〉為俗稱，以首句為名，後經郭茂倩收入《樂府詩集》，定
名為〈古詩為焦仲卿妻作〉，簡稱〈焦仲卿妻〉。顯然此民間口傳中
的建安府吏兼劇中人焦仲卿，能自由出入於文本之內外，虛構與史實
之間。陸時雍指出，「焦仲卿詩有數**病**：大略範絮不能舉要，**病一**；
粗醜不能出詞，**病二**；頓不能整格，**病三**。尤可舉者，情詞之訛謬也【**病
四**】。」（頁 1683）文人看民間歌謠，「詞多質俚」，自然不對胃口。
然而，此四病分別針對篇章條理（病一）、遣詞用字（病二）、詩類
體例（病三），以及詞與情的不相稱（病四）而發，為普遍的修辭原
理，雖不能說放諸四海皆準，但也幾乎適用於多數文體。我可以再加

上一病，以補充病三的文體缺陷：〈孔雀東南飛〉為敘事詩，**病五也**。陸時雍反對詩敘事：「敘事議論絕非詩家所需。以敘事則傷體，議論則費詞也。」（頁1704）此言足證陸氏對文體和語用關係的灼見，甚至超越當前某些作家和學者。他的建議彌足珍貴，到今天還有效──特別有效。當年為了參加兩大報詩獎而寫長詩的青年，喜再現偽史，或夸夸其談生態環保假議題，請引以為戒。精神官能症者或缺乏社會動機，但至少不功利。

　　陸時雍點出晉人詩病，在於沒有精神，換句白話：「病了！」「晉詩如叢綵為花，絕少生韻。士衡**病靡**；太沖**病憍**；安仁**病浮**；二張**病塞**。語曰：『情生於文，文生於情。』此言可以藥晉人之**病**。」（頁1685-1686）「叢綵為花」者，人造花也，當時沒塑膠，顯係緞帶花之屬。換言之，此時期的詩缺乏生氣，「靡」、「憍」、「浮」、「塞」均為病癥，處方藥則為「情」和「韻」。猶如中醫把脈，判斷脈象「滑」、「澀」、「沉」、「浮」等，這些病癥係一字訣，但肯定有其意旨和隸屬的符號語意系統，非筆者所能解也，但吾等不宜以「印象式批評」而棄之。初唐詩有「氣太重，意太深，聲太宏，色太厲，佳而不佳，反以此**病**，故曰穆如清風。」（頁1694）中唐詩「其**病**在雕刻太甚，元氣不完，體格卑而聲氣亦降。」（頁1694）「專尋好意，不理聲格，此中晚唐絕句所以**病**也。」（頁1694）「本欲素而巧出之，此中唐人之所以**病**也。」（頁1702）「子美之**病**，在於好奇。」（頁1699）「韓昌黎不免有蹶張之**病**。」（頁1706）「張籍、王建詩有三**病**：言之盡也，意之醜也，韻之庫也。」（頁1707）這些「病」都有特定的歷史和詩體脈絡，亦係相對而論，吾輩後生不得斷章取義。

　　既然韻能克病，接下來的問題似乎該是：何謂「韻」？今天的新體詩不講求用韻，其實指的是「韻律」中狹義的「押韻」。但陸時雍談的是「生韻」，猶如謝赫畫論的「氣韻生動」，他說：「詩之所以

貴者,色與韻而已矣」(頁 1705);「善言情者,吞吐深淺,欲露還藏,便覺此衷無限。善道景者,絕去形容,略加點綴,即真相顯然,生韻亦流動矣。」(頁 1700)下筆有生氣,作品能傳神,能激發觀者、讀者共鳴——後面這點涉及讀者的認知與反應,這才是名正言順,不帶歧視意味的「印象式批評」。猶有進者,「韻」與「氣」、「意」、「趣」、「神」、「情」等情緒相通,類似概念相互發明,「詩不待意,即景自成;意不待尋,興情即是」(頁 1705)例如:《三百篇》情真韻長(頁 1698);五言古「神韻綿綿」(頁 1708)。白樂天「多淺着趣,趣近自然」(頁 1708);李太白「意氣凌雲」(頁 1699),「妙於神行」(頁 1706)。杜少陵七言律「有餘地,有餘情;情中有景,景外含情」(頁 1700);「盛唐人工於綴景,惟子美長於言情」(頁 1704)。「元白之韻平以和,張王之韻庫以急」(頁 1708);劉長卿「體物情深,工於鑄意」(頁 1702);李商隱「麗色閑情」;溫飛卿「有詞無情」;「李商隱七言律,氣韻香甘。唐季得此,所謂枇杷晚翠」(頁 1708)。整篇《詩鏡總論》以詠韻之「贊」作結:

> 有韻則生,無韻則死;有韻則雅,無韻則俗;有韻則響,無韻則沉;有韻則遠,無韻則局。物色在於點染,意態在於轉折,情事在於猶夷,風致在於綽約,語氣在於吞吐,體勢在於遊行。此則韻所以由生矣。(頁 1708-1709)

如上駢儷四六對句所示,陸氏文體雄渾而不失嚴整。他誇讚南北朝張正見等人的詩作,「得意象先,神行語外」,非後人(唐人)「區區模倣推敲之可得者。」(頁 1691)這一段點評看似對仗複沓,卻有滂沛不可禦之勢。作者先引張正見〈賦得秋河曙耿耿〉二句:「天路橫秋水,星橋轉夜流」,接著點評:「唐人無此境界」;再引張正見〈賦

得白雲臨浦〉二句，謂「唐人無此想像」；再引張正見〈泛舟後湖〉二句，謂「唐人無此景色」；再引張正見〈關山月〉二句，謂「唐人無此映帶」；再引張正見〈奉和太子納涼〉二句，謂「唐人無此致趣」；再引庾肩吾〈經陳思王墓〉二句，謂「唐人無此追琢」；再引庾肩吾〈春夜應令〉二句，謂「唐人無此景趣」；再引梁簡文帝〈往虎窟山寺〉二句，謂「唐人無此寫作」；再引梁簡文帝〈望同泰寺浮圖〉二句，謂「唐人無此點染」；再引梁簡文帝〈納涼〉二句，謂「唐人無此物態」；再引梁元帝〈折楊柳〉二句，謂「唐人無此神情」；再引邵陵王〈見姬人〉四句，謂「唐人無此風騷」；再引江總〈贈袁洗馬〉二句，謂「唐人無此洗發」（《續歷代詩話》，下冊，頁 1690-1691）。如此點評筆法，較諸上引病兆「靡」、「憍」、「浮」、「塞」益見繁複辭費，豈非「心臟在跑堂」？如此勞形傷神，作者怎能不患心疾？讀者亦當珍攝。

　　這十三項漢魏古體詩特色，唐人都沒有，那可不是病情嚴重？以第一個例子說明。張正見〈賦得秋河曙耿耿〉寫秋夜天河景象：

　　耿耿長河曙，灔灔宿雲浮。
　　天路橫秋水，星橋（一作衡）轉夜流。
　　月下姮娥落，風驚織女秋。
　　德星猶可見，仙槎不復留。

此詩承南齊謝朓（464 年生─ 499 年卒）之句「秋河曙耿耿，寒渚夜蒼蒼」；復啟發了唐人歐陽詹（755 年生─ 800 年卒）、陳潤（766 年生─ 779 年卒）續作。陳潤次韻詩體為五古八句，與張正見若合符節，「秋」、「曙」、「河」、「雲」、「月」、「耿耿」等意象皆保留。歐陽詹次韻二十三句卻係三、五、七言長短句，更近賦體。副題（「副文本」"paratext"）為〈送郭秀才應舉〉，則自然從張正見的天象轉及

人事。若陸時雍詬病唐人歐陽詹、陳潤「區區模倣推敲」前人張正見，那如何辯護張正見「模倣推敲」百年前的謝脁？君憶否？李太白樂府歌行誇譽「蓬萊文章建安骨，中間小謝又清發」（〈宣州謝脁樓餞別校書叔雲〉）。李白是陸時雍最推崇的唐代詩人，猶在杜甫之上。

進一步推敲，六朝所有，唐人所「無」（？）的詩質「境界」、「想像」、「景色」、「映帶」、「致趣」、「追琢」、「景趣」、「寫作」、「點染」、「物態」、「神情」、「風騷」、「洗發」並不屬於同一語意層次，有的隸屬詩語意世界內所再現的內容，包括虛構，如「境界」、「景色」、「映帶」、「景趣」、「物態」、「神情」；有的指涉創作者的經驗，如「想像」，詩人執行創作的行為或技術，如「追琢」、「寫作」、「點染」、「洗發」（亦作「洗伐」，「潤飾」之謂，近「追琢」）；亦有指涉詩的效應或訴諸讀者反應經驗者，如「致趣」、「景趣」、「神情」這些聲稱與創作者「互為主體」的現象；更有詩史體製傳承者，如「風騷」，特指《詩經》與《楚辭》。這些詩的語用特質，在中國詩史上從未缺席過，只是不同時代，不同詩體的著眼點、側重面不同，以及個別詩人不同的風格差異。陸時雍的詩評如此貴古體而賤近體，豈非另類「詩病」？

在本文結束前，容筆者順著此思路，從明代來到清代，請出史家趙翼（1727 年生—1814 年卒），其《甌北詩話》末卷近尾聲處，針對創作列出「詩病」條目 [13]。他點出二病：一為「重韻」，二為「襲用」。表面上看來，「重韻」與陸時雍推崇的「生韻」關係不大，略謂詩法之一格，指同一首詩中的押韻重複、詞語重複、語法重複、用典重複等等，律詩易患此病。複沓固然為詩的基本條件，但擁擠在一

---

13 **趙翼**，《甌北詩話》，馬亞中、楊年豐批注，南京：鳳凰出版社，2009 年，頁 158-159。

首詩中，只「露」不「藏」，則無法讓「生韻流動」。第二病為襲用。趙翼認為，「古人句法，有不宜襲用者」，他舉的一系列詩句次韻，從唐代的王維、白居易，歷經北宋的梅聖俞、黃庭堅，直到明末的邵長蘅，犯了抄襲之病。此議題筆者將在後續論文裡討論（請參見本書第十七、十八章）。但不知作者是否有意或無意，《甌北詩話》最末條「古今詩互有優劣」[14]，卻引自作而得意，襲用唐代王維和明代李空同句法，顧盼自雄，略謂己詩更勝古人。一人身兼詩人與詩評家二職時，竟染疾而不自覺。

三、結語：詩評、詩病與詩罪

俗謂「詩病」者，皆指創作，殊少納入詩評論。陸時雍、趙翼為詩論家，突然罹腦霧而失措，或係疫病所致，情有可原。但當前的詩評，荒腔走板者比比皆是。發抒個人感覺者有之，自由心證者有之，攀高結貴者有之，結黨營私相互標榜者有之，通病則為缺乏理論與方法論之認知與反思。詩人請人寫評寫序，堅持對方「不吝指教」、「嚴格把關」，但心裡盼望的是對方的胡吹亂捧。筆者深受其害，當年某君出詩集，標榜「行動詩」，要我為序。我正舉家赴英途中，倉倉皇皇，百廢待舉，但仍然抽空用心寫了一篇深刻論「行動詩學」的序。他看了不爽，竟棄之不用，事後也不給個說法。類似的例子多起，此非但係詩病，詩之罪也！

---

14 同前書，頁 161。

附錄：謝朓、陳潤、歐陽詹的〈秋河曙耿耿〉

一、謝朓〈暫使下都夜發新林至京邑贈西府同僚〉

大江流日夜，客心悲未央。
徒念關山近，終知返路長。
秋河曙耿耿，寒渚夜蒼蒼。
引領見京室，宮雉正相望。
金波麗鳷鵲，玉繩低建章。
驅車鼎門外，思見昭丘陽。
馳暉不可接，何況隔兩鄉？
風雲有鳥路，江漢限無梁。
常恐鷹隼擊，時菊委嚴霜。
寄言罻羅者，寥廓已高翔。

二、陳潤〈賦得秋河曙耿耿〉

晚望秋高夜，微明欲曙河。
橋成鵲已去，機罷女應過。
月上殊開練，雲行類動波。
尋源不可到，耿耿復如何。

三、歐陽詹〈賦得秋河曙耿耿──送郭秀才應舉〉

月沒天欲明，秋河尚凝白。

皚皚積光素，耿耿橫虛碧。

南斗接，北辰連，空濛鴻洞浮高天。

蕩蕩漫漫皆晶然，實類平蕪流大川。

星為潭底珠，雲是波中煙。

雞唱漏盡東方作，曲渚蒼蒼曉霜落。

雁叫疑從清淺驚，鳧聲似在沿洄泊。

并州細侯直下孫，才應秋賦懷金門。

念排雲漢將飛翻，仰之踴躍當華軒。

夜來陪餞歐陽子，偶坐通宵見深旨。

心知慷慨日昭然，前程心在青雲裡。

第十七章　堂上、齋內、床前的副文本
讀歷代詩話剳記之二

一、前言：關於書齋

　　清代何文煥編輯的《歷代詩話》裡，以書房命名的詩話有「堂」、「房」、「圃」、「齋」，如《二老堂詩話》（宋，周必大）、《存餘堂詩話》（明，朱承爵）、《山房隨筆》（元，蔣子正）、《藝圃擷餘》（明，王世懋）、《夷白齋詩話》（明，顧元慶）。民國初年丁福保的《歷代詩話續編》，收錄詩話二十八種，以書房命名者有「堂」、「齋」、「菴」、「苑」。稱「堂」者最多，計有：1.《草堂詩話》（宋，蔡夢弼）、2.《優古堂詩話》（宋，吳幵）、3.《歲寒堂詩話》（宋，張戒）、4.《娛書堂詩話》（宋，趙與虤）、5.《逸老堂詩話》（明，俞弁）、6.《麓堂詩話》（明、李東陽）等六種。稱「齋」者有《誠齋詩話》（宋，楊萬里）與《艇齋詩話》（宋，曾季貍）二種。稱「菴」與「苑」者各一：《升菴詩話》（明，楊慎）、《藝苑卮言》（明，王世貞）。除此之外，書房亦有以「窗」、「門」、「軒」、「閣」，甚至「莊」命名者。在筆者的印象中，稱「齋」者似乎名正言順，最為普遍，延續至今 [1]，如楊允達在桃園龜山的「無所畏齋」。

---

[1] 郭紹虞《宋詩話考》考訂一百三十九種詩話，含有目無篇者數十種，其中以「齋」命名者有十種，名為「冷齋」、「誠齋」、「艇齋」、「高齋」、「休齋」、「迂齋」、「茅齋」、「粟齋」、「容齋」、「履齋」，領先稱「堂」者六種。見：郭紹虞，《宋詩話考》，上海：復旦大學出版社，2015 年，頁 3-7。

但清代鮑廷博的「知不足齋」規模想必遠超過尋常書齋，稱「藏書樓」或「印書館」更為恰當。鮑氏父子所印「知不足齋叢書」為清代重要的圖書集成，第三冊收有若干詩話，為丁福保《歷代詩話續編》的藍本，包括乾隆壬辰三十七年（西元 1772 年）刊行宋代范晞文的《對牀夜語》五卷[2]。

在這些以書房為名的詩話中，有一異數《對牀夜語》，其書名最得我心。乍見翻疑夢，前賢竟以床為齋，吾道不孤也。我畢生沒有書房，僅得一床。舍下二十餘坪大小，半世紀來，備課、研究、寫作都在臥榻邊，今日方知命。記得余光中早年在某篇散文中說：「書齋，書災」，似乎得意猶勝煩惱。我無書齋成災，亦難免自鳴得意。看看古人，顯然有「堂」者最為風光。明代俞弁〈《逸老堂詩話》序〉：「遂扁一室曰『逸老堂』。日居其中，鉛槧編帙，未嘗去手，意有所會，欣然筆之。」（「嘉靖丁未，五月望日，戊申老人自敘」）[3]吾民偏安海角，扁字可畏。「扁」一室，何等大手筆？闢一室為書房，還掛上扁額「逸老堂」，雖不及七億，亦所費不貲，難怪能「意有所會，欣然筆之」！然而，一山還比一山高，明代李東陽《麓堂詩話》附遼陽王鐸序：「故其評騭折衷，如老吏斷律，無不曲當。人在堂上，方能辨堂下人曲直，予於是亦云。」[4]王鐸語帶官腔，有書房如衙門法堂，寫詩評者如判官，驚堂木一拍，見詩犯觳觫顫抖，豈不快哉？話說回來，明代無「自由業」純文人，有堂有齋者，泰半做過政務官，非《創

2 范晞文，《對牀夜語》五卷，丁仲祜編訂，《續歷代詩話》，板橋：藝文印書館，1983 年，上冊，頁481-540。鮑廷博附注：「予因取家塾舊鈔，正以前明活字印本，梓而行之。」（仝前書，頁 540）此處所謂「前明活字印本」概係明代正德十六年陳沐新所誌「用是敢翻梓不廢」（仝前書，頁 539）。丁本承襲鮑印知不足齋木；鮑本校勘後重印明正德刻本，大致如此。陳沐新版本考據，請參：郭紹虞，前揭書，頁 83。
3 俞弁，《逸老堂詩話》，丁仲祜編訂，《續歷代詩話》，下冊，頁 1543。
4 王鐸，〈《麓堂詩話》序〉，丁仲祜編訂，《續歷代詩話》，下冊，頁 1635。

世紀》故友周鼎等窮酸可比擬。

二、詩話《對牀夜語》的語用世界與副文本

言歸正傳，《對牀夜語》乍看係在臥室寫就，但宋人不可能在床上寫作。蓋文房四寶布置在書房，筆硯相親，無法在床上使喚。因此，筆者判斷「對牀」顯係伏案，望床而不就，俗謂「開夜車」是也！「廢寢【忘食？】說夜話」，應為此篇詩話的語用學關鍵。請先讀兩段宋理宗景定三年（西元 1262 年）友人馮去非給范晞文（字景文，見下引文）的序。馮去非曰：

> 景定三年十月，予友人范君景文授以所著書一編。語甚綺而文甚高。時夜將半，剪燭疾讀，不能去手。大類葛常之《韻語陽秋》。難戒晨而畢。株連節解，激發人意。作而曰：「美哉此書也！」杜子美詩，王介甫談經，以為優於經；其為史學者，又視為史。無他，事覈而理勝也。韓退之謂李長吉歌詩為騷，而進張籍詩于道。楊大年倡西崑體，一洗浮靡，而尚事實。至送王欽若行，君命有所不受，其名節有如此者。若論詩而遺理，求工于言詞而不及氣節，予竊惑之。輒序于《對牀夜語》之首，以補其遺。景文然之。……[5]

此序可得而言者，約有以下數端。一是馮去非誇讚范晞文「語甚綺而文甚高」，把《對牀夜語》抬舉到與葛立方《韻語陽秋》的位置（見第十六章）。顯然他看出了作品的詩學意義，故賦予正面評價。二是馮氏借王安石之口，謂杜甫的詩作可為經、史，甚至猶勝一籌，此論

---

5 馮去非，〈序《對牀夜語》〉，丁仲祜編訂，《續歷代詩話》，上冊，頁 479。

調看似在推崇詩。然而，作者話鋒一轉，杜詩以及其他詩人之作所以能勝出，端在合「理」、屬「實」（「事覈而理勝」）。三是，說穿了，詩除了要合乎史實，更不宜違背政治倫理與道德。楊大年（楊億）送行「君【宋真宗】命有所不受」的王若欽，有損名節，僅為一例。筆者認為最後這第三點未必能成立。在四部中，「經」、「史」被正統儒家所規範的理與實——亦即意識形態「訊息」，相對地確鑿與固定，遠不如後世被納入「集」部的詩文創作自由；至於政治正確性則更與詩的創作與結集無涉。王若欽與宰相寇準政爭，涉及宋與遼的軍事衝突與城下之盟，這樁政治事件——縱然涉及國家存亡——也與文人之間的私誼分屬兩碼事。

　　事實上，范晞文特別關注詩體的章法、用字與韻律，不太談詩外的理與實。《對牀夜語》卷二開宗明義即引嚴滄浪之「妙悟」說，遵從嚴氏謂「詩有別趣，非關理也」，主張詩之最上者「不涉理路，不落言詮」。並批判「近代諸公【對《滄浪詩話》】作奇特解會。以文字為詩，以議論為詩，以才學為詩。以是為詩，夫豈不工，終非古人之詩也。蓋於一唱三歎之音，有所歉焉。然則近代之詩，無取乎？曰：『有之。吾取合於古人者而已。』」[6] 如讀者仔細觀察《對牀夜語》，會發現范晞文偏愛五言古體詩（如〈古詩十九首〉）的單純質樸與意悲而遠。馮去非試圖以「議論」之「理」，回應范晞文轉述的《滄浪詩話》神祕主義「美學」，這正是馮氏序文作為「詩辯」的要旨。

　　回到前面一段所指出的馮序的三要點，它們皆屬狹義的「語意」層次，即：作者所表達的見解和主張。然而，本文關注的反倒屬於外在、周邊的，而且乍看不起眼的「語用」細節，例如馮去非讀《對牀夜語》的特定場景：「時夜將半，窮燭疾讀，不能去手」。剪燭夜讀不能釋手，

---

6 范晞文，《對牀夜語》，《續歷代詩話》，上冊，頁 493-494。

竟不知東方之既白，讀畢時，適聞雞鳴而掩卷（「雞戒晨而畢」）。就語用【學】而言，馮去非無疑以話語（書寫）場景與切身的廢寢體驗，呼應了范晞文之對牀夜語。

三、序跋與「副文本」

筆者稱馮去非的序文為「副文本」，在第十六章論病詩與詩病時，亦提到此術語，此處勢必需要說明。筆者經常引用當代法國批評家惹內特的論點。惹氏在 1970 年代與托鐸洛夫同為法國結構符號詩學重鎮，關注的焦點為文本理論。二人合作，為門檻出版社編輯《詩學》雜誌和叢書。 後托氏轉向，關懷「他者再現」等文化哲學議題，但惹內特繼續探索後古典時代文本的其他面向，尤其是文本超越與逸出的各種可能性。他最後提出「跨文本」一詞，統攝了之前的類似概念，包括 1987 年的「副文本」[7]。簡單地說，跨文本是泛文本（或「個別文本出走」）的普遍現象。至於「副文本」，特指正文的注、疏、序、跋等「副」或「周邊」文本。如范晞文《對牀夜語》為文本，馮去非的序和明代陳沐新及清代鮑廷博的印書後記，則為副文本。在另一層次上，如吾人視嚴滄浪《滄浪詩話》為文本，討論《滄浪詩話》的范晞文《對牀夜語》就變成了副文本。根據同理，〈古詩十九首〉為文本，

---

7 Gérard Genette: *Palimpsests: Literature in the Second Degree*《重複書寫的羊皮紙：二度文學》. Trans. Channa Newman & Claude Doubinsky. Lincoln: University of Nebraska Press, 1997, p. 8. 下文簡稱 *Palimpsests*。法文原書 *Palimpsestes: la littérature au second degré*, Paris: Éditions du Seuil, 1982. Gérard Genette, "Introduction to the Paratext"〈副文本導論〉, *New Literary History*《新文學史》22. 2 (Spring 1991), pp. 261-272. 這篇英譯的法文原文，後來收入 Gérard Genette, *Seuils*《門檻》, Paris: Seuil, 1987 第一章。英譯本書名為 *Paratexts: Thresholds of Interpretation*《副文本：詮釋的門檻》. Trans. Jane E. Lewin, Cambridge: Cambridge University Press, 1997. 遺憾的是，法文 "Seuils" 一字雙關，作者俏皮地用以指「門檻出版社」以及「文本門檻」，英譯名失落了此意涵。此書以下簡稱 *Paratexts*，關於「副文本」定義的討論，見第一章緒論，*Paratexts*, pp. 1-15。

論〈古詩十九首〉的《對牀夜語》也可稱作副文本。當然我們也可推而廣之，謂詩作係「文本」，詩評則為「副文本」。但亞里斯多德早就說過，我們不得依編年先後，作因果推論；自然不宜進而主張詩評「寄生」於詩作。原因很簡單：衍生的「後文本」可完全覆蓋「前文本」，乃至重新創造「前文本」。套用布魯姆的六種影響焦慮之一 "apophrades"（罪孽日），可謂影響並非編年式的「青出於藍，更勝於藍」，而是錯位式的、更基進的「藍出於青」之詮釋[8]。「罪孽日」典出於古希臘神話，後輩（"ephebe"）孽子揹負著父輩原罪，於除罪日大清洗。

惹內特於 1960 年代中期以修辭學和結構敘述學起家，後來他在處理文類的存續以及文本間的關係時，相對地保守。因為唯有如此，他才能保存文本分析的工具性和文類的穩定性。惹內特強調文本間的關係，但邏輯上他必須先假設有文本存在，和至少兩個以上的文本存在，否則關係無從建立。另外還需要假設這二部文本在時序上一先一後，在前的是前文本、基礎文本，或「潛文本」，如《對牀夜語》，它衍生出後文本，或後來覆蓋其上的「超文本」[9]，如馮去非的序和陳沐新跨時空的「跋」。前面文本衍生出後面文本的機制，可稱為「後設文本的生成過程」（"metatextualization"）。文本 1（潛文本）衍生出文

---

8 「藍出於青」為 1978 年筆者遊戲杜撰。關於「青出於藍」或「藍出於青」的影響辯證，請參見：張漢良，〈比較文學的影響研究〉，收入作者文集《比較文學理論與實踐》，臺北：東大圖書公司，1986 年，頁 56。該文原刊於 1978 年 5 月《中外文學》6 卷 12 期。

9 請見本書「自序」。*Palimpsests*, p. 5. 術語 "hypotext" 與 "hypertext" 可譯作「低文本」與「超文本」。但 "hypo-" 有「潛」、「下」之意，而 "hyper-" 則意謂「顯」、「上」。換用斯洛伐克比較文學家安東‧波頗維奇（Anton Popovič）的時序性說法，前者是始源文本（"prototext"），後者是後設文本（"metatext"）。惹內特亦曾用「後設文本」一詞，但另有所指，最後被「副文本」取代。「後設文本的生成過程」（"metatextualization"）為波氏用語，筆者借用。見：Anton Popovič, "Aspects of Metatext"〈後設文本面面觀〉, *Canadian Review of Comparative Literature / Revue canadienne de littérature comparée*《加拿大比較文學評論》, (1976), pp. 225-235.

本 2（超文本），須遵循兩個法則。其一為假設有某種抽象的「元文本」[10] 存在，作為個別文本創作與閱讀時的理論指標，或文類參照座標，如古體詩、七律、長短句（詞）、自由詩、詩話等文類。因此，元文本具有「詩學」的意涵。其二為需要有權充「互文本」的具體的「符號路標」[11]。關於這種文本生成現象，尤其是「互文本」和「符號路標」策略，我們在第十五、十六章皆有所發揮，下面討論《對牀夜語》的細節時會進一步舉例說明。現在暫時回到序跋等副文本。

四、古體詩的思與夢

馮去非序一稿成後，作者或許突覺傷感，意猶未盡，故再序一篇，更具體地交代了前序背後的語境。與序一的論理大異其趣，序二感懷昔日與友人共遊，包括與姜堯章「同遊」，與葉靜逸等「日夜釣遊」，與孫道子、張宗瑞等「謔浪笑傲」，惋歎「今不得遊」。於是退而求其次，

> 從一二老友栩栩然夢遊。合眼欹枕，能在目中，是亦遊也！舊交新貴，往者不我思，來者不我即，雖夢中亦不復得見。得見景文斯可矣！況對牀夜語，可與晤語邪！序文不敢以不能辭，

---

10 Gérard Genette, *The Architext: An Introduction*《元文本：導論》, trans. Jane E. Lewin. Berkeley: University of California Press, 1992, pp. 81-82.

11 這兩個術語的發揚光大者為李法德。克莉斯特娃著名的「互文性」為開放、不穩定、自我解構的創造力，為一個「抽象的」概念，但李法德的「互文本」則為具體可見的文本識別標誌，正如一語雙關的「符號路標」所示。參見：Riffaterre, 1990, p. 56; 1997, p. 23。「互文本」在中國古典文獻上的應用，請參見本書第一章；英文版見：Hanliang Chang, "The Rise of Chinese Literary Theory: Intertextuality and System Mutations in Classical Texts", *The American Journal of Semiotics* 23.1-4 (2007), pp. 1-18。

愚詩漫以求教其間。……[12]

筆者認為，馮去非的極短篇〈序二〉寓意深刻，它穿越了語用和語意世界，讓不同次元的時空與行動（「夜語」、「晤語」、夜讀、夜遊、晝思、夜夢）融合，並以此動作提供了吾人閱讀《對牀夜語》的指引。此中有一深層的反諷：講求「事覈而理勝」的馮去非，竟然不自覺地為嚴滄浪和范晞文的神祕主義背書。

　　「遊」與「思」是古體詩反覆出現的母題，一動一靜，一外一內，互為因果。熟悉中國詩史的都知道，〈古詩十九首〉提供了典型的例子。范晞文《對牀夜語》卷一第一則詩話以《詩經》和《楚辭》的服飾意象開卷，立刻跳接到第二則詩話，論〈古詩十九首〉的「遊」與「思」。他引用了十九首中的第八首〈冉冉孤生竹〉、第六首〈涉江采芙蓉〉和第九首〈庭中有奇樹〉，把它們與《三百篇》（《詩經》）聯結。聯結的「符號路標」則為亙古、恆常、普世性的思念母題，如第六首的「采之欲遺誰／所思在遠道」、第八首的「思君令人老／軒車何來遲」和第九首的「攀條折其榮／將以遺所思／馨香盈懷袖／路遠莫致之」[13]。《三百篇》〈唐風・葛生〉「葛生蒙楚／蘞蔓於野／予美亡此／誰與獨處」的首句「葛生蒙楚」與第八首的「兔絲附女蘿」為植物寄生現象喻詞的「互文本」；〈衛風・竹竿〉「籊籊竹竿／以釣於淇／豈不爾思／遠莫致之」的末句「遠莫致之」與第九首的「路遠莫致之」則為語法上的「互文本」。互文本的類例在《對牀夜語》中甚多，如「昔／今」（《對牀夜語》，第十四則詩話，全上書，頁486）；「朝／夕」（第十八則詩話，頁488）；「俯／仰」（第

---

12 馮去非，〈再序《對牀夜語》〉，《續歷代詩話》，上冊，頁479-480。
13 范晞文，《對牀夜語》，《續歷代詩話》，上冊，頁481。

二十七則詩話，頁 490）等語法「公式」（formulae），串聯了《詩》、《騷》與後世詩作。互文性見證了傳統的賡續，同時弔詭地顯示出文學影響議題的淺薄與虛幻。透過這些「符號路標」所建立的互文網絡，《對牀夜語》得以進入跨文本的場域。

〈古詩十九首〉中至少有十二首明顯地發抒說話者（或作者代言面具）的思念之情，如第一、二、六、七、八、九、十、十四、十六、十七、十八和十九首。思念是果，伴侶的遠行（遊）則為因。說話者自發性地既「遊」且「思」，皆歸因於所思對象的遠遊與己身的孤單。複沓的母題有：1.「自遊」，如第六首：「涉江采芙蓉／蘭澤多芳草／采之欲遺誰／所思在遠道」；2.「邀遊」與「夜遊」，如第十五首：「生年不滿百／常懷千歲憂／晝短苦夜長／何不秉燭遊」；3.「獨眠」與「夜夢」，如第十六首：「獨宿累長夜／夢想見容輝」；4.「獨眠」復「失眠」，如第十九首：「憂愁不能寐／攬衣起徘徊」。

范晞文在第二則詩話裡，僅取樣三首，無法涵蓋十九首的全貌。此處，我摘錄卷一第二十五則詩話，略為發揮晝思夜夢的母題。

> 韓非子曰：「六國時張敏與高惠二人為友。每相思不能得見。敏便於夢中往求之，但行至半道，即迷不知路。」沈休文云：「神交疲夢寐，路遠隔思存。」又「夢中不識路，何以慰相思。」用前事也。古詞云：「遠道不可思，夙夕夢見之。」又「獨宿累長夜，夢想見容輝」，皆沿韓非之微意而變之耳。[14]

范晞文引述戰國韓非子的小故事，夢中尋友迷途的「原型」母題，在「古詞」（漢「樂府」）〈飲馬長城窟行〉、〈古詩十九首〉第十六

---

14 《對牀夜語》，《續歷代詩話》，上冊，頁 489-490。

首，以及六朝沈約詩中再現，它們屬同一語意脈絡之互文本變奏。特別值得我們注意的是，這則互文本詩話對為序者馮去非的啟發。馮序一以「理」針砭「不涉理路」的《滄浪詩話》和附和的《對牀夜語》，但為感情所羈的序二作者，卻正面地回應了夢遊尋友的神祕主義。序二的「況對牀夜語，可與晤語邪！」顛倒了晝夜，醒與夢的對話，雖帶反諷，豈非美事！

五、後記：陳沐新印書後記

夜遊夜語故事未了！范晞文與馮去非互動的二百六十年後，明武宗正德十六年（西元 1521 年）太學生江陰陳沐新重印《對牀夜語》，後記曰：

> 景文，亦良士也。掇拾古人前後歌詩句語，評品頗當，彙而成帙，名之曰《對牀夜語》。緬想金玉良友，清宵霏屑，悠然不礙日出事，非籌夜者之一奇觀乎？[15]

此跋召喚出馮序一的語用情景「時夜將半，翦燭疾讀，不能去手」及序二的語意世界「栩栩然夢遊」。陳沐新的回應著實驚人：范晞文徹夜不眠，與古人神遊，詩句如金玉之雨落下，時間靜止了，為守夜計時者（「籌夜者」）未見之奇景。

---

15 陳沐新，〈《對牀夜語》印後記〉，《續歷代詩話》，上冊，頁 539。

第十八章　黃庭堅的「換骨奪胎法」
讀歷代詩話劄記之三

一、前言：冷齋、夜話與身體隱喻

　　前章論及宋代范晞文書齋裡的《對牀夜語》，筆者餘興未了。猶豫間，驀然回首，但見《冷齋夜話》在床側待命。這兩篇「夜話」文體殊異，然命運之乖違則頗多巧合。討論范晞文的詩家自來甚少，其夜語頗適合「冷」齋；另一方面，從北宋開始，引述《冷齋夜話》的人不絕如縷，原因倒不是對作者釋惠洪的興趣，反而是他報導了大詩家黃庭堅的詩法。俗話說某人「脫胎換骨」，顯然此語可上溯到魏晉以前。黃氏詩法，據其交遊的友人兼弟子釋惠洪記述，有「換骨法」與「奪胎法」。這段記載讓黃山谷詩法留名後世，轉述的惠洪和尚倒未落到什麼好處。旁的不說，《冷齋夜話》未收入《歷代詩話》和《歷代詩話續編》。筆者素與我佛無緣，然性喜打抱不平，此為本篇緣起之一。勉強算緣起之二：經過各章鋪陳，讀者想必對「跨文本」一詞已不再陌生，此處再覆述一遍。「跨文本」術語出自當代法國文論家惹內特 1980 年代的著作。作者融合了文本論同行和個人前後的類似概念及用語，提出一套泛文本、跨越文本，復有關「文本生成」的分析工具。下文各節擬再次援用此概念，重新檢視黃庭堅的「換骨奪胎」詩法，進而將之納入現代詩學所關注的文本生成現象。在論述過程中，筆者將點評西方傳統之文藝「模仿」說，以及晚近取代影響研究的「文本衍生」理論，但出發點與回歸點仍然為中國傳統固有的，以黃庭堅

為代表的「詩法」實踐論。

二、從郭紹虞論黃庭堅談起

郭紹虞在1934年出版的《中國文學批評史》上卷論及北宋詩話時，區分了當時的「求詩於詩內」及「求詩於詩外」兩種評詩法；詩人多「求詩於詩內」，道學家則「求詩於詩外」[1]。他指出，主張「詩外無事」的詩人側重創作經驗，彼等「求詩於詩內，則縱有精義，大率是修辭上的問題，而不是批評上的問題。」（同上書，頁372）。相對而言，「求詩於詩外」的道學家除遵循傳統的文學觀外，「不重在作法，不泥於體制，而重在原理的根本的探索」（同上書，頁372）。從今天再脈絡化的文學批評觀點判斷，這種形式與內容的二分法殊難成立。原因很多，此處僅提二點。首先，無論根據理則，或根據文藝發展史，「修辭」與「批評」本為同根生，係語用學一體之兩面。其次，由語言符號所建構的一切文本都包含了語音、語法、語意和語用等層次，即使趨近形而上的「原理」亦無非「語意」之一端。用稍微激進的解構術語來表述，就是不存在「外文本」。換句話說，既然「道」也被「文」全覆蓋，也是文本，與其說「文以載道」，不如說「文即是道」。追根究柢，「詩內」亦即「詩外」。

請容筆者暫時擱置傳統的文學觀和用語，以較寬容的態度來理解郭紹虞的說法。例如：「詩外」的「批評」涉及更高層次的價值哲學（包括美學和倫理學的）問題，超越了遣詞用字和格律等內在的「詩法」。關於本文關注的對象黃庭堅，郭紹虞的評語是「他【黃庭堅】既這樣重在句法詩律，所以以詩為事，而工夫亦盡於詩內」（同上書，頁405）；「他以為有的工夫在詩內，這是他所謂詩法」（同上書，

---

1 郭紹虞，《中國文學批評史》，臺3版，臺北：明倫出版社，1971年，上卷，頁372。

頁406）。依此推論，環繞著詩內與詩法層次的應屬現代文論所謂的「文本」現象，但耐人尋味的是，郭紹虞討論黃庭堅詩論時，處理的卻屬於「跨文本」的面向。首先，他所舉的例子並非出自一部不存在的《山谷詩話》，而係來自兩方面，一是黃庭堅的詩句，二是其他人的詩話；換而言之，郭氏的論述至少由兩種以上的話語系統（即：詩話語與批評話語）雜糅而成。

　　關於黃庭堅最著名的詩法，郭紹虞引用的是釋惠洪《冷齋夜話》的片段：

> 山谷言詩意無窮而人才有限，以有限之才追無窮之意，雖淵明少陵不得工也。不易其意而造其語，謂之「換骨法」；規摹其意形容之，謂之「奪胎法」。
>
> （同上書，頁 407）

郭紹虞以套語評註說：「這種方法即是化腐朽為神奇的方法」（同上書，頁 407）。 此句涉及文本生成（再生）的評價問題，可納入「模仿論」正反兩面的討論範疇，此處暫時按下不表。筆者之所以稱其為「套語」另有一層意涵：金代王若虛在《滹南詩話》裡引用宋代王直方的點評山谷之詩「點化陳腐以為新」[2]，顯然郭紹虞的「化腐朽為神奇」其來也有自。然而，王直方此句看似誇讚的話，如果擴大了原文的語境，卻是一句貶詞：「山谷之詩，有奇而無妙，有斬絕而無橫放，鋪張學問以為富，點化陳腐以為新；而渾然天成，如肺肝中流出者，不足也。」（同前註，頁 625）亦即山谷自「以為」新，其實不然。王若虛接著說：

2　王若虛，《滹南詩話》，丁仲祜編訂，《續歷代詩話》，板橋：藝文印書館，1983 年，
　　上冊，頁 625。

「人能中道而立，以巨眼觀之，是非真偽，望而可見也。若虛雖不解詩，
頗以為然。」（同前註，頁 625）

回到《冷齋夜話》的引文，當年學術史著述引用文獻的規範不若
今日嚴格，郭紹虞引用《冷齋夜話》的兩句話未注明版本出處。後來
他在 1971 年完成的《宋詩話考》裡間接地作了個交代：「今以《螢雪
軒叢書》有此，故加論述。」[3] 筆者查證，此版《冷齋夜話》10 卷收
入日人近藤元粹評訂的《螢雪軒叢書》97 卷，於 1894-1897 年間陸續
由大阪青木嵩山堂分為十冊發行，《冷齋夜話》收在第九冊，於 1896
年出版；1988 年東京雄松堂複印。該版本依原本附有小標題「換骨奪
胎法」，近藤元粹眉批曰：「換骨奪胎是自作者巧手段今得大家揭出
示人遂為千古詩林法門。」[4] 郭紹虞遵循陳善《捫蝨新話》、晁公武《郡
齋讀書志》與《四庫全書總目提要》執筆者紀昀等人之立場，臧否惠
洪之為人，且詬病其文體駁雜，對釋惠洪評價不高。然而，在郭氏早
年成名作《中國文學批評史》裡，這段轉引的文字竟然成為「奪胎法」
與「換骨法」的出處，其對郭氏論述的重要性固然不言而喻，對啟動
我輩雖緬懷前賢，但堅持追蹤查證的精神價值，尤其不容忽視。

---

3 郭紹虞著，蔣凡編，《宋詩話考》，上海：復旦大學出版社，2015 年，頁 21。
4 釋惠洪撰述，近藤元粹純叔評訂《冷齋夜話》10 卷，收入《螢雪軒叢書》97 卷，大阪：
 青木嵩山堂，全 10 冊，1894-1897 年，第 9 冊，1896 年，頁 51-52。另見：釋惠洪，《冷
 齋夜話》，故宮珍藏本叢刊，子部，雜家，影印本，第 474 冊，海口：海南出版社，
 2000 年，頁 10-11。故宮珍藏本為元至正 3 年刊本，有異文及脫文，固無句讀；青木嵩
 山堂本句讀標點則全用句號。另見：胡仔纂集，廖德明校點，《苕溪漁隱叢話》前集，
 卷第 35，臺北：長安出版社，1978 年，頁 235-236。本文現代標點符號根據廖氏校點本，
 并參酌黃庭堅著，劉琳、李勇先、王貴蓉校點，《黃庭堅全集》，成都：四川大學出版社，
 2001 年，第 4 冊，頁 2480-2481。按：川大本引釋惠洪《冷齋夜話》語為節錄，刪除了
 顧況、舒王、白樂天與蘇東坡等人「奪胎法」詩例。

三、郭紹虞的「跨文本」空間與「換骨奪胎法」的語意多義性

郭紹虞指出：《冷齋夜話》「所論甚雜，不專論詩，本在筆記詩話之間，故各家著錄，多入小說類，不入詩評類，《四庫總目提要》亦以入雜家類」（同註3）。然而，這種雜糅文體，亦即郭氏所謂的「詩話之筆記化」（同註1，頁373）本係宋詩話的特色，也是宋詩話量化生產的社會動力。以郭氏論黃庭堅為例，其論述即為由雜糅話語所建構的「跨文本」場域，包括：1. 以山谷詩〈再次韻楊明叔並序〉序文中的句子「蓋以俗為雅，以故為新」[5] 解釋《冷齋夜話》引山谷「奪胎換骨法的原理」（同註1，頁407）；2. 以引文訓引文，如以《漁隱叢話前集》第47條目引山谷說，解釋《冷齋夜話》引山谷語（同註1，頁403）；3. 以山谷詩訓《冷齋夜話》隱含的模仿論，例如〈贈高子勉詩〉與〈宿舊彭澤懷陶令詩〉裡的句子，說明山谷如何學習杜甫、陶潛（同註1，頁407-408）。如此這般，詩與文交錯，眾人話語層層引用和轉述，引文覆蓋引文，點評重寫點評，無形中見證了惹內特筆下「一再重寫的羊皮紙」（le palimpseste）[6]。反諷的是，在這全面覆蓋的「跨文本性」空間裡，關鍵性的「換骨」與「奪胎」彷彿失蹤了。如前所述，郭紹虞在《中國文學批評史》中沒有清楚地交代「換骨法」和「奪胎法」的文獻來源。非但如此，這對詩法包含了「換骨」和「奪胎」兩個與身體有關的隱喻，它們權充了「全覆蓋」的後設文本。其內涵語意結構如何？確實值得探索。它們是否屬於哲學上的「模糊概念」（vague concepts），因此缺乏明確的「指涉義」與「外延義」？如果不是「模

---

5 黃庭堅著，劉琳、李勇先、王貴蓉校點，《黃庭堅全集》，第1冊，頁126。詳見前註4。
6 Gérard Genette, *Palimpsests: Literature in the Second Degree*《重複書寫的羊皮紙：二度文學》. Trans. Channa Newman & Claude Doubinsky. Lincoln: University of Nebraska Press, 1997, p. 5.

糊概念」，我們究竟應該如何去理解這兩個術語？

郭氏節錄釋惠洪二句，共五十六字，刪除了文本衍生的例證，讀者無法理解惠洪所理解的換骨奪胎詩法如何生成文本。我們必須回到《冷齋夜話》的條目原文。這段極其著名的詩論有不同的刊本，下文錄自母校臺灣大學收藏郭紹虞提及的《螢雪軒叢書》，並參考故宮珍本叢刊的元刊本（以方括號小號字錄列）。

山谷云：「詩意無窮，而人之才有限，以有限之才，追無窮之意，雖淵明、少陵不得工也。然不易其意而造其語，謂之換骨法；規摸【元刊本作『人』】其意形容之，謂之奪胎法。」如鄭谷《十日菊》曰：「自緣【元刊本作『然』】今日人心別，未必秋香一夜衰。」此意甚佳，而病在氣不長。西漢文章雄深雅健者，其氣長故也。曾子固曰：「詩當使人一覽語盡而意有餘，乃古人用心處。」所以荊公作【元刊本無『作』】〈菊〉詩則曰：「千花百【元刊本作『萬』】卉彫零後，始見閒【元刊本作『門』】人把一枝。」東坡則曰：「萬事到頭終是夢，休休休，明日黃花蝶也愁。」又如李翰林詩曰：「鳥飛不盡暮天碧。」又曰：「青天盡處沒孤鴻。」然其病如前所論。山谷作〈登達觀臺〉詩曰：「瘦藤拄【元刊本作『掛』】到風煙上，乞與遊人眼界開。不知眼界闊多少，白鳥去盡青天回。」凡此之類【元刊本作『數』】，皆換骨法也。顧況詩曰：「一別二十年，人堪幾回別。」其詩簡緩而立意精確。舒王作〈與故人詩〉曰：「一日君家把酒杯，六年波浪與塵埃。不知烏石江頭路，到老相逢得幾回。」樂天詩曰：「臨風杪秋樹，對酒長年身【元刊本作『對長年年』】。醉貌如霜葉，雖紅不是春。」東坡〈南中作〉詩曰：「兒童悮喜朱顏在，一笑那知是醉紅。」

凡此之類，皆奪胎法也。學者不可不知[7]。

　　這段文字論者頗眾，此處僅稍作幾點出自比較視域的補充。首先，換骨法與奪胎法之所以會產生是由於「無窮之意」，或更正確地說，由於後起詩人感覺前人「意猶未盡」。「意」可以說是這一段的關鍵，但令人困擾的是，這個關鍵詞的「指涉」不定，或至少它有兩重歧義。其一，「詩意無窮，而人之才有限，以有限之才，追無窮之意，雖淵明、少陵不得工也」二句看似「才」與「意」分離的悖論。在這段話裡，「詩意」並非語意學概念，如指淵明、少陵某句詩或某首詩通過語言符號編碼所得到的文本之內的「語意」，而指向某種抽象的、甚至有形而上意味的詩本質性的意義，如「文即是道」。只有根據後面這層抽象的意義，詩意才能超越個別詩人的才具，包括杜甫和陶潛的「有限之才」。除了我國固有的原道思想外，筆者能想到的類似詩觀只有德國前浪漫派的「總匯詩」（Universalpoesie）說法差可比擬[8]。這種漸進式的，永遠在生成之中有無窮之意的「詩藝」（Dichtkunst）超越了一切歷史上特定的「詩體」或「詩類」（Dichtart），無論其為西方的商籟體、無韻詩，抑或是中土的古體詩、近體詩，五古或七律。

　　其二，在「不易其意而造其語」一句中的「意」則指「作者意圖」的文義，如俗語「心意」、「察言而知意」與《文心雕龍‧比興篇》所謂：「寫物以附意」[9]。後面這個具所有權之「意」才能激發與啟動

7　見前註 4，釋惠洪，《冷齋夜話》10 卷，頁 51-52。

8　Friedrich Schlegel, *Kritische Schriften*《批評論集》, hg. v. Wolfdietrich Rasch, 2. Aufl., München 1964, pp. 181-182. 請參見本書第十章。

9　劉勰著，黃叔琳、范文瀾注，《文心雕龍注》，臺 2 版，臺北：明倫出版社，1971 年，頁 601。關於作者的意圖與意義，一篇經典性的語言哲學論文是 H. P. Grice, "Utterer's Meaning and Intention"〈發話者的意義與意圖〉, *The Philosophical Review*《哲學評論》(April 1969), pp. 147-177.

繼起的詩人，借「造其語」而「換骨」。黃侃注《文心雕龍‧風骨篇》以骨喻文辭即為此說的基礎：「文之有辭，所以擄寫中懷，顯明條貫，譬之於物，則猶骨也。」（同註 9，頁 515）宋代胡仔引王直方《詩話》云：「山谷嘗謂余云：『作詩使《史》《漢》間全語，為有氣骨』」[10] 則為風格之隱喻。宋代吳幵《優古堂詩話》有一條目「學詩如學仙時至骨自換」，介紹陳後山的詩句如何被鮑慎由換骨：「鮑慎由〈答潘見素〉詩云：『學詩比登仙，金膏換凡骨』，蓋用陳無己〈答秦少章〉『學詩如學仙，時至骨自換』之句。」[11] 此處換骨法同時跨越了文本內的語意世界（作詩如煉丹，換語如換骨的四句詩）和文本外的語用世界（鮑慎由借改寫陳無己自我換骨）兩個層次，彼此互為鏡象，點出了文本生成的後設結構。

換骨法「不易其意而造其語」，有明顯的語病與認知困難，問題的癥結仍然在「意」。怎可能「意」不變，而生新「語」？難道新造之「語」不會產生新「意」？我們不妨進一步考察釋惠洪所給出的換骨法詩例，看看這些例子能否說明意與言的關係。花開、花落──鄭谷、王安石、蘇東坡之句皆在抒「撫昔傷逝」之情，為普世性的詩「母題」（motif），拉丁文所言 "ubi sunt"（「今安在？」）之中土變奏。李翰林與黃山谷之句表面寫景，但隱含著對觀物者空間認知「最大化」侷限的反思，涉及的仍然屬於符號語意學（亦即習稱的主題學）及語用學的辯證。後面的李、黃詩例反倒見證了「意」與「語」的無法分離。至於奪胎法的「規摸【模】其意形容之」也有和換骨法類似的語病與矛盾，但它在邏輯上增加了文本衍生的可能，此處借用衍生變型語言

10 胡仔纂集，廖德明點校，《苕溪漁隱叢話》前後集，臺北：長安出版社，1978 年，前集，第 15 卷，頁 101。

11 吳幵，《優古堂詩話》，丁仲祜編訂，《續歷代詩話》，臺北：藝文印書館，1983 年，上冊，頁 264-265。

學用語,即一深層語句可借各種變型律產生無數的表層句子。顧況的五言二句「一別二十年,人堪幾回別」亟寫互古的別離母題,衍生、鋪張為七言四句,可為顯例。換骨法與奪胎法實為文字工作一體之兩面。或敷衍、鋪陳,或改寫、轉譯,二者皆為賡續詩傳統母題,逐步朝向總匯詩實現所作的努力嘗試。據此,我們可以說,普世性的詩「母題」猶如語言共相(language universals),為「意」的第三層意義,回應了上述的無窮詩意。

四、換骨奪胎詩法屬於文學影響議題,抑或係文本生成機制?

　　被同輩詩人與後世轉述的黃庭堅換骨奪胎法,曾引發詩史上正反兩極化的反應,焦點便在於模仿與創新的爭議。宋代劉克莊誇讚山谷「會萃百家句律之長,究極歷代體制之變」[12],王若虛則謂:「魯直論詩,有『奪胎換骨、點鐵成金』之喻,世以為名言。以予觀之,特剽竊之點者耳。魯直好勝,而恥其出於前人,故為此強辭,而私立名字。夫既已出於前人,縱復加工,要不足貴。」(同註2,頁633)針對具體的詩句實踐,作正面評價的如宋代周紫竹《竹坡詩話》。他主張:「自古詩人文士,大抵皆祖述前人作語」,並舉了一個實例,即黃庭堅改寫梅聖俞的詩句「南隴鳥過北隴叫,高田水入低田流」為「野水自添田水滿,晴鳩卻喚雨鳩來」。周紫竹點評道:「【魯直】之句恐用此格律,而其語意高妙如此,可謂善學前人者矣。」[13] 這句溢美之詞在清代趙翼眼中卻成了弊病:「古人句法,有不宜襲用者。白香山『東澗水流西澗水,南山雲起北山雲』(〈寄韜光禪師〉),蓋脫胎於『東

12　劉克莊著,《江西詩派小序》,(清／民國)丁仲祜編訂,《續歷代詩話》,臺北:藝文印書館,1983年,上冊,頁577。

13　周紫竹著,《竹坡詩話》,(清)何文煥編訂,《歷代詩話》,板橋:藝文印書館,1991年5版,頁201。

家流水入西鄰』之句，然已遜其蘊藉。梅聖俞又仿之為『南嶺禽過北
嶺叫，高田水入低田流』，則磨牛之踏陳跡矣，乃歐陽公誦之不去口。
黃山谷又仿之為『野水自流田水滿，晴鳩卻喚雨鳩歸』，周少隱《竹
坡詩話》亦謂其『語意高妙』，而不知愈落窠臼也。」[14] 從趙翼的用
語裡，我們可以看出，所謂「脫胎」法無異於消極的模「仿」，「踏
陳跡」和「落窠臼」是明顯的貶詞。

　　根據歷時性觀點，任何文學發展都包含傳統的繼承與革新兩個
面向，文學史可說是由獨創與模仿的辯證關係所構成的。然而，「獨
創」與「模仿」本系一體之兩面，故有學者稱之為「原創性悖論」[15]。
在現代中文的用法裡，「模仿」往往具有負面的含義，與從公元前
五世紀雅典發煌的「摹擬」文藝理論無關。當代學者多以「再現」
（"re-presentation"）一詞取代西方主流的文藝理論「模仿」（"μίμησις"
[mimesis]），正因為此希臘單字的原英譯 "imitation" 和中譯「模仿」
皆有誤導之嫌。此新詞除了與「模仿論」的 "imitation" 劃清界限外，
它特別強調語言／話語在「再現」過程中所扮演的正面或負面主導作
用，並說明「再現」的並非被摹擬的對象文本，而係衍生的後設文本。

　　本章在前言及第二節企圖「再現」郭紹虞論黃庭堅時，曾提到惹
內特的「跨文本」一詞。筆者在本書多次引用，以彰顯其意義，此處
稍微覆述，望賢者勿以「自我抄襲」為忤。這個在 1980 年代初期出
現的術語具有明顯的歷史指標性，作者自承其「先行者」為克莉斯特
娃 1966 年提出的 "intertextualité"（互文性）[16]。克莉斯特娃眼中的「文
本」為開放、不穩定、自我解構的創造力，乃至某種物質性生產力量

14　趙翼著，馬亞中、楊年豐批注，《甌北詩話》，南京：鳳凰出版社，2009 年，頁 159。
15　Thomas MacFarland, "The Originality Paradox"〈原創性悖論〉, *New Literary History*《新文學史》, 5. 3, History and Criticism: I (Spring, 1974), pp. 447-476.
16　Julia Kristeva, 1969, p. 146.

的演出場域，它見證了傳統文類畛域的瓦解，以及文學影響議題的式
微。筆者認為克莉斯特娃用語有一個盲點：既然一切文本都是開放的，
換言之，「文本性」（"textualité"）就是「互文性」，那麼 "textualité"
前面的字首 "inter" 豈非贅詞？惹內特在處理文類的存亡以及文本間的
關係時，為了保存文本分析的工具性和文類的穩定性，相對地保守。
惹氏在一系列處理文本各個面向的著作裡，不斷地創造新詞，最後落
實在「元文本」（"l'architexte"）及「跨文本」上。「元文本」為個別
文本創作與閱讀時的理論指標及參照系，有「詩學」的意涵。當郭紹
虞以「詩話之筆記化」論宋詩話文體時，他不自覺地在從事「元文本」
概念的實踐。

簡而言之，跨文本是泛文本的普遍現象，但惹內特在強調文本間
的關係時，邏輯上必須先假設有文本存在，和至少兩個以上的文本存
在，否則關係無從建立。另外他還需要假設這二部文本在時序上有先
後，在先的是前文本，它衍生出後文本，覆蓋在前文本之上。文本 1
衍生出文本 2 遵循兩個法則：其一為文體的「元文本」；其二為「互
文本」的「符號路標」[17]。以上文所引被周紫竹誇讚，被趙翼貶責的白
香山、梅聖俞和黃山谷的次韻活動為例。七律的句法、章法為「元文
本」的文體指引，東澗、西澗、南山、北山、東家、西鄰、南嶺、北嶺、
高田、低田、野水、田水、晴鳩、雨鳩等字眼則權充「互文本」認知
的「符號路標」。在這種文本生成的語境中，作者的主體性幾近喪失，
或讓位給文本生產的物質性。如果我們仔細檢視郭紹虞論奪胎換骨法，
我們會發現他的整篇論述，也正是跨文本的實踐。

---

17 請參見第一章、第十五章、第十六章及十七章的實例分析。

互文性閱讀與比較詩學（代跋）

◎蘇文伶

　　張漢良教授自臺大外文系退休後筆耕不輟，學術研究成果亮眼豐碩，繼 *Sign and Discourse*（復旦，2013）和《符號與修辭》（書林，2018）兩本專書與編著的《符號與記憶》（行人，2015）之後，甫出版的《互文性與當代學術──跨文本詩學論集》（文訊，2024），內容涵括數篇期刊論文，但主要集結了近十年在《創世紀》詩刊的詩學專欄作品。本書的標題饒富深意：「跨文本」（transtextuality）為貫穿全書的核心論點和創見，以符號系統之間的「文本生成」，為後結構「互文性」理論做了重要的補充；「詩學」則為終生志業，有著念茲在茲、「十年磨一劍」的無比專注與堅持。

　　《互文性與當代學術──跨文本詩學論集》內容分為四輯：「哲學文本的詩學化進程」、「符號與詩學：泛符號詩學芻議」、「詩史、詩辯與詩藝」和「跨文本詩學的實踐」。各部分雖隸屬不同研究範疇，然而相同詩學母題卻有如樂句的重複和變奏，繁複開展中仍清晰可辨。何謂「詩學」？張漢良教授強調，「詩學」二字望文生義易聯想到專門研究「詩」的學問，但實際上泛指「研究文學的後設系統」[1]。因此，本書整體的文論取向就不難理解了。

　　第一輯「哲學文本的詩學化進程」探討《周易》和兩本中國古典

---

[1] 在《符號與修辭》中，張漢良教授回到亞里斯多德，揭示「詩學」原指「創作論」（頁15-16）。

文獻 [2] 的互文性,維根斯坦(Ludwig Wittgenstein)《邏輯哲學論》中邏輯命題的詩學意涵,並申論羅馬詩哲陸克瑞提烏斯(Titus Lucretius Carus)的《物性論》為現代解構詩學先驅。第一輯可說延續作者在《符號與修辭》已經開闢之研究路徑,從符號學和結構詩學的角度重新爬梳經典;惟此書擴及非典型西方詩學或修辭經典,而有更大的開創性和挑戰性。

第二輯「符號與詩學」的副標題為「泛符號詩學芻議」。蓋因語言並非唯一的符號表意系統,現代符號學始祖普爾斯(Charles Sanders Peirce)和索緒爾(Ferdinand de Saussure)均主張發展「泛符號學」,其性質屬於當前人文學科所強調的跨領域研究。張漢良教授在此單元首先以雅格布森(Roman Jakobson)的結構詩學為根基,探索「文學的後設系統」嫁接其他符號系統的可能。張教授追本溯源,對於雅格布森在文學史上知名的「文學性」概念有突破性的洞察,提出反專制的政治立場和認知神經科學兩個可能的潛文本,取代了頗具爭議的本質主義解讀。然而「泛符號詩學」之建立談何容易?張漢良教授在另兩章拆解了論及象似符號(iconicity)、認知詩學和災難符號學常見的陷阱,重申無論圖像、空間或自然異象感知皆須透過文字語言和文化等後設符號系統中介。以生態研究為例,他建議以「生物系統」互動的概念思考生態現象,而非意識形態和身分政治掛帥;災難符號學亦然,關注重點應放在人類對自然的文本化建構,新冠肺炎透過媒體迅速提高全球風險認知即為一例。

第三輯「詩史、詩辯與詩藝」可說是張漢良教授自己的「詩辯」。

---

2 劉勰《文心雕龍》和司空圖《二十四詩品》。

一開場即擊鼓叫戰，點數「詩的敵人」，戲劇張力十足。詩辯主將有三：亞里斯多德、英國十六世紀詩人席德尼爵士（Sir Philip Sidney）和十九世紀浪漫詩人雪萊（Percy Bysshe Shelley），陣容堅強，蓄勢待發。通篇機巧在於翻案之處：詩辯傳統中的跨文本對話往往揭示先前隱藏的語用情境。亞里斯多德的《創作論》為詩辯始祖，張教授已在他處[3]闡述，此處再次召喚，乃因由亞氏詩學的重新檢視席德尼的詩辯，更能理解後者稱詩為「另一自然」之深意，不但排除詩語言的指涉作用，更賦予後設語言與原初語言的功能。跨文本的相互闡發對於雪萊《詩辯》的理解更為重要。皮考特（Thomas Love Peacock）的〈詩的四個時代〉為雪萊創作《詩辯》的對話文本，然而後來雪萊的手稿編輯卻相繼刪除雪萊對皮考特的回應，留下單獨成篇的詩論印象，因此張教授力陳，《詩辯》是「『對話式想像力』的殘稿。」

　　對雪萊《詩辯》的解讀成為張教授自身詩辯和文學史觀的最佳註腳。在此語境下，原本十分突兀的輯三第十章「《西方詩學》的死亡與德國浪漫主義詩論」，反而成為最貼切的安排。張漢良教授的德國浪漫主義詩論是在與故友杜勒謝（Lubomír Doležel）想像的對話中完成的，這說明為何此章開頭以長篇幅召喚故友的必要，不在場的他必須以文本的形式在場，對話才能開展。杜氏對結構詩學的執著，導致他喜惡分明，在《西方詩學》中完全排除崇尚唯心論的德國浪漫主義耶拿學派。然而，張教授在此章第二部分卻以結構詩學角度檢視耶拿學派代表人物希萊格爾（Friedrich Schlegel）的著作，不但發現希氏的《詩的對話》和柏拉圖的《會飲》篇在敘事形式上有跨文本連結，同

3　《符號與修辭》，頁 39-40。

時也援引「鏡像無窮後退」（*mise en abyme*）作為跨文本辯證的主意象。這是一篇杜氏「未寫（或不屑於寫）」的評論，這使《西方詩學》成為無比純粹的殘稿，造就持續對話的契機[4]。

第四輯「跨文本詩學的實踐」聚焦互文關係中的「文本生成」，從文本分析實作中具體呈現「文本為開放、不穩定、自我解構的創造力，某種生產力量的演出場域。」[5]〈藏詩〉、〈棄詩〉和〈病詩〉為張漢良教授「詩辯」之賡續。〈藏詩〉主要談風格「隱／顯」。「藝，藏藝也。」有如最高明的化妝術是「裸妝」的道理。若詩皆為藏詩，都有隱而未顯的跨文本脈絡，那麼源自「揭隱」解經傳統的詮釋法便有待商榷。〈棄詩〉導讀梵樂希（Paul Valéry）的《海濱墓園》，〈病詩〉則聚焦雪萊的〈印度少女之歌〉，均為精闢嚴謹但又致力於深入淺出介紹學術概念的論文，其中也有張教授珍貴的譯作與譯注[6]。〈棄詩〉一文援引德勒茲（Gilles Deleuze）等人的「事件」概念，說明「棄詩」如下棋「棄子」的創作本質。而〈病詩〉則從符號學觀點消弭主客體之分，反駁了艾略特影響至鉅的「客觀對應」（objective correlative）之說，並主張應以文本交會的「符號路標」[7]作為閱讀焦點，據此探索文本生成的編碼過程。末三章〈讀歷代詩話劄記〉延續比較詩學路徑，

---

4 第三輯最後兩章分析了象徵主義詩人魏爾倫（（Paul Verlaine）和意象派詩人麥克雷希（Archibald MacLeish）以詩論詩的「詩藝」（*Ars Poetica*）作品。張教授以這兩位詩人和意象主義之父修睦（T. E. Hulme）的四首詩共同建構一個現代詩互文場域。這兩章主題雖仍屬「詩辯」一環，但形式上更接近下一單元的文本實踐。

5 文本概念發展的三個階段，請參閱本書自序。

6 可推論，文本雖至終「不可譯」，但翻譯實為詮釋過程一環。

7 或稱「互文點」，源自李法德（Michael Riffaterre），請參閱第一章。

其中最具啟發性的是從「文本不穩定性」觀點批判黃庭堅的「換骨」、「奪胎」說，解構了獨尊原創的迷思。這在強調人機協作的 AI 時代更具啟發性。

張漢良教授強調「一切書寫皆是自傳性的」。南非作家柯慈（J. M. Coetzee）說明這是因為我們書寫過程中，其他文本也在書寫我們[8]。儘管從符號詩學觀點，文本最終回歸物質性，然而萬物必留下交會痕跡，如風動、水文和地貌。除了跨文本詩學，本書亦勾勒出一位始終如一的文學研究者形象，斑斕的色彩中有文獻學（philology）、符號學、結構詩學和比較文學，「自畫」、「他畫」與「棄畫」合一。

蘇文伶，輔仁大學跨文化研究所暨全人教育中心助理教授。臺灣大學外文系畢業，美國北伊利諾大學英美文學博士班結業，輔仁大學跨文化研究所比較文學博士。學術專長及研究領域：文學理論（記憶研究、符號學、修辭學）、美國文學。

---

8 J. M. Coetzee 在 *Doubling the Point* 中有類似說法："all writing is autobiography: everything that you write, including criticism and fiction, writes you as you write it"（17）.

國家圖書館出版品預行編目(CIP)資料

互文性與當代學術：跨文本詩學論集 / 張漢良著 . --
臺北市：文訊雜誌社 , 2024.08
　面；　公分 . -- (文訊書系 ; 23)
ISBN 978-986-6102-89-9(平裝)

1.CST: 詩學 2.CST: 文學評論

812.1　　　　　　　　　　　　113009702

文訊書系 23
互文性與當代學術——跨文本詩學論集

著　　　者　張漢良
總 編 輯　封德屏
責任編輯　杜秀卿　吳穎萍
校　　對　張漢良　杜秀卿　王議靚
封面設計　翁翁・不倒翁視覺創意
出　　版　文訊雜誌社
　　　　　　地　　址：100012 臺北市中正區中山南路 11 號 B2
　　　　　　電　　話：02-23433142　傳真：02-23946103
　　　　　　電子信箱：wenhsunmag@gmail.com
　　　　　　網　　址：http://www.wenhsun.com.tw
　　　　　　郵政劃撥：12106756 文訊雜誌社
印　　刷　松霖彩色印刷事業有限公司
發　　行　聯合發行股份有限公司
出版日期　2024 年 8 月
定　　價　新台幣 620 元
Ｉ Ｓ Ｂ Ｎ　978-986-6102-89-9

本書獲 NCAF 國｜藝｜會 台北市文化局 Department of Cultural Affairs Taipei City Government 贊助出版